잔 다르크를 추억하며

Personal Recollections of Joan of Arc

마크 트웨인

잔 다르크를 추억하며

마음속 샛별 옮김

황금비둘기

일러두기

1. 이 이야기는 잔 다르크에 대한 사실을 토대로 마크 트웨인이 상상을 더해 쓴 것입니다. 마크 트웨인은 자신이 저자라는 것을 숨기고 진 프랑수아 올든이라는 가명으로 미국의 한 문예지에 이 이야기를 연재했습니다. 잔 다르크의 비서였던 실존 인물 루이 드 콩트가 잔 다르크에 대한 회고록을 남긴 것처럼, 그리고 그 프랑스어 회고록을 자신이 영어로 번역한 것처럼 마크 트웨인은 이야기를 시작합니다.
2. 【올든 주】라고 표기한 각주는 진 프랑수아 올든, 즉 마크 트웨인의 주석이고 그런 표시가 없는 각주는 모두 옮긴이의 주석입니다.
3. 책·정기 간행물은 겹화살괄호로 표기하고(《 》), 시·노래·단편 동화는 홑화살괄호로 표기합니다(〈 〉).
4. 번역하는 데 사용한 저본은 《Mark Twain : Historical Romances》(The Library of America/1994)에 실린 《Personal Recollections of Joan of Arc》입니다.

잔 다르크를 추억하며

루이 드 콩트 지음

진 프랑수아 올든 옮김

Note

이 책은 잔 다르크의 견습 기사이자 비서였던 루이 드 콩트 경이 자필로 기록한 회고록을 번역한 것이다. 한번도 출간된 적이 없는 이 회고록은 중세 프랑스어로 기록되어 있고 현재 프랑스 국립 문서 보관소에 보관되어 있다. 나, 진 프랑수아 올든이 영어로 번역했고 뒷면에 있는 책들을 참고해서 회고록의 진실성을 확인했음을 밝혀 둔다.

J. E. J. 키슈라(Jules Étienne Joseph Quicherat)
《잔 다르크의 재판과 명예 회복 재판》
(Procès de condamnation et de réhabilitation de Jeanne d'Arc)

J. 파브르(Joseph Fabre)
《잔 다르크의 재판 Procès de condamnation de Jeanne d'Arc》

H. A. 왈롱(Henri Alexandre Wallon)《잔 다르크 Jeanne d'Arc》

M. 스페트(Marius Sepet)《잔 다르크 Jeanne d'Arc》

J. 미슐레(Jules Michelet)《잔 다르크 Jeanne d'Arc》

베리아 드 생트프리(Berriat de Saint-Prix)
《잔 다르크의 가족 La Famille de Jeanne d'Arc》

아르망 드 샤반느(La Comtesse Armand de Chabannes)
《로렌의 처녀 La Vierge Lorraine》

안토니오 리카르(Antonio Ricard)
《잔 다르크 성인 Jeanne d'Arc la Vénérable》

로널드 가워 경(Lord Ronald Gower)《잔 다르크 Joan of Arc》

존 오해건(John O'Hagan)《잔 다르크 Joan of Arc》

자넷 터키(Janet Tuckey)《그 처녀 잔 다르크 Joan of Arc the Maid》

우리의 시선을 사로잡는 세상에 하나뿐인

이 사실을 생각해 보라.

인간의 역사가 기록된 이래로 남녀를 불문하고

열일곱 살에 한 나라 군대의 총사령관이 된 사람은

잔 다르크가 유일하다

코슈트 러요시

(1802 ~ 1894 헝가리 독립운동가)

차례

영역자 머리말 · 12
잔 다르크 이야기의 특별함 · 16
루이 드 콩트 경의 머리말 · 17

1부. 동 레미

1. 파리의 늑대들 · 21
2. 동레미의 요정나무 · 25
3. 한밤중의 낯선 손님 · 46
4. 도끼 든 미치광이 · 57
5. 습격 당한 마을 · 70
6. 하얀 천사 · 82
7. 보쿨뢰르 성으로 · 91
8. 약혼 소송 · 102

2부. 궁전과 병영

1. 동레미여, 안녕 · 109
2. 멀린의 예언 · 112
3. 황소와 각다귀 · 122
4. 하얀 거짓말 · 131
5. 시농에 도착하다 · 143
6. 왕을 만나다 · 160
7. 허풍쟁이 팔라댕 · 170

8. 푸아티에 재판 · 180

9. 총사령관 잔 다르크 · 191

10. 생트 카트린 성당의 검 · 195

11. 첫 출전 행군 · 202

12. 라 이르의 기도 · 207

13. 오를레앙 입성 · 217

14. 선전 포고 · 226

15. 오를레앙의 장미 · 230

16. 난쟁이 · 242

17. 유령의 집 · 256

18. 첫 전투 · 260

19. 드디어 만난 유령 · 267

20. 오귀스탱 요새 · 271

21. 큰 부상을 예언하다 · 278

22. 오를레앙 해방 · 286

23. 귀족 아가씨 뒤 리스 · 296

24. 태양과 촛불 · 308

25. 다시 앞으로 · 312

26. 프랑스의 허리케인 · 320

27. 자르조 점령 · 325

28. 죽음을 예언하다 · 335

29. 요정나무 환영 · 339

30. 피로 물든 파테의 땅 · 349

31. 거인을 쓰러뜨린 소녀 · 354
32. 소식은 날개를 달고 · 358
33. 다섯 가지 위대한 업적 · 360
34. 트루아 점령 · 366
35. 생레미 성당의 유리병 · 374
36. 황소와 벌떼 · 388
37. 용서해 주겠니 · 400
38. 작전 회의 · 408
39. 연이은 승리 · 416
40. 내부의 적 · 426
41. 사로잡히다 · 431

3부. 재판과 순교

1. 루앙의 지하 감옥 · 441
2. 잉글랜드에 팔리다 · 446
3. 코숑의 거미줄 · 452
4. 첫 재판 · 459
5. 혼자서 · 463
6. 당황하는 재판관들 · 470
7. 쓸모없는 덫 · 482
8. 환상을 말하다 · 489
9. 예 언 · 498
10. 치열한 법정 싸움 · 514
11. 비공개 재판 · 521
12. 정말 아쉬운 기회 · 528
13. 실패한 제3차 재판 · 537

14. 열두 가지 거짓말 · 548
15. 최고의 대답 · 556
16. 고문대 · 561
17. 햇살과 어둠 · 568
18. 파리 대학의 모순 · 571
19. 유죄 판결 · 576
20. 바꿔치기 · 581
21. 유 예 · 593
22. 치명적인 대답 · 597
23. 마지막 환영 · 605
24. 화 형 · 614
25. 그 후의 이야기 · 622

마크 트웨인 에세이 | 성녀 잔 다르크 · 629
옮긴이의 말 · 648

영역자 머리말

진 프랑수아 올든*

유명한 사람을 정당하게 평가하려면 우리 시대가 아닌 그 시대의 잣대로 그 사람을 평가해야 한다. 한 시대의 잣대로 그 이전 시대의 고귀한 인물들을 평가하면 그 빛을 많이 잃어버리게 되기 때문이다. 우리 시대의 잣대로 평가하면 아마도 사오백 년 전에 살던 유명한 사람들 가운데 모든 면에서 테스트를 통과할 수 있는 사람은 없을 것이다. 그러나 잔 다르크만큼은 예외이다. 어느 시대의 잣대로 평가해도 그 결과에 대해서는 걱정하거나 의심할 필요 없다. 어느 한 시대의 잣대로도, 또 모든 시대의 잣대로도 잔 다르크는 흠 없고 이상적일 정도로 완벽하다. 잔 다르크는 인간이 성취할 수 있는 가장 높은 곳에 여전히 머물러 있다. 그 자리는 죽을 수밖에 없는 사람이 오른 그 어떤 높은 곳보다도 위에 있다.

---

* 마크 트웨인의 가명 (일러두기 참고)

중세 암흑시대 이후로 역사상 가장 잔인하고 썩어문드러진 시대에 잔 다르크가 살았다는 것을 생각하면 그런 토양에서 그런 열매가 맺어졌다는 기적에 우리는 놀라게 된다. 잔 다르크와 그 시대의 차이는 낮과 밤의 차이와 같다. 거짓말하는 것이 사람들의 일상인 때에 잔 다르크는 진실했다. 정직이라는 미덕을 잃어버린 시대에 잔 다르크는 정직했다. 약속 지키는 것을 서로에게 기대하지 않은 때에 잔 다르크는 언제나 약속을 지키는 사람이었다. 다른 유명한 사람들이 사치스러운 욕망이나 헛된 야망을 쫓으며 자신을 망쳐갈 때에 잔 다르크는 위대한 생각과 목적에만 마음을 두었다. 요란하고 거친 행동이 보편적일 때에 잔 다르크는 겸손하고 섬세하고 우아했다.

무자비한 잔혹함이 법이었을 때에 잔 다르크는 동정심으로 가득했다. 절개를 찾아볼 수 없는 때에 굳은 절개를 가진 사람이었고 영예가 무엇인지 잊어버린 시대에 영예로운 사람이었다. 어떤 것도 믿지 않고 모든 것을 비웃는 시대에 잔 다르크는 자신의 신념을 바위처럼 굳게 지킨 사람이었고, 속까지 거짓으로 물든 시대에 한결같이 진실한 사람이었다. 아첨과 비굴이 난무한 시대에 잔 다르크는 품격을 흠 없이 유지했다. 조국의 가슴에서 희망과 용기가 죽어 사라진 때에 잔 다르크는 꺾이지 않는 용기를 지닌 사람이었다. 사회 고위층의 몸과 마음이 더러운 때에 잔 다르크의 몸과 마음은 흠 없이 순결했다.

잔 다르크에게는 그 모든 미덕이 있었다. 범죄가 왕족과 영주의 흔한 일상이었던 시대에, 그리고 악명 높은 그 시대조차 놀라고 경악할 정도로 교회 고위층들이 부패하여 상상할 수 없는 배반과 살생과 짐승 같은 짓을 일삼으며 시커먼 삶을 살았던 그 시대에 말이다.

세속 역사에 남은 이름 중에 잔 다르크는 아마도 유일하게 완전히 이타적인 사람일 것이다. 잔 다르크의 말이나 행동에는 어떤 이기적인 흔적을 찾을 수 없다. 잔 다르크가 자신의 왕을 도피 생활에서 구해 주고 머리에 왕관을 쓰게 했을 때, 왕은 보상과 영예를 내리겠다고 했으나 잔 다르크는 모두 거절하고 아무것도 받지 않았다. 왕에게 받을 수 없었지만 잔 다르크가 바란 것은 단지 시골집으로 돌아가 다시 양을 치고, 어머니를 도우며 그 품 안에서 함께 사는 것이었다. 승리한 군대의 총사령관, 왕족들의 친구, 고마움으로 박수갈채를 보내는 그 나라의 우상이었던 이 때 묻지 않은 고결한 사람은 이타심으로 말미암아 그 이상의 것을 바라지 않았다.

잔 다르크가 이룬 업적은 그 일이 이루어진 환경, 곧 이용할 수 있는 수단과 장애물을 생각해 본다면, 역사에 기록된 어떤 군사 업적보다 뛰어난 것임을 알 수 있다. 로마의 카이사르는 아주 먼 곳까지 정복했지만 로마의 믿음직하고 노련한 병사들로 그 일을 이루었고 카이사르 자신도 경험 많은 군인이었다. 나폴레옹은 유럽 다른 나라들의 훈련받은 군대들을 무찔렀지만, 나폴레옹 역시 군인으로 훈련받았고, 프랑스 혁명이 입으로 불어 준 자유라는 정신에 감화되어 애국심에 불타올랐던 군대, 곧 수없이 많은 패배로 오랫동안 지치고 절망하던 늙고 부서진 병사들이 아닌 전쟁의 찬란한 승리를 열렬히 꿈꾸던 젊은 병사들을 이끌고 일을 시작했다.

그러나 이와 달리 나이도 어리고, 학교 교육도 받지 못했고, 글도 몰랐으며, 시골의 이름 없는 가난한 소녀였던 잔 다르크는 위대한 조국이 외세의 지배 아래 사슬에 묶여 힘없이 쓰러져 있는 것을 보았다. 나라의 국고는 바닥났고, 병사들은 오랫동안 외세의 폭정과 억압에 짓눌려 용기가 사라지고 무기력한 마음으로 절망 속에 흩어져 있었다. 주눅이 든 왕은 체념하고 자신의 운명을 받아들여 외국으로 도망갈 준비를 하고 있었다. 이때 잔 다르크는 이 시체 같은 나라에 손을 얹었다. 그러자 프랑스는 일어나 잔 다르크의 뒤를 따랐다. 잔 다르크는 프랑스의 군대를 승리에서 승리로 이끌며 백년전쟁의 흐름을 뒤바꾸어 놓아, 결국에는 앵글랜드*를 일어서지 못하게 꺾어버리고, 프랑스의 구원자라는 오늘날까지 여전히 불리우는 그 이름 아래 죽었다. 잔 다르크가 왕관을 쓰게 도운 프랑스 국왕은 그 모든 은혜에도 불구하고 나태하고 무관심한 모습으로 서 있었다.

세상이 낳은 가장 고결하고 순결한 아이, 가장 사랑스럽고 존경할 만한 이 아이를 프랑스 사제들이 잡아 산 채로 불에 태울 때에.

---

* 잉글랜드 왕국(927~1707). 10세기에 웨식스 왕조가 잉글랜드를 통일하고 세운 왕국으로 그냥 잉글랜드라 부르기도 한다. 1282년에 웨일스를 정복했고 1707년에는 스코틀랜드를 합병하여 그레이트브리튼 왕국이 된다. 그레이트브리튼 왕국은 1801년에 아일랜드를 합병하지만 1921년에 아일랜드는 북아일랜드를 제외하고 독립한다. 이런 역사를 거쳐 잉글랜드, 스코틀랜드, 웨일스, 북아일랜드가 연합한 국가를 영국이라 부른다.

잔 다르크 이야기의 특별함
법정에서 맹세한 사람들의 증언

잔 다르크의 이야기는 한 가지 면에서 세상의 다른 인물들의 이야기와 다르다. 그것은 진실만을 말하겠다고 선서를 한 후 증인석에 선 사람들이 우리에게 전한 한 인간의 이야기라는 점이다. 1431년 재판과 25년 후에 열린 명예 회복 재판의 공식 기록은 지금도 프랑스 국립 문서 보관소에 보관되어 있다. 이 기록은 잔 다르크에 대한 사실을 또렷이 전하고 있다. 오래전 그 시대에 살던 어떤 사람의 이야기도 잔 다르크의 이야기만큼 확실하고 자세하게 전해져 내려오지 않는다.

루이 드 콩트 경은 이 개인 회고록에서 잔 다르크에 대한 공식 기록과 일치하는 이야기를 들려주고 있다. 공식 기록과 일치하는 기록의 진실성은 의심할 여지가 없지만, 공식 기록에 없는 루이 드 콩트 경이 더한 세부적인 이야기는 그의 증언에만 의존할 수밖에 없다.

진 프랑수아 올든
영역자

루이 드 콩트 경의 머리말*
고조 작은할아버지가 조카들에게

지금은 1492년 내 나이 여든두 살이다. 너희에게 들려주려는 이야기는 내가 아이였을 때, 또 청년이었을 때 직접 겪은 일이다. 최근에 발명된 인쇄술로 찍어낸 책들에 담긴 이야기들, 곧 잔 다르크에 대해 너희와 세상 사람들이 읽었던 이야기와 학교에서 공부했던 역사, 그리고 너희와 세상 사람들이 불렀던 그 노래들에서는 나 루이 드 콩트를 언급하고 있다. 나는 잔 다르크의 견습기사이자 비서였다. 처음부터 마지막까지 나는 잔 다르크와 함께 있었다.

나는 잔 다르크와 같은 동네에서 자랐다. 너희가 친구들과 놀듯이 나와 잔 다르크는 어린아이 시절에 매일 함께 놀았다. 잔 다르크가 위대한 인물이기에, 잔 다르크의 이름이 온 세상을 채우고 있기에, 내가 말하는 것이 사실이라는 게 이상하게 느껴진다.

---

* 루이 드 콩트 경(Sieur Louis de Conte)은 이야기를 들려주는 사람으로서 마크 트웨인의 페르소나이기도 하다(일러두기 참고). 재밌는 것은 루이 드 콩트 경이라는 호칭의 첫 글자 S.L.C.는 마크 트웨인의 본명인 새뮤얼 랭혼 클레멘스(Samuel Langhorne Clemens)의 첫 글자와 같다. 또한 드 콩트의 콩트는 이야기를 뜻하는 프랑스어 콩트와 동일하다.

불이 꺼져가는 보잘것없는 양초가 하늘에 떠있는 태양을 두고 "우리가 양초였을 때 그 사람과 나는 함께 수다를 떠는 가까운 친구였다"라고 말하는 것 같기 때문이다. 하지만 내가 말한 것은 사실이다. 나는 잔 다르크와 함께 놀던 친구였고 전쟁터에서는 옆에서 함께 싸웠다.

지금 이날까지 나는 그 사랑스러운 작은 모습을 선명하게 기억한다. 머리채를 등 뒤로 내리며, 나는 듯 달려가는 말의 목에 가슴을 붙인 채 프랑스 군대의 선봉에서 질주하는 그 모습을. 들썩이는 말들의 머리에 가려지기도 하면서, 은 갑옷을 입은 그 모습은 전장 깊은 곳으로 계속 돌진해 들어갔다. 투구의 깃털 장식을 바람에 날리며 검을 든 손을 높이 올리고 방패로 막던 그 모습.

나는 잔 다르크의 마지막 시간까지 함께 했다. 그 시커멓게 검은 날의 어둠은 잔 다르크를 살해한 잉글랜드의 노예인 프랑스 주교들의 기억 속에, 그리고 구하려 하지 않고 한가하게 서 있던 프랑스의 기억 속에 언제나 남게 될 것이다. 그 검은 날에 내 손은 잔 다르크가 마지막으로 잡았던 손이었다.

수년이 흐르고 수십 년이 흐르면서, 프랑스 전쟁이라는 하늘을 가르는 유성 같은 그 놀라운 소녀의 활약 모습, 그리고 화형대의 연기 속에서 사라진 그 소녀의 모습은 점점 과거로 멀어져 갔지만, 더욱더 놀랍고 신비롭고 성스러우며 애처로워졌다. 이제야 나는 잔 다르크가 어떤 사람이었는지 깨닫게 되었고 이해하게 되었다. 이 세상에 태어난 사람들 가운데 단 한 사람을 제외하고 가장 고결한 삶을 살았던 사람이었다는 것을.

동레미에 있는 잔 다르크 생가

1. 파리의 늑대들

나, 루이 드 콩트 경은 1410년 1월 6일 뇌샤토에서 태어났다. 잔 다르크가 동레미에서 태어나기 정확히 2년 전이었다. 우리 가족은 1401년에 파리 부근에서 먼 이곳까지 피난을 왔다. 프랑스 왕은 정신병에 걸리고 무능했지만 그래도 우리 가족은 프랑스 왕을 지지하는 애국자 아르마냐크파*였다. 잉글랜드를 편드는 부르고뉴파에게 우리 가족은 핍박을 받아 재산을 몰수당했다. 모든 것을 빼앗긴 아버지에게 남은 것이라고는 별 볼일 없는 귀족 신분 달랑 하나뿐이었다. 뇌샤토로 피난 오신 아버지는 가난했고

---

* 프랑스 국왕 샤를 6세가 정신병에 걸려 통치를 못하게 되자, 귀족 당파인 아르마냐크파와 부르고뉴파는 권력을 쥐기 위해 서로 대립하고 급기야 내전까지 일어난다. 아르마냐크 백작이 주도하는 아르마냐크파는 샤를 6세를 지지했지만 부르고뉴 공국의 공작이 주도하는 부르고뉴파는 잉글랜드 편이었다. 두 당파의 대립은 평민들에게까지 확산되었다.

마음 역시 산산 조각나 있었다. 그러나 지역의 정치적인 분위기는 아버지가 좋아하는 것이었고 그것이 중요했다. 아버지는 비교적 조용한 지역으로 이사 오신 것이다.

아버지가 버리고 온 지역은 분노와 미친 사람들과 악마들로 가득 차 있었고, 학살은 날마다 자행되는 놀이여서 사람의 목숨이 안전한 때가 한 시도 없었다. 파리에서는 밤마다 성난 군중이 거리를 돌아다니며 집을 약탈하고 불태우고 사람을 죽였지만 어떤 처벌이나 제재도 없었다. 해가 뜨면 연기가 피어오르는 무너진 집들과 거리 여기저기에 널린 훼손된 시체들이 보였다. 군중을 따라다니며 떨어진 이삭을 줍는 도둑들이 시체들의 옷을 벗겨가 시체들은 알몸으로 누워 있었다. 아무도 용기 내어 죽은 사람들을 묻어주려 하지 않아 시체들은 그냥 그곳에 남아 썩어 갔고 전염병을 낳았다. 시체들 때문에 전염병이 창궐했다. 전염병이 파리 떼처럼 사람들을 휩쓸고 지나갔고 매일 밤 사람들은 전염병으로 죽은 시체를 몰래 묻곤 했다. 전염병의 위세가 드러나 사람들이 나약해져 절망하는 일이 없도록 장례식을 공개적으로 치르는 일이 금지되었던 것이다.

그리고 마지막으로 지난 5백 년간 가장 혹독한 겨울이 프랑스를 찾아왔다. 굶주림, 역병, 학살, 우박, 눈보라가 한꺼번에 파리를 찾아온 것이다. 거리마다 죽은 사람들이 무더기로 쌓였고 늑대들은 한낮에도 도시에 출몰해 시체들을 먹어 치웠다.

아! 프랑스는 그렇게 처참하게 쓰러졌다. 아주 처참하게! 75년 넘게 잉글랜드는 송곳니로 프랑스의 살을 물고 놓지 않았다. 프랑스 군대는 연이은 완패로 겁을 잔뜩 집어먹었다. 프랑스군은 잉글랜드군을 보기만 하면 도망친다는 말이 있었는데 사람들은 이 말을 과장이 아닌 사실로 여겼다. 내가 다섯 살 때 프랑스에는 아쟁쿠르의 대재앙*이 일어났다. 잉글랜드 왕은 프랑스를 쓰러 뜨리고 고국으로 돌아가 영광을 누렸지만 기절한 프랑스는 부르고뉴 공국을 섬기는 떠돌이 용병 부대들의 먹이가 되었다.

한 용병 부대가 어느 날 밤 뇌샤토로 쳐들어 왔다. 우리 집의 불타는 지붕 불빛 아래서 나는 이 세상에서 내게 소중한 가족들이 모두 살해당하는 장면을 보게 되었다. 너희의 고조할아버지인 내 형은 그때 법원에 가 있어 다행히 목숨을 건질 수 있었다. 우리 가족은 살려 달라고 애원했지만 도살자들은 애원하는 모습을 흉내 내며 비웃었다. 나는 발각되지 않아 죽음을 모면할 수 있었다. 그날 밤 야만인들이 가버린 후 나는 숨어 있던 곳에서 기어 나와 불타는 집을 바라보며 밤새 하염없이 울었다. 죽은 사람들과 다친 사람들 외에는 아무도 없었고 나 혼자였다. 마을의 다른 사람들은 모두 도망가 보이지 않았다.

나는 동레미에 사는 한 신부님에게 보내졌다. 신부님 집의 가정부 아주머니는 내게 친엄마와 같은 존재가 되었다. 신부님은 내게 글을 읽고 쓰는 법을 가르쳐 주셨는데 마을에서 글을 아는 사람은 신부님과 나밖에 없었다. 선하신 기욤 프롱트 신부님의 집이 내 집이 되었을 때 나는 여섯 살이었다. 우리는 마을 성당

---

* 아쟁쿠르 전투(1415). 프랑스 북쪽 아쟁쿠르 마을에서 잉글랜드와 프랑스 간에 벌어진 전투로 프랑스가 참혹하게 대패한 전투로 꼽힌다. 직접 참전한 잉글랜드 국왕 헨리 5세는 프랑스 포로들을 모두 죽이고 마을을 불태우는 잔인한 짓을 하게 했다.

가까이 있는 집에서 살았는데 성당 뒤편에는 잔 다르크네 집에 딸린 작은 정원이 있었다.

잔 다르크의 가족은 이랬다. 자크 다르크 아저씨와 이자벨 로메 아줌마는 열 살 자크*와 여덟 살 피에르, 일곱 살 장, 이렇게 세 아들을 두셨다. 또 그 아래로 두 딸을 두셨는데 잔은 네 살이었고 여동생 카트린은 이제 막 한 살이 되었다. 나는 처음부터 그 집 아이들과 함께 놀았다.

다른 친구들도 있었는데 특히 네 남자아이들인 피에르 모렐, 에띠엔 로즈, 노엘 랑그송, 에드몽 오브리가 친구들이었다. 에드몽 오브리의 아버지는 마을의 촌장이셨다. 내 친구 중에는 오메트와 꼬마 망제트 이렇게 두 여자아이도 있었는데, 둘 다 잔과 같은 또래였고 시간이 지나면서 이 둘은 잔의 가장 친한 친구들이 되었다. 둘 다 잔처럼 평범한 농사꾼 집안의 딸이었고 나중에 어른이 돼서는 평범한 남자와 결혼했다. 둘은 신분이 낮았지만 세월이 흐른 후 길에서 이 둘을 마주친 사람들은 아무리 신분이 높더라도 그냥 지나치거나 예를 표하지 않는 법이 없었다. 이들이 잔 다르크와 어린 시절을 함께 보낸 사람들이라는 이유에서였다.

내 친구들은 모두 평범한 농사꾼 집안의 좋은 아이들이었다. 너희가 예상하듯 물론 똑똑하지는 않았지만 부모님과 신부님 말씀을 잘 듣는 마음씨 좋고 다정한 아이들이었다. 물론 자라면서

---

* 잔 다르크의 아버지와 큰오빠의 이름은 둘 다 자크 다르크이다. 이야기에서 아버지는 아저씨라는 말을 붙여 말하고, 큰오빠는 그냥 자크 다르크나 자크라고 말한다. 다르크(d'Arc)라는 성은, 동레미 남쪽에 있는 마을 아르캉바루아(Arc-en-Barrois)에서 태어나 출신지를 성으로 쓴 것이 아닐까 추정하지만 확실하지는 않다.

어른들로부터 좁은 생각과 편견을 그대로 물려받기도 했다. 또한 부모님으로부터 신앙과 정치에 대한 입장 역시 그대로 물려받았다. 얀 후스*와 그 일파들은 교회에 잘못을 찾아냈지만 동레미에서는 아무도 흔들리지 않았다. 내가 열네 살 때 교회가 분열되어 교황이 세 명이 되었지만 동레미 사람들은 누구를 교황으로 모셔야 할지 고민하지 않았다. 로마에 있는 교황이 진짜 교황이었고 나머지는 가짜였으니까. 그리고 마을 사람들은 모두 아르마냐크파, 즉 프랑스 왕을 지지하는 사람들이었다. 우리가 어린아이였을 때 세상에서 가장 미워한 것이 있었다면 그것은 분명 잉글랜드와 부르고뉴 공국이었다.

2. 동레미의 요정나무

우리 마을 동레미는 도시에서 아주 멀리 떨어진 소박한 여느 마을과 다를 바 없는 작은 마을이었다. 좁고 구불구불한 길과 골목이 미로처럼 뻗어 있고 헛간같이 생긴 집의 지붕이 길에 그림자를 드리웠다. 집은 벽에 구멍을 뚫어 만든 나무 덧창을 단 창문으로만 빛이 들어와 그리 밝지 않았다. 마룻바닥은 흙바닥이었고 가구라고는 찾아보기 힘들었다. 사람들은 주로 양과 소를 길러 생계를 이어나갔고 젊은이들도 모두 가축을 돌보았다.

마을의 자연환경은 아름다웠다. 마을 한쪽부터 뫼즈강까지 꽃

---

* 얀 후스(1372~1415). 가톨릭 교회의 부패를 비판하다가 화형을 당한 체코의 종교 개혁자

들이 흐드러지게 핀 평원이 넓게 펼쳐져 있었다. 그리고 마을 뒤쪽부터 잔디밭이 완만하게 올라가 있었는데 그 끝에는 커다란 참나무 숲이 있었다. 숲은 아주 넓고 울창해서 어둑어둑했다. 옛날에는 그 숲에서 많은 범죄자가 살인을 저질렀다고 한다. 더 오래전에는 콧구멍에서 불과 독을 수증기처럼 내뿜는 커다란 용들이 살았다고 한다. 그래서 우리 아이들은 숲에 아주 큰 흥미와 관심을 갖고 있었다.

사실 용 한 마리는 아직도 그 숲에 살고 있었다. 집채만 한 몸뚱이는 나무처럼 길었고 커다란 기왓장을 겹겹이 겹쳐놓은 것처럼 비늘로 덮여 있었다. 눈은 짙은 다홍색이고 캐벌리어 모자* 처럼 컸다. 배의 닻처럼 갈라진 꼬리 끄트머리는 얼마나 큰지 모르겠지만 아무튼 아주 컸다고 하는데, 보통 용의 꼬리보다 더 컸다고 한다. 용의 몸은 번쩍이는 파란색에 황금색 점들이 있다고 마을 사람들은 믿었다. 그러나 단지 그렇게 믿은 것일 뿐 용을 직접 본 사람은 없었다.

용의 색깔에 대해 내 생각은 달랐다. 근거가 없으면 믿을 이유가 없다. 뼈 없이 사람을 만든다고 가정해 보자. 뼈 없는 사람은 눈에는 아름답게 보일지 모르지만 흐물흐물해서 꼿꼿이 서 있을 수 없다. 근거는 믿음의 뼈와 같다. 용은 언제나 황금색이었기 때문에 나는 숲에 사는 용 역시 파란 빛깔이 없는 황금색이라고 믿

---

* 챙이 아주 넓은 모자로 특히 17세기 유럽의 기사들 사이에서 유행했다. 17세기 잉글랜드 내전 때 의회파와 대립하던 찰스 1세를 지지하는 왕당파(cavalier)가 썼기 때문에 이런 이름이 붙었다. 달타냥과 삼총사가 나오는 영화나 그림에서 이들이 쓴 모자가 캐벌리어 모자이다.

었다. 내 믿음이 올바르다는 건 나중에 기회가 되면 다시 이야기 하겠다.

한 번은 숲 가장자리 가까운 곳에 용이 드러누워 있던 적이 있었다. 어느 날 피에르 모렐이 그곳에 있다가 냄새를 맡고서 용이 가까이 있다는 걸 알게 되었다. 이 일은 아주 무서운 위험이 우리 옆에 도사리고 있지만 그 위험을 우리가 모를 수 있다는 끔찍한 사실을 보여주는 사건이었다.

옛날에는 백 명 넘는 기사들이 용을 죽이고 상을 받으려고 세상 아주 먼 곳에서부터 이곳을 찾아왔지만 우리 시대에는 그런 일이 없었다. 우리 시대에 용을 없애버린 사람은 기사가 아닌 신부님이셨으니, 바로 기욤 프롱트 신부님이 용을 없애버리신 분이었다. 신부님이 용을 없애버리신 방법은 이랬다. 신부님은 사람들과 함께 줄을 서서 숲 둘레를 한 바퀴 돌으셨다. 사람들은 양초와 깃발을 들고 향을 피우며 행진하면서 용을 내쫓는 의식을 거행했다. 그 후로 용은 사라졌다. 비록 용의 냄새는 완전히 사라지지 않았다고 많은 사람들이 믿었지만 말이다. 하지만 용의 냄새를 직접 맡은 사람이 있는 것은 아니었다. 단지 용의 색깔에 대한 믿음처럼 뼈가 없는 믿음일 뿐이었다. 신부님이 용을 내쫓는 의식을 거행하시기 전에는 용이 숲에 살았다고 나는 믿는다. 그러나 의식을 거행한 후에도 계속 살았는지, 아니면 사라졌는지에 대해서는 모르겠다.

보쿨뢰르 쪽으로 향하고 있는 높은 지대에는 탁 트인 잔디밭에 아주 크고 위엄 있는 너도밤나무 한 그루가 서 있었다. 가지는 아주 넓게 뻗어 있었고 큰 그늘을 드리웠다. 나무 옆에는 맑고 차가운 샘물이 있었다. 여름날이면 마을 아이들은 이곳에 왔다. 그래, 오백 년 넘게 아이들은 이곳에 왔을 것이다. 이곳에서 아이들은 몇 시간 동안 함께 노래를 부르고 나무 둘레를 돌며 춤을 추었다. 그러다 갈증이 생기면 샘물을 마시곤 했다. 정말 아름답고 즐거운 곳이었다.

아이들은 그곳에 사는 요정들을 기쁘게 해 주려고 여러 가지 꽃으로 화환을 만들어 나무와 샘물가에 걸어 놓았다. 여느 요정처럼 그곳의 마음씨 곱고 한가한 작은 요정들은 아이들이 야생 꽃을 그러모아 만든 예쁘고 고운 화환을 좋아했다. 선물에 대한 보답으로 요정들은 아이들을 위한 일을 해 주었으니, 곧 샘물이 마르지 않고 언제나 물이 가득하게, 또 맑고 시원하게 해 주었다. 그리고 뱀과 톡 쏘는 벌레들도 쫓아 주었다.

오백 년 넘도록, 전설에 따르면 천년 넘도록, 요정과 아이들은 서로 마음 상하는 일 없이 따뜻하게 사랑하고 온전히 신뢰하며 지내 왔다. 한 아이가 죽기라도 하면 아이의 소꿉친구들이 슬퍼하는 것처럼 그렇게 요정들도 슬퍼했다. 장례식 날 동이 트기 전에 요정들은 죽은 아이가 나무 아래 늘 앉던 곳에 작은 꽃다발을 걸어 놓아 자기들도 슬퍼하고 있음을 알려 주었다. 이것은 단지 들은 이야기가 아니다. 내가 직접 눈으로 본 것이기도 하다. 작은 꽃다발이 요정들이 놓은 것임을 알 수 있는 이유는 프랑스 어디에도 없는 검은 꽃들로 만들어진 것이었기 때문이다.

언제인지 알 수 없는 아주 먼 옛날부터 동레미에서 자란 아이들은 '요정나무 아이들'이라고 불려 왔다. 요정나무 아이들에게는 세상의 다른 아이들에게는 없는 신비로운 특권이 하나 있어 동레미 아이들은 그 이름을 좋아했다. 그 신비로운 특권이란 요정나무 아이가 죽음을 앞두게 되면 어떤 환영을 보게 되는 것이다. 어떤 환영인지에 대해서는 서로 다른 전설들이 전해 내려온다. 한 가지 전설에 따르면, 형체 없는 흐릿한 것들이 떠올라 물결처럼 흐르며 점점 어두워지고, 그 너머로 아름다운 요정나무의 모습이 영롱하고 잔잔하게 떠오르는 환영이 나타난다고 한다. 마치 아이의 영혼에는 좋은 일만 있을 거라고 위로하는 것처럼.

이와 달리 환영이 두 번 나타난다는 전설도 있다. 죄의 포로가 된 영혼에게 죽음이 찾아오기 한두 해 전에 요정나무가 앙상한 겨울 모습으로 나타나 경고를 하고, 그 환영을 본 영혼은 두려움에 빠지게 된다고 한다. 만일 죄를 뉘우치고 선한 삶을 살게 되면 환영이 다시 나타나는데 이번에는 요정나무가 여름날의 아름다운 모습으로 나타난다. 그러나 죄를 뉘우치지 않으면 두 번째 환영은 나타나지 않고 영혼은 자신의 멸망을 예감하며 세상을 떠난다고 한다.

또 다른 전설에 따르면 환영은 단 한 번 나타난다고 한다. 요정나무의 아이가 먼 타지에서 쓸쓸하게 죽어가면서 마지막으로 고향을 애처롭게 그리워하면, 또 그 영혼이 죄 없는 영혼이라면 요정나무의 환영이 나타난다고 한다. 지나간 성스러운 어린 시절에 이들이 사랑하던 애인이요, 기쁨을 나누던 친구요, 작은 슬픔도 위로해 주던 요정나무의 모습이 아니고서는 무엇이 이들의 마음에 고향을 떠오르게 할 수 있을까?

내가 말한 대로 요정나무의 환영에 대해서는 서로 다른 전설이 있기 때문에 사람마다 믿는 전설이 달랐다. 요정나무의 아이들 가운데 한 사람인 나는 이 중에 하나가 사실이라는 것을 알게 되었다. 마지막에 말한 전설 말이다. 그러나 다른 전설들이 사실이 아니라고 말하지는 않겠다. 다른 전설들도 나는 사실이라고 생각한다. 단지 마지막으로 이야기한 전설대로 일어난 일을 내가 알고 있을 따름이다. 확신할 수 없는 것은 놓아두고 자신이 진실임을 아는 것을 믿는 것이 분별력 있는 마음일 것이고 또 그렇게 하는 것이 이로울 것이다.

나는 알고 있다. 요정나무의 아이가 먼 타지에서 죽을 때, 하느님과 평화를 이룬 상태에서 죽는다면 이들은 동경 어린 눈을 고향으로 돌릴 것이다. 그러면 하늘나라를 가리던 구름 커튼의 벌어진 틈으로, 멀리서 황금빛으로 빛나는 요정나무의 잔잔한 모습을 보게 될 것이다. 그리고 강으로 내려가는 꽃이 만발한 들판을 볼 것이고, 죽어가는 영혼의 코에는 고향에 핀 꽃들의 달콤한 향내가 희미하게 불어올 것이다. 그리고 환영은 서서히 사라져 버릴 것이다. 하지만 그들은 알고 있다. 그래, 알고 있다! 그리고 옆에 있는 당신도 달라진 그들의 얼굴을 보고 알 수 있다. 소식이 왔으며 그 소식은 하늘나라에서 온 것이라는 것을!

잔과 나는 이 마지막 전설을 믿었지만, 피에르 모렐과 자크 다르크를 비롯한 다른 많은 아이들은 죄 지은 영혼에게만 환영이 두 번 나타난다는 이야기를 믿었고 그것이 사실이라고 주장했다. 아마도 저들의 아버지께서 그렇게 믿고 자녀들에게 이야기해 주었기 때문일 것이다. 사람은 이 세상에서 대부분 다른 사람에게 들은 이야기를 통해 배우기 마련이니까.

그런데 요정나무 환영이 두 번 나타난다고 믿는 것은 이런 관습이 있기 때문이기도 하다. 아주 오랜 옛날부터 동네 어느 사람의 얼굴이 재처럼 하얗고 큰 두려움으로 굳어 있으면 동네 사람들은 자기 이웃에게 이렇게 말하곤 했다.

"아, 저 사람 죄를 지었나 봐요. 경고받은 게 틀림없어요."

그러면 이웃은 몸서리를 치며 다시 이렇게 속삭여 답하곤 했다.

"그런 것 같아요. 불쌍한 사람. 나무를 보았던 거예요."

전설에 무게를 실어 주는 이와 같은 관습을 무시해서는 안 된다. 수백 년 동안 사람들이 해 온 일은 언제나 증명된 것에 가깝기 때문이다. 그리고 그런 관습이 계속된다면 언젠가 그것은 권위를 갖게 되고 권위는 쌓인 암반처럼 굳게 서 있게 된다.

오랫동안 살아오면서 나는 아직 멀리 있는 죽음을 알리는 요정나무 환영을 보았다는 사람들의 이야기를 여러 차례 들은 적이 있다. 하지만 그 가운데 어떤 환영도 죄를 지으며 살아가는 사람에게는 나타나지 않았다. 그래, 선한 사람에게 나타난 환영은 특별한 은총이었다. 그 영혼이 구원받을 거라는 소식을 죽는 날까지 미루지 않고 환영은 그 소식을 죽기 훨씬 오래전에 전해 주어 그 영혼에게 평화를, 더 이상 깨뜨릴 수 없는 하느님이 주시는 영원한 평화를 가져다주는 것이다. 나 자신도 나이가 많아 노쇠해졌지만 요정나무 환영을 보았기 때문에 평온한 마음으로 기다리고 있다. 나는 환영을 보았기에 만족하고 있다.

아주 오래전부터 아이들은 손에 손을 맞잡고 요정나무 둘레를 돌며 춤을 추면서 나무의 노래인 '부르레몽의 요정나무 노래'를 불러왔다. 아이들은 즐거우면서도 신비로운 분위기에 젖어 그 노래를 불렀다. 내가 살아온 모든 날 동안 지치고 괴로울 때면, 그 노래는 꿈꾸는 듯이 내 영혼에 속삭이며 달콤하게 위로해 주었고, 내게 쉼을 주며 어두운 밤을 지나 멀리 있는 고향으로 나를 다시 데려가 주었다. 언어와 삶의 방식이 다른 나라에서 나그네로 살며 마음이 힘에 부칠 때, 요정나무 아이들에게 그 노래가 수백 년 동안 어떻게 다가왔는지는 그 고장 사람이 아니고서는 알 수 없으리라.

그저 단순한 노래라고, 어쩌면 별로 아름답지 않은 노래라고 너희는 생각할지 모른다. 하지만 그 노래가 우리에게 어떤 의미였고, 그 노래가 우리 기억을 떠다니며 우리 눈앞에 보여준 것이 무엇이었는지 안다면, 너희는 그 노래를 소중히 여길 것이다. 그리고 왜 우리 눈에서 눈물이 샘솟아 앞을 흐리게 했는지, 왜 우리 목소리가 멎고 노래의 마지막 소절을 부르지 못하게 됐는지 너희는 이해하게 될 것이다.

> 고향을 떠나 방랑길에 있는 우리
> 네 모습 그리워 마음 앓네.
> 요정나무야, 우리 눈앞에 나타나렴!

잔 다르크가 어린아이였을 때 우리와 함께 나무 둘레를 돌며 이 노래를 불렀다는 것을, 그리고 이 노래를 잔 다르크는 언제나 사랑했다는 것을 너희는 알 것이다. 이런 사실이 이 노래를 신성하게 한다. 그래, 너희도 인정할 것이다.

부르레몽 요정나무
아이들의 노래

부르레몽 요정나무야,
네 이파리를 그리 푸르게 하는 건 무어니?
아이들의 눈물!
슬픔을 들고 온 아이들의 아픈 마음을
넌 달래고 즐겁게 해 주었지.
그리고 눈물을 훔쳐 갔어.
그 눈물 한 방울에 장미 이파리 하나가 살아났단다.

부르레몽 요정나무야,
너를 그리 힘차게 하는 건 무어니?
아이들의 사랑!
아이들은 오랫동안 널 사랑해 왔단다,
천 년 세월을 진실하게.
네 양식은 아이들의 사랑과 노래.
아이들이 네 가슴 따뜻하게 감싸고
천 년 세월 젊음을 잃지 않게 해 주었지.

부르레몽 요정나무야,
우리 어린 가슴속에 언제나 푸른 모습으로 머무르렴!
그럼 시간은 날아가더라도
우린 언제나 젊을 거야.
고향을 떠나 방랑길에 있는 우리
네 모습 그리워 마음 앓네.
요정나무야, 우리 눈앞에 나타나렴!

요정들은 우리가 아이였을 때 여전히 거기에 있었지만 우리 중에 요정을 본 아이는 없었다. 백 년 전에 동레미의 한 신부가 요정나무 아래서 요정들을 내쫓는 의식을 거행하면서, 요정은 악마의 친척이라고 맹렬히 비난하고, 요정은 구원을 얻지 못하게 하겠다고 말한 적이 있다. 신부는 다시는 나타나지 말라고 경고했고, 계속 국화꽃을 놓아둔다면 교구에서 영원히 추방하겠다고 으름장을 놓았다.

그 시절 동레미의 아이들은 모두 요정의 편을 들며 애원했다. 요정들은 자기들의 소중하고 좋은 친구들이고 한 번도 해를 입힌 적이 없다고. 그러나 신부는 아이들의 애원을 듣지 않고 말하길, 요정을 친구로 삼는 건 부끄러운 죄라고 했다. 아이들은 슬퍼했고 아무도 그 슬픔을 달랠 수 없었다. 아이들은 서로 약속했다. 요정이 보이지 않아도 자기들은 요정을 언제나 사랑하고 기억한다는 영원한 표시로, 나무에 꽃으로 만든 고리를 계속 걸어두기로 말이다.

내가 어릴 때 일어난 일이다. 어느 늦은 밤이었다. 그 늦은 시간에 불행한 큰일이 일어났다. 에드몽 오브리의 어머니가 요정나무 옆을 걷고 계실 때였다. 요정들은 아무도 없다고 생각하고 요정나무 옆에서 몰래 춤을 추고 있었다. 춤을 추는 데 너무 열중하고 즐거운 나머지, 또 벌꿀로 만든 음료에 취한 나머지 요정들은 아무것도 눈치채지 못했다. 오브리 아줌마는 깜짝 놀랐지만 경이로움에 사로잡혀 한동안 요정들을 지켜보았다.

환상적인 작은 생명체들이 침실의 반 정도 되는 공간에 3백 명쯤 모여 손에 손을 잡고 큰 원을 그리며 야단법석을 떨고 있었다.

몸을 뒤로 젖혀 웃고 노래하는 소리를 오브리 부인은 또렷이 들었다. 요정들은 폴짝 뛰어오를 때 손가락 세 마디 만큼 땅에서 완전히 떠 있을 수 있었는데 그 모습이 아주 재미있었다. 여태껏 본 춤 중에서 가장 정열적이고 매혹적인 춤이었다. 1분, 2분쯤 흐르자 작은 생명체들은 불쌍하게도 부인을 발견하고 말았다. 모두 무섭고 슬퍼 찍 소리를 내면서, 콩알만 한 아주 작은 주먹으로 눈을 비비며 울며불며 사방으로 도망쳤고 그렇게 모두 사라져 버렸다.

무정한 아줌마, 아니, 무정한 게 아니라 단지 사려 깊지 못했던 이 어리석은 아줌마는 곧장 집에 가서 이웃들에게 자기가 본 걸 전부 이야기했다. 그때 요정들의 작은 친구들인 우리는 잠을 자느라 우리에게 닥쳐올 재난을 알지 못했고, 모두 일어나 어른들의 그 위험한 혀의 움직임을 멈추어야 한다는 걸 몰랐다. 아침이 되자 마을 사람들은 그 일을 모두 알고 있었고 재난은 이미 돌이킬 수 없는 지경에 이르렀다. 마을 사람들이 모두 안다는 건 물론 신부님 역시 안다는 걸 뜻했다.

우리는 모두 프롱트 신부님에게 몰려가 울며 애원했다. 신부님은 아주 친절하고 상냥한 분이셨기에 우리의 슬픔을 보시고서 함께 우셨다. 신부님은 요정을 내쫓길 원치 않으셨고 또 그렇게 말씀하셨다. 하지만 요정이 다시 모습을 드러내면 반드시 이곳을 떠나야 한다는 법이 있기 때문에 자신은 어쩔 수가 없다고 말씀하셨다.

이 모든 일은 가장 좋지 않은 때에 일어났다. 잔 다르크가 열이 나 누워있고 정신이 몽롱한 때에 일어난 것이다. 잔에게 있는 사려 깊음과 설득력이 없는 우리가 무엇을 할 수 있을까? 우리는 벌떼처럼 잔의 침대에 모여들어 소리쳤다.

"잔, 일어나! 일어나! 시간이 없어! 가서 요정을 도와 줘. 요정을 구해 줘. 너밖에 할 사람이 없어!"

그러나 잔은 비몽사몽이라 우리가 무슨 말을 하는지 알아듣지 못했다. 그래서 우리는 모든 것이 끝났다고 생각하며 되돌아갔다. 그래, 모든 것이 끝났다. 영원히 끝났다. 오백 년간 어린아이들의 믿음직한 친구였던 요정들은 이제 떠나야 했고 다시는 돌아오지 못할 것이다.

프롱트 신부님이 나무 아래에서 요정들을 내쫓는 의식을 하던 그날은 우리에게 정말 슬픈 날이었다. 우리는 애도를 표하는 옷을 입고 싶었지만 허락받지 못했다. 그래서 보이지 않게 몰래 작은 검은색 헝겊을 옷에 매달아 슬픔을 표현하는 것에 만족해야 했다. 그러나 우리의 마음은 모두 애도의 옷을 입고 있었다. 마음을 온통 덮을 만큼 크고 고귀한 옷을. 마음은 우리만의 것이어서 애도의 옷을 입지 못하도록 어른들은 들어올 수 없었다.

그 후로 '부르레몽의 요정나무'라는 아름다운 이름을 가진 그 거대한 나무는 이전처럼 우리의 마음에 다가오지는 못했다. 그러나 그 나무는 여전히 우리에게 소중했다. 그리고 이제 늙은 나이가 되어 일 년에 한 번씩 그곳에 가는 내게도 여전히 그 나무는 소중하다. 나는 나무 아래 앉아 마음속으로 내 어린 시절 친구들을 하나하나 불러 내 옆에 앉게 한다. 그리고 흐르는 눈물 속에서 친구들의 얼굴을 보면서 가슴이 미어지곤 한다. 아, 나의 하느님!

그 일 이후로 그곳의 모습은 한두 가지 변한 것이 있었다. 요정이 보호하지 않는 샘물은 더 이상 신선하지도, 시원하지도 않았고 물도 삼분의 일만 고이게 되었다. 요정들이 쫓아버렸던 뱀과 벌레가 다시 돌아와 많아져서 사람들을 괴롭게 했는데 이것은 지금까지도 그렇다.

슬기로운 꼬마 잔이 병에서 낫자 우리는 잔이 아팠기 때문에 우리가 얼마나 많은 걸 잃어버렸는지 알게 되었다. 잔이라면 요정을 구할 수 있다고 믿었던 우리의 믿음이 올바르다는 걸 알게 되었기 때문이다. 잔은 아주 작은 아이였지만 폭풍우처럼 분노했고 곧장 프롱트 신부님을 찾아갔다. 그리고 식사하시던 신부님 앞에 서서 인사를 드리고는 입을 열었다.

"요정은 다시 사람에게 모습을 드러내면 떠나야 했어요. 그렇죠?"

"그래, 그랬지. 아가."

"어떤 사람이 한밤중에 다른 사람 방에 몰래 들어왔다가 방에 있는 사람이 옷을 반쯤 벗은 채로 있는 걸 보면 방에 있는 사람이 자신의 모습을 드러냈다고 말하는 게 올바른가요?"

"글쎄, 그렇지는 않지."

얼굴에 조금 근심한 빛이 생긴 선한 신부님은 난처하다는 듯 대답하셨다.

"사람이 죄를 지을 마음이 전혀 없었어도 사람이 한 일을 죄라고 할 수 있나요?"

"아, 불쌍한 우리 꼬마야, 내 잘못이 뭔지 깨달았다."

프롱트 신부님은 두 손을 앞으로 내밀며 말씀하시고는 잔을 옆으로 끌어당겨 안아 주셨다. 그리고 잔과 화해하려고 애쓰셨다. 하지만 잔의 감정은 너무 북받쳐 올라 당장 가라앉을 수 없었다. 잔은 신부님의 가슴에 머리를 묻고 울음을 터뜨리며 말했다.

"그러면 요정들도 죄를 짓지 않았어요. 죄를 지을 마음이 전혀 없었거든요. 요정들은 누가 지나간다는 걸 몰랐던 거예요. 요정들은 너무 작고 약해서 자신들이 잘못한 게 아니란 걸, 사람들에게 모습을 보이려 했던 게 아니란 걸 말할 수 없었어요. 또 요정들을 위해 그 단순한 사실을 생각해서 말해 줄 친구가 없어서 집에서 영원히 쫓겨났어요. 이건 잘못이에요. 이렇게 하는 건 잘못이에요!"

선한 신부님은 잔을 더 가까이 끌어안고 말씀하셨다.

"아, 아기와 젖먹이의 입으로 생각 없고 분별없는 행동이 정죄당하는구나. 아, 하느님. 널 위해 작은 요정들을 다시 데리고 올 수 있으면 좋으련만. 내 잘못이다. 그래, 다 내 잘못이야. 내가 올바르지 못했어. 이제 울지 마라. 네 늙은 친구보다 더 슬픈 사람은 없을 게야. 울지 마라, 아가야."

"눈물이 그치지 않아요. 울어야 해요. 신부님이 한 일에 비하면 우는 건 아무것도 아니죠. 신부님이 후회하신다고 속죄가 될까요?"

프롱트 신부님은 얼굴을 돌리고는 웃으셨다. 웃는 걸 보고 잔의 기분이 상할까 봐 얼굴을 돌리신 것이다.

"아, 가장 정의롭고 엄격한 고발자구나. 그래, 그런 걸로는 속죄가 안 되지. 베옷을 입고 재를 뒤집어쓸게. 그러면 만족하니?"

잔의 흐느낌이 진정되기 시작했다. 잔은 눈물 어린 눈으로 할아버지 신부님을 올려다보며 짧게 말했다.

"네, 만족해요. 그래서 죄가 용서받는다면요."

프롱트 신부님은 지키기에 썩 유쾌하지 않은 약속을 기억하지 않으셨다면 아마도 다시 웃으셨을 것이다. 약속은 반드시 지켜야 했다. 그래서 신부님은 일어나서 벽난로 쪽으로 걸어가셨다. 그런 신부님의 모습을 잔은 주의 깊게 지켜보았다. 신부님은 삽으로 차가운 재를 푸시더니 하얗게 센 머리 위에 부으려고 하셨다. 그런데 그 순간 동작을 멈추시더니 더 좋은 생각이 난 듯 말씀하셨다.

"나 좀 도와줄 수 있니, 아가?"

"신부님, 어떻게요?"

그러자 신부님은 무릎을 꿇으시고 머리를 낮게 숙인 채 말씀하셨다.

"이 재를 나 대신 내 머리 위에 뿌려다오."

신부님의 이 말씀으로 사건은 당연히 여기서 끝나게 되었다. 이긴 쪽은 신부님이셨다. 그런 끔찍한 일을 해야 한다는 것에 잔이나 마을의 다른 아이들이 얼마나 충격을 받았을지 상상이 갈 것이다. 잔은 달려가서 신부님 옆에 무릎을 꿇고 말했다.

"아, 끔찍해요. 그렇게 하는 게 베옷을 입고 재를 뒤집어쓰는 건지 몰랐어요. 제발 일어나세요, 신부님."

"용서받기 전까지는 일어날 수 없다. 날 용서해 주겠니?"

"제가요? 아, 저한테는 아무 잘못도 안 하셨어요, 신부님. 그런 비극적인 행동을 하신 걸 용서해 줄 사람은 신부님 자신이세요. 제발 일어나세요, 신부님. 안 일어나실 거예요?"

"상황이 전보다 더 안 좋아졌어. 너한테 용서받고 있다고 생각했는데, 용서하는 사람이 나라면 나 자신에게 관대할 수가 없구나. 난 그럴 수 없어. 자, 그럼 어떻게 해야 하지? 네 슬기로운 조그만 머리로 어떤 방법이 있을지 생각해 보렴."

잔의 애원에도 불구하고 신부님은 자신을 용서하지 않으시려 했다. 그러자 잔은 다시 울려고 했다. 그러나 갑자기 좋은 생각이 난 것 같았다. 그러더니 부삽을 쥐더니 자기 머리에 재를 쏟아붓는 게 아닌가! 흩날리는 재 가루에 숨이 막혀 콜록거리며 잔은 더듬더듬 말했다.

"이제 해결됐어요. 제발 일어나세요, 신부님."

할아버지 신부님은 재미있기도 했지만 깊이 감동하셨다. 그래서 잔을 품에 안으시고 말씀하셨다.

"아, 너 같은 아이는 없을 거야! 작은 순교였어. 성화로 표현할 거창한 일은 아니지만 바르고 진실한 마음이 담긴 행동이야. 내가 증인이다."

신부님은 잔의 머리에서 재를 털어주셨다. 그리고 잔이 얼굴과 목을 닦고 다시 깨끗한 모습을 할 수 있게 도와주셨다. 그런 다음 기분이 좋아진 신부님은 논쟁을 더 하고 싶으셔서 의자에 앉으시고는 잔을 다시 옆에 오게 한 다음 말씀하셨다.

"잔, 너 다른 아이들이랑 요정나무 옆에서 화환을 만들곤 했지? 그렇지?"

신부님은 나를 궁지에 몰아넣고 내 코를 꿸 때 으레 하시는 것처럼 그렇게 잔에게 말씀하셨다. 별일 아닌 것처럼 상냥하게 이야기해서 사람을 무방비 상태로 만들고는 함정이 있는 곳으로 데리고 가신다. 끌려가는 사람은 함정에 들어가서 등 뒤에 문이

닫힐 때까지 어디로 가는지 전혀 알아차리지 못한다. 신부님은 그런 수법을 즐기셨다. 이제 잔 앞에 미끼로 옥수수 알갱이를 줄줄이 던지실 거라는 걸 난 알았다. 신부님의 질문에 잔이 대답했다.

"네, 맞아요. 신부님."

"화환을 나무에다 걸었지?"

"아니요, 신부님."

"나무에다 걸지 않았다는 말이냐?"

"네."

"왜 그랬지?"

"제가 … 음 …. 그러니까 그러고 싶지 않았어요."

"걸고 싶지 않았다고?"

"네, 신부님."

"그럼 화환으로 뭘 했니?"

"교회에다 걸어 놨어요."

"나무에는 왜 걸고 싶지 않았지?"

"요정들이 악마의 친척이라 그렇게 하면 죄라는 말이 있어서요."

"요정을 높이는 건 옳지 못한 일이라 생각했단 말이지?"

"네, 옳지 않다고 생각했어요."

"요정을 그렇게 높이는 게 옳지 않은 일이라면, 또 요정들이 악마의 친척이라면, 너와 다른 아이들에게 요정이 위험한 존재일 수도 있겠구나. 그렇지 않니?"

"그럴 수도 있을 거 같아요. 네, 그렇게 생각해요."

신부님은 잠시 잔을 지그시 바라보셨다. 나는 신부님이 덫을 찰칵 닫으실 거라 생각했고 과연 예상대로 그렇게 하셨다. 신부님의 말씀은 이랬다.

"그럼 이 일은 이렇게 되는 거란다. 요정은 무서운 혈통 때문에 가까이 가는 게 금지된 이들이란다. 아이들에게는 위험할 수가 있지. 그렇다면 아가, 이제 내게 이유를 말해줄 수 있겠니? 생각해낼 수 있다면 말이다. 요정을 쫓아낸 게 나쁜 일이 되는 이유 말이다. 왜 요정을 내쫓지 말아야 하지? 간단히 말해서 요정이 사라져서 손해될 게 무어지?"

자신의 승리를 이렇게 어리석게 내던지시다니! 신부님이 아이였다면 나는 분통이 터져 귀싸대기를 한 대 올렸을 것이다. 지금껏 잘 해오시다가 마지막에 이렇게 어리석고 치명적인 실수를 하셔서 모든 걸 망쳐놓으셨다. 잔이 손해 본 게 뭐라니! 잔 다르크가 어떤 아이인지 전혀 모르셨단 말인가? 얻는 것이, 또 잃는 것이 무엇인지 잔은 아무런 관심도 없다는 걸 전혀 모르셨던 걸까? 잔이 불같이 들고일어나게 할 수 있는 유일하고 확실한 방법은, 다른 사람이 잘못된 일을 당하거나 손해를 보았다는 걸 알려주는 것뿐이라는 단순한 사실이 신부님의 머릿속에는 전혀 없었던 걸까? 신부님은 자신이 빠질 함정을 놓으셨던 것이다. 신부님이 하신 것은 그게 다였다.

신부님의 입에서 그 말이 나온 순간 잔은 분노가 치밀어 눈물이 솟았다. 그리고 격정 어린 힘으로 신부님께 버럭 소리를 질렀는데 신부님은 그 기세에 놀라셨다. 하지만 나는 놀라지 않았다. 신부님이 잘못 선택한 클라이맥스로 나아가셨을 때 나는 신부님이 화약고에 불을 질렀음을 이미 알고 있었다.

"뭐라고요, 신부님? 어떻게 그런 말을 하실 수 있어요? 프랑스의 주인은 누구죠?"

"그야 하느님과 왕이지."

"사탄이 아니고요?"

"사탄이라고 아가야? 이 나라는 가장 높으신 하느님이 발을 놓으시는 발판이란다. 사탄은 이 땅의 흙 한 줌도 갖고 있지 않지."

"그러면 불쌍한 요정들한테 집을 주신 건 누구죠? 하느님이시잖아요. 수백 년 동안 요정들을 지켜주신 건 누구죠? 하느님이시잖아요. 수백 년 동안 요정들이 거기서 춤추고 놀게 허락해 주시고 아무 잘못도 찾지 못하신 건 누구죠? 하느님이시잖아요. 하느님이 요정들을 인정해 주셨는데 감히 누가 요정들에게 해를 가한 거죠? 인간이에요. 인간은 금하지만 하느님은 허락하신 해롭지 않은 놀이를 하던 요정들을 다시 걸고넘어진 건 누구죠? 그리고 불쌍한 요정들을 위협하면서 집에서 쫓아낸 건 누구죠? 선하신 하느님이 자비로운 마음으로 불쌍히 여겨 요정들에게 주신 집에서 말이죠.

하느님은 오백 년 동안 요정들과 사이좋게 지내고 계신다는 표시로 요정들에게 비와 이슬을 내려주시고 햇빛을 비추어 주신 게 아닌가요? 그곳은 하느님이 선하신 마음으로 은혜로우신 마음으로 요정들에게 주신 요정들의 집이에요. 인간은 집을 빼앗을 권리가 없단 말이에요. 요정들은 아이들의 가장 순하고 진실한 친구들이었어요. 또 오백 년 동안 애정을 가지고 즐겁게 아이들에게 잘해주었을 뿐, 어떤 아이도 해치거나 상처를 준 적이 없어요.

아이들은 요정을 사랑했어요. 지금은 요정 때문에 슬퍼하고 있죠. 슬픔은 사라지지 않을 거예요. 아이들이 무얼 했기에 이렇게 잔인한 상처를 입어야 하나요? 불쌍한 요정들이 아이들에게 위험할 수 있다고요? 그럴 수도 있겠지만 절대 그런 적이 없었어요. 위험하지 않은 요정들을 위험할 수 있다고 내쫓는 건 말이 안 되죠. 악마의 친척이라고요? 그게 뭐가 잘못이라는 거예요? 악마의 친척이라도 권리가 있어요. 그러니 요정도 권리가 있는 거예요. 아이들도 권리가 있고 요정도 권리가 있어요. 제가 여기 있었다면 말했을 거예요. 아이들을 위해서, 요정들을 위해서 간청하고 신부님 손을 붙들어 요정들을 모두 구했을 거예요. 하지만 이젠, 아, 이젠 모든 게 끝났어요. 모든 게 끝나서 이제는 어찌해 볼 도리가 없어요!"

요정은 악마의 친척이기에 피해야 한다는 것, 그리고 구원받는 대상에서 제외되기 때문에 인간은 요정에게 동정심과 우정을 주면 안 된다는 생각을 잔은 맹비난하며 말을 맺었다. 잔은 반대로 바로 그와 같은 이유에서 인간은 요정을 가엾게 여겨야 하고 사람답고 애정 어린 일을 해 주어야 한다고 말했다. 요정들이 짊어진 가혹한 운명은 요정들의 잘못이 아니라 단지 타고난 것이므로 그런 운명을 잊도록 해 주어야 한다고 잔은 말했다.

"불쌍한 작은 요정들! 도대체 인간의 마음은 뭐로 만들어졌길래 기독교인의 아이들은 가엾게 여기면서, 천 배나 더 가엾게 여겨야 하는, 악마의 아이들은 가엾게 여길 수 없다고 하는 걸까!"

프롱트 신부님에게서 몸을 빼냈던 잔은 주먹으로 눈을 비비며 분해서 작은 발로 바닥을 내리쳤다. 그리고 갑작스레 방을 뛰쳐나가 사라졌다. 회오리바람처럼 몰아치는 격정에 사로잡혀 폭풍처럼 쏟아지는 잔의 말에서 우리가 미처 빠져나와 정신을 차리기 전이었다.

잔이 마지막 말을 할 때 일어섰던 프롱트 신부님은, 제자리에 서서 손으로 뒷짐을 지었다가 이마에 갖다 댔다 하시면서 큰일을 당해 멍해진 사람처럼 안절부절못하고 계셨다. 그러시다가 몸을 돌려 비좁은 사무실 문쪽으로 걸어가셨다. 문으로 들어가시는 신부님이 슬프게 중얼거리시는 소리가 들렸다.

"아, 내가 …. 가엾은 아이들. 가엾은 악마들. 그래 이들한테도 권리가 있지. 잔이 말한 게 맞았어. 그런 생각을 전혀 하지 못했네. 하느님, 절 용서해 주십시오. 제 잘못입니다."

그 말을 듣자 신부님이 자신이 걸려들 함정을 놓았다고 본 내 생각이 맞았다는 걸 알았다. 정말로 그랬다. 너희가 본 것처럼 신부님은 함정 안으로 걸어 들어가신 것이다. 나는 힘이 솟으면서 나도 잔처럼 신부님을 함정에 빠지게 할 수 있지 않을까 하는 기대감을 가졌다. 하지만 생각을 하니 그런 마음은 이내 사라졌다. 나에게는 잔의 재능과 같은 그런 재능이 없었다.

3. 한밤중의 낯선 손님

이 이야기를 하니 더 많은 일들이 떠오른다. 많은 이야기를 할 수 있지만 지금은 그렇게 하지 않으련다. 지금 기분으로는 그 평화로운 날들, 특히 겨울에 우리 마을 집집마다 함께 모여 보냈던 소박하고 평범한 그 좋은 시간을 되돌아보고 싶다. 여름에 우리 아이들은 동이 트자마자 산들바람 부는 고원으로 가축을 몰고 나가 밤이 될 때까지 시끄럽게 뛰놀았다.

그러나 겨울은 조용하고 아늑한 시간이었다. 우리는 자주 자크 다르크 아저씨 집에 모여 시간을 보냈다. 집의 바닥은 흙이었다. 우리는 큰 거실에 모여 벽난로에는 큰불을 피우고는 게임을 하고 노래를 부르고 미래를 점치며 놀았다. 그리고 마을 어른들에게 옛날이야기와 역사 이야기, 꾸며낸 이야기를 비롯한 이런저런 이야기를 들으며 밤 자정까지 있곤 했다.

어느 겨울밤이었다. 그 겨울은 이후 몇 년 동안 마을 사람들이 혹독한 겨울이라고 말했던 그런 겨울이었다. 우리는 자크 다르크 아저씨 집에 모여 있었다. 유난히도 추운 밤이었다. 밖에는 돌풍이 불었는데 듣는 이들의 마음을 흔들 만큼 바람은 비명을 질렀다. 그러나 나는 그 소리가 아름답다고 생각했다. 집 안 안락한 곳에서 바람의 포효 소리, 클라리온을 부는 듯한 그런 소리를 듣는 것은 대단하고 멋있는 아름다운 경험이라고 생각했다. 우리 모두 그렇게 느꼈다. 벽난로는 불이 활활 타오르고 굴뚝 안으로 내리는 진눈깨비가 불에 틱틱 하는 소리를 냈다. 우리는 허풍스러운 이야기에 깔깔대기도 하고 노래를 부르기도 했다. 그렇게 밤 10시까지 있다가 따뜻한 귀리죽과 콩, 그리고 곡물을 갈아 만든 버터 바른 케이크에 다른 것들을 곁들여 먹었다.

꼬마 잔은 조금 떨어져 나무상자에 앉아 있었다. 그리고 다른 상자에 죽 그릇과 빵이 담긴 그릇을 놓고는 잔을 에워싸고 있는 동물들에게 먹이를 주고 있었다. 잔은 평소 자기가 먹는 것보다 많은 양을 가지고 있었는데 그도 그럴 수밖에 없는 것이 집에서 쫓겨난 고양이들이 와서 잔과 함께 지냈기 때문이다. 또 집이 없거나 사랑받지 못하는 다른 동물들도 그 얘기를 들었는지 잔을 찾아왔다. 그리고 동물들은 자연의 동물 친구들에게 이야기해서 새들과 숲속 다른 겁 많은 동물들도 잔을 두려워하지 않았다. 잔을 보게 되면 언제나 친구라고 생각해서 잔과 어울리다 잔의 집까지 초대받아 오곤 하여 잔의 집에는 동물들이 늘 따라오곤 했다.

잔은 모든 동물에게 친절했다. 어떤 동물이든, 인간이 어떻게 여기는 동물이든 상관없이, 동물이라는 이유만으로 잔은 동물을 사랑했다. 잔은 동물들을 우리에 가두려 하지 않았고 목걸이나 목줄 같은 것을 채우려 하지 않았다. 그저 동물들이 자유롭게 왔다가 원하는 때에 다시 돌아가게 했다. 동물들은 그런 대우를 좋아해 잔을 찾아왔다. 그러나 전혀 돌아갈 생각을 하지 않아 아주 큰 골칫거리가 되어 자크 다르크 아저씨는 동물들에게 잔소리를 많이 늘어놓곤 했다. 그러나 아줌마는 말하길, 잔에게 그런 능력을 주신 분은 하느님이시고 무슨 일이 일어나는지 하느님이 아시기 때문에 그분 뜻대로 놓아두어야 한다고 말했다. 하느님이 그러라고 하지 않으셨는데 그분의 일에 간섭하는 것은 현명하지 못한 일이라며 말이다.

그리하여 결국 잔과 동물들은 평화롭게 지내게 되었다. 그리고 앞서 말한 것처럼 그날 밤에도 토끼와 새들과 다람쥐와 고양이, 심지어 파충류까지 잔의 주위에 모여서 잔한테 먹을 것을 받아먹고 있었다. 잔의 어깨에는 아주 작은 다람쥐 한 마리가 있었다. 다람쥐는 다른 동물들처럼 앉아 아주 오래돼서 돌같이 딱딱한, 밤으로 만든 과자 조각 하나를 옹이투성이인 두 손에 들고 있었다. 그리고 덜 단단한 곳을 찾다가 그런 데를 찾으면 무성한 털북숭이 꼬리와 뾰족한 두 귀를 쫑긋 세우면서 감격에 싸여 고마움을 표현했다. 그리고 이때를 위해 달고 있는 가느다란 앞니 두 개로 갉아먹었다. 다람쥐가 앞니로 갉아먹는 걸 본 사람이라면 앞니는 장식품이 아니란 걸 알게 될 것이다.

모든 것이 유쾌하고 재미있고 좋았다. 누군가 문을 두드리기 전까진 말이다. 대오에서 뒤처진 해어진 옷을 입은 군인 한 사람이 문을 두드렸다. 이 나라에는 이런 사람들이 끊이지 않았다. 온통 눈을 뒤집어쓴 군인 아저씨는 문안으로 들어와서 발을 쿵쿵 구르고 몸을 흔들어 눈을 털어내고는 문을 닫았다. 그리고 축 늘어진 해진 모자를 벗어서 다리에 한두 번 탁탁 쳐서 모자에 붙은 양털 같은 하얀 눈을 털어내었다. 그리고 여윈 얼굴에 기쁜 빛을 띠며 사람들을 죽 한 번 둘러보다가, 음식을 보자 배고파 죽겠다는 눈으로 갈망하는 표정을 지었다.

그러더니 겸손하고 다정하게 인사를 건네고는, 이런 추운 밤에 머리를 덮어주는 지붕 아래 따뜻한 불을 피우고, 풍성한 음식을 나누며 이야기를 나눌 수 있는 사랑하는 친구들과 함께 있는 것은 정말 행복한 일이라고 말했다. 그리고 이런 날씨에 길을 터벅터벅 걸어가는 집 없는 자기 같은 사람에게 이런 곳에 들르게 된 것은 하느님의 도우심이라고 말했다.

그러나 우리 중에 입을 여는 사람은 아무도 않았다. 그러자 당황한 군인 아저씨는 그곳에 서서 한 사람 한 사람 얼굴을 쳐다보며 애원하는 눈빛을 보냈다. 그러나 어떤 얼굴에서도 반기는 표정을 보지 못하자, 깜박깜박 거리던 미소는 옅어지더니 이내 사라져버렸다. 그리고 고개를 떨구었는데 얼굴의 근육이 씰룩거리기 시작했다. 그러다 여자 같은 나약함을 보이고 싶지 않은 듯 두 손으로 얼굴을 가렸다.

"앉아 있어라!"

그때 자크 다르크 아저씨가 버럭 소리쳤다. 잔에게 한 말이었다. 낯선 손님은 놀라 얼굴에서 손을 내렸는데 앞에는 잔이 자기의 죽 그릇을 내밀며 서 있었다. 군인 아저씨는 말했다.

"고맙구나! 전능하신 하느님께서 축복하시기를!"

아저씨의 눈에서 눈물이 흘러 두 뺨을 타고 흘러내렸다. 군인 아저씨는 죽 그릇 받는 것을 망설이고 있었다.

"내 말 안 들리니? 앉아 있으라고 말했다."

잔만큼 고분고분 부모님의 말을 잘 따르는 아이는 없지만 잔은 이 순간만큼은 예외였다. 잔의 아버지는 부드럽게 설득하는 법을 몰랐고 배울 수도 없는 사람이었다. 잔이 입을 열었다.

"아빠, 이 아저씨 배고프시잖아요. 전 보면 알아요."

"그러면 일해서 벌어먹어야지. 이런 사람들 때문에 집이 거덜나고 있다. 더 이상 지나가는 사람에게 밥을 주지 않겠다고 말하지 않았니. 내가 한 말은 지켜야겠다. 그리고 얼굴이 깡패같이 생기지 않았니. 앉아라. 이건 명령이다!"

"깡패이신지 아니신지는 몰라요. 하지만 아빠, 배고프시잖아요. 제 죽을 드시게 할래요. 전 안 먹어도 돼요."

"너 정말 내 말 안 들으면 내가 …. 깡패는 정직한 사람들에게 도움받을 자격 없다. 이 집에서는 한 입도, 한 모금도 절대 못 먹는다. 잔!"

잔은 나무상자에 죽 그릇을 내려놓더니 노려보는 아버지 앞에 다가와 말했다.

"아빠, 주지 말라 하시면 아빠 말씀대로 해야죠. 하지만 생각해 보세요. 몸의 한 부분이 한 일 때문에 몸의 다른 부분이 벌을 받는 건 옳지 않잖아요. 군인 아저씨의 머리가 나쁜 짓을 했더라도 배고픈 건 머리가 아니라 배잖아요. 배는 아무도 해치지 않았으니 아무 잘못이 없잖아요. 그리고 그럴 마음이 있어도 배는 실행할 수가 없었을 테니 제발 …."

"무슨 헛소리냐! 여태껏 들어본 말 중에 가장 멍청한 말이다!"

그러자 마을 촌장이신 오브리 아저씨가 끼어들었다. 아저씨는 논쟁하는 걸 좋아했고 마을 사람들 모두 인정하는 것처럼 논쟁에 재능이 있는 분이었다. 아저씨는 자리에서 일어나 탁자를 손으로 짚은 채 연설가들이 그러하듯 여유 있게 사람들을 둘러보았다. 그리고 부드럽지만 설득력 있게 이야기를 시작했다.

"자크, 난 자네하고 생각이 다르네. 자, 내 생각을 여기 여러분에게 밝히겠습니다."

아저씨는 우리를 둘러보고는 자신 있다는 듯이 고개를 끄덕이며 말을 이었다.

"아이가 한 말에도 일리가 있습니다. 여러분 자신을 살펴보세요. 사람의 머리가 주인으로 온몸을 다스린다는 건 확실하고 당연하지 않습니까? 부인할 사람 있습니까?"

아저씨는 다시 주변을 둘러보았다. 모두 그렇다고 인정하는 표정이었다.

"자, 그렇다면 머리가 명령한 것을 실행한 결과에 대해서는 몸의 다른 어떤 부분도 책임이 없습니다. 따라서 사람의 손과 발, 배로 지은 범죄에 대해서는 머리만이 책임을 져야 합니다. 무슨 말인지 이해하셨습니까? 여기까지 내 말이 맞습니까?"

모두 그렇다고 대답했고 대답에는 열의가 담겨 있었다.

촌장 아저씨가 오늘 밤 진짜 멋있다고, 기량이 최고라고 서로 수군거리는 이들도 있었다. 촌장 아저씨는 이 말을 엿듣고 기분이 째져서 눈이 반짝거렸다. 그리고 이때까지 말한, 사람들이 인정하는 탁월한 연설을 계속 이어나갔다.

"자, 그렇다면 우리는 책임이라는 말의 뜻을 생각해 보고 이 말이 어떤 결과를 낳는지 생각해 봅시다. 사람은 자신이 책임질 수 있는 일만 책임을 져야 합니다."

아저씨는 책임이라는 말의 뜻을 나타내기 위하여 수저를 들어서 넓게 휘둘렀다. 그러자 여러 사람이 경탄했다.

"맞아요! 복잡한 문제를 아주 간단하게 정리해 주시네. 놀라워!"

사람들의 집중력을 더 높이려고 아저씨는 잠시 말을 멈추었다가 말을 이어나갔다.

"아주 좋습니다. 집게 하나가 사람 발에 떨어져서 큰 상처를 냈다고 합시다. 이런 일을 한 죄로 집게가 벌을 받아야 한다고 말할 사람이 있습니까? 대답은 분명합니다. 그렇게 말하는 건 어처구니없는 거라고 여러분의 얼굴은 말하고 있습니다. 그런데 왜 어처구니 없는 말입니까? 집게는 생각할 수 있는 능력이 없기 때문이죠. 다시 말해, 사람에게 어떤 걸 명령할 수 있는 능력이 없기 때문입니다. 집게가 저지른 일 때문에 집게가 책임을 지는 일은 없습니다. 고로 책임이 없기 때문에 처벌받을 수는 없지요. 제 말이 맞지 않습니까?"

진심 어린 박수가 대답을 대신했다.

"자, 그러면 사람의 배에 대해 생각해 봅시다. 집게의 예와 얼마나 정확하게 같은지, 얼마나 놀라울 정도로 지금 상황과 똑같은지 생각해 보십시오. 들어 보세요. 귀 기울여 보세요. 사람의 배가 살인을 계획할 수 있습니까? 그럴 수 없죠. 도둑질을 계획할 수 있습니까? 그럴 수 없습니다. 방화를 계획할 수 있습니까? 그럴 수 없습니다. 자, 대답해 보세요. 집게가 그럴 수 있습니까?"

열화와 같은 응답이 빗발쳤다.

"아니요!", "둘 다 똑같아요!", "멋지게 증명하셨습니다!"

"자, 그러면 친구 여러분, 범죄를 계획할 수 없는 배는 범죄를 지을 수 없는 것입니다. 보시다시피 아주 명백합니다. 더 자세히 말해 봅시다. 조금 더 자세히 생각해 보겠습니다. 배가 스스로 움직여서 범죄를 도울 수 있습니까? 대답은 도울 수 없다는 거죠. 배는 명령할 수도, 생각할 수도, 스스로 선택할 수도 없습니다.

집게처럼 말이죠. 이제 우리는 분명히 알게 되었습니다. 그렇지 않습니까? 머리가 저지른 범죄에 대해서 배는 전혀 책임이 없는 거 아닙니까? 조금도 책임이 없는 거 아닙니까?"

사람들이 환호했다.

"자, 그러면 우리는 어떻게 판결해야 할까요? 분명합니다. 세상에 범죄를 저지른 배는 없다는 것 말입니다. 가장 악질적인 범죄자의 몸이라도, 그 몸에 있는 배는 죄가 없고 순결합니다. 배를 가진 주인이 무슨 일을 저질러도 그 배는 우리 눈에 성스럽습니다. 하느님이 주신 올바르고 자비롭고 고귀한 생각을 할 수 있는 마음이 우리에게 있는 동안, 깡패의 굶주린 배를 불쌍히 여겨 먹을 것으로 채우는 일은 우리의 의무일 뿐 아니라 특권입니다. 또한 그 일을 기쁜 마음으로, 감사하는 마음으로 해야 합니다. 양심을 거스르는 무리 속에 있으면서 수많은 유혹에도 굴하지 않고 자신의 순결함을 충성스럽게 굳건히 지켜내는 배를 생각하면서 말이죠. 이상입니다."

연설에 대한 사람들의 이와 같은 반응을 너희는 전혀 본 적이 없을 것이다. 사람들은 자리에서 일어났다. 집 안에 있는 모든 사람들이 일어나서 박수를 치고 환호하며 촌장 아저씨를 침이 마르도록 칭찬했다. 박수 치고 환호하면서 한 사람씩 앞으로 나왔다. 어떤 이들의 눈은 눈물로 젖어 있었고 어떤 이들은 아저씨의 손을 잡고 흔들었다. 아주 찬란한 연설을 한 촌장 아저씨는 자부심과 행복감으로 들떠서 한마디도 말을 할 수가 없었다. 아저씨는 감격해서 말이 나오지 않았다. 영광스러운 광경이었다. 사람들은 이구동성으로 말하길, 촌장 아저씨가 이런 대단한 연설을 한 적이 없다고, 다시는 이런 연설을 하지 못할 거라고 했다. 설득력 있는 연설에 큰 힘이 있다는 건 의심할 여지가 없었다.

심지어 자크 다르크 아저씨도 공감해서 아주 큰 소리로 외쳤는데 그렇게 큰 소리는 아저씨 인생에 처음이자 마지막이었다.

"맞다! 잔, 귀리죽을 드려라!"

하지만 잔은 당황해서 무슨 말을 해야 할지 몰랐다. 그저 아무 말 없이 서 있을 뿐이었다. 한참 전에 군인 아저씨에게 귀리죽을 줘 버렸기 때문이다. 군인 아저씨는 이미 죽을 다 먹어 치운 후였다. 죽을 줘도 될지 결정할 때까지 왜 기다리지 않았냐고 자크 아저씨가 잔에게 묻자, 잔은 군인 아저씨가 너무 배가 고파서, 어떤 결정이 나올지 몰라서 기다리는 게 현명하지 않다고 생각해 그냥 드렸다고 대답했다. 어린아이답지 않은 사려 깊은 훌륭한 생각이었다.

사실 군인 아저씨는 깡패가 아니었고 아주 좋은 사람이었다. 단지 운이 없어 무리에서 뒤처졌을 뿐이고 이것은 당시 프랑스 군대에서는 범죄가 아니었다. 군인 아저씨의 배는 무죄라는 것이 입증되었으므로 집 안에 들어오도록 허락을 받았다. 더 이상 필요한 것이 없을 만큼 배를 더 채워서 배가 부르자, 아저씨는 묶어 두고 있던 혀를 풀어 혀의 고귀함을 보여 주었다. 아저씨는 몇 년 동안 전쟁에 참여한 사람이었다. 아저씨의 전쟁 경험담을 듣게 되고, 또 이야기를 맛깔나게 풀어내는 아저씨의 방식도 한몫 거들어, 이야기를 들은 모든 사람의 가슴속에는 애국심이 한껏 드높아졌다. 심장 하나하나가 쿵쾅거렸고 모든 사람들의 맥박이 사정 없이 뛰었다.

아저씨는 직접 겪은 전쟁 이야기를 하다가 옛날 프랑스의 찬란했던 시대로 우리를 데리고 갔는데, 우리가 이야기에 얼마나 빠져 있었는지 시대가 변하는 줄 아무도 의식하지 못했다. 우리는 과거라는 흐릿한 안개에서 나온 샤를마뉴*를 모시는 열두 기사의 위용과 운명을 상상 속에서 눈으로 보았다. 또 열두 기사들을 가두기 위해 달려가는 셀 수 없이 많은 군인들의 군화 소리를 들었다. 바닷물처럼 적들이 빽빽하게 밀고 들어갔다가 후퇴하고, 다시 밀고 들어가다가 결국 그 작은 영웅들 앞에서 패배하는 모습을 보았다. 이제는 전설이 된 프랑스의 그 옛날, 가장 장엄하고 험난하며, 또 가장 추앙받는 영광스러운 시절의 사건 하나하나가 우리 눈앞을 지나갔다.

여기저기 시체들과 죽어가는 사람들이 널린 광활한 평원에서 열두 용사들이 지친 팔로 적을 막아내다 한 명 한 명 쓰러지는 장면을 보았다. 그러다가 마지막 한 명이 동료 없이 홀로 남아 있는 장면을 보았다. 그 마지막 용사는 프랑스인이라면 들을 때 북받치는 감정과 조국에 대한 자랑을 억누를 수 없는 그 노래, 곧 《롤랑의 노래》**에 이름을 남긴 마지막 용사였다. 가장 장엄하고 애처로운 장면은 그 마지막 용사의 비극적인 죽음이었다. 이 용

---

* 샤를마뉴(740~814). 프랑스를 비롯한 많은 유럽 국가들의 전신인 프랑크 왕국의 왕이다. 샤를이 이름이고 마뉴는 위대하다는 뜻으로 샤를 대제라고도 한다. 영토를 크게 넓혀 유럽 서부와 중부 대부분을 차지했고 카롤링거 르네상스라 부르는 문예 부흥 운동을 일으켰다. 프랑스(France)라는 이름은 프랑크 왕국을 뜻하는 라틴어 프랑키아(Francia)에서 유래했다.
** 《롤랑의 노래》. 11세기에 쓰인 작가 불명인 중세 프랑스의 서사시이다. 프랑크 왕국 샤를마뉴의 열두 기사 중 하나였던 롤랑의 군대가 778년에 전멸한 롱스보 전투를 배경으로 한 서사시이다.

사의 말을 들으며 우리가 입을 벌린 채 숨을 죽일 때의 그 고요한 정적은, 살아남은 그 마지막 영혼이 세상을 떠날 때 살육의 들판을 지배하던 그 무서운 정적을 느끼게 했다.

바로 그 순간, 엄숙한 침묵 속에서 낯선 손님은 잔의 머리를 한두 번 쓰다듬고 말했다.

"꼬마 숙녀분, 하느님께서 지켜주시는 아이! 오늘 밤에 날 죽음에서 건져 주었구나. 이제 들어 보렴. 네 은혜에 대한 답례란다."

그런 다음, 한없이 가슴이 녹고 영혼을 일깨우는 대단원의 순간에 아저씨는 다른 말 없이, 지금껏 들어본 적 없는 고귀하고 슬픈 목소리로 위대한 롤랑의 노래를 쏟아내기 시작했다!

프랑스인들이 모두 감정에 북받쳐 있는 모습을 생각해 봐라! 인간의 유창한 웅변이란 무슨 소용이 있단 말인가! 이 노래에 비하면 대체 웅변이란 무엇이란 말인가! 가슴과 입술에서 샘솟는 웅장한 노래를 부르며 서 있는 군인 아저씨의 모습이 어찌 그리 멋있고 기품 있고 신비롭게 보였는지! 군인 아저씨의 온몸도, 걸치고 있던 누더기도 변화되었다.

아저씨가 노래를 부르는 동안 모든 사람들이 일어나 서 있었다. 사람들의 얼굴은 빛나고 눈에는 이글거리는 불꽃이 타올랐다. 눈물이 뺨을 타고 흘러내렸다. 사람들의 몸은 노래의 리듬에 따라 흔들거리기 시작했지만 몸이 그렇게 움직이고 있다는 걸 아무도 의식하지 못했다. 가슴은 들썩거리고 숨은 헐떡거렸다. 이어서 슬픔이 터져 나왔고 깊은 절규가 흘러나왔다. 노래의 마지막 소절에 이르렀을 때, 곧 롤랑이 홀로 누워 들판에 있는 부하들의 시체를 바라보며, 건초더미 속에 누워 장갑을 벗고 하느님을 향해 떨리는 손을 들어 올려 창백해지는 입술로 아름다운 기도를 드릴 때 모두 흐느끼고 통곡했다.

　마지막 높은 음정이 사라지면서 노래가 끝났을 때, 사람들은 낯선 손님에 대한 사랑과 프랑스에 대한 사랑에서, 또 프랑스의 위대한 역사와 명성에 대한 자부심에 사로잡힌 나머지, 노래 부른 남자에게 달려들어 남자가 숨이 막힐 정도로 껴안았다. 잔은 맨 앞에서 남자의 가슴을 껴안으며 숭배 어린 뽀뽀로 남자의 얼굴을 뒤덮고 있었다. 밖에 폭풍이 불었지만 상관없었다. 이제 손님이 원하는 한 이곳은 손님의 집이기 때문이다.

4. 도끼 든 미치광이

아이들은 별명이 있기 마련이다. 우리들도 그랬다. 아주 어렸을 때부터 별명이 하나씩 있었고 그 후로 별명은 우리들을 따라다녔다. 그런데 잔은 별명이 많았다. 시간이 지날수록 잔은 두 번째 별명, 세 번째 별명, 이렇게 별명이 하나씩 늘어났는데 모두 우리가 붙여준 것이었다. 결국 잔은 별명을 여섯 개나 갖게 되었고 그 중 여러 개는 끝까지 잔을 따라다녔다.

　시골 여자아이들은 으레 부끄러움을 잘 타기 마련이다. 하지만 잔은 너무 심하게 타서 얼굴이 쉽게 붉어지곤 했다. 낯선 사람이 있을 때면 너무 쉽게 당황하는 바람에 우리는 '부끄럼쟁이'라는 별명을 붙여주었다. 또 우리들 모두 나라를 뜨겁게 사랑했지만 잔의 옆에 있으면 우리의 그 마음은 차가운 것에 지나지 않아 잔은 '열사'라는 별명도 있었다. 또 잔은 '미녀'라는 별명도 있었다. 잔의 얼굴과 몸매가 아주 아름답기도 했지만 성품 역시 아름다워 그런 별명을 갖게 됐다. 이 별명들 외에도 잔을 항상 따라다닌 별명이 하나 더 있었으니 그건 '전사'였다.

우리는 평화롭고 느릿느릿한 마을에서 함께 자라서 제법 큰 소년 소녀가 되었다. 서쪽부터 북쪽까지 계속되는 전쟁에 대해 어른들만큼 많이 알게 되었고, 또 피로 물든 전쟁터에서 가끔 들려오는 소식을 들을 때면 어른들처럼 감정이 북받쳐 오르기도 했다. 나는 이 시절의 어떤 일들을 또렷이 기억한다.

어느 화요일, 많은 아이들이 요정나무 옆에서 노래 부르고 즐겁게 뛰어놀 때였다. 떠나버린 요정 친구들을 기념하기 위해 화환을 나무에 걸어주기도 했다. 이때 꼬마 망제뜨가 소리쳤다.

"저기 봐! 뭐지?"

아이들 중 누군가 그렇게 깜작 놀라 외칠 때면 우리 모두 주목했다. 뛰노느라 숨을 헐떡이던 가슴들과 붉어진 얼굴들이 모두 모여들었다. 무슨 일인지 궁금해하던 눈들은 모두 한 방향을 바라보았다. 내리막길 아래 마을 쪽이었다.

"저건 검은 깃발이야."

"검은 깃발! 설마 … 정말이야?"

"눈 있으면 볼 수 있잖아. 검은 깃발이라는 걸."

"맞아, 저건 분명 검은 깃발이야! 근데 저런 걸 예전에 본 애 있니?"

"무슨 일일까?"

"무슨 일? 무서운 일이 벌어진 거야. 달리 다른 일이겠니."

"그걸 묻는 게 아니잖아. 그건 말 안 해도 다 아는 거고 어떤 무서운 일인지 묻는 거라고."

"깃발 든 애가 알려 줄 거야. 여기 올 때까지 참고 기다리면."

"잘 뛰어오는데 누구지?"

아이들은 '누구다', '아니, 다른 애다' 하고 이야기하다가 곧 에띠엔느 로즈라는 걸 알았다. 에띠엔느는 별명이 해바라기인 아이였는데 머리가 노랗고 둥근 얼굴에 마맛자국이 있어 그런 별명이 생겼다. 에띠엔느의 조상들은 몇백 년 거슬러 올라가면 독일인이었다.

에띠엔느는 오르막길을 꿍꿍거리며 올라오면서 이따금 깃대를 높이 올리고 저주를 상징하는 검은 깃발을 하늘에 펄럭이곤 했다. 오는 동안 아이들은 모두 눈으로 그 아이를 지켜보고 있었고 아이에 대해 이야기하고 있었다. 모두 무슨 소식일까 궁금해서 참지 못해 아이들 심장의 고동 소리는 더 빨라졌다.

마침내 에띠엔느는 우리 한가운데로 뛰어들더니 깃대를 땅에 꽂고 말했다.

"깃발아, 여기! 여기 프랑스 깃발로 서 있어라. 나 숨 좀 고르는 동안. 프랑스에 다른 깃발은 이제 필요 없게 됐어."

재잘거리는 소리가 일제히 멈추었다. 사형 선고를 받은 것 같았다. 싸늘한 정적 속에서 아이가 숨을 헉헉거리는 소리밖에 들리지 않았다. 숨을 가다듬은 아이가 드디어 말했다.

"끔찍한 소식이야. 트루아에서 프랑스와 잉글랜드와 부르고뉴 사이에 조약이 체결됐대.* 프랑스는 배신당하고 손발 꽁꽁 묶여 적군에게 넘겨진 거야. 부르고뉴 공작과 악마 같은 프랑스 왕비의 합작품이지. 잉글랜드 헨리 왕이랑 우리나라 카트린 공주가 결혼한대."

"거짓말 아냐? 프랑스의 딸이 아쟁쿠르 도살자와 결혼을 해? 도저히 믿을 수 없어. 네가 잘못 들은 걸 거야."

"자크 다르크, 이걸 못 믿으면 다른 건 더 믿지 못할걸. 더 나쁜 소식이 있으니까. 둘이 결혼해서 낳은 아기는 잉글랜드와 프랑스를 둘 다 다스리는 왕이 될 거래. 아기가 여자라도 말이야. 그리고 그 후손들도 영원히 두 나라의 왕이 될 거래."

"네 말이 거짓말이란 게 분명해졌어. 우리 살리카 법**에 어긋나잖아. 그러니 그런 조약을 맺었어도 불법이라 효력이 없어."

에드몽 오브리가 대꾸했다. 에드몽 오브리는 별명이 팔라댕*** 이었는데 나중에 자기가 적군들을 모조리 쓸어버리겠다고 큰소리치곤 했기 때문에 별명이 그랬다. 팔라댕은 이야기를 계속하려고 했지만 아이들이 뭐 그따위 조약이 있냐며 분이 나 시끄럽게

---

* 트루아 조약(1420). 프랑스 왕 샤를 6세의 딸 카트린 공주와 잉글랜드 왕 헨리 5세가 결혼을 하고, 둘 사이에 태어난 아이가 두 나라의 공동 왕이 된다는 조약이다. 조약에 따르면 나중에 잔 다르크가 대관식을 치르게 도운 프랑스 왕세자 샤를 7세는 왕위 계승권을 잃게 된다. 정신병을 앓는 샤를 6세가 모르는 사이에 악명 높은 왕비 이자보가 대신 서명했다는 소문이 파다했다.

** 살리카 법. 프랑크 왕국을 세운 클로비스 1세가 500년 무렵에 제정한 법으로 여자가 왕이 되는 것을 금지하는 조항이 있다. 여왕을 배출한 잉글랜드와 달리 프랑스는 살리카 법의 영향으로 여왕이 나올 수 없었다.

*** 팔라댕(paladin). 샤를마뉴의 열두 기사를 일컫는 칭호이다. 왕궁의 신하라는 뜻인 라틴어 코메스 팔라티누스(comes palatinus)에서 유래했다.

구는 바람에 말을 잇지 못했다. 아이들은 제각기 떠들었고 누구 하나 남의 말을 듣는 사람이 없었다. 그러다 오메뜨가 조용히 하라고 말해 아이들을 진정시킨 다음에 말했다.

"중간에 말을 가로막는 건 나쁜 짓이야. 제발 말 좀 계속 들어 보자. 거짓말 같다고 트집을 잡는데 그런 거짓말일수록 불만 갖지 말고 충분히 들어야지. 계속 얘기해 봐, 에띠엔느."

"말할 건 이것뿐이야. 우리 왕 샤를 6세가 죽으면, 잉글랜드 왕 헨리 5세랑 우리 카트린 공주 사이에 태어난 아이가 클 때까지 헨리 5세가 프랑스를 다스린다는 거야."

그러자 팔라댕이 말했다.

"그 작자가 우리를 다스린다고? 도살자가? 거짓말! 모두 거짓말이야!"

"그건 그렇고. 야, 우리 왕세자는 어떻게 된대? 조약에 왕세자는 어떻게 된대?"

"왕세자 이야기는 아무것도 없어. 조약 때문에 왕 자리를 빼앗기고 왕따가 된 거지."

그러자 모두 일제히 소리를 지르면서 소식은 말짱 거짓말이라고 말했다. 그러다 다시 명랑한 기분을 되찾고는 이야기했다.

"조약이 성사되려면 우리 왕이 옥쇄를 찍어야 했을 텐데 자기 아들이 어찌 될지 아니 옥쇄를 찍었을 리가 없어."

그러자 해바라기가 물었다.

"너희들한테 묻고 싶은 게 있어. 자기 아들이 왕이 못 되는 조약에 왕비가 서명을 했을까?"

"그 뱀이? 물론 했겠지. 그 여자라면 하고도 남지. 그 여자에게 누가 기대를 하겠니. 자기 입맛에 맞으면 어떤 악랄한 짓도 다 할 여자라고. 게다가 자기 아들도 미워하잖아. 그래도 그 여자의 서명은 아무 소용이 없어. 왕이 서명을 해야 한다고."

"다른 것도 하나 물어보자. 왕은 어때? 정신병자잖아. 아직도 그대로야?"

"아직 그대로야. 그래서 국민들이 왕을 더 사랑하잖아. 왕이 가여워서 국민들이 더 좋아하지. 연민 때문에 더 사랑하게 된 거야."

"자크 다르크, 네 말이 맞아. 근데 너라면 미친 사람을 어떻게 하겠니? 자기가 무슨 일을 하는지 알기나 할까? 전혀 모르지. 그럼 다른 사람이 시키는 대로 하는 걸까? 그래, 그거야. 그러면 왕은 분명히 서명을 했을 거야."

"누가 서명을 하게 시켰을까?"

"말하지 않아도 알잖아. 왕비지."

그러자 또 소동이 일어났다. 모두 흥분해서 자기 말만 쏟아냈다. 모두 왕비에게 온갖 욕과 저주를 퍼부었다. 그러다 마침내 자크 다르크가 말했다.

"사실 아닌 소식이 많잖아. 이렇게 부끄러운 소식은 없었어. 또 이렇게 뼈아프고 프랑스를 깔고 뭉개는 소식은 없었지. 그러니 헛소문일 수도 있으니 다행이긴 한데 어디서 들었니?"

그러자 여동생 잔의 얼굴이 하얗게 변했다. 대답이 두려웠기 때문이다. 그러나 잔의 육감은 맞았다.

"막세 마을 주임 신부님한테 들었어."

이 말에 모두 숨이 멎었다. 너희도 아는 것처럼 그분은 믿을만

한 사람이었기 때문이다.

"신부님도 사실이라 믿으셔?"

아이들의 심장이 거의 멎는 듯할 때 대답이 떨어졌다.

"사실이라 믿으셔. 단지 믿으시는 게 아니라 사실이란 걸 확실히 알고 계신다고 하셨어."

어떤 여자아이들은 흐느끼기 시작했다. 남자아이들은 충격을 받아 아무 말도 하지 못했다. 잔의 얼굴도 치명상을 입은 말못하는 동물 같은 표정이었다. 참을 뿐 아무 볼멘소리도 하지 않는 동물처럼 잔 역시 그럴 뿐이었다. 잔의 오빠 자크는 동생의 심정을 이해한다며 머리를 쓰다듬어 주었다. 잔은 고맙다고 오빠의 손에 뽀뽀를 할 뿐 아무 말도 하지 않았다. 그러나 이내 아이들은 자기 마음을 표현했다. 남자아이들이 먼저 말을 하기 시작했는데 노엘 랑그송이 입을 열었다.

"아, 우리 언제 어른이 되냐! 이렇게 시키면 치욕을 씻으려면 어느 때보다 지금 우리나라는 군인들이 필요한데 우리는 아주 느릿느릿 자라고 있으니."

"나도 어린 게 싫어!" 하고 눈이 튀어나와 별명이 잠자리인 피에르 모렐도 거들었다.

"항상 기다려야 하지. 기다리고 기다려야 해. 백 년 동안 질질 끌어온 전쟁이 이제 끝나려고 하는데 우리 차례는 올 줄을 모르니. 지금 당장 군인이 될 수 있으면 얼마나 좋을까."

그러자 팔라댕이 말했다.

"난 더 이상 오래 기다리지 않을 거야. 내가 군인이 돼서 떠나면 너희들한테 알려 줄게. 약속해. 개중에는 성을 공격할 때 뒤에

콕 처박혀 앞으로 안 나가려는 사람들도 있지만 난 앞에서만 싸울 거야. 지휘관들 말고는 아무도 내 앞에 세우지 않겠어."

여자아이들도 전의에 불타올랐다. 마리 뒤퐁은 "내가 남자였으면 좋겠다. 그러면 지금 당장 전쟁터로 떠날 거야!"라고 말하고는 이렇게 말한 자신이 자랑스러운 듯 박수갈채를 기대하며 주위를 둘러보았다. 세실 르텔리에도 전장의 냄새를 맡은 군마처럼 코를 쿵쿵거리며 가세했다.

"나도 그럴 거야. 장담하는데 내 앞에 잉글랜드 군대 전체가 있어도 난 물러서지 않을 거야."

"푸하!"

그러자 팔라댕이 코웃음을 치며 말을 이었다.

"여자애들은 떠벌리는 것 말고는 아무것도 못하지. 여자애들 천 명이 적군 몇 명이랑 붙게 해 봐. 있는 힘껏 도망갈걸. 하나도 예외 없이 내뺄 거야. 여기 작은 잔은 적군 한 명만 있어도 도망갈걸."

그 말이 너무 웃겨서 모두 한바탕 웃었다. 팔라댕은 계속 농담을 했다.

"잔은 노련한 군인처럼 전쟁터에 뛰어들어갈 거야. 그래, 그럴 거라고. 우리 같이 꾀죄죄한 졸병 말고 장교로 말이야. 갑옷 입고 무쇠 투구 쓴 장교. 처음 보는 적군 앞에서 부끄러워 얼굴 빨개져도 괜찮아. 투구가 얼굴을 가려주니까. 장교? 아니, 장교 말고 지휘관이 될 거야. 지휘관! 남자 백 명을, 아니면 여자애들 백 명을 뒤에 거느리고 나갈걸. 잔한테는 졸병이 어울리지 않아. 잔이 적군에게 돌진하면 허리케인이 불어 날려버린다고 생각할걸!"

이런 이야기를 그치지 않아 아이들은 웃다 웃다 허리가 아플 지경이 되었다. 그도 그럴 것이 이때만 하더라도 팔라댕의 말은 말도 안되는 이야기였다. 파리 한 마리 죽이지 못하고 피를 보면 기겁을 하는 조그맣고 온순한 소녀가, 그러니까 아주 여성스럽고 부끄러움을 잘 타는 소녀가 뒤에 병사 한 떼를 이끌고 전장에 돌진해 들어가는 모습은 웃길 수밖에 없었다. 앉아있던 잔은 웃음의 대상이 된 것이 부끄러워 어쩔 줄 몰라 했다. 그런데 바로 그때 이 모든 일을 뒤바꿔버리는 일이 일어났다. 그 일은 마지막에 웃는 자가 진정한 승자라는 것을 알게 해 주는 일이었다.

바로 그때 우리가 모두 알고 있고, 또 무서워하는 얼굴이 요정 나무 뒤에서 빼꼼히 나타났다. 우리는 미친 브누와가 탈출한 걸 보고는 모두 죽은 사람처럼 그 자리에 얼어붙고 말았다! 누더기를 걸치고 산발 머리를 한 이 무서운 괴물이 나무 뒤에서 스르르 나와 손에 도끼를 들고 우리 쪽으로 걸어왔다. 우리는 모두 혼비백산하여 이리저리 도망쳤고 여자아이들은 꺄악 비명을 지르면서 울며 달아났다. 그러나 모든 여자아이가 다 그런 건 아니었다. 잔은 그러지 않았다. 잔은 자리에 꼿꼿이 서서 그 남자를 정면으로 바라보며 그대로 있었다. 우리가 탁 트인 풀밭을 가로질러 숲에 다다랐을 때쯤 아이들 두세 명은 브누아가 따라오는지 보려고 뒤를 힐끔 돌아보았다.

그때 잔은 제자리에 서 있었고 미치광이는 손에 도끼를 든 채 살그머니 잔에게 다가가고 있었다. 소름 끼치는 광경이었다. 우리는 모두 멈추어 서서 다들 벌벌 떨며 움직이지 않았다. 난 살인 장면을 보고 싶지 않았지만 그렇다고 눈을 다른 데로 돌릴 수가 없었다. 그런데 그때 잔은 그 남자를 만나러 앞으로 걸어나갔다. 내 눈을 믿을 수 없었다. 그러자 남자는 멈추어 섰다. 그리고 더 이상 오지 말라는 듯이 도끼로 잔을 위협했다. 하지만 잔은 아랑곳하지 않고 계속 걸어가 남자 바로 앞까지 다가갔다. 도끼 바로 앞까지.

잔은 그대로 선 채 남자와 이야기를 나누는 것 같았다. 그 모습에 나는 아찔했다. 내 주위의 모든 게 빙글빙글 돌아 나는 잠시 아무것도 보지 못했다. 그 시간이 길었는지 짧았는지 나는 모른다. 어지럼증이 지나가고 다시 보니, 잔은 남자의 손을 잡고 옆에 서서 마을 쪽으로 함께 걸어가고 있었다. 잔의 다른 손에는 도끼가 들려 있었다. 남자아이들과 여자아이들이 한 명씩 숨어있던 곳에서 나왔다. 두 사람이 마을로 들어가 보이지 않을 때까지 우리는 입을 다물지 못하고 멍하니 바라만 보고 있었다. 이 사건을 계기로 우리는 잔에게 '전사'라는 별명을 붙여 주었다.

다른 일에 신경 쓸 겨를이 없어, 우리는 슬픈 소식을 계속 전하도록 그곳에 검은 깃발을 남겨 놓은 채 마을로 달려갔다. 가서 잔이 위험에서 빠져나오게 하려고 달려간 것이다. 아까 본 바로 도끼는 잔이 들었으므로 남자가 휘두를 일은 없을 것 같지만 말이다. 마을에 도착했을 때는 이미 위험은 사라지고 미친 남자는 감옥에 갇힌 후였다. 사람들은 모두 성당 앞 작은 광장에 모여 일어난 일을 두고 놀라서 이야기를 하고 있었다. 이런 탓에 트루아 조약에 대한 나쁜 소식도 사람들은 두세 시간 동안 잊어버렸다.

여자들은 하나같이 잔을 껴안고 뽀뽀를 하며 잔을 칭찬했다. 다행이라며 우는 여자들도 있었다. 아저씨들은 잔의 머리를 쓰다

듣어 주면서 잔이 남자였으면 좋겠다고 말했다. 그러면 잔을 군대에 보낼 테고 잔은 틀림없이 여러 차례 큰 공을 세울 거라고 말했다. 잔은 도망가 숨었다. 수줍음을 잘 타는 성격 탓에 이런 찬사를 배겨내기 어려웠던 것이다. 물론 사람들은 우리에게 자세한 이야기를 들으려고 했다. 나도 부끄러워 누가 처음 다가오자, 쏟아지는 질문을 피하려고 핑계를 대고는 살짝 빠져나와 요정나무로 되돌아갔다. 그런데 그곳에 잔이 있었다. 잔은 사람들의 칭찬을 피하려고 거기 있었다. 물어보는 사람들을 피해 다른 아이들도 한 명씩 우리의 피난처로 돌아왔다. 우리는 잔에게 둘러 모여 어떻게 그런 일을 했는지 물었다. 잔은 대단치 않은 일이라며 이렇게 말했다.

"너희는 대단한 일이라고 생각하는데 사실 별거 아니야. 난 그 아저씨를 알고 있었거든. 안 지 오래됐어. 아저씨도 나를 알고 좋아하셔. 서로 아는 사이가 아니었다면 아까 일은 대단한 일이었겠지. 감옥 창살 너머로 먹을 걸 넣어준 적이 많아. 지난 12월에 아저씨가 지나가는 사람들을 공격하고 상처를 입힌다고 사람들이 아저씨 손가락 두 개를 잘라버렸을 때는 내가 가서 나을 때까지 치료해 드렸어."

그러자 꼬마 망제뜨가 말했다.

"그건 잘한 일이지만 그 사람 미친 사람이야. 화가 나면 좋아하는 사람도, 친구도 안중에 없고 은혜도 잊는다고. 너 아까 아주 위험한 짓을 한 거야."

"그래, 맞아. 도끼로 죽이겠다고 위협하지 않았어?"

해바라기도 거들었다.

"위협했지."
"여러 번 그러던?"
"응."
"무섭지 않았어?"
"아니, 별로. 많이 무섭지는 않았어. 조금 무서웠어."
"어째 많이 무섭지 않았니?"
잔은 잠시 생각하더니 아주 간단히 대답했다.
"모르겠어."
잔의 말에 모두 웃었다. 해바라기는 어떻게 하면 늑대를 잡아먹을까 궁리하다가 포기해버린 양 같다고 말했다. 세실 르텔리에가 잔에게 물었다.
"우리는 다 도망갔는데 왜 안 도망갔어?"
"아저씨를 감옥으로 데리고 가야 했으니까. 그렇게 하지 않으면 누굴 죽일 수도 있잖아. 그러면 아저씨도 똑같이 사형을 당해 죽을 테고."
 잔의 이 말은 돼새겨볼 필요가 있다. 잔은 자신을 잊고 위험도 생각하지 않았다. 오로지 다른 사람만을 생각했다. 아이들 중 누구도 잔의 말에 토를 달지 않았고 모두 당연한 말이라 여겼다. 잔의 말은 잔의 성품을 또렷이 보여 주었다. 또 아이들이 잔의 이런 성품을 잘 알고 있다는 걸 보여 주는 일이기도 했다.
 모두 잠시 아무 말도 없었다. 아마 모두 똑같은 생각을 하고 있었는지 모른다. 그러니까 이 위험한 모험에서 우리 모습은 잔과 달리 어찌 그리 나약하고 초라했을까 하는 생각 말이다. 나는 생각했다. 왜 나는 도끼를 든 미치광이 앞에 어린 여자아이를 혼자 내버려 두고 도망갔을까. 괜찮은 이유를 생각해 내려고 했다. 하지만 생각해낸 이유는 모두 초라하고 보잘것없는 것들이라 입을 다물 수밖에 없었다. 그러나 다른 아이들은 그리 지혜롭지 못했다. 꼼지락거리다가 입을 연 노엘 랑그송은 속마음을 드러내고 말았다.

"사실, 난 너무 놀라서 도망간 거야. 그게 내가 도망간 이유야. 잠시 생각할 틈만 있었다면, 아기 앞에서 도망갈 생각은 안 하는 것처럼 그 사람 앞에서도 도망갈 생각은 안 했을 거야. 테오필 브누아가 누군데 내가 무서워하겠어. 흥! 별것 아닌 그런 사람을 두려워하는 게 말이 돼? 다시 오면 내가 보여 줄게."

그러자 피에르 모렐도 한마디 했다.

"나도 그럴 거야! 다시 오기만 하면 이 나무를 허겁지겁 오르게 해 줄 거야. 내가 어떻게 하는지 보게 될걸. 사람을 그런 식으로 놀라게 하다니. 사실 도망칠 생각은 없었어. 그렇게 힘껏 도망칠 마음은 없었단 말이야. 힘껏 뛸 생각은 없었지. 그냥 재미로 뛴 것뿐이야. 잔이 저기 서 있고 미치광이가 잔을 위협하는 걸 봤을 때는, 다시 달려가서 미치광이의 간이랑 눈을 빼어버리려고 했는데 참느라 혼났지. 정말 그렇게 하고 싶었는데. 다시 그런 일이 일어나면 이번엔 안 참고 그렇게 할 거야. 내 주위에 얼씬거리면 내가 …."

"야, 조용히 해라!"

팔라댕이 무시하며 끼어들었다.

"너희 말을 들으면 그런 떨거지를 제압하는 걸 뭐 대단히 영웅적인 일인 것처럼 생각한다는 걸 알 수 있어. 하지만 그런 건 아무엇도 아니야. 그런 떨거지를 겁주는 건 조금 대단하다고는 할 수 있겠지. 그런 사람 백 명을 겁주는 것보다 재밌는 일은 없을 거야. 다시 여기 오면 난 이렇게 걸어갈 거야. 도끼 천 개를 들고 있어도 끄떡 안 하고 이렇게 말할 거야 ….”

팔라댕은 계속 이야기를 하며 자기가 할 용감한 말과 놀라운 일들을 늘어놓았다. 다른 아이들도 중간중간 끼어들며 그 미치광이가 다시 자기 앞을 가로막으면 어떻게 쓰러트릴지 이야기했다. 이번과 다르게 다음번에는 그 미치광이를 만날 준비가 되었다고, 한 번 자기들을 놀라게 했다고 두 번째로 자기들을 놀라게 하려고 생각한다면 잘못 생각한 것임을 톡톡히 가르쳐 주겠다고 이야기했다. 결국 이렇게 아이들은 자존심을 되찾았다. 아니, 자존심을 되찾았을 뿐만 아니라 그 이상의 것도 얻게 되었다. 곧 자리에서 일어났을 때 아이들은 전보다 자신을 더 대단하게 생각하게 되었다.

5. 습격 당한 마을

우리의 어린 시절은 평화롭고 행복하게, 그렇게 하루하루 물 흐르듯 부드럽게 흘러갔다. 전쟁터에서 멀리 떨어져 있어 대개 그러했지만 가끔 방랑하던 약탈자 무리가 우리 마을 가까이 다가와 다른 마을이나 근처 농가에 불을 지를 때도 있었다. 그럴 때면 우리는 붉게 물든 밤하늘을 보게 되었다. 언젠가 저들이 더 가까이 다가와 우리 마을도 차례가 될 거라는 걸 우리는 알고 있었고 느끼고 있었다. 이런 희미한 두려움이 무거운 짐처럼 우리 마음을 누르고 있었고 트루아 조약이 조인된 지 2년이 지나면서 그 두려움은 더 커졌다.

그 해는 정말로 프랑스의 암울한 해였다. 우리는 가끔 막세 마을의 부르고뉴파 소년들과 패싸움을 벌이곤 했는데, 그 해의 어느 날도 치열한 싸움을 끝내고 지치고 다친 몸을 이끌고 서둘러 빠져나왔다. 그리고 강을 건너 우리 마을 쪽 강둑에 도착할 때였다. 그때 위험을 알리는 종소리가 들려왔다. 우리는 남은 힘을 다해 종소리가 울린 광장으로 달려갔다. 광장에는 흥분한 마을 사람들이 연기를 내는 횃불의 불빛을 받아 기묘한 모습으로 모여 있었다.

성당 계단에는 처음 보는 부르고뉴파 신부가 사람들에게 소식을 전하고 있었다. 소식을 들은 사람들은 울고 소리 지르고 분을 터뜨리고 욕을 하고 있었다. 신부는 우리 미친 늙은 왕이 죽어서 이제 우리와 프랑스와 왕실의 왕관은 잉글랜드 런던의 요람에 누워있는 한 아기의 것이 되었다며, 이제 그 아기에게 충성을 바치고 신실한 종이 되고 지지자가 되라고 촉구했다. 그리고 우리는 마침내 강력하고 흔들리지 않는 왕실을 갖게 되었다고 말했다. 그리고 조금만 있으면 잉글랜드 군대가 프랑스로 마지막 진군을 해올 것인데 그렇게 되면 이미 잊히고 찾기 힘든 넝마 조각 프랑스 깃발 아래 남아 있는 어중이떠중이들을 정복해서 전쟁은 금세 끝날 것이라고 말했다.

사람들은 신부에게 화를 내며 야유를 퍼부었다. 수십 명은 횃불에 비친 얼굴 위로 주먹을 올리면서 신부를 향해 흔들었다. 그 모습은 너무 격렬해 평정심을 가지고 바라볼 수 없었다. 그 광경 중에 단연 돋보이는 존재는 신부였다. 신부는 아주 환한 빛을 받으며 계단에 서서 성난 군중을 그저 무관심한 표정으로 담담히 내려다보고 있었다. 신부를 화형 시키고 싶은 사람일지라도 그 냉정함에 감탄하지 않을 수 없을 것이다. 그러나 가장 냉정한 것은 신부의 마지막 말이었다. 우리 늙은 왕의 장례식에서 프랑스 문장원* 장관이 자기 지휘봉으로 샤를 6세와 그 왕가의 관을 부수며 큰 목소리로 "하느님께서 잉글랜드의 왕이자 프랑스의 왕이신 헨리 왕을 만수무강하게 해 주시길."이라고 말했던 일을 군중들에게 이야기했다. 그러고는 그 말에 자기처럼 진심을 담아 "아멘"으로 화답하라고 했다.

　사람들은 너무 분이 차올라 얼굴이 하얘졌다. 그리고 분노로 혀가 굳어 잠시 아무 말도 할 수 없었다. 가까이 서 있던 잔은 신부의 얼굴을 올려다보며 차분하면서도 감정 어린 목소리로 이렇게 말했다.

　"신부님 머리통이 몸에서 굴러떨어지는 걸 봤으면 좋겠네요."

　그리고 잠시 틈을 두었다 십자 성호를 긋고는 덧붙였다.

　"하느님의 뜻이라면 말이에요."

　잔의 이 말은 기억해 둘 필요가 있다. 이유를 말하자면 잔이 평생토록 이렇게 잔인한 말을 한 적이 이전에도 이후로도 없기 때문이다. 나중에 잔이 겪게 될 가혹한 시련과 박해를 이야기할 텐데 잔이 잔혹한 말을 한 적이 이때뿐이라는 건 놀라운 일이다.

---

* 국가나 가문을 나타내는, 그림이나 문자로 이루어진 문장(紋章)을 관리하고 국가 예식을 관장하던 기관

그 무서운 소식을 들은 날로부터 약탈자들이 우리 마을 코앞까지 들이닥치는 소동이 여러 번 일어났다. 나날이 커져가는 불안 속에서 지냈지만 하느님의 자비하심 덕분에 실제로 공격당하는 일은 없었다. 그러나 마침내 우리 차례가 오고야 말았다. 그때는 1428년 봄이었다. 한밤중에 부르고뉴 군대가 큰 소리를 내며 물밀듯 들이닥쳤다. 우리는 자던 중에 벌떡 일어나 목숨을 부지하려고 도망쳤다. 모두 뇌샤토로 가는 길에 모여들었다. 무질서하게 서로 먼저 가려고 하는 바람에 아수라장이 되어 사람들은 뒤엉켜 움직일 수 없는 지경이었다. 그러나 그때 잔은 침착했다. 그곳에서 침착한 사람은 잔뿐이었다. 잔은 지시를 하며 사람들을 통솔했고 혼란은 겨우 잠재워지고 질서가 잡혔다. 잔이 결단력 있게 신속히 일을 잘 처리해서 겁에 질려 우왕좌왕하던 사람들은 행군하듯 질서정연하게 나아갈 수 있었다. 이때 잔은 십 대 소녀였는데 나이 어린 사람이 이런 일을 했다는 건 대단한 일이었다. 너희도 수긍할 것이다.

이때 잔은 열여섯 살이었다. 잔은 우아하고 몸매가 예뻤다. 어찌나 아름다운지, 내가 아무리 화려하고 좋은 말을 하더라도 과장한다는 염려는 붙들어 맬 수 있을 정도로 그랬다. 잔의 얼굴에는 유쾌함과 고요함, 순수함이 어리었는데 그것은 잔의 영혼을 반영하는 것이었다. 잔은 신앙심이 깊었다. 깊은 신앙심은 때로 얼굴에 우울이 깃들게 하지만 잔은 그렇지 않았다. 신앙심 때문에 잔의 내면에는 만족감과 기쁨이 있었다. 때때로 시련을 당해 고통과 인내가 얼굴에 나타날 때도 있었지만 조국에 대한 걱정에서 비롯된 것일 뿐 신앙심 때문에 그런 것은 아니었다.

이 사건으로 우리 마을의 많은 곳이 파괴되었다. 다시 안전해져서 마을로 되돌아갔을 때 우리는 다른 지역 사람들이 수년 동안, 아니 수십 년 동안 겪어 온 고통을 경험할 수 있었다. 연기에 거뭇하게 그을린 망가진 집들, 그리고 대로와 골목길에 널브러져 있는 가축의 시체를 우리는 처음으로 보게 되었다. 이유 없이 죽인 가축들 중에는 아이들이 사랑하던 송아지들과 양들이 있었다. 아이들이 우는 모습을 보는 건 가슴 아픈 일이었다.

세금. 세금. 모두가 세금을 생각했다. 불구가 되어버린 마을에 세금은 무겁게 짓누르는 짐이 되었다. 세금 생각에 마을 사람들의 얼굴은 모두 여위어갔다. 잔은 이런 말을 했다.

"빈털터리 신세에도 다른 마을 사람들은 수년간 세금을 내왔지만 우리는 전혀 모르고 있었네요. 이제 우리도 알게 되었어요."

잔은 계속 그 이야기를 했고 점점 근심이 늘어갔다. 그러다 누구나 알 정도로 급기야 세금 문제는 잔의 마음을 가득 채우게 되었다.

우리는 끝내 끔찍한 광경을 보게 되었다. 미친 남자의 시체였다. 광장 한구석에 있던 철제 감옥 안에서 칼로 난도질당해 죽어 있었다. 피가 흥건한 무서운 광경이었다. 어린 우리들 중 누구도 폭력에 목숨을 잃은 사람을 본 적이 없었다. 그래서 무섭지만 남자의 시체는 호기심을 자극해서 우리는 눈을 뗄 수 없었다. 아니, 한 사람을 제외하고 우리의 호기심을 끌었다고 말해야겠다. 그 한 사람은 잔이었다. 잔은 무서워 얼굴을 돌리고 다시는 그 근처에 가지 않았다. 인간은 자신의 반응과 습관에서 벗어날 수 없는 존재라는 사실을 알 수 있었다. 또 운명이 때로는 얼마나 잔혹하고 불공정하게 우리를 대하는지 알게 해 주는 사건이기도 했다. 절단되어 피에 젖은 시체에 호기심을 느낀 이들에게 운명은 평화로운 삶을 살게 했지만 그런 죽음에 깊은 공포를 느끼도록 타고난 사람은 전쟁터로 나가 매일 비슷한 광경을 목도하게 됐던 것이다.

마을이 습격을 받은 일은 세상에 일어난 어떤 일보다 우리에게 큰 사건이었기에 이 일을 우리가 많이 떠들게 되었을 거라고 너희는 생각할 것이다. 그래, 그랬다. 둔감한 마을 사람들은 자기들이 희미하게나마 알고 있는, 그러니까 세계 역사에 기록될 앞서 일어난 사건들이 얼마나 큰일인지 안다고 생각했을 것이다. 그러나 그렇지 않았다. 이들이 눈으로 직접 보고 오장육부로 느꼈던 이 사건이, 이들의 가슴을 찔렀던 이 작은 사건이, 이들이 전해 들은 먼 곳에서 일어난 세계사의 어떤 큰 사건보다도 이들에게는 크나큰 사건이었던 것이다. 그때 마을 어른들이 하던 이야기를 떠올리면 웃음이 나오기도 한다. 어른들은 화를 내며 투덜거리곤 했다. 자크 다르크 아저씨는 이런 말씀을 하셨다.

"세상이 이렇게 되다니! 왕이 이 사실을 알아야 해. 게으름 그만 피우고 꿈에서 깨어나 할 일을 제대로 해야 될 때야."

여기서 왕이란 왕위를 물려받지 못하고 추적을 피해 도망간 샤를 7세를 말한다. 촌장님이 말을 받았다.

"말 잘했어. 왕이 알아야 해. 지금 당장. 이런 일이 일어나도록 내버려 두는 건 잔인한 짓이야. 우리는 침대에서도 안전하지 못한데 왕은 저렇게 만사태평이라니. 알려야 해, 정말로. 프랑스 사람은 모두 알아야 해!"

이들의 대화를 듣노라면 이전에 우리나라에서 일어난 만 가지 약탈과 방화 사건은 단지 꾸며낸 이야기이고 우리가 겪은 일만이 사실이라고 생각하게 된다. 항상 이런 법이다. 이런 일을 당한 사람이 옆집 사람이라면 말만 할 뿐이지만 자신이 곤경에 처하게 되면 왕이 일어나 조치를 취해야 한다.

이 큰 사건에 대해 우리 젊은이들은 많은 이야기를 했다. 가축을 돌볼 때도 우리는 이 사건 이야기로 시간을 때웠다. 나는 열여덟 살이었고 다른 아이들은 나보다 한 살이나 네 살이 많았다. 우리도 이제 젊은이였기에 우리 자신이 중요한 역할을 하는 사람이라고 느끼기 시작했다. 어느 날, 팔라댕이 오만하게 우국지사인 우리나라의 장군들을 비판하는 말을 했다.

"오를레앙의 서자, 뒤누아 있잖아. 꼬래 장군이래! 차라리 나를 그 자리에 앉혀줘. 그러면 걱정할 일 없을걸. 난 말하고 싶지도 않고 말 할 입장도 아니지만 말이야. 말하는 건 다른 사람들이나 하라고 내버려 두고 난 행동을 할 거야. 장군 자리에 나만 앉혀 줘 봐. 그럼 끝이야. 상트라유 꼬락서니 좀 봐. 그저 날뛰기만 하는 라 이르. 그런 사람들이 무슨 장군이래!"

이 유명한 장군들은 우리에게는 거의 신과 다름없었기 때문에 그 위대한 이름들을 함부로 말하는 걸 들은 우리는 모두 충격을 받았다. 어렴풋이 아는 정도였지만 그래도 장군들은 우리에게 거대하고 대단한 존재들이었고 우리 상상 속 먼 곳에서 휘황찬란하게 빛나는 별들이었다. 그런 장군들이 단지 사람인 양 토를 달고 비난하는 것은 외람된 일이었다. 그러자 잔은 얼굴빛이 변하더니 입을 열었다.

"그 높은 분들을 그렇게 말할 수 있을 만큼 강한 사람이 있는지 난 모르겠네. 그분들은 프랑스를 떠받치는 기둥이야. 매일 피를 흘려가면서 힘껏 떠받치느라 프랑스가 있는 거라고. 멀리서나마 그분들을 직접 보기만 한다면 그보다 영광스러운 일은 난 없을 것 같아. 난 그분들 가까이 다가갈 수 있는 사람이 아니니까."

팔라댕은 아이들의 얼굴을 보고 아이들이 느끼는 걸 잔이 꼭 집어 말했다는 걸 알고는 잠시 당황했다. 그러나 이내 자신감을 되찾고 흠잡기를 멈추지 않았다. 그러자 잔의 오빠인 장도 핀잔을 주었다.

"장군들이 맘에 안 들면 네가 직접 전쟁에 나가 더 잘 싸우면 되잖아? 전쟁에 나간다는 말만 맨날 하면서 전쟁에 나가지는 않지."

그러자 팔라댕이 응수했다.

"야, 말 잘했다. 너네도 아는 것처럼 내 성격이랑 안 맞게 왜 내가 이 피 한 방울 없는 평화로운 곳에서 짜증만 내고 있는지 말해 줄게. 난 귀족이 아니라 전쟁에 나가지 않는 거야. 이유는 이거밖에 없어. 나 같은 쫄따구가 그런 전쟁에서 무슨 공을 세울 수 있겠니? 전혀 못 세우지. 일개 병사를 높은 지위에 올려주지도 않잖아. 내가 귀족이라면 지금 여기 있겠니? 당장 떠날 거야. 난 프랑스를 구할 수 있어. 너네들은 웃겠지만 난 내 안에 있는 걸 알아. 이 농사꾼 모자 밑에 숨겨져 있는 게 무언지 알고 있다고. 난 프랑스를 구할 수 있어. 그럴 준비가 당장 돼 있지만 내 신분으로는 그럴 수 없는 거야. 나라가 나를 원하면 나를 모시로 와야 된다고. 그렇지 않으면 자기들이 책임져야지. 장교로 나가는 게 아니라면 난 꼼짝도 안 할 거라고."

그러자 피에르 다크가 "아, 불쌍한 프랑스. 프랑스는 졌어!" 하고 말했다.

"피에르, 남들한테는 콧방귀를 뀌면서 너는 왜 전쟁에 나가지 않니?"

"나도 모시러 오지 않았으니까. 나도 너처럼 귀족이 아니잖아. 하지만 난 전쟁에 나갈 거야. 그러겠다고 약속해. 약속하는데 난 졸병으로 나갈 거야. 너 밑에 있는 졸병으로. 네가 장교로 나가면."

아이들은 모두 웃었고 잠자리가 입을 열었다.

"그렇게 빨리? 그럼 지금부터 준비해야겠네. 5년 안에 전쟁에 나가게 될지도 모르지. 누가 아니? 그래, 내 생각에는 5년 안에 넌 전쟁터로 행군해 갈걸."

"더 빨리 갈걸."

잔이 생각에 잠긴 듯 말했다. 작은 목소리였지만 여럿이 잔의 말을 들었다. 잠자리는 놀라서 물었다.

"잔, 어떻게 알아?"

장 다르크도 끼어들었다.

"나도 나가고 싶어. 근데 아직 어리니까 기다릴 거야. 팔라댕을 모시로 오면 나도 같이 갈 거야."

"안돼. 팔라댕은 피에르랑 갈 거야."

잔이 말했지만 혼잣말 중에 무의식적으로 소리 내어 말한 듯해서 들은 사람은 나밖에 없었다. 난 잔을 바라보았다. 잔은 손에 뜨개질바늘을 쥐고 있었지만 뜨개질은 멈춘 채 꿈을 꾸는 듯 멍한 표정이었다. 무슨 말을 자기한테 하는지 입술이 조금 움직일 때도 있었지만 소리는 나지 않았다. 내가 가장 가까이 있었지만 아무 말도 듣지 못했다. 나는 미신을 잘 믿고 작은 일이라도 이상한 일이면 쉽게 마음 쓰는 성격이라 내가 들은 잔의 말에 마음이 사로잡혀 귀를 쫑긋 세웠다.

노엘 랑그송이 이야기를 시작했다.

"프랑스가 살아날 방법이 딱 한 가지 있긴 해. 어쨌든 우리 마을에 귀족 한 명은 있잖아. 박사랑 팔라댕이랑 신분과 이름을 서로 바꾸면 되지 않겠어? 그러면 팔라댕은 장교가 될 수 있어. 팔라댕을 모시러 올 거고 팔라댕은 잉글랜드군이랑 부르고뉴군을 파리떼 처넣듯 바다로 쓸어버릴 수 있을 거야."

박사는 나였다. 나는 글을 읽고 쓸 수 있어서 별명이 박사였다. 모두 맞는 말이라며 맞장구쳤다. 해바라기가 말했다.

"바로 그거야. 어려운 건 다 해결됐어. 드 콩트 경께서도 물론 동의하실 테고. 드 콩트 경은 총사령관 팔라댕 뒤에서 행군하시다가 졸병처럼 영광스럽게 일찍 전사하시겠네."

"드 콩트 경은 장과 피에르와 함께 출정할 거고 이 전쟁이 잊힐 때까지 살아 있을 거야."

잔이 중얼거렸다.

"그리고 노엘과 팔라댕은 원하지는 않지만 11시에 합류할 거고."

목소리가 너무 작아서 말이었는지 확신이 서지는 못했지만 어쨌든 내게는 말처럼 들렸다. 이런 이야기를 듣는 건 오싹한 일이었다. 노엘이 다시 말을 이었다.

"자, 와 봐. 다 준비됐다. 팔라댕의 깃발 아래 모여 앞으로 나가 프랑스를 구하기만 하면 돼. 너희 모두 같이 나갈 거지?"

모두 그렇다고 말했다. 자크 다르크만 빼고 말이다. 자크는 이렇게 말했다.

"난 빠져도 이해해 줘. 전쟁 이야기하는 건 재미있고 이런 이야기에는 빠지지 않을 거야. 나도 군인이 돼야겠다고 늘 생각해 왔는데 우리 마을이 부서진 걸 보고 또 미친 남자가 토막 나서 피에 젖어 있는 걸 보고는 깨달았어. 난 이런 일을 할 수도 없고 이런 걸 보고 싶지도 않다는 걸 말이야. 난 마음 편히 그런 일을 할 수 없을 거야. 칼과 대포와 죽음 앞에 선다? 난 못해. 그래, 맞아. 난 빼 줘. 게다가 난 장남이야. 아버지 다음으로 우리 가족을 돌보고 지켜야 돼. 장과 피에르는 너희와 전쟁에 함께 갈 테니 누군가는 집에서 남아 잔과 동생을 돌봐야 해. 난 집에 있을게. 평화롭고 조용하게 나이들 거야."

"자크 오빠는 집에 남겠지만 나이가 들지는 않을 거야."

잔이 중얼거렸다.

젊은이들이 그렇듯 아이들은 기분이 들떠 무모한 이야기들을 계속 떠들어 댔다. 우리는 팔라댕에게 작전을 세워 전투에서 이겨 잉글랜드군을 몰아내라고, 또 우리 왕을 왕좌에 앉히고 왕관을 씌우라고 말했다. 그리고 왕이 상으로 무엇을 받고 싶냐고 물으면 어떻게 대답을 할 건지 물었다. 팔라댕은 이미 머릿속에 다 생각하고 있던 터라 금세 대답했다.

"공작이 되게 해 달라고 말할 거야. 귀족들 가운데 가장 높은 사람이 되게 해 달라고 할 거야. 그리고 군대 총사령관으로 임명해 달라고 할 거야."

"그리고 공주랑 결혼도 해야지. 이것도 빠뜨리지는 않을 거잖아. 그렇지?"

팔라댕은 얼굴이 조금 빨개지더니 퉁명스럽게 대답했다.

"왕이 공주를 안 줄지도 모르지. 그러면 난 내가 좋아하는 여자랑 결혼할 거야."

이때는 아무도 눈치채지 못했지만 팔라댕이 좋아하는 여자란 잔을 가리켰다. 누가 그 사실을 알았다면 꿈도 야무지다고 아이들은 놀렸을 것이다. 잔 다르크에게 어울리는 남자는 마을에 없었다. 그리고 모두 그렇게 이야기했을 것이다.

우리가 팔라댕과 함께 전세를 바꾸어 놀라운 공을 세운다면 왕에게 무얼 상으로 달라고 할지, 우리는 돌아가면서 이야기했다. 그냥 재미로 말하는 거라 우리는 앞사람이 말한 것보다 더 큰 걸 말하려고 했다. 잔의 차례가 되자 아이들은 몽상에 잠긴 잔을 깨워 이야기해 보라고 졸랐다. 잔이 다른 생각을 하고 있었고 우리의 마지막 대화를 듣지 못해서 우리는 질문이 뭔지 잔에게 다시 설명해야 했다. 정말 원하는 걸 아이들이 듣고 싶어한다고 생각한 잔은 잠시 생각을 하다가 말했다.

"왕세자께서 높으신 자리에서 자비롭게 내게 말씀하시겠지. '이제 난 다시 부유해졌고 내 자리를 되찾았다. 원하는 것을 말하면 주겠다.' 그러면 난 무릎 꿇고 왕에게 청할 거야. 우리 마을은 영원히 세금을 내지 않게 해 달라고."

잔의 마음속에서 나온 그 단순한 말에 우리는 모두 마음이 움직여 웃음을 그치고 생각을 하게 됐다. 우리는 더 이상 웃지 않았다. 잔의 말은 슬펐다. 그러나 훗날 우리가 잔의 말에 웃지 않았다는 사실을 기뻐하게 되고, 또 자긍심을 가지고 잔의 말을 기억하게 되는 날이 왔다. 훗날 우리는 잔의 말이 얼마나 진심이었는지, 또 정말 그런 때가 오자 잔이 자신의 말을 얼마나 그대로 지켰는지를 알게 되었다. 잔은 자신을 위해서는 어떤 것도 청하지 않고 오직 그것만을 왕에게 청했기 때문이다.

6. 하얀 천사

어린아이였을 때부터 열네 살 중반에 이르기까지 잔은 마을에서 가장 밝고 쾌활한 아이였다. 삼단뛰기 걸음과 보는 사람을 함께 웃게 하는 행복해 겨운 웃음, 여기에 따뜻하고 동정심 많은 천성과 솔직하고 매력적인 태도가 더해져 누구나 잔을 귀여워하지 않을 수 없었다. 언제나 열렬한 애국자였던 잔은 전쟁 소식을 들으면 진지해지며 가슴 아파 눈물을 흘리곤 했지만 이런 마음이 지나가면 다시 기분이 좋아져 예전의 잔으로 돌아가곤 했다.

그러던 잔이 일 년 반 동안 내내 진지한 기분으로 지낸 적이 있다. 잔은 우울한 기분에 사로잡히지는 않았지만 깊이 생각에 잠기거나 몽상에 빠지곤 했다. 가슴에 지고 있는 프랑스가 가볍지 않은 짐으로 잔에게 다가왔던 것이다. 잔의 걱정은 나라에 대한 것임을 나는 알았지만 잔은 자기 생각을 대부분 마을 사람들에게 이야기하지 않아서 다른 사람들은 잔이 신앙에 사로잡혀 정신이 팔려 있다고 생각했다. 잔은 생각의 일부를 내게 알려 주었고 그래서 난 다른 사람들과 달리 잔의 마음이 쏠려있는 것이 무엇인지 알 수 있었다. 그러나 잔이 자신만 간직하고 나를 비롯한 다른 사람에게 알리지 않는 비밀이 있다는 생각이 자주 들곤 했다. 이런 생각이 든 데에는 그럴 만한 이유가 있었다. 잔이 문장 하나를 둘로 나누어 말할 때 여러 번 무언가를 드러내려다가 두 번째 문장의 주어를 바꾸곤 했기 때문이다. 결국 이 비밀이 무엇인지 나는 나중에 알게 되었지만 아직 이때는 알지 못했다.

방금 말한 것과 같은 대화를 잔과 하고 난 다음 날, 잔과 나는 풀밭에 앉아 늘 그렇듯 우리나라에 대해 이야기하게 되었다. 잔을 위해 나는 그동안 희망적으로 이야기를 해 왔지만 그건 거짓말이었다. 우리나라에 희망이 될 만한 것은 아무것도 남아있지 않았다. 거짓말과 속임수에 대해서는 눈처럼 하얗게 순결한 잔에게, 그러니까 자신이 그렇기 때문에 타인에게 그런 비열함이 있으리라 생각하지 않고 의심하지도 않는 잔에게, 그렇게 거짓말하고 속인다는 건 고통스럽고 부끄러운 일이었다. 그래서 그날 나는 사실 그대로 이야기하고 다시는 잔을 속이지 않기로 결심했다. 나는 새로운 방식으로 대화를 시작했다. 물론 작은 거짓말로 시작했는데 습관은 습관이기에 쉽게 창밖으로 던져버릴 수 없어서 한 번에 하나씩 계단을 내려가야 했다.

"잔, 어젯밤에 이 일 계속 생각해 봤는데 지금까지 잘못 생각해왔던 것 같아. 우리나라는 희망이 없어. 아쟁쿠르 전투 후로 계속 그랬지만 지금은 훨씬 절망적이야. 희망이 없어."

말을 하면서 나는 잔의 얼굴을 보지 않았다. 인간으로서 차마 그럴 수 없었다. 조금도 누그러뜨림 없는 그런 솔직하고 잔인한 말로 잔의 희망을 짓밟고 마음을 부수어뜨리는 일은 부끄러운 짓인 것 같았고 실제로도 부끄러운 짓이었다. 그러나 말을 내뱉자 짊어지고 있던 짐을 내려놓은 것 같았고 숨겨두었던 양심도 떠오른 것 같았다. 나는 반응을 보려고 잔의 얼굴을 바라보았다. 그러나 잔의 얼굴에는 아무런 변화가 없었다. 적어도 내가 예상하던 변화는 없었다. 잔의 진지한 눈빛 속에 놀라는 빛이 살짝 스쳐 지나갔지만 그게 전부였다. 잔은 솔직하고 차분하게 말했다.

"프랑스에 희망이 없다고? 왜 그렇게 생각해? 말해 봐."

자신이 존중하는 사람에게 상처를 준다고 생각했던 일이 그리 되지 않을 때 사람은 더없이 기쁘기 마련이다. 나는 안도했다. 그래서 당황하거나 꾸미지 않고, 하고 싶은 말을 다 할 수 있었다. 나는 이렇게 말했다.

"감정도 내려놓고 애국심 때문에 갖는 환상도 내려놓고 사실을 직시해 봐. 사실은 무얼 말하고 있지? 장부에 적힌 숫자처럼 분명해. 여기에 두 가지 사실만 더하면 프랑스가 파산했다는 걸 볼 수 있지. 하나는 프랑스 재산의 절반은 이미 잉글랜드라는 법원의 손에 들어갔다는 거야. 다른 하나는 나머지 절반은 누구한테도 충성하지 않는 무책임한 약탈자들이랑 강도들의 손아귀에 들어갔다는 거지. 우리 왕은 왕국의 작은 땅덩이에서 자신이 총애하는 신하들과 바보들한테 둘러싸여 부끄럽게 빈둥거리면서 가난에 찌들려 살고 있어. 게다가 다른 땅은 물론이거니와 어둠의 땅이라 할 수 있는 그 작은 땅조차도 다스릴 권한이 없지. 왕은 이름만 왕이지 군대 연대 한 개도 갖고 있지 않아. 왕은 싸우지도 않고 있고, 또 그럴 마음도 없어. 더 이상 저항할 생각이 없어. 사실 왕이 하려고 하는 건 하나뿐이야. 모든 걸 내동댕이치고 왕관도 하수구에 내던지고 스코틀랜드로 도망가는 것. 이게 엄연한 사실이야. 그렇지 않아?"

"맞아. 바로 그렇지."

"그러면 내가 말한 대로 하면 돼. 그 사실들을 모아서 그게 무엇을 뜻하는지 보기만 하면 된다고."

잔은 목소리를 보통 크기로 물었다.

"왜 프랑스의 상황이 희망이 없다는 거야?"

"그럴 수밖에 없지. 이 사실들 앞에서 어떻게 달리 생각할 수 있겠니."

"어떻게 그렇게 단정할 수 있어? 어떻게 그렇게 느낄 수 있어?"

"어떻게 그럴 수 있냐고? 이런 상황에서 어떻게 달리 생각하고 느낄 수 있겠어? 잔, 이런 절망적인 모습 앞에서 프랑스가 정말 희망을 가질 수 있겠니? 실제로 가질 수 있겠어?"

"희망. 그 이상을 가질 수 있어! 프랑스는 자유를 쟁취하고 지켜나갈 거야. 그건 의심하지 마."

잔의 맑은 지성이 오늘은 흐려진 것 같았다. 아니, 분명 흐려졌다. 그렇지 않다면 프랑스의 현실은 오직 한 가지만을 뜻한다는 걸 볼 수밖에 없다. 다시 프랑스가 처한 상황을 이야기하면 잔은 똑똑히 볼 수 있으리라. 그래서 나는 다시 이야기했다.

"잔, 네 가슴이 프랑스를 숭배하느라 네 머리를 현혹시키고 있구나. 사실들이 무엇을 뜻하는지 보지 못하고 있어. 땅바닥에 막대기로 그림을 그려서 다시 설명해 줄게. 자, 여기 이렇게 대강 그린 게 프랑스 땅이야. 가운데에서 동쪽과 서쪽으로 강을 그릴게."

"그래, 루아르강."

"자, 땅의 북쪽 절반은 잉글랜드가 꽉 움켜쥐고 있어."

"그래, 맞아."

"남쪽 절반은 누구의 손아귀에도 있지 않지. 우리 왕이 남쪽 땅을 버리고 외국으로 도망치는 걸 생각하면서 인정했던 것처럼 말이야. 잉글랜드는 여기에 군대를 배치하고 있고 우리 군의 저항은 사라졌어. 잉글랜드는 원하기만 하면 남쪽 땅을 완전히 장악할 수 있어. 사실, 프랑스 땅은 전부 사라졌어. 프랑스는 이미 땅을 잃어버린 거야. 프랑스는 이미 존재하지 않아. 프랑스는 이제 잉글랜드의 한 부분이 된 거야. 그렇지?"

잔의 목소리는 작았지만 감정이 선명하게 묻어 있었다.

"맞아, 그렇지."

"그래, 좋아. 이제 여기에 사실 하나를 더해 매듭을 지으면 확실해져. 프랑스 군대가 한 번이라도 이긴 적 있어? 몇 년 전에 스코틀랜드 군대가 프랑스 깃발 아래서 싸우다 한두 번 힘겹게 이긴 적은 있지. 하지만 내가 말하는 건 프랑스 군대 이야기야. 12년 전에 아쟁쿠르 전투에서 잉글랜드군 8천 명이 프랑스군 6만 명을 거의 전멸시켰잖아. 프랑스군의 사기는 떨어질 대로 떨어져 있어. 이런 말도 있잖아. 프랑스군 50명이 잉글랜드군 5명을 보면 줄행랑을 친다고."

"안 될 일이지만 사실이지."

"그러면 희망을 가질 수 있는 시절은 분명 지나갔어."

이제 잔이 사태를 분명하게 이해했다고 나는 생각했다. 이보다 더 확실할 수 없고 더 이상 희망을 가질 수 없다는 걸 인정하리라 생각했다. 하지만 그건 내 착각이었고 난 실망할 수밖에 없었다. 잔은 자신 있는 목소리로 말했다.

"프랑스는 다시 일어날 거야. 넌 보게 될 거야."

"일어나? 잉글랜드군을 등에 지고서?"

"프랑스는 벗어버릴 거야. 그리고 발로 짓밟을 거야!"

잔이 결연한 마음으로 말했다.

"싸울 군대도 없는데?"

"북을 울리면서 군인들을 부를 거야. 그러면 군인들이 모여들어 행군하게 될 거야."

"늘 그랬던 것처럼 전쟁터와 반대 방향으로?"

"아니, 전쟁터를 향해 앞으로, 앞으로 계속 나아갈 거야. 언제나 앞으로 나아갈 거라고! 너도 보게 될 거야."

"그러면 거지가 된 왕은 어떻게 돼?"

"왕좌에 오를 거야. 왕관을 쓰게 될 거야."

"이거 머리 어지럽네. 30년 안에 잉글랜드의 지배가 끝나고 프랑스 왕이 진짜 왕관을 쓰고 권력을 되찾는 일을 믿을 수 있을까…"

"2년이 채 안 돼서 일어날 거야."

"정말? 그런 불가능한 일을 누가 이룰 수 있을까?"

"하느님께서."

나지막한 말이었지만 또렷하고 엄숙하게 들렸다. 잔은 왜 이런 이상한 생각을 머릿속에 갖게 된 걸까? 2,3일 동안 이 질문이 내 마음을 떠나지 않았다. 미쳤다고밖에는 생각할 수가 없었다. 그렇지 않고서야 어떻게 그런 생각을 할 수 있을까? 프랑스의 고통을 마음에 품고 슬퍼하다가 강인한 정신이 약해지면서 말도 안 되는 환상으로 머리가 가득 찬 것이다. 그래, 그렇게 된 것이 분명했다.

그러나 나는 잔을 지켜보면서 시험도 해 보았는데 잔이 미친 것은 아니었다. 잔의 눈은 맑고 건강했고 행동 역시 이상하지 않고 자연스러웠다. 말도 정확하고 요점도 뚜렷했다. 그래, 잔의 마음에 문제가 생긴 것은 아니었다. 잔의 마음은 여전히 마을에서 가장 건강하고 뛰어났다. 잔은 전과 다름없이 다른 사람들을 생각하고 다른 사람을 위해 계획을 세우고 다른 사람을 위해 자신을 희생했다. 아픈 사람을 돌보아 주고 가난한 사람을 도와주고 나그네에게 자기 침대를 내어주고 자기는 바닥에서 잠을 잤다. 어딘가에 비밀이 있을 뿐 정신이 이상하다고 생각할 수는 없었다. 그런데 그 비밀을 여는 열쇠가 곧 내 손에 들어오게 되었다. 그렇게 된 경위는 이랬다. 내가 이제 말하려는 일에 대해 세상이 모두 말하는 걸 너희도 들었을 것이다. 하지만 그 일을 직접 목격한 사람에게서 이야기를 들은 적은 없을 것이다.

어느 날이었다. 그날은 1428년 5월 15일이었다. 나는 산마루에서 걸어 내려와 참나무 숲 언저리에 이르렀다. 숲을 벗어나 요정이 나오던 너도밤나무가 서 있는 탁 트인 잔디밭으로 걸어 들어가려 할 때였다. 나는 숲에서 앞을 바라보다가 한 발짝 물러서서 나뭇잎 뒤에 몸을 숨겼다. 잔을 보게 되어 깜짝 놀라게 하려고 그랬던 것이다. 생각해 봐라. 곧 역사와 노래에 영원히 남게 될 사건이 곧 일어나려는 때에 난 작은 장난을 치려고 했다는 것을.

날이 흐려 잔디밭에는 구름이 던지는 부드럽고 짙은 그림자 아래 요정나무가 서 있었다. 그 나무의 큰 뿌리에서 툭 튀어나온 자연산 의자에 잔은 앉아 있었다. 잔은 두 손을 포개서 무릎에 부드럽게 올려놓고 머리는 바닥 쪽으로 조금 수그리고 있었다. 생각이나 몽상에 잠겨 자신과 외부 세계를 의식하지 못하는 듯한 분위기였다. 그때 나는 아주 이상한 것을 보았다. 잔디밭에서 하얀 그림자가 천천히 미끄러지듯 나무 쪽으로 오고 있었다. 긴 옷을 입고 날개가 달린 그 하얀 그림자는 아주 컸다. 그림자의 하얀색은 내가 아는 그 어떤 하얀색과도 같지 않았다. 어쩌면 하얀 번개의 색깔 같다고 할 수도 있지만 번개의 색도 그처럼 강렬하지는 않았다. 번개는 아무렇지 않게 눈으로 볼 수 있지만 그것은 어찌나 하얗던지 눈이 아플 지경이라 눈에 눈물이 고였다. 나는 손으로 얼굴을 가리고 이 세상의 것이 아닌 어떤 것 앞에 내가 있다는 걸 알게 되었다. 나는 공포와 경외감에 압도되어 가슴이 답답해지고 호흡이 약해졌다.

이상한 일은 또 있었다. 먹구름 때문에 어둡게 되자 숲은 아주 고요해졌다. 동물들은 용기를 잃고 겁에 질렸지만 새들은 모두 노래했다. 새들의 황홀한 기쁨은 믿을 수 없는 정도였다. 게다가 노랫소리는 아주 명랑하고 감동적이어서 하늘의 하느님을 찬양하고 있다는 걸 분명히 알 수 있었다. 새들이 노래하자마자 잔은 무릎을 꿇고는 머리를 조금 숙이고 가슴에 십자 성호를 그었다.

잔은 아직 그 그림자를 보지 못하고 있었다. 새들이 노래로 그

것이 오는 걸 알렸던 것일까? 그렇게 느껴졌다. 이와 똑같은 일이 이전에도 일어났던 게 틀림없다. 맞다. 의심할 여지가 없었다. 그림자는 천천히 잔에게 다가갔다. 그림자의 가장자리가 잔에게 닿더니 잔을 휘감고 엄청난 빛으로 둘렀다. 꺼지지 않는 빛 안에서 인간의 얼굴이었던 잔의 얼굴은 이제 성스럽게 빛났다. 잔을 변하게 한 그 영광스러운 빛으로 시골 소녀의 옷은, 우리가 꿈과 상상 속에서 보는 하느님 왕좌에 모여든 사람들의 옷으로, 하느님의 자녀들이 입는 태양처럼 빛나는 옷으로 변했다.

이윽고 잔이 일어섰다. 고개는 여전히 조금 숙이고 있었고 손은 내려 깍지를 끼고 앞에 놓은 채였다. 놀라운 빛에 흠뻑 젖어 있었지만 잔은 그걸 알지 못하는 것 같았고, 서서 무슨 말을 듣고 있는 듯했다. 하지만 난 아무 소리도 듣지 못했다. 잠시 후 잔은 고개를 들고 거인의 얼굴을 쳐다보는 것처럼 머리를 치켜들고 위를 바라보았다. 그러더니 애원하듯 두 손을 모아 위로 올린 후 간청하기 시작했다. 나는 잔의 말을 조금 들을 수 있었다.

"하지만 저는 너무 어립니다. 어머니와 집을 떠나 그렇게 큰일을 하러 낯선 세상 속으로 가기에는 너무 어립니다. 아, 어찌 제가 남자들과 군인들과 말을 하고 어울릴 수 있겠습니까! 저들은 저를 모욕하고 무례한 말로 경멸할 것입니다. 제가 어찌 큰 전쟁에 나가 군대를 이끌 수 있겠습니까? 저는 소녀라 싸우는 것은 아무것도 모릅니다. 무기를 다룰 줄도 모르고 말을 탈 줄도 모릅니다. 하지만 … 그렇게 명하신다면 …."

잔은 목소리가 조금 가라앉더니 흐느끼기 시작했다. 나는 잔의 말을 더는 들을 수 없었다. 그러자 난 정신이 들었다. 하느님의 신비로운 일에 내가 침입했다면 난 무슨 벌을 받을까? 나는 두려워 숲속 깊은 곳으로 들어가 숨었다. 그리고 한 나무에 표시를 하면서 나 자신에게 말했다.

"꿈을 꾸는 것일지도 몰라. 진짜로 보았던 게 아닐 거야. 내가 깨어있고 꿈을 꾸지 않고 있다는 걸 알 때 난 다시 여기에 올 거야. 그래서 이 표시가 여전히 있는지 볼 거야. 그러면 알 수 있겠지."

7. 보쿨뢰르 성으로

내 이름을 부르는 소리가 났다. 잔의 목소리였다. 나는 놀랐다. 내가 여기 있는 걸 잔이 어떻게 알았을까? 이것도 꿈이라고 나는 나 자신에게 말했다. 모두 꿈이다. 목소리, 환상과 그 모든 것이. 그래, 요정들이 한 일이었다. 그래서 나는 마법에서 벗어나려고 십자 성호를 긋고 하느님의 이름을 불렀다. 이 의식에 끄떡도 안 할 마법은 없기에 나는 이제 마법에서 풀려나고 깨어나게 됐다고 생각했다. 그런데 그때 다시 내 이름을 부르는 소리가 들렸다. 나는 숨어 있던 곳에서 바로 나왔다.

정말 잔이 있었다. 그러나 내가 꿈속에서 보던 잔의 모습은 아니었다. 이제 잔은 울고 있지 않았고 1년 하고 6개월 전 쾌활하고 활기 넘치던 때의 표정이었다. 예전에 있었던 힘과 불같은 열정이 잔에게 돌아와 있었고 날아갈 듯해 보이는 행복과 기쁨이 얼굴과 몸가짐에서 엿보였다. 잔은 황홀경에 빠져있다 다시 깨어난 사람처럼 보였다. 멀리멀리 떠났던 잔이 다시 우리 앞에 나타난 것만 같았다. 나는 정말 기뻐서 당장 마을로 달려가 친구들을 모두 불러 잔의 주위에 모이게 하고 싶었다. 나는 들뜬 마음으로 잔에게 달려가 말했다.

"아, 잔. 얘기해 줄 정말 놀라운 일이 방금 있었어! 넌 절대 상상할 수 없을 거야. 꿈을 꾸었어. 꿈에서 너를 여기서 봤어. 그리고 …."

잔이 손을 들어 내 말을 가로막고는 말했다.

"그건 꿈이 아니야."

나는 충격을 받았다. 다시 두려움이 몰려왔다.

"꿈이 아니라고? 잔, 어떻게 알아?"

"너 지금 꿈꾸고 있니?"

"아니 …. 꿈꾸는 건 아닌 것 같아. 지금은 꿈이 아니야."

"맞아. 꿈꾸는 게 아니야. 네가 지금 꿈꾸는 게 아니란 걸 내가 알아. 아까 네가 나무에다 표시를 새길 때도 넌 꿈을 꾸는 게 아니었어."

너무 무서워 몸이 싸늘해졌다. 내가 꿈을 꾸었던 게 아니라는 걸, 이 세상의 것이 아닌 어떤 두려운 존재와 내가 함께 있었다는 걸 나는 확실히 알게 되었기 때문이다. 그리고 죄악으로 물든 내 발이 성스러운 땅에, 천상의 그림자가 머물던 성스러운 땅에 있었다는 걸 기억했다. 뼛속까지 떨리도록 무서워서 나는 재빨리 그 자리를 떠났다. 잔은 따라오면서 말했다.

"무서워하지 마. 정말 그럴 필요 없어. 나랑 같이 가자. 샘터 옆에 앉자. 내 비밀을 모두 이야기해 줄게."

그동안 있었던 일을 잔이 이야기하려고 하자 나는 말을 가로막고 말했다.

"먼저 이걸 말해 봐. 넌 내가 숲에서 하던 일을 볼 수 없었잖아. 그런데 내가 나무에 표시를 새기는 걸 어떻게 알았니?"

"잠깐 기다려. 금세 말해 줄게. 얘기 들으면 알게 될 거야."

"한 가지만 지금 말해 줘. 내가 봤던 그 무서운 빛은 뭐였지?"

"말해 줄게. 무서워하지 마. 넌 위험하지 않아. 그건 대천사 미카엘이야. 하늘 군대 총사령관 미카엘."*

나는 십자 성호를 긋지 않을 수 없었다. 그리고 그 땅을 내 발로 더럽힌 것에 몸이 떨렸다.

"너 무섭지 않아, 잔? 미카엘 천사의 얼굴을 본 거야? 미카엘 천사의 모습을 본 거냐고?"

"응, 봤어. 무섭지 않아. 오늘이 처음이 아니거든. 나도 처음 봤을 때는 무서웠어."

"처음 봤을 때가 언제인데?"

"거의 3년 전쯤이었지."

"그렇게 오래됐어? 그분을 여러 번 본 거야?"

"응, 여러 번 만났어."

"아, 그러니까 이 일 때문에 네가 변한 거구나. 전과 다르게 생각에 깊이 잠기던 게 다 이 일 때문이었구나. 이제야 알겠어. 그런데 왜 나한테 이야기하지 않았니?"

"아무한테도 이야기하지 말라고 하셨으니까. 이제 이야기해도

---

* 미카엘 대천사. 성서에 나오는 천사 중 한 명으로 다니엘서와 유다서와 요한 계시록에 등장한다.

된다고 하셨어. 모두에게 이야기할 거야. 지금은 너만 알고 있어. 며칠 동안 비밀로 해야 하니까."

"나 말고 하얀 빛을 본 사람은 없니?"

"아무도 없어. 전에 너랑 다른 아이들이 있을 때에도 나타났지만 아무도 볼 수 없었어. 그런데 오늘은 달라진 거고, 왜 그런지 들었지. 하지만 이제 다시 누구한테도 보이는 일은 없을 거야."

"그럼 내게 주신 표징이구나. 어떤 뜻이 담긴 표징인 거지?"

"맞아. 하지만 어떤 뜻인지는 말하지 않을래."

"이상하다. 그런 눈부신 빛이 눈앞에 나타나도 다른 애들은 볼 수 없었다니."

"빛과 함께 말소리도 들려. 성인 몇 분이 수많은 천사들과 함께 와서 내게 말씀하시지. 그분들 목소리를 나는 듣지만 다른 사람들은 듣지 못해. 그분들은 내게 아주 소중한 분들이지. 나의 음성들. 나는 그분들을 그렇게 불러. '나의 음성들'이라고."

"잔, 그분들이 너한테 뭐라고 말씀하셨니?"

"이런저런 모든 이야기. 그러니까 프랑스에 대한 모든 이야기."

"그분들이 자주 이야기했던 게 뭔데?"

잔은 한숨을 쉬더니 말했다.

"재앙들. 재앙들과 불행. 치욕적인 일들. 그것 말고는 앞으로 일어날 다른 일들은 말씀해 주지 않으셨어."

"그런 일들을 전에도 너한테 말씀하셨니?"

"응. 그래서 무슨 일이 일어날지 미리 알 수 있었어. 그래서 네가 아는 것처럼 내 마음이 울적할 수밖에 없었던 거야. 변할 수 없는 일들이니까. 하지만 희망이 있는 말도 해 주셨어. 아니, 그 이상이지. 프랑스는 위험에서 벗어나 다시 위대하고 자유로운 나라가 될 거야. 하지만 어떻게 그 일이 일어나는지, 누가 그런 일을 하는지는 듣지 못했어. 오늘까지는."

마지막 말을 할 때 잔의 눈 깊은 곳에서 갑자기 불빛이 타올랐다. 이후로 진군을 알리는 나팔이 울릴 때 잔의 눈 속에서 나는 그 불빛을 여러 차례 보게 되었다. 나는 그 불빛을 '전쟁의 빛'이라고 불렀다. 잔의 가슴은 희망으로 부풀었고 얼굴은 홍조를 띠었다.

"하지만 오늘 난 알게 됐어. 하느님께서 이 일을 할 사람으로 사람들 가운데 가장 미천한 사람을 선택하셨다는 걸. 내 것이 아닌 그분의 명령과 보호와 힘으로 난 그분의 군대를 이끌고 프랑스를 되찾게 될 거야. 그리고 그분의 종인 프랑스 왕세자가 머리에 왕관을 쓰고 왕이 되게 할 거야."

나는 놀라 말했다.

"잔 네가? 너 같은 아이가 군대를 이끈다고?"

"응, 그래. 잠시 나도 그 말에 어리둥절했어. 너도 말한 것처럼 나는 아이일 뿐이니까. 아이일 뿐이고 아무것도 모르지. 전쟁에 대해서 아무것도 모르고 군인들과 어울리는 거친 군 생활도 맞지 않아. 하지만 그런 나약한 생각은 더 이상 하지 않아. 그런 생각은 다시는 하지 않을 거야. 난 군인이 되었어. 프랑스 목을 움켜잡은 잉글랜드의 손이 풀리기까지 하느님께서 날 도와주실 거고 난 물러서지 않을 거야. 나의 음성들께서는 내게 절대로 거짓말하지 않으셨어. 오늘 하신 말씀도 거짓말이 아니야. 보쿨뢰르를 다스리는 로베르 드 보드리쿠르를 찾아가라고 하셨어. 그러면 그 사람이 호위대를 시켜 나를 왕에게 보낼 거라고 하셨어. 지금부터 1년 후에 전쟁을 끝내는 공격을 시작할 거고 전쟁은 곧 끝나게 될 거야."

"어디를 공격할 건데?"

"그건 말씀하지 않으셨어. 그 일이 일어나기 전에 올해 무슨 일이 일어날지도 알려 주지 않으셨어. 내가 아는 건 내게 맡기신 일이 프랑스의 대반격이라는 것뿐이야. 대반격 이후에 다른 공격도 재빨리 날카롭게 할 거고, 10주 만에 지금까지 잉글랜드가 했던 노력이 물거품이 되고 왕세자의 머리에 왕관이 씌워질 거야. 이게 하느님의 뜻이야. 나의 음성들께서 그렇게 말씀하셨는데 내가 의심하겠니? 절대로. 그분들은 진실만을 말씀하시기 때문에 말씀 그대로 이루어질 거야."

엄청난 말이었다. 내 머리로는 이해하기 불가능한 일이었지만 내 가슴속에는 그것이 진실이라는 울림이 있었다. 내 머리는 의심했지만 내 가슴은 믿었다. 그래, 믿었다. 그리고 그날 이후로 난 그 믿음을 굳건히 붙들었다. 나도 입을 열었다.

"잔, 네가 말한 걸 믿어. 너랑 위대한 전쟁에 함께 나간다니 기쁘다. 그러니까 너랑 함께라면 어느 때든 나도 전쟁에 나갈 거야."

잔이 놀라서 말했다.

"내가 전쟁에 나갈 때 너도 나와 함께 나가게 될 거야. 그런데 어떻게 그걸 알았니?"

"너랑 난 함께 나갈 거고 장과 피에르도 같이 나갈 거야. 하지만 자크는 나가지 않을 거야."

"다 맞아. 그렇게 하라고 하셨지. 최근에 내게 알려 주셨어. 하지만 내가 너희들과 함께 출정할 거라는 거, 그렇지 않으면 난 출정하지 않을 거라는 건 오늘에야 알았는데 넌 어떻게 알았니?"

나는 잔이 예전에 그렇게 말했던 적이 있음을 알려 주었다. 하지만 잔은 전혀 기억하지 못했다. 그래서 나는 그때 잔이 꿈을 꾸거나 어떤 무아지경에 빠져있었다는 걸 알게 되었다. 잔은 당분간 이 모든 일을 비밀로 해 달라고 부탁했다. 난 그러겠다고 말했고 약속한 것을 그대로 지켰다.

그날 잔을 만난 사람들 중에 잔에게 일어난 변화를 감지하지 못한 사람은 아무도 없었다. 잔의 말과 행동에는 힘과 결의가 담겨 있었다. 잔의 눈에는 새롭고 신비로운 불꽃이 일어났고 잔의 태도와 얼굴에는 완전히 새롭고 대단한 무언가가 서려 있었다. 잔의 그 새로운 눈빛과 태도는 그날 하느님의 명령에 따라 잔에게 주어진 권위와 지도력에서 태어난 것이었다. 아무 말이 없었지만 그 눈빛과 태도는 과시나 허세 없이 분명하게 권위를 드러내고 있었다. 하느님이 주신 권위를 담담히 인식하는 자세, 그리고 잔은 몰랐지만 잔의 모습에 드러난 그 권위는 잔이 임무를 다할 때까지 잔을 떠나지 않았다.

잔은 마을 사람들처럼 내 신분에 걸맞게 내게 예의를 갖추어 대해 왔다. 그러나 잔도, 나도 아무 말을 하지 않았지만 이제 잔과 나의 위치는 서로 뒤바뀌게 되었다. 잔은 내게 부탁이 아닌 지시를 했고 난 상관의 지시처럼 그 말을 받아들이고 군말 없이 시행했다. 그날 저녁 잔은 내게 말했다.

"동이 트기 전에 떠나야 해. 너 말고는 아무도 몰라. 지시받은 대로 보쿨뢰르 영주를 만나러 갈 거야. 영주는 나를 비웃고 무례하게 대할 거야. 어쩌면 이번에 내 부탁을 들어주지 않을지도 몰라. 나 혼자 가면 만나 주지 않을 테니까, 먼저 뷔레로 가서 락사르 큰아버지께 함께 가자고 부탁할 거야. 그리고 보쿨뢰르에서 네 도움이 필요할지도 몰라. 영주가 나를 만나 주지 않으면 영주에게 보낼 편지를 써야 할 거고 그렇게 하려면 글을 쓸 줄 아는 사람이 내 옆에 있어야 하거든. 그러니 내일 오후에 보쿨뢰르로 가서 내가 찾을 때까지 거기에 머무르렴."

나는 그러겠다고 말했고 잔은 길을 떠났다. 너희가 보는 대로 잔은 머리가 얼마나 똑똑한지, 얼마나 판단력이 침착하고 좋은지 모른다. 잔은 자기와 함께 떠나자고 내게 부탁하지 않았다. 우리 사이를 두고 사람들이 이상하게 생각하고 수군거리지 않도록 한 것이다. 또 잔은 귀족인 영주가 귀족인 나에게는 시간을 내줄 거라고 보았다. 앞으로 보게 되겠지만 영주는 잔을 만나 주지 않았다. 그럴 때 가난한 시골 소녀가 젊은 귀족 남자를 통해 부탁을 한다면 어떻게 보일까? 잔은 언제나 자신의 정숙함이 훼손되지 않도록 처신했다. 그렇게 조심한 덕분에 잔의 이름은 끝까지 더럽혀지지 않았다. 나는 잔의 마음에 들려면 내가 어떻게 해야 할지 알고 있었다. 나는 보쿨뢰르로 가서 잔의 눈에 띄지 않게 지내다가 필요할 때 잔에게 나타나야 했다.

다음 날 오후에 나는 보쿨뢰르에 가서 잘 알려지지 않은 여관에서 하룻밤을 묵었다. 그리고 이튿날 성으로 영주를 찾아가 인사를 했는데 영주는 다음 날 정오에 함께 만찬을 하자고 나를 초대했다. 이 당시 영주는 이상적인 군인이었다. 회색빛 머리칼에 키가 크고 체격이 건장한 억센 사람이었는데 수많은 전투에서 얻은 처음 보는 훈장을 장신구처럼 소중히 몸에 달고 있었다. 평생을 병영에서 보낸 영주는 전쟁은 신이 인간에게 주신 가장 좋은 선물이라고 생각했다. 철갑옷을 입은 영주는 무릎까지 올라오는 부츠를 신고 큰 검을 차고 있었다. 이 전사를 만나 놀라운 무용담을 듣자, 문득 이 성에서는 시와 감성을 찾기가 얼마나 힘들까 하는 생각이 들었다. 그리고 어린 시골 소녀가 이 성에 발을 들여놓지 않게 되고 구술 편지로 영주에게 이야기하는 것에 만족하길 바랐다.

다음 날 정오에 나는 다시 성으로 갔다. 큰 만찬장으로 안내받은 나는 다른 식탁보다 두 계단 정도 높은 곳에 마련된 작은 식탁에서 영주 옆자리에 앉게 되었다. 내가 앉은 작은 식탁 앞에는 나 말고도 다른 손님들이 앉아 있었고 다른 큰 식탁에는 수비대의 고관들이 앉아 있었다. 입구에는 투구를 쓰고 흉갑을 입은 근위병 한 사람이 미늘창을 들고 지키고 있었다.

대화의 주제는 물론 프랑스의 절망적인 상황 딱 하나였다. 누군가 말하길 잉글랜드 솔즈베리에서 오를레앙을 공격할 준비를 한다는 소문이 있다고 했다. 그러자 사람들은 흥분하면서 그에 대한 말을 했는데 이런저런 의견들이 잇따라 쏟아졌다. 곧바로 오를레앙으로 진격해 올 거라고 말하는 사람들이 있는가 하면, 가을 되기 전에는 그렇게 할 수 없을 거라고 말하는 사람들도 있었다. 어떤 이들은 포위가 장기화될 테니 용감하게 맞서야 한다고 말하기도 했다. 이런저런 엇갈린 의견들이 있었지만 한 가지만은 모두 동의를 했으니 그건 오를레앙이 결국에는 무너지고 프랑스도 함께 무너질 거라는 점이었다. 이 말로 오랜 대화를 끝맺자 침묵이 흘렀다. 모든 사람들이 자기 생각에 잠겨 지금 어디에 있는지 잊고 있는 듯했다. 많은 활기를 띠던 곳에 그렇게 갑자기 깊은 고요가 찾아오자 엄숙해졌다. 그때 시종 한 명이 와서 영주의 귀에 뭐라고 속삭였다. 그러자 영주는 들리도록 말했다.

"나와 얘기하고 싶다고?"

"네, 그렇습니다. 영주님."

"음. 확실히 이상한 일이군. 데려오게."

만찬장에 들어온 사람들은 잔과 락사르 아저씨였다. 높은 사람들을 본 가난한 시골 노인은 용기가 사라져 걸어오다가 중간에 멈추어 더 이상 다가오지 못했다. 노인은 밤에 잘 때 쓰는 빨간 모자를 손에 꾸겨 쥔 채 당황하고 두려워서 이리저리 겸손하게 고개를 조아렸다. 그러나 잔은 꼿꼿한 걸음걸이로 침착하게 계속 앞으로 걸어와 영주 앞에 섰다. 잔은 나를 알아보았지만 아무 내색도 하지 않았다. 앉아 있던 사람들은 잔의 그런 모습에 찬탄했고 영주 역시 그런 빛을 보이며 이렇게 말했다.

"신이 내린 아름다움이야!"

그러고는 잠시 잔을 찬찬히 살펴본 다음에 말했다.

"그래, 소녀야. 무슨 일이니?"

"보쿨뢰르의 영주님이신 로베르 드 보드리쿠르께 전해 드릴 말이 있습니다. 전할 내용은 이렇습니다. 영주님께서는 프랑스 왕세자께 사람을 보내 적들과 싸우지 말고 가서 기다리라고 전해 주십시오. 하느님께서 곧 도와주실 테니 기다리라고 말씀해 주십시오."

이 이상한 말에 사람들은 놀랐다. 많은 사람들이 웅성거렸다.
"저 어린 게 돌았구나."
영주는 잔을 쏘아보며 말했다.
"무슨 헛소리냐? 왕은, 아니 네가 말하는 것처럼 왕세자께서는 그런 말이 필요치 않으시다. 왕세자께서는 기다리실 것이다. 그 점에 대해서는 걱정할 것 없다. 또 내게 더 할 말이 있냐?"
"네, 있습니다. 호위대를 주셔서 저를 왕세자께 보내 주십시오."
"가서 무엇을 하려고?"
"가면 왕세자께서 저를 장군으로 삼아주실 것입니다. 프랑스에서 잉글랜드군을 몰아내고 왕세자께 왕관을 씌어드리라는 임무를 제가 받았기 때문입니다."
"뭐라고? 네가? 아니, 너는 어린애야."
"네, 그렇지만 저는 그 임무를 받았습니다."
"그래? 그런 일은 언제 이루어지는데?"
"내년에 왕세자께서 왕위에 오르셔서 계속 프랑스의 주인이 되실 것입니다."
모두 한바탕 크게 웃었다. 웃음이 가라앉자 영주가 말했다.
"이런 터무니없는 전갈을 너한테 들려 보낸 사람이 누구냐?"
"저의 주군이십니다."
"어디를 다스리는 주군인데?"
"하늘을 다스리시는 하늘의 왕이십니다."
많은 사람들이 중얼거렸다.

"아, 불쌍한 것. 불쌍하다!"
다른 이들은 이렇게 말하기까지 했다.
"아, 정신이 온전하지 못하구나!"
영주는 락사르 아저씨를 불러 말했다.
"잘 들어라! 이 미친 아이를 집으로 데리고 가서 매로 흠씬 두들겨 줘라. 이 아이의 병을 고치는 데는 그게 제일이다."
잔은 방을 나가면서 뒤돌아보고는 단호한 목소리로 말했다.
"제 주군께서 영주님께 명하셨는데도 제게 왜 군사를 주지 않으시는 모르겠습니다. 네, 이렇게 명령하신 분은 바로 그분이십니다. 그러므로 저는 다시 올 것이고 몇 번이고 다시 올 수밖에 없습니다. 그렇게 하면 결국 호위대를 얻게 되겠죠."
잔이 나간 다음에 사람들은 이 일에 놀라서 이러쿵저러쿵 많은 이야기를 했다. 근위병과 종들은 이 일을 도시에 퍼뜨렸고 이 이야기는 도시에서 시골로 퍼졌다. 잔이 동레미에 돌아왔을 때는 동레미 역시 이 소문으로 웅성거리고 있었다.

8. 약혼 소송

인간의 본성은 어디서든 똑같은 법이다. 세상에서 성공하면 사람들은 떠받들고 실패하면 멸시할 뿐이다. 마을 사람들은 잔이 이상한 짓을 해 비웃음만 사서 마을 이름에 먹칠을 했다고 생각했다. 마을의 모든 혀는 이 일을 이야기하느라 바빴고 바쁜 만큼 매섭고 사나워서 혀가 이빨이었다면 잔은 자기를 무는 이빨에 둘러싸여 살아남지 못했을 것이다. 비웃지 않는 사람들은 더 나쁘고 참기 힘든 일을 했으니, 곧 잔을 비웃고 놀리며 낮이든 밤이든 쉬지 않고 잔을 들먹이며 조롱하고 웃었다. 오메트와 꼬마 망제트와 나는 잔 옆에 있었지만 다른 친구들에게 그 폭풍은 너무 거세 감당하기 어려웠다. 잔에 대한 따가운 눈초리 때문에 잔과 함께 있는 일은 부끄러운 일이 되었고, 잔 때문에 쏟아질 조롱의 독침 때문에 다른 친구들은 잔을 피하게 되었다.

잔은 혼자 있을 때 눈물을 흘렸지만 사람들 앞에서는 그러지 않았다. 사람들 앞에서는 언제나 차분했고 근심하거나 화를 내는 적이 없었다. 잔의 이런 모습은 잔에 대해 좋지 않은 사람들의 감정을 누그러뜨릴 법도 했지만 그렇게 되지는 않았다. 잔의 아버지는 너무 화가 나서 잔이 남자처럼 전쟁에 나가는 것을 두고 침착하게 말할 수 없었다. 예전에 한때는 잔이 전쟁에 나가는 걸 꿈꾼 적이 있었지만 잔의 아버지는 이제 그 꿈을 기억하면 화가 나고 불안할 뿐이었다. 그래서 잔이 여자임을 포기하고 남자처럼 군대에 간다면 차라리 오빠들을 시켜 물에 빠뜨려 죽게 하겠다고 말했다. 그리고 오빠들이 하지 않으면 자기 손으로 직접 그렇게 하겠다고 덧붙였다. 이 모든 일에도 잔의 결심은 흔들리지 않았다. 잔의 부모님은 잔이 마을을 뜨지 못하게 엄격하게 감시했다. 잔은 아직 떠날 때가 되지 않았다고 말했다. 떠날 때가 오면 자기가 알 것이고 부모님이 감시하는 것도 헛일이라고 말했다.

그해 여름은 지루하게 흘러갔다. 잔이 뜻을 버리지 않자, 부모님은 잔을 결혼시켜 그 계획을 무산시키려는 생각을 하고는 기뻐했다. 팔라댕은 자신이 잔과 몇 년 전에 약혼을 했다고 뻔뻔하게 우겼고 이제 약혼을 정식으로 공표하겠다고 말했다. 잔은 팔라댕의 말이 사실이 아니라고 말하고는 팔라댕과 결혼하지 않겠다고 했다. 잔은 툴에 있는 교회 재판소에 소환되어 약혼을 이행하지 않는 이유를 해명해야 했다. 잔이 변호사를 거부하고 자신이 직접 자기 일을 변호하겠다고 해서, 부모님을 비롯해 잔이 소송에서 패하길 원하던 사람들은 기뻐하며 잔은 이미 소송에서 진 거나 다름없다고 여겼다. 그렇게 생각한 건 당연했다. 배우지 못한 열여섯 살 시골 소녀가 법에 정통한 노련한 학자들과 재판정의 차가운 엄숙함에 둘러싸이면 주눅 들어 혀가 얼어붙을 거라 생각할 수밖에 없지 않았을까?

하지만 사람들의 생각은 착각이었다. 툴에 모여들어 잔이 떨며 당황하다가 패배하는 것을 보며 즐기려고 하던 사람들은 뼈아픈 고통을 당하고 말았다. 잔은 침착하고 편안해 보였다. 잔은 증인 신청을 하지 않았고 원고 쪽 증인들에게 자기가 질문을 하기만 하면 된다고 말했다. 증인들이 증언을 끝내자 잔은 일어서서 증언을 몇 마디로 요약하고는 증언이 모호하고 일관성도 없어 아무 효력이 없다고 주장했다. 그리고 팔라댕을 다시 증인석에 앉게 한 다음 심문하기 시작했다. 팔라댕이 했던 주장은 잔의 솜씨 있는 손 아래서 하나씩 하나씩 누더기가 되어 마침내 벌거벗겨진 채 남게 되었다. 다시 말해, 거짓과 엉터리로 멋지게 옷을 해 입었던 팔라댕이 이제 벌거벗겨진 것이다. 팔라댕의 변호사는 이의를 제기했지만 판사는 듣지 않고 소송을 기각하면서 잔에 대해 몇 마디 찬사를 덧붙이며 잔을 '놀라운 아이'라고 말했다.

잔이 이겼을 뿐만 아니라 격조 높은 법원에서 찬사까지 듣자,

변덕쟁이 마을 사람들은 돌아서서 잔을 대견스러워하며 칭찬해 마지않았다. 어쨌든 이 덕분에 잔은 다시 평화로운 삶을 살 수 있었다. 잔의 어머니도 마음이 돌아섰고 아버지조차 생각이 수그러들어 잔이 자랑스럽다고 말했다.

그러는 사이 오를레앙이 포위되기 시작하고 프랑스에 드리운 먹구름이 점점 짙어졌다. 그러나 잔의 그 음성들은 기다리라 말하며 잔에게 아무런 지시도 내리지 않았다. 그러자 잔은 애가 탈 수밖에 없었다. 겨울이 시작되었고 시간은 지루하게 더디 흘러가기만 했다. 그러나 마침내 변화가 찾아왔다.

궁전과 병영 ②

랭스 대성당

1. 동레미여, 안녕

1429년 1월 5일에 잔은 큰아버지 락사르 아저씨와 함께 나를 찾아와 말했다.

"때가 됐어. 드디어 나의 음성들이 분명하게 내가 할 일을 알려 줬어. 두 달 후면 나는 왕세자와 함께 있을 거래."

잔은 들떠 있었고 전투에 임할 자세가 되어 있었다. 그 정신이 내게도 옮겨와, 둥둥거리는 북소리와 행군하는 군인들의 발걸음 소리를 들을 때 일어나는 감정이 내 안에서 크게 용솟음쳤다.

"그렇게 되리라 믿어."

내가 대답하자 락사르 아저씨도 말씀하셨다.

"나도 그렇게 되리라 믿는다. 전에 잔이 프랑스를 구하라는 명을 하느님께 받았다고 내게 말했다면 난 믿지 않았을 거야. 혼자 영주를 만나라고 하고 끼어들지 않았을 거지. 제정신이 아니라는 걸 조금도 의심하지 않았을 거고. 하지만 잔이 귀족들과 높은 사람들 앞에 서서 두려움 없이 말하는 걸 봤어. 하느님의 도우심이 없었다면 그러지 못했을 거야. 그걸 난 알지. 그래서 잔의 말에 고개 수그리기로 했어. 잔이 원하는 대로 하기로 했네."

아저씨 말에 잔은 이렇게 덧붙였다.

"큰아버지는 나를 많이 도와주고 계셔. 내가 사람을 보내 큰아버지께 부탁드렸어. 이리 오셔서 몸이 안 좋으신 큰어머니를 간호하러 내가 함께 큰아버지 댁에 간다고 우리 엄마에게 말해 달라고 말이야. 엄마한테 허락받아서 내일 새벽에 떠날 거야. 큰아버지 댁에 갔다가 난 바로 보쿨뢰르로 갈 거야. 그리고 기다리면서 내 청을 들어줄 때까지 애써야지. 근데 그날 영주 성에서 옆에 앉아있던 기사 두 명은 누구야?"

"장 드 노블롱퐁 드 메스 경, 베르트랑 드 풀랑지 경이야."

"둘 다 좋은 기사였어. 좋은 기사. 내 사람들로 점찍었지. 표정이 왜 그래? 아닌 거 같아?"

나는 꾸미거나 조금도 숨기지 않고 잔에게는 진실을 말해야 한다고 다짐하던 터라 이렇게 말했다.

"두 사람은 네가 제정신이 아니라고 생각하고 그렇게 말하던걸. 정신이 나갔다고 널 불쌍하게 여겼긴 하지만 그래도 네가 미쳤다고 생각했어."

이런 말에 잔은 속상해하거나 고민하는 것 같지 않았다. 이렇게 말할 뿐이었다.

"현명한 사람은 자신이 착각했다는 걸 알면 생각을 바꾸지. 두 사람도 그렇게 할 거야. 나랑 같이 전장으로 행군할 거야. 난 곧 두 사람을 만날 거고. 아직도 의심하는 것 같구나. 그러니?"

"아니, 아니. 지금은 못 만날걸. 두 분은 그곳 사람이 아니고 길 가다 하루 묵었던 것뿐이니까. 그리고 1년 전 일이니까."

"두 분은 다시 올 거야. 아무튼 몇 가지 부탁 좀 하려고 널 찾아왔어. 며칠 후에 넌 나를 따라갈 거야. 오랫동안 여기 없을 테니 정리 좀 하라고."

"장이랑 피에르도 같이 갈 거니?"

"아니. 지금은 안 가겠다고 해. 하지만 머지않아 따라올 거야. 그때가 되면 내가 하려는 일을 부모님이 허락하신다고, 또 무사하고 꼭 성공하라는 부모님 말씀도 전해줄 거야. 그러면 난 더 강인해질 거야. 그 말을 듣고 더 강인해질 거야. 지금은 부모님 허락이 없어 힘이 없지."

잠시 말을 멈춘 잔의 눈에 눈물이 고였다. 잔은 말을 이었다.

"꼬마 망제트에게 작별 인사를 하고 싶어. 내일 동틀 때 마을 밖으로 데리고 와 줘. 잠시 난 망제트랑 함께 길을 걸어야 해."

"오메트는?"

잔은 참지 못하고 울며 말했다.

"안돼. 아, 안돼. 난 오메트를 정말 좋아해. 다시 오메트 얼굴을 못 볼 거라는 생각이 나니 참을 수가 없어."

다음 날 아침, 나는 망제트를 데리고 나갔다. 우리 네 사람은 마을이 멀어질 때까지 추운 새벽에 함께 길을 걸었다. 그리고 두 소녀는 서로 작별 인사를 하고 서로의 목을 껴안고 마음속 슬픔을 눈물로, 또 애정 어린 말로 쏟아 내었다. 그 모습은 가슴 아팠다. 잔은 뒤돌아 멀리 떨어진 마을을, 요정나무와 참나무 숲과 꽃 핀 들과 강을 오랫동안 바라보았다. 마치 이 모습을 기억 속에 새

거 언제나 기억 속에 바래지 않는 모습으로 있게 하려는 듯했다. 잔은 알았다. 이번 삶에서는 더 이상 보지 못하리라는 것을. 한참을 바라보던 잔은 돌아서서 서럽게 흐느끼면서 우리에게서 멀어져 갔다. 이날은 잔과 나의 생일이었다. 잔은 열일곱 살이었다.

2. 멀린의 예언

며칠이 지나고 락사르 아저씨는 잔을 보쿨뢰르로 데리고 갔다. 그곳에 도착해 아저씨는 숙소를 정한 다음, 잔을 보호해 달라고 카트린 루아예에게 맡겼다. 카트린은 수레바퀴 만드는 일을 하는 한 목수의 아내였는데 정직하고 좋은 여자였다. 잔은 성당 미사에 꼬박꼬박 참여하고 집안일을 도와주며 밥을 얻어먹었다. 그리고 자신의 임무에 대해 이야기하고 싶은 사람이 있으면 거리낌 없이 솔직하게 이야기해 주었는데 실제로 그런 사람이 많았다.

얼마 안 있어 나도 근처 숙소에 묵었고 이후에 일어난 일들을 지켜볼 수 있었다. 어린 소녀가 하느님에게 프랑스를 구하라는 임무를 받았다는 소식이 금세 퍼져나갔다. 사람들은 구름같이 모여들어 잔을 만나 이야기를 나누었는데 잔의 젊음과 아름다움에 반해 소문을 반쯤 믿게 되었다가 잔의 진지한 열정과 투명한 진실함에 반해 나머지 반을 보태어 완전히 믿게 되었다. 상류층 사람들은 멀찍이 떨어져 비웃었지만 으레 그런 사람들이라 신경 쓸 것이 없었다.

그러던 중 사람들은 8백 년 넘게 오래전에 멀린이 했던 예언을 떠올렸다. 먼 훗날 프랑스는 한 여자 때문에 망하게 되지만 또 한 여자 때문에 다시 일어설 것이라고 멀린은 예언했다. 지금 프랑스는 처음으로 추악한 왕비 이자보 드 바비에르 때문에 망한 상태였다. 이제 그 예언의 남은 부분을 이루기 위해 하늘이 이 아름답고 순결한 어린 소녀에게 일을 맡겼다는 것은 의심할 수 없는 일이었다.*

잔에 대한 사람들의 관심이 높아지던 중에 멀린의 이 예언이 다시 조명을 받자 잔에 대한 사람들의 관심은 가히 폭발적으로 늘어만 갔다. 사람들의 흥분은 더욱더 높아만 갔고 아울러 사람들의 희망과 믿음도 높아만 갔다. 이 감동적인 열기는 보쿨뢰르에서 파도처럼 온 나라로 퍼져나가 마을 곳곳마다 시들어가던 프랑스 사람들을 힘을 주어 되살렸다. 곳곳에서 사람들은 잔을 직접 만나 이야기를 들으려고 이곳을 찾아왔고 그렇게 잔의 말을 들은 사람들은 모두 믿게 되었다. 이런 사람들이 마을을 가득 채웠다. 가득 채운 것이 아니라 넘쳐났다. 여관과 셋방은 만원이라 몰려든 인파의 반은 머물 곳이 없어 돌아가야 했다. 겨울이 돼도 사람들은 여전히 몰려들었다. 사람들의 영혼이 굶주렸을 때 육체의 굶주림보다 고귀한 그 굶주림을 채울 수 있다면 밥과 잠 잘 곳이 무슨 대수란 말인가. 하루하루 시간이 흘러도 줄어듦 없이 여전히 큰 인파가 몰려들었다. 동레미 사람들은 어리둥절하다

---

* 아서 왕 이야기에 등장하는 마법사로 잘 알려진 멀린의 예언은 몬머스의 제프리(Geoffrey of Monmouth 1095~1155)가 쓴 책 《브리튼 왕들의 역사》에 실려 있다. 예언 중에 "하얀 숲에서 한 처녀가 나와 나라를 치유할 것이다."라는 문장이 있는데, 잔 다르크가 환상을 본 동레미 참나무 숲의 옛 이름이 하얀 숲이었다.

가 놀라고 충격에 사로잡혀 이렇게 말했다.

"세상에 없는 이런 기적이 우리 마을에 줄곧 있었는데 우리가 너무 둔해 보지 못한 거야"

장과 피에르가 마을을 떠날 때 마을 사람들은 세상의 위대한 인물을 보는 것처럼 부러운 얼굴로 쳐다보았다. 보쿨뢰르로 가는 장과 피에르의 모습은 개선 행진 같았다. 천사들이 얼굴을 맞대고 이야기한 사람, 프랑스의 운명을 구하라는 임무를 하느님으로부터 손에 받은 사람의 오빠들을 보고 인사하려고 마을 곳곳에서 사람들이 모여들었다.

부모님이 잔에게 전하는 성공을 비는 전갈과 나중에 잔을 보러 가겠다는 약속을 잔의 오빠들은 잔에게 전했다. 그러자 잔의 마음속 행복감은 최고조에 이르고 큰 소망을 갖게 되어 잔은 다시 영주를 만나러 갔다. 하지만 영주는 예전처럼 완강해서 잔을 왕에게 보내려고 하지 않았다. 잔은 실망했지만 절망하지는 않았다.

"제게 호위대를 붙여주실 때까지 영주님을 뵈러 올 수밖에 없습니다. 저는 하느님께 그런 명을 받았고 하느님께 복종하지 않을 수 없기 때문입니다. 무릎으로 걸어가야 할지라도 저는 왕세자께 가야 합니다."

잔의 두 오빠와 나는 매일 잔과 함께 있으면서 몰려든 사람들의 이야기를 들었다. 하루는 놀랍게도 장 드 메스 경이 찾아왔다. 메스 경은 어린아이와 얘기하듯 장난기 있는 나근나근한 말투로 말했다.

"우리 꼬마 아가씨, 여기서 뭐 하고 지내요? 적들이 우리 왕을 프랑스에서 쫓아내면 우리 모두 잉글랜드인이 되겠죠?"

잔은 차분하면서도 진지하게 대답했다.

"저를 왕세자께 보내달라고 로베르 드 보드리쿠르 영주님에게 부탁하러 왔어요. 하지만 영주님은 제 말을 귀담아듣지 않으시죠."

"야, 네 끈질긴 모습 정말 존경스럽다. 1년이 지났는데도 희망 사항을 포기하지 않으니. 전에 여기 왔을 때 널 본 적이 있지."

잔은 여전히 차분하게 대꾸했다.

"이건 희망 사항이 아니에요. 결정된 일이죠. 영주님은 들어주실 거예요. 전 기다릴 수 있습니다."

"아, 애야. 그렇게 확신하지 않는 게 아마도 현명할 거야. 영주들은 아주 고집이 세거든. 네 부탁을 들어주지 않을 거야."

"들어주실 거예요, 반드시. 이건 영주님이 마음대로 하실 수 있는 일이 아니니까요."

기사의 장난기도 사라지기 시작했다. 기사의 얼굴을 보는 사람은 알 수 있었다. 잔의 열정에 기사는 영향을 받고 있었다. 잔과 농담을 하던 사람들은 대화를 마칠 때면 언제나 진지한 모습이었다. 자기들이 예상하지 못한 깊이를 이내 잔에게서 보기 시작했던 것이다. 겉으로 느껴지는 잔의 진실함과 암석처럼 굳건한 잔의 신념은 경박함을 몰아내는 힘이었고 그 앞에서는 누구도 자신의 자존심을 꼿꼿이 세울 수 없었다. 드 메스 경은 잠시 생각에 잠기더니 아주 진지하게 말하기 시작했다.

"빨리 왕에게 가야 하지 않을까? 그러니까 내 말은 …."

"사순절 네 번째 주일 전까지는 가야 해요. 다리가 무릎까지 닳아 없어질지라도 그전까지는 가야 해요!"

사람이 한 가지 일에만 몰두할 때 갖는 가슴속에 불타오르는 감정이 잔에게 있었고 잔은 그 감정을 억제하는 것처럼 말했다. 그 귀족의 얼굴에 반응이 나타났다. 눈빛이 밝아지고 눈에는 공감이 서려 있었다. 귀족은 대단히 진지하게 말했다.

"하느님께서 내 마음을 아신다. 네가 호위대를 받아서 꼭 왕에게 가야 한다고 난 생각해. 그렇게 되면 어떻게 할 거니? 네가 바라는 것과 계획이 무어니?"

"프랑스를 구하는 거예요. 그 일을 하도록 저는 지명받았어요. 세상 어느 누구도, 왕들도 군주들도, 다른 그 누구도 프랑스를 되찾을 수 없어요. 오직 저만 그 일을 할 수 있습니다."

잔의 말은 애절하면서도 호소력이 있었다. 잔의 말에 선한 귀족은 마음이 움직였다. 그걸 난 분명히 보았다. 잔은 목소리를 조금 작게 해서 말했다.

"사실 전 우리 어머니 옆에서 물레질이나 하고 싶어요. 이 일은 제가 자청한 게 아니거든요. 하지만 전 가서 이 일을 해야 해요. 내 주군의 뜻이니까요."

"네 주군이 누구시냐?"

"하느님이시죠."

드 메스 경은 충성을 맹세하는 표시로써 옛 관례대로 무릎을 꿇고 잔의 손에 자기 두 손을 올려놓은 다음, 자신은 하느님의 도우심으로 잔을 왕께 데려가겠다고 맹세했다.

다음 날 베르트랑 드 풀랑지 경도 찾아와 기사의 명예를 걸고 잔과 함께할 것이고 잔이 이끄는 곳은 어디든지 따라가겠다고 맹세했다. 이날 저녁 무렵에는 마을에 큰 소문이 돌았다. 소문인즉슨 영주께서 친히 잔이 묵는 허름한 곳에 어린 소녀 잔을 만나러 온다는 것이다. 그래서 이튿날 아침이 되자 이 신기한 일이 정말 일어나는지 보려고 사람들은 거리로 모여들었다. 그런데 그 일은 정말 일어났다. 영주는 근위병들을 대동하고 위엄 있는 모습으로 말을 타고 나타났다. 이 소식은 사방으로 퍼져 큰 반향을 일으켰고 상류층 사람들도 비웃음을 그치게 되어 잔의 신망은 전보다 더 높아졌다.

영주는 한 가지만을 알아보리라 다짐했다. 잔이 마녀가 아니면 성녀일 것이라 생각하고 어느 쪽인지 알아내기로 결심했던 것이다. 잔이 마녀일 경우 잔에게 붙은 악령을 몰아내려고 영주는 신부를 데리고 왔다. 신부는 잔에게 퇴마의식을 집전했지만 악령이 씌운 것을 발견하지 못했다. 단지 잔의 기분을 상하게 하고 잔의 경건함에 상처를 입혔을 뿐이었다. 퇴마의식은 필요 없는 짓이었다. 왜냐하면 잔은 이전에 그 사제 앞에서 고해성사를 한 적이 있었기 때문이다. 고해실에 악령이 들어올 수 없다는 사실, 또 악령은 성스러운 의식을 마주하면 고통으로 소리 지르고 분노하며 신성모독적인 저주를 퍼붓는다는 사실을 신부는 알았기 때문에 이와 같은 일을 잔에게 하지 않았어야 했다.

영주는 근심에 싸여 생각에 잠긴 채 이제 어찌해야 할지 몰라 하며 돌아갔다. 그렇게 이 일을 궁리하는 동안 여러 날이 지나서 2월 14일이 되었다. 잔은 성으로 영주를 찾아가 말했다.

"하느님의 이름으로 로베르 드 보드리쿠르 영주님에게 말씀드립니다. 영주님은 저를 왕께 보내지 않으시고 시간을 너무 끄신 나머지 큰 피해를 일으키셨습니다. 오늘 오를레앙 근처에서 일어난 전투에서 왕세자의 군대가 패배했기 때문입니다. 빨리 저를 왕세자께 보내지 않으시면 더 큰 피해를 입게 될 것입니다."

이 말에 당황한 영주가 말했다.

"오늘? 얘야, 오늘이라고? 오늘 그곳에서 일어난 일을 네가 어떻게 알 수 있느냐? 그 소식이 여기까지 오는 데 여드레에서 열흘은 걸리는데 말이다."

"제게 말씀하시는 그 음성들께서 제게 말씀해 주셨습니다. 제 말은 사실입니다. 오늘 전투는 우리가 패했습니다. 저를 보내시지 않으셨기에 전투에서 진 것은 영주님의 잘못입니다."

영주는 방안을 잠시 왔다 갔다 하면서 혼잣말을 하다가 큰 소리로 맹세를 하더니 마침내 이렇게 말했다.

"듣거라! 평안히 가서 기다려라. 네 말대로 그게 사실이라면 네게 편지를 줘서 왕께 보내 주겠다. 그러나 사실이 아니라면 그리하지는 않을 것이다."

잔은 무척 기뻐하며 대답했다.

"하느님, 감사합니다. 드디어 이렇게 기다리는 것도 끝나는군요. 아흐레가 지나면 영주님은 제게 편지를 맡기실 겁니다."

아흐레가 지나기도 전에 보쿨뢰르 사람들은 잔에게 필요한 말과 갑옷과 군인을 내주었다. 잔은 말타기를 배울 시간이 없었다. 잔이 첫 번째로 해야 할 일은 숙소에 머무르면서 자기를 찾아오는 사람들의 희망과 사기를 높여, 프랑스 왕국을 구하고 다시 살리는 일에 사람들이 할 수 있는 일을 하도록 준비시키는 것이었다. 깨어있을 때 잔은 언제나 이 일에 매달렸다. 그렇다고 이 일로 다른 일이 방해받지는 않았다. 잔이 배우지 못하는 것은 없었고 시간이 아무리 짧아도 금세 배웠다. 잔은 말을 처음 탔지만 금세 말타기를 배웠다. 그러나 잔의 오빠들과 나는 잔의 말을 번갈아 타면서 말타기를 배웠지만 잔처럼 금세 배우지는 못했다. 잔과 우리는 검술을 배우고 다른 무기들을 다루는 법도 배웠다.

 2월 20일에 잔은 자기가 이끄는 작은 군대, 곧 두 기사와 잔의 두 오빠, 그리고 나를 불러 모아 작전회의를 열었다. 아니, 회의가 아니었다. 회의라는 이름은 어울리지 않았다. 잔은 우리 생각을 물어본 것이 아니라 단지 우리에게 지시를 했을 뿐이다. 잔은 왕을 뵈러 어떤 길로 가야 할지 동선을 짰는데 지리에 능통한 사람처럼 계획을 잘 세웠다. 하루하루 가야 할 길을 짜 놓은 동선은 적이 있는 곳 여기저기를 피하도록 잘 짜여 있어, 잔이 지리뿐 아니라 적군의 주둔지 역시 완벽히 알고 있다는 걸 보여 주었다. 하지만 잔은 학교에 다닌 적이 하루도 없었고 어떤 교육도 받은 적이 없었다. 놀란 나는 잔에게 말하는 그 음성들이 이 모든 걸 가르쳐 주었으리라 생각했다. 그런데 생각을 해보니 그것이 아니란 걸 알게 되었다. 잔은 계획을 설명하면서 이 사람 저 사람이 이런 얘기를 했다고 말했다. 잔이 자신을 찾아오는 많은 사람들에게 부지런히 질문을 해서 이 모든 귀중한 정보를 얻었다는 걸 나는 알게 되었다. 기사 두 분도 잔의 분별력과 현명함에 놀랐다.

 잔은 말하길, 여정 대부분은 적군이 점령한 곳을 통과해야 해서 밤에 이동하고 낮에는 숨어 자야 하니 그렇게 준비하라고 했다. 또한 잔은 아무도 보지 않을 때 떠나려고 계획하고 있으니 우리가 떠나는 날은 비밀로 하라고 지시했다. 그렇지 않으면 많은 군중들이 우리를 전송한다고 따라오게 될 것이고 그렇게 되면 적군에게 우리를 선전하는 꼴이 되어 어딘가에 매복해 있는 적에게 붙잡히게 될 거라고 했다. 마지막으로 잔은 이렇게 덧붙였다.

"이상입니다. 우리가 떠날 날짜를 알려 드릴게요. 그래야 시간에 맞춰 필요한 걸 모두 준비할 수 있으니까요. 또 그래야 떠나기 직전에 성급하게 준비하느라 실수할 염려가 없으니까요. 23일 밤 11시에 출발하겠습니다."

모임은 끝났다. 두 기사는 놀라워했는데 당혹감 역시 감추지 못했다. 베르트랑 경이 물었다.

"영주께서 정말 편지를 써 주시고 호위대를 붙여 주신다 해도 잔이 정한 날까지는 그렇게 해 주시지 못할 거예요. 그런데 어떻게 잔은 그렇게 날짜를 못 박을 수 있죠? 이건 큰 모험입니다. 이렇게 불확실한데 그렇게 날짜를 정해버리는 건 모험이에요."

나는 잔의 편을 들어 대답했다.

"잔이 23일로 정했다면 믿어야 해요. 잔의 음성들이 잔에게 말해 주었을 거예요. 그러니 그대로 따르는 게 가장 좋습니다."

우리는 잔의 말을 따랐다. 잔의 부모님께는 23일 전에 오시도록 알렸지만 신중을 기하느라 그 이유는 말씀드리지 않았다.

23일이 되었다. 잔은 자신이 머문 곳에 낯선 사람들이 들어올 때마다 간절한 눈빛으로 사람들을 살펴보았지만 부모님은 보이지 않았다. 그러나 잔은 실망하지 않고 계속 기대하며 기다렸다. 그러나 밤이 되어 마침내 잔의 기대가 무너지자 잔의 두 눈에는 눈물이 흘렀다. 그러나 잔은 눈물을 훔치며 말했다.

"틀림없이 이렇게 되어야만 했던 거야. 이렇게 된 건 하느님의 뜻이 분명해. 그러니 받아들여야 해. 받아들일 거야."

드 메스 경은 위로하려고 말했다.

"영주님도 아무 기별이 없으세요. 내일 영주님이 사람들을 보내실지도 모릅니다. 그러면 ···."

잔이 말을 가로막아 드 메스 경은 말을 끝내지 못했다.

"무슨 좋은 일이 있을 거라고 기다려요? 오늘 밤 11시에 출발합니다."

그래서 우리는 그렇게 출발하게 되었다. 그런데 10시에 영주가 호위대와 횃불을 든 하인들을 거느리고 와서, 무장하고 말을 탄 호위대를 우리에게 붙여 주었다. 나와 잔의 두 오빠에게는 말 한 필씩 주고 무기와 장비도 챙겨 주었다. 잔에게는 왕께 보내는 서신을 주었다. 그런 다음 영주는 자기 칼을 빼서 직접 잔의 허리에 매어주며 말했다.

"네 말이 맞았어, 아가씨. 네가 말한 그날에 있었던 전투는 우리가 졌어. 그러니 약속을 지키마. 이제 가거라. 무슨 일이 있어도 도착하길 바란다."

잔은 영주에게 감사하다는 말씀을 드리고 길을 떠났다. 프랑스가 패배한 이 전투는 역사에 청어 전투*라고 기록된 유명한 전투로 프랑스는 이 전투에서 큰 피해를 입었다. 우리는 집의 등

---

* 청어 전투(1429). 프랑스 북부 루브레 마을 일대에서 프랑스군이 잉글랜드의 보급부대를 기습해 벌어진 전투로 루브레 전투라고도 한다. 잉글랜드 보급부대는 오를레앙을 포위하고 있는 자국 군대에 줄 식량으로 청어를 운반하고 있었다. 프랑스군은 청어를 뺏으려고 했고 잉글랜드는 청어를 지켰다고 해서 청어 전투라고 한다.

잔불을 모두 껐다. 조금 후 거리가 어둑어둑해지고 고요해지자 우리는 살며시 길을 걸어 서쪽 성문으로 나가서 말에 채찍과 박차를 가하며 달렸다.

3. 황소와 각다귀

우리는 모두 스물다섯 명이었고 잘 무장한 강한 군인들이었다. 우리는 이열 종대로 말을 타고 달렸는데 잔과 잔의 두 오빠는 대열 가운데에서 달렸다. 장 드 메스 경은 대열 선두에서, 베르트랑 경은 맨 끝에서 달렸다. 두 기사가 앞뒤에 있는 것은 당분간 도망가는 사람이 없도록 하기 위해서였다. 두세 시간 후 적군이 점령한 곳에 들어서면 아무도 도망가지 않을 것이다. 이내 대열 여기저기서 한숨 소리, 흐느끼는 소리, 욕 소리가 들리기 시작했다. 알고 보니 영주가 붙여 준 군인들 중 여섯 명은 한 번도 말을 타 본 적 없는 농사꾼들이었다. 그래서 안장에 앉아 있는 게 너무 힘들고 몸에 심한 고통을 느끼기 시작했던 것이다. 이들은 인원수를 채우려고 영주가 마지막에 붙잡아 집어넣은 사람들이었다. 이들이 안장에서 떨어지지 않도록, 또 도망가면 죽이도록 이들 옆에는 노련한 군인 한 사람씩 붙어 있었다.

이 불쌍한 사람들은 그동안 참으면서 조용히 있었지만 고통이 너무 심해져서 소리를 낼 수밖에 없었다. 그러나 이제 우리는 적의 점령지에 있었기 때문에 이 사람들을 어떻게 도와줄 수가 없었다. 위험하겠지만 돌아가고 싶은 사람은 돌아가라고 잔이 말했다. 그러나 이들은 우리를 따라올 수밖에 없었다. 돌아가는 대신 그냥 우리와 함께 가고 싶어 했다. 우리는 속도를 늦추어 조심스럽게 움직였다. 신병들에게는 고통을 속으로 삭이라고, 욕과 신세한탄을 내뱉어 전체가 위험에 빠지는 일이 없게 하라고 주의를 주었다. 동틀 무렵에 우리는 어느 숲으로 깊숙이 들어갔다. 땅이 얼음장처럼 차고 공기는 서리처럼 차가웠지만 우리는 보초서는 몇 사람을 제외하고 아랑곳없이 모두 깊은 잠에 빠져들었다.

나는 정오쯤에 잠에서 깨었다. 기절한 것처럼 깊은 잠을 자다 깨어난 터라, 깨어난 후 처음에는 제정신이 아니었다. 내가 어디에 있는지, 무슨 일이 있었는지 알지 못했다. 그러다 정신이 들고 기억이 났다. 나는 누운 채 지난 한두 달 동안 일어났던 기이한 일들을 생각하다가, 잔의 예언 중 하나가 이루어지지 않았다는 걸 알고는 너무 놀라 정신이 번쩍 들었다. 11시에 우리와 합류하기로 한 노엘과 팔라댕은 어디에 있을까? 너희가 본 대로 이제껏 나는 잔이 말한 것은 모두 그대로 이루어진다고 믿어 왔다. 예언 하나가 이루어지지 않았다는 생각에 나는 혼란스러워 눈을 떴다. 아, 그런데 팔라댕이 나무에 기대어 서서 나를 내려다보고 있는 게 아닌가! 이런 일은 자주 일어난다. 가까이 있다고는 전혀 생각하지 못한 사람에 대해 생각하거나 말할 때, 그 사람이 바로 내 앞에 서 있는 일 말이다. 그 사람이 옆에 있기 때문에 그 사람에 대해 생각하게 되는 것인지도 모른다. 사람들의 생각처럼 단순히 우연은 아닐 것이다. 그건 그렇다 치고 어쨌든 팔라댕은 내 얼굴을 내려다보며 내가 깨어나길 기다리고 있었다. 난 팔라댕을 만나서 정말 기쁜 나머지 벌떡 일어나 팔라댕과 악수를 하고는 야영지에서 조금 떨어진 곳으로 데리고 갔다. 팔라댕은 불구처럼 다리를 절었다. 나는 팔라댕을 앉게 하고 말했다.

"아니, 어디서 여기로 뚝 떨어졌니? 여기에 어떻게 왔어? 이 군인 옷은 뭐야? 다 얘기해 봐."

팔라댕이 이야기했다.

"지난밤에 너랑 같이 말을 달려 왔어."

"말도 안 돼!"

말은 이렇게 하면서도 예언이 모두 틀린 것이 아니라고, 절반은 맞았다고 나는 속으로 생각했다.

"아니, 정말이야. 함께 가려고 동레미에서 서둘러 왔는데 간발의 차이로 늦고 말았어. 아니, 사실은 많이 늦었어. 어쨌든 너무 늦어서 영주님께 사정을 했어. 그러자 조국을 향한 내 충심과 용기에 (이 표현은 팔라댕이 자주 자신을 두고 하던 말이다) 감동한 영주가 결국 허락해 주고 여기에 오게 해 줬어."

나는 속으로 거짓말이라고 생각했다. 팔라댕은 우리가 떠나기 직전에 영주가 강제로 끌어다가 호위대에 넣은 여섯 명 중 한 사람이었다. 내가 이것을 아는 이유는 잔의 예언 때문이다. 잔은 팔라댕이 11시에 합류하지만 자기 뜻과 무관하게 합류하게 될 거라고 말했다. 그렇지만 난 크게 말했다.

"너도 와서 정말 기뻐. 숭고한 정신으로 왔구나. 이런 때에 집에 앉아 있으면 안 되지."

"집에 앉아 있다니! 폭풍의 부름에 번개는 구름 속에 숨어있을지언정 난 그렇게 못하지."

"아주 맞는 말이야. 너다운 말이다."

내 말에 팔라댕은 우쭐해서 말했다.

"날 제대로 알고 있어 기쁘다. 그렇지 않은 사람들도 있거든. 하지만 그런 사람들도 곧 알게 될 거야. 이 전쟁이 끝나기 전에 충분히 알게 될걸."

"나도 그렇게 생각해. 위험한 순간이 올 때마다 넌 이겨내고 공을 세울 거야."

내 말에 팔라댕은 기분이 아주 좋아졌다. 바람이 가득 차 탱탱하게 부풀어 올랐다.

"내 생각에는 말이야. 난 나 자신을 제대로 알고 있거든. 그러니 말이야. 이 전쟁에서 네가 나를 볼 때마다 방금 네 말을 여러 번 기억하게 될 거야."

"그걸 모르면 바보이게. 나도 알고 있어."

"난 한낱 병사라서 내가 이룰 수 있는 최고 업적을 이룰 수는 없겠지. 그래도 조국은 내 소문을 듣게 될 거야. 하지만 내가 신분만 다르다면 말이야. 내가 라 이르나 상트라유, 오를레앙 바타르의 위치에 있다면 말이야. 뭐, 말하진 않을게. 난 노엘 랑그송이나 그런 애들처럼 말만 떠벌리는 사람이 아니거든. 이점은 하느님께 감사하지. 난 뭔가 해낼 거야. 이 세상에서 새로운 것이라 말할 수 있는 그런 일 말이야. 난 병졸의 위상을 드높이고 그림자에 가려진 병졸들의 이름을 빛낼 거야."

"와! 봐봐. 친구야. 네가 얼마나 멋진 생각을 한 건지 알아? 네 생각의 웅대함을 알고 있냐고. 생각해 봐. 큰 명성을 떨치는 장군이 되는 건 사실 아무것도 아니야. 역사에는 그런 사람들로 새고

샜어. 너무 많아 모두 기억할 수도 없지. 하지만 큰 명성을 떨치는 일개 병사라! 그런 사람은 독보적인 존재가 될 거야! 그런 사람은 겨자씨 같은 별들이 촘촘히 달린 하늘에서 단 하나뿐인 달이 되는 거야. 인류가 사라져도 그 사람의 이름은 남을 거야! 친구야, 누가 너한테 그런 생각을 갖게 했니?"

팔라댕은 기분이 째저 날아갈 듯했지만 겉으로 드러내지 않으려고 애를 썼다. 그런 찬사 말라고 손사래를 치고는 만족감에 겨워 말했다.

"아무것도 아닌데 뭘. 그런 생각은 자주 하지. 더 대단한 생각도 하는걸. 이런 건 별거 아니야."

"정말 놀랍다, 놀라워. 그럼 정말 너 스스로 그런 생각을 했단 말이야?"

"당연하지. 그 생각이 나오는 여기에는 훨씬 많은 게 들어있는데 뭘."

이렇게 말하면서 팔라댕은 손가락으로 자기 머리를 톡톡 두드리더니 투구를 오른쪽 귀가 덮일 정도로 삐딱하게 눌러썼다. 그 모양새가 자기만족에 푹 빠진 모습이었다.

"난 노엘 랑그송처럼 남의 생각을 빌려다 쓰는 사람이 아니거든."

"노엘 말인데. 언제 마지막으로 봤니?"

"30분 전쯤. 저기 시체처럼 누워서 자고 있어. 어젯밤에 우리랑 같이 말 달려왔거든."

그 말에 내 가슴속에서 무언가 커다랗게 솟아오르는 것이 느껴졌다. 이제 마음이 기쁘고 편해졌다. 난 속으로 말했다. 이제 다시는 잔의 예언을 의심하지 않겠다고. 그리고 난 크게 말했다.

"정말 기쁘다. 우리 마을이 자랑스러워. 이 중요한 시기에 사자같이 용감한 우리들은 집에 붙어 있을 수가 없구나. 내 눈으로 직접 보네."

"사자 같은 용기? 누가? 그 아기가? 노엘은 제발 놓아달라고 강아지처럼 애걸복걸하던걸. 집에 있는 엄마한테 가고 싶다고. 그런 노엘이 사자 같아? 그 말똥구리가?"

"세상에! 난 노엘이 자원해서 왔다고 생각했지. 그게 아니었어?"

"자원했다고 할 수도 있지. 목 베는 망나니한테 넘겨질까 봐 무서워 복종하는 게 자원이라면 말이야. 군에 입대하려고 내가 동레미에서 오는 걸 노엘이 보고서 들뜬 군중들 함께 보러 가자고, 옆에서 자기 좀 보호해 달라고 부탁하던걸. 우리는 성에 도착해 성안 가득 메운 횃불을 보고는 그리고 달려갔지. 그랬더니 영주가 노엘이랑 다른 네 사람을 붙잡았어. 노엘은 가게 해 달라고 싹싹 빌었고 나도 노엘을 놓아 달라 간청했지. 영주는 나를 병사로 받아 주면서도 노엘은 놓아 주지 않더라고. 노엘이 아기처럼 징징 짜는 걸 보고 짜증이 난 거야. 그래, 노엘은 왕을 위해 많은 일을 할 거야. 밥은 육인분을 축낼 테고 도망가기로는 열여섯 명을 대신할 거야. 억지로 싸우러 끌려가는 위가 여섯 개나 달린 피그미는 난 딱 질색이야!"

"참 놀라운 이야기다. 유감스럽고 실망스러운 이야기인데. 난 노엘이 아주 남자다운 애라고 생각했거든."

팔라댕은 화난 눈으로 나를 보며 말했다.

"어떻게 그런 말을 할 수 있는지 모르겠다. 도대체 알 수가 없어. 어떻게 그런 생각을 했는지 모르겠어. 내가 노엘을 싫어하는 건 아니야. 또 편견에 사로잡혀 말하는 것도 아니고. 난 사람들에 대해 편견을 갖지 않거든. 난 노엘을 좋아해. 요람에서부터 나와 노엘은 친구였어. 하지만 노엘의 단점을 내가 말하는 걸 노엘은 개의치 않을 거야. 나도 단점이 있다면 내 단점을 노엘이 말하는 건 상관없어. 나도 단점이 있을지도 몰라. 물론 진위를 가려보면 단점이 아닐 거라 생각하지만 말이야. 아무튼 이게 내 생각이야. 남자다운 친구라니! 말안장이 아프다고 어젯밤에 징징거리고 투덜거리고 욕하는 걸 너도 들었어야 해. 말안장이 왜 나는 아프게 하지 않는데? 풋! 사실 난 말안장에서 태어난 것 같아. 말안장에 앉아 있으면 난 편하거든. 말을 처음으로 타본 거였지만 말이야. 말 타는 나를 보고 군인들이 감탄하더라. 이렇게 말을 잘 타는 사람을 본 적이 없다나. 근데 노엘은 말이야. 군인들이 계속 말에서 떨어지지 않게 붙잡고 있었지 뭐야."

아침 식사 냄새가 숲을 지나 살며시 다가왔다. 팔라댕은 배가 고픈지 무의식적으로 콧구멍을 벌름거리더니, 가서 말을 돌봐야겠다며 일어나 힘들게 발을 절며 갔다. 체구는 거인처럼 컸지만 마음 바탕은 선해서 남을 해치지 못하는 친구였다. 짖기만 하고 물지 않는다면 짖는 것은 해가 되지 않는다. 당나귀는 시끄럽게 울지만 뒷발로 걸어차지 않으면 해가 되지 않는다. 힘과 근육과 허영과 어리석음으로 뭉친 거대한 체구에 남을 비방하는 혀가 달려 있어도 뭐 어떻단 말인가? 험담하는 말 뒤에 악의는 없다. 또한 이런 단점은 팔라댕이 만든 것이 아니다. 노엘 랑그송이 키우고 세우고 완성시킨 것이다. 노엘은 팔라댕의 험담을 재밌어했다.

　노엘은 가벼운 성격이라 자기가 잔소리하고 놀리고 비웃을 누군가가 옆에 있어야 했다. 노엘의 이런 필요에 팔라댕은 안성맞춤이었다. 수년 동안 황소를 못살게 구는 각다귀처럼 각다귀 노엘은 황소 팔라댕을 손바닥에 놓고 부지런히 만져서 지금 팔라댕이 이 지경에 이르게 된 것이다. 노엘의 노력은 완전무결한 성공이었다. 노엘은 다른 누구보다 팔라댕과 함께 있는 것을 좋아했다. 하지만 팔라댕은 다른 누구보다 노엘과 어울리는 것을 싫어했다. 거구 팔라댕은 가끔 작은 노엘과 함께 있곤 하는데 황소가 가끔 각다귀와 함께 있는 것 같은 모습이었다.

　나는 노엘을 보고서 노엘과 이야기를 나누었다. 우리 원정대에 함께하게 된 것을 환영한다고 말하며 나는 이야기를 시작했다.

　"노엘, 이렇게 자원해서 오다니 용감하고 멋있다."

　노엘은 눈을 반짝거리며 대답했다.

　"그래, 오히려 잘된 일이지. 하지만 모두 내 덕은 아니야. 도움을 좀 받았지."

　"누가 도와줬는데?"

　"영주가."

　"어떻게?"

　"그럼 모두 이야기해 줄게. 모인 사람들과 장군을 보려고 동레미에서 올라왔었지. 당연히 이런 일을 본 적이 없기 때문에 놓치기 싫었거든. 하지만 군에 자원할 생각은 없었어. 길에서 팔라댕을 우연히 만나서 함께 다녔지. 팔라댕은 싫다고 말했지만 말이야. 우리가 눈을 깜박거리면서 멍하니 영주를 둘러싼 횃불의 환한 빛을 바라보고 있는데 영주의 군인들이 다짜고짜 우리를 붙잡고는 다른 네 사람을 더 붙잡아서 호위대에 강제로 집어넣었어. 이게 내가 자원하게 된 경위야. 그래도 팔라댕 없이 마을에서 지루하게 지냈던 걸 생각하면 후회되지는 않아."

"팔라댕은 어떻게 받아들이던? 괜찮아했어?"
"좋아했던 것 같아."
"왜?"
"좋지 않다고 말했으니까. 팔라댕은 놀라서 진짜 자기 기분을 말할 겨를이 없었거든. 생각할 시간이 있었다면 거짓으로 대답했을 거라는 말은 아니야. 팔라댕이 반대로 말했을 거라 생각하지는 않으니까. 그렇게 비난하는 건 아니야. 진실을 준비해서 말할 수 있는 짬이라면, 또한 거짓말을 준비해 말할 수 있는 짬이기도 하니까. 게다가 그때 팔라댕의 판단력은 냉철해서 긴급한 순간에 새로운 방법으로 속이지는 못했을 테니까. 팔라댕은 분명 좋았을 거야. 좋지 않다고 팔라댕이 말했으니까."

"팔라댕이 아주 좋아했다고 생각하는 거지?"
"응, 난 그렇게 생각해. 노예처럼 애걸복걸하고 소리소리 엄마를 부르더군. 자기는 건강이 나쁘고 말을 탈 줄도 모르고 첫 행군에서 죽을 거라고 했으니까. 하지만 본인 생각과 다르게 팔라댕은 건강이 나쁘지 않았어. 그때 포도주 한 통이 있었는데 남자 네 사람이 들어야 할 만한 무게였거든. 영주는 노발대발해서 팔라댕한테 세상이 떠나갈 정도로 욕을 하면서 그 통을 걸쳐 메라고 했어. 그러지 않으면 팔라댕을 토막 내서 통에 담아 집으로 보내겠다고 했지. 그러자 팔라댕이 그 통을 걸쳐멨어. 그래서 더 논쟁하지 않고 호위대에 끼겠다는 혼자만의 속셈을 이룰 수 있었지."

"그랬구나. 팔라댕이 원정대에 합류하는 걸 기뻐한다는 걸 분명히 보여준 일인 것 같아. 그러니까 네가 가정한 전제가 옳다면 말이야. 어젯밤에 말은 잘 타던?"

"나랑 비슷했어. 나보다 더 시끄러웠다면 큰 체구 때문이었을 거야. 도움을 받아서 우리는 말안장에서 떨어지지 않았지. 우리는 오늘 똑같이 절름발이 신세야. 팔라댕이 앉고 싶다고 하면 말리지는 않겠지만 난 서 있는 게 좋아."

4. 하얀 거짓말

우리는 막사로 불려 가서 잔에게 사열을 받았다. 사열이 끝나고 잔은 짤막한 말을 덧붙였다. 폭력이 난무하는 것이 전쟁이지만 욕설과 나쁜 말을 하지 않아도 전쟁을 잘 치를 수 있다는 말이었다. 잔은 이 말을 잘 기억해서 따르라고 엄격하게 지시했다. 그리고 신병들에게 30분 동안 말 타는 연습을 하라고 지시했고 노련한 군인 한 명이 훈련시키도록 했다. 신병들의 훈련 중에 우스운 장면들이 있었지만 그래도 배우는 게 있었다. 잔은 만족해서 우리를 칭찬했다. 잔은 교육을 받지 않았고 고급 군사훈련이나 작전 훈련에도 참가하지 않고 작은 장군 동상처럼 말에 앉아 지켜보기만 했다. 너희도 아는 것처럼 잔은 그것으로 충분했다. 잔은 훈련의 작은 것도 놓치거나 잊지 않고 모두 눈과 마음에 담아 두곤 했고 나중에 이미 연습한 것처럼 확실하고 자신 있게 실전에 적용했다.

우리는 사흘 동안 야간에 50킬로미터쯤 진군을 했다. 떠돌아다니는 용병 소대라고 오해받아 아무런 방해 없이 평화롭게 나아갈 수 있었다. 시골 사람들은 용병들이 자기 마을에 들르지 않고 그냥 지나가는 것에 기뻐했다. 하지만 진군은 아주 힘들어 몸을 지치게 했는데, 냇물은 많았지만 다리가 설치된 곳이 적어 말을 타고 냇물에 들어가 건너야 했기 때문에 그랬다. 물은 살이 에이도록 차가웠다. 물에 젖은 채 우리는 얼어붙거나 눈이 내린 땅바닥에 누워 잠을 자야 했다. 불을 피우면 적에게 노출될 수 있기 때문에 우리는 할 수 있는 한 최대로 몸을 따뜻하게 하고 잠을 잤다.

이런 어려움과 날로 쌓이는 피곤함 때문에 우리는 지쳐갔다. 그러나 잔은 지치지 않았다. 잔의 걸음걸이는 다부지고 힘찼으며 잔의 눈에서는 타오르는 불이 꺼지지 않았다. 어떻게 이럴 수 있는지 우리는 설명할 수 없었고 그저 놀라기만 할 따름이었다.

지금까지의 여정을 힘든 시간이라 말한다면 이어지는 다섯 밤은 어떤 표현을 써야 할지 모르겠다. 몸도 마음도 모두 지치고 추위에 떨기는 마찬가지였지만 설상가상으로 매복해 있던 적의 공격을 일곱 번이나 받았다. 이 싸움으로 신병 두 명과 노련한 군인 세 명이 죽었다. 하느님의 계시를 받은 보클뢰르의 처녀가 호위대를 이끌고 프랑스 왕을 만나러 간다는 소문이 새나가 퍼지면서 우리가 가는 길마다 적들이 감시를 하고 있었던 것이다. 이 닷

새 밤을 지나면서 우리 소대의 사기는 상당히 떨어졌다.

또 노엘이 어떤 사실을 알아차리고 수뇌부에 곧바로 알린 일이 있었는데 이 일 때문에 분위기는 더 악화되었다. 병사들 중 몇몇 사람들은 어떻게 잔이 그리 초롱초롱하게 힘 있고 자신만만할 수 있는지 알고 싶었다. 소대의 가장 강한 남자들도 힘든 행군과 적의 공격으로 녹초가 되어 시무룩해지고 짜증이 나는데 말이다. 이 일은 인간이 눈이 있으면서도 보지 못한다는 사실을 여실히 보여 주었다. 이 사내들은 한평생 자기 집 여인네들과 함께 쟁기질을 해 오면서, 자기들이 소를 몰고 여자들이 소에 쟁기를 메고 밭을 가는 모습을 보면서 살아왔다. 여자들이 남자들보다 더 잘 참고 용감하다는 것을 여러 모습으로 보았을 것이다. 그러나 그렇게 눈으로 보았지만 무슨 소용인가? 아무것도 배우지 못한 것이다.

사내들은 열일곱 살 여자애가 군대의 노련한 군인들보다 싸움의 피로를 더 잘 견디는 것을 보고서 여전히 놀라워했다. 게다가 위대한 계획을 가진 위대한 영혼은 약한 육체도 강하게 만들며 계속 그 강함을 유지한다는 사실을 생각하지 못하고 있었다. 여기에 세상에서 가장 위대한 영혼이 있다. 멍청한 이들이 어떻게 그것을 알 수 있을까? 그래, 그들은 알지 못했다. 그들의 무지처럼 사고 능력도 매한가지였다.

노엘이 듣는 중에 그들은 서로 이야기하면서 논쟁을 벌인 끝에 잔은 마녀라고, 곧 잔의 이상한 힘과 용기는 사탄이 준 것이라고 결론 내렸다. 그래서 적당한 기회에 잔을 죽이기로 계획을 세웠다. 이런 은밀한 공모가 우리 중에 있었다는 것은 당연히 심각한 일이었다. 두 기사는 공모자들을 목매다는 것을 잔에게 허락해 달라고 청했다. 하지만 잔은 조금도 생각하지 않고 단번에 거절하며 말했다.

"내 임무를 완수할 때까지 이 사람들도, 또 다른 누구도 내 목숨을 빼앗아갈 수는 없습니다. 그런데 왜 내가 손에 이 사람들의 피를 묻혀야 하나요? 그 사람들에게 이걸 알려 주고 잘 타이르겠으니 불러 주세요."

그 사람들이 오자 잔은 앞서 한 말을 그대로 말했다. 마치 자기 말이 진실이라고 말해도 누군가는 의심할 수 있다는 생각을 전혀 해본 적이 없는 사람처럼 말이다. 불려온 사람들은 놀라워했고 잔이 그렇게 확신하며 자신 있게 말하는 것을 보고 마음이 움직였다. 초자연적인 일을 쉽게 믿는 사람의 귀는 확신에 차서 담대하게 말하는 예언을 그냥 흘리지 못하기 때문이다. 그래, 잔의 말은 분명히 그들을 감동시켰고 잔의 마지막 말은 더욱더 마음을 움직였다. 마지막 말은 잔이 슬퍼하며 주동자에게 한 말이었다.

"당신의 죽음이 아주 가까운 이때에 다른 사람의 죽음을 계획하다니. 슬픈 일이군요."

그날 밤에 첫 번째 강을 건너려 할 때 그 사람이 타던 말이 넘어져 그 사람을 덮치고 말았다. 우리가 손을 쓰기도 전에 그 남자는 익사하고 말았다. 이 일 후로 우리 중에 또 다른 음모는 일어나지 않았다. 그날 밤에 우리는 매복한 적들의 공격을 여러 차례 받았지만 한 사람도 죽지 않고 고비를 넘길 수 있었다.

이제 하룻밤만 운 좋게 넘긴다면 적진을 빠져나갈 수 있었다.

많이 불안해하던 우리는 마지막 밤의 어둠이 내리는 걸 보았다. 적의 공격 때문에 어둠과 적막 속으로 들어가는 일, 또 여울의 차가운 물에 몸이 어는 일을 우리는 지금까지 언제나 꺼려 왔다. 이번에는 전보다 더 힘든 싸움이 있을 거 같았지만 우리는 빨리 밤에 행군을 시작하고 끝내길 바랐다. 우리 앞 10킬로미터쯤에는 허름한 나무다리가 놓여 있는 깊은 강이 가로막고 있었고, 하루 종일 차가운 빗줄기가 눈과 함께 섞여 쏟아지고 있던 터라, 우리는 적의 함정에 스스로 뛰어들고 있는 건 아닌지 하는 의문이 들었다. 만약 강물이 불어나 다리가 떠내려갔다면 우리는 제 발로 함정에 들어가 도망갈 수 없는 처지에 놓이는 것이다.

어두워지자마자 우리는 숨어 있던 숲속 깊은 곳에서 나와 행군을 시작했다. 매복한 적에게 공격을 당한 때부터 언제나 대열 맨 앞에 나섰던 잔은 이번에도 앞장섰다. 4킬로미터쯤 가자 비와 눈은 진눈깨비로 변했고 진눈깨비는 세찬 바람을 타고 채찍처럼 내 얼굴을 후려치기 시작했다. 투구의 얼굴 가리개를 내리면 얼굴이 상자 속에 있는 것처럼 안전해지는 잔과 기사들이 나는 그렇게 부러울 수 없었다. 그때였다. 캄캄한 어둠 속 가까운 곳에서 날카로운 명령 소리가 들렸다.

"멈춰!"

우리는 모두 멈추었다. 우리 앞쪽에 어떤 무리가 흐릿하게 보였는데 기마병들 같았지만 확실하지 않았다. 한 남자가 말을 타고 다가와 비난 섞인 어조로 잔에게 말했다.

"그래, 정말 천천히도 왔어. 뭐 좀 발견한 거 있나? 그 여자는 아직 우리 뒤에 있는 거야? 아니면 앞에?"

잔은 침착한 목소리로 대답했다.

"그 여자는 아직 뒤에 있습니다."

이 소식에 낯선 남자는 어조를 누그러뜨리고 말했다.

"그 말이 사실이라면 자넨 시간을 허비한 게 아니야. 대위, 그런데 확실해? 어떻게 알지?"

"제 눈으로 봤으니까요."

"봤어? 그 처녀를 직접 봤단 말이야?"

"네, 그 여자가 있는 막사에 갔었습니다."

"아니 어떻게! 레이몽 대위, 방금 내 말투가 그랬던 건 미안하네. 위험하고 대단한 일을 했군. 어디에 진을 치고 있던가?"

"숲속에 진을 쳤습니다. 여기서 4킬로미터 넘지 않는 곳에 있습니다."

"좋아! 우리가 뒤에 있는 게 아닌가 걱정했는데 우리 뒤에 있다니 다행이야. 그 여자는 우리 사냥감이야. 우리가 잡아서 매달 거야. 자네가 직접 그 여자를 목매달게. 전염병 같은 사탄의 수족을 없애는 특권은 자네 말고는 가질 자격이 없지."

"감사합니다. 제 감사한 마음을 어떻게 표현해야 할지 모르겠네요. 우리가 그 여자를 잡으면 저는 …."

"잡으면? 아니, 내가 책임지고 꼭 잡겠네. 그러니 염려할 필요 없어. 도대체 어떻게 생긴 악마 새끼이기에 이런 소란을 일으키는지. 난 그 여자 얼굴을 한 번만 보면 돼. 자네가 알아서 올가미로 그 여자를 처리하라고. 딸린 병사는 몇 명이던가?"

"제가 확인한 숫자는 열여덟인데 두세 명쯤 정찰하라고 내보냈을 수도 있습니다."

"그것뿐이야? 내 병력으로 한 입 거리밖에 안 되는군. 근데 그 여자가 어린 애라는 게 사실인가?"

"네, 많아야 열일곱 살 정도밖에 돼 보이지 않았습니다."

"말도 안 돼! 세 보이던가 약해 보이던가?"

"약해 보였습니다."

지휘관은 잠시 생각하더니 말했다.

"여자는 행군을 준비하고 있었나?"

"마지막으로 얼핏 봤을 때는 그러지 않았습니다."

"무얼 하고 있던가?"

"어떤 장교와 조용히 이야기를 하고 있었습니다."

"조용히? 명령을 내리는 게 아니라?"

"네, 지금 저희처럼 조용히 얘기하고 있었습니다."

"잘 됐네. 안전하다고 착각하고 있어. 이제 곧 안달복달하겠지. 여자란 위험이 오면 으레 그러니까. 행군을 하려고 준비하지 않고 있다면 …."

"제가 마지막으로 봤을 때는 분명 그랬습니다."

"음 …. 조용하게 잡담이나 하며 느긋하게 있다는 건 날씨가 맘에 들지 않는다는 뜻이지. 강풍 속에서 진눈깨비를 맞으면서 밤에 행군하는 건 열일곱 살 계집애한테는 무리일 테니까. 그래, 걔는 지금 있는 곳에 계속 있을 거야. 그 애한테 고맙다고 해야겠어. 우리도 막사를 세워야겠다. 여기도 다른 곳 못지않게 좋은 곳이야. 시작하자고."

"명령이 그러하시면 그렇게 해야지요. 하지만 여자와 같이 있는 두 기사가 마음에 걸립니다. 그 사람들이 행군하자고 할지 모릅니다. 특히 날씨가 조금만 좋아진다면 말이죠."

무서워서 이 위험에서 벗어나기만을 초조해하던 나는 잔의 마지막 말을 듣고 잔이 시간을 지연시키고 위험을 가중시키는 것 같아 안달이 났다. 그러나 어떻게 해야 할지는 아마도 나보다 잔이 더 잘 알고 있을 거라 생각했다. 지휘관이 말했다.

"그래, 그러면 여기서 길을 지키고 있으면 되지."

"네, 그렇습니다. 이 길로 온다면 말입니다. 하지만 만약 정찰병을 보내서 상황을 파악하고 숲을 지나 곧바로 다리로 가려고 한다면 어떻게 합니까? 다리를 그냥 놔두는 것이 좋을까요?"

잔의 말에 나는 온몸이 떨렸다. 지휘관은 잠시 생각하고 말했다.

"병사들을 보내 다리를 없애버리는 게 좋겠다. 부대 전체를 데리고 다리를 지킬 생각이었는데 이젠 그럴 필요가 없어졌어."

잔은 차분하게 물었다.

"허락해 주신다면 제가 가서 직접 다리를 없애버리겠습니다."

아, 이제야 나는 잔의 생각을 알고는 이런 조마조마한 상황에서도 침착하게 그런 꾀를 낼 수 있는 잔의 똑똑함에 기뻐 어쩔 줄 몰랐다. 지휘관이 대답했다.

"대위, 자네가 가서 없애버리게. 고맙네. 자네가 한다면 잘 해낼 수 있을 거야. 자네 대신 다른 사람을 보낼 수도 있지만 자네보다 잘 할 수는 없을 거야."

둘은 인사를 했고 우리는 앞으로 움직였다. 나는 이제 편안히 숨을 쉴 수 있었다. 열 번도 넘게 나는 진짜 레이몽 대위의 부대가 우리 뒤에 도착하는 말발굽 소리를 상상했고 대화가 느릿느릿 오가는 동안 바늘 위에 앉아 있는 느낌이었다. 나는 안도하며 숨을 쉴 수 있었지만 아직 긴장이 사라지지는 않았다. 잔이 "앞으로!" 하는 명령만 내렸기 때문이다. 그래서 우리는 달리지 않고 천천히 걸어갔다. 천천히 앞으로 나아갈 때 바로 우리 옆에는 길게 줄지어 있는 적군의 모습이 흐릿하게 보였다. 어찌나 긴장됐는지 맥이 빠질 지경이었지만 그 순간은 오래가지 않았다. 적군의 나팔수들이 나팔을 불어 적군들 모두 말에서 내리라는 신호를 주자 잔은 빨리 걸으라고 지시해서 나는 크게 안도했다.

너희가 보는 것처럼 잔은 언제나 침착함을 잃지 않았다. 말에서 내리라는 나팔이 울리기 전에 우리가 말을 타고 빠르게 달려갔다면 적군 중 누군가 수상히 여겼을 지도 모른다. 하지만 우리는 막사를 치는 지정된 자리로 가는 것처럼 보여서 아무도 수상히 여기지 않고 제지하지 않았다. 우리가 앞으로 더 나아갈수록 적군의 병력이 상당하다는 걸 알게 되었다. 아마도 백 명, 이백 명이었을 테지만 내게는 천명 정도 돼 보였다.

맨 끝에 있는 적병들을 지나가자 이제 됐다 싶어 감사한 마음이 들었다. 적군을 지나 어둠 속으로 깊숙이 들어갈수록 그런 마음은 더 커져만 갔다. 한 시간 동안 나는 점점 기분이 좋아졌다. 한 시간 후쯤 우리는 강에 놓인 다리가 그대로 있는 걸 보고 행복했다. 우리는 건넌 후 다리를 파괴해버렸다. 이때의 기분은 말로 표현할 수 없는 그런 것이었다. 어떤 기분인지는 직접 경험해 보지 않으면 모를 것이다.

우리는 뒤에서 우리를 뒤쫓는 적군의 말발굽 소리를 듣게 될 거라 생각했다. 진짜 레이몽 대위가 도착해 자기 소대로 착각한 것이 실은 보쿨뢰르 처녀의 소대라고 말할 거라 생각했기 때문이다. 그러나 진짜 대위는 아주 오랫동안 복귀하지 않았던 것 같다. 우리가 강을 건너 행군을 시작할 때도 거센 바람 소리 말고는 우리 뒤에서 아무런 소리도 들리지 않았기 때문이다.

레이몽 대위가 받아야 할 칭찬을 잔이 받는 바람에 대위가 돌아오면 질책이라는 말라버린 그루터기 말고는 아무 열매도 얻지 못할 거라고, 또 펄펄 뛰는 지휘관 말고는 아무것도 보지 못할 거라고 나는 잔에게 이야기했다. 그러자 잔이 말했다.

"틀림없이 네가 말한 대로겠지. 지휘관은 밤에 공격하지 않는 군대를 으레 자기편이라고 생각했어. 아마 내 조언이 아니었다면 그냥 진 치고 앉아 있기만 했을 뿐, 다리를 파괴하려고 병사들도 보내지 않았을 거야. 정작 비난받아야 할 사람들이 원래 남의 결점을 잘 찾아내거든."

베르트랑 경은, 할 일을 하지 않고 있는 적장이 그 과오에서 벗어나도록 마치 귀중한 선물인 양 조언을 해 주었던 잔의 천연덕스러운 행동을 재밌어하면서, 거짓된 말을 하지 않으면서도 적장을 속였던 잔의 재주에 감탄했다. 그러나 잔은 마음이 괴로워 말했다.

"내가 적장을 속인 게 아니라 적장이 자신을 속였다고 난 생각했어요. 거짓말을 하는 건 옳지 않기 때문에 난 거짓말을 하지 않으려고 했지요. 그런데 내가 한 올바른 말들로 적장이 속았다면 아마 그 말도 거짓말이 될 거예요. 그러면 내가 잘못한 것이죠. 하느님께 내가 잘못한 것인지 알려 달라고 해야겠네요."

우리는 잔이 올바른 일을 한 것이라고, 위험한 전쟁에서 적에게 타격을 주고 자기편에 득이 되는 속임수는 언제나 허용된다고 잔에게 확신을 주려 했다. 그러나 잔은 확신하지 못하고 대의를 위할지라도 언제나 먼저 올바른 행동을 해야 한다고 생각했다. 그러자 장이 말했다.

"잔, 락사르 큰아버지 댁에 큰어머니 간병하러 가겠다고 네가 우리한테 말했었잖아. 그런데 큰아버지 댁에서 다른 곳으로 더 갈 거라고는 얘기하지 않았지만 보쿨뢰르까지 더 갔었잖아. 안 그래?"

"그랬지. 알았어, 이제."

잔은 슬픈 목소리로 대답했다.

"내가 거짓말을 하지는 않았지만 속인 거였지. 다른 수를 모두 써 봤지만 부모님이 보내주지 않으셨어. 하지만 난 떠나야 했고 내 사명을 따르려면 떠나야 했지. 내 생각엔 내가 잘못한 거고 책망받아도 싸지."

잔은 그 일을 다시 생각하는 듯 잠시 아무 말 없이 있다가 결심이 선 듯 이렇게 덧붙였다.

"하지만 내가 떠나는 건 옳은 일이었어. 똑같은 상황이 일어난다면 난 다시 그렇게 할 거야."

잔이 지나치게 예민한 것으로 보였지만 아무도 입을 여는 사람은 없었다. 잔이 자신을 아는 것처럼, 또 훗날 잔의 모습을 통해 드러난 것처럼, 우리 역시 이때 잔을 잘 알았더라면 우리는 깨달았을 것이다. 잔에게는 이때 분명한 뜻이 있었고 우리 생각과 달리 잔의 생각은 우리 생각보다 더 높은 곳에 있다는 것을. 잔은 대의를 위해서라면 자신을 희생할 것이고 잔의 가장 좋은 모습,

곧 자신의 솔직함도 희생할 것이다. 하지만 단지 그러할 뿐, 그렇게 희생해서 자기 목숨을 사지는 않을 것이다. 우리의 전쟁 윤리에 따르면 우리는 속임수를 써서 우리 목숨을 부지하고, 또 크든 작든 어떤 이익을 얻곤 한다. 이때는 잔의 말이 평범한 이야기처럼 들렸고 본질적인 그 뜻을 우리는 알지 못했다. 하지만 이제 그 말 속에는 고결하고 위대한 원칙이 있음을 보게 된다.

바람은 이내 잠잠해지고 진눈깨비도 그치고 추위도 수그러들었다. 길은 늪지처럼 변해 말은 걷는 것도 힘들어하며 어렵게 나아갔다. 힘든 시간이 어느덧 천천히 사라지자 엄청난 피로가 덮쳐 우리는 안장에서 잠을 잤다. 우리를 위협하는 위험들도 우리를 깨울 수 없었다. 열흘째 밤은 다른 날보다 더 길게 느껴졌다. 가장 힘든 시간이었다. 첫날부터 누적된 피로 때문에 이전 어느 때보다 더 피곤했다. 그러나 다시 공격받는 일은 없었다.

아직 어둡긴 했지만 마침내 동이 틀 때가 되자 우리 앞에 강이 흐르는 걸 보았다. 루아르강이란 걸 우리는 알았다. 우리는 지앙 마을로 들어갔다. 적들을 모두 뒤로하고 이제 아군의 땅에 들어왔음을 우리는 알았다. 우리에게 기쁜 아침이었다. 우리는 옷이 흠뻑 젖은 지치고 초라한 군인들이었다. 그러나 언제나 그러하듯 잔은 육체나 정신이나 우리 중에서 가장 생생한 사람이었다.

우리는 밤에 울퉁불퉁하고 힘든 길을 50킬로미터쯤 행군해 왔다. 대단한 행군이었다. 그리고 확고한 목적과 결코 시들지 않는 결단력을 가진 지도자와 함께할 때 인간이 무엇을 할 수 있는지 보여주는 행군이었다.

5. 시농에 도착하다

우리는 지앙 마을에서 두세 시간 쉬면서 기운을 차렸다. 그런데 하느님에게 프랑스를 구하라는 임무를 받은 어린 여자가 왔다는 소식이 마을 전체에 퍼져 잔을 보려는 사람들이 우리 숙소에 몰려들어 북새통을 이루게 되었다. 조용한 곳에 있는 것이 좋겠다는 생각에 우리는 마을을 나와 더 가다가 피에르부아라는 작은 마을에 들렀다. 왕은 시농 성에 있었고 우리는 그 성에서 24킬로미터 반경 안에 있었다.

잔은 왕께 보낼 편지의 내용을 불러 주었고 나는 그 내용을 기록했다. 편지에서 잔은 왕께 좋은 소식을 전해드리려고 600킬로미터나 되는 거리를 달려왔다고 했고, 직접 왕을 뵙고 소식을 전할 수 있는 영광을 얻게 해 달라고 청했다. 잔은 왕을 뵌 적이 없지만 왕이 어떤 변장을 할지라도 자신은 왕이 누구인지 알 수 있다는 말을 덧붙였다.

두 기사는 편지를 갖고 즉시 말을 타고 떠났다. 오후 내내 우리는 잠을 잤다. 저녁 식사를 마치자 우리는 다시 기운을 차리고 힘을 낼 수 있었다. 특히 동레미에서 온 젊은 우리 청년들은 활기가 넘쳐 여관 술집에 모여 앉았다. 열흘이나 되는 긴 시간 중에 처음으로 우리는 피곤한 행군의 역경과 공포에서 벗어날 수 있었다. 팔라댕은 갑자기 다시 예전 모습으로 돌아가서 아주 우쭐 우쭐거리며 방안을 이러저리 으스대며 돌아다녔다. 그러자 노엘 랑그송이 말했다.

"저 남자가 우리를 여기까지 이끌고 온 게 참 놀랍다."

"누구?" 하고 잔이 묻자 "누구긴 누구야. 팔라댕이지." 하고 노엘이 대답했다. 팔라댕은 듣고 있지 않는 것 같았다.
"팔라댕이 한 게 뭔데?" 하고 피에르 다르크가 물었다.
"안 한 게 없지. 잔은 팔라댕의 신중함을 신뢰한 덕분에 낙심하지 않았던 거라고. 용기라면 잔이 자신과 우리를 신뢰하면 됐지만 전쟁에서 승리를 가져다주는 건 결국 신중함뿐이라고. 신중함은 찾기 힘든 아주 고결한 미덕이지. 그리고 팔라댕은 프랑스에서 다른 누구보다 신중한 사람이야. 아마 다른 사람 예순 명을 합친 것보다 더 신중할걸."
"노엘 랑그송, 또 멍청한 짓을 하는구나." 하고 팔라댕이 대꾸하며 말을 이었다.
"욕먹지 않으려면 네 그 긴 혀를 목에다 칭칭 감고 혀끝은 귀에다 붙이고 있으라고."
그러자 피에르가 끼어들었다.
"팔라댕이 다른 사람보다 더 신중한지 몰랐네. 신중하다는 건 두뇌 회전이 빠르다는 건데 팔라댕이 우리보다 두뇌가 더 빨리 도는지 몰랐네."
"아니, 네 생각은 틀렸어. 신중함은 두뇌랑 전혀 관계가 없어. 오히려 두뇌는 신중함에 걸림돌이야. 신중함은 따지지 않고 느끼는 거니까. 완벽한 신중함은 두뇌가 전혀 없다는 증거이지. 신중함은 가슴에 있는 거야. 오직 가슴에만 있지. 신중함은 감정을 통해 우리에게 영향을 미치거든. 지성은 오직 위험만을 감지하니까 말이야. 예를 들면 위험이 어디에 있는지, 이런 것만 감지하지. 그와 반대로 …."

"헛소리하네. 바보 멍청이!"

팔라댕이 투덜거렸다.

"그와 반대로 신중함은 순전히 가슴에 있는 거야. 계산이 아닌 감정으로 나아가기 때문에 그 폭이 훨씬 넓고 숭고해서 전혀 존재하지 않는 위험도 감지하고 피하도록 해 주는 거야. 예를 들면 그때 안개 낀 밤에 팔라댕이 자기가 탄 말의 귀를 적군의 창으로 착각하고 말에서 내려 나무를 기어 올라가던 때에 ⋯."

"거짓말이야! 전혀 근거 없는 거짓말이라고. 몇 년 간 내 이름에 먹칠을 하려고 애써 온 저 삐거덕거리는 중상모략 제조기가 만들어낸 악의적인 거짓말을 조심하라고. 다음에는 너희들 차례니까. 난 안장 끈을 조이려고 말에서 내린 거라고. 사실이 아니라면 내 말에 밟혀 죽어도 좋아. 믿고 싶은 사람은 믿고, 믿고 싶지 않은 사람은 안 믿어도 할 수 없지만."

"저거 봐. 쟤는 맨날 저래. 차분하게 얘기를 하는 일이 절대 없고 저렇게 버럭 화부터 내지. 예의가 없어. 기억도 못 하는 거 봐. 말에서 내린 건 기억해도 이후 일은 전부 잊어버렸어. 나무에 오른 일도 말이야. 하지만 자연스러운 거야. 뻔질나게 자주 말에서 내리니까. 경계 신호가 오거나 앞에서 칼 부딪히는 소리가 나면 언제나 말에서 내리거든."

"그럼 그때 팔라댕은 말에서 왜 내린 거지?"

장이 물었다.

"나도 몰라. 팔라댕 기억으로는 안장 끈 조이려고 내린 거고 내 기억으로는 나무에 올라가려고 내린 거고. 그날 밤에만 팔라댕이 아홉 번 나무에 오르는 걸 난 봤어."

"네가 언제 봤어? 이런 거짓말쟁이는 아무도 믿지 말아야 돼. 너희들 모두 말해 봐. 이 뱀이 하는 소리를 너희는 믿어?"

모두 당황해서 아무 대답도 하지 않고 있는데 피에르만 대답했다. 피에르는 주저하며 말했다.

"글쎄 …. 뭐라고 말해야 할지 모르겠다. 참 난감한 상황이야. 자신 있게 말하는 사람을 믿지 않는 것도 실례가 되는 것 같지만 말이야. 그런데 무례해 보여도 이렇게 말할 수밖에 없는 거 같아. 그 얘기 전부를 믿지는 못하겠어. 그래, 네가 아홉 번 나무에 올라갔다는 건 믿을 수 없어."

"거봐!" 하고 팔라댕이 말했다.

"노엘 랑그송! 생각 있으면 말해 봐. 피에르, 그럼 내가 몇 번 나무에 올라갔다고 생각하니?"

"여덟 번"

모두 까르르 웃었다. 그러자 팔라댕은 화가 나서 얼굴이 하얘지며 말했다.

"두고 봐. 두고 보라고. 너희 모두 가만두지 않겠어. 약속하지."

그러자 노엘이 부탁했다.

"팔라댕 화나게 하지마. 화나면 완전히 사자로 돌변하거든. 세 번째 전투 이후로 여러 번 봐서 잘 알아. 싸움이 끝나면 숲에서 나와 혼자 죽은 사람을 공격하더라고."

"또 거짓말이야. 경고하는데 넌 선을 넘고 말았어. 조심하지 않으면 내가 산 사람을 공격하는 걸 보게 될 거야."

"나를 공격한다는 얘기겠지. 수백 마디 중상모략과 무례한 말도 더 가슴 아프지는 않겠다. 은인한테 배은망덕하긴."

"은인? 내가 너한테 무슨 은혜를 입었는데? 알아야겠다."

"내가 네 목숨을 살려줬지. 네 피에 굶주린 적군 수백 명 수천 명이 너한테 달려들 때 나무를 등지고 서서 내가 다 막아주었잖아. 내 용기를 드러내려고 그런 줄 알아? 다 널 사랑하니까, 너 없인 살 수 없으니까 그렇게 한 거야."

"그만해라. 이제 됐다. 더 이상 여기서 더러운 소리를 듣고 있지는 못하겠다. 네 거짓말은 참을 수 있지만 네 사랑은 못 참겠다. 그러니 그 썩은 사랑은 나보다 위장이 튼튼한 사람에게나 줘라. 가기 전에 이 말은 해야겠다. 너희가 한 작은 일들 때문에 너희가 나보다 낫고, 더 영광스러운 일을 한 것 같지만, 난 행군하는 내내 내가 한 일을 말하지 않고 숨겨왔어. 난 너희 있는 곳에서 멀리 떨어진 맨 앞으로, 싸움이 가장 치열한 맨 앞으로 늘 나가서 싸우곤 했어. 내가 적군한테 한 일들을 보고 너희가 주눅 들지 않도록 말이지.

이런 일을 내 가슴속에 비밀로 숨겨두려고 했는데 너희가 털어놓지 않을 수 없게 해버린 거야. 증인을 대라고 한다면 증인들은 거기에 누워있어. 우리가 지나온 길에 말이야. 난 길이 진흙창인 걸 보고 시체들로 포장을 해 놓았다 이거야. 또 땅이 척박한 걸 보고 피로 비옥하게 만들어 놨지. 내가 수없이 앞에서 싸우다 뒤로 갈 수밖에 없었던 건 우리 소대가 내가 죽인 시체들 때문에 앞으로 나갈 수 없었기 때문이야. 그런데도 너희들! 이 못된 놈들은 내가 나무 위로 기어 올라갔다고 비웃어? 흥!"

이렇게 말한 팔라댕은 자신이 꾸며낸 이야기를 한바탕하고 나니 다시 기분이 우쭐해지고 좋아졌는지 도도한 모습으로 밖으로 나갔다.

다음 날 우리는 말에 올라 시농 성으로 출발했다. 잉글랜드의 손에 목이 조이고 있는 오를레앙은 이제 우리 뒤에 가까이 있었다. 빠른 시간 안에 가서 구출해 주기를 우리는 간절히 바랐다. 보쿨뢰르의 시골 처녀가 하느님의 명을 받고 포위당한 오를레앙을 구출하러 가고 있다는 소식이 지앙에서 오를레앙에 당도했다. 그 소식 때문에 오를레앙 사람들은 큰 희망을 품고 크게 들떠 있었다. 다섯 달 만에 처음으로 그 불쌍한 영혼들은 희망 섞인 숨을 쉴 수 있었다. 오를레앙에서는 즉시 왕에게 사절단을 보내 이 일을 생각해 주고 도움을 하찮게 여겨 외면하지 말아 달라고 간청하였다. 이때 사절단은 이미 시농에 도착해 있었다.

가는 길 중간쯤 이르렀을 때 우리는 다시 한번 적의 공격을 받았다. 적군은 갑자기 숲에서 우르르 쏟아져 나왔는데 병력이 상당했다. 그러나 우리는 열흘 전과 같은 풋내기가 아니었다. 이제 이런 싸움에 익숙해져 있었다. 그래서 우리는 기겁하지도 않았고 손에 든 무기도 벌벌 떨리지도 않았다. 우리는 언제나 전투대형을 유지하며 경계를 게을리하지 않았고 갑자기 일어나는 돌발 상황도 대처할 만반의 준비가 되어 있었다. 우리의 지휘관처럼 우리 역시 적을 보아도 이제 더 이상 당황하지 않았다.

적들이 전투 대열을 갖추기 전에 잔은 "돌격!" 하고 공격을 명했고 우리는 적을 향해 달려갔다. 적들은 승산이 없자 꽁무니를 빼고 흩어져 도망갔다. 우리는 짚단을 베어 넘기듯 적군을 물리쳤다. 이게 우리가 마지막으로 당한 매복 공격이었는데 아마도 프랑스 왕의 총애를 받지만 은밀히 반역을 꾀하는 악한 대시종관* 드 라 트레무아유가 계획한 일이었던 것 같다. 우리는 시농성의 한 여관에 자리를 잡았다. 그러자 곧 유명한 처녀를 보려고 마을 사람들이 몰려왔다.

아, 참으로 한심한 왕과 대신들이었다! 우리의 좋은 두 기사가 곧 돌아와 보고했는데 몹시 화가 나 있었다. 두 기사와 우리는 왕과 고관들 앞에서 예를 갖추듯 잔 앞에서 예를 갖추며 섰다. 우리가 이렇게 존경을 표하는 것에 잔은 익숙하지 않았고 좋아하지도 않았다. 그러나 잔이 하느님에게 임무를 부여받은 사람이라는 걸 보여주는 앞선 여러 표징이 진실임을 다시 확인하게 해 준 그 사건, 곧 우리 안의 그 악한 반역자의 죽음을 잔이 예언하고 그 예언대로 곧 물에 빠져 죽은 사건 이후로 우리는 잔에게 이렇게 예를 표해 왔다. 잔이 앉으라고 지시하자 드 메스 경이 잔에게 보고했다.

"왕께서 편지를 받으셨습니다. 하지만 주변 사람들이 우리가 왕을 직접 만나 말씀드리는 걸 방해했습니다."

"막은 사람이 누구죠?"

"티 나게 직접적으로 막은 사람은 없었습니다. 왕의 최측근이자 모사꾼이고 반역자인 서너 사람이 방해를 했죠. 갖은 거짓말과 핑계로 왕을 뵙지 못하게 하더군요. 그중 두목 격인 사람이 조르주 드 라 트레무아유와 랭스의 대주교 꾀쟁이 여우였죠. 이들은 왕이 게으름을 피우게 하고 사냥과 어리석은 짓거리의 노예로 살게 하면서, 자신들의 권력과 위세는 점점 커지게 하고 있습

---

* 프랑스 국왕을 수행하고 국왕의 침소와 의상을 담당하던 고위 관직

니다. 왕이 남자답게 일어나 왕권과 나라를 바로 세우려고 하면 이들의 위세도 끝나겠지요. 그렇기 때문에 이들은 왕권이 무너지고 왕이 몰락하는 것은 안중에도 두지 않고 오로지 자신들의 안위만을 꾀하고 있습니다."

"그 사람들 말고 다른 사람들과는 이야기를 하지 않았나요?"

"왕궁에 있는 사람들 중에 더 이야기를 나눈 사람은 없습니다. 그럴 수밖에 없는 것이 왕궁은 그 뱀들의 노예들이라 그들의 입과 행동을 지켜보면서 똑같이 따라 하고 똑같이 생각하고 똑같이 말을 할 뿐이었습니다. 그래서 궁정 사람들은 우리를 냉정하게 대했습니다. 우리가 나타났다 하면 등을 돌리고 다른 길로 가버렸습니다. 하지만 오를레앙에서 온 사절들과는 대화를 할 수 있었습니다. 사절단은 열을 내며 말했는데 이런 내용이었습니다.

'이런 절망적인 상황에서 왕처럼 행동하는 사람은 없을 거다. 왕은 어기적거리기만 한다. 모든 게 멸망하려고 하는데 재난을 막으려고 손가락 하나 까딱하지 않으려고 한다. 이 얼마나 이상한 모습인가! 꼭 덫에 갇힌 생쥐처럼 왕국의 코딱지만 한 구석에 갇혀 지내고 있다. 왕의 피난처라는 암울한 무덤 같은 이 성은 벌레가 득시글한 천 쪼가리로 치장하고 있고 가구들이 삐거덕거리는 아주 황폐한 집이다. 국고에는 고작 40프랑만 달랑 있을 뿐 그 이상은 땡전 한 푼도 없다. 하느님께서 증인이시다! 군대는커녕 그 그림자도 찾아볼 수 없다. 굶어 죽을 이런 가난에 어울리지 않게 차려입은 왕관 없는 가난뱅이와 그가 총애하는 바보들을 봐라. 기독교 국가 어느 궁정에서나 볼 수 있는 천박한 비단과 벨벳으로 차려입고 있다.

우리 성이 함락되면 프랑스도 무너진다는 걸 왕도 알고 있다. 지원군이 빨리 오지 않으면 분명히 우리 성은 무너진다. 그날이 오면 왕도 반역자가 되어 도망가야 할 신세가 될 것이고 자신이 물려받은 거대한 땅은 한 조각도 남김없이 잉글랜드 깃발이 나부낄 것이다. 왕은 이런 것들을 알고 있고 충성스러운 우리 도시가 홀로 질병과 굶주림과 칼에 맞서 싸우며 이 무서운 재앙에서 허우적거리고 있는 것을 알고 있다. 그러나 왕은 우리 성을 구하려고 공격 한 번 제대로 하지 않고 있다. 우리 간청에 귀 기울이지도 않을 것이고 얼굴 한번 쳐다보지도 않을 것이다.'

사절단은 바로 이렇게 말하면서 절망에 빠져 있었습니다."

잔은 온화하게 대답했다.

"안 됐군요. 하지만 절망하지는 말아야 합니다. 왕세자께서는 곧 들어주실 것입니다. 사절단에게 그렇게 말해 주세요."

잔은 왕을 언제나 왕세자로 불렀다. 잔의 마음속에서 왕세자는 아직 대관식을 치르지 않았기 때문에 왕이 아니었다.

"네, 그렇게 전하겠습니다. 그 말을 들으면 기뻐할 것입니다. 대장님이 하느님께서 보내신 사람이라고 믿고 있으니까요. 왕궁 기사단장인 라울 드 고쿠르라는 노련한 군인이 대주교와 그 패거리를 받쳐주고 있는데 군인으로서는 괜찮은 사람이지만 전쟁 아닌 더 큰일에 대해서는 머리가 돌아가지 않는 사람입니다. 50년 동안 프랑스의 노련한 지휘관들이 패배하기만 했던 싸움에서 어떻게 전쟁을 모르는 시골 여자애가 작은 손에 칼을 들고 승리할 수 있냐면서 희끗희끗한 콧수염을 쓰다듬으며 비웃기만 했습니다."

"하느님께서 싸우시면 칼을 든 인간의 손이 큰지 작은지는 중요하지 않습니다. 때가 되면 보게 될 겁니다. 시농 성에서 우리를 호의적으로 보는 사람은 없나요?"

"있습니다. 왕의 장모님이시고 시칠리아 왕국의 왕비이신 욜랑드께서는 저희를 좋게 보고 있습니다. 현명하고 선하신 분이죠. 그분과 베르트랑 경이 이야기를 나누셨더랬죠."

그러자 베르트랑 경이 말을 받았다.

"그분은 우리에게 호감을 갖고 계십니다. 그리고 왕을 둘러싸고 있는 사기꾼들을 미워하고 계시죠. 아주 관심이 많으셔서 많은 걸 물어보셨는데 제가 대답할 수 있는 건 답변해 드렸습니다. 대답을 들으시고는 앉아서 잠시 아무 말 없이 생각에 잠기셨는데, 어찌나 오랫동안 가만히 생각만 하시는지 공상에 빠져 헤어 나오지 못한다는 생각까지 했습니다. 그러나 그렇지 않았습니다. 한참 있으시다가 혼잣말을 하시는 것처럼 아주 천천히 이렇게 말씀하셨습니다.

'열일곱 살짜리 여자아이, 시골에서 자라고 배운 적도 없고 전쟁도 모르고 무기를 써본 적도 없고 전투를 지휘해 본 적도 없는 아이, 얌전하고 온화하며 수줍음 많은 아이가 목동의 지팡이를 던져버리고 갑옷을 입고 적군의 땅을 뚫고 600킬로미터나 되는 길을 달려오면서 용기를 잃지 않고 낙심하지도 않고 전혀 두려움 없이 여기에 왔다. 왕은 두렵고 어마어마한 존재일 텐데 그런 왕 앞에 서서 그런 아이가 두려워하지 말라, 하느님께서 당신을 구하기 위해 나를 보내셨다고 말한다고! 아, 바로 하느님이 아니라면 그런 고결한 용기와 자신감이 어디에서 나올 수 있을까!'

이렇게 말씀하시고 그분은 다시 가만히 생각에 잠기시더니 결정을 하시는 것 같더군요. 그러다니 이렇게 말씀하셨습니다.

'하느님께서 보낸 아이든 아니든 그 아이의 마음에는 그 아이를 다른 사람들보다 높이 솟아오르게 하는 무언가가 있어. 지금 프랑스에서 숨을 쉬는 모든 사람들보다 훨씬 높이 솟아오르게 하는 그 무엇이. 그 아이 안에 있는 신비스러운 그 무언가가 군사들에게 용기를 불어넣어 주고 겁쟁이 무리들을 두려움 모르는 전사들로 변하게 하는 거야. 눈에 기쁜 빛을 띠며 입술에 노래를 담고 싸우러 나가 폭풍처럼 전장을 쓸어버리는 전사들로! 바로 그런 정신이 프랑스를 구할 수 있는 거야. 오직 그것만이. 그것이 제때에 나타난 거야! 그게 그 아이 안에 있다고 나는 진심으로 믿어. 그렇지 않다면 그 위대한 행군 속에서 위험과 피곤을 아무렇지 않게 여기고 여기까지 올 수 있었겠어? 왕께서 직접 그 아이를 만나야 해. 만나시게 될 거야!'

이렇게 말씀하시고 그분께서는 좋은 말씀을 하시면서 저를 보내셨습니다. 전 그분이 약속을 지키실 거라는 걸 알고 있습니다. 그 짐승들은 모든 수단을 동원해 막으려고 할 테지만 그분은 결국 해내시고 말 겁니다."

"그분이 왕이셨다면!" 하고 다른 기사가 열을 내며 말했다.

"왕은 그 무기력함에서 혼자 벗어날 가망이 별로 없습니다. 왕은 희망을 조금도 갖고 있지 않아요. 모든 걸 버리고 외국으로 도망갈 생각만 하고 있습니다. 사절단이 말했습니다. 왕이 흑마법에 걸려 희망을 갖지 않는다고. 자신들로는 도저히 짐작할 수 없는 어떤 비밀 때문에 그 모양이라고 하더라고요."

그러자 잔이 아주 자신 있게 말했다.
"그 비밀을 저는 알고 있어요. 저도 알고 왕도 알고 하느님도 아시지만 그밖에는 어느 누구도 알지 못하죠. 제가 왕세자를 뵈면 고민을 날려버릴 비책을 말씀드릴 거예요. 그러면 다시 힘을 되찾으실 거예요."
잔이 말하는 그 비책이 무엇인지 알고 싶어 난 안달이 났지만 그때 잔은 이야기하지 않았고, 또 나는 얘기해 줄 거라 기대하지도 않았다. 잔이 어린 것은 사실이었다. 그러나 잔은 큰일을 쉽게 말해버려서 소인배들에게 자신을 중요한 사람으로 보이게 하려는 수다쟁이가 아니었다. 잔은 말을 아끼는 사람이었고 중요한 것은 혼자 마음속에 간직하는 사람이었다. 진정 위대한 사람들이 언제나 그런 것처럼.
다음 날 욜랑드 왕비는 왕 옆에 있는 사기꾼들의 방해에도 불구하고 두 기사가 왕을 만날 수 있는 기회를 마련해 주었다. 기사들은 그 기회를 최대한 이용하였다. 잔의 인품이 얼마나 흠 없고 아름다운지, 얼마나 위대하고 고결한 정신이 잔을 움직이고 있는지 왕에게 말하고는, 잔을 신뢰해서 잔이 프랑스를 구하려고 보냄 받았다는 것을 믿어야 한다고 간곡히 말했다. 기사들은 왕에게 잔을 만나라고 청하였다. 왕은 어전회의에서 상의해 보겠다고 말했지만 마음이 크게 움직여 이 일을 계속 생각해 보겠다고 약속했다. 일이 잘될 것 같았다.
두 시간 후에 우리가 묵는 여관 아래층이 시끌시끌했다. 여관 주인은 헐레벌떡 올라와서 왕이 보낸 저명한 성직자들이 왔다고 말했다. 왕이 직접 보낸 사람들이 작고 허름한 여관에 왔다는 것은 주인에게 아주 큰 영광이었다. 그래서 주인은 어쩔 줄 몰라 흥분해서 숨도 제대로 쉬지 못하고 말도 제대로 하지 못했다. 성직자들은 보쿨뢰르 처녀와 대화를 나누어 보라고 왕이 보낸 사람들이었다. 여관 주인은 황급히 계단을 내려가더니 곧 다시 나타났다. 주인은 뒷걸음질 치며 우리 방으로 들어왔는데 한 걸음씩 들어올 때마다 머리가 땅에 닿도록 고개를 숙였다. 그 앞으로 위엄 있고 근엄한 주교들이 시종들을 거느리고 들어왔다.

잔이 일어섰고 우리 역시 모두 일어섰다. 주교들은 앉아서 잠시 아무 말을 하지 않았다. 주교들이 먼저 입을 열 권한이 있었지만 유명한 자신들을 이런 술 파는 여관으로 오게 하여 품위를 떨어뜨리게 한 사람, 세상을 시끄럽게 하는 사람이 어린애라는 걸 보고는 너무 놀라 할 말을 잃은 것이다. 잠시 후 대변인이 나서서 말했다. 잔이 왕께 전할 전갈이 있다는 걸 알고 왔으니 꾸미거나 시간 낭비하지 말고 간단하게 말하라고 명령했다.

나로서는 정말 그리 기쁠 수가 없었다. 드디어 우리의 전갈이 왕께 전달된다! 두 기사와 잔의 두 오빠 얼굴도 똑같이 기쁨과 자긍심으로 빛나고 있었다. 비록 높은 사람들 앞에서 우리는 주눅 들어 혀가 묶이고 턱이 떨어지지 않았지만 나처럼 이들도 간절히 바라고 있었다. 잔만큼은 더듬거림 없이 전해야 할 말을 제대로 전해 좋은 인상을 남기기를 말이다. 그렇게 하는 것이 정말 중요했다.

그런데 맙소사! 우리 기대와는 너무나 다른 일이 벌어지고 말았다! 잔의 말을 들은 우리는 경악하지 않을 수 없었다. 잔은 하느님께 헌신한 종들을 언제나 깎듯이 대하기 때문에 고개를 숙이고 두 손을 앞에 모으고 예를 갖추며 서 있었다. 대변인이 말을 마치자 잔은 공주처럼 저들의 신분과 위엄에 조금도 눌리지 않으면서 고개를 들고 평온한 눈으로 저들을 바라보며 평소처럼 꾸밈없고 차분한 목소리와 자세로 말했다.

"주교님들께서는 저를 용서해 주시길 바랍니다. 지금은 말씀드릴 수 없습니다. 왕께 제가 직접 말씀드려야 합니다."

잔의 말에 놀란 주교들은 잠시 아무 말을 하지 못하고 화가 나 얼굴이 붉어졌다. 그러자 대변인이 말했다.

"여봐라. 전갈을 듣고 오라고 왕께서 보낸 신하들에게 아뢰지 않는 것은, 바로 왕의 명을 받고 그분 얼굴에 그 명을 내던지는 것이라는 걸 모르느냐?"

그러자 잔이 대답했다.

"하느님께서 전갈 받을 사람을 직접 정해 주셨기 때문에 사람의 명이 하느님의 명보다 우선할 수는 없습니다. 간청합니다. 왕세자께* 직접 말씀드릴 수 있도록 해 주십시오."

"어리석은 짓 집어치우고 말하도록 해라! 더 이상 시간 낭비하지 말고."

"하느님의 가장 높으신 분들이시여, 주교님들은 정말 잘못하고 계신 것입니다. 이건 올바르지 않습니다. 제가 여기에 온 것은 이야기를 하려고 온 게 아니라, 오를레앙을 구하고 왕세자를 그분의 좋은 도시 랭스로 모시고 가서 머리에 왕관을 쓰시게 하려

---

* 잔 다르크와 주교들의 대화에 나오는 왕이나 왕세자는 프랑스 국왕 샤를 7세를 가리킨다. 샤를 7세가 아직 대관식을 치르지 않았기 때문에 잔 다르크는 샤를 7세를 왕세자라고 부른다.

고 온 것입니다."

"그것이 네가 왕께 전하려는 말이냐?"

잔은 언제나 그렇듯 길게 말하지 않았다.

"다시 똑같이 말씀드리는 걸 용서해 주십시오. 왕세자 외에는 누구에게도 말씀드릴 수 없습니다."

왕의 사절들은 심히 노하여 아무 말 없이 벌떡 일어나 나가버렸다. 우리를 지나 방 밖으로 나갈 때까지 우리는 무릎을 꿇고 있었다. 우리는 하나같이 멍한 얼굴로 이제 큰일 났다고 생각했다. 귀중한 기회가 날아가 버렸다. 이 참담한 시간이 오기까지 아주 현명하게 행동했던 잔이 지금은 왜 이렇게 행동했는지 우리는 이해할 수 없었다. 이윽고 베르트랑 경이 용기를 내어 왕께 전달해 드릴 이 중요한 기회를 왜 날려버렸는지 잔에게 물었다. 그러자 잔이 되물었다.

"누가 저들을 여기로 보냈죠?"

"왕이지."

"누가 왕을 움직여 저들을 보내게 했겠어요?"

잔은 대답을 원했지만 아무도 대답하지 않았다. 잔의 마음을 우리는 보기 시작했던 것이다. 대신 잔이 대답을 했다.

"왕세자의 측근들이 왕세자를 움직인 거예요. 측근들은 나와 왕세자의 적인가요, 친구인가요?"

"적이지." 하고 베르트랑 경이 대답했다.

"왜곡 없이 전하려면 반역자들과 사기꾼들을 통해 전하면 안 되겠죠?"

우리는 어리석었지만 잔은 현명했다는 걸 나는 깨달았다. 다른 사람들도 같은 생각이라 아무도 더 이상 말하지 않았다. 잔은 말을 이어나갔다.

"왕세자의 측근들이 덫을 치려고 머리를 조금 굴린 거예요. 제 말을 받아서 그대로 전달하는 척하다가 재빨리 왜곡해서 전하려고 한 거죠. 제가 전해야 할 것 중 하나가 이거라는 것은 아시잖아요. 이성과 근거로 왕세자를 움직여 제게 호위대를 주어 포위된 성으로 보내게 하는 것. 만약 저들이 제 말을 한 자도 빠뜨리지 않고 정확하게 그대로 전달해도, 말에 생명을 불어넣는 간청하는 몸짓과 목소리와 표정이 함께 전달되지 않는다면 누가 설득될까요? 기다려 보세요. 왕세자께서 곧 저를 부르실 겁니다. 걱정하지 마세요."

드 메스 경은 여러 번 고개를 끄덕이며 혼잣말로 말했다.

"잔이 맞아. 현명해. 이야기를 듣고 보니 우리가 바보였어."

내 생각도 그랬다. 드 메스 경의 말은 내가 하고 싶은 말이었고 사실 그곳에 있는 모든 사람들의 생각이었다. 교육을 받지 않은 여자아이가 아무런 준비 없이 갑자기 임무를 맡았음에도, 어떻게 왕의 닳고 닳은 노련한 참모들의 교활한 간계를 꿰뚫어 보고 받아칠 수 있었을까 생각하자 소름이 싹 몰려왔다. 많이 놀라고 감탄한 우리는 입을 다문 채 더 이상 아무 말도 하지 않았다. 우리는 이미 알고 있었다. 잔이 얼마나 큰 용기와 배짱, 인내와 끈기, 굳은 신념과 온갖 의무에 대한 충성을 지니고 있는지, 또 이 모든 미덕을 지닌 잔이 얼마나 믿음직한 좋은 군인이고, 맡은 임무에 얼마나 이상적인 인물인지를 말이다. 그런데 이제 새롭게 느끼기 시작했다. 잔의 가슴속에 있는 그 모든 뛰어난 미덕보다 더 큰 것이 잔의 머리에 있다고 말이다. 그래서 우리는 생각에 잠기게 되었다.

잔이 한 일은 그날 조금 후에 열매로 나타났다. 자기주장을 굽히지 않고 꿋꿋이 서 있을 수 있었던 어린 여자의 용기를 왕은 높이 살 수밖에 없었다. 그래서 왕은 잔을 겉만 번지르르하고 비어있는 말로 예찬하는 대신에 잔에 대한 자신의 존중을 행동으로 보여 주었다. 왕은 잔과 우리 일행이 허름한 여관에서 나와 쿠르드레 성으로 거처를 옮기도록 해 주었다. 그리고 왕궁에 있는 늙은 기사단장 라울 드 고쿠르의 아내인 드 벨리에 부인에게 잔을 잘 돌보아 주라고 했다.

물론 왕의 이런 관심에 사람들은 금세 반응하기 시작했다. 온 세상이 이야기하는 소녀, 왕의 명을 태연하게 거절해버린 이 놀라운 소녀 병사를 직접 보고 이야기해 보려고 왕궁의 고관들과 부인들이 몰려왔다. 이들은 잔의 다정함과 솔직함과 은근한 감화력에 예외 없이 모두 매료되었다. 이들 가운데 가장 유능하고 좋은 사람들은 잔의 영혼에는 표현할 수 없는 무언가가 있다는 걸 알게 되었다. 그래서 잔이 평범한 흙으로 창조된 사람이 아니라고, 또 여느 사람들과 다르게 하느님의 더 큰 계획 아래 창조되어 더 높은 차원으로 올라간 사람이라고 증언해서 잔의 명성을 퍼뜨렸다. 이렇게 잔은 친구들과 지지자들을 얻게 되었다. 잔의 얼굴을 보며 목소리를 들은 사람들은 지위고하를 막론하고 덤덤하게 떠나갈 수 없었다.

6. 왕을 만나다

일은 지연되고 있었다. 어전회의 측근들은 왕께 우리 일을 너무 성급하게 결정하지 말라고 권유했다. 왕이 너무 빨리 일을 결정하기는 했다. 그래서 어전회의에서는 잔의 이력과 잔이 어떤 아이인지 조사해 오라고 로렌으로 사제들을 보냈다. 무슨 일이든 언제나 사제들이 나섰다. 이 일에 물론 몇 주가 소요될 것이다. 마치 집에 불이 났는데 불을 끄지 못할망정 집주인이 불을 끄지 못하게 붙잡아 놓고, 집주인이 안식일을 지키며 살았는지 알아보라고 다른 지역에 사람을 보내는 꼴이었다.

상황이 이렇게 되어 하루하루가 덧없이 흘러갔다. 젊은 우리에게는 기다리는 시간이 지루하기도 했지만 대단한 일을 앞두고 있었기에 그런대로 기다릴만했다. 왕을 뵌 적이 없는 우리는 언젠가 왕을 뵙게 되는 엄청난 일을 경험하게 될 것이고 그 일은 평생 기억 속에 소중하게 간직될 것이다. 그래서 우리는 일의 진행 상황을 지켜보며 왕을 뵐 날을 손꼽아 기다리고 있었다. 그런데 나와 달리 다른 이들은 오래 기다릴 필요가 없게 되었다. 어느 날 엄청난 소식이 왔다. 왕의 장모 욜랑드 왕비와 우리의 두 기사와 오를레앙 사절단이 마침내 어전회의의 결정을 뒤엎고서 왕이 잔을 만나도록 설득한 것이다.

잔은 이 엄청난 소식에 기뻐했지만 우리처럼 흥분하지는 않았다. 반면에 우리는 너무 흥분하고 영광스러워 밥을 먹을 수도 없었고 잠도 오지 않았으며 일도 손에 잡히지 않았다. 두 기사 역시 잔 때문에 앞일이 두려워 이틀 동안 걱정했다. 왕을 알현하는 시간이 밤으로 정해졌기 때문에 길게 줄지은 횃불의 찬란한 빛, 엄숙하고 웅장한 의식들, 유명 인사들로 가득한 중앙홀, 눈부신 의상과 궁정의 다른 온갖 화려함에 익숙하지 않은 시골 처녀 잔이 압도당하여 떨게 돼 가련한 실수를 하지 않을까 걱정한 것이다.

물론 나는 두 기사를 안심시킬 수 있었지만 그 이유를 말할 수 없어 입을 다물고 있었다. 과연 잔이 그런 싸구려 광경, 곧 반짝거리는 쇼와 대수롭지 않은 왕과 나비 같은 공작들을 보고 기가 죽을까? 잔은 하느님을 늘 뵙는 천상의 귀족들과 얼굴을 맞대고 이야기를 나누었다. 또 이들과 함께하는 형용할 수 없는 눈부신 빛을 내는 수많은 천사들이 하늘 높은 곳까지 줄지어 서서, 얼굴에서 해와 같은 영광을 내비치며 허공의 심연을 가득 메우는 그런 눈부신 모습을 보지 않았던가? 나는 잔이 긴장할 거라 생각하지 않았다.

욜랑드 왕비는 잔이 왕과 신하들에게 최대한 좋은 인상을 주길 원했다. 그래서 잔이 왕녀처럼 가장 고급스럽고 화려한 옷을 입고 보석을 주렁주렁 달고 가길 바랐다. 하지만 욜랑드 왕비는 실망할 수밖에 없었다. 잔은 그런 옷을 입고 보석으로 꾸미고 가려 하지 않았다. 잔은 진지하고 막중한 정치적인 임무를 맡은 하느님의 종답게 소박하게 옷을 입고 가게 해 달라고 왕비에게 청했다. 그러자 자애로운 왕비는, 예전에 내가 너희에게 여러 번 이야기했던 단순하면서도 매혹적인 옷을 고안하여 만들었다. 지금 이렇게 무감각한 늙은 나이에도 나는 그 옷을 생각하면 아주 아름다운 음악의 선율에 감동하듯 그렇게 감동하지 않을 수 없다. 그 옷은 음악이었다. 그 옷은 드레스였지만 눈으로 보고 가슴으로 느끼는 음악이었다. 그래, 잔이 그 옷을 입으면 잔은 시였고 꿈이었고 요정이었다. 잔은 그 옷을 언제나 간직하고 다녔고 입을만한 때에 여러 번 입었다. 그 옷은 잔이 쓰던 칼 두 자루와 깃발과 다른 물건과 함께 이제는 성스럽게 여겨져 지금은 오를레앙의 보물창고에 보관되어 있다.

정해진 시간이 되자 화려한 옷을 입은 왕궁의 대신 방돔 백작이 잔을 왕께 데려가려고 하인들과 수행원을 거느리고 왔다. 두 기사와 나는 잔을 보좌하는 공식적인 임무를 맡고 있었기에 잔과 함께 가게 되었다. 우리는 커다란 알현실에 들어갔는데 내가 앞서 묘사했던 것 그대로였다. 빛나는 갑옷을 입은 수많은 근위병들이 미늘창을 들고 지키고 있었다. 홀의 양쪽에는 멋진 의상을 입은 사람들이 있었는데 의상의 색은 제각각 달라서 마치 꽃들을 심어 놓은 정원 같았다. 횃불 250개에서 뿜어져 나오는 빛이 의상의 온갖 색상을 비추고 있었다. 홀의 중앙에는 아무것도 없는 넓은 공간이 있었다. 그 공간의 끝에는 차양이 쳐진 왕의 의자가 있었는데 그곳에는 멋진 옷을 입고 번쩍이는 보석을 단 한 사람이 왕관을 쓰고 홀을 손에 들고 앉아 있었다.

그동안 방해를 받아 오랫동안 기다려온 잔은 이제 드디어 왕을 알현하게 되었다. 오직 아주 높은 사람들에게만 주어진 영예를 누리게 된 것이다. 홀의 입구에서는 화려한 타바드*를 입은 전령 네 명이 길고 가는 은 나팔을 들고 줄지어 서 있었는데 은 나팔에는 프랑스 문양이 수 놓인 네모난 비단 깃발이 매달려 있

---

* 타바드(tabard). 서양 중세 말기에 기사들이 갑옷 위에 입은 칼라와 소매가 없는 윗옷

었다. 잔과 방돔 백작이 지나가자 전령들이 나팔을 불었는데 넷 다 똑같은 음정으로 길고 풍부한 소리를 냈다. 그림이 그려지고 금이 입혀진 한 천장 아래로 걸어갈 때 전령들은 나팔을 불었는데 50보씩 걸을 때마다 불어 모두 여섯 번 소리가 울렸다. 나팔소리에 우리의 훌륭한 기사들은 자부심이 생기고 기분이 좋아져 허리를 꼿꼿이 펴고 군인다운 멋진 걸음으로 절도 있게 걸어갔다. 두 기사는 우리의 어린 시골 처녀가 이런 호사스럽고 영예로운 대접을 받게 되리라고는 전혀 예상하지 못했다.

잔은 방돔 백작 2미터 뒤에서 걸었고 우리 셋은 잔의 2미터 뒤에서 걸었다. 왕좌에서 열 걸음쯤 앞에 이르렀을 때 이 엄숙한 행진은 멈추었다. 방돔 백작은 크게 허리를 숙이며 예를 표한 후 잔의 이름을 말하고서 다시 허리를 숙이는 왕좌 옆에 있는 고관 자리로 갔다. 나는 내 두 눈으로 왕관을 쓴 인물을 뚫어져라 바라보았다. 내 심장은 경외감으로 거의 멈출 지경이었다. 모여 있는 사람들은 하나같이 놀라는 눈으로 잔을 바라보았다. 그 눈빛은 반쯤 숭배라고 할 수 있었으며 마치 이렇게 말하는 것 같았다.

"이 얼마나 아름다운가! 얼마나 사랑스러운가! 또 얼마나 성스러운가!"

모든 입이 벌어진 채 그대로였다. 이것은 자신을 결코 잊어본 적 없는 사람들이 지금은 자신을 잊은 채 오직 한 대상만을 의식하고 있다는 증거였다. 이들의 모습은 환영에 사로잡혀 있는 사람의 모습, 바로 그것이었다. 마치 몸에 달라붙은 졸음이나 술 취함에서 조금씩 깨어나듯 이들은 마법에서 천천히 깨어나 정신을 차리게 되었다. 이제 이들은 조금 전과 달리 큰 관심을 갖고 새롭게 잔을 바라보았다. 잔이 어떻게 행동할지 호기심에 가득 차서 바라보고 있었다. 이런 호기심을 가질 은밀하고 특별한 이유가 있었기 때문에 시선을 떼지 않고 지켜보았다. 이들이 보게 된 광경은 이런 것이었다.

잔은 왕 앞에서 고개를 크게 숙여 예를 표하지 않았다. 고개를 조금도 숙이지 않고 그저 말없이 서서 왕좌를 바라보고만 있을 뿐이었다. 지금 이들이 본 것은 이것뿐이었다. 나는 고개를 들어 드 메스 경을 바라보았는데 드 메스 경 얼굴이 하얀 것을 보고 충격을 받았다. 나는 조용히 속삭였다.

"이봐요. 왜 그런 거죠? 무슨 일이에요."

드 메스 경은 거의 들리지 않을 정도로 작게 대답했다.

"잔의 편지에서 힌트를 얻어 지금 잔을 속이고 있는 거야! 잔이 실수하면 비웃을 거야. 저기 앉아 있는 사람은 왕이 아니야."

나는 잔을 쳐다보았다. 잔은 아직도 왕좌를 그대로 바라보고 있었다. 잔의 어깨와 뒤통수도 어리둥절해 하고 있다는 이상한 상상이 들었다. 잔은 천천히 머리를 돌리고는 신하들이 서 있는 곳을 이곳저곳 보기 시작했다. 그러다 아주 얌전하게 옷을 입은 젊은 남자에게 시선을 고정했다. 그러자 잔의 얼굴은 기쁨으로 빛나더니 그 남자에게 달려가서 발아래 몸을 던지고는 남자의 무릎을 껴안으며 소리쳤다. 부드럽고 아름다운 타고난 목소리에는 이제 다정한 감정이 깊게 서려 있었다.

"하느님께서 만수무강하게 해 주시길 바랍니다. 오, 다정하고 온화하신 왕세자이시여!"

드 메스 경은 놀라고 기뻐서 소리쳤다.

"하느님의 도우심으로 놀라운 일이 일어났다!"

그리고 내 손을 붙잡았는데 뼈마디가 으스러질 것 같았다. 드 메스 경은 머리털을 자랑스럽게 넘기며 덧붙였다.

"이제 이 허위에 찬 경건하지 않은 자들이 뭐라 말하는지 보자!"

그러는 동안 수수한 옷을 입은 젊은 남자는 잔에게 이렇게 말하고 왕좌를 가리켰다.

"아, 아이야, 착각했구나. 난 왕이 아니란다. 왕께서는 저기 계신다."

드 메스 경의 얼굴은 어두워지더니 슬픔과 분노로 내게 속삭였다.

"아, 저렇게 잔을 가지고 노는 건 부끄러운 짓이야. 시험을 무사히 넘겼는데 이렇게 거짓말하다니. 여기 모인 모든 사람한테 이야기하겠어. 이게 도대체 … "

"가만히 계셔 봐요."

나와 베르트랑 경이 재빨리 속삭이고는 자리에 있도록 드 메스 경을 만류했다. 잔은 여전히 일어나지 않은 채 행복에 겨운 얼굴로 왕에게 말했다.

"아닙니다. 자비로우신 주군이시여, 당신께서 주군이십니다. 다른 사람이 주군일 수는 없습니다."

드 메스 경은 걱정이 싹 사라져 말했다.

"분명히 잔은 찍은 게 아니야. 알고 있었던 거야. 어떻게 알았을까? 기적이야. 이제 됐어. 난 가만히 있을게. 상황을 잘 파악하고 제대로 대처하고 있으니 내가 도울 게 어디 있겠어."

드 메스 경의 말 때문에 나는 왕과 잔 사이의 대화 한두 마디를 놓쳤지만 왕의 다음과 같은 질문은 들을 수 있었다.
"그러면 네가 누구인지 말해 봐라. 무엇을 원하느냐?"
"저는 사람들이 '처녀 잔'이라고 하는 사람입니다. 하늘의 왕께서는 왕세자님을 좋은 도시 랭스로 가게 하셔서 왕관을 쓰게 하시고 하늘의 왕을 대리하는 프랑스 왕으로 세우려고 하십니다. 또한 하느님께서는 제게 맡기신 일을 수행하도록 왕세자께서 제게 병력을 내려 주길 바라십니다."
여기서 잠시 말을 멈춘 잔은 눈을 빛내며 이렇게 덧붙였다.
"그리하시면 제가 포위당한 오를레앙을 구하고 잉글랜드군을 쳐부수게 될 것입니다."
적의 공세에 시달리는 전장의 병영에서 불어온 한 줄기 바람처럼, 오를레앙에 대한 잔의 말이 병든 공기 안으로 불어오자, 젊은 왕의 재미있어하던 얼굴은 조금 진지해지다가 가벼운 미소도 점점 옅어지더니 이내 완전히 사라져버렸다. 이제 왕은 기분이 무거웠고 생각에 잠기게 되었다. 잠시 후 왕이 가볍게 손을 흔들자 곁에 있던 모든 사람들이 멀찍이 물러나서 왕과 잔만이 텅 빈 곳에 함께 남게 되었다. 두 기사와 나는 홀의 반대편으로 가서 서 있었다. 왕의 신호에 잔이 일어서서 왕과 잔은 둘만의 대화를 나누었다.
어떻게 행동할지 호기심으로 잔에게 온통 쏠려 있던 거기 모인 모든 사람들은 이제 보게 되었다. 잔이 자기 편지에서 약속한 대로 정말 놀라운 기적을 행한 것을 말이다. 이들이 또 놀란 것은 잔이 주위의 화려한 모습에 주눅 듦 없이 궁중에 익숙한 자신들보다 더욱더 침착하고 편안하게 왕과 대화를 나누는 모습이었다. 우리의 두 기사는 잔에 대한 자부심으로 더할 나위 없이 의기양양했지만 한편으로 어안이 벙벙하기도 했다. 잔이 이렇게 어려운 시험을 어떻게 실수 없이 통과했는지, 품위와 신망을 손상시키는 행동을 조금도 하지 않고 어떻게 이렇게 큰일을 해낼 수 있었는지 이해할 수 없었던 것이다.

  잔과 왕 사이의 대화는 오랫동안 진지하게 계속되었다. 작은 목소리로 이어진 대화라 우리는 들을 수 없었지만 대화의 흐름은 두 눈으로 짐작할 수 있었다. 이내 우리와 거기 모인 모든 사람들은 잊을 수 없는 왕의 한 가지 뚜렷한 반응을 보게 되었다. 이것은 목격한 사람들의 기억과 역사에 새겨지게 되었고, 또 이것을 목격한 사람들 중 어떤 이들은 훗날 잔의 복권 재판 때 증언하게 된다. 이때 본 것이 중대한 의미가 있는 것임을 모두 알았지만 물론 이때에는 그 의미가 무엇인지 알지 못했다. 갑자기 왕은 무기력한 태도를 떨쳐 버리고는 남자답게 꼿꼿이 서서 너무나 놀란 표정을 지었다. 믿기지 않지만 그동안 원해 왔던 어떤 놀라운 것을, 아주 좋은 것을 잔이 왕께 말한 것 같았다.

  이것은 이제 우리도 알고 있고 온 세상도 알고 있는 것이지만 그러기까지 아주 오랫동안 비밀에 싸여 있던 것이었다. 이제는 어느 역사책에서나 읽을 수 있는 비밀은 바로 이것이다. 잔의 요구에 당황한 왕은 표징을 보여달라고 했다. 왕은 잔을 믿고 싶었고 잔의 임무도 이루어지길 바랐다. 그리고 잔이 들은 그 음성들도 초자연적인 존재들의 목소리이고 인간들에게 숨겨진 지식을 전해 주었다고 믿고 싶었다. 하지만 그 음성들이 말한 것이 진실이라는 것을 어떻게 의심할 수 없도록 증명할 수 있을까? 그때 잔이 이렇게 말했다.

"왕세자님에게 표징을 보여 드리겠습니다. 이것을 보시면 이제 더 이상 의심하지 않으실 것입니다. 왕세자님의 마음속에는 아무한테도 얘기하지 않으신 은밀한 고민이 있습니다. 의심하고 계신 것이 있는데 그 의심 때문에 용기를 잃어버리셨고, 또 모든 것을 버리고 왕국에서 도망치려는 마음을 품고 계신 것입니다. 얼마 전부터 왕세자님께서는 마음속으로 하느님께 이것을 놓고 기도해 오셨습니다. 하느님께서 자비를 내려 이 의심을 풀 수 있도록 해 달라고 기도해 오셨죠. 비록 그 의심이 사실로 확인되어 왕세자님에게 왕위 계승권이 없다는 것이 밝혀지는 일이 생긴다고 하더라도 말입니다."

바로 이 마지막 말에 왕은 화들짝 놀랐다. 잔의 말이 사실이었기 때문이다. 왕은 어떤 것을 두고 마음속으로 은밀하게 기도하고 있었는데 그것은 하느님이 아니고서는 아무도 알 수가 없는 일이었다. 그래서 왕은 말했다.

"이제 충분하다. 그 음성들은 하느님께서 보내신 것이라는 걸 이제 알겠다. 내 비밀에 대해 그 음성들이 말한 것은 사실이다. 그러니 다른 말씀을 더 해주셨다면 내게 얘기해 보거라. 믿고 들을 테니."

"음성들께서는 이렇게 전하면 왕세자님께서 의심을 푸실 것이라고 말씀하셨습니다. '너는 네 아버지 선왕의 적법한 후계자이고 프랑스의 진정한 상속자이다. 이 말은 하느님께서 하신 말씀이다. 이제 고개를 들고 더 이상 의심하지 말아라. 그리고 내게 군대를 내주어 내 일을 시작하게 하라.'"

왕의 태생이 적법한 것이라는 말이 왕을 곧추 세우고 잠시 남자다운 모습이 되게 했던 것이다. 이제까지 품어왔던 의심을 떨쳐 버리게 되고 자신에게 왕위 계승권이 있음을 확신하게 됐던 것이다.* 방해만 하는 해로운 대신들을 목매달아 처형해서 왕 마음대로 할 수 있었다면 왕은 잔의 청을 받아들여 곧바로 잔을 전쟁터에 보냈을 것이다. 하지만 그 짐승들은 잠시 저지된 것일 뿐 완전히 패배한 것은 아니었다. 그들은 잔의 앞길을 가로막는 다른 계책을 꾸며낼 수 있었다.

잔이 왕궁에 들어갈 때 우리가 보았던 성대한 의례, 아주 높은 인물만이 받을 수 있는 그런 영예에 우리는 뿌듯했다. 그러나 왕궁을 나올 때 우리에게 베풀어진 그 대단한 의례로 우리가 느낀 뿌듯함에 비하면 처음의 뿌듯함은 아무것도 아니었다. 우리가 입장할 때 받은 영예가 아주 높은 사람들에게만 하사하는 것이었다면 마지막에 나올 때 우리를 배웅하던 의례는 오직 왕족에게만 베푸는 예우였던 것이다. 왕이 직접 잔의 손을 붙잡고 큰 홀을 걸어 문까지 걸어갔다. 그러는 동안 화려한 옷을 입은 무리들은 서서 왕과 잔이 걸어가는 동안 예를 표했고 은나팔은 우렁차게 울려 퍼졌다. 왕은 상냥하게 잔에게 인사를 하고 몸을 굽혀 잔의 손등에 입을 맞추었다. 지위 고하를 막론하고 모든 사람들에게 잔은 들어올 때보다 더 깍듯하게 예우를 받았다.

---

* 샤를 7세의 어머니 이자보는 정신병에 걸린 남편 샤를 6세를 놓아두고 많은 남자들과 애정 행각을 벌이며 불륜 관계를 맺었는데, 샤를 7세의 아버지가 샤를 6세가 아니라는 선언을 한 적이 있었다.

왕이 잔에게 해 준 좋은 일은 하나 더 있었다. 왕은 자신의 유일한 군대인 국왕 호위대로 하여금 횃불을 밝히며 우리를 보호해서 우리가 위엄있게 쿠르드레 성으로 돌아가게 해 주었다. 처음부터 월급을 받아본 적이 없다는 말이 항간에 떠돌긴 했지만 아무튼 호위대는 멋진 의상을 입고 무장을 잘하고 있었다. 잔이 왕 앞에서 행한 놀라운 일들이 벌써 사방으로 퍼져 잔을 보려는 사람들로 길거리는 꽉 차서 우리는 인파를 뚫고 나갈 수 없는 지경이었다. 우리끼리 서로 말을 주고받을 수도 없었다. 우리가 지나갈 때마다 터져 나오며 파도처럼 계속 우리를 따라오는, 사람들의 고함 소리와 만세 소리에 우리의 말은 묻혀버렸다.

7. 허풍쟁이 팔라댕

우리는 일이 더디어지는 것을 계속 기다릴 수밖에 없었다. 우리는 운명에 맡기기로 하고 느릿느릿 흐르는 시간과 지루한 하루하루를 세어가며 하느님께서 상황을 변화시켜주실 때만을 바라면서, 지루하긴 했지만 그래도 참고 기다렸다. 그러나 팔라댕만은 예외였다. 조금도 지겨워하지 않고 하루하루 즐겁게 보내고 있었다.

팔라댕이 그런 것은 자신이 가진 옷이 만족스러워 그런 것이기도 했다. 팔라댕은 시농 성에 도착했을 때 중고 의류 한 벌을 구입했는데 스페인 기사복이었다. 바람에 날리는 깃털 장식이 달린 챙 넓은 모자, 수 놓인 칼라와 소맷동, 벨벳으로 만든 빛바랜

더블릿*과 트렁크 바지, 어깨에 걸치는 짧은 망토, 위가 깔때기의 입처럼 퍼진 반장화, 긴 양날검 등이 있는 우아하고 멋있는 의상이었고 그 의상은 팔라댕의 큰 체구에 잘 어울렸다. 일이 없을 때는 그 옷을 걸치고 허리춤에 찬 칼자루에 한 손을 얹고 다른 손으로는 콧수염을 배배 꼬면서 으스대며 걸었고, 사람들은 그 모습을 보고 가던 길을 멈추고 감탄해 마지않았다. 그도 그럴 것이 당시 몸에 꽉 끼게 옷을 입는 프랑스의 다른 남자들보다 팔라댕은 멋있고 위풍당당했다.

쿠르드레 성의 고압적인 탑들과 치성들**의 보호 아래 아늑하게 자리 잡은 작은 마을에서 팔라댕은 왕벌이었고 여관의 술집에서는 영주처럼 인정받고 있었다. 술집에서 입을 열면 사람들은 주목했다. 순박한 장인들과 농부들은 팔라댕의 말에 놀라기도 하며 깊은 관심을 갖고 경청했는데, 팔라댕이 여행을 하며 세상을 둘러본 사람이었기 때문이다. 그 세상이란 게 고작 동레미부터 시농까지이긴 하지만, 어쨌든 이것도 그곳 사람들은 보지 못한 넓은 세상이었다. 팔라댕은 전투를 경험한 적이 있었고 전쟁의 고투와 충격, 위험과 놀라움을 자신만의 솜씨로 그림 그리듯 표현할 줄 알았다.

팔라댕은 그 거리의 공작새였고 술집의 영웅이었다. 벌꿀에 파리가 꼬이듯 팔라댕은 손님들을 끌어모았다. 그리하여 팔라댕은 여관 주인과 주인의 아내와 딸이 좋아하는 반려동물이 되었

---

* 더블릿(doublet). 15~17세기 유럽에서 남자들이 많이 입은 윗옷으로 허리가 잘록하고 몸에 꽉 낀다.
** 치성(雉城 bastion). 성벽 일부를 밖으로 돌출시켜 적을 공격하는 장소로 사용하던 건축물

고, 이들은 어쩔 수 없기도 했지만 어쨌든 자진하는 마음으로 팔라댕의 하인 노릇을 했다.

　이야기꾼의 재능을 드물게 가진 사람들은 대부분 이야기를 매번 똑같이 반복하는 경향이 있어 여러 번 들으면 새롭게 다가오지 않고 싫증이 난다. 하지만 팔라댕의 재능은 한결 탁월하여 그렇지 않았다. 어떤 전투 이야기를 처음 들을 때보다 열 번째 들을 때에 더 흥미진진했고 사람들은 더 흥분했다. 팔라댕은 어떤 이야기를 똑같은 방식으로 두 번 되풀이하지 않았다. 같은 전투 이야기라도 매번 더 치열한 전투가 되게 새롭게 각색했다. 그래서 적군은 더 많은 사상자와 피해가 나고, 전장에 가까운 마을은 과부와 고아가 더 많이 생기게 되고, 더 많은 피해가 일어났다.

　또 전투는 이름이 달라질지라도 자신이 등장하는 것은 언제나 변함이 없었다. 한 전투를 열 번 이야기하고 나면, 언급하지 않은 프랑스 지방이 없어 프랑스 국경 밖으로 공간을 이동해야 했기 때문에, 어쩔 수 없이 다른 전투 이야기로 넘어갈 수밖에 없었다. 듣는 이들은 공간이 국경 밖으로 이동하기 전에는 팔라댕이 다른 이야기로 넘어가지 못하게 했다. 이야기 횟수가 더해갈수록, 국경을 아직 넘지 않았다면 이야기가 더 재밌어진다는 걸 알았기 때문이다. 그래서 사람들은 다른 이야기꾼에게는 "새로운 이야기를 해 주세요. 했던 이야기는 지겹습니다."라고 말하지만 팔라댕에게는 큰 관심을 갖고 한목소리로 "볼리외에서 있었던 이야기를 해 봐요. 서너 번 더 해 달라고요!"라고 말하곤 했다. 평생에 이런 말을 들어본 이야기꾼은 아주 드문 법으로 굉장한 찬사인 것이다.

처음에 팔라댕은 왕을 알현한 우리의 영광스러운 이야기를 들었을 때 함께하지 못한 것에 크게 아쉬워했다. 하지만 팔라댕이 그 이야기를 사람들 앞에서 할 때는, 팔라댕이 그때 그곳에 있었더라면 했을 법한 이야기로 가득 차 있었다. 이틀 후에는 팔라댕이 자신이 그때 그곳에 실제로 있었다고 말하며 무슨 일이 있었는지 이야기하고 있었다. 팔라댕의 맷돌은 어찌나 잘 돌아가는지 홀로 내버려 두어도 잘 돌아갈 정도였다. 그 후 사흘이 못 돼서 술집에 있는 팔라댕 숭배자들은 왕의 알현에 대한 이야기에 너무 빠진 나머지 다른 이야기는 들으려 하지 않아 팔라댕의 전투 이야기는 중단되었다. 사람들은 그 이야기에 너무 취한 나머지 더 듣지 못하면 울게 될 지경이었다.

노엘 랑그송이 몰래 숨어 듣고 와서는 우리에게 모두 말해 주었다. 그 이야기를 듣고 우리는 함께 들으려고 그곳에 가서 여관 주인의 아내에게 돈을 주고 작은 가족 응접실에 있으면서 문에 달린 쪽창을 통해 팔라댕을 보며 이야기를 들을 수 있었다. 술집은 컸지만 탁 트인 느낌이 나지 않고 아늑했는데, 작고 예쁜 탁자들과 의자들이 붉은 벽돌을 깐 바닥 위에 불규칙하게 흩어져 있었다. 널따란 벽난로에서는 커다란 불길이 나무를 우두둑 우두둑 갈라지게 하면서 타오르고 있었다. 덜덜 떨리도록 춥고 거센 바람이 부는 그런 3월 밤에 있기에 아늑한 곳이라 상당히 많은 사람들이 자리를 잡고 앉아 있었다. 그리고 만족감에 젖어 와인을 한 모금씩 홀짝거리면서 다정하게 이웃들과 이야기를 나누며 역사가가 도착하기를 기다리고 있었다. 여관 주인과 아내와 딸은 탁자 이곳저곳을 날아다니면서 서빙에 최선을 다하고 있었다. 술

173

집은 넓이가 12제곱미터쯤 되어 보였고 한가운데는 팔라댕의 자리로 비워두고 있었다. 끝에는 계단 3개를 밟고 올라가는 넓이가 3미터쯤 되는 연단이 있었는데 연단 위에 큰 의자와 작은 탁자가 놓여 있었다.

　포도주를 마시는 사람들 중에는 낯익은 얼굴들이 있었다. 구두 수선공, 말편자공, 대장장이, 수레바퀴 제조공, 무기 제조공, 맥아 제조업자, 직조공, 제빵사, 먼지가 덮인 코트를 입은 방앗간 주인 등이 있었다. 물론 그중에 가장 눈에 띄는 사람은 어느 마을에서나 그러하듯 이발사 겸 외과 의사인 사람이었다. 이 사람들은 사람들의 이를 뽑아 주고 한 달에 한 번쯤 사람들의 병이나 상처를 치료해 주고 피를 뽑아 주곤 하기 때문에 마을의 모든 사람들을 알게 되고, 온갖 사람들을 만나면서 예의와 품행이 탁월해지고 아주 능란한 대화술을 갖게 된 사람들이다. 또 이 자리에는 마부와 목동처럼 가축과 관계된 일을 하는 사람들과 떠돌이 기능공들도 많이 있었다.

　마침내 팔라댕이 어슬렁어슬렁 느긋하게 들어오자 사람들이 환호했다. 이발사가 황급히 나가 아주 예의 있고 정중하게 고개를 숙여 인사를 깍듯이 여러 번 한 다음에 팔라댕의 손을 잡고는 손등에 입을 맞추었다. 그리고 큰 목소리로 포도주 한잔 드리라고 말했다. 여관 주인 딸내미가 포도주를 연단으로 가져와 팔라댕에게 주고 예를 표하고 돌아가자, 이발사는 딸내미를 불러서 자기 술값에 달아두라고 했다. 이 말에 사람들이 갈채를 보내자 이발사는 아주 흐뭇해서 생쥐 눈같이 작은 눈이 반짝거렸다. 이런 찬사는 정당하고 적절한 것이다. 우리는 아주 너그러운 일을 할 때면 다른 사람들이 알고 인정해 주길 자연스레 바란다.

 이발사는 모두 일어서서 팔라댕의 건강을 위해 건배하자고 말했다. 그러자 사람들은 진심 어린 애정으로 금세 모두 일어나 놋쇠 잔을 동시에 부딪히며 환호했다. 젊은 허풍쟁이가 신이 내린 혀를 사용하는 재능만으로 이런 낯선 곳에서 금세 인기를 얻었다는 건 대단한 일이었다. 처음에 재능으로 한 달란트밖에 못 받은 팔라댕은 이 한 달란트를 사용해 열심히 일하고 부풀려 이제는 열 달란트를 가지고 있었다. 사람들은 자리에 앉아 술잔으로 탁자를 두드리며 외쳤다.

 "알현! 알현! 알현!"

 팔라댕은 가장 멋있는 자세 중 하나로, 즉 깃 달린 큰 모자를 왼쪽으로 삐딱하게 기울여 쓰고, 어깨에는 주름진 짧은 망토를 걸치고, 한 손은 칼 손잡이에 얹고 다른 손은 술잔을 든 모습으로 서 있었다. 사람들의 소리가 잦아들자 팔라댕은 어디선가 주워 배운 인사법으로 정중하게 고개 숙여 인사한 다음, 팔을 부드럽게 움직여 술잔을 입술로 가져가서 머리를 뒤로 젖히며 단숨에 술잔을 바닥까지 비웠다. 이발사는 벌떡 일어나 빈 잔을 받아 팔라댕 앞의 탁자에 놓았다. 그러자 팔라댕은 대단한 위엄으로 자연스럽게 연단을 왔다 갔다 했다. 그렇게 걸어 다니면서 이야기를 시작했고 조금 후에는 멈추어 서서 청중을 바라보며 이야기를 계속했다.

 우리는 연이어 사흘 밤을 더 그곳에 갔다. 어떤 거짓말을 하나 궁금한 것 말고도 팔라댕의 이야기에 매력이 있었기 때문이다. 이 매력은 팔라댕의 진실함에 있다는 것을 우리는 곧 알게 되었다. 팔라댕은 자기가 거짓말을 한다고 생각하면서 말하지 않았고, 자신이 말하는 것을 실제로 믿으며 말했다. 팔라댕에게 이야기의 첫째는 사실이었고 그 사실을 어떻게 부풀리든지 그것 역시 사실이었다. 시인이 자신의 허구적인 영웅 이야기에 영혼을 담아 놓듯 팔라댕 역시 부풀려진 자신의 이야기에 영혼을 담아 놓았고, 팔라댕의 그런 진지한 열정 때문에 팔라댕을 비판하려는 사람들은 무기를 내려놓게 되었다. 아무도 팔라댕의 이야기를 믿지 않았지만, 팔라댕이 자기 이야기를 믿고 있다는 걸 안 믿는 사람은 없었다.

팔라댕이 과장을 할 때는 미사여구나 강조함 없이 그냥 말을 죽 이어갔기 때문에 이야기가 사실과 다르다는 걸 아무도 눈치채지 못했다. 첫날밤에 보클뢰르 영주는 그냥 보클뢰르 영주였지만, 둘째 날 밤에 영주는 팔라댕의 삼촌이 되었고, 셋째 날 밤에는 팔라댕의 아버지가 되었다. 이렇게 어이없이 내용을 바꾸고 있다는 걸 팔라댕은 모르고 있는 것처럼 보였다. 그런 말이 팔라댕의 입술에서는 힘들이지 않고 아주 자연스럽게 흘러나왔다. 첫날밤 이야기에 따르면 보클뢰르 영주는 팔라댕을 단지 잔의 호위대에 들어가게 했을 뿐이었다. 그러나 둘째 날 밤에는 삼촌인 영주가 팔라댕을 잔의 후방을 경호하는 중위로 보냈고, 셋째 날에는 아버지인 영주가 잔과 다른 모든 이들을 특별히 지휘하도록 팔라댕에게 지휘권을 주었다.

첫날밤에는 영주가 팔라댕에 대해 이름도 가문도 없지만 앞으로 그 두 가지를 다 얻을 운명을 지닌 젊은이라고 말했다. 둘째 날 밤에는 삼촌인 영주가 팔라댕을 두고 샤를마뉴의 열두 기사

중 최고 기사의 혈통을 이어받은 최고의 젊은이라고 말했다. 셋째 날 밤에는 샤를마뉴의 열두 기사 전체의 후손이라고 이야기했다. 방돔 백작도 사흘 밤만에 처음 만난 사람에서 학교 동창이 되었다가 매형이 되었다.

왕을 알현한 이야기에서도 모든 것이 과장되어 부풀어 올랐다. 처음에는 은 나팔 4개가 12개가 되었다가 다시 35개가 되었고 마지막으로는 96개가 되었다. 마지막 때에는 나팔뿐 아니라 수많은 북과 심벌즈까지 등장하느라 홀의 크기를 120미터에서 270미터로 늘려야 했다. 왕궁에 있던 사람들의 숫자도 팔라댕의 손에서 똑같이 부풀려졌다.

첫째 날과 둘째 날 밤에 팔라댕은 주요 사건을 부풀리기만 했지만 셋째 날 밤에는 없던 일도 만들어 냈다. 팔라댕은 이발사를 연단 위의 의자에 앉게 해서 가짜 왕 역을 하게 했다. 그리고 얼마나 많은 사람들이 가짜 왕에게 잔이 속아 폭풍처럼 비웃음이 몰아치게 되고 잔에 대한 신뢰가 영원히 사라지는 걸 기대했는지, 또 그런 기대감에 내심 기뻐하면서 큰 호기심으로 잔을 쳐다보고 있었는지 이야기했다. 이 장면을 이야기하자 사람들은 불같이 흥분의 도가니에 빠져 다음에 잔이 어떻게 반응할지 기대했다. 이야기의 절정이었다. 이때 팔라댕은 이발사를 돌아보며 말했다.

"잔이 어떻게 행동했는지 주목하세요. 지금 내가 이발사님의 얼굴을 응시하듯 잔은 가짜 왕을 계속 바라보았습니다. 지금 내가 서 있는 것처럼 그때 잔은 평범하게 서 있었지만 그 모습은 장엄했습니다. 그렇게 있다가 잔은 나를 돌아보고 이렇게 팔을 앞으로 뻗어 손가락으로 가짜 왕을 가리키며 말했습니다. 전투를 지휘할 때처럼 차분하면서도 단호한 음성으로. '어서, 이 사기꾼을 왕좌에서 끌어내려라!' 나는 성큼성큼 이렇게 앞으로 걸어가 그자의 멱살을 잡고는 왕좌에서 끌어낸 다음, 이렇게 그자를 들어 올렸습니다. 마치 아이를 들어 올리듯이 말이죠."

사람들은 일어서서 소리를 지르고 발을 구르고 술잔으로 탁자를 치면서 이 어마어마한 힘에 완전히 열광했다. 뻐기기 좋아하는 이발사가 목덜미를 잡힌 강아지처럼 공중에 매달려 바둥거리는 모습은 엄숙함이라고는 조금도 없이 웃기기만 했지만 그래도 사람들은 웃지 않았다.

"그러다가 나는 그자를 이렇게 내려놓았습니다. 그리고 다시 잡아서 창문 밖으로 던져버리고 싶었지만 잔이 참으라고 했습니다. 잔이 나를 말리는 실수를 한 덕분에 그자는 목숨을 건지게 되었습니다. 이어서 잔은 그 두 눈으로 사람들을 둘러보았습니다. 잔의 두 눈은 밝게 빛나는 창문과 같았습니다. 그 창문에서 영원불멸하는 지혜가 이 세상으로 흘러나와, 거짓을 헤쳐버리고 그 안에 숨겨진 알맹이인 진실에 도달했습니다. 이내 잔의 눈은 수수하게 옷을 입은 한 젊은 남자에게 멈추더니 그 남자가 진짜 왕임을 이렇게 선언했습니다. '저는 당신의 종입니다. 당신이 왕이십니다!' 그러자 모두 놀라 얼어붙었습니다. 누군가 크게 고함을 쳤고 거기 모인 사람들 6천 명도 가세해 소리를 질렀죠. 그러자 벽이 그 소리와 소란에 뒤흔들렸습니다."

팔라댕은 알현을 마치고 걸어 나올 때의 일을 그림처럼 멋있게 묘사했고, 넘어서는 안 되는 마지막 한계를 넘어서 그 영광스러움을 부풀려 버리고 말았다. 그리고 손가락에 끼고 있던 너트를 하나 빼며 말했다. 이 너트는 시농 성에서 말 돌보는 종들의 책임자가 팔라댕에게 준 볼트에 끼워있던 것이었다.

"그때 왕께서는 예를 다해 처녀를 배웅해 주셨는데 처녀에게는 그런 자격이 있었습니다. 그리고 왕께서는 저를 보시고 말씀하셨습니다. '팔라댕의 후예여, 이 인장 반지를 받아라. 그리고 도움이 필요하면 편지를 쓰고, 이 반지를 찍어 봉한 다음 내게 보내라. 그러면 내가 도와주겠다.' 그리고 왕께서는 내 관자놀이에 손을 대시고 말씀하셨습니다. '이 두뇌를 잘 지켜라. 프랑스는 이게 필요하다. 또 이 보석함, 곧 두뇌가 담긴 머리도 잘 보살피도록 해라. 언젠가 여기에 공작의 관을 씌울 테니.' 나는 반지를 받고는 무릎을 꿇고 왕의 손등에 입을 맞추며 말했습니다.

'전하, 영광이 부르는 곳에 제가 있을 것입니다. 위험과 죽음이 가장 무성한 곳이 소신의 안식처입니다. 프랑스와 왕께서 저를 필요로 하실 때 제가 행동으로 응답하게 해 주십시오. 저는 말만 하는 사람이 아니기에 아무 말 없이 행동으로 보여 드리겠습니다. 이것이 제가 청하는 유일한 것입니다.' 가장 행복하고 기억에 남을 이야기, 왕과 프랑스의 미래에 크게 공헌한 이 이야기는 이렇게 끝나게 되었습니다. 하느님께 감사하십시오! 일어나십시오! 잔을 채우십시오! 이제 프랑스와 왕을 위해 건배!"

사람들은 잔을 비우고 환호성을 터뜨리며 만세를 불렀는데 만세는 2분 동안 계속되었다. 그러는 동안 팔라댕은 연단 위에서 위풍당당하게 선 채 인자하게 미소 짓고 있었다.

8. 푸아티에 재판

왕의 마음을 괴롭히던 깊은 비밀을 잔이 왕에게 말했을 때 왕의 의심은 눈 녹듯 사라졌다. 왕은 잔이 하느님께서 보내신 사람이라 믿었기 때문에 혼자 마음대로 할 수 있었다면 잔이 임무를 즉시 수행하도록 조치했을 것이다. 하지만 왕은 혼자가 아니었다. 트레무아유와 랭스의 거룩한 여우는 자신들이 모시는 분의 속내를 잘 알고 있었다. 무슨 말을 해야 할지 잘 아는 이들은 이렇게 말했다.

"그 처녀의 음성들이 처녀를 통해서 오직 전하와 하느님만 아시는 비밀을 전하께 말해 주었다고 전하께서 말씀하셨습니다. 그런데 처녀가 듣는 음성들이 사탄에게서 온 것이 아니라는 것을, 그러니까 처녀가 사탄의 대언자가 아니라는 것을 어떻게 아십니까? 사탄도 인간의 비밀을 알고 그걸 이용해 인간 영혼을 파멸시키지 않습니까? 위험한 일입니다. 밑바닥까지 철저히 조사해 보시지 않고서는 일을 진행하시지 않는 것이 현명하신 줄로 아뢰옵니다."

이것으로 충분했다. 겁에 질려 불안해진 왕의 조그마한 영혼은 건포도처럼 쪼그라들었다. 왕은 즉시 주교들을 모아 위원회를 만들어 이들에게 날마다 잔을 찾아가 조사하여 잔이 받는 초자연적인 도움이 천국에서 온 것인지 지옥에서 온 것인지 알아내라고 명했다.

이 무렵 3년 동안 잉글랜드군에 포로로 잡혀 있던 왕의 친척인 알랑송 공작은 거액을 몸값을 지불하는 조건으로 잉글랜드군에서 풀려나왔다. 처녀 잔의 이름과 명성은 이제 모든 사람의 입에 오르내리고 프랑스 전역에 퍼져 있는지라 알랑송 공작 역시 잔의 이름을 듣게 되었다. 공작은 자기 두 눈으로 잔이 어떤 사람인지 보려고 시농으로 왔다. 왕은 사람을 보내 잔을 불러 공작에게 잔을 소개해 주었다. 잔은 간단하게 말했다.

"잘 오셨습니다. 큰 뜻을 위해 프랑스가 많은 피를 흘릴수록 프랑스에는 좋은 일이 일어날 것입니다."

두 사람은 서로 이야기를 나누었고, 헤어질 때에는 늘 그렇듯이 공작은 잔의 친구요, 잔을 지지하는 사람이 되었다.

다음 날, 잔은 왕의 미사에 참여했고 미사가 끝난 후 왕과 공작과 함께 만찬을 했다. 왕은 잔과 함께 있는 것을, 잔과 함께 이야기하는 걸 점점 좋아하게 되었다. 그도 그럴 것이 왕이 사람들과 대화를 나눌 때면 사람들은 조심스럽게 재미없는 말만 하고 왕의 비위를 맞출 뿐이라 대화에서 얻는 것이 아무것도 없었다. 왕이라면 늘 이런 경험을 하기 마련이다. 이런 대화는 짜증 나고 지루할 뿐이다.

그러나 잔의 이야기는 자유롭고 솔직해서 신선했다. 잔은 자기가 잘못하는 것이 아닌지 두려워하거나 긴장하지 않았다. 잔은 자기 마음속에 있는 것을 분명하고 솔직하게 말했다. 땡볕에 말라가는 평지의 웅덩이 물만 마시던 메마른 왕의 입술에, 잔의 이야기는 산에서 나는 차갑고 신선한 물과 같았다. 만찬 후 잔은 시농 성 가까운 초원에서 빼어난 승마술과 창던지기 솜씨로 공작을 매혹시켰다. 왕 역시 보러 왔다가 잔에게 아주 큰 검은색 군마를 하사했다.

한편, 주교 위원들은 매일 잔을 찾아와 잔이 들은 음성들과 잔이 받은 임무를 물어보고는 돌아가서 왕께 보고했다. 꼬치꼬치 캐묻는 이런 일은 별다른 성과가 없었다. 잔은 필요하다 싶을 정도만 이야기했고 그 외에는 말하지 않았다. 주교들은 위협도 하고 속임수도 써 보았지만 허사였다. 잔은 위협에도 아랑곳하지 않았고 함정을 파도 걸려들지 않았다. 잔은 어린아이처럼 완전히 솔직했다. 주교들은 왕이 보낸 사람들이라 주교들의 질문은 왕의 질문이라는 것, 또 모든 법과 관례상 왕의 질문은 반드시 대답해야 한다는 걸 잔은 알고 있었다. 하지만 어느 날 잔은 왕의 식탁에서 자신은 적절한 질문에만 대답했다고 천진무구하게 왕에게 말했다.

주교들은 잔이 하느님이 보낸 사람인지 아닌지 알 수 없다고 결론 내렸다. 너희가 보는 것처럼 주교들은 조심스러웠다. 궁정에는 힘 있는 정파가 둘 있었다. 따라서 둘 중에 어느 하나로 결론을 내리게 되면 두 정파 중 한쪽과 등을 지게 된다는 것은 뻔했다. 따라서 주교들에게는 두 정파의 경계선에 있는 담에 걸터앉아, 자기들이 짊어졌던 짐을 다른 이들의 어깨에 넘기는 것이 가장 현명한 처신이었다. 그리고 주교들은 바로 그렇게 했던 것이다. 주교들은 잔의 일은 자신들 능력밖에 있는 일이라고 보고하면서 이 일을 푸아티에 대학의 학식 있는 저명한 신학자들 손에 맡기는 걸 추천했다. 주교들은 자리에서 물러나면서 아주 짤막한 말을 남겼는데 잔이 현명하게 과묵한 덕에 겨우 이렇게 말할 수 있을 뿐이었다. 주교들은 말하길, 잔은 '아주 솔직하지만 말하는 것을 좋아하지 않는 온화하고 소박한 어린 양치기 소녀'

라고 했다. 아주 맞는 말이다. 주교들의 입장에서는 말이다. 하지만 동레미에서 우리와 함께 지내던 잔을 주교들이 보았다면,해가 될 일이 없을 때라면 아주 거침없이 움직이는 잔의 혀를 보았을 것이다.

  결국 우리는 푸아티에로 가서 3주간의 지루한 시간을 참아야 했다. 그동안 불쌍한 잔은 날마다 큰 재판정에서 많은 질문을 받고 시달림을 당해야 했다. 어떤 사람들이 심문관 자리에 앉아 있었을까? 잔이 군대에 지원을 했고 적군과 싸우기 위해 군대를 지휘할 수 있는 권한을 달라고 했기 때문에 군사 전문가들이 앉아 있었을까? 절대 그렇지 않다. 빈틈없는 궤변가들이자 학식 있는 저명한 신학 교수들인 사제들과 수도사들이 앉아 있었다! 용감한 이 어린 군인이 전쟁에서 승리할 수 있을지 알아보기 위해 군사 위원회를 소집하는 대신, 어린 군인의 경건함에 문제가 없는지, 또 잘못된 교리를 믿지는 않는지 알아보려고, 사소한 걸 야단스럽게 떠들어대고 공허한 미사여구를 늘어놓는 거룩한 사람들을 모아 놓은 것이다. 쥐들이 집을 갉아먹고 있는 마당에 고양이의 이빨과 발톱을 검사하는 대신 고양이가 경건한지 아닌지만을 따지는 꼴이었다. 경건한 고양이라면, 도덕적인 고양이라면 다른 능력은 중요하지 않기 때문에 아무래도 상관없었던 것이다.

  예복을 입은 유명 인사들이 위압적인 절차를 따라 엄숙하게 집행하는 살벌한 심문 앞에서, 잔은 마치 구경꾼인 듯이 아주 침착하고 평온했다. 혼자 의자에 앉아 있는 잔은 전혀 당황하지 않고 숭고한 무지로 현자들의 학식을 막아내어 현자들을 당황하게 했다. 잔의 무지는 요새였다. 온갖 책략과 간계, 책에서 얻은 지식, 곧 현자들이 퍼붓는 이런 온갖 대포알들은 이 요새의 성벽에 맞고 튕겨 나가 아무런 피해도 주지 못하고 바닥에 나뒹굴었다. 그들은 요새 안의 수비대, 곧 자신의 임무를 수호하는 잔의 차분하면서도 큰 용기와 정신을 몰아낼 수 없었다.

잔은 모든 질문에 솔직하게 대답했다. 자신이 본 환상과 천사들을 만나 들은 말을 모두 이야기했다. 그렇게 말하는 잔의 모습은 정말 꾸밈없고 진실하고 진지해서 모든 이야기는 사실로 느껴졌다. 그래서 현실적인 딱딱한 재판정도 자신들의 일을 잊은 채 꼼짝 않고 말없이 귀를 기울이며 이야기에 매혹되어 마지막까지 놀라워할 따름이었다. 너희가 내 증언 말고 다른 증언을 듣고 싶다면 역사책을 들추어 보면 될 것이다. 잔의 명예 회복 재판에서 진실을 맹세하고 증언한 어떤 사람은 '잔이 진정성을 가지고 고결하게 이야기를 전했다'고 증언했는데, 이것은 내가 말한 바와 같다. 잔은 열일곱 살이었다. 열일곱 살 잔은 홀로 자리에 앉아 있었지만 전혀 두려워하지 않고 박식한 법학자들과 신학자들 무리를 상대했다. 학교에서 배운 것이 없었기 때문에, 잔은 타고난 매력, 젊음과 진실함, 음악처럼 아름답고 부드러운 목소리, 머리가 아닌 가슴에서 우러나오는 설득력으로 그들을 매혹시켰다. 이 얼마나 아름다운 광경이었던가! 할 수 있다면 내가 본 그대로 너희 앞에 그 광경을 보여주고 싶다. 그러면 너희가 과연 무슨 말을 할지 나는 알고 있다.

이미 말한 것처럼 잔은 글을 읽을 줄을 몰랐다. 하루는 심문관들이 이런저런 책들에서, 또 큰 권위를 지닌 신학자들의 책에서 가져온 생각과 반론으로, 장황하지만 사소한 것들로 잔을 계속 공격하며 괴롭혔다. 그러자 마침내 잔은 인내심을 잃고 날카롭게 쏘아보며 말했다.

"저는 낫 놓고 기역 자도 모르는 사람입니다. 하지만 이거 하나만큼은 압니다. 하늘의 주인이신 분께서 오를레앙을 잉글랜드군에게서 구하라고, 또 왕께서 랭스에서 대관식을 올리도록 도우라고 제게 명하셨기에 제가 왔다는 것 말입니다. 여러분께서 머무적거리면서 문제 삼는 것들은 아무 상관이 없는 것들입니다!"

분명히 이 시간은 잔에게 괴로운 날들이었고 잔과 함께하는 모든 이들에게도 지치는 시간이었다. 그러나 잔의 몫이 가장 힘겨운 것이었으니, 심문관들은 지친다 싶으면 자리를 떠서 쉴 수 있었지만 잔은 하루도 쉬지 않고 날마다 오랜 시간 동안 자리에 앉아 심문을 받아야 했다. 그러나 잔은 지치거나 녹초가 되지 않았고 화를 내는 경우도 좀처럼 없었다. 침착하고 신중하게, 참을성 있게 노련한 학자들과 두뇌로 칼싸움을 하면서도 언제나 긁힌 상처 하나 없이 재판정에서 나오곤 했다.

하루는 한 도미니크 수도사가 듣는 이들의 귀를 쫑긋 세우는 흥미로운 질문 하나를 던졌다. 나는 긴장하고 떨려서, 불쌍한 잔이 이번에는 걸렸구나 하고 혼잣말을 했다. 대답을 할 수 없는 질문이었기 때문이다. 교활한 도미니크 수도사는 별것 아닌 걸 물으려고 하는 것처럼 가장하며 말하기 시작했다.

"하느님께서 프랑스를 잉글랜드군의 족쇄에서 구하길 원하신다고 그대는 말했다. 그렇지?"

"네, 하느님께서 원하십니다."

"그대가 병력을 요구하는 건 오를레앙을 구하기 위해서인 것 같은데 맞는가?"

"네, 맞습니다. 빠를수록 좋습니다."

"하느님께서는 전능하시기 때문에 원하시는 것은 무엇이든지 다 하실 수 있다. 그렇지 않은가?"

"당연한 말씀입니다. 의심할 수 없는 사실이죠."

그러자 도미니크 수도사는 갑자기 고개를 들고 쾌재를 부르며, 내가 언급한 답할 수 없는 질문을 던졌다.

"그럼 대답해 봐라. 하느님께서 프랑스를 구하길 원하시고 또 그분이 원하시는 것은 무엇이나 다 하실 수 있다면 병력은 왜 필요한 것인가?"

수도사의 마지막 질문에 모두 웅성거리며 술렁이기 시작했다. 잔이 어떻게 대답할지 놓치지 않으려고, 머리를 내밀고 귀에다 손을 갖다 대어 잘 들으려고 했다. 수도사는 만족스러워하며 머리를 흔들면서 사람들의 찬사를 받으려고 주위를 둘러보았다. 사람들의 얼굴에 감탄하는 빛이 어렸다. 하지만 잔은 동요하지 않았고 대답하는 잔의 목소리에는 전혀 불안한 기색이 없었다.

"하느님은 스스로 자신을 돕는 사람을 도우십니다. 싸우는 건 프랑스의 아들들이지만 승리는 하느님께서 주실 것입니다!"

너희들이 그곳에 있었다면, 감탄하는 빛이 태양의 햇발처럼 사람들의 얼굴에서 얼굴로 번져나가며 그곳을 휩쓰는 모습을 보았을 것이다. 질문을 한 도미니크 수도사조차 자신의 솜씨 좋은 공격을 가볍게 받아넘기는 걸 기뻐하는 듯했다. 불꽃 튀는 이 시간에 덕망 있는 주교 한 분이, 그곳에 모인 모든 사제들과 사람들이 느끼는 마음을 작게 중얼거리는 소리가 들렸다.

"하느님 앞에서 맹세하건대 이 아이가 한 말은 사실이다. 하느님은 골리앗이 죽기를 바라셨고 그 일을 할 한 아이를 보내셨다!"

다른 날이었다. 심문을 아주 질질 끌어 잔을 제외하고는 모두 피곤하고 졸려 보이는 날이었다. 푸아티에 대학의 신학 교수인 세갱 수도사가 심술궂게 빈정거리며 질문을 할 때였다. 세갱 수도사는 리모주 지역 출신답게 리모주 사투리로 온갖 짜증 나는 질문을 던지며 잔을 물고 늘어졌다. 마침내 세갱 수도사는 이런 말을 했다.

"어떻게 천사들의 말을 이해할 수 있었나? 천사들이 어느 나라말을 하던가?"

"프랑스어로 말했습니다."

"그래? 우리나라 말이 그렇게 영광스러운 대접을 받고 있다니! 프랑스 표준어였나?"

"네, 완벽한 표준어였습니다."

"뭐라고? 완벽해? 그렇다면 자네도 완벽한 표준어를 알고 있다는 말이군. 자네의 프랑스어보다 더 훌륭했겠지? 그렇지?"

"그거에 대해서 저는 …. 저는 뭐라 말할 수 없습니다."

잔은 계속 말을 이으려고 했지만 중단했다. 그러더니 거의 혼잣말처럼 이렇게 덧붙였다.

"그래도 주교님의 프랑스어보다는 나았죠."

잔의 두 눈은 순진무구했지만 그 뒤쪽에는 빙그레 웃는 웃음이 있다는 걸 나는 알았다. 모두 박장대소했다. 세갱 수도사는 조금 화가 나서 퉁명스럽게 물었다.

"그대는 하느님을 믿는가?"

"물론 그렇지요. 수도사님보다 더 잘 믿고 있을 겁니다. 아마도요."

잔은 태연하게 대답했는데 그 모습에 수도사는 더 화가 날 것 같기도 했다. 세갱 수도사는 더 이상 참지 못하고 잔에게 빈정대고 빈정대더니 이윽고 화를 내며 버럭 소리를 질렀다.

"그래, 좋다. 이렇게 말할 수 있겠구나. 하느님에 대한 믿음이 아주 크다고. 하느님께서는 징표 없이는 누가 너를 믿지 않기를 바라셨겠구나. 그래, 어떤 징표를 갖고 있나? 징표를 보여다오!"

이 말에 잔도 흥분해서 벌떡 일어나 힘찬 목소리로 응수했다.

"저는 징표와 기적을 보이려고 푸아티에에 온 것이 아닙니다. 저를 오를레앙에 보내 주시면 충분한 징표를 보게 될 것입니다. 적든 많든 제게 병력을 주셔서 떠나게 해 주십시오!"

잔의 두 눈에서 불꽃이 튀어나왔다. 아, 작은 영웅! 세갱 수도사, 그대는 볼 수 없단 말인가? 장내에는 환호와 갈채가 쏟아졌다. 사람들의 이목을 끄는 것은 부끄러움을 잘 타는 잔의 섬세한 천성과 맞지 않았기에 잔은 얼굴을 붉히며 자리에 앉았다. 세갱 수도사는 잔을 상대로 아무런 승점도 올리지 못했지만 잔의 이 대답과 프랑스어에 대한 에피소드로 잔은 세갱 수도사를 상대로 승점을 두 번 올렸다. 세갱 수도사는 신랄하기도 했지만 너희가 역사책을 펼치면 알 수 있는 것처럼 남자답고 정직한 사람이었다. 잔의 명예 회복 재판에서 세갱 수도사는 자신에게 불리한 이 이야기를 감출 수도 있었지만 그렇게 하지 않았고, 자기주장을 뒷받침하는 말로 이 이야기를 증언했다.

3주 째 후반으로 접어든 어느 날, 예복을 입은 학자들과 교수들이 전면전을 펴서 대대적인 공세를 퍼부었다. 로마 교회의 오래된 온갖 책들과 저명한 권위자들의 책에서 골라낸 논증과 반론으로 잔을 압박했다. 숨 막혀 거의 쓰러질 듯한 잔은 마침내 공격에서 빠져나와 반격을 하며 말했다.

"들어보세요! 하느님의 책은 주교님들이 인용한 그 모든 책들보다 더 가치 있습니다. 나는 그 책 위에 서 있습니다. 주교님들의 그 많은 지식에도 불구하고 그 책에는 주교님들 중 어느 한 분도 읽을 수 없는 것들이 담겨 있습니다!"

푸아티에에 온 첫날부터 잔은 푸아티에 의회에 속한 한 의원의 아내인 드 라바토 부인의 초대로 그 집에서 죽 지내어 왔다. 그 집에는 도시의 신분 높은 부인과 숙녀들이 잔을 만나 이야기하려고 밤마다 찾아왔다. 이들뿐 아니라 나이 든 법률가들, 의회 의원들, 의회와 대학에 소속된 학자들도 찾아왔다. 이 근엄한 인사들은 낯설고 의아한 것이라면 모두 무게를 달아보는 사람들이라 주의 깊게 생각하고 이리저리 따져보았다. 아직 의심하는 사람들이었지만 그래도 밤이면 밤마다 찾아와, 신비한 그 어떤 것, 말로 표현할 수 없는 매력, 마법과도 같은 잔 다르크의 타고난 매력 아래 더욱더 깊이 빠져갔다. 그 매력이란 사람들을 설득하고 확신시키며 사로잡는 것으로, 지위 고하를 막론하고 모두 한결같이 인지하고 느끼는 것이었지만 어느 누구도 설명하거나 묘사할 수는 없는 그런 것이었다. 한 사람씩 한 사람씩 그들은 모두 인정하며 말하게 되었다.

"이 아이는 하느님께서 보내셨다."

낮 동안은 큰 심문과 엄격한 절차에 얽매여 잔은 불편하기만 했다. 잔을 조사하는 심문관들은 자기들 마음대로 일을 처리했다. 하지만 밤이 되면 상황은 역전되어 잔은 법정을 주관하게 되었다. 잔은 심문을 주재하는 것처럼 심문관들을 앞에 두고 하고 싶은 말을 다 했다. 그 결과는 오로지 한 가지일 수밖에 없었으니, 심문관들이 낮 동안 힘들여 잔의 앞에 쌓아 올린 반론과 장애물들을 밤이 되면 잔이 모두 허물어버리는 것이었다. 결국 심문관들은 잔과 함께 미사를 드리게 됐고, 이견 없이 잔에게 그 유명한 판결을 내리게 되었다.

마을의 저명한 인사들이 모두 들어와 앉아 있고 심문관 의장이 의장석에 앉아 판결문을 낭독하는 장면은 장관이었다. 처음에는 그런 상황이면 으레 있는 엄숙한 의례들이 있었다. 그리고 다시 정숙해졌다가 판결문 낭독이 이어졌는데, 그 낭독 소리는 깊은 정숙함을 가르며 나아가, 단어 하나하나까지 재판정의 가장 먼 곳에서도 들을 수 있었다.

"그동안 발견한 것을 지금 선포합니다. '그 처녀'라 부르는 잔 다르크는 좋은 기독교인이며 좋은 가톨릭 신자로서 이 여인의 언행에는 신앙에 위배되는 것이 전혀 없습니다. 그러므로 왕께서는 이 여인이 드리는 도움을 받으셔도 되며, 또 받으셔야 합니다. 여인의 도움을 거절하는 것은 성령님께 죄를 짓는 것이요, 왕께서 하느님의 도움을 받기에 부적격자라는 것을 드러내는 것이기 때문입니다."

법정에 있던 모든 사람들은 일어섰다. 박수와 갈채가 폭풍처럼 쏟아져 나왔고, 잦아드나 싶으면 다시 거세어졌다. 이런 잦아짐과 거세어짐이 여러 차례 반복되었다. 그때 내 시야에서 잔의 모습은 사라졌다. 수많은 사람들 속에 파묻혔기 때문이다. 사람들은 잔을 축하해 주기 위해, 그리고 잔의 작은 두 손에 온전히 엄숙하게 맡겨진 프랑스를 축복하기 위해 잔에게 달려갔다.

9. 총사령관 잔 다르크

정말로 위대한 날이요, 마음 벅차오르는 날이었다. 잔이 승리했다! 밤마다 잔이 재판을 주관하게 놓아둔 것은 트레무아유를 비롯한 잔의 적수들이 범한 실수였다. 잔의 성품을 조사하라고 로렌으로 파견했던 사제단도 돌아와 잔의 성품에 아무런 흠이 없다고 보고했다. 성품을 조사하는 것은 명분일 뿐, 사실은 시간을 질질 끌어 잔이 지쳐 뜻을 포기하게 하려고 보냈던 것이었다. 우리 일이 얼마나 일사천리로 진행되었는지 너희는 이제 보게 될 것이다.

   판결은 엄청난 반향을 일으켰다. 이 소식이 닿는 곳마다 죽어 있던 프랑스는 갑자기 살아났다. 전에는 전쟁 이야기를 들으면 사람들은 의욕 없고 기운 없는 모습으로 고개를 숙이고 슬그머니 빠져나가려고 했지만 이제는 군대에 자원하여 보클뢰르 처녀의 깃발 아래로 몰려들었다. 우렁찬 군가 소리와 천둥 같은 북소리로 천지는 진동하게 되었다. 그때 나는 우리 마을에서 잔과 얘기할 때 내가 했던 말, 곧 어떤 사실과 숫자를 인용하면서 프랑스는 희망이 없고 사람들을 무기력함에서 빠져나오게 할 것은 아무것도 없다고 말할 때에 잔이 내게 했던 말이 기억났다.

"북소리가 들릴 거야. 그러면 사람들은 일어나서 행군을 시작할 거야!"

불행은 한 번에 하나씩 오지 않고 한꺼번에 온다는 말이 있는데 우리에게는 행운 역시 그랬다. 좋은 일이 하나 시작되자 다른 좋은 일들도 물밀 듯이 파도처럼 몰려왔다. 다음 파도는 이것이었다. 사제들은 여자 군인이 남자처럼 군복을 입도록 교회가 허용하는 것에 큰 회의를 품어 왔다. 그런데 이제 이 문제에 대해 판결이 내려졌다. 당대 최고 학자와 신학자로 꼽히는 사람들 가운데 두 사람이 판결을 내렸는데 그중에 한 명은 파리 대학의 총장이었다. 그 둘은 이렇게 결정했다.

"남자의 일인 군인의 일을 해야 하기 때문에 상황에 맞게 옷을 입는 것은 정당하고 적법하다."

잔이 남자처럼 옷을 입도록 교회가 허용한 것은 정말 대단한 일이었다. 정말 그랬다. 행운이 파도처럼 연이어 밀려왔다. 작은 파도들은 차치하고 가장 큰 파도를 두고 말하자면, 그 큰 파도는 작은 물고기들인 우리를 휩쓸어 우리는 기뻐서 거의 물에 빠져 죽을 지경이 되었다. 이 크나큰 판결이 내려진 날에 사절단이 왕에게 가서 이 소식을 전했다. 다음 날 이른 아침에 선명한 나팔 소리가 상쾌한 대기를 가로질러 우리에게 들려왔고 우리는 귀를 쫑긋 세우고 나팔 소리를 세기 시작했다. 하나, 둘, 셋 … 하나, 둘 … 하나, 둘, 셋 …. 우리는 더 이상 듣지 않고 밖으로 후다닥 달려나갔다. 왕의 전령이 백성들에게 포고문을 선포할 때 이런 식으로 나팔을 불었기 때문이다.

우리가 급히 가는 동안, 모든 거리와 집과 골목에서 남자와 여자와 어린아이가 너 나 할 것 없이 서둘러 나왔다. 모두 흥분하고 상기된 채 달리면서 대충 걸친 옷가지를 제대로 입고 있었다. 선명한 나팔 소리는 아직도 크게 울리고 있었고, 사람들은 계속 늘어나 마을 모든 사람들이 밖으로 나와 큰 거리를 가득 메우고 있었다. 마침내 우리는 광장에 이르렀다. 마을 사람들로 광장은 꽉 차 있었다. 광장에 있는 높이 솟은 큰 십자가 모양 연단 위에 전령이 번쩍번쩍 빛나는 제복을 입고 서 있었고 곁에는 부하들이 서 있었다. 다음 순간 전령다운 우렁찬 목소리로 전령은 포고문을 낭독했다.

"모든 사람들은 듣고 알도록 하라. 가장 높으시고 빛나시는 샤를 왕, 하느님의 은총을 입은 프랑스 국왕께서 크게 존경받는 종, '그 처녀'라 불리는 잔 다르크에게 프랑스 군대의 총사령관 직책을 내리셨고, 그에 따른 권한과 보수와 영예를 내리셨다."

그러자 모자 수천 개가 하늘로 올라가며 사람들은 환호했다. 환호 소리는 결코 끝나지 않을 것처럼 맹렬히 계속되었다. 소리가 멈추자 전령은 이어서 낭독했다.

"그리고 부 사령관과 참모총장으로는 왕가의 대공이신 알랑송 공작님을 임명하셨다!"

이것으로 포고문 낭독은 끝났다. 다시 함성 소리가 폭풍처럼 시작되어 이리저리 퍼져나가, 도시의 모든 거리와 골목마다 함성 소리가 넘쳐났다. 왕가의 대공을 부하로 둔 프랑스 군대의 총사령관! 어제까지만 하더라도 잔은 아무것도 아니었지만 오늘 잔은 이렇게 높은 사람이 된 것이다. 어제만 해도 일개 병장도, 상병도, 이등병도 아니었지만 오늘은 단번에 군대의 최정상에 올랐다. 어제만 해도 갓 입대한 신병보다 못한 처지였으나, 오늘 잔의 명령은 라 이르와 상트라유, 오를레앙의 바타르와 전법에 능한 유명한 다른 노병들에게 이제 법이 되었다. 나는 그때 이런 생각을 하면서, 이상하고 신기한 이 일을 현실로 받아들이려고 애쓰고 있었다.

내 마음은 이전으로 거슬러 가 이내 한 장면을 떠올렸다. 어제 일처럼 내 기억 속에 아주 생생한 장면이었다. 사실 그 일이 일어난 날도 그해 1월 초밖에 되지 않았다. 그 일은 이런 일이었다. 멀리 떨어진 산간벽지 마을에 사는 한 소녀. 아직 열일곱 살인 소녀. 소녀와 소녀가 사는 마을은 지구 반대편에 있는 것인 양 프랑스에서도 잘 알려지지 않았다. 소녀는 어디선가 홀로 떠도는 친구 없는 작은 회색 새끼 고양이를 만나 집으로 데리고 온다. 새끼 고양이는 버려졌고 굶어 죽어가고 있었다. 소녀가 먹을 것을 주고 보살펴서 고양이는 소녀를 신뢰하게 되었고 이제는 소녀의 무릎에서 웅크리고 잠을 자곤 한다. 소녀는 뜨개질로 양말을 뜨며 생각한다. 꿈을 꾼다. 아무도 알지 못할 일을.

새끼 고양이는 아직 어른이 되기 전이지만 소녀는 이제 프랑스 군대의 총사령관이 되어 왕족의 대공에게 명령을 내리는 자리에 오르게 된다. 소녀의 이름은 산골 마을에서 벗어나 태양처럼 하늘 높이 올라가 이제는 나라 방방곡곡으로 퍼지게 된다! 현실에서 한참 벗어나 있는 불가능해 보이는 일이라 나는 이 일을 생각할 때마다 어리둥절할 뿐이었다.

10. 생트 카트린 성당의 검

총사령관으로서 잔이 처음으로 한 일은 오를레앙을 포위하는 잉글랜드군 사령관들에게 편지를 보내는 일이었다. 잔은 불러주는 내용을 내게 기록하게 했다. 잔은 점령한 성들을 모두 반환하고 프랑스를 떠날 것을 요구했다. 이전부터 편지에 쓸 내용을 생각하고 마음속으로 써 보았던 것이 분명했다. 잔의 입술에서 편지 내용은 생생하고 강렬한 언어로 아주 막힘없이 흘러나왔다. 하지만 미리 생각해 둔 것이 아닐 수도 있겠다는 생각이 들기도 했는데, 그 이유는 잔이 언제나 두뇌 회전이 빠르고 언어 구사력이 뛰어났기 때문이다. 그리고 요 몇 주 동안 잔의 그런 기량은 계속 자라나고 있었다. 편지는 곧 블루아에서 부칠 예정이었다. 병사들과 물자와 돈이 이제 넉넉히 들어오고 있었고, 잔은 블루아를 훈련소와 병참기지로 삼고 전방에 있던 라 이르를 불러 이 일을 맡겼다.

공작 가문이자 오를레앙의 영주인 위대한 바타르는 몇 주 동안 왕께 잔을 보내달라고 강력히 요청하다가 이제 다른 사절을 보냈는데, 사절은 경험 많고 믿음직하며 훌륭하고 정직한 노신사 돌롱 경이었다. 왕은 돌롱 경을 잔에게 보내 호위대장으로 삼게 하고 나머지 사람들은 총사령관 직책에 어울리도록 그 수와 직급을 잔이 직접 임명하게 했다. 그리고 모두 무기와 의복과 말을 적절히 갖추도록 지시했다. 그러는 동안 왕은 잔을 위해 투르에서 갑옷 한 벌을 만들게 했다. 최고급 강철로 만들고 은으로 도금한 갑옷이었는데, 장식 무늬를 멋있게 여럿 새기고 거울처럼 매끄럽게 윤이 나는 갑옷이었다.

한편, 잔의 음성들은 피에르부아 마을에 있는 생트 카트린 성당의 제단 뒤편에 묻혀 있는 옛 검에 대해 잔에게 말해 주었다. 잔은 드 메스 경을 보내 그 검을 찾아오도록 했다. 성당의 사제들은 그런 검에 대해 전혀 알지 못했지만, 찾아보자 과연 제단 뒤편 땅바닥 조금 아래에 검이 한 자루 묻혀 있었다. 검은 칼집이 없어 매우 녹슬어 있어 사제들은 녹을 제거한 후에 우리가 도착한 투르로 보내 주었다. 사제들은 진홍색 벨벳으로 새롭게 만든 칼집도 같이 보내 주었는데 투르에서도 금실로 만든 칼집을 마련해 주었다. 잔은 싸우러 나갈 때 늘 이 검을 차고 나갈 생각이었지만 화려한 칼집 두 개 대신 가죽으로 만든 칼집을 하나 마련했다. 이 검은 샤를마뉴의 검이라 알려졌지만 단지 추측일 뿐이었다. 나는 낡아진 칼날을 예리하게 벼려주고 싶었지만 잔은 그럴 필요 없다고 말했다. 자기는 이 검을 단지 권위의 상징으로 차고 다닐 뿐 이 검으로 아무도 죽이지 않을 거라고 말했다.

투르에서 잔은 군의 깃발 문양을 만들었는데 스코틀랜드 화가인 제임스 파워가 만들게 되었다. 더없이 보드라운 하얀 아마포에 비단으로 테두리를 두른 깃발이었다. 깃발에는 성부 하느님께서 손에 지구를 드신 채 구름 위 보좌에 앉아 계시고, 하느님 발치에는 무릎을 꿇은 두 천사가 하느님께 백합을 드리고 있었다. 그리고 '예수', '마리아'라고 적혀 있었다. 뒷면에는 두 천사가 받들고 있는 프랑스 왕관이 있었다. 잔은 또 창에 다는 작은 깃발도 만들게 했는데 그 깃발에는 한 천사가 성모 마리아께 백합을 드리는 모습이 그려졌다.

그곳 투르에서는 모든 일이 활발하게 진행되었다. 신병 부대가 블루아를 향해 발을 맞춰 행군하는 소리가 줄곧 들려오는 가운데 간간이 군가와 군악 소리가 크게 들리기도 했다. 병사들의 군가 소리, 함성과 만세 소리가 밤낮으로 땅을 뒤덮었다. 마을은 타지에서 온 사람들로 넘쳐 나 거리와 여관마다 사람들로 북적거렸다. 어디서나 출정을 준비하는 소리가 있었는데 모든 얼굴이 즐겁고 명랑하기만 했다.

잔의 사령부에는 새로운 총사령관을 보려고 언제나 사람들이 큰 무리를 이루어 몰려들었다. 사람들은 잔을 보게 되면 열광하곤 했지만 잔을 거의 볼 수가 없었다. 작전을 짜고 보고를 받고 명령을 내리고 전령을 보내느라 잔은 눈코 뜰 새 없었기 때문이다. 어쩌다 짬이 나더라도 접견실에서 기다리는 저명한 인사들을 만나는 데에 시간을 할애해야 했다. 이렇게 분주하게 지냈기 때문에 우리 같은 사람들은 잔을 거의 만날 수 없었다.

이때 우리 마음에 대해 말하자면 어떤 때는 희망으로 부풀어 있기도 했지만, 그러지 않은 때가 더 많은, 희망과 걱정이 뒤섞인 상태였다. 잔은 아직 호위대를 임명하지 않았는데 이게 우리의 걱정거리였다. 지원하는 이들이 넘쳐난다는 것, 또 지원하는 이들은 막강한 영향력을 가진 저명인사들을 등에 업은 이들이라는 걸 우리는 알고 있었다. 그러나 우리는 그런 연줄이 없었다. 가장 보잘것없는 자리도 잔은 기사 작위를 가진 사람들로 채울 수 있었다. 그리고 그렇게 하면 그들은 잔의 방어벽이 되어줄 것이고 언제나 좋은 도움을 줄 수 있는 사람들이 될 것이다. 이런 상황에서 잔이 우리를 생각해 줄 수 있을까? 우리는 투르의 사람들처럼 그렇게 기분이 들떠 있지 않았고 이런 걱정으로 풀이 죽어 있었다. 희박하지만 우리도 기회가 있다는 말을 가끔 하면서 우리는 우리 처지를 좋게 보려고 했다. 그러나 이런 이야기를 꺼내는 것 자체가 팔라댕에게는 괴로움이었다. 우리는 조금이나마 희망이 있었지만 팔라댕은 전혀 없었기 때문이다. 대체로 노엘 랑그송은 이 우울한 문제를 꺼내지 않으려 했지만 팔라댕이 있을 때는 달랐다. 한번은 우리가 이 이야기를 하고 있을 때 노엘이 말했다.

"기운 내, 팔라댕. 어젯밤에 꿈을 꾸었는데 우리 중에 너만 임명을 받았더라. 높은 자리는 아니었지만 그래도 임명받았는데 하인이나 몸종, 뭐 그런 거였어."

팔라댕은 근심에서 깨어나 기분이 아주 좋아 보였다. 사실 팔라댕은 꿈을 비롯해서 미신적인 것은 무엇이든 믿는 사람이라 노엘의 꿈 이야기를 듣고 기분이 좋아진 것이다. 한껏 기대하며 팔라댕이 말했다.

"그대로 이루어졌으면 좋겠다. 네 생각은 어때? 그렇게 될 거라 생각하니?"

"분명히 그대로 될 거야. 그대로 일어날 거라 믿어도 좋아. 내 꿈은 틀린 적이 거의 없거든."

"노엘, 꿈대로 이루어지면 안아 줄게. 정말로 안아 줄게. 프랑스 총사령관의 종이 되면 온 세상이 내 이름을 듣게 될 테고 우리 마을까지 알려질 거야. 그러면 내가 아무짝에도 쓸모없다고 늘 지껄이던 얼간이들이 멍해지겠지. 그러면 얼마나 멋진 일이냐! 노엘, 정말 그렇게 될 거라고 생각해? 그렇게 될 거라고 정말 믿는 건 아니지?"

"아니, 난 믿어. 맹세할 수 있어."

"노엘, 정말 그렇게 되면 널 절대로 잊지 않을게. 그때 다시 악수하자! 아주 멋있는 제복을 입게 되면 그 소식이 우리 마을까지 퍼져서 그 짐승 새끼들이 이렇게 말할 거야. '팔라댕이 총사령관의 종이 됐어. 온 세상의 눈이 팔라댕을 우러러보고 있어. 야, 하늘 높이 올라갔어. 이제 출세한 거라고!'"

팔라댕은 걸어 다니면서 환상에 빠진 채 공중에 성을 쌓고 있었다. 너무 빨리, 너무 높이 쌓아서 우리는 도무지 따라갈 수 없었다. 그런데 갑자기 얼굴에서 기쁨이 싹 사라지더니 우울해하며 말했다.

"아, 하지만! 모두 헛것이야. 절대로 이루어질 리가 없어. 투르에서 저질렀던 바보짓을 모두 잊고 있었어. 난 잔의 눈 밖에 날 대로 난 몸이야. 요새 그 일을 잔이 잊어 주고 용서해 주길 바랐는데 절대로 그러지 않을 거야. 그럼 절대 그럴 수 없지. 하지만 사실 그건 내 잘못이 아니었어. 잔이 나와 결혼하기로 약속했다고 내가 말한 건 사실이지만 그 사람들이 그렇게 말하라고 했던 거야. 나를 계속 꼬드겼어. 맹세할 수 있어!"

체구가 거대한 남자는 울 것 같았다. 하지만 마음을 추스르고 깊이 후회하며 말했다.

"살면서 거짓말한 건 그때뿐이었어. 그리고 …."

팔라댕은 계속 탄식하면서 분노로 소리 지르느라 말을 잇지 못했다. 다시 말을 이으려고 할 때 돌롱 경의 제복 입은 하인이 나타나 사령부로 우리를 모시러 왔다고 말했다. 우리가 가려고 일어서자 노엘이 말했다.

"봐봐. 내가 말하지 않았어? 예감했어. 예언하게 하는 영이 나에게 있다고. 잔은 팔라댕을 임명할 거야. 우리는 가서 팔라댕에게 예를 표하게 될 거고. 가자!"

그러나 팔라댕은 가는 걸 두려워해서 팔라댕을 남겨두고 우리만 갔다. 화려하게 차려입은 군 장교 무리 앞에서 우리는 잔을 만나게 되었다. 잔은 아주 기뻐하며 사람의 마음을 끄는 미소로 우리를 맞아 주었다. 그리고 오랜 친구들이 옆에 있었으면 해서 우리를 모두 호위대에 임명했다고 말했다. 이렇게 갑작스럽게 영광스러운 자리에 오른 우리는 너무나 놀랐다. 높은 가문의 사람들을 우리 대신 임명할 수 있었는데 말이다. 너무 놀라고 기뻤지만 잔은 우리보다 너무 높은 자리에 있는 위대한 인물이라 우리 혀가 제대로 움직이지 않았다.

우리는 한 사람씩 앞으로 나가 호위대장 돌롱 경의 손에서 임명장을 받았다. 우리 모두 영광스러운 자리에 오른 것이다. 두 기사가 가장 높은 지위였고 그다음에 잔의 두 오빠가 있었다. 나는 수석 견습 기사 직과 비서 직을 받았고 레몽이라는 젊은 귀족이 차석 견습 기사 직을 받았다. 노엘은 전령으로 임명됐는데 노엘 말고도 한 명이 더 있어 잔 수하의 전령은 두 명이 되었다. 또 군대 사제이자 의무관으로 장 파스케렐이라는 사제가 임명되었다. 주방장과 다른 하인들은 이전에 이미 임명을 받은 상태였다. 잔은 주위를 둘러보며 말했다.

"팔라댕은 어디 있죠?"

베르트랑 경이 대답했다.

"자기는 부르지 않았다고 생각해서 같이 안 왔습니다, 각하."

"잘못 생각했네요. 불러 주세요."

팔라댕은 무척 송구한 모습으로 들어왔는데, 문간에 선 채 더 이상 들어올 엄두를 못 내고 있었다. 문간에 선 팔라댕은 당황해서 마음이 조마조마했다. 그러자 잔은 명랑하게 말했다.

"그동안 널 계속 지켜봐 왔어. 시작은 좋지 않았지만 갈수록 좋아지더라. 예전부터 너는 환상에 사로잡혀 말만 하는 사람이었지만 그래도 네 안에는 사내대장부가 있어. 난 그 대장부가 네 안에서 나오도록 할 거야."

잔이 이렇게 말하자 환해지는 팔라댕의 얼굴을 보는 것은 흐뭇한 일이었다.

"내가 이끄는 곳으로 따라올 수 있겠어?"

"불속이라도 따라가겠습니다!"

팔라댕이 이렇게 대답하자 나는 혼자 말했다.

"저 소리를 들으니 잔이 이 허풍쟁이를 영웅으로 변화시켰네. 잔의 기적들 중에 하나야. 의심할 수 없는 기적이지."

"너를 믿어. 자, 내 깃발을 받아. 이제 말을 타고 나와 모든 전장을 누빌 거야. 프랑스가 해방되는 날, 이걸 내게 돌려줘."

팔라댕은 깃발을 받아들었다. 이 깃발은 잔 다르크의 유품 중에 가장 소중한 것이 되어버린 물건이었다. 팔라댕은 북받치는 감정에 떨리는 목소리로 말했다.

"보여 주신 신뢰에 제가 조금이라도 누를 끼친다면 제가 벌받아 마땅하다는 것을 여기 있는 제 친구들이 압니다. 그런 일이 일어난다면 제 친구들이 저를 벌하도록 하겠습니다."

11. 첫 출전 행군

돌아올 때 나는 노엘과 나란히 걸었다. 아주 감격스러워 처음에는 말없이 걸었지만 노엘이 혼자만의 생각에서 빠져나와 말했다.

"첫째가 꼴찌 되고 꼴찌가 첫째가 될 거라는 말이 있으니* 이런 놀라운 일도 일어날 수 있는 법이지. 하지만 그렇다 하더라도 우리 덩치 큰 황소는 너무 높이 뛰어오른 거라고."

"그래 맞아. 난 아직도 놀라서 멍해. 잔이 임명한 자리 중에 가장 영예로운 자리거든."

"맞아, 그렇지. 장군은 여러 명 있고 또 잔이 원하면 더 임명할 수 있어. 하지만 깃발 드는 기수는 오직 한 사람이야."

"맞아, 잔 다음으로 군에서 제일 눈에 띄는 자리야."

"가장 영예로운 자리라 제일 탐내는 자리기도 하지. 우리도 알잖아. 두 공작의 아들들이 그 자리를 얻으려고 얼마나 애썼는지. 그런데 세상 사람들 가운데 이 덩치 큰 팔랑개비가 차지해버린 거라고. 너도 직접 본 것처럼 이건 아주 파격적인 거라고!"

"파격적이라는 건 의심할 수가 없지. 잔이 출세한 것의 축소판이라고 할까."

"왜 이렇게 됐는지 모르겠어. 넌 알아?"

"응, 알 거 같아. 별로 어렵지 않아. 왜 그런지 알 수 있을 것 같아."

노엘은 내 말에 놀라 내가 장난하는 건 아닌지 내 얼굴을 쳐다

---

* 신약성서에 나오는 예수님의 말씀

보고는 말했다.

"농담한다고 생각했는데 네 얼굴 보니 아니구나. 이 수수께끼를 내가 이해하게 해 줄 수 있다면 그렇게 해 봐. 왜 그런지 말해 봐."

"내 말 들으면 납득할걸. 우리 대장 기사님은 지혜로운 말을 많이 하시고 어깨 위에 사려 깊은 머리를 이고 계시잖아. 어느 날이었는데 함께 말을 타고 가면서 잔의 탁월한 재능에 대해 이야기한 적이 있어. 그때 기사님이 말씀하시더라고. 잔의 재능 중에 가장 탁월한 것은 사람을 보는 안목이라고. 나는 생각 없는 바보처럼 말했지. '안목이요? 안목이란 건 별로 중요하지 않다고 생각해요. 우리 모두에게 있는 거잖아요.'

그러자 기사님이 무슨 뜻인지 분명하게 말씀해 주시더라고. 평범한 눈은 겉만 보고 그걸로 판단하지만 안목을 가진 눈은 속까지 꿰뚫어 사람의 마음과 영혼을 읽고서, 평범한 눈은 발견할 수 없는, 겉으로는 드러나지 않는 능력을 발견한다는 거야. 천재적인 최고 전략가라도 사람을 보는 눈이 없으면 실패한대. 사람을 읽지 못하고 부하들을 제대로 판단해 적재적소에 배치하지 못하면 실패한다는 거지. 안목을 가진 사람은 직관으로 이 사람은 전략을 짜는 일에 알맞고, 저 사람은 돌격해 무모한 공격을 감행하는 일에 알맞고, 저 사람은 불도그처럼 끈기 있는 사람이라는 걸 알고는 각 사람을 적재적소에 배치해서 전쟁을 승리로 이끈대.

하지만 안목이 없는 사람은 알맞지 않은 자리에 사람을 배치해서 전쟁을 그르친다는 거야. 기사님이 잔에 대해 말씀하신 건

맞는 말이야. 나도 잔의 그런 안목을 본 적이 있어. 우리가 어릴 때 어느 날 밤 잔의 집에 떠돌이 남자가 온 적이 있잖아. 잔의 아버지와 우리는 모두 그 사람을 나쁜 사람이라 생각했어. 하지만 잔은 누더기 옷 안에 정직한 사람이 있다는 걸 알았어. 또 보쿨뢰르 영주와 아주 오래전에 만찬을 한 적이 있는데, 우리 두 기사님과 함께 앉아서 두 시간 동안 이야기를 했지만 영주는 기사님들 안에 있는 어떤 것도 보지 못했지. 하지만 잔은 거기에 5분밖에 있지 않았고 두 기사님이랑 대화를 한 적도 없고 두 기사님이 말하는 걸 들은 적도 없는데, 두 기사님이 믿을 만한 좋은 사람들이라는 걸 알아보았어. 그리고 두 기사님은 잔의 판단이 맞다는 걸 보여 주었지.

블루아에 모인 신병들을 봐. 이전에 아르마냐크파의 약탈자들이었다가 해산돼서 여기에 온 무시무시한 폭도들이잖아. 하나같이 지독하게 말 안 듣는 이들을 잔이 누구한테 맡겼어? 사탄 라 이르를 불렀잖아. 군의 허리케인, 신을 우습게 아는 무모한 사람, 큰불처럼 불경스러운 자, 욕을 계속 분출하는 베수비오 화산이지. 이 사람은 시끄럽게 짖어대는 악마들을 어떻게 다루어야 할지 아는 사람이야. 현존하는 사람 가운데 그 일을 제일 잘할 사람이라고. 라 이르 자신이 이 세상 악마들 중에 우두머리니까. 악마들 전부와 맞먹을 수 있는 사람이고, 아마 대다수 악마들의 아버지일 거야. 잔은 블루아에 가기 전에 잠시 라 이르에게 신병들을 맡겼어.

그러고 나서! 잔은 신병들을 직접 지휘할 거야. 잔이 그렇게 하지 않는다면 오랫동안 잔과 지내온 내가 잔을 제대로 알고 있지 못한 거야. 내 말대로 잔이 하는 걸 보게 될 거야. 잔의 하얀 갑옷 안에 있는 맑은 영혼이 저 거름더미, 넝마 뭉치, 버려진 멸망할 쓰레기들에게 자신의 뜻을 전할 거야."

"라 이르!"

노엘이 소리쳤다.

"이 시대 우리의 영웅. 그 사람을 꼭 보고 싶어."

"나도 그래. 어린 시절 그랬던 것처럼 지금도 그 이름을 들으면 가슴이 뛰어."

"라 이르가 욕하는 걸 듣고 싶어."

"나도 그래. 다른 사람의 기도 소리보다 라 이르가 욕하는 걸 듣고 싶어. 라 이르는 가장 솔직하고 가식 없는 사람이야. 전쟁 중에 약탈한 것을 사람들이 비난할 때 아무것도 아닌 일로 왜 그러냐고 했대. 또 '성부 하느님께서 군인이시라면 그분도 약탈을 하실 겁니다'라고 말했대. 내 생각에도 블루아를 잠시 맡기기에는 그 사람이 제일 적격이야. 보다시피 잔은 그 사람을 제대로 보는 안목이 있는 거지."

"다시 처음으로 되돌아와 왔네. 난 팔라댕을 진심으로 좋아해. 좋은 사람이라 그런 것만은 아니야. 어렸을 때부터 친구라 그런 거지. 내가 지금의 팔라댕을 만들었어. 이 나라에서 가장 허풍이 센 사람, 가장 뻥이 심한 사람. 팔라댕이 좋은 자리를 얻어서 나도 좋지만 나는 안목이 없는 거 같아. 나라면 군대에서 가장 위험한 자리에 팔라댕을 임명하지는 않겠어. 후방에 있게 해서 다친 적들이나 죽이고 적의 시체랑 싸우게 했을 거야."

"아무튼 두고 보자고. 아마 우리보다 잔이 팔라댕 속을 더 잘 알 거야. 어쩌면 이렇게 볼 수도 있어. 잔 다르크의 위치에 있는 사람이 어떤 사람에게 당신은 용감한 사람이라고 말하면 그 사람은 그 말을 믿을 거야. 그러면 그걸로 다 된 거야. 자신이 용감하다고 믿으면 용감하게 되거든. 용감해지기 위해서는 그렇게 믿어야 하고 그걸로 충분하지.”

“바로 그거야!”

노엘이 크게 말했다.

“잔은 보는 눈만 있는 게 아니라 말로 없는 것을 만들어내는 능력이 있는 거야! 그래 맞아. 바로 그거야. 프랑스는 주눅 든 겁쟁이었어. 하지만 잔 다르크가 말하자 프랑스는 머리를 꼿꼿이 들고 전장으로 나가고 있어!”

노엘과 이야기를 나누던 나는 잔에게 불려 갔다. 편지를 쓰려고 나를 부른 것이다. 잔은 편지에 쓸 내용을 내게 불러 주었다. 다음 날 밤까지 제단사들은 우리의 제복을 만들었고 우리는 새로운 갑옷도 받았다. 갑옷이든 평소에 입는 제복이든 우리가 입게 된 것은 보기에 둘 다 아름다웠다. 값비싼 옷감으로 만들고 색도 화려한 제복을 입은 팔라댕은 영광스러운 저녁노을에 물든 탑과 같았다. 전투복으로 철갑옷을 입고 깃털 장식을 달고 어깨띠를 두르면 더 위엄 있고 멋져 보였다.

블루아로 행군하라는 명이 내려졌다. 청명하고 아름다운 아침이었다. 크고 장엄한 군대는 이열 종대로 말을 타고 빠르게 걸어갔다. 잔과 알랑송 공작이 선두에서 군을 이끌었고 그 뒤에는 돌롱 경과 덩치가 큰 기수가 말을 타고 갔다. 너희도 상상할 수 있는 것처럼 아주 멋있는 행렬이었다. 우리는 환호하는 군중들 사이로 나아갔다. 잔은 깃 장식이 달린 머리를 왼쪽과 오른쪽으로 숙여 환호에 답했고 잔의 은 갑옷은 태양에 번쩍였다. 군중들은 눈앞에서 커튼이 올라가며 장대한 연극의 제1막이 시작되고 있다는 걸 알고는 부풀어 오르는 희망을 점점 커져가는 환호 소리로 표현하였다. 사람들의 환호 소리가 직접 피부에 와닿는 것처럼 느껴졌다.

  거리 저 멀리서 음악 소리가 바람에 날려 은은하게 들려왔고 창병들이 구름떼처럼 움직이는 모습이 보였다. 햇빛은 물결치는 갑옷에 반사될 때는 은은하게 빛났지만, 높이 솟아오른 창끝에 반사될 때는 눈부실 정도로 반짝였는데 마치 흐릿하게 빛나는 성운 위로 별자리들이 반짝이는 것 같았다. 이 별들은 우리의 영예를 지켜주는 별이었다. 이 빛이 우리와 함께 해서 행진하는 군은 더할 나위 없이 완전한 모습이었다. 잔 다르크의 첫 번째 출전 행군이 시작되었고 막이 올라간 것이다.

12. 라 이르의 기도

블루아에서 우리는 사흘간 머물렀다. 그곳의 병영 생활은 내 기억 속의 보물들 중 하나이다! 질서? 그 산적들에게 질서라면 늑대와 하이에나보다 나을 게 없었다. 이들은 술 마시고 욕하고 고래고래 소리를 질렀고, 온갖 무례하고 소란스러운 짓을 하면서 흥청망청거렸다. 시끄럽고 음탕한 여자들도 가득 찼는데 시끄럽게 장난치면서 별의별 짓을 다 하는 것이 남자들보다 조금도 못하지 않았다. 이렇게 시끄러운 무리들 한가운데 있을 때 노엘과 나는 라 이르*를 처음으로 보게 되었다. 라 이르는 어린 시절 우리의 소중한 꿈에 부합하는 인물이었다. 엄청난 체구에 전사의 모습으로 머리부터 발뒤꿈치까지 갑옷을 둘러 입었고, 투구에 달린 많은 깃 장식은 휘리릭 소리를 내었으며, 허리 옆으로는 그 당시 가장 큰 칼을 차고 있었다.

라 이르는 잔에게 인사를 드리러 가는 중이었는데 그 처녀가 오셨으니 군대 수장에게 이런 광경을 보여주지 않겠노라 말하면서 병영을 지나며 질서를 바로잡았다. 질서를 세우는 라 이르의 방법은 남에게서 배운 게 아닌 라 이르 자신만의 방법이었다. 라 이르는 큼지막한 주먹으로 질서를 세웠다. 욕을 하면서 주의를 주며 이쪽으로 또 저쪽으로 걸어갔다. 라 이르의 주먹이 세게 나가는 곳마다 병사들이 고꾸라졌다.

"망할 놈! 이렇게 비틀거리고 욕지거리라니! 총사령관님이 막사에 계시는데! 자세 똑바로 해!"

이렇게 말하고 라 이르는 한 병사를 바닥에 벌렁 드러눕혔다. 라 이르에게 똑바른 자세란 바닥에 뻗어 똑바로 누워 있는 것을

---

* 에티엔느 드 비뇰(Étienne de Vignolles 1390~1443). 라 이르라는 별명으로 잘 알려진 프랑스의 귀족이자 장군이다. 트럼프 카드 잭 하트의 모델로도 알려져 있다. 성격이 포악해서 욕을 입에 달고 살았는데 잔 다르크가 욕하지 말아 달라고 부탁한 뒤로는 자기 지휘봉에 대고만 욕을 했다고 한다. 또 잔 다르크의 영향으로 전투에 나가기 전에 기도도 하게 되었다. 잔 다르크를 믿고 따르는 장군이었고, 훗날 루앙에 갇힌 잔 다르크를 구하려 군대를 이끌고 가지만 실패하여 잉글랜드군의 포로가 되기도 한다. 라 이르(La Hire)라는 별명은 고슴도치를 뜻하는 프랑스어 에리송(hérisson)에서 유래했다는 설도 있고, 잉글랜드군에서 붙여 준 별명 '신의 진노(the Hire-God)'에서 유래했다는 설도 있다.

뜻했다. 우리는 이 베테랑 군인의 말을 듣고 지켜보면서 감탄하며 사령부까지 따라갔다. 그래, 너희는 이렇게 말할지도 모른다. 요람에서부터 행복했던 어린 시절에 이르기까지 프랑스 남자아이들이 사랑하던 영웅, 우리를 비롯한 모든 아이들의 우상이었던 이 영웅에게 우리는 빨려 들어갔다고.

나는 예전에 동레미 마을 풀밭에서 있었던 일이 떠올랐다. 잔은 팔라댕이 유명한 용사, 라 이르와 오를레앙 바타르의 이름을 함부로 말한다고 팔라댕을 나무랐다. 그때 잔은 먼발치에서라도 이 위대한 사람들을 볼 수 있다면 영광이겠다고 말했다. 이들은 남자아이들의 우상이었던 것처럼 잔과 다른 여자아이들에게도 우상이었다. 그런데 마침내 그 영웅들 중 한 사람이 여기에 온 것이다. 이 영웅은 무슨 일로 왔을까? 믿기 어렵지만 사실인 것은 잔 앞에서 모자를 벗어 예를 표하고 명령을 받기 위해 온 것이었다.

사령부 가까운 곳에서 라 이르가 산적 같은 병사들 상당수를 나름의 방법으로 조용히 시키고 있는 동안, 우리는 먼저 사령부에 들어가 군수뇌부인 잔의 참모들을 보았다. 이미 모두 그곳에 와 있었다. 참모 여섯 명은 아주 유명한 사람들로 멋있는 갑옷을 입은 잘생긴 남자들이었다. 그러나 가장 잘생기고 건장한 사람은 프랑스 해군의 수장이었다.

라 이르가 들어왔다. 잔의 아름다움과 너무 어린 것에 놀란 빛이 라 이르의 얼굴에 스치었다. 잔도 어린 시절 자신의 영웅을 드디어 보게 된 데에 기쁜 나머지 얼굴에 반가운 미소가 스쳐갔다. 라 이르는 투구를 벗어 전투 장갑 낀 손에 들고는 고개를 푹 숙여 잔에게 인사를 한 다음, 거친 말없이 화통하면서도 정중하게 인사말을 했다. 두 사람은 바로 서로를 좋아하게 됐다는 걸 알 수 있었다.

의례적인 인사는 곧 끝났다. 다른 이들은 모두 돌아갔지만 라 이르는 남아 잔과 함께 앉아서 잔이 내놓은 포도주를 조금씩 마셨다. 둘은 오랜 친구처럼 서로 웃으며 이야기를 나누었다. 조금 있다가 잔은 라 이르가 병영의 책임자로서 알고 있어야 할 일을 몇 가지 말해 주었는데 숨이 탁 막힐 이야기였다. 먼저 잔은 문란한 여자들을 즉시 병영에서 내보내라고 말했고, 자기는 그런 여자들을 한 명도 있게 하지 않을 거라고 했다. 다음으로 술을 진탕 마시며 흥청거리는 일을 그만두어야 하고 술은 정한 양만큼만 엄격하게 허용돼야 한다고 말했다. 그리고 무질서를 바로잡아 규율을 따르는 절도 있는 병사들이 되게 하라고 말했다. 놀라게 하는 지시 사항 가운데 절정은 마지막 말이었는데 라 이르는 어찌나 놀랐는지 튀어 올라 갑옷이 벗겨질 뻔했다.

"내 깃발 아래 모인 사람은 누구나 신부님 앞에서 고해성사를 해야 하고 죄를 용서받아야 합니다. 그리고 신병들은 모두 하루에 두 번씩 미사에 참여해야 합니다."

라 이르는 잠시 아무 말을 못 하다가 더없이 낙담한 모습으로 입을 열었다.

"허, 귀여운 아기씨, 제 불쌍한 아이들은 지옥에 버려진 애들입니다! 미사에 참석하라고요? 아니, 아기씨, 쟤네들은 우릴 먼저 저주할걸요!"

라 이르가 아주 허약한 반론과 불경한 이유를 쏟아내며 계속 말을 하자 잔은 폭소를 터트렸다. 동레미 마을 풀밭에서 놀던 이후로 잔이 웃는 걸 본 적이 없어 그 웃음소리를 듣자 기분이 좋아졌다. 그러나 잔은 물러서지 않았다. 그래서 라 이르는 결국 항복하고 그렇게 하겠다고 대답했다. 그게 명령이라면 따르겠다고, 최선을 다해 그렇게 하겠다고 말했다. 그리고 라 이르는 끔찍한 욕설을 내뱉은 다음, 죄를 버리고 경건하게 살려고 하지 않는 자가 있다면 머리를 박살 내버리겠다고 했다. 그러자 잔은 또다시 폭소를 터뜨렸다.

너희가 보는 것처럼 잔은 정말 즐거운 것 같았다. 라 이르의 말에 잔은 그런 식으로 회개하게 하면 안 되고 반드시 자발적으로 회개하게 해야 한다고 말해 주었다. 라 이르는 말하길, 그러면 좋다, 자발적으로 회개하는 놈들은 놔두고 그러지 않는 놈들만 죽여버리겠다고 했다. 그러자 잔은, 그럴 필요 없다, 누구도 죽여서는 안 된다, 그런 일이 일어나면 안 된다고 말했다. 자원할 기회를 주되, 죽어도 못한다고 하면 조금 구속을 하되 본인의 뜻에 온전히 맡기고 싶다고 했다.

그래서 장군은 한숨을 푹 쉬면서 미사를 광고해 보겠다고 말했지만, 자기도 나가지 않는데 병영에서 미사에 갈 사람이 있을지 모르겠다고 덧붙였다. 하지만 잔의 다음 말에 라 이르는 또다시 놀라게 됐다.

"하지만 장군님, 장군님도 미사에 나오실 거예요!"

"내가요? 그럴 리가! 허, 정신 나간 소리!"

"아니, 그렇지 않아요. 미사에 나오실 거예요. 하루에 두 번."

"허, 꿈꾸는 건가? 취했나? 아니면 내 귀가 날 속이고 있나? 내가 간다면 미사보다 차라리 …"
"어딜 가시게 되든 걱정하지 마세요. 내일 아침이 되면 미사에 참여하실 거예요. 한번 드리고 나면 어렵지 않을 거예요. 그렇게 낙담한 표정 짓지 마세요. 금세 신경 쓰지 않으실 테니까요."
라 이르는 명랑해지려고 애썼지만 뜻대로 되지 않았다. 그러자 산들바람처럼 한숨을 쉬고서 말했다.
"그럼 총사령관님을 위해서 참석하죠. 하지만 다른 사람 때문에 참석하기 전에 맹세코 …."
"맹세하지 마세요. 맹세랑 욕은 이제 하지 마세요."
"그만두라고요? 불가능해요. 부탁입니다. 이건 나 원. 총사령관님, 욕은 내 모국어에요!"
욕은 허락해 달라고 간청하자, 잔은 지휘봉한테만 욕하는 걸 허락해 주겠다고 말했다. 그러자 라 이르는 잔이 옆에 있으면 그렇게 하겠다고 약속했다. 또 잔이 없을 때에도 욕을 하지 않도록 애써보겠지만, 말년에 이르기까지 위안을 주었던 너무 오래된 굳은 습관이라 그럴 수 있을지 모르겠다고 말했다. 이렇게 해서 사나운 늙은 사자는 길들여지고 교화된 채 떠나가게 되었다. 온순해지고 다정해진 모습으로 떠났다고 말할 수는 없는 것이, 이런 표현은 라 이르에게 전혀 어울리지 않았기 때문이다. 잔이 옆에 없으면 라 이르는 미사에 대한 반감이 너무 강하고 오래되어 미사에 나오지 않을 거라고 노엘과 나는 생각했다.
다음 날 아침, 우리는 어떻게 될지 보려고 일찍 일어났다. 그런데 라 이르가 정말 미사에 나왔다. 정말 믿기 어려운 일이었지만, 라 이르가 정말 성당에 와서 성큼성큼 걸어 다니며 자기 할 일을 엄숙하게 수행하고 있었다. 경건하게 보이려고 애를 쓰는 것 같았지만, 으르렁거리며 저주하는 모습은 악마와 다를 바가 없었다. 이전의 일들과 다름없는 일이 또 벌어졌으니, 곧 잔 다르크의 목소리를 듣고 그 두 눈 속을 들여다본 사람은 누구든지 마법에 걸려 더 이상 자기 뜻대로 움직이지 않았던 것이다. 사탄이 회개했다. 이렇게 되자 졸개들이 뒤를 따랐다.

잔은 말을 타고 병영을 둘러보았다. 빛나는 갑옷을 입은 젊고 아름다운 그 자태에서 잔의 아름다운 얼굴은 화룡정점이었다. 잔이 가는 곳마다 거친 군인들은 전쟁을 다스리는 신이 구름에서 내려와 사람으로 나타났다고 생각해 처음에는 놀라워하다가 이내 숭배하게 되었다. 이 일 후에 잔은 원하는 대로 병사들을 부릴 수 있었다.

사흘 만에 병영은 깨끗하고 질서정연한 곳이 되었고 야만인들은 착한 아이들처럼 하루에 두 번 미사에 떼 지어 참석했다. 음란한 여자들도 사라졌다. 라 이르는 이런 일을 보고 놀랐다. 어떻게 이렇게 될 수 있는지 이해할 수 없었다. 라 이르는 욕을 하고 싶을 때면 병영 밖으로 나가 욕을 했다. 라 이르는 죄를 타고났고 죄가 습관이었지만 거룩한 장소에 대해서는 미신 같은 경외심을 가지고 있었다.

잔을 향한 새롭게 변화된 병사들의 열렬한 지지와 헌신, 이들 마음속에 잔이 불러일으킨 뜨거운 전의는 라 이르가 오랜 군 생활 동안 보았던 그 어떤 일보다도 놀라운 것이었다. 이 모든 일에 대한 라 이르의 경외심, 이런 기적과 신비에 대한 경이는 말로 표현할 수 없을 정도였다. 이전에 라 이르는 병사들을 깔보았지만 이제는 병사들에 대한 신뢰와 자부심이 끝이 없어 이렇게 말했다.

"2,3일 전만 해도 병사들은 닭장만 봐도 무서워했는데 이제는 지옥문도 쳐부술 정도야."

잔과 라 이르는 단짝 친구가 되었다. 둘은 이상하면서도 재밌는 대비를 이루었다. 라 이르는 체구가 아주 컸지만 잔은 아주 작았다. 라 이르는 인생이라는 순례길을 오랫동안 걸어와 머리가 희끗희끗했지만 잔은 아주 젊었다. 라 이르의 얼굴은 구릿빛에 흉터 자국이 있었지만 잔의 얼굴은 핑크빛에 매우 아름답고 더 없이 싱그럽고 보드라웠다. 잔은 매우 인자했지만 라 이르는 아주 엄격했다. 잔은 아주 순수하고 깨끗했지만 라 이르는 죄에 대한 백과사전이었다. 잔의 눈에 자비와 동정심이 그득했다면 라 이르의 눈에는 번갯불이 서려 있었다. 잔의 시선을 받으면 하느님의 축복과 평화가 오는 것 같았지만 라 이르의 눈빛은 그렇지 않았다.

둘은 하루에 십여 차례 말을 타고 병영 구석구석을 돌면서 살펴보고 점검하여 부족한 점을 보완해나갔다. 둘이 나타날 때면 병사들의 사기가 폭발했다. 둘은 나란히 말을 타고 걸었다. 라 이르가 힘과 근육이 넘치는 거구인데 반해 잔은 곡선이 있는 우아한 작은 예술품이었다. 라 이르가 녹슨 철로 된 요새라면 잔은 은으로 만든 작은 조각상이었다. 새사람이 된 약탈자들과 강도들이 둘을 보면 애정 어린 목소리로 환영하며 말했다.

"저기 두 분이 오신다. 사탄과 그리스도의 하녀!"

우리가 블루아에 있던 사흘 동안 잔은 지치지 않고 열심히 라 이르를 하느님께로 인도해 죄라는 사슬에서 풀어내려고, 폭풍이 이는 마음에 신앙의 평안과 안정을 불어넣으려고 애썼다. 잔은 라 이르에게 기도하도록 권하기도 하고 조르기도 했다. 라 이르는 사흘 동안 물러서지 않고 애처로울 정도로 내버려 달라고, 그건 불가능한 일이니 그 한 가지만은 하지 않게 해 달라고 부탁했다. 다른 것은 어떤 것이든 명령하면 복종하겠다고, 잔이 말만 하면 불속이라도 지나가겠다고 했지만, 그것 하나만은, 오직 그것만은 하지 않게 해 달라고 말했다. 자기는 기도를 할 수 없다고, 해 본 적이 전혀 없고 어떻게 해야 하는지도 모르며, 기도할 말도 없다고 했다.

그러니 뒤이어 일어난 일을 과연 믿을 수 있을까? 잔은 라 이르를 설득하고 말았다. 믿을 수 없는 승리를 한 것이다. 잔은 라 이르가 기도하게 했다. 잔에게는 불가능한 일이 없다는 걸 이 일이 보여 준다고 나는 생각한다. 그래, 라 이르는 잔 앞에 서서 철장갑을 낀 두 손을 올려 기도를 드렸다. 어디서 베낀 말이 아니라 자신의 마음에서 우러나오는 기도였다. 기도하는 데 도움을 줄 사람이 아무도 없어 직접 자신의 생각을 기도로 표현했다. 이렇게.

"공정하신 하느님, 당신께서 라 이르가 되고 제가 하느님이 된다면, 하느님이 된 제가 라 이르가 된 당신께 해드릴 일, 바로 그 일을 제게 해 주시길 기도합니다."*

---

* 【옮든 주】 과거 460년 동안 여러 나라에서 여러 번 도용했지만 이 기도의 원조는 엄연히 라 이르이다. 이것은 프랑스 국립 문서 보관소에 있는 공식 기록에서 확인할 수 있다. 또한 프랑스 역사가 쥘 미슐레 역시 이를 사실로 확인하고 있다.

라 이르는 이렇게 기도한 후 투구를 쓰고 잔의 막사 밖으로 걸어 나갔다. 아주 난감하고 어려운 문제를 잘 처리해서, 모든 사람들이 만족하고 자신에게 존경심을 보낼 때에 느끼는 그런 만족감을 갖고 말이다.

라 이르가 기도했다는 사실을 내가 알았더라면 그때 라 이르가 왜 그렇게 우쭐했는지 알았을 테지만 물론 그때 나는 알지 못했다. 그때 나는 잔에게 가다가 라 이르가 잔의 막사에서 나와 거창한 걸음으로 걸어가는 모습을 보았는데 정말 멋있는 걸음걸이였다. 그러나 막사 문 앞에 이르렀을 때 나는 멈추어 선 채 슬프고 놀라운 심정으로 발길을 돌려야 했다. 잔이 우는 소리를 들었기 때문이다. 그런데 그때는 몰랐지만 내 착각이었다. 나는 잔이 마음의 고통을 견딜 수 없어 죽을 듯이 울고 있다고 생각했다. 하지만 그런 것이 아니었다. 잔은 그때 사실 울고 있었던 게 아니라 웃고 있었다. 라 이르의 기도를 듣고 잔은 웃고 있었던 것이다.

그로부터 36년이 지나서야 나는 그때 잔이 울었던 게 아니라 웃고 있었다는 걸 알게 되었다. 하지만 오래전 사라져 버린 그 시간 속, 흐릿한 안개 같은 과거 속에서 아무 걱정 없이 웃고 있는 젊은 잔의 웃음소리가 내 귀에 들려올 때에도 나는 눈물을 흘리며 울 수밖에 없었다. 그건 훗날 일어난 어떤 일 때문이었다. 그 일 때문에 하느님이 인간에게 주신 좋은 선물인 웃음은 내게서 사라졌고 내 삶에서 더 이상 나를 다시 찾아오지 않게 되었다.

13. 오를레앙 입성

큰 전력을 갖추고 화려한 모습을 한 우리는 오를레앙으로 가는 길을 행군해 나아갔다. 잔의 위대한 꿈의 첫 부분이 마침내 실현되었다. 젊은 우리들은 처음으로 군대를 보게 되었는데 그 웅장한 광경에 압도되었다. 병사들이 저 멀리 보이지 않는 곳까지 끝없이 줄지어 서서, 휘어진 길을 따라 거대한 뱀처럼 구불구불 움직이는 모습은 정말 대단한 광경이었고 가슴을 벅차게 했다.

잔은 맨 앞에서 지휘봉을 들고 말을 타고 갔다. 그 뒤에는 사제들이 십자가 깃발을 높이 치켜든 채 〈오소서, 창조주 성령님이시여 Veni Creator Spiritus〉를 부르며 뒤따르고 있었다. 그다음에는 번쩍이는 창들이 숲처럼 이어지고 있었다. 군대는 군단 몇 개로 나누어져 각각 아르마냐크파의 위대한 장군들인 라 이르와 프랑스 원수* 드 부삭, 드 레 경과 플로랑 딜리에, 포통 드 상트라유가 지휘하고 있었다.

이들은 모두 거칠었다. 그래도 거친 정도를 세 등급, 곧 '거칠다', '꽤 거칠다', '가장 거칠다'로 나눈다면 라 이르는 가장 거친 편에 속했다. 하지만 세 등급의 차이는 미미했고 이들은 모두 국가가 공인한 걸출한 산적들이었다. 법 없이 오랫동안 살아왔기 때문에 이들은 복종이라는 것을 몰랐다. 왕은 이들에게 엄격하게 명령했다.

"총사령관이 명하는 건 모두 복종해라. 무엇이든지 총사령관

---

* 프랑스 원수(Maréchal de France). 특별한 공을 세운 육군 지휘관에게 주는 칭호

에게 보고하고 행동해라. 총사령관의 명령 없이는 아무것도 하지 말아라."

그러나 왕이 이렇게 말해도 무슨 소용이 있을까? 자유로운 이 새들은 법을 알지 못했다. 왕에게 복종하는 법이 거의 없었고 자기들 입맛에 안 맞으면 절대로 왕에게 복종하지 않았다. 이런 이들이 처녀에게 복종한다? 먼저 이들은 잔을 비롯해 다른 누군가에게 복종하는 법을 알지 못했다. 두 번째로 이들이 잔의 전쟁 지휘 능력을 존중하는 건 당연히 불가능했다. 열일곱 살짜리 시골 처녀가 복잡하고 무서운 전쟁을 위해 어떤 훈련을 받았겠는가? 양 떼를 치면서?

오래된 전쟁 경험과 지식에 비추어 잔이 명하는 것이 적절하고 바르다고 생각하지 않으면 이들은 잔에게 복종하려는 마음이 없었다. 이런 태도를 두고 이들을 비난해야 할까? 난 그렇게 생각하지 않는다. 전쟁에 닳고 닳은 이 우두머리들은 냉정하고 현실적인 사람들이었다. 뭘 모르는 아이가 제대로 작전을 짜고 군을 통솔할 수 있다고는 쉽게 믿지 않았다. 세상에 존재했던 장군들 중에 잔을 군사적으로 진지하게 여길 수 있는 사람은 없었다. 잔이 오를레앙 성을 구하고 루아르강에서 대단한 작전을 펴기 전까지는 말이다.

그러면 이들은 잔이 아무런 가치가 없다고 생각했을까? 절대로 그렇지 않았다. 열매를 많이 맺는 땅이 태양을 소중하게 생각하듯 이들은 그렇게 잔을 소중하게 여겼다. 잔이 열매를 맺게 할 수는 있다고 믿었지만 열매를 거두는 일은 잔이 아닌 자신들이 할 수 있는 일이라 생각했다. 하지만 자신들이 할 수 없는 엄청난 일, 곧 겁에 질린 병사들이라는 죽은 시체에 숨과 용기를 불어넣어 영웅으로 만드는 일은, 초자연적이고 신비한 무언가를 지닌 잔만이 할 수 있는 일이라는 걸 이들은 잘 알고 있었다. 잔에 대한 이들의 존경은 미신에 가까운 깊은 것이었다.

이들은 잔과 함께라면 자신들은 무엇이든 할 수 있지만 잔이 없다면 아무것도 하지 못할 거라고 생각했다. 잔은 병사들의 사기를 올려 전투에 임하게 할 수 있었다. 그러나 잔이 직접 싸운다? 아니, 그건 말이 안 되는 이야기다. 싸우는 건 자기들이 할 일이다. 이들, 장군들이 전투를 할 것이고 잔은 승리를 안겨줄 것이다. 이것이 바로 이들의 생각이었다. 이전에 잔이 도미니크 수도사에게 했던 대답이 이들의 생각이라 말할 수 있었다.

그래서 장군들의 시작은 잔에게 속임수를 쓰는 일이었다. 잔은 어떻게 해야 할지 뚜렷한 생각이 있었다. 루아르강의 북쪽 강둑을 따라 오를레앙으로 대담하게 진격하는 것이 잔의 계획이었다. 잔은 그렇게 장군들에게 명령했다. 그러자 장군들은 몰래 자기들끼리 말했다.

"정신 나간 생각이야. 해서는 안 되는 일로 첫째지. 전쟁을 모르는 이 아이는 이럴 수밖에 없겠지."

장군들은 은밀히 오를레앙의 바타르에게 이 상황을 전달했다. 바타르 역시 정신 나간 짓이라 생각했다. 그리고 은밀히 장군들에게 어떻게 해서든 묘책을 내어 잔의 명을 따르지 말라고 말했다. 장군들은 잔을 속여 그렇게 했다. 잔은 장군들을 신뢰했기 때문에 이들이 이렇게 나올 줄은 전혀 예상하지 못하던 터라 장군들에게 속고 말았다. 잔은 이 일로 교훈을 얻었다. 그래서 두 번 다시는 이런 식으로 나오지 못하도록 단단히 주의를 주었다.

잔의 생각과 달리, 왜 장군들 보기에는 잔의 계획이 정신 나간 짓이었을까? 잔은 싸워서 즉시 성을 구하려고 했지만, 장군들은 오를레앙을 포위하는 잉글랜드군을 포위하고 물자보급을 차단해서 굶어 죽이려고 했다. 이들의 작전은 몇 개월이 걸리는 일이었다. 잉글랜드군은 오를레앙 주위에 바스티유라 부르는 강한 요새들을 울타리처럼 세워 놓았고 성으로 들어가는 문은 하나만 빼고 이 요새들로 막혀 있었다. 프랑스 장군들에게 싸우면서 나아가 이 요새들을 지나 오를레앙 성으로 군대를 이끌고 들어가는 것은 말도 안 되는 일이었다. 그렇게 했다가는 전멸할 거라 생각했다.

전략적으로 이들의 생각이 올바르다는 걸 의심할 수 없을지 모르고 또 올바른 판단이었을 수도 있다. 그러나 이들이 간과한 상황이 하나 있었으니, 곧 잉글랜드 병사들이 미신에 사로잡혀 무서워 떨면서 사기가 떨어져 있었다는 사실이다. 잉글랜드 병사들은 처녀가 사탄과 한패라고 확신한 나머지 용기가 새어 나가 사라져 버린 뒤였다. 반면에 처녀의 병사들은 용기와 열의가 가득했다. 잔은 잉글랜드군 요새로 바로 진군할 수 있었지만 결국 그렇게 할 수 없게 되었다. 조국을 위해 어마어마한 공격을 가할 수 있는 첫 번째 기회였지만 장군들에게 속아 그럴 수 없게 된 것이다.

그날 밤 막사에서 잔은 갑옷을 입은 채 바닥에 누워 잠을 잤다. 추운 밤이고 갑옷의 철은 담요 대용으로는 좋지 않아, 다음 날 아침 행군을 다시 시작했을 때 잔의 몸은 입고 있는 갑옷처럼 거의 뻣뻣해져 있었다. 하지만 임무를 수행할 전장으로 지금 가고 있다는 사실에 아주 기쁜 나머지, 그 기쁨이 불처럼 잔의 몸을 따뜻하게 덥혀 주었다.

오를레앙에 점점 다가갈수록 잔의 열정과 조바심은 높아만 갔다. 우리가 올리베에 도달하여 길을 따라 내려갈 때에 결국 잔의 열정과 조바심은 분노가 되었으니, 그때까지 장군들이 자신을 속여 왔다는 것을 잔이 알게 되었기 때문이다. 우리와 오를레앙 사이에는 강이 흐르고 있었다.

잔은 강 이편에 있는 잉글랜드군 요새 세 채 중 하나를 공격해서 그 요새에서 지키는 다리를 건너 들어가려고 했다. 이 계획이 성공한다면 잉글랜드군의 포위를 단숨에 뚫게 되는 것이다. 하지만 장군들은 오랫동안 몸에 밴 잉글랜드군에 대한 두려움이 도져서, 잔에게 그런 시도는 하지 말자고 청했다. 싸우고 싶었던 병사들은 실망할 수밖에 없었다. 그래서 우리는 다시 움직여 오를레앙 위로 10킬로미터쯤 떨어진 케시 맞은편에서 멈추었다.

오를레앙의 바타르라고 불리는 뒤누아*는 기사들과 시민들을 데리고 도시에서 나와 잔을 맞이했다. 잔은 자신을 속인 것에 분이 풀리지 않아, 어린 시절 존경하던 전쟁 영웅이지만 나긋나긋하게 대화할 기분이 아니었다.

"오를레앙의 바타르이신가요?"

"네, 제가 그 사람입니다. 와 주셔서 대단히 기쁩니다."

---

* 장 드 뒤누아(1402~1468). 오를레앙의 바타르라는 별명으로 잘 알려진 프랑스의 장군이다. 바타르는 서자를 뜻하는 프랑스어로, 아버지가 되는 오를레앙의 공작이 본처가 아닌 여자에게서 낳은 서자였기 때문에 이런 별명이 붙었다.

"탤벗이 이끄는 잉글랜드군에게 곧장 가지 말고 우리가 강 이편을 따라오도록 얘기하셨나요?"

잔의 격앙된 태도에 뒤누아는 당황한 나머지 자신 있게 바로 대답할 수 없었다. 주저주저 이런저런 변명을 대다가 자신과 참모 회의에서 그렇게 할 수밖에 없었던 군사적 이유가 있었기 때문이라고 고백했다. 그러자 잔이 말했다.

"하느님의 이름으로 말합니다. 내가 섬기는 주님의 계획이 당신의 계획보다 더 안전하고 지혜롭습니다. 나를 속였다고 생각하시겠지만 당신 자신을 속인 것입니다. 나는 어떤 기사도, 어떤 도시도 받은 적이 없는 가장 좋은 도움을 가지고 왔습니다. 하느님께서 저를 사랑해서 주신 도움이 아니라 그분이 원하시기 때문에 주신 도움입니다.

성 루이*와 성 샤를마뉴의 기도 때문에 하느님은 오를레앙을 불쌍히 여기시고, 적군이 공작님과 오를레앙을 손에 넣게 하지 않으실 겁니다. 굶어 죽어가는 사람들을 살릴 식량이 실린 배들이 도시 아래에 있습니다. 하지만 바람이 거슬러 불어와 배는 이리로 올 수 없었습니다. 그럼 하느님의 이름으로 제게 말해 보세요. 아주 현명한 당신은, 또 당신의 참모들은 무슨 생각으로 이런 어리석은 난관을 만들어 냈습니까?"

뒤누아와 다른 사람들은 순간 말문이 막혔다. 그리고 이내 잘못을 인정하고 어리석은 짓을 했음을 시인했다.

---

* 프랑스 국왕 루이 9세(1214~1270). 프랑스 국왕 중에서 가장 신앙심이 깊고 도덕적으로 고결했던 왕으로 꼽힌다. 왕실 구호소에서 직접 나병 환자들을 돌보아 주고 빈민들의 발을 씻겨 주었다고 한다. 죽은 다음에 가톨릭교회에서 성인으로 시성 되었다.

"그래요. 어리석은 짓을 한 거죠."

잔이 계속 말했다.

"하느님께서 여러분의 문제를 떠안으시고 바람의 방향을 바꾸셔서 여러분의 실수를 바로잡지 않으신다면 말이죠. 이 일을 해결하실 수 있는 분은 하느님밖에 안 계시니까요."

거기 있던 사람들 가운데 어떤 이들은 잔이 전문 지식은 없을지라도 현실적인 분별력이 있다는 걸, 또 잔이 온화한 매력을 타고났지만 가지고 놀 상대는 아니라는 걸 깨닫기 시작했다.

이내 하느님께서 실수를 떠안으셔서 그분의 은혜로 바람의 방향이 바뀌었다. 그리하여 군함들이 올라와 식량과 가축을 내려서 반가운 구호물자가 굶주린 도시로 들어왔다. 성벽에 있다가 잠시 나온 병사들이 생루 요새의 공격을 막아 성공적으로 물자를 수송하게 도왔다. 이 일이 끝나고 잔은 다시 바타르에게 말했다.

"병사들이 여기 있는 걸 보고 계시죠?"

"네."

"공작님과 공작님 참모들의 계획 때문에 여기 강 이쪽에 있잖아요."

"그렇습니다."

"그럼 하느님의 이름으로 묻겠습니다. 군대가 강 이쪽에 있는 것이 바다 밑바닥에 있는 것보다 나은 점이 있을까요? 현명한 공작님과 공작님의 참모들은 설명할 수 있나요?"

뒤누아 공작은 설명할 수 없는 걸 설명하려고, 변명할 수 없는 걸 변명하려고 횡설수설해 보았지만 잔이 말을 가로막았다.

"이것만 대답해 보세요, 공작님. 강 이편에 군대가 있는 게 좋은 점이 하나라도 있나요?"

바타르는 좋은 점이 하나도 없음을 인정했다. 잔이 계획하고 명령한 작전에 따르면 그렇다는 얘기지만 말이다.

"하지만 이걸 알고도 공작님은 제 명령을 감히 따르지 않았어요. 군대가 강 저편으로 가야 하는데 어떻게 갈 수 있는지 알려주시겠어요?"

불필요하게 횡설수설해야 한다는 건 분명했다. 대답을 피하는 것도 소용이 없었다. 그래서 뒤누아 공작은 잘못을 바로잡을 방법이 없다는 걸, 블루아로 회군해서 잔이 원래 계획한 대로 다시 강 저쪽으로 올라와야 한다는 걸 인정했다.

오랫동안 명성을 떨친 노련한 군인에게 이런 승리를 거두면 다른 소녀들은 우쭐해하며 용서해 줄 만했지만 잔은 조금도 그런 빛을 내보이지 않았다. 단지 잃어버린 시간이 아까워 안타까워하는 말을 몇 마디 하고 즉시 회군을 명령하고는 군대가 다시 돌아가야 한다는 사실에 슬퍼했다. 사기와 열정이 아주 높은 병사들 앞에 있으면 잉글랜드군이 모두 달려와도 두렵지 않다고 말했던 잔은 병사들이 돌아가는 것이 서글펐다.

주력 부대의 회군 준비가 끝나자 잔은 바타르와 라 이르와 병사 천 명을 데리고 오를레앙으로 내려갔다. 오를레앙 주민들은 잔의 얼굴을 한시라도 빨리 보고 싶어 안달이 나 있었다. 잔과 병사들이 말을 타고 성의 동문인 부르고뉴 성문으로 들어간 때는 저녁 8시였다. 팔라댕이 깃발을 들고 잔보다 앞서 들어갔다. 잔은 손에 피에르부아의 성당에서 얻은 성스러운 검을 들고 하얀 말을 타고 들어갔다. 너희는 오를레앙의 그때 그 모습을 보아야 했다. 얼마나 장관이었는지! 빽빽이 모인 사람들의 머리 때문에 검정 바다가 펼쳐지고, 횃불이 밤하늘의 별처럼 빛났으며, 환호하는 소리가 폭풍처럼 크게 휘몰아쳤다. 종소리가 울려 퍼지고 예포 소리가 천둥처럼 울렸다. 마치 세상이 종말을 맞은 것 같았다. 어디를 보아도 횃불의 환한 불빛 아래 겹겹이 쌓인 고개를 쳐든 하얀 얼굴들이 입을 크게 벌리며 소리치고 있었고 얼굴에는 눈물이 사정없이 흘러내리고 있었다.

잔은 빽빽한 군중 사이를 천천히 힘겹게 나아가고 있었는데 갑옷 입은 모습이 마치 얼굴로 포장한 보도에 우뚝 솟아 있는 은으로 만든 조각상 같았다. 잔을 둘러싼 사람들, 곧 신이 보내신 존재를 보고 있다고 믿는 남녀들은 황홀해하는 얼굴로 흐르는 눈물 속에 잔을 바라보면서 잔에게 다가오려 애쓰고 있었다. 잔의 발은 감사해 마지않는 군중들이 계속 입을 맞추었고, 그런 특권을 얻지 못한 사람들은 잔이 탄 말이라도 손으로 만지려고 하면서 대신 자기들의 손가락에 입을 맞추었다. 사람들은 잔의 일거수일투족을 놓치지 않고 예찬해 마지않았다. 만약 그곳에 너희가 있었다면 그치지 않는 그런 예찬을 들었을 것이다.

"저기, 미소 짓고 있어. 봐봐!"

"지금 깃 달린 작은 투구를 벗고 누군가에게 인사를 했어. 아, 참 곱고 우아하다!"

"장갑 낀 손으로 저 여자 머리를 쓰다듬고 있어."

"아, 말 위에서 태어났나 봐. 안장에서 몸 돌리는 거 봐. 창가에서 꽃비 뿌리는 숙녀들에게 칼자루에 입 맞추며 인사하고 있어."

"가난한 여자가 자기 아이를 들어 올리네. 아이한테 뽀뽀해 주셨어. 아, 정말 성스러운 분이야!"
"앙증맞게 작으면서도 우아하네. 얼굴도 예뻐. 살결도 곱고. 저 활기 좀 봐!"

가늘고 기다란 잔의 깃발이 뒤로 휘날리다 끝에 횃불의 불이 붙게 되었다. 잔은 몸을 앞으로 숙이고 손으로 불을 껐다.

"불도 아무것도 무서워하지 않으셔!"

큰소리로 감탄하며 예찬하는 사람들의 소리에 모든 것이 흔들렸다. 잔은 말을 탄 채 성당으로 가서 하느님께 감사 기도를 드렸다. 따라온 사람들은 성당으로 들어와 발 디딜 틈 없이 성당 안을 채우고 잔을 따라 하느님께 감사 기도를 드렸다. 기도를 마친 후 잔은 다시 행진을 시작하여, 미친 듯이 춤추는 횃불과 군중 사이를 뚫고 천천히 나아가 오를레앙 공작의 재무 담당관인 자크 부셰의 집으로 향했다. 도시에 머무는 동안 자크 부셰의 아내가 잔을 접대하게 되었고 어린 딸은 잔과 한 방을 쓰면서 친구가 되어 주기로 했다. 그날 밤 내내 사람들의 환호 소리, 기뻐 울리는 종소리와 환영하는 예포 소리는 계속되었다. 잔 다르크가 드디어 무대에 오른 것이다.

14. 선전 포고

잔은 준비가 되었다. 그러나 함께할 군대가 올 때까지 앉아서 기다려야 했다. 이튿날인 1429년 4월 30일 토요일 아침에 잔은 자신의 선전포고문을 들고 블루아를 떠난 전령이 돌아왔는지 물었다. 선전포고문은 푸아티에에서 내가 잔이 불러주는 대로 쓴 것이었다. 여기에 그 사본을 첨부한다.

선전포고문은 여러모로 뛰어난 글이다. 에두르지 않고 직접적으로 말하는 점, 높은 기백과 강렬한 표현, 또 막중한 임무를 성공할 수 있다고 여기는 높은 자신감을 볼 수 있는 글이다. 잔의 임무가 잔 스스로 떠안은 것인지, 아니면 잔이 마지못해 짊어진 것인지는 너희가 원하는 대로 생각해도 좋다. 선전포고문의 서두부터 끝까지 읽는 동안 너희는 전쟁의 장대한 모습을 보게 되고 둥둥둥 울리는 북소리를 듣게 될 것이다. 선전포고문에는 잔이 가진 전사의 영혼이 드러나 있다. 너희 눈에서 잠시 온화하고 어린 양치는 처녀는 사라질 것이다. 학교에 다닌 적 없는 이 시골 처녀는 왕과 장군에게 공문서를 보내본 적이 물론 없거니와 다른 사람에게도 편지를 보내본 적이 없었다. 하지만 마치 어린 시절부터 이런 일을 해온 것처럼 생동감 있는 문장을 물 흐르듯 쏟아내고 있다.

예수 마리아

잉글랜드 왕께, 그리고 왕을 대리하여 프랑스를 다스린다고 자처하는 그대 베드포드 공작에게, 그리고 서퍽 백작 윌리엄 드 라 폴과 베드포드 공작의 부관인 그대 토마스 스케일즈 경에게 전합니다.

하늘의 왕께 복종하십시오. 하느님께서 보내신 처녀에게 여러분이 프랑스에서 점령하고 더럽힌 모든 마을의 열쇠를 돌려주십시오. 처녀는 혈통을 따라 프랑스의 왕을 세우라고 하느님께서 여기로 보내셨습니다. 그대들이 프랑스를 포기하고 또 그대들이 빼앗은 것을 돌려주는 올바른 일을 한다면 나는 흔쾌히 평화 협정을 맺을 준비가 되어 있습니다.

그리고 좋은 도시 오를레앙 앞에 서 있는 그대 궁수들과 병사들이여, 귀족들과 평민들이여, 하느님의 이름으로 말하노니 그대들의 나라로 돌아가십시오. 그렇지 않으면 처녀가 곧 나아가 그대들이 해를 입게 될 것을 각오하십시오.

잉글랜드 왕이여, 왕께서 물러가지 않으신다면 전쟁의 총사령관인 나는 프랑스에서 왕의 국민을 보게 되면 이들이 원하든 원치 않든 내보낼 것입니다. 이들이 복종하지 않는다면 모두 칼로 처단할 것이나 복종한다면 자비를 베풀 것입니다.

하늘의 왕이신 하느님께서는 전쟁으로 그대들을 프랑스에서 내보내게 하시려고, 프랑스 왕국에 반역하고 해를 가하는 자들이 있음에도 나를 여기로 보내셨습니다. 그대들은 거룩한 마리아의 아드님이신 하늘의 왕으로부터 프랑스 왕국을 빼앗을 수 있다고 생각하지 마십시오. 이 나라는 샤를 왕의 손에 주어질 것입니다. 하느님께서 그렇게 원하고 계시고 처녀를 통해 샤를 왕에게 알려 주셨습니다.

하느님께서 처녀를 통해 전하신 이 말을 그대들이 믿지 않는다면 우리는 그대들을 만나는 곳마다 가차 없이 때려 부술 것이고 프랑스에서 수천 년 동안 일어난 적 없는 큰 소란이 일어날 것입니다. 그대들이 처녀와 처녀의 선한 군대를 공격하며 가하는 힘보다 더 큰 힘을 하느님께서는 처녀에게 주실 것이라는 것을 분명히 명심하십시오. 그때에 우리는 보게 될 것입니다. 하늘의 왕께서 옳으신지, 아니면 그대들이 옳은지를.

　베드포드 공작이시여, 그대가 파멸을 자초하지 않도록 처녀는 그대에게 청합니다. 그대가 나를 올바르게 대한다면 나와 유대 관계를 맺게 될 것이고 기독교 세계에서 보지 못한 최고 예우를 그대에게 베풀 것입니다. 그러나 그대가 그렇게 하지 않는다면 그대의 커다란 잘못을 이내 뉘우치게 될 것입니다.

　잔은 그리스도의 성스러운 무덤을 되찾으러 군사를 일으키는 일에 함께하자는 말로 편지를 마무리했다. 그러나 선전포고문에 아무런 회신도 돌아오지 않았고 전령마저 돌아오지 않았다. 그래서 잔은 잉글랜드군에게 오를레앙에 대한 포위를 풀고 앞서 보낸 전령을 돌려보내라는 새로운 편지를 두 전령을 통해 다시 보냈다. 두 전령은 돌아왔지만 앞서 보냈던 전령은 데리고 오지 않았다. 두 전령이 가지고 온 것은 잔에게 보내는 잉글랜드군의 답변밖에 없었다. 잉글랜드군은 기회가 있을 때에 잔이 떠나지 않으면 곧 잔을 잡아 화형에 처할 거라고 말하면서 이런 말을 덧붙였다.

　"집으로 돌아가 네가 마땅히 할 일, 곧 젖소를 돌보는 일에나 신경 써라."

　잔은 평정을 유지했다. '목숨이 붙어 있을 때 이 땅을 떠나게 하려고 자기가 할 수 있는 일을 모두 했지만' 저들이 재앙과 파멸을 스스로 초래하는 것이 불쌍할 뿐이라고 말했다. 잔은 잉글랜드군이 받아들일 만한 방안을 이내 생각해서 전령들에게 말했다.

"돌아가서 탤벗 영주에게 내 말이라고 전하세요. '그대의 군대를 이끌고 요새에서 나와라. 나도 내 군대를 이끌고 나가겠다. 내가 그대를 쓰러뜨리면 프랑스에서 조용히 물러가라. 그러나 그대가 나를 쓰러뜨리게 되면 그대 계획대로 나를 화형에 처해라.'"

잔의 이 말을 나는 듣지는 못했지만 들은 뒤누아가 내게 이야기해 주었다. 잉글랜드군은 잔의 도전을 받아들이지 않았다.

일요일 아침, 잔의 음성들, 아니면 어떤 본능이 잔에게 주의를 주어 잔은 뒤누아를 블루아로 보내 군대를 이끌고 빨리 오를레앙으로 오게 했다. 이것은 현명한 처사였다. 뒤누아는 레뇨 드 샤르트르를 비롯한 왕의 간신들이 군대를 해산시키려 한다는 걸 알게 됐다. 간신들은 잔의 장군들이 군을 이끌고 오를레앙으로 가려는 모든 노력을 허사가 되게 하려고 애쓰고 있었다. 저들은 악한 일을 하는 데에는 선수들이었다. 이제 간신들은 뒤누아에게 시선을 돌렸다. 하지만 뒤누아는 잔을 한번 방해했다가 유쾌하지 않은 일을 직접 경험한 터라 다시 그런 일에 끼고 싶은 마음이 없었다. 뒤누아는 곧장 군대를 이끌고 블루아를 빠져나왔다.

15. 오를레앙의 장미

호위대인 우리는 되돌아오는 군대를 기다리며 며칠 동안 동화 나라에 머물러 있었다. 상류층 사교계에 발을 들여놓은 것이다. 두 기사에게 그런 사교계는 새로울 것이 없었지만 우리 젊은 시골뜨기들에게는 새롭고 놀라운 경험이었다. 지위가 어떻든 보쿨뢰르 처녀 곁에 있는 사람은 특별한 사람으로 여겨져 사교계 사람들은 환심을 사려 했다. 그래서 잔의 두 오빠와 노엘과 팔라댕은 고향에서는 보잘것없는 농사꾼에 지나지 않았지만 이곳에서는 유명하고 영향력 있는 신사였다. 시골 출신들이 가진 소심하고 서투른 면이 존경이라는 기분 좋은 햇빛을 받아 녹아 사라지는 모습, 또 여유를 가지고 새로운 분위기에 쉽게 녹아드는 모습을 보는 건 좋은 일이었다.

세상 누구보다도 행복한 사람은 팔라댕이었다. 팔라댕은 쉴 새 없이 혀를 놀려대면서 날마다 자신이 하는 이야기에 도취되어 즐거워하곤 했다. 자기 가문을 부풀려 말해서 친가나 외가나 할 것 없이 귀족이라고 말하는 바람에 얼마 있지 않아 친인척은 거의 공작으로 변해 있었다. 예전 전투 이야기를 다시 끄집어내고, 이제는 포병대까지 덧붙여 참혹한 장면들, 화려한 장면들을 새롭게 꾸며내곤 했다. 우리가 대포를 처음 본 곳은 블루아였고 몇 대밖에 보지 못했는데 이곳은 대포가 많았다. 가끔 대포 연기가 산과 같이 크게 피어올라 거대한 잉글랜드 요새들을 볼 수 없게 가리는 모습, 또 포탄이 그 연기를 뚫고 빨간 불꽃을 내며 창처럼 날아가는 인상적인 장면을 목도하곤 했다. 큰 천둥소리를 내며 땅을 흔드는 이런 장엄한 광경은 팔라댕의 상상력에 불을 지펴서 매복군과 싸웠던 우리의 소규모 전투는 새로운 옷을 입고 웅장한 전투로 변해 있었다. 그래서 직접 전투를 경험한 우리로서는 팔라댕의 이야기가 우리의 이야기인지 알 수 없을 정도가 되었다.

팔라댕이 이렇게 심혈을 기울여 이야기를 꾸며낸 데에는 무슨 특별한 이유가 있는지도 모르겠다고 너희가 생각한다면 너희 생각이 맞다. 우리가 머무는 집의 딸인 카트린 부셰 때문이었다. 열여덟 살 나이에 하는 짓마다 사랑스러운, 대단히 아름답고 온화한 여자였다. 만약 카트린의 눈이 잔과 같았다면 잔만큼 아름다웠을 것이다. 하지만 그럴 수 없었으니, 잔의 눈은 세상에 한 쌍밖에 없으며, 앞으로도 세상에 다시 나올 수 있는 그런 눈이 아니었다.

잔의 눈은 이 세상의 것이 아니라고 할 만큼 깊고 풍요롭고 놀라운 것이었다. 그 눈은 소리 없이 세상 모든 언어로 이야기를 하기에 그 눈이 있다면 입이 필요하지 않았다. 그 눈은 시선만으로, 시선 단 한 번만으로 모든 일을 할 수 있었다. 그 눈은 거짓말쟁이로 하여금 가책을 느끼게 하고 자신의 거짓말을 고백하게 했다. 우쭐거리는 사람은 오만을 땅에 떨어뜨려 겸손하게 했다. 겁쟁이에게는 용기를 불어넣었지만 가장 용맹한 사람의 용기를 꺾어버릴 수도 있었다. 또 그 눈은 분노와 증오심을 가라앉혔고 격정의 폭풍을 잠재웠다. 의심하는 이는 신뢰하게 만들었고 절망한 사람은 다시 희망을 갖게 했다. 그리고 더러운 마음을 순결하게 했다.

또 설득할 수 있었으니, 그래, 설득! 바로 그것이다. 누가, 또 무엇이 설득되지 않을 수 있을까? 동레미의 미치광이, 요정을 쫓아낸 사제, 툴의 엄숙한 심문관들, 의심 많고 미신을 잘 믿는 락사르 아저씨, 보쿨뢰르의 고집불통 늙은 기사, 개성 없고 밋밋한 프랑스 왕국의 후계자, 푸아티에 의회와 대학의 현자들과 학자들, 사탄이 총애하는 라 이르, 고개 숙일 줄 모르는 꼿꼿한 오를레앙의 바타르. 잔을 경이롭고 신비로운 존재로 만드는 그 위대한 능력으로 얻은 트로피가 바로 이들이었다.

우리는 잔과 아는 사이가 되려고 대저택에 몰려드는 수많은 사람들과 스스럼없이 어울렸다. 이들은 우리를 하도 치켜세워서 우리는 뜬구름 속에서 살았다. 하지만 이런 행복보다는 공식적인 손님들이 돌아간 후 저택의 가족과 가족의 친구들 몇십 명이 모여서 즐겁게 친교를 나누는 조용한 시간을 우리는 더 좋아했다. 그리고 바로 이때 우리는 최선을 다했는데 우리 젊은이 다섯 명은 매력을 발산하려고 갖은 노력을 다했다. 이유는 카트린이었다. 우리 중 누구도 이전에 사랑을 해본 적이 없었다. 그런데 이제 우리는 모두 같은 때에 같은 사람을 사랑하게 되었다. 카트린을 처음 본 순간 우리는 모두 카트린을 사랑하게 되는 불행에 빠진 것이다. 카트린은 명랑하고 활기찬 여자였다. 카트린이 친한 친구들과 모일 때 그 모임에 나를 끼워 주어 매력적인 사람들과 어울릴 수 있었던 그 며칠 저녁을 나는 아직도 소중하게 기억한다.

그 첫 번째 저녁에 팔라댕은 우리의 질투를 샀다. 자신이 겪은 전투 이야기를 맛깔나게 시작하면 모든 사람들의 관심을 한몸에 받아, 우리들 중 다른 누구도 사람들의 관심을 끌어올 수 없었던 것이다. 거기 모인 사람들은 여러 달 동안 진짜 전쟁을 겪고 있던 터라, 이 허풍쟁이 거인이 자신이 겪은 전투 이야기를 부풀려서 사방에 피를 튀기며 핏속에서 수영하는 이야기를 할 때면 숨이 넘어갈 정도로 매료되었다. 카트린도 재밌어서 죽기 직전이었다. 그래도 우리가 바랐던 것처럼 크게 웃지는 않았다. 웃다가 갈비

뼈가 등뼈에서 떨어질 만큼 위험한 상황이 되면 부채질을 하면서 몸을 떨 뿐이었다. 팔라댕이 전투 이야기 하나를 끝내 우리가 다행으로 여기고 상황이 달라질 거라는 희망을 갖게 되면, 카트린은 내 마음에 맺힐 듯한 아주 다정하고 조리 있는 말로 팔라댕에게 부탁을 했다. 이야기가 아주 재미있었다면서 앞의 어떤 부분을 조금 더 자세하게 얘기해 줄 수 있는지 청했다. 그러면 우리는 방금 들은 이야기를 또다시 들어야 했는데, 전에 하지 않았던 거짓말 백 가지가 더해진 이야기였다.

내 아픔이 어떠했는지 너희에게 어떻게 전달할 수 있을지 모르겠다. 이전에 질투를 해본 적이 없던 나는, 자격 없는 이 인간 팔라댕이 이런 행운을 누리고 있는 걸 참을 수 없었다. 나는 가만히 앉아 이 사랑스러운 여인이 팔라댕에게 보이는 관심 수천 개 중에서 가장 작은 것 하나만이라도 내게 주길 열망하면서 관심 받지 못하는 나 자신을 바라보았다. 내 자리는 카트린과 가까워서, 나는 팔라댕이 이야기할 때 내가 했던 일을 카트린에게 이야기하려고 두세 번 노력했다. 나는 이렇게까지 하는 나 자신이 부끄러웠다. 하지만 카트린은 팔라댕의 이야기에만 관심이 있어 내 얘기는 들으려고 하지 않았다. 이렇게 내가 관심을 끌려고 말을 거느라 카트린이 팔라댕의 그 넝마 조각 같은 이야기, 그 뼁 중에 하나라도 못 듣게 되면 카트린은 팔라댕에게 다시 이야기해 달라고 부탁했다. 그러면 팔라댕은 당연히 열 배는 커진 대파괴와 대학살 이야기를 새롭게 들려주었다. 내 애처로운 노력이 무산된 것에 나는 굴욕감을 느낀 채 포기하고는 더 이상 끼어들지 않았다.

자기밖에 모르는 팔라댕의 이런 행동에 다른 친구들도 나처럼 분개하기는 마찬가지였다. 물론 그런 큰 행운을 얻은 것에도 분개했는데, 아마도 이것이 우리가 분개한 가장 큰 이유였을 것이다. 우리는 함께 모여 우리가 봉착한 난관에 대해 이야기를 나누었다. 이는 자연스러운 일이었으니, 경쟁자들은 같은 고통을 당하게 되고, 또 같은 적이 승리를 얻게 될 때면 자연스레 한 편이 되기 때문이다. 시간을 독차지하고서 다른 사람에게 기회를 주지 않는 그 인간이 없었다면 우리들 한 사람 한 사람도 모인 사람들을 즐겁게 해 주고 관심을 받을 수 있었을 것이다.

  나는 밤을 꼬박 새워 써 둔 시 한 편이 있었다. 행복에 들떠 그 여인의 아리따움과 매력을 섬세하게 예찬하는 시였는데, 카트린의 이름을 말하지는 않았지만 누가 봐도 시는 카트린을 그리고 있다는 걸 알 수 있었다. '오를레앙의 장미'라는 시의 제목은 내가 생각해도 카트린을 나타내고 있었다.

  시의 내용은 이런 것이었다. 전쟁이라는 척박한 토양에서 자라게 된, 순결하고 귀여운 하얀 장미 한 송이가 그 여린 눈으로 잔혹한 죽음을 가져오는 무기들을 보게 된다. 그리고 인간의 죄악된 본성을 보고는 얼굴이 붉어져 하룻밤 사이에 붉게 변한다. 바로 이 마지막 비유, 즉 하얗던 장미가 붉은 장미가 되는 것이 중요한데, 내가 생각해 낸 아주 새로운 아이디어였다. 시에서 붉은 장미는 아름다운 향기를 포위당한 도시 밖으로 내보낸다. 그러자 도시를 에워싸고 공격하던 군대는 그 향기를 맡고 무기를 내려놓고 운다. 이것 역시 내가 생각해 낸 아주 새로운 아이디어였다. 시의 전반부는 여기서 끝이 난다.

시의 후반부에서 나는 카트린을 창공에 달아 놓았다. 그러나 카트린은 하늘의 유일한 별은 아니었고 별 가운데 하나였다. 카트린은 달이었다. 다른 모든 별들은 달에 대한 사랑으로 가슴이 불에 휩싸여 달을 쫓아다닌다. 그러나 달은 멈춰 서서 귀 기울이지 않는다. 달은 다른 이를 사랑하기 때문이다. 달은 지구에 있는 가련하고 보잘것없는 어느 구혼자를 사랑하고 있다. 구혼자는 죽을 수 있고 불구가 될 수 있는 온갖 위험을 무릅쓰며 피비린내 나는 전장을 휘젓고 다닌다. 구혼자는 그녀가 너무 이른 나이에 무덤에 묻히지 않게 하려고, 또 그녀의 도시를 멸망에서 구하려고 냉혹한 적과 끊임없이 싸우는 남자였다. 달을 뒤쫓던 별들은 이 사실을 알게 돼 슬픈 나머지, 부서진 가슴을 안고 눈물을 쏟아내어 하늘을 화려한 불꽃으로 물들인다. 별들의 이 쏟아지는 눈물이 바로 별똥별이었다. 이 발상 역시 즉흥적인 것이었지만 아름다운 생각이 아닐 수 없었다.

아름답고 슬픈 시였다. 운율을 비롯하여 내가 할 수 있는 모든 기교를 동원한 이 시는 놀랍도록 가슴 아픈 시였다. 각 연의 끝은 가엾은 지상의 구혼자를 안타까워하는 후렴구 2행이 반복되었다. 남자는 자신이 그렇게도 사랑하는 여자와 지금껏 떨어져 있었고, 어쩌면 앞으로도 영원히 떨어져 있게 될지 몰랐다. 남자는 잔인한 죽음이 다가오자 고통 속에서 얼굴이 창백해져 가고 몸도 야위고 약해져 간다. 이 대목을 두고 노엘은 사내 녀석들도 눈물을 참을 수 없는 가장 슬픈 장면이라고 평했다.

시의 전반부는 8연으로 이루어졌고 각 연은 4행으로 이루어졌다. 전반부의 소재는 장미였는데, 이런 작은 시에 너무 거창한 표현일 수 있지만 원예학과 관련된 내용이라 할 수 있었다. 시의 후반부도 8연으로 이루어졌는데 후반부는 천문학과 관련된 내용이라 할 수 있었다. 시는 총 16연으로 이루어졌지만 영감이 샘솟고 아름다운 생각과 상상이 넘쳐흐른 나머지 마음만 먹으면 150연까지 늘릴 수 있었다. 하지만 그랬다가는 사람들 앞에서 낭송하거나 곡을 붙여 노래로 부르기에는 너무 길 것이다. 따라서 앙코르를 요청하면 다시 낭송할 수 있는 분량인 16연이 딱 적당했다.

친구들은 내 머릿속에서 그런 시가 나올 수 있다는 데에 놀랐는데 사실 놀라기는 나도 마찬가지였다. 내 안에 그런 능력이 있다는 걸 나는 알지 못했기 때문에 다른 사람들만큼이나 나 역시 놀랐던 것이다. 시 쓰기 하루 전에 누군가 내게 내 안에 그런 능력이 있는지 물었다면 나는 솔직히 없다고 말했을 것이다.

사람들은 으레 그런 법이다. 어떤 재능이 우리 안에 있다는 걸 모른 채 인생의 절반을 살곤 한다. 실제로 재능은 늘 그곳에 있었고 우리에게 필요한 건 재능이 나오게 하는 어떤 일이 생기는 것이다. 사실 우리 가족도 그랬다. 우리 할아버지는 암을 가지고 계셨는데 돌아가실 때까지 할아버지께 암이 있다는 걸 우리는 전혀 알지 못했고 할아버지 역시 모르셨다. 재능과 병이 그런 식으로 숨겨질 수 있다는 건 놀라운 일이다. 내 경우 필요한 것은 오직 영감을 주는 이 사랑스러운 소녀를 인생길에서 마주치는 일이었고, 또 그 일로 그렇게 시는 내 밖으로 나오게 된 것이다. 시로 표현하고 운율을 맞추어 완성하는 일은 개한테 돌을 던지는 일만큼 내게는 쉬운 일이었다.

친구들은 시에 아주 매료되고 놀라서 말도 제대로 하지 못했다. 하지만 친구들이 가장 기뻤던 것은 팔라댕의 독주를 막게 된 것이었다. 친구들은 팔라댕을 한구석으로 밀어내어 입 다물게 하려고 만사를 제쳐두고 있었다. 노엘 랑그송은 내 시에 감탄한 나머지 정신을 차리지 못할 정도였다, 자기도 이런 시를 짓기를 바랐지만 그건 노엘의 능력 밖이라 물론 그와 같은 시를 지을 수 없었다. 노엘은 반 시간 만에 내 시를 외워서 암송했는데 노엘이 암송하는 그 시는 그렇게 애잔하고 아름다울 수가 없었다.

그런데 멋있게 낭독하는 것과 남을 똑같이 흉내 내는 것이 바로 노엘의 재능이었다. 노엘은 세상 누구보다 멋있게 시를 낭독할 수 있었고, 또 어느 누구보다 라 이르를 똑같이 흉내 낼 수 있었다. 하지만 내 낭송은 서툴기 짝이 없었다. 내가 내 시를 낭독하자 친구들은 도중에 그만하라고 했다. 노엘의 낭송 외에 다른 누가 낭송하는 것은 아무도 들으려 하지 않았다. 그래서 나는 카트린과 거기 모인 사람들에게 최대한 감명을 주려고 노엘에게 시 낭송을 부탁했다. 노엘은 그렇게 좋아하지 않을 수 없었다. 정말 진심으로 부탁하는 것인지 믿을 수 없다는 표정이었지만 나는 진심이었다. 내가 시를 지은 사람이라는 걸 사람들이 아는 것만으로도 충분하다고 나는 노엘에게 말했다. 친구들은 환호했고 노엘은 사람들이 자신한테 기회를 한 번만 준다면 내 시를 낭송하겠노라 말했다. 그래서 거짓말로 도배한 전투 이야기보다 더 고결하고 숭고한 것이 있음을 알게 하겠노라 했다.

그러나 기회를 어떻게 마련해야 할지 그것이 어려운 문제였다. 우리는 그럴싸한 이런저런 계획을 몇 가지 짜다가 마침내 확실한 계획을 하나 세우게 되었다. 팔라댕으로 하여금 꾸며낸 전쟁 이야기를 시작하게 하다가, 누가 팔라댕을 찾는다고 가짜로 말해서 팔라댕이 나가게 하는 것이었다. 팔라댕이 나가자마자 노엘이 팔라댕을 똑같이 흉내 내며 팔라댕이 하던 이야기를 끝낸다. 그러면 박수갈채와 인기를 한몸에 받을 것이고 사람들이 시를 잘 들을 수 있는 분위기가 조성될 것이다. 이렇게 두 번에 걸쳐 승리를 얻으면 기잡이는 끝장난 것이다. 어찌 됐든 팔라댕은 지는 해가 되고 기회는 우리에게 올 것이다.

그리하여 이튿날 밤, 이야기를 시작한 팔라댕이 자기가 이끄는 부대 선봉에서 적군에게 돌풍처럼 나아가 공격하는 대목에 이르렀을 때였다. 밖에서 기다리던 나는 제복을 입고 안으로 들어가 라 이르 장군이 보낸 전령이 기수를 만나러 왔다고 말했다. 팔라댕이 방을 나가자, 노엘은 얼른 나서서, 이야기가 끊겨 애석한데 이 전투를 자신도 직접 경험한 터라 허락해 주시면 이야기를 마저 들려드리겠다고 말했다. 말은 이렇게 했지만 허락을 기다리지 않고 바로 노엘은 팔라댕으로 변신했다. 태도, 어조, 몸짓, 버릇, 모든 것이 똑같아 이야기하는 사람은 몸집이 줄어든 팔라댕이었다. 곧바로 전투 이야기로 돌입했는데, 어찌나 팔라댕과 똑같은지, 더 완벽하고 더 똑같이 팔라댕을 따라 하는 것을 상상할 수 없을 정도라 사람들은 비명을 지를 만큼 놀랐다.

사람들은 포복절도하며 몸을 흔들었고 뺨에는 눈물이 시냇물처럼 흘렀다. 웃으면 웃을수록 노엘은 신이 나서 이야기를 부풀리고 이야기를 한층 더 과장해서, 마침내 웃음은 더 이상 웃음이 아니고 비명에 가까워졌다. 그중에 가장 좋은 광경은 카트린 부셰의 모습이었다. 카트린은 웃다가 죽을 정도가 돼서 이내 숨이 막혀 헐떡거리고만 있었다. 승리? 아쟁쿠르 전투의 완벽한 승리와 다를 바 없었다.

팔라댕은 금세 돌아왔다. 나갔다가 속은 걸 금세 알아차리고 다시 돌아온 것이다. 문 앞에 이르러 방 안에서 나오는 노엘의 고함 소리를 듣고는 즉시 상황을 알아차렸다. 보이지 않게 문밖에 서서 노엘의 쇼가 끝날 때까지 다 듣고 있었다. 노엘이 이야기를 끝마치자 사람들의 박수갈채는 대단했다. 사람들은 미친 듯이 손뼉을 계속 치면서 다시 한번 해 달라고 요청했다.

그러나 노엘은 영리했다. 섬세한 감정을 담은 애잔하고 깊은 시를 듣기에 가장 좋은 때는 아주 큰 즐거움이 한바탕 휩쓸고 지나간, 그와 대조되는 때라는 걸 알고 있었다. 그래서 노엘은 모두 조용해질 때까지 가만히 있었다. 방 안이 조용해지자 노엘의 얼굴은 서서히 엄숙한 표정을 지어 사람들에게 그 분위기를 전염시켜 나갔다. 그러자 이내 사람들은 함께 진지한 표정을 지으며, 왜 그럴까 이상해하면서도 이어질 노엘의 행동을 기대하는 표정을 지었다. 그러자 노엘은 낮고 또렷한 목소리로 시 〈오를레앙의 장미〉의 첫 번째 행을 낭송하기 시작했다. 깊은 침묵 속에 마법에 걸린 사람들의 귀에 운율을 담은 시 한 행 한 행이 가닿자, 모든 곳에서 "너무 멋있다.", "너무 아름답다!", "정말 감동적이야."와 같은 감탄이 작은 소리로 매 순간 터져 나왔다.

밖에 있던 팔라댕은 시가 낭송되자 다시 방안으로 들어왔다. 문 곁에서 큰 몸집을 벽에 기댄 채 황홀경에 빠진 사람처럼 낭송하는 이를 바라보고 있었다. 노엘이 2연으로 접어들자 가슴 아리는 후렴구에 듣는 모든 사람들의 마음은 녹아 움직였다. 팔라댕은 손등으로 눈물을 훔치다가 다른 손등으로도 눈물을 닦았다. 후렴구가 반복되자 팔라댕은 코를 훌쩍이더니 반쯤 흐느끼는 소리를 내며 옷소매로 눈을 닦았다. 팔라댕의 그 모습이 너무 튀어서 노엘은 적지 않게 당황했는데 다른 사람들에게도 좋지 않은 영향을 주었다.

그런데 또 다음에 후렴구가 반복될 때에는 팔라댕은 눈물을 쏟으며 송아지처럼 울기 시작했다. 그러자 이런 모습이 지금까지 쌓아 올린 좋은 분위기를 모두 망쳐버려 사람들은 웃게 되었다. 그러나 팔라댕은 더 심해졌는데 그런 가관을 본 적이 없었다. 윗옷에서 수건을 하나 꺼내 눈을 닦기 시작하면서, 흐느낌 소리, 탄식 소리, 구역질 소리, 짖는 소리, 기침 소리, 코 킁킁거리는 소리, 비명 소리, 울부짖는 소리, 이런저런 소리가 뒤섞인 지독하게 듣기 싫은 소리를 우렁차게 냈다. 그리고 발끝에서부터 몸을 뒤틀고, 이렇게 저렇게 몸을 꿈틀거리면서 짐승 같은 시끄러운 소리를 쏟아내며 수건을 공중에 흔들다가 다시 눈물을 닦고 비틀어 짰다. 시 낭송? 너희도 알겠지만 시 낭송 소리는 들을 수 없었다. 노엘은 망연자실해서 입을 다물 수밖에 없었고 사람들은 허파가 터져나올 것 같이 웃었다. 가장 절망적인 광경이었다.

그때였다. 철컹철컹 갑옷 소리가 나더니 갑옷 입은 한 사람이 달려 들어왔다. 내 얼굴 바로 옆에서 사람의 것과 같지 않은 고막을 찢는 웃음소리가 들렸다. 라 이르였다. 라 이르는 장갑 낀 손을 허리에 대고 머리를 뒤로 젖힌 채, 돌풍과 천둥소리 같은 웃음소리를 냈는데, 턱을 쫙 벌려서 몸속에 있는 게 다 보일 만큼 점잖지 못한 모습이었다.

그런데 이보다 더 나쁜 일이 일어나고야 말았다. 다른 쪽 문에서 소란스러운 소리가 나고, 장교들과 하인들이 인사를 하며 우비적우비적 거리는 소리가 들렸으니, 아주 높은 사람이 오는 것 같았다. 그러자 잔 다르크가 방 안으로 들어왔다. 사람들은 모두 일어서서 보기 흉한 웃는 입을 다물려고 애쓰며 엄숙하고 정숙해지려고 노력했다. 하지만 처녀가 웃음을 터뜨리자 사람들은 이런 자비를 베푸신 하느님께 감사를 드린 후 지진이 나 집이 흔들리는 것 같이 웃어 댔다. 하지만 나로 말할 것 같으면 연달아 일어난 이런 일들로 인생의 쓰디쓴 맛을 보게 되었고 이 일들은 떠올리기 싫은 기억이 되었다. 시 낭송은 엉망진창이 되었다.

16. 난쟁이

실망을 한 나는 다음 날 아침 침대에서 일어나지 못했다. 다른 친구들 역시 실망하기는 마찬가지였다. 이 일이 제대로 이루어졌다면 우리들 중 누군가는 팔라댕만 누렸던 행운을 어제 얻게 되었을지도 모른다. 하느님은 자비하신 마음으로 재능 없는 별 볼일 없는 사람들에게 재능을 받지 못한 것에 대한 보상으로 행운을 보내 주신다. 그러나 재능을 부여받은 사람들에게는 재능에 노력을 더해, 행운을 얻은 사람들이 누리는 것들을 손에 넣도록 요구하신다. 노엘이 한 말인데 맞는 말인 것 같기도 했다.

팔라댕은 사람들이 따라붙어 존경 어린 목소리로 "저기 봐! 잔 다르크의 기수야!" 하는 소리를 들으려고 하루 종일 도시를 돌아다니면서 온갖 사람들을 만나 이야기를 했다. 그러다가 뱃사공들에게서 강 건너편 잉글랜드군 요새에서 수상한 움직임이 있다는 말을 듣게 되었다. 저녁에 팔라댕은 그 일을 더 자세히 알아보다가 오귀스탱이라는 잉글랜드 탈영병을 만나게 되었다. 오귀스탱은 밤에 어둠이 내리면 잉글랜드군이 우리가 있는 강 이쪽에 있는 잉글랜드군 주둔지에 병력을 보내 강화할 계획이라고 말해주었다. 그렇게 해서 잉글랜드군은 뒤누아가 이끄는 군대가 잉글랜드 요새들을 지날 때 급습해서 괴멸시킬 계획이며, '마녀'가 함께하지 않는 뒤누아의 군대는 프랑스 군대가 수년 동안 그랬던 것처럼 잉글랜드군의 얼굴을 보면 무기를 버리고 도망갈 것으로 예상하고 있고, 자기들이 이기는 건 식은 죽 먹기라 생각해 사기가 충천해 있다고 말했다.

팔라댕이 이 소식을 듣고 잔과 면담을 요청한 때는 밤 10시였고 나는 그때 야간근무를 하고 있었다. 내가 어떤 기회를 놓쳤는지 보는 건 가슴 아픈 일이었다. 잔은 더 자세히 조사해서 정보가 사실이라는 걸 확신하고는 내 가슴을 괴롭게 할 말을 했다.

"잘했어. 고마워, 팔라댕. 네가 재난을 막은 거야. 네 이름과 공적은 공식적으로 알려질 거야."

팔라댕은 허리를 굽혀 인사를 했는데 일어설 때는 3미터나 되어 보였다. 잔뜩 부풀어서 내 옆을 지나가면서 은밀히 손가락으로 자기 눈시울을 내리고는 내 시의 후렴을 속삭이며 놀렸다.

"'오, 눈물아. 아, 눈물아. 오, 슬프지만 달콤한 눈물이여!' 총사령관이 왕에게 내 이름을 말하게 될 거야."

나는 잔이 팔라댕의 이런 모습을 보길 원했지만 잔은 잉글랜드군 일을 어떻게 대처해야 할지 여념이 없었다. 그러다가 잔은 내게 장 드 메스 기사를 데리고 오라 했고, 조금 후에 기사는 라이르의 막사에서 라 이르와 드 빌라르 경과 플로랑 딜리에에게 잔의 명령을 전하길, 말을 잘 타는 병사 오백 명을 뽑아 아침 5시에 집결하고 총사령관님에게 보고하라고 말했다. 역사책에서는 4시 반이라고 말하지만, 4시 반이 아닌 5시였는데 이것은 내가 직접 옆에서 들어 알고 있다.

아침 5시 정각에 우리는 길을 떠났고 8킬로미터쯤 간 곳에서 6시와 7시 사이에 우리는 돌아오는 우리 군의 선두와 만나게 되었다. 뒤누아는 기뻐했다. 두려운 잉글랜드군의 요새들이 가까워져 병사들이 초조해하고 불안해하고 있었기 때문이다. 그 처녀가 왔다는 소식이 도미노처럼 뒤쪽으로 퍼져나가자 환호 소리가 열을 따라 파도처럼 퍼져나갔다. 뒤누아는 병사들이 지나가며 잔을 볼 수 있도록 잔이 옆에 서 있어 주길 부탁했다. 잔이 왔다는 말은 사기를 높이려고 꾸며낸 말이 아니란 걸 병사들이 볼 수 있도록 말이다. 그래서 잔은 참모들과 함께 길 옆에 있었고 군인들은 당당한 걸음으로 그 옆을 지나가며 환호했다. 잔은 무장하고 있었지만 머리에는 투구를 쓰지 않았다. 머리에는 정교하게 만든 작은 벨벳 모자를 쓰고 있었는데, 하얀 타조 깃털이 많이 달려 있었고 그 깃털들은 끝이 휘어져 아래로 향하고 있었다. 이 모자는 잔이 오를레앙에 처음 도착한 밤에 선물로 받은 것인데, 지금 루앙 청사에 걸려 있는, 잔을 그린 그림에서 볼 수 있는 바로 그 모자였다.

이때 잔은 나이가 열다섯 살쯤 되어 보였다. 병사들을 볼 때면 잔은 언제나 피가 요동치고 두 눈에는 불이 타올라 볼에 따듯하고 아름다운 색이 감돌았다. 잔의 모습은 몹시 아름다워 이 세상 사람 같아 보이지 않았다. 잔의 아름다움에는 어딘지 다른 미묘한 무언가가 있었다. 잔의 아름다움은, 너희가 본 인간의 아름다움과는 다른 어떤 것, 인간의 아름다움을 초월한 그런 아름다움이었다.

보급품을 실은 수레들이 줄지어 가고 있었다. 그런데 한 수레의 짐 위에 웬 남자 한 명이 누워 있었다. 남자는 등을 대고 쭉 뻗어 있었는데 두 손이 줄로 묶여 있었고 두 발목 역시 묶여 있었다. 잔이 짐수레 책임자인 장교에게 신호를 보내 오라고 해서 책임자는 말을 타고 다가와 잔에게 경례를 올렸다.

"저기 저 남자는 왜 묶여 있나요?"

"영창에 갇혀 있던 놈입니다, 총사령관님."

"무슨 죄를 지었죠?"

"탈영을 했습니다."

"어떻게 할 건가요?"

"교수형에 처할 겁니다. 행군을 끝낸 다음에 그렇게 할 예정입니다. 서두를 필요는 없어서요."

"어떻게 된 일인지 자세히 얘기 좀 해 줄래요?"

"좋은 병사였습니다. 아내가 죽어가고 있다고, 가서 아내를 보고 오게 해 달라고 요청을 했는데 그럴 수는 없었습니다. 그러자 허락 없이 군을 이탈했습니다. 탈영을 한 사이 우리는 행군을 시작했는데 저놈은 어제저녁에야 우리를 쫓아왔습니다."

"쫓아왔다고요? 자진해서 왔다는 말인가요?"

"네, 자진해서 왔습니다."

"그런데 탈영병이라뇨! 하느님, 맙소사! 저 사람을 제게 데리고 오세요."

장교는 말을 타고 앞으로 가서 그 사람의 발은 풀어주고 손은 묶어둔 채 데리고 왔다. 그 사람의 체격은 정말 좋았다. 키가 2미터가 넘어 보이는 게 전사로 태어난 사람이었다! 얼굴은 남자답고 강인해 보였다. 손이 묶인 남자 대신 장교가 투구를 벗겨 주자 숱 많고 헝클어진 머리가 인상적이었다. 남자는 넓은 가죽 허리띠에 큰 도끼를 차고 있었다. 잔의 말 옆에 서자 남자와 잔의 눈높이가 서로 같게 되었는데, 이렇게 되니 잔이 전보다 더 작게 보였다. 남자의 얼굴에는 시름이 깊게 서려 있었고 삶에 대한 관심이 하나도 남아 있지 않고 죽어 있는 것 같았다. 잔이 입을 열었다.

"손을 올려보세요."

고개를 숙이고 있던 남자는 다정하고 부드러운 목소리를 듣자 고개를 들었다. 남자의 얼굴에는 무언가 아쉬워하는 듯한 빛이 있었다. 잔의 목소리가 음악처럼 들려와 다시 한번 듣고 싶어 한다는 생각이 들었다. 남자가 손을 들어 올리자 잔은 밧줄에 칼을 대었다. 그러자 장교가 불안해하며 끼어들었다.

"아씨! 아니, 총사령관님!"

"왜요?"

"사형을 선고받은 사람입니다."

"네, 알고 있어요. 책임은 제가 지겠어요."

잔은 밧줄을 잘랐다. 밧줄에 손목이 찢겨 피가 흐르고 있었다. 그러자 잔은 "어머나, 불쌍해라! 피 …. 끔찍해."라고 말하고는 피를 보지 않으려고 얼굴을 돌렸다. 하지만 잠깐 그럴 뿐이었다.

"누구 손목 싸매 줄 붕대 좀 주세요."

그러자 장교가 말했다.

"아, 총사령관님! 안 될 말씀입니다. 다른 사람을 시키겠습니다."

"다른 사람이요? 하느님이 아세요! 저보다 더 잘하는 사람은 찾기 힘들 거예요. 오래전에 사람과 동물을 치료해 주면서 이걸 배웠으니까요. 묶는 것도 이걸 묶은 사람보다 더 잘해요. 내가 묶었으면 살이 찢어지는 일은 없었을 텐데."

잔이 붕대를 싸매 주자 남자는 말없이 자신의 손목을 보고 있었다. 이따금 잔의 얼굴을 살짝 훔쳐보곤 했는데, 동물이 예기치 않게 사람에게 친절을 입을 때 믿어도 되는지 사람을 살피는 행동과 같았다. 병사들이 먼지구름을 일으키며 환호하며 지나가는 것을 참모들은 하나같이 잊은 채, 아주 재미있고 시선을 끄는 신기한 일인 양, 목을 빼고 붕대 감는 것을 쳐다보았다. 아주 사소한 일이라도 예상과 어긋난 일이 생기면 그 일을 넋 놓고 바라보는 사람들을 나는 가끔 보아 왔다. 푸아티에에서도 한번은 주교 두 사람과 열 명쯤 되는 근엄하고 유명한 학자들이 가게에서 간판을 칠하는 한 사람을 쳐다보는 모습을 본 적이 있다. 보는 내내 숨도 쉬지 않는 것 같았고 죽은 사람처럼 꼼짝도 하지 않았다. 보슬비가 내리기 시작했는데 구경하던 이들은 처음에 깨닫지도 못했다. 그러다가 나중에야 비가 내리는 걸 알고는 깊은 한숨을 쉬며 놀란 듯이 서로를 바라보았는데, 왜 거기에 자신들이 서 있는지 의아해하는 표정이었다. 내가 말한 것처럼 사람들은 이런 행동을 하곤 한다. 왜 그런지는 설명할 수 없다. 그저 일어나는 일로 받아들일 수밖에 없다.

"됐어."

말없이 붕대로 상처를 싸매던 잔은 일이 잘 끝나자 만족해하며 마침내 입을 열었다.

"이보다 더 잘할 수 있는 사람은 없을 거예요. 내 생각에는 이만큼 할 사람도 없을 거예요. 얘기해 봐요. 무슨 일이 있었죠? 자세히 다 얘기해 봐요."

그러자 거인 같은 남자가 입을 열었다.

"이런 일이었습니다, 천사님. 우리 어머니께서 돌아가신 후에 어린 자녀 셋이 한 명씩 한 명씩 죽고 말았습니다. 2년 동안 어머니와 자녀들이 다 죽게 되었죠. 기근 때문에 그랬습니다. 다른 사람들 형편도 안 좋았죠. 하느님의 뜻이었습니다. 저는 어머니와 자녀들이 죽는 걸 옆에서 지켜볼 수 있었습니다. 제가 묻을 수 있어서 하느님의 은혜였죠.

그런데 불쌍한 제 아내에게도 같은 운명이 찾아 왔습니다. 그래서 저는 상관에게 아내에게 가 보게 해 달라고 청했습니다. 제게는 정말 소중한 사람이었습니다. 제 모든 것이었죠. 저는 무릎을 꿇고 간청했지만 허락해 주지 않았습니다. 아내가 옆에 아무도 없이 혼자 죽게 내버려 둘 수 있겠습니까? 내가 오지 않을 거라 믿으며 아내가 죽게 할 수 있겠습니까? 아내가 저였다면 제게 오지 않고 저 혼자 죽도록 내버려 둘까요? 발이 묶여 있지 않으면 목숨을 걸고 오지 않겠습니까? 아, 그런 상황이라도 아내는 올 겁니다. 불속을 헤치고서라도 올 겁니다!

그래서 저는 아내한테 갔습니다. 아내는 제 팔에 안겨 죽었고 제 손으로 아내를 묻어 주었습니다. 그런데 제가 돌아와 보니 군대는 떠나고 없었습니다. 따라잡느라 애를 먹었지만 제 다리는 이렇게 길고 하루도 깁니다. 어젯밤에 군대에 합류할 수 있었습니다."

"사실인 것 같아요."

잔은 생각에 잠겨서 혼잣말을 소리 내듯 말했다.

"사실이라면 이번 한번은 군법을 보류해도 큰 문제가 되지 않을 거예요. 모두 동의할 거예요. 사실이 아닐 수도 있지만 사실이라면 말이죠 …."

갑자기 잔은 남자를 바라보며 말했다.

"당신 눈을 보고 싶어요. 고개를 들어 보세요!"

둘의 눈이 마주쳤고 잔은 장교에게 말했다.

"이 사람은 사면해 주겠습니다. 마음 편히 가지세요. 가도 됩니다."

잔은 남자에게 한 마디 더 덧붙였다.

"군에 돌아오면 사형 당할 걸 알았나요?"

"네, 알고 있었습니다."

"그런데 왜 돌아왔죠?"

남자는 아주 간단히 말했다.

"죽고 싶었기 때문이죠. 아내는 제 모든 것이었습니다. 제가 사랑하는 어떤 것도 제게는 남아 있지 않거든요."

"아, 그랬군요. 근데 프랑스가 있잖아요! 프랑스의 자녀들은 언제나 어머니 프랑스를 사랑해 왔습니다. 사랑할 만한 것이 하나도 없을 수는 없어요. 당신은 살아야 하고 프랑스를 위해 헌신해야 합니다."

"장군님께 헌신하겠습니다!"

"… 프랑스를 위해 싸우세요."

"장군님을 위해 싸우겠습니다!"

"프랑스의 병사가 되십시오."

"장군님의 병사가 되겠습니다!"

"… 당신의 마음을 모두 프랑스에 바치세요 …."

"제 마음을 모두 장군님께 바치겠습니다. 그리고 제게 영혼이 있다면 영혼까지. 그리고 저의 힘을 모두 바치겠습니다. 죽었다 다시 살아나서 그런지 힘이 아주 넘칩니다. 살아야 할 이유가 없었는데 이제 생겼습니다! 장군님이 제게는 프랑스입니다. 장군님이 저의 프랑스입니다. 제게 다른 사람은 없습니다."

잔은 미소를 지었다. 남자의 엄숙한 열정에 기뻤고 감동을 받았다. 남자의 정신은 단순히 진지함이 아닌 그보다 더 깊은 엄숙한 열정이라 말할 수 있었다.

"그래요. 당신 뜻대로 하세요. 이름이 뭔가요?"

"사람들은 난쟁이라고 부릅니다. 농담이긴 하지만 외모가 난쟁이를 닮은 구석도 있어 그런 것 같습니다."

남자가 미소 없이 진지한 얼굴로 대답하자 잔은 웃으며 말했다.

"정말 그렇게 보이는 면도 없지 않아요! 그 큰 도끼의 용도는 뭐죠?"

"프랑스를 존중하도록 사람들을 가르치는 도구입니다."

병사는 똑같이 진지하게 대답했다. 진지함은 남자와 함께 태어나 지금까지 자연스레 남자와 함께하고 있는 것 같았다. 잔은 다시 웃으며 말했다.

"많이 가르쳤나요?"

"네, 물론입니다. 많은 사람을 가르쳤습니다."

"가르침을 받은 학생들은 올바르게 처신하던가요?"

"네, 얌전해졌습니다. 아주 온순해지고 얌전해졌죠."

"그럴 수밖에 없었겠네요. 제 호위대가 되지 않을래요? 잡역병이나 보초병, 뭐 그런 보직으로?"

"그럴 수 있다면 하고 싶습니다."

"그러면 그렇게 하세요. 제대로 갑옷을 입고 맘껏 가르쳐 보세요. 저기 끌고 가는 말 중에 하나를 고르세요. 그리고 우리가 움직일 때 참모들의 뒤를 따라오세요."

이렇게 해서 난쟁이는 우리와 함께하게 되었다. 난쟁이는 좋은 사람이었다. 잔은 한번 보고 그 자리에서 선발했지만 잘못된 선택이 아니었다. 난쟁이보다 더 믿음직한 사람은 없었다. 하지만 도끼를 휘두를 때에는 악마요, 악마의 자식이었다. 그리고 몸집이 어찌나 큰지 팔라댕은 보통 사람처럼 보일 정도였다. 난쟁이는 사람들을 좋아했고, 그래서 사람들도 난쟁이를 좋아했다. 난쟁이는 처음부터 우리가 아이들인 것처럼 우리를 좋아했다. 그리고 기사들을 좋아했고 만나는 모든 사람들을 좋아했다. 그러나 세상 사람을 생각하는 마음 전부를 합쳐도 잔을 생각하는 마음에 비하면 손톱만큼에 지나지 않았다.

그래, 우리가 처음 만났을 때 난쟁이는 짐마차에 누워 뻗어 있었고 곧 죽음을 맞을 불쌍한 녀석이었다. 어느 누구도 난쟁이에게 친절한 말 한마디도 해 주지 않았다. 그러나 난쟁이는 우연히 발견한 보물이었다. 기사들은 난쟁이를 기사처럼 대우해 주었는데 사실 난쟁이는 기사와 동등한 인물이었기 때문에 마땅히 그렇게 대한 것이었다. 난쟁이는 전투에 임할 때 아주 격렬하게 싸웠기 때문에 기사들은 난쟁이를 요새라는 별명으로 부르기도 하고 지옥불이라 부르기도 했다. 기사들이 난쟁이를 아주 많이 좋아하지 않았다면 이런 별명은 붙여 주지도 않았을 것이다.

난쟁이에게 잔은 프랑스요, 사람으로 나타난 프랑스의 정신이었다. 처음부터 지녔던 이런 생각을 난쟁이가 그 후로 절대 버리지 않았다는 건 하느님이 아신다. 다른 사람들은 보지 못하는 아주 위대한 진실을 신분이 낮은 난쟁이는 본 것이다. 나는 아주 대단한 일이라고 느꼈다. 그런데 난쟁이가 잔에게 했던 일은 세상 국가들이 하는 일이기도 하다. 위대하고 고귀한 어떤 것을 사랑하면 사람들은 눈으로 볼 수 있게 그것에 몸을 부여한다. 예를 들면 자유처럼 말이다. 사람들은 추상적인 흐릿한 이상을 갖는 것에 만족하지 않고 그것을 아름다운 동상으로 만든다. 그러면 사람들이 사랑하는 이상은 실체가 되어 사람들은 그것을 바라보고 숭배한다. 내가 말한 것도 같은 일이었다.

난쟁이에게 잔은 우리의 조국이 육화한 존재, 눈으로 볼 수 있게 아름다운 모습으로 나타난 인간이었다. 잔이 다른 이들 앞에 서 있을 때 우리는 잔 다르크를 보았지만 난쟁이는 프랑스를 보앉다. 가끔 난쟁이는 잔을 프랑스라 부르기도 했다. 이것은 그런 생각이 난쟁이의 마음속에 얼마나 깊게 자리하고 있는지, 또 그런 생각이 난쟁이에게는 얼마나 현실적인 것이었는지 보여 주는 일이었다. 세상은 한 국가의 왕을 그 국가의 이름으로 불러왔지만, 그런 왕들 중에 잔만큼 그리 불릴 자격이 있는 사람이 있었는지 모르겠다.

대열이 다 지나가자 잔은 앞으로 말을 달려 대열 선두에 섰다. 잉글랜드군의 음산한 요새를 지나갈 때 우리는 요새 안에 있는 적군을 흐릿하게 볼 수 있었는데, 총을 겨눈 저들은 우리 행렬 속으로 우리에게 언제라도 죽음을 보낼 수 있었다. 나는 기운이 쭉 빠지면서 눈앞에 있는 모든 것이 흐릿해지고 뱅뱅 돌기 시작했다. 다른 친구들 역시 기운이 확 빠지는 것 같았다. 팔라댕도 그런 것 같았지만 확실히 알 수는 없었다. 팔라댕은 내 앞에 있었고 나는 잉글랜드군의 공격에 대비하느라 요새에서 눈을 떼지 않고 가야 했다. 그러나 잔은 평온했는데 마치 낙원에 있는 것처럼 평온했다고까지 말할 수 있을 것 같다. 잔은 말 등에 꼿꼿이 앉아 있었다. 나는 잔이 나와 전혀 다른 감정을 느끼고 있다는 걸 알 수 있었다.

가장 무서운 건 고요함이었다. 말안장의 삐거덕 거리는 소리, 규칙적인 말발굽 소리, 말들이 걸으면서 차올린 자욱한 먼지 구름 때문에 말이 재채기하는 소리, 이런 소리 외에 사방은 적막하기만 했다. 나도 재채기를 하고 싶었지만 그러지 않는 게 낫겠다 싶어 애써 참았다. 재채기를 했다가 내게 관심이 쏠려 행여나 적군의 총알이 내게 날아오지 않을까 하는 우려 때문이었다.

내가 건의할 위치에 있었더라면 조금이라도 빨리 위험을 벗어나도록 말을 더 빨리 몰자고 했을 것이다. 말의 보통 걸음걸이로 가는 건 좋은 생각이 아닌 것 같았다. 숨 막히는 적막함 속에서 우리는 열린 성문 안쪽에 버티고 있는 거대한 대포 옆을 천천히 지나가고 있었다. 나와 대포 사이에는 해자만 가로놓여 있을 뿐 아무것도 없었다. 그때 아주 괴상하게 생긴 당나귀 한 마리가 대지를 찢는 듯한 울음소리를 내서 나는 안장에서 미끄러지고 말았다. 다행히 베르트랑 경이 나를 붙잡아 줘서 땅에 떨어지지는 않았다. 만약 갑옷을 입은 채 땅바닥에 떨어졌다면 나 혼자 일어나지 못했을 것이다. 총안이 박힌 흉벽에서 망을 보는 잉글랜드 파수꾼들이 점잖지 않게 크게 웃었다. 일제히 공격해야 한다는 생각, 또 당나귀가 울 때보다 더 좋은 공격 기회는 없다는 생각은 하지 않는 듯했다.

잉글랜드군은 말로 도발을 하지도 않았고 총을 쏘지도 않았다. 나중에 들은 바에 따르면, 잉글랜드 병사들이 말을 타고 맨 앞에서 가는 처녀의 아름다움을 보고 잔을 인간이 아닌 사탄의 딸이라 확신하여, 병사들의 뜨거웠던 사기가 식어 사라졌다고 한다. 병사들의 사기가 떨어지자 현명한 잉글랜드 장교들은 공격을 명하지 않았던 것이다. 그리고 장교들 중에 어떤 이들도 같은 미신에 사로잡혀 두려워했다고 한다. 어쨌든 적들은 우리를 전혀 공격하지 않아 우리는 소름 끼치는 요새들 옆을 아무 탈 없이 지나갈 수 있었다. 행군을 하던 이때에 내게 아무런 유익이 없었던 것은 아니었으니, 차가웠던 나의 신앙심이 다시 뜨거워졌다.

역사책에 따르면, 바로 이때에 존 폴스타프 경이 이끄는 지원군을 잉글랜드군이 기다리고 있다고 뒤누아가 잔에게 말했다고 한다. 그러자 잔은 뒤누아를 보며 이렇게 말했다고 한다.

"바타르, 바타르, 하느님의 이름으로 말합니다. 존 폴스타프가 왔다는 걸 듣는 즉시 내게 알려 주세요. 그 사람이 지나가도 내가 모르면 당신 모가지가 잘릴 거예요!"

잔이 정말 이렇게 말했을 수도 있다. 그런 말을 하지 않았다고 말하는 것은 아니다. 하지만 나는 그런 말을 듣지 못했다. 정말 잔이 그런 말을 했다면, 모가지가 잘린다는 말은 직위를 해제해서 명령권을 박탈하겠다는 것이지, 죽이겠다는 위협은 아니었다고 생각한다. 잔이 장군들을 의심하고 있었다는 건 사실이고 또 그럴 만도 했다. 잔은 기습 작전을 펴고 공격하려고 했지만 장군들은 가만히 있다가 잉글랜드군이 지쳐서 후퇴하기만을 바랐기 때문이다. 장군들은 전쟁에 뼈가 굳은 노련한 사람들이었고 잔의 계획이 성공하리라 믿지 않았기에 당연히 잔의 계획 대신 자기들의 계획을 밀고 나가려고 했다.

나는 역사책에서 말하지 않고, 또 역사가들이 모르는 잔의 말을 들었다. 잉글랜드군이 강 건너 우리가 있는 곳의 주둔군을 증강해서 강 저편의 잉글랜드군은 약해졌으니, 이제 강 건너 있는 호숫가 남쪽으로 작전 지역을 바꿔야 한다고 잔은 말했다. 잔은 강을 건너가서 다리 끝에 있는 적의 요새들을 기습할 생각이었다. 그렇게 되면 우리가 점령한 곳과 우리 도시가 연결되어 도시를 감싼 포위망이 끊기게 된다. 장군들은 즉시 은밀하게 방해 공작을 폈지만 나흘 동안만 그 계획을 지연시켜 잔을 당혹스럽게 했을 뿐이다.

오를레앙의 시민들은 모두 성문에서 환호하며 군을 맞이했다. 병사들은 깃발 휘날리는 거리를 지나 제각각 병영으로 들어갔다. 병사들에게 조용히 잠만 자라고 말할 필요는 없었다. 뒤누아가 무자비하게 병사들을 몰고 온 까닭에 모두 지쳐 죽을 지경이었다. 다음 24시간 동안 병영에서는 코 고는 소리만 들릴 뿐이었다.

17. 유령의 집

집에 도착했을 때 우리 어린 송사리들을 위해 식당에는 아침이 준비되어 있었다. 집주인 가족은 우리와 함께 식사를 하려고 식당에 들어와 우리를 다정하게 맞아 주었다. 나이가 지긋한 훌륭한 재무관뿐 아니라 부인과 딸도 우리의 모험담을 듣고 싶다고 졸랐다. 아무도 팔라댕에게 먼저 이야기를 해 달라고 부탁하지 않았지만 팔라댕이 먼저 나서 이야기를 시작했다. 팔라댕은 우리와 함께 식사하지 않은 나이 지긋한 돌롱 경을 제외하고는 잔에게 받은 특별한 직책 때문에 군 서열 상 우리들보다 앞섰다. 그래서 두 기사와 내가 귀족 신분이라는 것은 조금도 개의치 않고 자기가 좋으면 언제나 먼저 이야기를 하려고 했다. 천성이 그러니 어쩔 수 없었다. 팔라댕은 이야기를 시작했다.
"하느님께 감사합니다. 군은 아주 훌륭한 모습이었습니다. 그보다 더 훌륭한 짐승 떼는 본 적이 없는 것 같았습니다."
"짐승 떼요?"

카트린 양이 묻자 노엘이 끼어들었다.

"무슨 말인지 제가 말씀드릴게요. 그게 …"

그러자 팔라댕은 잘난 척하며 말을 가로막았다.

"나 대신 설명하려고 수고하지 않아도 돼. 나도 생각할 수 있는 이성이 …"

노엘이 다시 끼어들었다.

"꼭 이런다니까. 팔라댕은 자기한테 이성이 있다고 생각할 때마다 자기가 생각을 하고 있다고 믿죠. 하지만 착각입니다. 팔라댕은 군대를 보지 못했어요. 내가 봤는데 팔라댕은 군을 보지 못했어요. 고질병이 도져서 애를 먹고 있었거든요."

"어떤 병이요?" 하고 카트린이 묻자 나는 끼어들 기회다 싶어 말했다.

"신중함이라는 병이죠."

그러나 이렇게 말하지 않는 게 나을 뻔했다. 팔라댕이 이렇게 반격했기 때문이다.

"다른 사람을 두고 신중함을 말할 사람은 아닌 거 같은데. 당나귀가 우니까 넌 말안장에서 떨어졌잖아."

모두 웃었다. 내 딴에 좋은 말 한다고 성급하게 끼어든 것이 부끄러워 나는 말했다.

"당나귀가 울어서 내가 떨어진 건 아니야. 어떤 감정 때문이었어. 단지 감정 때문에 그랬던 거지."

"그래, 좋아. 감정이라고 말하고 싶다면 나도 뭐라 하진 않겠어. 그런데 베르트랑 경도 감정이라는 말로 표현하실 건가요?"

"그러니까, 그건 …. 뭐 때문이었든 어쩔 수 없었다고 생각해.

너희 모두 격렬한 백병전에서 어떻게 해야 하는지 잘 배웠잖아. 그러니 그런 일 때문에 부끄러워할 필요는 없어. 손에 아무것도 들지 않고, 아무런 소리와 음악도 없이, 아무 일도 없는 상태로 죽음 앞에서 걸어가기만 하는 건 아주 힘들거든. 드 콩트, 내가 너였어도 나도 감정 때문이었다고 말했을 거야. 그건 부끄러워할 일이 전혀 아니야."

이제껏 들어본 적 없는 현명하고 올바른 말이었다. 나는 불편한 상황을 벗어나게 해 준 것이 고마워 입을 열었다.

"두려움이었어요. 솔직한 말씀에 감사드립니다."

"아주 명쾌하고 좋은 답변이야. 말 잘 했어, 젊은이."

나이 지긋한 재무관이 말했다. 이 말에 나는 마음이 놓였다. 그리고 카트린 양이 "저 역시 그렇게 생각해요"라고 말하자 궁지에 몰린 게 오히려 다행이었다는 생각이 들었다.

장 드 메스 경은 이렇게 말했다.

"당나귀가 울 때 우리 모두 함께 있었지. 그때 무서울 정도로 적막했어. 젊은 군인에게 그런 감정이 조금이라도 안 들면 이상한 거야."

드 메스 경은 선한 얼굴에 질문이 있냐는 듯한 밝은 표정으로 사람들을 둘러보았다. 눈을 마주친 사람마다 그렇다는 뜻으로 고개를 끄덕였다. 팔라댕까지 고개를 끄덕였는데 이에 모두 놀라 기잡이는 신뢰를 얻었다. 그건 팔라댕의 지혜로운 처신이었다. 팔라댕이 꾸밈없이 그런 식으로 진실을 말할 수 있다고, 또 꾸미든 꾸미지 않든 이런저런 사실을 솔직하게 이야기할 수 있다고는 아무도 믿지 않고 있었다. 그래서 팔라댕은 재무관 가족에게 좋은 인상을 심어주려고 고개를 끄덕인 것 같았다. 나이 지긋한 재무관이 말했다.

"그렇게 어려운 상황에서 적군의 요새 옆을 지나가는 건 어둠 속에서 유령 옆을 지나가는 사람만큼 정신력이 대단해야 해. 기수, 자네 생각은 어떤가?"

"어르신, 유령에 대해서는 잘 모르지만 유령을 만나면 좋겠다는 생각을 자주 했습니다. 만일 제가 …"

"정말요?"

어린 숙녀가 크게 말했다.

"우리 집에 유령이 있어요! 한 번 만나보시겠어요? 괜찮으시겠어요?"

어린 숙녀는 정말 원하는 눈치였고, 또 예뻤기 때문에 팔라댕은 바로 그러겠다고 대답했다. 그러자 두렵다고 말할 용기가 없는 다른 사람들도 마음이 편치 않았지만, 입으로는 자기도 유령을 만나보겠다고 한 사람씩 말했고, 결국 모두 모험을 위해 한배를 타게 되었다. 그러자 소녀는 신이 나서 손뼉을 쳤다. 부모님 역시 좋아서 말하기를, 집에 유령들이 있는데 아주 오랫동안 가문 대대로 유령들 때문에 무서웠고 골치를 썩였다고 했다. 또 지금까지 유령들의 원한이 무엇인지 알려고 선뜻 나서서 유령들을 만나겠다고 한 사람이 없었다고 했다. 누군가 유령들을 만나 준다면, 자기 가족이 유령들의 원한을 풀어 주어 불쌍한 유령들을 만족시켜 다시는 말썽 부리지 않고 조용히 있게 하겠다고 말했다.

18. 첫 전투

정오 무렵에 나는 부셰 부인과 한담을 나누고 있었다. 아무 일도 없이 모든 게 평화롭기만 했다. 그런데 그때 갑자기 카트린 부셰가 크게 흥분하며 들어와 말했다.

"빨리요! 드 콩트 경, 빨리요! 처녀께서 제 방 의자에서 졸고 계시다 갑자기 일어나 외치셨어요. '프랑스의 피가 흘러내리고 있어! 내 칼, 내 칼 좀 줘!' 문에서 지키던 거인 보초병이 돌롱 경을 데려왔어요. 돌롱 경이 칼을 드리고는 갑옷 입는 걸 도와주고 계세요. 저와 거인은 참모들에게 알리고 있어요. 빨리요! 총사령관님께 가세요. 정말 전쟁이 일어났다면 싸움에 뛰어들지 못하게 해 주세요. 위험하지 않게요. 그럴 필요 없잖아요. 총사령관님이 옆에 계시고 지켜보고 계신다고 병사들이 알기만 하면 되니까요. 싸움터에 들어가지 않도록 해 주세요. 꼭 그렇게 하셔야 해요!"

비꼬는 걸 좋아하고 비꼬는 것에 탁월한 재능이 있다는 말을 들어온 나는 뛰어가면서 비꼬는 말투로 말했다.

"그래요. 식은 죽 먹기죠. 제가 처리할게요!"

나는 집 반대편 끝에서 잔을 만났는데 완전무장을 하고 문을 향해 급히 가던 잔은 나를 보고 원망했다.

"아, 프랑스의 피가 쏟아지고 있는데 넌 나한테 알려주지 않았어."

"난 정말 몰랐어요. 전쟁 소리가 안 들리는걸요. 사방이 조용합니다, 총사령관님!"

"바로 전쟁 소리를 듣게 될 거야."

잔은 이렇게 말하고 가버렸다. 사실이었다. 다섯을 세기도 전에 고요함을 깨고 지휘하는 목쉰 목소리와 함께 많은 병사와 말들이 달려오는 소리가 점점 크게 들려왔다. 그러더니 멀리서 대포 소리가 "쾅! 콰광! 쾅!" 하고 들려오고, 곧바로 사람들이 달려가며 함성을 지르는 소리가 허리케인처럼 집 옆에서 울려왔다. 기사들과 우리 호위대는 무장을 하고 바로 뛰어나갔다. 그러나 말이 준비되어 있지 않았다. 우리는 함께 잔을 따라갔다. 팔라댕이 깃발을 들고 앞에 섰다. 몰려든 인파는 반은 시민이고 반은 병사였는데 지휘관은 보이지 않았다. 잔을 본 사람들의 함성소리는 더 크게 올라갔다. 잔이 소리쳤다.

"말 가져와요! 말!"

곧바로 말 열 필을 데리고 왔다. 잔은 말에 올랐다. 사람들 수백 명이 외쳤다.

"거기, 길을 내라! 오를레앙의 처녀께서 나가신다!"

하느님께 찬양을! '오를레앙의 처녀'라는 불멸할 그 말을 처음으로 사람들이 외쳤을 때 나는 그곳에서 그 말을 들을 수 있었다. 홍해 바다가 갈라지듯 군중 가운데로 길이 났고 그 길을 잔은 새처럼 날아가며 외쳤다.

"앞으로! 프랑스 용사들! 나를 따르라!"

우리는 나머지 말들을 타고 잔의 뒤를 달려갔다. 우리 위로는 거룩한 깃발이 휘날리고 있었고 우리 뒤에서 길은 다시 사람들로 메워졌다. 이전에 음산한 잉글랜드군 요새 옆을 행군했던 소름 끼치던 때와는 전혀 다른 전진이었다. 그래, 이때 우리는 달랐고 열정이 소용돌이처럼 우리 몸을 휘감았다.

갑자기 이런 사태가 벌어진 정황은 이랬다. 이 도시 사람들과 도시의 보잘것없는 수비대는 너무나 오랫동안 희망 없이 두려움에 사로잡혀 지내왔다. 그러던 중 잔이 오자, 시민들은 미친 듯이 흥분한 나머지 적군을 공격하고픈 마음을 억제할 수 없었다. 그래서 아무 명령이 없었지만 병사들과 시민들 몇백 명이 충동적으로 갑자기 부르고뉴 성문을 힘으로 밀고 나갔다. 그리고 탤벗 경의 가장 위험한 요새 중 하나인 생루 요새를 공격하다가 패배하고 있었다. 이 소식이 도시로 퍼지면서 우리와 함께 있는 새로운 인파들이 몰려나가고 있었다. 성문 밖으로 물밀 듯이 나아가자 최전선에서 부상당한 사람들을 데리고 오는 부대를 만났다. 이 모습에 잔은 마음이 움직여 말했다.

"아, 프랑스의 피다. 이걸 보니 머리털이 곤두서네!"

곧 우리는 전장에 들어서서 아수라장 한가운데 서게 되었다. 잔은 처음으로 진짜 전쟁다운 전쟁을 보는 것이었고 우리 역시 마찬가지였다. 전투는 넓은 들판에서 벌어지고 있었다. 생루의 잉글랜드군은 '마녀들'만 주위에 없다면 늘 이기곤 했기 때문에 승리를 확신하고 공격을 맞이하러 나와 있었다. 파리에서 온 잉글랜드 지원군이 합세한 터라 우리가 갔을 때 프랑스 병사들은 싸움에 져서 후퇴하고 있었다. 그러나 잔이 "병사들아, 돌격하라! 내 뒤를 따르라!" 하고 외치며 깃발을 휘날리며 난장판 속으로 뛰어들자 상황은 급변했다. 프랑스 병사들은 돌아서서 바다의 거센 파도처럼 앞으로 밀고 나아갔다. 우리 병사들은 잉글랜드군을 베고 찌르고, 또 베이고 찔리며, 두 눈 뜨고 보기에 무시무시한 격전을 벌였다.

전장에서 난쟁이는 특별히 맡은 임무가 없었다. 다시 말해, 특정한 곳에서 싸우라는 명령을 받지 않았기에 자기가 장소를 골라 싸웠다. 난쟁이는 잔 앞에서 나아가며 잔을 위해 길을 만들어주고 있었다. 난쟁이의 무서운 도끼에 쇠 투구가 공중으로 날아가는 모습을 보는 건 무서웠다. 난쟁이는 그것을 '호두까기'라고 말했는데 정말 그렇게 보였다. 살점과 쇳조각으로 바닥을 깔며 길을 내었다. 잔과 우리는 그 길로 용맹하게 나아가 아군보다 훨씬 앞으로 전진하게 되었고, 잉글랜드군을 뚫고 들어가 적군 사이에 있게 되었다. 기사들은 잔을 둘러싸고 싸우라고 명했고 우리는 그렇게 했다.

이때 일어난 일은 정말 멋진 광경이었다. 이제는 팔라댕을 존경해야 했다. 타인을 더 좋게 변하게 하는 잔 앞에서, 잔의 눈 아래서, 팔라댕은 타고난 신중함, 곧 위험 앞에서 갖는 소심함을 잊어버리고 두려움도 잊어버렸다. 팔라댕은 전후좌우로 마구 공격했는데 자신이 꾸며내는 무용담보다 더 뛰어나게 싸움을 벌였다. 팔라댕이 가는 곳마다 적의 숫자는 줄어들었다.

우리는 몇 분 지나 잉글랜드군에게 둘러싸이게 되었다. 그러자 뒤에 있던 프랑스군이 함성을 지르며 우리가 있는 곳으로 달려왔다. 잉글랜드군은 후퇴하며 싸웠다. 후퇴하면서도 훌륭하고 용감하게 싸웠는데, 우리가 차츰차츰 적군의 요새까지 적군을 몰아갔지만 적군은 언제나 등을 보이지 않았다. 요새에 있던 적군은 활과 석궁으로 화살을 비처럼 퍼부었고 우리 쪽으로 대포도 날렸다. 적 대부분이 요새 안으로 들어가자 우리는 죽거나 부상을 당한 프랑스와 잉글랜드 병사들 더미 옆에 남게 되었다. 우리 젊은이들에게는 너무 끔찍하고 무서운 광경이었다. 2월에 우리가 경험한 전투는 밤에 벌어져서, 그때에는 사람의 피와 잘린 팔다리, 그리고 죽은 사람의 얼굴은 다행히 잘 보이지 않았다. 그래서 그런 참혹한 모습을 적나라하게 보기는 이번이 처음이었다.

성에서 온 뒤누아가 이제 도착해서, 거품을 문 말을 몰고 전장으로 달려와 잔에게 와서 인사하며 찬사를 늘어놓았다. 뒤누아는 멀리 있는 도시 성벽을 향해 손을 흔들었는데, 성벽에는 수많은 깃발들이 바람에 화려하게 나부끼고 있었다. 군중들이 성벽에 올라가 잔의 승리를 지켜보며 기뻐하고 있었다고 뒤누아가 말했다. 그리고 잔과 프랑스군은 이제 열렬한 환대를 받을 거라고 덧붙였다.

"벌써요? 지금은 안 되죠, 바타르. 아직 때가 아닙니다!"

"아직 아니라뇨? 더 해야 할 게 있습니까?"

"더 해야 할 거라고요? 이제 시작했어요! 저 요새를 점령해야 돼요."

"아, 진담은 아니시겠죠! 저걸 점령할 수는 없습니다. 절대 시도해서도 안 됩니다. 전혀 가망 없는 일이니까요. 병사들에게 성으로 돌아가라고 명하겠습니다."

잔의 가슴은 기쁨과 전쟁에 대한 열정으로 넘쳐 흐르던 터라 그런 말을 듣고 가만히 있을 수 없어 크게 말했다.

"바타르, 바타르, 전쟁을 끝내지 않고 계속 싸우기만 할 건가요? 분명히 말하지만 이곳이 우리 땅이 될 때까지 한 발짝도 물러나지 않을 겁니다. 바로 공격해서 되찾을 겁니다. 진격 나팔을 불라고 하세요!"

"아, 장군님 …"

"이봐요. 더 이상 시간 낭비하지 맙시다. 공격 나팔을 불도록 명하세요!"

이렇게 말하는 잔의 눈 안에 이상하고 강렬한 불빛이 타오르는 것을 나는 보았는데 우리는 그 불빛을 '전쟁의 불빛'이라 불렀다. 전쟁의 불빛은 이후의 전투에서도 계속 볼 수 있었다.

공격을 알리는 나팔소리가 크게 울리자 병사들은 함성으로 대답한 후 어마어마한 요새를 향해 내달렸다. 요새는 그곳에서 나는 대포 연기에 흐릿하게 보였고 옆에서는 화염과 대포가 요란한 소리를 내며 뿜어져 나오고 있었다. 우리는 번번이 격퇴를 당했지만 잔은 여기저기 모든 곳에서 병사들을 독려하고 힘을 주어 공격을 단념하지 않게 했다. 물러났다가 공격했다가, 또 공격했다가 물러나기를 3시간 동안 반복했다. 그러다 마침내 라 이르가 합류하여 마지막 공격을 했고 적군은 더 이상 저항하지 못하여 생루의 요새는 우리 것이 되었다. 우리는 요새 안의 물품과 대포들을 탈취하고 안에 있는 모든 것을 파괴하여 요새를 파괴해 버렸다.

모든 병사들은 기쁨에 겨워 목이 쉴 정도로 함성을 질렀고 총사령관을 찾는 목소리도 점점 커졌다. 잔의 승리에 대해 잔에게 찬사와 영광을 바치고 존경을 표하기 위해서였다. 우리는 겨우 잔을 찾을 수 있었다. 잔을 찾았을 때 잔은 먼 곳에 혼자 있었다. 잔은 시체 더미 가운데 두 손으로 얼굴을 가리고 울고 있었다. 잔은 어린 여자애였다. 영웅의 마음은 또한 어린 여자애의 마음이기도 해서 여리고 동정심이 많은 건 당연했다. 잔은 죽은 프랑스군과 잉글랜드군의 어머니를 생각하고 있었다.

포로 중에는 사제들이 많이 있었다. 잔은 이들을 보호해 살려 주었다. 사제로 위장한 병사들도 분명 있다는 말을 하자 잔은 이렇게 말했다.

"어떻게 알 수 있죠? 모두 성직자 옷을 입었어요. 한 사람만 진짜라 해도 그 무고한 한 사람의 피를 우리 손에 묻히는 것보다는 그냥 모두 살려 주는 게 나을 거예요. 제가 묵는 집에 데려가서 재워 주고 식사를 대접해서 안전하게 돌아가도록 해 주겠어요."

우리는 깃발을 휘날리며 대포와 포로를 끌고 성으로 돌아왔다. 포위당한 지 일곱 달 만에 처음으로 전투다운 전투를 해 본 것은 이번이 처음이었고 프랑스군의 승리를 본 것도 이번이 처음이었다. 사람들이 얼마나 기뻐했는지 너희는 예상할 수 있을 것이다. 사람들은 미친 듯이 환호성을 지르고 종을 울렸다. 잔은 이제 사람들의 귀염둥이가 되었고 사람들은 서로 어깨를 밀치며 잔을 보기 위해 몰려들었다. 어찌나 많이들 몰려왔는지 우리는 거리에서 움직일 수가 없었다. 잔의 새로운 이름이 사방으로 퍼져나가 모든 이들이 그 이름을 외쳤다. 보쿨뢰르의 성스러운 처녀는 이제 잊혔다. 사람들은 잔을 자기들 사람이라고 여겨 이제 오를레앙의 처녀라고 불렀다. 이 이름을 처음 들었던 때를 회상하는 건 행복한 일이다. 그 이름을 사람들이 처음으로 부른 그때와 그 이름을 이 땅에서 마지막으로 부를 그 미래 사이에, 아, 얼마나 많은 세대가 일어났다가 사라질 것인가!

부셰 가족은 마치 잔이 자기 가족인 것처럼, 살 가능성이 없는 죽음에서 살아 돌아온 것인 양 잔을 기쁘게 맞아 주었다. 그러나 전장으로 들어가 위험을 감수한 것을 두고 이제 다시는 그러지 말라고 나무랐다. 잔 스스로 전쟁에 참여하고 전투를 이끌었다는 것을 모르는 부셰 가족은, 전장에 간 것이 정말 잔의 뜻이었는지, 아니면 앞으로 돌격하는 병사들에게 휩쓸려 어쩔 수 없이 들어가게 된 것인지 잔에게 물어봤다. 그리고 다음에는 더 조심하라고 잔에게 부탁했다. 어쩌면 좋은 조언이었는지도 모른다. 하지만 그 말은 전혀 열매 맺지 못할 땅에 떨어진 씨앗이나 다름없었다.

19. 드디어 만난 유령

오랜 싸움으로 지친 우리는 남은 오후 시간에 모두 잠을 잤다. 두세 시간 잠을 자자 밤이 되었고 그때에야 기운을 회복하고 일어나 저녁을 먹었다. 나는 유령에 대한 일을 이야기하지 않길 바랐는데 다른 사람들 역시 전쟁 이야기만 하고 다른 일은 언급하지 않는 것을 보면 틀림없이 나와 같은 마음이었다. 팔라댕은 자신의 싸움을 다시 이야기하며, 시체들을 이쪽에 열다섯 구, 저쪽에 열여덟 구, 또 저기는 서른다섯 구 쌓아 올린 이야기를 했다. 듣기에 신나고 좋은 이야기였다.

그러나 피하고 싶은 일을 미룰 수 있을 뿐 그 이상은 아무런 도움이 되지 못했다. 팔라댕이 이야기를 한없이 계속할 수는 없었다. 적군의 요새를 점령하고 수비군을 괴멸시키고 나니 할 이야기가 더 이상 남아 있지 않아 이야기는 끝날 수밖에 없었다. 카트린 부셰가 거들면 팔라댕이 이야기를 되풀이할 수 있었고 우리는 그러길 바랐지만 이번에 카트린은 그럴 마음이 없었다. 화제가 바뀔 기회가 오자 카트린은 결국 반갑지 않은 그 이야기를 꺼냈고 우리는 마음을 다잡고 태연한 척하며 그 일을 맞닥뜨릴 수밖에 없었다.

벽에 꽂을 횃불과 촛불을 들고 우리가 카트린과 부부 내외를 따라 유령이 나온다는 그 방으로 간 것은 밤 11시였다. 벽이 두꺼운 아주 큰 저택에서 그 방은 멀리 떨어진 곳에 있었다. 그곳은 유령이 나온다는 소문 때문에 아무도 머물고 있지 않았는데 얼마나 오랫동안 비워 두었는지는 아무도 알지 못했다. 그 방은 대저택의 큰 응접실처럼 아주 큰 방이었다. 방에는 큰 탁자가 있었는데 질 좋은 참나무로 만들어서 잘 보존되어 있었지만, 의자는 벌레가 먹고 벽에 걸린 태피스트리는 오랜 세월이 흐른 탓에 헤어지고 색이 바래 있었다. 먼지 쌓인 거미줄이 천장 이곳저곳에 드리운 것이 적어도 백 년 동안은 이 방에 사람의 출입이 없었던 것 같았다. 카트린이 설명해 주었다.

"전해 내려오는 이야기에 따르면 사람들이 여기 사는 유령들을 본 적은 없지만 말하는 소리는 들었대요. 이 방이 예전에는 지금보다 더 컸어요. 옛날에 여기 끝에 있는 벽을 막아서 벽 너머에 좁은 방을 만들었대요. 그런데 좁은 방으로 들어갈 수 있는 입구가 전혀 없어요. 좁은 방은 분명히 아직 있겠지만 빛도 들지 않고 공기도 통하지 않아 완전히 지하 감옥 같을 거예요. 여기서 기다려 보시고 무슨 일이 일어나는지 알아봐 주세요."

설명은 이게 다였다. 이렇게 말해 주고 카트린과 부모님은 우리를 남겨둔 채 가버렸다. 텅 빈 복도의 돌바닥을 걸어가는 가족의 발소리가 멀어지고 잦아들자 이상한 고요함과 엄숙함이 밀려왔다. 예전에 적막함 속에서 잉글랜드군 요새를 지나갈 때보다 나는 더 음산한 기분에 사로잡혔다. 우리는 앉아서 멍한 눈으로 서로를 바라보았는데 누구 하나 마음 편한 사람이 없다는 걸 쉽게 알 수 있었다. 앉아 있는 시간이 흐르면 흐를수록 그 고요함은 점점 더 무서워졌다. 이내 집 주위에서 바람이 우는 소리가 들리기 시작하자 나는 어질어질함을 느꼈고 이번에는 겁쟁이라는 걸 드러낼 만한 용기라도 있었으면 좋겠다고 생각했다. 유령을 무서워하는 건 부끄러운 일이 아니었으니까. 살아 있는 사람이 유령들의 손에서 어찌 벗어날 수 있겠는가. 그런데 유령들이 눈에 보이지 않는다는 게 더 무서운 것 같았다. 바로 지금 이 순간 유령들이 이 방에 우리와 함께 있는지도 몰랐다. 그렇지 않다는 걸 우리는 알 수 없었다.

공기처럼 투명한 무언가가 내 어깨와 머리에 닿고 있다는 느낌이 들어 나는 움츠리며 몸을 뺐다. 무서워하고 있다는 걸 티 낸 것이 부끄럽지 않았다. 왜냐하면 다른 이들 역시 나와 같은 행동을 하는 것을 보았기 때문이다. 다른 이들도 무언가가 자신의 몸에 아주 살짝 닿고 있다고 느꼈다. 모두 그런 촉감을 느끼고 있었다. 시간이 어찌나 느리게 흘러가는지 바로 영원이 이런 것이 아닌가 싶을 정도였다. 모두 얼굴이 밀랍처럼 하얘져서 마치 시체들이 회의하는 곳에 와서 함께 앉아 있는 것 같았다.

"댕! 댕 !댕!" 하는 소리가 멀리서 희미하게, 기괴하고도 천천히 들려왔다. 자정을 알리는 먼 곳의 시계 종소리였다. 마지막

"댕!" 하는 소리가 잦아들자 다시 음산한 고요함이 이어졌다. 이전과 다름없이 나는 밀랍처럼 하얘진 얼굴들을 바라보고 있었다. 그때 나는 다시 한번 내 머리와 어깨를 살포시 어루만지는 촉감을 느꼈다. 이렇게 1분, 2분, 3분이 흐르자 깊은 한숨을 길게 쉬는 소리가 들려왔다. 우리는 모두 벌떡 일어났다. 모두 다리가 후들후들 떨리고 있었다. 소리는 그 작은 지하 감옥에서 들려온 것이었다. 잠시 아무 소리도 들리지 않았다. 그러더니 흐느끼는 소리가 작게 들려오기 시작했다. 애절한 절규 소리가 간간이 섞여 있었다. 그리고 또 다른 목소리가 들려왔다. 또렷하지 않지만 저음인 목소리는 다른 누군가를 위로하려 애쓰는 것 같았다. 그러더니 두 목소리는 함께 애통해하며 작게 흐느꼈다. 아, 목소리들은 동정과 슬픔과 절망으로 가득 차 있었다! 듣는 사람의 가슴을 아프게 하는 소리였다. 그 소리는 아주 생생했다. 분명히 사람의 소리처럼 느껴지고 듣는 이로 하여금 애처로운 마음이 들게 하여 우리는 유령에 대한 생각을 잊어버렸다. 장 드 메스 경이 나서서 외쳤다.

"이리들 와! 저 벽을 부스고 불쌍한 포로들을 풀어 주자고. 자, 여기야. 자네 도끼로 내리쳐!"

난쟁이가 앞으로 폴짝 뛰어나가 자기의 커다란 도끼를 두 손으로 잡고 휘둘렀다. 다른 이들은 뛰어가 횃불을 가져왔다.

"쾅! 쾅! 쿵!"

옛날 벽돌이 우르르 무너지자 소 한 마리가 들어갈 수 있는 구멍이 뚫렸다. 우리는 안으로 들어가 횃불을 비추었다. 하지만 비어 있을 뿐 그곳에는 아무도 없었다! 바닥에는 녹슨 검 한 자루와 썩어 헤어진 부채 하나가 놓여 있었다. 이것이 우리가 겪은 이야기 전부다. 이 애수 어린 유품을 지닌 채 그 지하 감옥에서 오래전에 죽었던 두 남녀의 사랑 이야기를 아름답게 엮어보는 일은 너희에게 맡기겠다.

20. 오귀스탱 요새

다음 날 잔은 다시 적을 공격하고자 했다. 그러나 그날은 승천 축일*이라 산적 같은 장군들이 모인 거룩한 회의는 너무 경건해서 그런 날을 피로 더럽히지 않기로 했다. 하지만 장군들은 자기들끼리 늘 하는 음모를 통해 그날을 더럽히고 말았으니, 곧 새로운 상황에서 할 만한 딱 한 가지 일을 실행하기로 결정한 것이다. 곧 강 이쪽 오를레앙에 있는 적의 가장 중요한 요새를 공격하는 척하기로 했다. 그래서 잉글랜드군이 강 너머 있는 더 중요한 요새들에서 이쪽으로 지원군을 보내 그곳의 병력이 약해지면, 강을 건너가 강 너머 요새들을 점령하기로 했다. 계획이 성공하면 강에 놓인 다리를 탈환해서 프랑스가 점령하고 있는 솔로뉴 지역과 자유롭게 왕래할 수 있게 될 것이다. 장군들은 강 건너 적군을 공격하는 부분은 잔에게는 비밀로 하기로 했다.

그런데 회의하는 곳에 잔이 갑자기 불쑥 들어와 장군들을 놀라게 했다. 잔은 무슨 작전을 짰는지, 어떻게 하기로 했는지 물었

---

* 부활하신 예수님께서 하늘로 올라가신 날을 기리는 기독교 기념일

다. 장군들은 오를레앙 쪽에 있는 잉글랜드군의 가장 중요한 요새를 이튿날 아침에 공격하기로 했다고 말했다. 계획을 설명하던 한 장군은 여기까지만 말하고 입을 다물었다. 그러자 잔이 말했다.

"좋아요. 이어서 이야기해 보세요."

"더 이야기할 게 없습니다. 이게 다입니다."

"그걸 믿으라고요? 그러니까 여러분이 정신이 나간 걸 믿어도 되냐고요?"

잔은 뒤누아를 보고 말을 이었다.

"바타르, 장군은 정신이 온전할 테니 대답해 보세요. 그렇게 요새를 공격해서 점령하면 지금보다 우리 상황이 얼마나 좋아질까요?"

바타르는 머뭇거리다 질문과 관련 없는 말을 조금 횡설수설하기 시작했다. 그러자 잔이 말을 가로막았다.

"그러면 됐어요, 현명한 바타르. 대답은 그걸로 됐어요. 요새를 점령해서 얻는 이익이 뭔지 말할 수 없으니 다른 분들도 어떤 이익이 있는지 말하지 못할 것 같네요. 여러분은 여기서 아무것도 아닌 작전을 짜느라 하루를 허비하는 바람에 손해를 입게 했어요. 제게 숨기는 게 있나요? 바타르, 여러분이 큰 그림을 그리고 있다는 건 나도 알아요. 세부적인 사항 말고 그 큰 그림이 뭐죠?"

"일곱 달 전 처음에 그렸던 그림과 같습니다. 식량을 구비하고 오랫동안 포위해서 잉글랜드군을 지치게 하는 거죠."

"세상에! 일곱 달로도 모자라 일 년은 그렇게 있으려고 하는군요. 겁쟁이들이나 꾸는 그런 꿈은 이제 버리세요. 3일이면 잉글랜드군은 물러갈 겁니다!"

잔의 말에 장군 여럿이 크게 말했다.

"아, 사령관님, 사령관님, 신중하셔야 합니다!"

"신중해져서 굶어 죽으라고요? 그게 전쟁인가요? 아직 모르고 있다면 알려 줄게요. 주변 상황이 새롭게 변해서 사정이 달라졌어요. 공격 목표가 변했어요. 이제 강 너머를 공격해야 돼요. 다리를 지키는 방어 시설을 점령해야 돼요. 잉글랜드군은 알고 있어요. 우리가 바보가 아니고 겁쟁이가 아니라면 그렇게 할 거라는 걸 말이에요. 여러분의 경건함 덕분에 잉글랜드군은 오늘 하루를 번 것에 감사하고 있을 거예요. 우리 쪽에 있는 잉글랜드군은 내일 일어날 일을 알기 때문에 오늘 밤 다리를 지키는 요새에 병력을 늘릴 거예요. 여러분은 하루만 버리게 하고 우리 일을 더 어렵게 만들었어요. 우리는 강을 건너야 하고 다리를 지키는 적의 요새를 점령해야 하니까요. 바타르, 사실대로 말해 보세요. 내가 말한 것 말고는 다른 길이 없다는 걸 여러분은 회의에서 이야기하지 않은 건가요?"

뒤누아는 잔이 말한 방법이 가장 좋다는 걸 알고 있었지만 실현 가능성이 없다고 생각했음을 인정했다. 그리고 잉글랜드군이 포위를 오랫동안 하다가 지치게 하는 것 외에는 그 어떤 것도 현실적으로, 또 합리적으로 생각할 수 없기 때문에 장군들은 잔의 과격한 작전을 조금 두려워할 수밖에 없다고 말하면서 할 수 있는 대로 자신들의 입장을 변호했다. 뒤누아는 말했다.

"사령관님께서 아시는 것처럼 우리는 기다리는 것이 가장 좋은 방법이라고 확신하지만 사령관님은 공격하려고만 하시죠."

"그래요. 전 공격으로 해결하려고 하죠! 그리고 앞으로도 그럴 거예요! 지금 여기서 명령을 내리겠습니다. 내일 새벽에 남쪽 강가에 있는 요새들을 공격하겠습니다."

"그러면 바로 진격하는 겁니까?"

"네, 바로 진격합니다!"

라 이르는 철컥철컥 갑옷 소리를 내며 들어오다 잔의 마지막 말을 듣고는 이렇게 소리쳤다.

"내 지휘봉을 걸고 진실을 말하는데 음악처럼 좋은 말이네요! 좋은 선율이자 아름다운 말입니다. 사령관님, 바로 공격합시다!"

라 이르는 그만의 큰 동작으로 잔에게 인사를 하고 다가와 잔과 악수를 했다. 장군 몇 명이 말하는 소리가 들렸다.

"그럼, 생존(St. John) 요새부터 공격해야 합니다. 그래야 잉글랜드군이 시간을 갖고 …."

잔은 말소리가 들린 곳으로 돌아서서 말했다.

"생존 요새는 신경 쓸 거 없어요. 우리가 오는 걸 보면 잉글랜드군은 생존 요새를 버리고 다리를 지키는 요새들로 후퇴할 거예요. 잉글랜드군도 그 정도는 알고 있죠."

그리고 비꼬는 듯이 덧붙였다.

"장군님들도 그 정도는 알고 있겠죠."

잔은 자리를 떠났다. 라 이르는 장군들에게 이렇게 말했다.

"여러분은 총사령관님이 애라는 사실만 보는 것 같소. 꼭 그래야 한다면 그런 잘못된 생각에 달라붙어 있으시오. 그런데 이 아이가 복잡한 이 전쟁 게임을 여러분만큼 이해하고 있다는 걸 여러분은 보았소. 여러분이 내 생각을 알고 싶다면 구태여 물어보지 않아도 에두르지 않고 직설적으로 말해 주겠소. 하느님께 맹세코, 이 아이가 여러분 중 가장 뛰어난 사람에게도 이 전쟁을 어떻게 해야 할지 가르쳐 줄 수 있다고 난 생각하오!"

잔의 말은 그대로 들어맞았다. 꾀바른 잉글랜드군은 프랑스군의 전략이 혁명처럼 확 변했다는 것을 눈치챘다. 프랑스군이 어름어름 시간을 보내며 꾸물거리는 일은 이제 끝내고, 강타를 얻어맞는 대신 이제 강타를 날리려 한다는 것을 알았다. 그래서 잉글랜드군은 새로운 상황에 대비하여 북쪽에 있는 병력을 남쪽 강가에 있는 요새들로 보냈다.

오를레앙 시민들은 다시 한번 큰 소식을 듣게 되었다. 몇 년 동안 굴욕적인 시간을 보낸 프랑스가 이제 다시 한번 공격을 할 거라는 역사적인 소식이었다. 후퇴하기만 하던 프랑스가 이제 전진한다. 오랫동안 숨기만 했던 프랑스가 이제 태도를 완전히 바꾸어 공격을 한다. 시민들의 기쁨은 끝이 없었다. 그래서 이튿날 아침에 군대가 성 밖으로 나갈 때 군의 꼬리가 아닌 머리가 잉글랜드군을 향해 나아가는 이 생경한 광경을 보려고 모인 사람들로 성벽 위는 새까맣게 되었다. 잔이 선두에서 깃발을 높이 펄럭이면서 말 달리며 나갈 때 사람들이 얼마나 흥분하고 떠들썩했는지 너희는 상상할 수 있을 것이다.

우리 군은 대거 강을 건너갔다. 배가 작고 많지 않아 강을 건너는 일은 지루하도록 시간이 오래 걸렸다. 그러나 우리가 생떼냥 섬에 상륙할 때는 아무런 공격도 받지 않았다. 우리는 좁은 수로에 배 몇 척을 띄우고 연결해 남쪽 강가까지 다리를 만들었고, 그곳까지 방해받지 않고 질서 있게 행군해 나아갔다. 그곳 생존에는 앵글랜드군의 요새가 있었지만 잉글랜드군은 우리 군의 첫 번째 배가 오를레앙 강가를 떠나는 걸 보고는 요새를 파괴하고 다리 옆의 다른 요새로 퇴각했다. 잔이 장군들과 논쟁할 때 말한 그대로였다.

우리는 강변에서 남쪽으로 더 들어갔다. 그리고 다리 끝을 지키는 막강한 요새 가운데 첫 번째 요새인 오귀스텡 요새 앞에 이르렀고 그곳에서 잔은 깃발을 땅에 꽂았다. 공격을 알리는 나팔이 울렸고 이어서 두 차례 멋있는 공격이 이어졌다. 그러나 주력 부대가 아직 뒤에서 오고 있었기 때문에 우리는 아직 전력이 약했다. 세 번째 공격을 준비하기 전에 생프리베에 있는 잉글랜드 주둔군이 이 큰 요새를 지원하기 위해 올라오는 모습이 보였다. 지원군이 달려오자 오귀스텡의 잉글랜드군도 갑자기 쏟아져 나와 두 군대가 함께 우리를 향해 달려왔다. 그러자 우리의 작은 군대는 공포에 사로잡혀 도망치기 시작했다. 적군은 우리를 뒤쫓아 오면서 욕설과 야유를 퍼부으며 칼로 베고 찔렀다.

잔은 있는 힘을 다해 부하들을 다시 모으려고 했지만 모두 제정신이 아니었다. 오랫동안 몸에 밴 잉글랜드군에 대한 두려움이 그 순간 다시 도져 병사들의 마음을 조종했다. 잔은 화가 불같이 치솟아 멈추어 섰다. 그리고 진격 나팔을 울리라고 명령한 다음 주위를 둘러보며 소리 쳤다.

"겁쟁이 아닌 사람 열 명쯤이면 충분하니 나를 따르라!"

이렇게 말하고 적을 향해 돌진하자 잔의 말을 들은 병사 수십 명이 용기를 얻어 잔을 따라갔다. 우리를 뒤쫓던 적군은 얼마 안 되는 병사들과 잔이 달려오는 걸 보고는 놀랐다. 이제 잉글랜드군이 소름 끼치는 공포를 느낄 차례였다. '저 여자는 틀림없이 마녀다. 사탄의 딸이다!' 이렇게 생각한 잉글랜드군은 생각하지도 않고 뒤로 돌아 공포에 사로잡혀 도망가기 시작했다.

도망치던 우리 군도 나팔 소리를 듣고 뒤돌아서 바라보았다. 처녀의 깃발이 반대 방향으로 빠르게 가고 있고 적군은 그 앞에서 우왕좌왕하며 내빼는 것을 보자, 우리 군은 다시 용기를 얻어 우리 뒤를 따라오기 시작했다. 라 이르도 나팔 소리를 듣고 서둘러 휘하의 부대를 몰고 달려와서, 우리가 다시 오귀스탱 성벽 앞에 깃발을 꽂을 때에는 우리와 합류했다. 이제 우리 군 병력도 충분했다. 앞에는 길고 튼튼한 성벽이 가로막고 있었지만 우리는 밤이 되기 전에 그 성을 점령했다. 잔은 있는 힘을 다해 공격하는 우리를 독려했다. 그 큰 요새를 우리는 점령할 수 있고 또 반드시 점령해야 한다고 잔과 라 이르는 말했다. 잉글랜드군은 잉글랜드군답게 잘 싸웠다. 잉글랜드군답게 싸웠다고 말하면 더 말할 나위 없이 그것으로 충분하다. 우리는 불길과 연기와 귀먹을 정도로 요란한 소리를 내는 포화를 뚫고 공격에 공격을 거듭했다. 그리고 마침내 태양이 지평선 너머로 내려갈 때 우리는 성 안으로 달려 들어가 성벽 위에 우리의 깃발을 꽂았다. 오귀스탱은 이제 우리의 것이었다.

다리를 점령하고 포위망을 뚫으려면 투렐 요새도 함락시켜야 했다. 우리는 아주 큰일 하나를 이루었고 잔은 그런 일 하나를 더 이루겠노라 결심했다. 우리는 얻은 것을 지켜야 했기에 갑옷을 입은 채로 누워 잠을 자야 했고 아침에는 공격을 준비해야 했다. 그래서 잔은 전력이 떨어지지 않도록 병사들이 약탈하고 소란

피우고 술 마시며 흥청망청 거리지 못하게 했다. 그리고 대포와 탄약을 빼고는 오귀스탱 안에 있는 모든 것을 불태웠다.

온종일 힘겹게 싸운 탓에 모두 지쳐 있었고 그것은 잔도 마찬가지였다. 그러나 잔은 아침에 있을 공격을 위해 투렐 앞까지 군대를 이끌고 가서 머물기를 바랐다. 장군들은 잔을 말렸다. 숙소로 돌아가 적절한 휴식을 취해 남은 큰일을 준비하도록, 또 발에 입은 상처에 거머리 치료를 하도록 결국 잔을 설득했다. 그래서 우리는 장군들과 함께 강을 건너 숙소로 돌아왔다.

늘 그랬듯이 시내는 기쁨으로 광란의 도가니였다. 종들이 땡땡땡 시끄럽게 울리고 모두가 소리 높여 외쳤다. 술에 취해 곤드레만드레 한 사람들도 있었다. 이런 즐거운 소동이 폭풍처럼 성을 휩쓸도록 우리는 성을 드나들 때마다 좋은 일을 만들었고 그래서 이런 즐거운 폭풍은 언제나 우리와 함께 있었다. 지난 일곱 달 동안 이런 소란이 있을 이유가 전혀 없었던 지라 시민들은 더 기뻐하며 더 즐거워했다.

21. 큰 부상을 예언하다

잔은 늘 찾아오는 방문객들로부터 벗어나 휴식을 취하려고 카트린과 함께 바로 둘이 같이 쓰는 방으로 갔다. 그리고 저녁을 먹고 상처를 치료했다. 그런 다음 지쳐 있었지만 잠을 자러 가는 대신 카트린의 만류에도 불구하고 난쟁이를 내게 보냈다. 어머니에게 전할 말이 있어 사람 편에 동레미로 편지를 보내려고 했던 것이다. 편지는 프롱트 신부님에게 보내 어머니에게 읽어달라고 부탁할 생각이었다. 나는 가서 잔이 불러주는 대로 편지를 썼다. 어머니와 가족에게 인사와 다정한 말을 한 다음 잔은 이런 말을 불러주었다.

"제가 부상당했다는 소식을 곧 들으시게 되더라도 걱정하지 마시라고 이렇게 편지를 씁니다. 제가 큰 부상을 입었다는 말을 들어도 믿지 마세요."

잔이 말을 이어나갈 때 카트린이 끼어들었다.

"아, 이 말을 들으시면 어머니께서 아주 놀라실 거예요. 이 말은 하지 말아요, 잔. 이 말은 하지 말아요. 하루만 기다려요. 길어야 이틀이면 나을 거예요. 나으면 그때 편지 쓰면서 발에 상처를 입었는데 다 나았다고 하세요. 그때면 분명 좋아질 거고 더디더라도 거의 회복할 거예요. 어머니께는 걱정 끼쳐드리지 마세요, 잔. 제가 말한 대로 하세요."

그러자 잔의 어린 시절 웃음과 같은 웃음, 곧 아무 걱정 없는 영혼이 갑자기 호쾌하게 웃는, 마치 종이 울리는 듯한 웃음소리를 내고 잔이 말했다.

"내 발이요? 이렇게 긁힌 것 때문에 왜 내가 그렇게 쓰겠어요. 귀여운 아가씨, 내 얘기는 그게 아니에요."

"어머나, 그럼 다른 더 심한 상처가 있는데 얘기를 안 한 거예요? 도대체 정신을 어디다 팔고 있었길래 잔은 …."

카트린은 막연한 두려움에 사로잡혀 벌떡 일어나 거머리를 다시 가져오려고 했다. 그러나 잔은 카트린의 팔을 잡고 다시 앉게 하고 말했다.

"그럴 필요 없어요. 진정해요. 다른 데 다친 곳은 없어요. 내일 잉글랜드군 요새를 공격할 때 입게 될 부상을 편지에 쓰는 거예요."

카트린은 그 이상한 말을 이해하려는 표정을 지었다. 그러나 이해할 수 없었다. 카트린은 얼떨떨한 표정으로 말했다.

"내일 입을 부상? 그럼 왜 … 일어나지 않을 수 있는 걸 두고 어머니께 걱정을 끼쳐 드려요?"

"일어나지 않을 수 있는 거? 아니, 반드시 그렇게 될 거예요."

수수께끼는 여전히 풀리지 않았다. 카트린은 여전히 얼떨떨한 얼굴로 말했다.

"반드시라면 확실하다는 말인데 저는 도무지 …. 제 머리로는 이해할 수 없어요. 아, 잔, 그런 불길한 생각은 안 좋은 거예요. 마음의 안정과 용기를 사라지게 하죠. 그런 생각일랑 버려요! 아예 하지 말라고요! 그런 생각을 하면 밤새 불안해서 잠도 못 자게 되고 백해무익해요. 우리가 바라는 건 …."

"이건 단지 예상이 아니에요. 사실이에요. 그리고 전 불안하지 않아요. 어찌 될지 모르는 일이 불안하게 하죠. 하지만 이건 그런 일이 아니에요."

"잔, 그게 일어날 거란 걸 확실히 안다는 말이에요?"

"네, 그래요. 확실히 알아요. 내 음성들이 그렇게 말씀해 주셨어요."

그러자 카트린은 체념한 듯이 말했다.

"아, 저런. 그분들이 그렇게 말했다면야 …. 그런데 그분들 목소리가 확실해요? 틀림없는 거냐고요?"

"네, 분명해요. 반드시 일어날 일이에요. 의심할 여지 없어요."

"끔찍하네요! 언제부터 그걸 알고 있었어요?"

"몇 주 전이었던 것 같아요."

잔은 나를 쳐다보며 물었다.

"루이, 넌 기억하겠다. 언제였지?"

"각하께서 시농에서 왕께 처음으로 말씀하셨죠. 7주 전이었습니다. 그리고 4월 20일에 다시 말씀하셨죠. 또 2주 전에, 그러니까 22일에도 다시 말씀하셨죠. 여기 제가 기록해 놓았습니다."

이 놀라운 일로 카트린은 크게 놀랐다. 그러나 나는 이런 일로 더 이상 놀라지 않게 된 지 오래였다. 살다 보면 적응하지 못할 일은 없다. 카트린이 물었다.

"내일 일어난다는 거죠? 항상 내일 날짜로 말했어요? 늘 같은 날짜에 일어난다고 한 거죠? 그러면 실수나 착각이 한 번도 없었다는 거네요?"

잔이 대답했다.

"없었죠. 5월 7일이 그날이고 다른 날은 아니에요."

"그럼 그 끔찍한 날이 지나갈 때까지 집 밖으로 한 발자국도 나가지 마세요! 꿈에라도 나갈 생각은 말아요. 잔, 그럴 거죠? 우리랑 같이 있겠다고 약속해요."

하지만 잔은 받아들이지 않고 말했다.

"사랑하는 착한 친구, 그런다고 달라지지 않아요. 내가 내일 부상을 당하게 되어 있다면 내가 피한다고 해도 반드시 일어날 거예요. 부상이 나를 찾아올걸요. 그리고 내일 난 그곳에 가는 게 내 의무에요. 거기서 죽음이 나를 기다린다고 해도 난 가야 해요.

그런데 그깟 부상 때문에 피해야겠어요? 그럴 수 없죠. 그보다는 더 좋은 일을 하도록 노력해야죠."

"그럼 가기로 마음먹은 거예요?"

"물론이죠. 내가 프랑스를 위해 할 수 있는 일은 하나밖에 없어요. 병사들에게 싸울 수 있는 용기와 이길 수 있다는 희망을 주는 일."

잔은 잠시 생각하더니 덧붙였다.

"하지만 합리적으로 행동해야 하죠. 그리고 나한테 아주 잘 해 주는 카트린도 아주 많이 기쁘게 해 줄게요. 카트린은 프랑스를 사랑해요?"

잔이 무슨 꿍꿍이인지 나는 궁금했지만 짐작할 수가 없었다. 카트린은 나무라는 듯이 말했다.

"아, 내가 어떠했길래 그렇게 물어요?"

"그럼 프랑스를 정말 사랑하고 있는 거네요. 의심해서 물어본 게 아니에요, 친구. 기분 나빠하지 말고 말해 봐요. 거짓말해 본 적 있어요?"

"살면서 고의로 거짓말해 본 적은 없어요. 악의 없는 거짓말을 한 적은 있지만 나쁜 거짓말은 해 본 적이 없어요."

"됐어요, 그럼. 카트린은 프랑스를 사랑하는 거고 거짓말하는 게 아니에요. 그러니 카트린을 신뢰할게요. 나는 싸우러 가든지, 여기 남아 있든지 할게요. 카트린이 결정해요."

"와, 정말요? 고마워요, 잔! 내게 이런 일을 맡기다니 정말 고마워요! 그럼 나가지 말고 여기 있어요!"

카트린은 기쁜 나머지 잔의 목을 껴안고 애정 어린 말을 듬뿍

해 주었다. 그 말 중에 정도가 가장 낮은 말이라도 내게 해 주었다면 내 마음은 부유해졌을 것이다. 그러나 현실은 내 마음이 얼마나 가난한지 느끼게 해 줄 뿐이었다. 이 세상에서 내가 가장 소중하게 여긴 카트린의 애정을 놓고 본다면 내가 얼마나 가난한지 느낄 뿐이었다. 잔은 말을 이었다.

"그럼 난 나가지 않겠다고 사령부에 가서 전해 줄래요?"

"아, 기꺼이 가지요. 그 일이라면 제게 맡기세요."

"고마워요. 그런데 어떻게 말할 거예요? 공식적인 표현을 써서 알맞게 말해야 할 텐데 할 말을 내가 알려 줄까요?"

"네, 그렇게 해 주세요. 격식에 맞게 적절하게 전하는 법을 잔은 아시지만 전 경험이 없어서요."

"그럼 이렇게 전해 줘요. '참모 총장은 요새와 전장에 있는 프랑스 왕의 군대에 알리십시오. 프랑스 군대의 총사령관은 부상입을까 두려워 내일 잉글랜드군과의 전투에 나가지 않을 것입니다. 잔 다르크가 서명하고 프랑스를 사랑하는 카트린 부셰가 전달함.'"

잠시 침묵이 흘렀다. 상황이 어떻게 돌아가는지 흘깃 눈치를 보게 하는 불편한 침묵이었다. 잔은 얼굴에 애정 어린 미소를 띠고 있었지만 카트린의 얼굴에는 진홍빛 파도가 몰려왔다. 카트린의 입술은 떨렸고 눈에는 눈물이 맺혔다. 이윽고 카트린이 입을 열었다.

"아, 제 자신이 너무 부끄러워요! 잔은 고결하고 용감하고 현명하지만 저는 너무 보잘것없는 사람이에요. 정말 보잘것없고 바보 같아요!"

카트린은 결국 참지 못하고 울음을 터뜨렸다. 나는 카트린을 안고 위로해 주고 싶었지만 나 대신 잔이 그렇게 해 주었다. 물론 나는 아무 말도 하지 않았다. 잔이 아주 친절하고 다정하게 잘 말해 주었기 때문이다. 나도 같이 그렇게 위로해 줄 수 있었지만, 내가 그렇게 하는 건 어울리지 않고 분위기를 어색하게 하는 어리석은 짓이라는 걸 알았기 때문에 나는 그냥 아무 말 없이 있었다.

이런 내 행동이 올바르고 가장 좋은 선택이길 바랐지만 정말 그런 것이었는지는 모르겠다. 오히려 이후의 내 인생을 완전히 변화시키고 더 행복하고 아름답게 할 수도 있는 기회를 그냥 흘려보낸 게 아닌가 하는 생각 때문에 여러 번 후회했는데, 슬프게도 그렇게 되고 말았다. 바로 이런 이유 때문에 나는 아직도 그 장면을 떠올리면 후회가 들고 괴로워서, 내 기억 깊은 곳에서 그 장면을 불러오려고 하지 않는다.

그건 그렇다 치고, 해악 없는 작은 장난은 이 세상에 유익하고 좋은 것이다. 그건 활력을 북돋아 주고, 인간을 비뚤어지지 않게 하며 인간답게 해 준다. 카트린에게 그런 작은 함정을 놓은 건 카트린이 잔에게 한 부탁이 얼마나 터무니없는지 보여 주는 좋은 방법이었고 재밌는 발상이었다. 지금 다시 생각해 보면 그렇지 않은가? 카트린도 그런 이유로 전장에 나오지 않는 프랑스 총사령관의 모습을 생각하고는 눈물을 닦고 웃었다. 그리고 정말 그렇게 된다면 잉글랜드군이 이 일로 한동안 기뻐할 것이라는 걸 인정했다.

이리하여 우리는 다시 편지를 쓰기 시작했다. 물론 부상을 말하는 내용을 빼지는 않았다. 잔은 기분이 좋았다. 하지만 고향의 이 사람, 저 사람, 그리고 어린 시절 친구들에게 전할 말을 이야기하게 되자, 우리 마을과 요정나무, 꽃 피는 들판과 풀 뜯는 양들, 우리의 소박하고 평화로운 아름다운 모든 것들이 마음에 떠올라, 잔은 친한 사람들의 이름을 말하다가 입술이 떨리기 시작했다. 그리고 오메트와 꼬마 망제뜨의 이름을 말할 때는 더 이상 말을 잇지 못했다. 잔은 잠시 멈추었다가 말을 이었다.

"저들에게 내 사랑을 전해 주세요. 내 따뜻한 사랑을, 내 깊은 사랑을. 아, 내 가슴의 가슴속에 있는 그 사랑을! 전 더 이상 우리 동네를 보지 못할 거예요."

이때 잔의 고해 신부인 파스케렐이 와서, 전갈을 갖고 온 용감한 기사 드 레 경*을 소개해 주었다. 기사는 참모들의 결정을 알려 주었는데, 현재 상황으로도 충분하니 하느님께서 이루어 주신 일에 만족하는 게 가장 안전하고 좋은 것이라 결정했다는 내용이었다. 또 오를레앙은 이제 넉넉하게 식량을 공수 받아 오랫동안 잉글랜드군의 포위를 견딜 수 있으니, 강 건너에서 군대를 후퇴시켜 다시 수비 태세로 전환하겠다고 했다. 참모 회의에서는 이렇게 하기로 결정했다고 했다.

"구제불능 겁쟁이들 같으니!"

이렇게 소리치고 잔은 말을 이었다.

---

* 질 드 레(Gilles de Rais 1404~1440). 잔 다르크와 함께 싸웠던 장군이자 귀족으로 대시종관 라 트레무아유의 사촌이기도 하다. 잔 다르크와 함께하던 20대 중반에는 용맹하고 세련된 귀족의 면모를 보였지만 훗날 소년 200여 명을 고문하고 살해한 죄로 36세에 처형되었다. 연쇄 살인범 귀족 남자의 이야기를 다룬 샤를 페로의 동화 〈푸른 수염〉의 모델이라는 설도 있다.

"내가 지쳐서 배려를 많이 해 주는 척했지만 병사들에게서 나를 떼어낼 속셈이었어. 이 말을 전해요. 참모 회의 때에 전하지는 말이요. 장군으로 위장한 그 하녀들에게 할 말은 아무것도 없으니까요. 진짜 남자인 바타르와 라 이르에게 전해요. 지금 있는 그곳에 군대를 그대로 주둔시키라고요. 제 말을 따르지 않으면 책임을 묻게 하겠다고 전하세요. 그리고 아침에 공격할 거라고 전하세요. 이제 가도 좋아요, 좋은 기사님."

그리고 잔은 신부에게 이렇게 말했다.

"일찍 일어나서 하루 종일 제 옆에 있어 주세요. 내 손으로 할 일이 많을 거예요. 그리고 목과 어깨 사이에 부상을 당할 거예요."

22. 오를레앙 해방

우리는 새벽에 일어나 미사를 드린 후 출정을 했다. 홀에서 우리는 집주인을 만났는데 그 좋은 사람은 잔이 아침을 거르고 출정하는 걸 보고 마음이 좋지 않아 잠시만 기다렸다가 식사를 하고 가라고 청했다. 그러나 잔은 시간을 낼 수 없었다. 프랑스 구출의 큰 첫걸음인 이 일을 끝내는 걸 적군의 마지막 요새가 가로막고 있었고, 그 요새를 공격하는 일에 마음이 불타올라 잠시라도 지체할 수 없었던 것이다. 잔이 거절하자 부셰는 다른 이유를 들어 졸랐다.

"잠깐 생각해 보세요. 우리 불쌍한 시민들은 포위당해서 몇 개월 동안 생선 맛을 거의 보지 못했는데 이제 사령관님 덕분에 다시 맛보게 됐어요. 아침거리로 귀한 청어가 있어요. 그러니 기다렸다가 아침 먹고 가세요."

그러자 잔이 대답했다.

"이제 널려 있는 게 생선일 거예요. 오늘 일만 끝나면 강 연안은 모두 여러분 게 될 거예요. 그러면 원하는 대로 하실 수 있습니다."

"아, 사령관님께서 승리하실 것은 알고 있습니다만 그 정도까지는 바라지 않습니다. 사령관님께서 하루 말고 한 달을 걸려 해내셔도 상관없습니다. 그러니 이제 허락하셔서 기다렸다가 아침을 들고 가세요. 배 타고 하루에 강을 두 번 건널 사람은 생선을 먹으면 사고를 당하지 않는다는 말도 있지 않습니까."

"그 말은 제게 해당되지는 않는군요. 오늘 전 배를 타고 강을 한 번만 건널 거거든요."

"오, 그런 말 마십시오. 저희에게 돌아오지 않으실 건가요?"

"아니요, 돌아올 겁니다. 하지만 배를 타고 돌아오지는 않을 거예요."

"그럼 어떻게 돌아오시려고요?"

"다리를 건너서요."

"다리를 건너서요? 다들 들어봐. 농담 그만하시고, 총사령관님, 제 말대로 하십시오. 귀한 생선입니다."

"그럼 좋아요. 저녁에 먹게 남겨 놓으세요. 잉글랜드 병사 한 명도 데려올 테니 그 사람 먹을 것도 남겨 주시고요."

"아, 정 그러시다면 그냥 나가셔야죠. 하지만 서두는 사람은 얼마 못 가 주저앉는다는 말도 있으니 조심하시고요. 근데 언제 돌아오실 건가요?"

"잉글랜드군이 오를레앙을 더 이상 포위하지 못하게 한 다음에요. 자, 앞으로!"

우리는 출발했다. 거리마다 시민들과 병사들로 북새통이었지만 그 모습이 우울했다. 누구 하나 미소 짓는 사람 없이 모두 우울해 보였다. 어떤 큰 재난이 모든 희망과 유쾌함을 때려죽인 것 같았다. 이런 모습을 우리는 처음 보았기에 놀랐다. 그러나 사람들이 처녀를 보자마자 분위기는 갑자기 바뀌어서 사람들은 질문을 열심히 해대기 시작했다.

"어디로 가시지? 가시는 곳이 어디야?"

잔은 듣고서 크게 소리쳤다.

"어디로 간다고 여러분은 생각하세요? 투렐을 점령하려 갑니다."

이 몇 마디 말이 슬픔을 기쁨으로, 곧 날아갈 듯한 기쁨과 열광으로 변화시킨 모습을 묘사하는 건 불가능하다. 환호 소리가 터져 나와 거리 곳곳으로 퍼져나갔고, 죽은 것 같았던 사람들이 갑자기 살아나서 펄펄 날며 소란을 떨었다. 군중 사이에 섞여 있던 병사들은 우리 깃발 아래로 모여들었고 많은 시민들도 달려가 창과 미늘창을 가져와 합류했다. 우리는 가면서 수가 계속 늘어났고 만세 소리도 그치지 않았다. 그래, 우리는 두꺼운 안개 같은 그 거센소리를 뚫고 지나갔다. 길 양쪽 창문에서는 흥분한 사람들이 크게 소리를 지르고 있었다.

장군들은 성의 동문인 부르고뉴 성문을 닫아놓고 건장한 군인이자 오를레앙의 대법관이기도 한 라울 드 고쿠르가 이끄는 강한 부대가 지키게 하여 잔이 밖으로 나가 투렐을 공격하지 못하게 막았다. 이런 부끄러운 일 때문에 도시는 슬픔과 절망에 빠졌다. 그러나 그것은 잠시뿐이었다. 처녀가 장군들에게 굴복하지 않을 것을 사람들은 알고 있었고 사람들의 그 생각은 옳았다.

우리가 성문에 도착하자 잔은 나갈 수 있도록 문을 열라고 고쿠르에게 말했다. 고쿠르는 장군들의 작전 회의에서 엄격히 명령한 것이라 그렇게 할 수 없다고 대답했다. 그러자 잔이 말했다.

"왕 말고는 내 위에 그 누구도 없다. 왕께 받은 명이라면 그 명을 보여라."

"왕께 명을 받은 것은 아닙니다, 사령관님."

"그럼 문을 열어라. 그렇지 않으면 대가를 치를 것이다!"

고쿠르는 이런저런 변명을 하려 했다. 고쿠르 역시 다른 장군들과 마찬가지로 행동이 아닌 말로만 싸우려고 했다. 고쿠르가 이러쿵저러쿵하는 동안 잔은 짧게 명령했다.

"돌격!"

우리는 돌진했다. 그리고 그런 별것 아닌 일을 하는 데에는 잠깐이면 되었다. 고쿠르의 놀라는 모습은 재미있었다. 이렇게 갑자기 밀어붙이는 걸 막는 데에 고쿠르는 익숙하지 않았기 때문이다. 나중에 고쿠르는 말하길, 자기가 한참 말하는 도중에, 그러니까 잔이 아무 말 못 하도록 성문을 열어줄 수 없다는 걸 증명하는 와중에 그런 일이 갑자기 벌어졌다고 말했다. 그러자 고쿠르의 말을 듣던 상대방은 이렇게 말했다고 한다.

"어쨌든 사령관님이 대답은 하신 거네."

우리는 아주 큰 소리를 지르며 성문 밖으로 나갔는데 그 소리 대부분은 웃음소리였다. 얼마 후에 우리 짐 마차는 배 위에 있다가 강을 건너 투렐을 향해 나아갔다.

그 거대한 요새를 공격하기 전에 우리는 이름 없는 부속 요새부터 점령해야 했다. 부속 요새의 뒤쪽은 도개교로 투렐 요새와 연결되어 있었고 도개교 아래로는 물살이 세고 깊은, 루아르강의 지류가 흐르고 있었다. 부속 요새가 튼튼해서, 뒤누아는 우리가 점령할 수 있을지 반신반의했지만 잔은 전혀 의심하지 않았다. 오전 내내 잔은 대포를 쏘게 했고 정오쯤에는 진격을 명하고 스스로 앞장섰다. 우리는 화염과 빗발치는 화살과 날아오는 포탄을 뚫고 해자 속으로 뛰어들었다. 잔은 부하들을 독려하느라 소리 지르면서 성벽에 걸친 사다리를 올라갔다.

이때 우리가 이미 알고 있던 불행한 사고가 일어났다. 석궁에서 날아온 화살이 잔의 갑옷을 뚫고 목과 어깨 사이에 박혔다. 극심한 고통을 느낀 잔은 가슴으로 피가 쏟아지는 걸 보고 겁을 먹었다. 아직 소녀였던 잔은 바닥에 떨어지고 고통스러워 울기 시작했다.

잉글랜드군은 기뻐 함성을 지르며 강한 기세로 잔을 잡기 위해 내려왔다. 몇 분 만에 양쪽 병력은 잔이 있는 곳에 집중되었다. 잔의 머리 위에서, 그리고 잔의 사방에서 잉글랜드군과 프랑스군은 사력을 다해 싸웠다. 잔이 프랑스를 걸머쥐었고 잔이 곧 프랑스였기에, 잔을 얻는 쪽이 프랑스를 얻고 프랑스를 영원히 장악하는 것이었다. 바로 그 작은 공간에서 10분 안에 프랑스의 운명이 영원히 결정 날 것이었고 또 실제로 결정 나게 되었다.

이때 잉글랜드군이 잔을 사로잡았다면, 샤를 7세는 프랑스에서 도망가야 했을 것이고, 트루아 조약이 효력을 내어, 이미 잉글랜드의 것이었던 프랑스는 더 이상 분쟁 없이 잉글랜드의 속주가 되어 최후 심판 날까지 그렇게 남게 되었을 것이다. 한 나라와 왕권이 바로 그곳에서 결정 날 것이었고 계란 삶는 시간 안에 그리될 것이었다.

프랑스에서 시계가 째깍거린 이후로 이렇게 중요한 10분은 없었고 또 앞으로도 없을 것이다. 한 나라의 운명이 몇 시간, 몇 날, 몇 주 동안에 결정되는 사건을 너희가 역사책에서 읽게 될 때 너희는 반드시 기억해야 한다. 이날 10분 동안 프랑스가, 그러니까 잔 다르크라고도 하는 프랑스가 이날 해자에서 피를 흘리며 쓰러져 있는 그 10분 동안, 두 나라가 잔을 차지하기 위해 얼마나 사력을 다해 싸웠는지를 말이다. 이 일을 기억하면 프랑스 사람인 너희 가슴속에서 심장은 더 빨리 고동칠 것이다.

또 너희는 난쟁이를 잊지 말아야 한다. 난쟁이는 여섯 사람이 하는 일을 하면서 잔을 지켜냈다. 두 손으로 도끼를 휘둘러 도끼가 내려꽂힐 때마다 난쟁이가 한 말은 단 두 마디였다.

"프랑스를 위해!"

투구는 달걀 껍데기처럼 부서져 날아갔고 투구 속 두개골은 교육을 받은 탓에 더 이상 프랑스를 공격하지 않았다. 철갑옷을 입은 시체들로 자기 앞에 보호벽을 쌓은 난쟁이는 뒤돌아 그 벽에 등을 댄 채 싸웠다. 마침내 승리가 우리의 것이 되자 우리는 난쟁이 주위를 둘러싸고 함께 방어했다. 그러자 난쟁이는 마치 아이를 들러 메듯 잔을 쉽게 들러 메고 사다리를 올라가 전장에서 잔을 빼냈다.

프랑스 병사들은 큰 무리를 지어 따라오며 걱정했다. 잔이 발끝까지 피로 젖어 있었기 때문이다. 피의 절반은 잔의 피였고 나머지 절반은 잔의 위로 엎어지면서 붉은 생명수를 흘린 잉글랜드 병사들의 피였다. 갑옷 위에 끔찍할 정도로 피가 덮여 있어 더 이상 하얀 갑옷을 볼 수 없을 정도였다. 철제 화살은 여전히 상처에 박혀 있었다. 어떤 이들은 화살이 잔의 어깨를 뚫고 어깨 뒤쪽까지 삐저나왔다고 말했다. 그랬는지도 모르지만 나는 보고 싶지 않아 잔의 상처를 보지 않았다. 화살을 뽑자 극심한 고통으로 잔은 다시 비명을 질렀다. 불쌍했다. 잔이 아파할까 봐 너도 나도 뽑지 않으려 하자 잔 스스로 화살을 뽑았다는 말도 있다. 그랬는지 아닌지 나는 모른다. 내가 아는 것은 화살을 뽑고 상처에 기름을 바르고 잘 낫도록 싸매었다는 것이다.

잔은 고통에 시달리며 기운이 빠진 채 풀밭에 여러 시간 누워 있었지만 싸움을 계속하라고 독려했다. 싸움은 계속되었지만 별다른 성과는 없었다. 잔의 시선 아래에서만 병사들은 두려움 없는 영웅이 되었기 때문이다. 병사들은 모두 팔라댕 같았다. 팔라댕은 자신의 그림자를 두려워했다. 오후라 팔라댕의 그림자는 아주 크고 길었다. 그러나 팔라댕이 잔의 눈길을 받아 잔의 위대한 정신에 감화될 때에는 두려워하는 것이 있을까? 세상 무엇도 팔라댕은 두려워하지 않았다. 이는 엄연한 사실이었다.

밤이 가까이 오자 뒤누아는 포기해 버렸다. 잔은 나팔 소리를 들었다. "뭐야! 퇴각 신호 아냐!" 즉시 잔은 자신의 상처를 잊어버렸다. 다시 공격 나팔을 불도록 명령하고 포병 부대를 지휘하는 장교에게 연속으로 다섯 발 발사할 준비를 하라고 했다. 이것은 오를레앙 쪽 강변에 있는 라 이르의 병력에게 보내는 신호이기도 했다. 라 이르의 부대가 우리와 함께 있었다고 말하는 역사가들이 있지만 그렇지 않았다. 부속 요새를 수중에 넣는 일이 확실해지면 라 이르의 병력은 다리를 건너 투렐에 반격을 하라고 잔이 강 건너편에 남겨 놓았던 것이다.

잔은 말에 올라 호위대와 함께 달려나갔다. 우리 병사들은 우리를 보고 큰 함성을 지르며 부속 요새를 다시 공격할 태세를 갖추었다. 잔은 곧바로 말을 달려 자신이 부상을 당했던 해자로 가 화살이 비처럼 쏟아지는 그곳에 서서, 팔라댕에게 긴 깃발을 활짝 펴서 그 끝이 성벽에 닿게 하라고 명령했다. 곧 팔라댕이 보고했다.

"성벽에 깃발이 닿았습니다."

그러자 잔은 기다리던 부대들에게 말했다.

"자, 이제, 저곳은 너희의 것이다. 들어가라! 공격 나팔을 불어라! 자, 이제, 모두 함께 가자!"

돌격이 시작되었다. 너희는 그런 광경을 본 적이 없을 것이다. 우리는 떼 지어 사다리를 올라갔고 총안이 박힌 흉벽을 파도처럼 넘어갔다. 성벽은 우리의 차지였다. 천년을 산다고 해도 그런 멋있는 광경을 보지는 못할 것이다. 성안으로 들어간 우리는 야생 짐승처럼 잉글랜드 병사들과 싸웠다. 우리는 항복을 몰랐다. 죽이는 것 외에는 적군을 항복시킬 수 있는 방법이 없었고 적군은 죽을 때조차 항복하지 않았다. 이 시절 병사들은 이렇게 필사적으로 싸우곤 했다.

우리는 정신이 없어서 대포 소리를 전혀 듣지 못했지만 잔이 돌격을 명한 직후에 대포 다섯 발이 발사되었다. 그리하여 우리가 그 작은 요새 안에서 때리고 찌르고 맞고 찔리는 동안 오를레앙 쪽에 있던 군대는 다리를 건너와 그쪽에서 투렐을 공격했다. 투렐과 우리가 싸우는 부속 요새를 잇는 도개교 아래로 우리 군은 배를 내려보내 정박시킨 후 불을 질렀다. 우리가 마침내 잉글랜드군을 몰아내자, 잉글랜드군은 다리를 건너 투렐의 잉글랜드군과 합류하려고 도개교로 들어갔다. 그러나 불붙은 다리의 버팀목과 함께 잉글랜드군은 무거운 갑옷을 입은 채 수두룩하게 강속으로 떨어졌다. 용감한 남자들이 그런 식으로 죽는 것은 비참한 광경이었다.

"아, 하느님, 저들을 불쌍히 여겨 주세요!"

잔은 이렇게 말하고 그 처참한 광경을 보며 울었다. 잔이 이렇게 애도를 표하고 동정 어린 눈물을 흘린 죽어가는 사람들 중에는 사흘 전 잔이 전령을 보내 항복을 권유하자 입에 담기 힘든 말로 잔을 욕했던 사람이 있었다. 그 사람은 적군의 지도자였던 아주 용맹한 윌리엄 글래스데일 경이었다. 글래스데일은 온몸을 철로 휘감고 있었기 때문에 긴 창처럼 물속에 빠졌고 물론 물 밖으로 다시 나오지 못했다.

우리는 즉시 임시 다리를 설치한 후 오를레앙에 사람과 물자가 들어가지 못하게 막고 있는 잉글랜드군의 마지막 요새를 공격하러 달려갔다. 영원히 기억될 잔의 업적은 해가 완전히 지기 전에 이루어졌고 잔의 깃발은 투렐 요새에서 나부꼈다. 잔의 약속이 이루어졌다. 잔이 오를레앙를 포위하던 잉글랜드군을 쳐부순 것이다! 일곱 달 동안 지속되었던 적군의 포위는 이것으로 끝이 났다. 프랑스 장군들이 불가능하다고 한 일이 일어난 것이다. 왕의 신하들과 장군들의 그 모든 방해에도 불구하고 열일곱 살 시골 처녀가 영원히 잊히지 않을 그 임무를 완수한 것이다. 그것도 나흘 만에!

좋은 소식도 가끔은 나쁜 소식처럼 빨리 퍼져나간다. 귀환하는 중 다리를 건널 때에 오를레앙의 온 도시는 큰 모닥불 하나처럼 온통 빨갛게 빛을 내고 있었다. 하늘도 그 모습에 만족해 붉게 물들어 있었다. 쾅쾅 울리는 축포 소리와 땡땡 울리는 종소리는 이전 어느 때와도 비교할 수 없이 대단했고 시끄러웠다. 우리가 도착했을 때 그 광경은 형용할 방법이 없었다. 우리가 헤치고 간 엄청난 인파의 눈물은 강을 이룰 정도였다. 불꽃에 비친 얼굴 중에 눈물을 시냇물같이 흘리지 않는 얼굴이 없었다. 잔의 다리를 철이 감싸고 있지 않았다면 사람들의 입맞춤으로 닳아 없어졌을 것이다.

"어서 오세요! 오를레앙의 처녀!"

사람들의 이런 외침을 나는 수십만 번도 더 들었다. 이렇게 말하기도 했다.

"어서 오세요! 우리 처녀님!"

이제껏 역사에서 그날 잔 다르크처럼 그런 영광의 정점에 오른 소녀는 없을 것이다. 잔이 우쭐해서 어깨를 꼿꼿이 펴고 존경과 찬사라는 달콤한 음악을 즐겼을 거라고 너희는 생각하니? 그렇지 않았다. 다른 소녀였다면 그랬을 지도 모르지만 이 소녀는 그렇지 않았다. 고동치는 심장 중에서 가장 위대하고 겸손한 심장이 바로 잔의 심장이었다.

　잔은 피곤한 아이가 그러듯이 곧바로 잠을 자러 갔다. 사람들은 잔이 부상을 당해 쉬어야 한다는 걸 알고는 방해받지 않도록, 사람들이 드나들며 시끄럽게 구는 일 없도록 숙소가 있는 지역의 모든 통로를 차단하고 밤을 새워 지켜 주었다. 자진해서 그렇게 한 사람들은 이렇게 말했다. "잔이 우리에게 평화를 주었으니 우리도 그분의 평화를 지켜드려야 해."

　다음 날이면 이 지역에서 잉글랜드인들이 자취를 감출 거라는 걸 모두 알았다. 그리고 자신들뿐 아니라 후손들 역시 잔을 기념해 이날을 축제로 지키는 걸 잊지 않겠노라 말했다. 시민들의 말은 60년 이상 지켜져 내려오고 있는데 앞으로도 언제나 그럴 것이다. 오를레앙 시민들은 5월 8일을 결코 잊지 않을 것이고 언제나 축하할 것이다. 그날은 잔 다르크의 날이요, 성스러운 날이기 때문이다.*

23. 귀족 아가씨 뒤 리스

새벽 일찍 탤벗과 잉글랜드 군대는 요새들을 버리고 도망쳤다. 오를레앙을 오랫동안 포위하기 위해 준비해 놓은 식량과 무기 같은, 요새 안의 어떤 것도 불태우거나 파괴하지 않았고, 또 가져가지도 않고 그대로 둔 채였다. 이런 기막힌 일이 정말 일어났다

---

* 【올든 주】 지금도 해마다 시와 군대에서는 행사를 벌이며 이날을 기념하고 있다.

는 걸 사람들은 믿기 어려웠다. 이제 다시 한번 사람들은 자유를 얻게 되어 도시의 성문 어디나 마음대로 들락거려도 제지를 당하거나 폭행을 당하는 일이 없게 되었다. 그 무서운 탤벗, 프랑스의 재앙, 이름만 들어도 프랑스군의 사기를 꺾어버리는 탤벗이 한 소녀에게 패해서 물러가 사라지게 된 것이다.

성문마다 사람들이 개미 떼처럼 쏟아져 나와 도시는 텅 비게 되었다. 개미 떼처럼 나왔지만 개미 떼보다 더 시끄럽게 잉글랜드 요새들로 몰려가서 대포와 물건을 빼내고, 열 개가 넘는 요새들을 커다란 모닥불 괴물이 되도록 불태웠다. 화산처럼 짙은 연기 기둥이 하늘 지붕을 받치고 있는 듯했다.

아이들은 다른 이유로 기뻐했다. 아주 어린 아이들 중에는 지난 일곱 달이 한평생과 같았던 아이들이 있었다. 풀이 무엇인지 잊어버렸던 이 아이들은 오랫동안 지저분한 골목길과 거리만 보았던 터라 벨벳처럼 보드라운 푸른 목초지가 파라다이스처럼 보여, 놀란 눈이 휘둥그레지고 행복해 어쩔 줄 몰랐다. 재미없고 지루했던 감옥에서 벗어나 탁 트인 넓은 들에서 달리고 춤추고 떼굴떼굴 구르며 즐겁게 뛰노는 일은 놀라운 경험이었다. 그래서 아이들은 강 양쪽 먼 곳까지 갔다가 저녁이 되면 지친 모습으로 돌아오곤 했는데, 손에는 꽃이 한 아름 들려 있었고 얼굴은 신선한 시골 공기를 마시며 운동한 덕분에 붉게 상기되어 있었다.

적군의 요새를 불태운 후에, 어른들은 잔을 따라 낮에는 도시의 성당 곳곳에 들러 도시를 구원해 주신 것에 감사 기도를 드렸고, 밤에는 도시 전체를 밝히며 잔과 장군들을 위해 축제를 벌였다. 높은 사람이든 낮은 사람이든 모두 축제를 즐기며 기뻐했다.

축제가 끝나고 사람들이 곤이 잠을 자는 새벽이 가까울 무렵에, 우리는 왕에게 이 소식을 전하기 위해 투르로 가는 말의 안장에 앉아 있었다. 이 행진으로 모두 의기양양해 우쭐했다. 그러나 잔만은 그러지 않았다. 가는 길에는 마을마다 감격한 사람들이 줄을 이루어 감사를 표하며 맞아 주었다. 사람들은 잔에게 몰려들어 잔의 발과 말과 갑옷을 손으로 만졌고 심지어 길바닥에 무릎을 꿇고 앉아 잔의 말이 남긴 말발굽 자국에 입을 맞추는 사람들도 있었다.

프랑스는 온통 잔에 대한 찬사로 가득했다. 교회의 가장 높은 저명한 성직자들도 처녀를 예찬하는 편지를 왕에게 써 보냈다. 편지에서 잔을 성경의 성인들과 영웅들에 견주며 잔을 통해 하느님께서 보내 주신 도움이 막히거나 줄어드는 일이 없도록 '불신과 감사하지 않는 마음, 또 올바르지 않은 다른 일'이 생기지 않도록 권면하였다. 이 말에는 예언이 담겨 있다고 생각할 수도 있는데, 왜 그런지 말하겠다. 내 생각에 이 뛰어난 인물들은, 가볍고 신뢰할 수 없는 왕의 성격을 정확히 파악하고 있었기 때문에 그렇게 써 보낸 것이 아닌가 한다.

왕은 잔을 만나려고 이미 투르에 와 있었다. 다른 사람들이 왕에게 안겨 준 승리 때문에 지금은 이 불쌍한 인간을 '승리자 샤를'이라고 부르지만, 이 시절은 그보다 더 잘 어울리는 이름인 '야비한 샤를'이라고 사람들은 사석에서 말하곤 했다. 왕을 만나러 들어가자 왕은 왕좌에 앉아 있었고 곁에는 겉만 번지르르한 멋쟁이 속물들이 있었다.

왕은 허리 밑으로 짝 달라붙는 옷을 입고 있어서 마치 밑이 두

갈래로 갈라진 당근처럼 보였다. 신발 코숭이는 밧줄처럼 흐느적거리게 신발 하나만큼 앞으로 나온 것이, 걸을 때 거추장스럽지 않게 무릎에 매야 할 정도였다. 또 어깨에 걸친 진홍색 벨벳 망토는 팔꿈치까지만 내려올 정도로 짧았다. 머리에는 긴 펠트 모자를 썼는데 꼭 골무처럼 생겼다. 모자의 띠에는 보석이 박혀 있고 깃털 하나가 위로 달려 있는 것이 꼭 뿔로 만든 잉크병에 깃펜이 하나 꽂혀 있는 것 같았다. 골무 아래로는 덥수룩하고 뻣뻣한 머리털이 어깨까지 내려오고 끝은 밖으로 말려 있었다. 그래서 모자와 머리를 함께 보면 꼭 배드민턴 공 같았다. 옷은 모두 비싼 옷감으로 만든 것이었고 색깔도 빛났다.

왕은 무릎에 아주 작은 그레이하운드 한 마리를 올려놓고 안고 있었는데, 그 개는 제 신경을 건드리는 아주 작은 움직임이라도 있으면 입술을 올려 하얀 이빨을 드러내며 으르렁거렸다. 왕 옆의 멋쟁이들은 왕과 비슷한 복장을 하고 있었다. 나는 잔이 오를레앙의 작전 참모들을 두고 '귀부인의 변장한 하녀들'이라 했던 말을 기억하면서, 이런 사소한 것에 돈을 낭비하면서도 좋은 기회가 온 프랑스에는 돈 쓸 마음이 전혀 없는 왕궁의 이 인간들을 생각했다. 잔의 그 말은 이 인간들에게 더 잘 어울렸다.

잔은 왕 앞에서, 또 왕 무릎에 있는 하찮은 짐승 앞에서 무릎을 꿇었다. 이 모습을 보는 건 내게 고통스러웠다. 저 인간이 나라를 위해, 나라의 누군가를 위해 한 일이 뭐가 있다고 잔이나 다른 사람이 그 앞에 무릎을 꿇어야 하는가? 그러나 잔은 50년 동안 프랑스에서 누구도 이루지 못한 위대한 업적을 자신의 피로 이루었다. 두 사람의 행동은 서로 뒤바뀌어야 했다. 그렇다 하더라도 이날 샤를 왕이 대부분 잘 처신했다고 말하는 게 공정할 것이다. 왕은 평소보다 훨씬 더 잘 처신했다.

왕은 개를 신하에게 넘겨주고 잔이 왕비인 것처럼 자기 모자를 벗어 잔에게 인사하며 예를 갖추었다. 그리고 왕좌에서 내려와 잔을 일으킨 다음 남자답게 기백 있는 모습으로 기뻐하며 잔을 맞이해 주었다. 보통 일이 아닌 일을 잔이 이룬 것에 대해 왕은 잔에게 감사를 표했다. 내가 왕에게 좋지 않은 감정을 갖게 된 것은 훗날의 일 때문이다. 이때처럼 왕이 계속 그렇게 잔을 대했더라면 나는 그런 감정을 갖지 않았을 것이다. 왕은 멋있게 행동하며 말했다.

"내게 무릎 꿇지 마시오, 천하무적 나의 장군님. 왕자처럼 큰 공을 세웠으니 왕자가 받는 예우를 받아야 하오."

왕은 잔의 안색이 창백한 것을 보고 말을 이었다.

"여기 서 있으면 안 되지. 프랑스를 위해 피 흘렸으니, 아직 상처가 푸르뎅뎅하니 이리 오시오."

왕은 잔을 앉힌 다음 그 옆에 앉았다.

"자, 그러면 솔직하게 말해 보시오, 그대에게 큰 빚을 진 내게. 여기 모든 신하들 앞에서 자유롭게 말해 보시오. 어떤 상을 받고 싶소. 말해 보시오."

나는 왕이 부끄러웠다. 그러나 왕은 그럴 수밖에 없었을 것이다. 몇 주 만에 왕이 이 놀라운 아이를 어떻게 알 수 있겠는가? 잔을 잘 안다고 생각했던 우리도 이전에 알지 못했던 잔의 높은 인품을, 마치 구름이 걷히며 높은 봉우리를 처음 보는 것처럼 날마다 새롭게 보게 되는데 말이다. 하지만 인간이란 무언가를 알게 되면 그걸 모르는 사람들을 깔보곤 하기 때문에 나 역시 예외일 수는 없었다. 나는 신하들 역시 부끄러웠다. 신하들은 입맛을 다시고 있었으니, 잔이 얻은 큰 기회 때문에 잔을 질투하고 있었다. 신하들도 왕처럼 잔을 잘 알지 못하고 있었다.

대가를 바라고 조국을 위해 일했다는 저들의 생각 때문에 잔의 뺨은 붉어지기 시작했다. 얼굴이 빨개진 소녀들이 그렇듯이 잔은 고개를 숙이고 빨개진 얼굴을 보이려 하지 않았다. 소녀들이 왜 그런지는 아무도 모른다. 단지 소녀들은 그렇게 하곤 한다. 또한 얼굴이 빨개지면 빨개질수록 더 어쩔 줄 몰라 하며 사람들에게 얼굴을 보이는 걸 원치 않는다. 그런데 왕은 잔의 얼굴이 빨개진 것을 사람들에게 말해버리고 말았다. 얼굴이 빨개진 소녀에게 할 수 있는 가장 나쁜 짓을 해버린 것이다. 이런 상황에서 낯선 사람들이 아주 많이 있으면 잔처럼 어린 소녀는 울음을 터뜨리기 쉽다. 남자들은 모르지만 여자들이 왜 그런지는 하느님만 아실 것이다. 내가 이런 상황에서 얼굴이 빨개졌다면 난 재채기를 했을 것이다. 실제로 그런 상황에서 나는 재채기를 하곤 했다. 어쨌든 이런 이야기는 중요한 것이 아니므로 하던 이야기나 계속하겠다.

왕이 잔의 얼굴이 빨개진 걸 사람들에게 알린 덕분에 잔은 남은 피마저 얼굴로 다 올라와 불덩이처럼 새빨개졌다. 그러자 왕은 자기가 한 짓이 미안했는지 잔을 위로한답시고 얼굴이 너무 빨개졌지만 신경 쓸 거 없다고 말해 버려, 이제는 개까지 잔의 얼굴이 빨개진 것을 알게 만들었다. 잔의 얼굴은 붉은빛에서 자줏빛으로 변하더니 눈물이 왈칵 쏟아져 흘러내렸다. 그런 상황에서는 누구라도 그럴 수밖에 없었을 거라고 난 말해야겠다. 왕은 당황한 나머지 잔에게서 물러나는 게 가장 좋은 방법이라 생각하고는, 잔이 투렐을 점령한 일을 크게 떠들어대기 시작했다.

이내 잔은 다시 안정을 되찾았다. 그러자 왕은 다시 무슨 상을 받고 싶은지 물었다. 잔이 무슨 말을 할지 다들 매우 궁금해서 귀를 기울였다. 그러나 잔의 대답을 듣고는 자기들이 기대했던 것과 달라 놀란 빛이 얼굴에 드러났다.

"아, 다정하시고 은혜로우신 왕세자이시여, 제가 바라는 것은 한 가지밖에 없습니다. 오직 한 가지입니다. 그건 ….''

"걱정하지 말고 어서 말해 봐라."

"왕세자께서는 하루도 지체하시면 안 됩니다. 우리 군사들은 강하고 용감합니다. 또 전쟁을 끝내기를 간절히 원하고 있습니다. 저와 함께 랭스로 가셔서 대관식을 거행하시길 청합니다."

나비 같은 옷을 입은 게으른 왕은 움츠러들었다.

"랭스? 오, 불가능해, 장군! 잉글랜드의 심장부를 지나가자고?"

저런 것들이 프랑스인의 얼굴이었던가? 소녀의 용감한 제안에 얼굴이 밝아지는 사람이 하나도 없었지만 왕의 거절에는 모두 즉시 만족한 빛을 띠었다. 비단처럼 고운 이 한가함 대신 갑자기 전쟁과 맞부닥치라고? 이 나비들 가운데 어느 누구도 원하지 않았다. 이들은 보석이 박힌 사탕 상자를 돌리면서 대장 나비의 현명함에 만족해하며 소곤거렸다. 그러나 잔은 왕께 거듭 청하였다.

"아, 제발 이렇게 완전한 기회를 버리지 마십시오. 모든 것이 저희에게 유리합니다. 모든 것이요. 그 일을 위해서 모든 일이 진행되고 있는 것 같습니다. 우리 군의 사기는 승리로 하늘 높이 치솟았지만 패배한 잉글랜드군의 사기는 땅에 떨어졌습니다. 지체되면 이런 상황이 뒤바뀌게 될 것입니다. 우리가 유리한 입장인데도 주저한다면 우리 병사들은 의아해하다가 의심할 것이고 결국 확신을 잃게 될 것입니다. 잉글랜드군도 의아해하다가 다시 용기를 얻고 사기가 높아질 것입니다. 지금밖에 시간이 없습니다. 부디 가셔야 합니다!"

왕은 고개를 가로젓더니 라 트레무아유에게 생각을 물었다. 그러자 라 트레무아유는 왕의 입장을 열렬히 지지했다.

"전하, 어느 걸 생각해 봐도 그리하지 않으시는 것이 현명합니다. 루아르강에 줄지어 있는 잉글랜드군의 요새들을 생각해 보십시오. 우리와 랭스 사이에 있는 그 요새들을 말입니다!"

계속 말을 이으려 하자 잔은 말을 가로막고 라 트레무아유를 바라보며 말했다.

"우리가 기다리기만 한다면 잉글랜드군은 병력을 보강해서 더욱더 강해질 것입니다. 그렇게 되면 우리에게 득이 되겠습니까?"

"그야 득이 될 리 없죠."

"그러면 경의 묘책은 어떤 것입니까? 경께서는 어떻게 하길 바라십니까?"

"제 생각은 기다리는 것입니다."

"왜 기다려야 한다는 것입니까?"

대시종관은 머뭇거릴 수밖에 없었다. 어떤 이유도 타당하지 않다는 걸 자신도 알았기 때문이다. 더욱이 많은 사람들의 눈이 자신에게 쏠려 있는 이런 상황에서 질문으로 추궁당하는 것도 익숙하지 않은 생소한 일이었다. 그래서 화가 나 말했다.

"국가의 일을 이렇게 공개적으로 논의하는 건 적절하지 않습니다."

잔은 차분하게 말했다.

"용서하십시오. 제가 몰라서 이런 잘못을 했습니다. 경이 맡으신 일이 나라의 일이라는 걸 몰랐습니다."

대시종관은 의외여서 기분이 좋아 눈썹을 치켜 올리며 비꼬는 투로 말했다.

"나는 전하의 대시종관이오. 그런데 내가 관장하는 일이 국가의 일이 아니라고 생각했단 말이오? 어찌 그리 생각할 수 있소?"

잔의 대답은 냉담했다.

"국가가 없으니까요."

"국가가 없다고?"

"네, 대시종관님, 그렇습니다. 국가가 없으니 대시종관님이 하실 일도 필요하지 않으니까요. 프랑스 영토는 줄어서 땅 몇 뙈기밖에 되지 않습니다. 영주의 말단 관리도 일을 도맡아 할 수 있을 정도로요. 그러니 국가의 일이 아니죠. 국가라는 말은 너무 거창한 말입니다."

왕은 얼굴이 빨개지지도 않고 체통 없이 박장대소했다. 다른 신하들 역시 웃었지만 신중하게 얼굴을 돌려 조용히 웃었다. 라 트레무아유는 화가 나서 무슨 말을 하려고 입을 열었지만 그 순간 왕이 손을 들어 제지했다.

"가만히 있어. 왕으로서 말하니 장군을 건들지 말라고. 장군은 진실을 말했어. 겉에 금을 입히지 않은 있는 그대로인 진실을. 이런 말은 정말 오랜만에 들어! 내가 걸친 것이 이렇게 반짝거리고, 또 내 옆에 있는 신하들의 옷이 이렇게 반짝거려도 난 영주에 불과해. 땅도 몇 뙈기 안 되는 가난한 영주 말이야. 총리 자네도 말단 관리에 지나지 않아."

왕은 다시 크게 웃음을 터뜨렸다.

"솔직한 잔, 정직한 장군, 상으로 무엇을 받으면 좋겠는지 말해 볼래? 그대를 귀족에 봉하겠다. 그대 문장은 프랑스 문장에 있는 왕관과 백합들이 들어가고 그대의 승리하는 검이 왕관과 백합들을 지키는 모양으로 하겠다. 자, 그럼 무엇을 받고 싶은지 말해 보아라."

왕의 말에 신하들은 너무 놀라고 질투가 나기도 하여 시끄럽게 웅성거렸다. 하지만 잔은 고개를 젓고 말했다.

"아, 다정하시고 고귀하신 왕세자 전하, 그럴 수 없습니다. 프랑스를 위해서 일하도록, 프랑스를 위해 몸 바치도록 허락해 주신 것 하나만으로도 가장 큰 상입니다. 다른 걸 청할 필요가 없을 만큼 큰 상입니다. 다른 어떤 것도요. 제가 청한 것만 허락해 주십시오. 모든 상 중에 가장 소중한 것, 전하의 선물 중 가장 큰 것, 그것은 저와 함께 랭스로 가셔서 왕관을 쓰시는 것입니다. 이렇게 무릎을 꿇고 청합니다."

왕은 잔의 팔을 손으로 잡았다. 대답하는 왕의 목소리에는 깨어난 용감한 기운이, 눈에는 남자다운 빛이 서려 있었다.

"그래, 앉으시오. 그대가 이겼소. 그대가 말한 대로 될 것이오."

그러자 대시종관은 다시 생각해 보라는 신호를 보냈다. 그러자 왕은 말을 멈추었다가 신하들이 안도하도록 이런 말을 덧붙였다.

"자, 자, 우리 생각해 보도록 하지. 다시 생각해 보도록 하자고. 그럼 만족하겠나? 성미 급한 꼬마 장군님?"

왕의 첫 번째 말로 잔의 얼굴에는 기쁜 빛이 환하게 비치었지만 왕의 마지막 말에 그 빛은 꺼져버렸고 얼굴빛은 우울해지고 눈에는 눈물이 고였다. 잠시 후 잔은 거센 충동을 억제하지 못하는 것처럼 말했다.

"아, 저를 이용하세요. 제발 청하오니 저를 이용하세요. 시간이 조금밖에 없습니다!"

"조금밖에?"

"1년밖에 없습니다. 저는 1년밖에 있지 않을 겁니다."

"무슨 말인가, 아이야. 네 작은 몸에는 아직 50년은 충분히 남아 있는데."

"아, 잘못 생각하고 계십니다. 고작 1년이 지나면 끝이 올 겁니다. 시간이 너무 짧습니다. 너무 짧습니다. 할 일은 많은데 시간은 날아가고 있습니다. 아, 저를 이용하십시오. 빨리 말입니다. 프랑스의 사활이 걸려 있습니다."

잔의 간절한 말에 벌레 같은 나비들도 숙연해졌다. 왕은 표정이 아주 무거워졌다. 무겁고 깊은 인상을 받은 듯했다. 그러다 갑자기 왕의 눈에는 불이 타오르더니 일어나 자신의 칼을 빼서 높이 들어 올렸다. 그리고 천천히 잔의 어깨에 내리면서 말했다.

"아, 그대는 정말 거짓 없고 아주 진실하며 매우 위대하고 매우 고귀하다. 짐은 그대를 그대가 마땅히 있어야 할 자리, 프랑스 귀족에 봉하겠다. 그대를 위해서 이제부터 그대의 가족과 모든 친척들, 그리고 결혼으로 낳게 될 모든 후손들, 남자 쪽뿐 아니라 여자 쪽도 귀족으로 봉한다. 그리고 이것이 끝이 아니다. 이게 끝이 아니다! 그대의 가문을 다른 가문과 구별하고 높이기 위해, 이 왕조 역사상 전례 없는 특권을 부여하겠다. 그대 가문의 여자들이 귀족이 아닌 남자와 결혼하게 되면 그 남자 역시 귀족이 될 것이다."

이 특별한 권한을 부여하는 왕의 마지막 말이 울리자 모든 신하들의 얼굴에는 놀라움과 질투심이 환하게 타올랐다. 왕은 잠시 말을 멈추고 주위를 둘러보면서 그런 반응을 아주 흡족해했다.

"일어나라, 잔 다르크. 이제부터 그대가 프랑스 백합을 위해 세운 전공을 기리기 위해 그대의 성은 뒤 리스(Du Lis)*가 될 것이다. 그리고 백합과 왕관과 그대가 승리를 이룬 검은 그대의 방패에 함께 새겨져 영원히 그대의 귀족 신분을 나타낼 것이다."

나의 귀족 아가씨 뒤 리스가 일어났다. 상류 귀족들은 자기들의 성스러운 신분에 참여한 것을 축하해 주며 잔의 새로운 이름을 불렀다. 그러나 잔은 당혹스러워하면서 자기처럼 천한 태생과 신분에 그런 영예는 어울리지 않는다고 말했다. 그리고 그 이상은 필요 없으니 그저 잔 다르크로 소박하게 남아 있게 해 주고 잔 다르크라는 이름으로 불러 달라고 말했다.

그 이상 아무것도 필요 없다니! 어찌 잔과 어울리지 않는 그 이상인 것이, 잔보다 더 높고 더 위대한 것이 있을 수 있겠는가!

---

* 백합을 뜻한다. 프랑스 왕가의 문장에는 백합이 있다.

나의 귀족 아가씨 뒤 리스. 빛나고 아름다운 이름이지만 뒤 리스라는 이름은 사라질 것이다. 그러나 잔 다르크라는 이름은 사라지지 않을 것이다! 잔 다르크! 듣기만 해도 가슴 뛰는 그 이름.

24. 태양과 촛불

이 소식이 전해지자 먼저는 투르에서, 그다음으로는 온 나라가 야단법석을 떨었다. 어찌나 소란을 떨었는지 그 모습을 보는 게 짜증 날 정도였다. 왕이 잔 다르크를 귀족에 봉했다! 사람들은 이 일에 놀라면서도 기뻐했다. 사람들은 너무 놀라 입을 벌리고 멍하니 잔 다르크를 바라보았다. 시샘을 하는 사람들도 있었다. 대단한 행운이 잔에게 왔다고 생각할지도 모르겠다.

하지만 우리는 하나도 대단하다고 생각하지 않았다. 인간의 손이 잔 다르크에게 영광을 더할 수는 없었다. 우리에게 잔은 하늘 높이 떠 있는 태양이었고 새로 받은 귀족 신분은 그 위에 얹어놓은 촛불 하나에 불과했다. 이 촛불의 빛은 태양인 잔이 비추는 빛에 삼켜 보이지 않았다. 태양이 그러하듯이 잔 역시 이 일에는 무관심하였다.

그러나 잔의 오빠들은 무심할 수 없는 일이었다. 오빠들은 새로 얻은 신분에 행복해하고 자랑스러워했는데 그건 자연스러운 일이었다. 잔도 오빠들이 기뻐하는 걸 보고 귀족 신분 받은 것을 흐뭇해했다. 가족과 친척을 향한 잔의 사랑을 이용해, 상을 받지 않으려는 잔을 공략한 왕의 생각은 영리한 것이었다.

장과 피에르는 곧바로 왕이 내린 문장이 그려진 덧옷을 갑옷 위에 입었다. 사교 파티에서는 귀족과 평민 할 것 없이 모두 장과 피에르의 환심을 사려고 했다. 기잡이 팔라댕은 조금 씁쓸한 듯이 잔의 오빠들은 영광에 푹 젖은 나머지 잠을 자기 싫어하고 깨어 있는 걸 좋아한다고 말했다. 잠을 자게 되면 자기들이 귀족이라는 걸 알지 못하게 돼 잠은 시간 낭비라는 말이었다. 그리고 이렇게 덧붙였다.

"쟤네들이 전쟁이나 국가 행사에서 내 앞에서 걸을 수는 없지만 시민 행사나 사교 파티에서는 너랑 기사님들 바로 뒤에서 걷고, 노엘이랑 나는 쟤네 뒤에서 걸어야겠어. 그렇지?"

"그래, 네 말이 맞아."

나는 대답했다. 그러자 기잡이는 한숨을 내쉬며 말했다.

"바로 그게 두려워. 바로 그게. 내가 두렵다고 말했나? 바보처럼 말했네. 물론 나도 알고 있었지. 그래, 내가 바보처럼 말했네."

노엘 랑그송은 생각에 잠긴 듯이 말했다.

"그래, 니가 바보처럼 말하는 건 자연스러운 거였어."

기잡이 외에 나머지 우리들은 웃음을 터뜨렸다.

"말 다 했어? 말 다 했냐고. 자기가 굉장히 똑똑하다고 생각하지, 그렇지? 그러다가 언제 한번 걸리면 목을 비틀어버릴 줄 알아. 노엘 랑그송."

드 메스 경이 끼어들었다.

"팔라댕, 자네 두려움이 꼭대기까지 차려면 아직 멀었어. 쟤네는 아직 끝까지 올라가지 않았어. 시민 행사나 사교 파티에서도 우리 모두보다 높은 위치에 있을 거라는 생각은 안 해봤어? 우리 모두보다 말이야."

"오, 저런!"

"이제 보게 될 거야. 쟤네 방패를 봐. 가장 주된 문양이 프랑스의 백합이야. 저건 왕가의 문양이야. 이 사람아, 저건 왕가의 문양이라고. 그게 얼마나 어마어마한 건지 알아? 왕이 백합을 저기에 놓은 거야. 프랑스 문장과 똑같지는 않지만 옷에다 프랑스 문장을 달고 다니는 거랑 마찬가지라고. 상상해 봐! 생각 좀 해 보라고! 얼마나 어마어마한 건지 보라고! 우리가 저 두 청년 앞에서 걷는다고? 쯧쯧. 지금까지는 그랬지. 하지만 이 지방 전체에서 쟤네보다 앞서 걸을 수 있는 영주는 없을걸. 왕족인 알랑송 공작 말고는 말이야."

팔라댕은 깃털 하나로 건드려도 쓰러질 지경이었다. 실제로 얼굴이 하얗게 된 것 같았다. 잠시 입을 벌려 무언가를 더듬더듬 말하는 것 같았지만 아무 소리도 나지 않다가 이런 말이 흘러나왔다.

"전 몰랐어요. 절반도 몰랐어요. 나 같은 바보가 알 수 있었겠어요? 이젠 알겠어요. 내가 바보였어요. 쟤네를 오늘 아침에 만났을 때 다른 사람들에게 인사하는 것처럼 크게 안녕이라고 말했죠. 무례하게 굴려고 했던 건 아니었어요. 경께서 말한 것의 절반도 몰랐던 것뿐이죠. 전 멍청이였어요. 네, 그래서 그랬던 것뿐이에요. 전 멍청이였어요."

노엘 랑그송은 지겹다는 듯이 말했다.

"그래, 됐어 이제. 근데 왜 놀라는지 모르겠네."

"넌 놀랍지 않아? 정말? 어떻게 그럴 수 있어?"

"놀랄 만한 게 뭐가 있는지 난 모르겠어. 귀족들은 늘 귀족 신분으로 살지. 너도 늘상 지니는 신분을 얻는다고 해 봐. 신분에 따라오는 결과는 변함없이 죽 이어질 테고 또 그렇게 되면 익숙해져서 따분해질 테지. 따분해지면 법칙상 질리게 되어 있어. 네가 멍청이였다는 걸 깨닫고 질렸다면 그건 논리적이고 합리적인 일일 거야. 그런데 깜짝 놀라는 건 다시 멍청이가 되는 거야. 왜냐하면 익숙해지고 따분해지는 일에 놀라고 호들갑을 떨게 하는 마음의 상태는 바로 ….”

"자, 그만하면 됐어, 노엘 랑그송. 문제 생기기 전에 입 다물라고. 며칠이든 한 주든 네 맘대로 정해. 그리고 그 기간 동안은 더 이상 날 괴롭히지 않는 게 좋을 거야. 네 그 껄렁껄렁한 소리, 이제는 봐주지 않을 테니까.”

"참나, 어이가 없네! 말하고 싶어 말한 게 아니야. 말하지 않으려고 얼마나 애썼는데. 내 말을 듣고 싶지 않았으면 왜 날 대화에 끌어들였냐?”

"내가? 그럴 생각 코딱지만큼도 없었어.”

"어쨌든 네가 날 끌어들인 거야. 그러니 난 기분 나쁠 권리가 있는 거고. 네가 날 이따위로 대하니 기분이 나쁘지. 사람을 쿡쿡 쑤시고 건드려서 억지로 이야기하게 해 놓고 껄렁껄렁한 소리를 한다고 말하는 건 올바르지 못하고 아주 무례한 행동이야.”

"아! 헛소리 좀 그만! 그래, 속 터져 봐라, 이 불쌍한 인간아. 누가 병든 이 인형한테 사탕 한 봉지 가져다줘. 저기, 장 드 메스 경, 그게 정말 확실하다고 생각하세요?”

"뭐가?”

"알랑송 공작 빼고 이 부근의 귀족들보다 장과 피에르가 더 높아질 거라는 거 말이에요."

"의심할 여지가 없지."

기잡이는 깊은 생각에 잠기다가 잠시 꿈을 꾸는 듯했다. 그리고 넓은 가슴을 덮은 비단과 벨벳이 부풀어 오르더니 한숨을 내쉬며 말했다.

"좋아, 좋아. 아주 출세했어! 행운이 어떤 건지 알겠어. 하지만 신경 안 써. 운 때문에 겉모습이 화려한 것엔 개의치 않을 거야. 높이 평가하지도 않을 거고. 나는 내 노력으로 지금 서 있는 곳에 오른 나 자신이 더 자랑스러워. 태양을 타고 하늘 높이 올라가서 운이 좋았다고 생각하는 것보다는 말이야. 남의 투석기를 타고 높은 곳에 오른 걸 생각하기보다는 말이지. 내 생각에는 자신이 직접 두 손으로 이룬 업적이 중요한 거야. 업적만이 중요한 유일한 것이지. 나머지 모든 것은 찌꺼기일 뿐이야."

바로 그때 소집을 알리는 나팔 소리가 들려서 우리의 대화는 중단되고 말았다.

25. 다시 앞으로

하루하루 시간이 허비되고 있었다. 아무것도 결정되지 않았고 아무것도 하는 일이 없었다. 프랑스군은 열정이 넘쳤지만 배가 고프기도 했다. 월급은 받지 못했고 국고는 바닥이 보이기 시작해서 병사들을 먹이는 것은 불가능해졌다. 궁핍을 이기지 못한 병사들이 이탈하고 흩어지기 시작하자 천박한 궁정 대신들은 좋아했다. 잔이 고민하는 모습은 보기가 딱했다. 승리한 군대가 뼈대만 남은 채 사라지는 모습에 잔은 속수무책이었다.

참다못한 잔은 어느 날 왕이 빈둥거리는 로슈 성을 찾아갔다. 왕은 고문들 가운데 세 명과 함께 이야기를 하고 있었는데 전직 프랑스 재상* 로베르 르 마송, 크리스토프 다르쿠르, 제라르 마셰가 그들이었다. 오를레앙의 바타르도 자리에 함께 있었고 우리는 나중에 바타르를 통해 이 일을 듣게 되었다. 잔은 왕의 발 앞에 무릎을 꿇고 두 다리를 끌어안은 채 말했다.

"고귀하신 왕세자 전하, 회의만 수없이 오랫동안 해 오셨습니다. 더 이상 회의는 그만하시고 랭스로 가 주십시오. 랭스로 빨리 가셔서 왕관을 받으시길 바랍니다."

그러자 크리스토프 다르쿠르가 물었다.

"그대가 듣는 그 음성들이 전하께 이런 말씀을 드리라고 했소?"

"네, 그렇습니다. 시급히 말씀드리라 했습니다."

"그러면 그 음성들이 그대에게 어떻게 말하는지 전하 앞에서 우리에게 얘기해 주는 건 어떻겠소?"

잔이 분별없이 들어와 위험한 주장을 한다고 잔에게 덫을 놓으려는 음흉한 흉계였다. 그러나 잔이 덫에 걸리는 일은 없었다. 잔의 대답은 간단하고 직설적이어서 속내와 달리 사근사근하게 말한 주교는 잔의 말에 아무런 흠을 잡을 수 없었다. 잔은 말하

---

* 프랑스 재상(Chancelier de France). 사법과 옥새와 관련된 일을 담당하던 고위 관직

길, 자신의 사명을 의심하는 사람들을 만날 때마다 혼자 기도하면서 사람들의 의심에 대해 말하곤 했는데 그럴 때면 그 음성들이 자기 귀에 작고 부드러운 목소리로 "계속 앞으로 나아가라. 하느님의 딸아. 그러면 내가 너를 도와줄 것이다"라고 말한다고 했다. 그리고 이렇게 덧붙였다.

"그 말을 들으면 제 가슴속의 기쁨은 한이 없습니다."

이 말을 할 때 잔은 얼굴에 불꽃이 타오르며 황홀경에 빠진 사람처럼 보였다고 바타르는 이야기했다.

잔은 간청하고 설득하고 설명하면서 조금씩 조금씩 입지를 넓혀가고 있었고 대신들은 한 발짝 한 발짝 물러서고 있었다. 잔은 랭스로 출발하자고 애원하고 간청했다. 대신들은 더 이상 대답할 수 없게 되자 군대가 해산되도록 놓아둔 것은 잘못일 수도 있음을 인정했다. 하지만 일이 이렇게 된 마당에 어찌할 수 있느냐, 군대 없이 어떻게 갈 수 있느냐고 되물었다. 그러자 잔이 대답했다.

"군대를 일으키십시오!"

"하지만 그렇게 하는 데에 여섯 주는 걸릴 것이다."

"상관없습니다. 시작하십시오! 함께 시작합시다!"

"너무 늦었다. 틀림없이 베드포드 공작이 병력을 모아 루아르강 요새들로 지원군을 보냈을 것이다."

"네, 그랬을 겁니다. 우리가 군대를 해산시키고 있을 때에 말이죠. 참 어처구니없는 일이었죠. 하지만 더 이상 시간을 허비하면 안 됩니다. 다시 일어나야 합니다."

그러나 왕이 루아르강에 적군의 강한 요새들이 있기 때문에 그곳을 지나 랭스로 갈 수는 없다고 반대하자 잔은 말했다.

"우리가 먼저 쳐부수면 그때 지나가십시오."

그러자 왕은 그런 계획이라면 자신도 승낙할 뜻이 있음을 내비치었다. 가는 길이 정리될 동안 앉아 기다릴 수는 있었다.

잔은 아주 기운이 넘쳐 돌아왔다. 그러자 모든 일이 다시 활기를 띠기 시작했다. 군사를 모집하는 방이 나붙고 베리 지방의 셀에 신병 모집소가 세워졌다. 평민과 귀족들이 열정을 가지고 몰려들기 시작했다. 5월의 많은 날은 허송세월로 보냈다. 그러나 6월 6일에 잔은 새로운 군대를 편성해 진군할 준비를 마쳤다. 병사들은 8천 명이었다. 생각해 보라. 그 작은 지역에서 그런 규모로 병사를 모은 것을. 이들은 경험이 많은 병사들이었다. 사실 프랑스 남자들 대부분은 병사들이었다. 전쟁이 몇 세대에 걸쳐 계속되었기 때문이다. 그래, 프랑스 남자들은 거의 대부분 병사들이었다. 하지만 유전적으로도, 경험상으로도 도망 잘 가는 달리기 선수들이기도 했다. 백 년 가까이 프랑스 병사들은 도망치는 것 외에는 별로 한 게 없었다. 그러나 이들의 잘못이라고 할 수는 없다. 이들에게는 지도자다운 괜찮은 지도자가 없었다.

지도자들도 괜찮은 지도자가 될 기회가 없었으니, 그것은 왕과 대신들이 오래전부터 군 지도자들을 배신해 왔기 때문이다. 배신당한 지도자들 역시 왕에게 복종하지 않았고 병사들을 위해서가 아니라 자신을 위해서 처신하곤 했다. 이런 모습으로는 전쟁에서 이길 수 없었다. 따라서 도망이 프랑스군의 습관이 된 건 놀랄 일이 아니었다. 병사들이 좋은 전사가 되기 위해 필요한 것은, 다른 장군 9명과 권한을 10분의 1씩 나누어 갖는 그런 힘없는 장군이 아니라, 한 손에 모든 권한을 쥐고서 전쟁에만 전념하는 지도자였다. 이제 병사들에게는 그런 권한을 갖고 머리와 마음을 다해 전쟁에만 열렬히 집중하는 지도자가 있었다. 그렇기 때문에 좋은 결과가 뒤따를 것이다. 의심할 여지가 없다. 병사들에게는 잔 다르크가 있었다. 잔의 지휘 아래 병사들의 다리는 도망가는 기술을 잃어버리게 될 것이다.

　잔은 사기가 드높았다. 잔은 밤이나 낮이나 병영 여기저기 모든 곳을 돌아다니며 병사들을 독려했다. 잔이 갑자기 나타나 부대를 검열할 때마다 병사들은 환호했고 사기는 높아졌다. 힘이 솟을 수밖에 없었으니 잔은 젊은 꽃이었고 아름다움이었고 우아함이었다. 그리고 용기와 생명력의 화신이었다! 잔은 날이 갈수록 점점 아름다워졌고, 이상적인 아름다움에 다가가고 있는 모습을 눈으로 분명히 볼 수 있었다. 잔의 나이는 그런 성숙함의 시기였다. 이제 갓 열일곱을 지났다. 정확히 말하면 열일곱 해와 한 해의 절반을 지나고 있었다. 어린 숙녀라 할 수 있는 나이였다.

　하루는 라발에서 젊은 백작 둘이 찾아왔다. 프랑스에서 가장 대단하고 유명한 가문에서 자란 훌륭한 젊은이들이었다. 이들은 잔 다르크를 보고 싶어 안달이 나 있었다. 그래서 왕은 두 백작을 잔에게 보내 만나게 해 주었는데 잔은 두 백작의 기대감을 완전히 만족시켰다. 이들은 잔의 아름다운 목소리를 플루트 소리 같다고 느꼈다. 또 잔의 깊은 두 눈과 얼굴, 그리고 얼굴에 보이는 잔의 영혼은 마치 시처럼, 유려한 연설처럼, 군 음악처럼 두 백작의 마음을 움직였다. 한 백작은 집에 보내는 편지에 이렇게 썼다.

　"그 여인을 보고 여인의 말을 들을 때면 성스러운 무언가에 휘감기는 듯했다."

아, 그래, 맞는 말이었다. 이보다 더 진실한 말은 없었다. 이 백작이 잔을 본 것은 잔이 실전에 임하려고 준비를 마치고 행군을 하려던 때였다. 이때 그 모습을 백작은 이렇게 묘사했다.

"그 여인은 머리만 제외하고 온몸을 하얀 갑옷으로 두르고 손에는 작은 전투용 도끼를 들고 있었다. 큰 검정말에 오르려고 했는데 말이 앞다리를 들더니 마구 몸을 흔들며 여인을 태우려 하지 않았다. 그러자 여인이 말했다. '말을 십자가로 데려가세요.' 십자가는 교회 바로 앞에 있었다. 병사들은 말을 그리로 끌고 갔다. 거기서 여인은 말에 올랐는데 말은 묶여 있는 것처럼 꼼짝도 하지 않았다. 여인은 성당 문 쪽을 향해 여성스러운 고운 목소리로 말했다. '신부님들, 교회 여러분들, 우리를 위해 행진하면서 기도해 주세요!' 깃발 아래 여인은 작은 도끼를 손에 들고 박차를 가하며 소리쳤다. '전진! 앞으로!' 8일 전에 온 여인의 오빠 한 명이 여인과 함께 떠났는데 오빠 역시 여인처럼 온몸에 하얀 갑옷을 두르고 있었다."

그곳에 있었던 나도 백작이 편지에 쓴 것을 모두 보았다. 나는 지금도 그 모습을 보는 듯하다. 6월의 포근한 오후에 그 작은 전투용 도끼, 앙증맞은 깃 달린 모자, 하얀 갑옷, 그 모든 것을 말이다. 마치 어제인 것처럼 그 모습이 내 눈에 선하다. 나는 잔 다르크의 호위대와 함께 말을 타고 나아갔다. 그 젊은 백작도 가고 싶어 안달이었지만 왕은 가지 못하게 붙잡았다. 그러자 잔이 백작에게 약속했다. 백작은 편지에서 다시 이렇게 말했다.

"왕이 랭스로 갈 때 왕과 함께 내가 갈 것이라고 그 여인은 말했다. 그러나 그때까지 내가 기다리지 않도록, 나도 전쟁에서 함께 싸울 수 있도록 하느님께서 허락해 주시길!"

잔이 백작에게 이 약속을 한 때는 알랑송 공작의 부인과 작별 인사를 나눌 때였다. 공작부인이 무슨 약속을 해 달라고 조르던 때라 잔은 다른 사람에게도 그런 말을 해 줄 만한 때였다. 공작부인은 아주 위험한 전투가 있을 것을 알고 남편 걱정에 마음이 편치 않았다. 그래서 잔을 가슴에 안고 머리를 다정하게 쓰다듬으며 부탁했다.

"꼭 남편을 잘 지켜 주세요, 아가씨. 잘 돌봐 주시고 안전하게 제게 돌려보내 주셔야 해요. 그렇게 해 주셔야 해요. 그리 약속하지 않으면 보내드리지 않을 거예요."

그러자 잔이 안심시켜 주었다.

"진심으로 약속하겠습니다. 단지 말이 아니라 약속입니다. 남편께서는 다치지 않으시고 다시 돌아오실 겁니다. 믿으세요? 제 말에 지금 안심하시나요?"

공작부인은 대답을 할 수가 없었지만 잔의 이마에 입을 맞추었다. 이렇게 두 사람은 헤어졌다.

우리는 엿샛날에 출발해서 로모랑탱에 들렀다. 그리고 아흐렛날에 개선문 아래로 오를레앙에 입성했다. 환영하는 예포 소리가 천둥처럼 울려 퍼졌고 바다처럼 깔린 깃발들이 산들바람에 흔들리며 맞아 주었다. 참모 장군들은 화려한 복장과 장식을 빛내며 잔과 함께 말을 타고 들어왔다. 알랑송 공작, 오를레앙의 바타르, 육군 대장 드 부삭 경, 석궁사수 대장 드 그라빌 경, 해군 대장 드 쿨랑 경, 앙브루아즈 드 로레, 라 이르라는 별명을 가진 에티엔느

드 비놀즈, 고티에 드 브뤼삭. 이외에도 다른 유명한 장군들이 있었다.

참으로 위대한 날들이었다. 빽빽이 몰려든 인파의 환호성 소리, 잔을 보려고 달려드는 모습은 늘 그대로였다. 인파를 뚫고 마침내 우리는 예전에 머물던 숙소에 도착했다. 나는 연로한 부셰 씨와 그 부인과 사랑스러운 카트린이 함께 나와 잔을 껴안고 정신없이 입을 맞추는 모습을 보았다. 그 모습을 보는데 내 가슴이 너무 아파 왔다! 어느 누구보다 나는 카트린에게 더 많이, 더 오랫동안 입을 맞출 수 있었다. 하지만 그럴 수 없는지라 나는 더 애가 타기만 했다. 아, 카트린은 정말 아름답고 정말 사랑스러웠다!

카트린을 처음 본 날, 나는 사랑에 빠졌고 그날 이후로 카트린은 내게 성스러운 존재가 되었다. 63년 동안 나는 카트린의 모습을 내 가슴속에 지니고 살았다. 다른 여인이 내 가슴속에 들어온 적이 없었으니 언제나 카트린만이 유일하게 내 가슴속에서 살아왔다. 이제 나는 늙을 대로 늙어버렸다. 그러나 카트린은, 아, 카트린은 아주 오래전, 정말 오래전에 내 가슴속에 들어와 살며 내게 축복과 평안을 준 그때 이후로 언제나 그 모습 그대로였다. 싱싱하게 젊고 명랑한 장난꾸러기, 사랑스럽고 다정하고 순수한 여인, 마법으로 나를 사로잡는 성스러운 여인. 카트린은 하루도 나이 들지 않고 언제나 그 모습 그대로 내 마음속에 머물러 있다!

26. 프랑스의 허리케인

예전처럼 이번에도 장군들에게 내린 왕의 마지막 명령은 이런 것이었다. "처녀의 허락 없이는 아무것도 하지 말아라." 장군들은 이번에는 왕의 명령을 잘 따랐는데 다가오는 루아르 전투의 위대한 날들까지 계속 잘 지켰다. 이것은 변화였다! 새로운 것이었다! 전통을 깨버리는 것이었다. 총사령관 아이가 열흘 동안 전장에서 세운 명성이 어떤 것인지 보여주는 일이었다. 사람들의 의심과 의혹은 무너지고 신념과 확신은 굳건히 세워졌다. 최고 참모들이자 머리가 반백인 노장들이 30년 동안 이루지 못했던 일이었다. 열여섯 살 나이에 냉엄한 법정에서 잔이 자신을 변호하고 승리했을 때, 한 연로한 판사가 잔을 '이 놀라운 아이'라고 말했던 것을 너희는 기억할 것이다. 그 말은 너희가 보는 것처럼 올바른 표현이었다.

  노장들은 이제 처녀의 허락 없이 몰래 무언가를 하려고 하지 않았다. 정말 그랬다. 이렇게 된 것은 정말 큰 소득이었다. 그러나 이들 중에는 아직 잔의 저돌적인 작전을 두려워하고 변경시키려는 이들도 남아 있었다. 그래서 열흘째 날, 잔이 작전을 짜면서 명령에 명령을 잇달아 내리며 등골 빠지도록 힘겹게 일하고 있을 때, 어떤 장군들은 이전처럼 쑥덕거리면서 잔의 계획에 반대하는 말을 늘어놓았다. 이런 장군들도 그날 오후 모두 함께 와서 작전 회의에 참여했는데 잔을 기다리면서 현재 상황을 이야기했다. 역사책에는 이 논의가 기록되어 있지 않다. 하지만 내가 거기 있었으니 그날 작전 회의 때 있었던 일을 이야기해 주겠다.

나는 거짓말로 너희를 속일 사람이 아니니 내 말을 신뢰해도 좋을 것이다.

겁쟁이들의 대변인은 고티에 드 브뤼삭이었다. 잔의 입장은 알랑송, 바타르, 라 이르, 해군 대장, 육군 대장 드 부삭을 비롯한 다른 주요 장군들이 지지를 하고 있었다. 드 브뤼삭은 상황이 아주 좋지 않다고 말했다. 첫 공격 목표인 자르조는 위압적인 성벽에 대포가 즐비하고 그 뒤에는 전쟁에 뼈가 굵은 정예 병사 7천 명이 있는 상당히 강한 성이라고 말했다. 게다가 뛰어난 서퍽 백작이 지휘하고 있고, 백작의 친척인 폴 가문의 두 형제도 함께 있는데 이들 역시 대단한 인물들이라고 말했다. 그런 요새를 저돌적으로 공격하려는 잔 다르크의 계획은 아주 무모하고 분별없는 것이므로 그 계획을 포기하도록 설득해야 하고 더 현명하고 안전하게 정상적인 포위망을 구축해야 한다고 말했다. 분노에 사로잡혀 행하는 잔 다르크의 격렬한 방법은 난공불락 돌벽에 병사들을 던지는 것과 다를 바 없는, 전법에 어긋나는 일이라고 말했다.

드 브뤼삭이 말을 더 계속하지 않자 라 이르는 깃 달린 투구를 신경질적으로 흔들더니 벼락같이 말했다.

"총사령관님은 하느님한테 병법을 배우셨다고! 그런데 누가 더 좋은 방법을 총사령관님께 가르칠 수 있겠나!"

라 이르가 더 말을 하기 전에 알랑송은 일어났고, 오를레앙의 바타르와 장군 예닐곱 명은 총사령관의 지혜를 개인적으로나 공개적으로나 불신하는 것에 곧바로 불쾌감과 분노를 드러내며 큰 소리로 말했다. 이러자 라 이르도 다시 말을 이었다.

"변하는 법을 전혀 모르는 장군들이 있어. 상황은 변할 수 있지만 그런 장군들은 자기들도 상황에 맞게 변해야 한다는 걸 깨닫지 못하고 있지. 이들이 아는 것이라곤 자기 아버지와 할아버지가 간 길 하나, 자기들도 따라간 그 길 하나뿐이야. 지진이 일어나 땅이 갈라지고 아수라장이 돼서, 다니던 그 길이 이제 벼랑과 늪으로 이어져도 이 사람들은 새길을 개척해야 한다는 걸 깨닫지를 못해. 전혀 못 하지. 그저 멍청하게 옛길을 따라가서 죽게 되고 파멸 당할 뿐이야. 이봐, 상황이 변했어. 군사 전략에 비범한 천재가 상황이 변한 것을 또렷하게 보고 있어. 이제 새길이 필요해. 천재가 새길이 어디로 이어지는지 보고서 우리를 위해서 표시해 준 거야. 더 좋은 길을 알려줄 수 있는 사람은 지금 없고 과거에도 없었고 앞으로도 절대로 없을 거라고!

예전에는 패배, 패배, 패배밖에 없었어. 그러니 병사들은 공격할 마음도, 용기도, 희망도 없었지. 그런 병사들로 돌벽을 공격할 수 있었겠나? 어림 반 푼어치도 없었지. 오직 한 가지 방법밖에 없었어. 앞에 앉아서 기다리고 기다리는 거였지. 적이 굶어 죽지 않을까 기대하면서 말이야. 하지만 지금 이 새로운 상황은 정반대야. 바로 이렇게 변했어. 병사들은 용기와 전의와 활기, 분노와 힘으로 불타고 있어. 병사들은 큰불을 억제하고 있는 거라고! 자네들은 어떻게 하겠나? 불길을 막아서 흐물흐물 태우다가 꺼버리려고?

그 불을 잔 다르크는 어떻게 하려고 하나? 하늘과 땅의 주인이신 하느님을 통해 그 불이 퍼져나가 폭풍처럼 적들을 삼키게 하려고 하잖아! 변화의 규모를 즉각 파악하고 그걸 통해 이득을 얻을 수 있는 올바른 길, 유일하게 올바른 길을 즉시 파악하는 것 말고 총사령관님의 지혜롭게 빛나는 전략을 다른 어떤 것이 보여주겠나. 그분에게는 앉아서 굶겨 죽이려는 생각이 전혀 없어. 미그적미그적 거리면서 노닥거리려는 생각은 없지. 게으름 피우고 빈둥거리다가 잠자려는 일은 전혀 없어. 절대 없어.

오직 공격! 공격! 공격! 계속 공격! 공격! 공격! 언제나 공격! 공격! 공격! 이거야. 구멍 속에 숨은 적을 찾아서 자신이 몰고 온 프랑스의 허리케인으로 날려버리려는 거라고! 그리고 이게 내 방식이기도 하구! 자르조? 총안 있는 흉벽들과 탑들, 위압적인 대포들, 노련한 정예병 7천 명이 있는 게 뭐 어떻다는 거야? 잔 다르크가 앞에 설 테고 하느님의 광채로 자르조의 운명도 끝장날 거 아닌가!"

아, 라 이르는 모인 사람들을 압도해 버렸다. 전략을 바꾸도록 잔을 설득하자는 말은 이제 없었다. 이 발언이 있은 후에 장군들은 편하게 앉아 이야기를 나누게 되었다. 조금 후에 잔이 들어왔다. 장군들은 일어나 검을 들어 경례했다. 잔이 무슨 좋은 일이 있냐고 묻자 라 이르가 대답했다.

"결정이 났습니다, 장군님. 자르조에 대한 문제 말입니다. 점령할 수 없다고 생각하던 사람들이 몇 명 있었거든요."

잔은 유쾌하게 웃었다. 잔의 아무 걱정 없는 그 명랑한 웃음으로 말이다. 그 웃음은 잔의 입술에서 물결처럼 명랑하게 퍼져나가 나이 든 장군들이 다시 젊음을 느끼게 했다. 잔은 모인 모든 이들에게 말했다.

"두려워하지 마세요. 그럴 필요도 없고 그렇게 될 일도 일어나지 않을 거예요. 우리는 담대하게 잉글랜드군을 쳐부술 겁니다. 곧 보게 될 거예요."

이렇게 말한 후 잔의 눈은 무언가 멀리 있는 것을 보는 듯했다. 고향의 모습이 잔의 마음속에 떠올랐기 때문이었다. 잔은 생각에 골똘히 잠긴 사람처럼 아주 은은하게 이런 말을 덧붙였다.

"하느님께서 우리를 인도해 주시고 승리를 주실 것을 난 압니다. 하지만 이런 위험한 일을 견디는 것보다 난 양을 치는 게 더 좋아요."

이날 저녁, 우리는 집주인 가족들과 함께 편안한 고별 만찬 시간을 보냈다. 잔은 자리에 함께하지 못했고 잔의 호위대와 집주인 가족들만 있었다. 도시에서 잔을 위해 연회를 열어 잔은 장군들과 함께, 기쁨을 알리는 수많은 종소리가 울리고 반짝이는 은하수가 빛나는 가운데 연회장으로 갔다.

저녁을 먹자 우리가 잘 아는 활기찬 젊은이 몇 명이 집으로 놀러 왔다. 우리는 우리가 군인이라는 걸 이내 잊어버리고 총각과 처녀라는 사실만을 기억했다. 그리고 점잔 빼는 일을 던져 버리고는 재미와 즐거움을 오랫동안 가두고 있던 울타리도 허물어뜨렸다. 우리는 춤을 추고 게임을 하고 즐겁게 놀면서 비명 같은 웃음소리를 터뜨렸다. 살면서 처음 갖는, 화려하고 시끄럽지만 순수했던 좋은 시간이었다. 그래, 그래, 얼마나 오래전이었는지! 그때 나는 어렸으니까.

밖에서는 병사들이 발을 맞추어 걷는 소리가 들렸다. 전쟁이라는 잔혹한 무대 위에 내일 올려질 비극을 위해 뒤늦게 모인 온갖 사람들이 지나가고 있었다. 그래, 이 시절에는 희극과 비극이 나란히 함께 있었다.

  잠자리로 가는 길에 사람 한 명이 눈에 띄었다. 거대한 난쟁이가 새 갑옷을 입고 용감한 모습으로 잔의 문에서 보초를 서고 있었다. 볼 때마다 느끼는 거지만 난쟁이는 전쟁의 엄중한 정신이 사람이 된 것 같았다. 난쟁이의 넓은 어깨 위에는 새끼 고양이 한 마리가 몸을 웅크리며 잠들어 있었다.

27. 자르조 점령

다음 날, 깃발을 휘날리면서 오를레앙의 위압적인 성문들을 줄지어 나오는 우리의 모습은 장엄하고 용맹했다. 잔과 장군들은 긴 줄의 선봉에 서 있었다. 라발 가문의 두 젊은이도 와서 참모진에 합류했는데 잘된 일이었다. 두 젊은이에게 전쟁은 어울리는 일이었으니, 지나간 시절 프랑스 대무관장*을 지낸 그 유명한 전사 베르트랑 뒤 게클랭의 손자들이 바로 이들이었기 때문이다. 루이 드 부르봉, 육군 사령관 드 레, 주교 대리 드 샤르트르도 합류했다.

  우리는 조금 불안해 할만 했는데, 자르조를 지원하러 앵글랜드의 존 패스톨프 경이 병사 5천 명을 이끌고 오고 있다는 걸 알고 있었기 때문이다. 그렇지만 우리는 불안해하지 않았다고 생각한다. 아직 그 군대는 근처에 오지 않았다. 존 경은 늑장을 부리

---

* 프랑스 대무관장(Grand Connétable de France). 프랑스군의 통수권자인 국왕 다음으로 군의 서열 2위이자 육군의 총사령관

고 있었고 무슨 이유인지 서두르지 않았다. 존 경은 귀중한 시간을 허비했는데 에탕프에서 나흘을 머물렀고, 장빌에서도 나흘을 더 지냈다.

자르조에 도착한 우리는 즉시 공격에 들어갔다. 잔은 중무장한 부대를 전방으로 보내 적의 외루들*을 멋지게 공격해 수중에 넣어서 추가 공격의 발판을 만들었다. 그러나 점령한 것들을 지키기 위해서 힘들게 싸웠지만 이내 도시에서 나온 적군 앞에서 뒤로 밀리기 시작했다. 이를 본 잔은 소리 높여 외치면서 새로운 공격 부대를 이끌고 매서운 포화 속으로 뛰어들었다. 팔라댕이 부상을 당해 옆에서 쓰러지자, 잔은 팔라댕의 스러지는 손에서 깃발을 낚아채 날아오는 포탄 속을 헤치고 나가면서 소리쳐 병사들의 사기를 북돋아 주었다.

그리고 나서 한동안 난투가 이어졌다. 수많은 병사들이 서로 뒤엉켜 싸우는 아수라장과 함께 철이 맞부딪히는 소리와 대포 소리가 이어졌다. 포화 속에서 올라가는 연기가 하늘이 되어 그 아래 모습은 전혀 보이지 않았다. 이따금 잠시나마 연기 하늘이 틈새를 드러내면 저 너머에서 일어나는 끔찍한 비극이 흐릿하게 보이곤 했다. 그리고 그런 때에는 언제나 우리의 희망과 신뢰의 영혼이자 중심이 되는 하얀 갑옷을 걸친 가녀린 한 사람을 볼 수 있었다. 이 사람이 등을 뒤로하고 앞을 쳐다보는 모습을 볼 때마다 우리는 전투가 잘 되어가고 있다는 걸 알았다. 그리고 마침내 큰 함성이 울렸다. 기쁨의 함성이 하늘로 솟구쳤다. 성 밖의 지역

---

* 요새 밖에 설치한 작은 요새 같은 건축물

이 우리 것이 되었음을 알려주는 신호였다. 그래, 성 밖은 우리 것이 되었다. 적군은 성안으로 퇴각했다. 밤이 다가오기에 우리는 잔이 승리한 그곳에서 막사를 쳤다.

　잔은 항복하라는 문서를 잉글랜드군에게 보내어, 만약 항복하면 말을 끌고 안전하게 돌아갈 수 있게 해 주겠다고 약속했다. 그 견고한 요새를 잔이 정복할 수 있으리라는 걸 아무도 알지 못했지만 잔은 이미 알고 있었다. 그럼에도 잔은 그런 은혜를 베푼 것이다. 동정심이나 거리낌 없이 항복한 적군과 도시의 주민들을, 때로는 위협이 되지 않을 여자들과 어린아이들을 학살하는 것이 관례였던 이때에, 전쟁에서 찾아볼 수 없는 은혜를 베푼 것이다. 몇 년 전에 '용감한 샤를'이라 불리는 샤를 왕이 디낭을 점령하고 도시의 남자와 여자와 어린아이들을 학살했던 끔찍한 참상을 너희와 너희 이웃들은 모두 기억할 것이다.

　잔이 적군에게 이런 제안을 한 것은 어디에서도 볼 수 없는 친절이었다. 그리고 바로 이것이 잔의 길이었으니, 사랑이 많고 자비로운 마음씨 때문에 잔은 그랬던 것이다. 적을 포로로 잡을 때면 잔은 언제나 적의 생명과 군인으로서의 자존심을 지켜주려 했다.

　잔의 제안에 잉글랜드군은 생각해 볼 테니 15일간 휴전을 하자고 했다. 이렇게 말한 것은 패스톨프가 5천 명을 이끌고 오고 있었기 때문이다! 잔은 그럴 수 없다고 대답했다. 그리고 더 나은 조건을 내걸었다. 한 시간 안에 떠난다면 말뿐 아니라 휴대할 수 있는 무기도 들고 돌아가게 해 주겠다고 했다. 그러나 피부가 그을린 잉글랜드 노병들은 아주 완고한 사람들이라 다시 거절했다.

그러자 잔은 다음 날 아침 9시에 공격할 수 있도록 준비를 하라고 명령했다. 알랑송은 그날 병사들이 오래 걷고 싸운 것을 고려할 때 9시는 너무 이르다고 말했다. 하지만 잔은 가장 적합한 시간이니 명을 따르라고 했다. 그런 다음 전투를 앞에 둘 때면 언제나 갖는 불타오르는 열정으로 잔은 외쳤다.

"움직이세요! 움직이세요! 그러면 하느님께서 여러분과 함께 움직이실 겁니다!"

전쟁에서 잔의 좌우명은 "움직여라! 꾸준히 움직여라! 계속 움직여라!"라고 말할 수 있을 것이다. 전쟁 중에 잔은 절대로 나태하지 않았다. 이 좌우명을 실천하는 사람은 누구든지 성공할 것이다. 이 세상에서 승리할 수 있는 길은 많이 있지만 열심이 뒷받침되지 않는다면 그 승리에 큰 가치는 없을 것이다.

이날 거구 팔라댕이 부상을 당했을 때 팔라댕보다 더 거구인 난쟁이가 아수라장에서 끌고 나오지 않았다면 우리는 팔라댕을 잃었을 것이다. 의식을 잃은 팔라댕을 난쟁이가 곧바로 구해서 안전한 후방으로 끌고 나오지 않았다면 아군의 말발굽에 짓밟혀 죽었을 것이다. 다행히 팔라댕은 회복돼서 두세 시간 후에는 의식을 되찾았다. 그러자 팔라댕은 기쁨과 자부심으로 부상당한 것을 한껏 써먹었다.

팔라댕은 붕대 감은 것을 뽐내며 걸어 다녔다. 마치 순진무구한 거대한 아이처럼 그랬는데 사실 팔라댕은 몸만 크지 아이였다. 사람들이 전사하는 걸 자랑스러워하는 것보다 더 팔라댕은 부상당한 걸 자랑스러워했다. 그러나 그 허영심에는 악의가 없어서 걱정하는 사람은 없었다. 팔라댕은 투석기에서 날아온 사람

머리만 한 돌에 맞았다고 말하고 다녔다. 물론 돌의 크기는 점점 커져갔다. 이야기가 끝나기 전에는 집채만 한 돌을 맞았다고 말했다.

"내버려 둬. 참견하지 마. 내일은 성당만 한 돌이라고 할걸."

노엘 랑그송이 나한테 슬쩍 말했다. 아니나 다를까, 다음 날 돌은 진짜 성당만 한 돌이 되어 있었다. 상상력에 고삐가 이렇게 풀린 사람을 나는 본 적이 없었다.

동이 트자마자 잔은 밖으로 나가 말을 타고 이곳저곳을 다니며 준비 상황을 꼼꼼히 살피고 가장 좋은 위치를 선택해 대포를 배치했다. 정확한 대포 위치에 부사령관은 크게 감탄을 한 나머지, 25년쯤 후 잔의 명예 회복 재판에서 부사령관은 잔의 그 모습을 여전히 기억하여 증언했다. 알랑송 공작 역시 명예 회복 재판에서 6월 12일 아침 자르조에 있던 잔의 모습은 초보자의 모습이 아니라 '20년이나 30년 동안 전쟁을 지휘한 장군의 판단력'을 가진 모습이었다고 말했다. 프랑스군의 노장들은 잔이 전쟁의 모든 면에서 뛰어났지만 그중 가장 뛰어난 것은 대포를 배치하고 포격을 명하는 전략이었다고 말했다.

글을 읽지도 못하고 전쟁의 복잡한 전술을 공부한 적도 전혀 없는 목동 소녀에게 누가 이런 놀라운 전술을 가르쳐 주었을까? 당혹스러운 이 수수께끼를 풀 수 있는 방법을 나는 알지 못한다. 이런 예는 전에 없었으니 역사 가운데 견주고 검토해 볼 만한 예가 전혀 없기 때문이다. 역사를 보면 위대한 장군들은 아무리 타고난 재능이 뛰어나더라도 좋은 교육과 힘든 연구와 경험이 아니고서는 성공하지 못했다. 잔에 대한 수수께끼는 답을 전혀 추측할 수 없었다. 다만 나는 잔이 그런 엄청난 능력을 타고났고 실수 없는 직관으로 그 능력을 이용했다고 생각한다.

8시가 되자 모든 동작이 일제히 멈추었다. 모든 동작과 함께 모든 소리와 소음도 그쳤다. 아무 소리 없는 기대감만이 지배했다. 고요함은 너무 많은 것을 의미했기에 매우 두려운 것이었다. 바람도 멈추었다. 탑과 성벽에 걸린 깃발들은 술 장식처럼 아래로 축 늘어져 있었다. 사람들은 하던 일을 멈추고 무슨 말을 들으려고 기다리는 자세로 있었다. 우리는 사령부가 있는 곳에서 잔 옆에 모여 있었다. 우리가 있는 곳에서 사방으로 멀지 않은 곳에는, 성 밖 외진 곳에 있는 허름한 집들과 골목길들이 있었다. 많은 사람들이 보였지만 한 사람도 움직이지 않고 들릴 말에 귀를 기울이고 있었다.

어떤 남자는 가게 문기둥에 무언가를 못으로 박으려고 하던 참이었는데 동작을 멈추고 있었다. 한 손으로는 못을 대고 다른 손으로는 망치를 두들기려고 하는 자세였는데, 모든 걸 잊어버리고 고개를 돌리고 귀를 기울이고 있었다. 아이들도 놀다가 무의식적으로 멈추었다. 작은 남자아이 하나가 굴렁쇠를 굴리며 모퉁이를 돌다가 굴렁쇠 채를 땅바닥을 향해 비스듬히 내리고 있는 모습이 보였다. 아이가 멈추어 서서 귀를 기울이고 있느라 굴렁쇠는 혼자 굴러가고 있었다. 열린 창문에 한 어린 소녀가 손에 물뿌리개를 들고 창가 화단에 핀 빨간 꽃들에 물을 주고 있었는데 나오던 물은 그치고 소녀는 귀를 기울이고 있었다. 모든 곳에서 사람들은 하던 동작을 멈추고 동상처럼 굳어 있었고 어마어마한 고요함이 이어지고 있었다.

잔 다르크는 하늘 높이 검을 들었다. 이 신호로 고요함은 갈가리 찢어졌다. 대포들이 연이어 화염을 토해냈고 천둥소리를 울리며 땅을 흔들었다. 적군이 응사하여 도시의 탑들과 벽에서는 불화살이 쏟아졌고 대포도 크고 깊은 천둥소리를 냈다. 잠시 후 벽과 탑들은 사라졌다. 그리고 그 자리에는 넓은 둑이 들어서 있었다. 그리고 하얀 연기가 피라미드 모양을 이루며 피어올랐는데, 대기는 바람 한 점 없이 죽어 있어 하얀 연기는 가시지 않고 움직임 없이 그대로 있었다. 깜짝 놀란 소녀는 손에서 물뿌리개를 떨어뜨리고 두 손을 마주 잡았다. 그 순간 대포의 돌 포탄이 소녀의 예쁜 몸을 짓이겨 버렸다.

포격전은 계속 이어졌고 양쪽 모두 사력을 다해 싸웠다. 피어오르는 연기와 굉음은 정말 어마어마해서 병사들의 사기를 치솟게 했다. 우리 주위에 있는 작은 마을은 참혹한 모습으로 변해 있었다. 연이어 떨어지는 포탄은 허름한 집들이 카드로 만들어진 것인 양 집들을 산산조각 내고 허물어 버렸다. 매 순간 커다란 돌 포탄이 연기구름을 뚫고 하늘로 솟아 곡선을 그리며 지붕에 떨어졌다. 불이 일어나고 불꽃과 연기 기둥이 하늘을 향해 올라갔다.

이내 포격전이 날씨를 변하게 했다. 하늘은 구름이 뒤덮였고 강한 바람이 일어나 잉글랜드 요새를 가리던 연기를 흩어버렸다. 그러자 드러난 요새의 모습은 장관이었다. 망대가 있는 회색 성벽과 탑들과 펄럭이는 밝은 깃발들, 빨간 불길이 치솟는 모습과 하얀 연기가 길게 줄지어 솟구치는 모습은 진한 회색빛 하늘을 배경으로 아주 선명하게 도드라져 보였다. 하지만 포탄이 윙 하는 소리를 내며 우리가 있는 땅을 때리기 시작해서 나는 더 이상 그 광경에 신경 쓸 겨를이 없었다. 잉글랜드의 어떤 대포가 우리가 있는 곳을 점점 더 정확히 맞추고 있었다. 즉시 잔은 그 대포를 가리키며 말했다.

"공작님, 거기서 피하세요. 안 그러면 저 대포에 맞아 죽을 거예요."

알랑송 공작은 잔의 말대로 피했지만 뒤 뤼드 경은 그 자리에 계속 있다가 한순간에 포탄에 머리가 날아가 버렸다. 잔은 공격을 명할 적절한 때를 가늠하고 있었다. 마침내 9시쯤에 소리쳤다.

"자, 지금! 공격!"

나팔수가 공격을 알리는 나팔을 불었다. 그러자 우리 포대가 집중적으로 포격한 덕분에 반쯤 무너진 성벽을 향해, 준비하던 부대가 돌진했다. 부대는 해자로 내려가서 사다리를 설치하기 시작했다. 우리도 곧 그들을 뒤따랐다. 부사령관은 공격이 아직 시기상조라고 생각했다. 그러자 잔이 말했다.

"아, 온화한 공작님, 두려우세요? 안전하게 집에 돌아가게 해 주겠다고 제가 약속한 것 잊으셨어요?"

해자에서 악전고투가 이어졌다. 성벽 위에 가득한 잉글랜드 병사들이 우리에게 던지는 돌이 산사태처럼 떨어졌다. 몸이 거구인 잉글랜드 병사 한 명이 있었는데 적군 열 명보다 우리에게 더 큰 피해를 입히고 있었다. 그 병사는 우리의 허점이 드러난 곳에 언제나 나타나 대단히 큰 돌을 밑으로 던져 우리 병사들과 사다리를 부수어 버렸다. 그런 다음 자기가 한 일을 두고 몸이 터져라 큰 웃음소리를 내며 웃곤 했다. 그러자 알랑송 공작이 그 병사에게 복수를 했다. 공작은 가서 유명한 포병 장 르 로랭을 찾아서 말했다.

"대포를 저쪽으로 돌려 쏘게. 저 악마를 죽여버려!"

우리 포병은 첫발로 일을 끝냈다. 잉글랜드 병사의 가슴에 포탄을 명중시켜 병사는 성 뒤쪽으로 떨어져 사라졌다. 적군이 수비를 아주 잘하고 끈질기게 저항해서 우리 병사들은 과연 이길 수 있을지 의심을 하며 낙담하는 모습을 보였다. 이를 본 잔은 병사들의 사기를 높이는 잔만의 함성을 지르며 해자 안으로 직접 내려갔다. 난쟁이는 옆에서 잔을 엄호했고 팔라댕은 용감하게 깃발을 들고 잔의 옆에 붙어 있었다.

잔은 사다리를 오르기 시작했다. 그런데 큰 돌이 위에서 날아와 잔의 투구를 맞추었다. 잔은 부상을 입고 땅바닥에 나동그라졌다. 하지만 잠시 쓰러졌을 뿐이었다. 난쟁이는 잔의 발치에 서서 잔을 보호했고 잔은 즉시 일어나 다시 사다리를 오르며 소리쳤다.

"공격! 친구들, 공격! 잉글랜드군은 우리 수중에 들어왔다! 정한 때가 왔다!"

무서운 함성을 지르며 우리 병사들은 떼 지어 진격했다. 우리는 개미 떼처럼 성벽을 뒤덮고 올라갔다. 수비대는 도망쳤고 우리는 뒤쫓았다. 결국 자르조는 우리의 것이 되었다!

서퍽 백작은 퇴로가 차단당한 채 아군에게 포위되었다. 알랑송 공작과 오를레앙의 바타르는 백작에게 직접 항복하라고 요구했다. 하지만 백작은 자존심 강한 귀족이었을 뿐만 아니라 자존심 강한 잉글랜드인이기도 했다. 백작은 잔의 부하들에게는 칼을 내놓지 않겠다고 하며 말했다.

"차라리 죽겠소. 오직 오를레앙의 처녀에게만 항복하겠소. 다른 사람에게는 그럴 수 없소."

백작은 말한 대로 잔 앞에서 항복했고 잔은 정중하게 백작을 예우했다. 백작의 친척인 두 형제는 다리 쪽으로 후퇴하면서 싸웠는데 조금씩 조금씩 밀리고 있었다. 우리는 절망에 빠진 적을 몰아붙이며 수없이 도륙했다. 다리에 이르러서도 살육은 계속되었다. 알렉산더 드 라 폴은 다리에서 떨어져 익사했다. 천 명이 넘는 적군들이 떨어졌다.

존 드 라 폴은 저항을 포기하기로 거의 마음을 먹었다. 하지만 그의 친척인 서퍽 백작처럼 그 역시 자존심이 세고 까다로운 사람이라 아무에게나 항복하지 않았다. 가까이 있던 프랑스 장교 기욤 르노가 그를 바싹 밀어붙이고 있을 때 존 경은 기욤에게 말했다.

"자네는 귀족인가?"

"그렇소."

"기사이기도 한가?"

"아니오."

그러자 존 경은 살육이 끔찍하게 자행되는 다리에서 잉글랜드인답게 냉정하고 침착하게 기욤 르노에게 기사 작위를 내렸다. 그런 다음 아주 정중하게 인사를 하고는 항복의 표시로 칼날을 잡고 칼자루를 기욤 르노의 손에 건넸다. 자존심이 강한 가문이 바로 드 라 폴 가문이었다.

이날은 위대한 날이었고 잊지 못할 날이었다. 아주 찬란한 승리였다. 사로잡은 포로들은 아주 많았지만 잔은 포로에게 해를 입히지 못하게 했다. 우리는 포로들을 데리고 이튿날 오를레앙으로 돌아갔는데 늘 그렇듯 폭풍처럼 일어나는 환영과 기쁨 속으로 들어갔다. 이날 사람들은 우리의 지도자에게 새로운 찬사를 보냈으니, 인파가 밀집한 거리마다 신병들이 사람들을 어렵게 헤치고 잔에게 다가와 잔 다르크의 검을 만진 것이다. 그렇게 하면서 신병들은 불패하게 하는 잔의 신비한 능력을 자기들도 얻으려고 하였다.

28. 죽음을 예언하다

병사들은 휴식이 필요했다. 그래서 잔은 병사들이 이틀 동안 쉴 수 있게 했다. 14일 아침, 잔이 장교들에게 방해받고 싶지 않을 때 가끔 개인 집무실로 쓰는 작은 방에서 나는 잔이 불러주는 편지를 쓰고 있었다. 그때 카트린 부셰가 들어와 앉은 다음에 말했다.

"저기, 잔, 드릴 말씀이 있어요."

"네, 괜찮아요. 나한테 할 말이 있다니 좋은데요. 무슨 일인데요?"

"잔이 겪은 위험을 어젯밤 생각하느라 잠을 거의 못 잤어요. 팔라댕한테 들었어요. 포탄이 빗발칠 때 잔이 공작님을 피하게 해서 목숨을 구해주셨다는 걸요."

"네, 맞아요. 잘된 일이죠?"

"네, 하지만 잔은 그곳에 계속 있었잖아요. 왜 그러셨어요? 일부러 위험해지려고 하시는 것 같아요."

"아, 아니에요. 그렇지 않아요. 난 전혀 위험하지 않았어요."

"그 무서운 포탄들이 사방으로 날아왔는데 어떻게 그렇게 말할 수 있어요?"

잔은 웃고서 다른 이야기를 하려 했지만 카트린은 계속했다.

"정말 무서운 일이었어요. 그런 곳에 있을 필요는 없었어요. 또 잔은 다시 공격에 앞장섰어요. 잔, 그건 하느님을 시험하는 짓이에요. 약속했으면 좋겠어요. 공격해야 한다면 다른 사람이 공격에 앞장서게 하겠다고요. 그리고 무서운 전장에서는 안전하게 있겠다고요. 그렇게 해 주겠어요?"

그러나 잔은 약속을 피했다. 카트린은 불만에 차서 걱정하는 마음으로 앉아 있다가 말을 이었다.

"잔, 계속 군인으로 살아갈 거예요? 이 전쟁은 아주 오랫동안 이어져 왔어요. 아주 오랫동안. 그리고 끝나지 않을 거예요. 계속될 거예요."

잔은 눈에 기뻐하는 빛을 띠며 목소리를 높여 대답했다.

"이번 작전은 앞으로 나흘 동안 가장 힘들 거예요. 나흘이 지나면 한결 괜찮아질 거고 피 흘리는 일도 줄어들 거예요. 그래요. 나흘이 지나면 그때는 오를레앙을 해방시켰을 때처럼 다른 승리의 트로피를 얻게 될 거예요. 그리고 프랑스의 자유를 향한 두 번째 큰 걸음을 내딛게 될 거예요!"

카트린은 놀랐고 나 역시 놀랐다. 카트린은 무아지경에 빠진 것처럼 잔을 응시했다. 그리고 무의식적인 것같이, 또 혼잣말하듯이 "나흘 ‥ 나흘 ‥" 하고 중얼거렸다. 그러고는 경외감이 어린 듯한 작은 목소리로 물었다.

"잔, 말해 봐요. 어떻게 그걸 아시나요? 미리 알고 있다는 생각이 드네요."

"맞아요."

잔은 꿈꾸는 것처럼 말을 이어 나갔다.

"난 알아요. 알고 있어요. 난 쳐부수고 또 쳐부술 거예요."

이렇게 말한 다음 잔은 아무 말이 없었다. 우리도 앉은 채 놀라서 가만히 있었다. 이렇게 1분이 지나간 것 같았다. 잔은 바닥을 바라보고 있었다. 입술은 움직였지만 아무 말도 하지는 않았다. 그러다 거의 알아들을 수 없는 이런 말이 새어 나왔다.

"이번 타격으로 잉글랜드는 천년 동안 프랑스에 기를 펴지 못할 거예요."

내 몸에 소름이 돋았다. 그 말에는 어떤 초자연적인 힘이 서려 있었다. 잔이 다시 무아지경에 빠진 모습을 나는 보았다. 동레미 초원에서 우리 남자아이들이 전쟁에 함께할 것을 잔이 예언한 다음 자신이 예언한 사실을 몰랐던 그날처럼, 잔은 다시 무아지경에 빠져들었다. 잔은 지금도 의식하지 못하고 있었다. 카트린 역시 잔의 이런 상태를 몰라 마냥 행복감에 젖은 목소리로 말했다.

"아, 믿어요. 전 믿어요. 정말 기쁘네요! 그렇게 되면 잔은 돌아와서 오랫동안 우리와 함께 살 거예요. 우리는 잔을 아주 사랑할 거고 잔을 아주 높일 거예요!"

그때 거의 알아차릴 수 없는 경련이 잔의 얼굴을 스쳐 지나갔다. 그리고 꿈꾸는 듯한 목소리로 이렇게 중얼거렸다.

"두 해가 가기 전에 난 잔혹하게 죽을 거예요!"

나는 손을 들어 주의를 주며 앞으로 일어났다. 내가 이렇게 했기 때문에 카트린은 비명을 지르지 않았다. 그렇지 않았더라면 분명히 비명을 지르리란 걸 나는 분명히 보았다. 나는 카트린에게 자리를 비켜 달라고 속삭이면서 이 일을 아무에게도 말하지 말아 달라고 부탁했다. 잔은 자고 있는 거라고 나는 말했다. 잔은 잠이 들어 꿈을 꾸고 있는 거라고. 카트린은 안도하며 내게 말했다.

"휴, 꿈이라니 정말 다행이에요! 마치 예언처럼 들렸거든요."

이렇게 속삭이고 카트린은 방을 나갔다. '예언처럼'이라니! 진짜 예언이었다는 것을 나는 알았다. 잔을 잃게 된다는 걸 알았기에 나는 자리에 앉아 울었다.

곧 잔은 깜짝 놀라더니 가볍게 몸을 떨고는 정신을 차렸다. 그리고 주위를 둘러보다 내가 울고 있는 걸 보고는 의자에서 벌떡 일어나 가엾은 마음이 드는지 내게 뛰어와 내 머리에 손을 대고 말했다.

"불쌍한 내 친구! 무슨 일이야? 날 보고 어서 말해 봐."

나는 잔에게 거짓말을 해야 했다. 거짓말을 한 것이 괴로웠지만 다른 방법이 없었다. 내 책상에 있던 받은 지 오래된 편지 한 통을 들었다. 누가 무슨 내용을 썼는지는 하늘만 알고 있을 편지였다. 나는 그 편지를 프롱트 신부님에게서 방금 받았는데, 편지에 따르면 어떤 나쁜 놈이 아이들의 요정나무를 베어버렸다고 둘러댔다.

내가 말을 잇기 전에 잔은 내 손에서 편지를 낚아채서 위아래로 훑어보고 이쪽저쪽 돌려 보더니 크게 울기 시작했다. 눈에서 눈물이 펑펑 나와 뺨을 타고 계속 흘러내렸다.

"아, 잔인해, 잔인해! 어찌 그리 무정할 수 있을까? 아, 불쌍한 부르레몽의 요정나무는 이제 죽었구나. 우리 아이들이 얼마나 사랑했는데! 그렇게 말한 대목을 보여 줘!"

나는 편지의 한 부분을 거짓으로 가리켰다. 잔은 눈물을 흘리며 그 부분을 계속 바라보며 '그 짓과 꼭 닮은' 끔찍하고 추악한 글자가 보인다고 말했다. 그때 복도에서 큰 목소리가 들렸다.

"국왕 폐하의 전령이오. 프랑스군의 총사령관님께 드리는 전갈입니다!"

29. 요정나무 환영

요정나무를 환상 속에서 잔이 본 적이 있다는 걸 나는 알고 있었다. 그런데 언제였더라? 그건 기억이 나지 않는다. 자신에게 일 년밖에 남지 않았다며 잔이 왕에게 자신을 이용하라고 말하기 전이라는 것은 분명하다. 그때 난 깨닫지 못했지만 그때 이미 잔이 요정나무를 본 후라는 확신이 이제 내게 들었다. 요정나무는 잔에게 반가운 소식을 전해 주었던 것이 분명하다. 그렇지 않았다면 근래에 잔이 그렇게 걱정 없이 즐거워할 수 없었을 것이다. 죽음을 알려 준 것은 잔에게 음울한 일이 아니었다. 그래, 음울한 일이 아니었다. 죽음이란 유배 생활을 끝내고 고향으로 떠나는 것이니까.

그래, 잔은 요정나무를 보았다. 잔이 왕에게 말했던 예언은 아무도 마음에 담아두지 않았다. 그도 그럴 것이 아무도 마음에 담아두고 싶지 않았고 마음에서 지워 잊고 싶었기 때문이다. 그리고 모두 그렇게 하여 결국에는 마음 편히 지낼 수 있었다. 그러나 나는 예외였다. 그 무서운 비밀을 나는 간직하고 살아가야 했고 아무도 나를 도와줄 수 없었다. 그 비밀은 무겁고 쓰라린 짐이었고 날마다 내 마음을 아프게 했다. 잔이 죽어야 한다. 그리고 머지않아 죽을 것이다.

이것은 꿈도 꾸어본 적이 없는 일이었다. 어떻게 그럴 수 있었겠는가. 잔은 아주 건강하고 젊었으며, 평안하고 영예로운 노년을 누릴 권리를 매일 새롭게 얻고 있었는데 말이다. 그 시절 왜 그리 생각했는지 모르지만 나는 노년이 가치 있는 것이라 생각했다. 젊은 사람들은 대개 노인들이 무지하고 미신으로 가득 차 있다고 생각하지만 말이다. 잔은 요정나무를 본 것이다. 슬픈 그날 밤 내내 옛 노랫말이 내 마음에 떠올랐다.

"고향을 떠나 방랑길에 있는 우리
네 모습 그리워 마음 앓네.
요정나무야, 우리 눈앞에 나타나렴!"

새벽녘 꿈결 같은 고요함 속에 나팔과 북소리가 울렸다. '말에 올라 진군하라.' 빨간 피를 봐야 할 일이 기다리고 있었다. 우리는 지체하지 않고 묑으로 떠났다. 그곳에서 우리는 적군을 공격해 다리를 차지했다. 다음 날 아침에 부대를 남겨 다리를 지키게 한 후 나머지 군대는 보장시를 향해 진군했다. 보장시에는 프랑스인이 무서워하는 사자 탤벗이 지키고 있었다. 그곳에 도착했을 때 잉글랜드군은 성안으로 물러가 있어 우리는 버려진 마을에 자리를 잡았다. 탤벗은 패스톨프가 이끄는 지원 병력 5천 명을 맞이하고 엄호하기 위해 떠난 터라 이때는 성안에 없었다. 잔은 포대를 배치하고 밤이 될 때까지 성에 포격을 가하게 했다.

밤이 되자 전갈이 왔다. 라 트레무아유와 그 일당의 교묘한 책략 때문에 지금껏 오랫동안 왕의 눈 밖에 났던 프랑스 대무관장 리슈몽이 잔을 지원하기 위해 많은 병력을 이끌고 지금 오고 있다는 내용이었다. 패스톨프 역시 가까이 다가오고 있었기에 잔은 지원군이 많이 필요한 상황이었다. 우리가 처음 오를레앙으로 행군할 때 리슈몽은 우리와 함께 가려고 했다. 그러나 보잘것없는 고문들의 노예인 왕이 리슈몽을 가까이하지 않으려 했고 잔과 함께 가지 말라고 명했기 때문에 그러지 못했다.

이 이야기를 자세히 하는 것은 중요하다. 잔의 비범한 정신적 재능 가운데 하나인 정치가로서의 능력을 새롭게 드러내는 일이었기 때문이다. 열일곱 살 6개월밖에 되지 않은 시골 소녀가 그런 대단한 능력이 있다는 것이 이상해 보이겠지만 잔은 그런 능력을 갖고 있었다. 잔은 진심으로 리슈몽을 반갑게 맞이할 생각이었고, 라 이르와 라발 가문의 두 젊은이 역시 같은 마음이었지만, 부사령관 알랑송은 아주 완강하게 반대했다. 리슈몽과 함께하지 말라는 왕의 강한 명령을 받은 알랑송 공작은 리슈몽을 받아들이면 자기는 군대를 떠나겠다고 했는데 그렇게 된다면 정말 큰일이었다.

그래서 잔은 힘들여 알랑송 공작을 설득했다. 프랑스를 구하는 일이 다른 사소한 모든 일보다 중요한 것이라고, 심지어 왕의 홀을 든 어리석은 사람의 명령보다 더 중요한 일이라고 설득했다. 결국 알랑송 공작은 잔의 말을 따르게 됐다. 알랑송 공작이 나라를 위해 왕께 거역하고 리슈몽 백작을 환영하게 한 것이다. 정치가로서 잔의 최고 능력을 보여준 일이었다. 사람들이 위대한 재능이라 말하는 것이 무엇이든 잔에게서 그걸 찾으려 하면 분명 찾을 수 있었다.

6월 17일 이른 아침에 정찰병들이 탤벗과 패스톨프가 지원군을 이끌고 가까이 오는 중이라고 보고했다. 그러자 전투를 준비하라는 북소리가 울렸다. 우리는 잉글랜드군을 상대하러 출발했고 리슈몽의 부대는 남아서 보장시 성을 감시하여 수비군이 나오지 못하도록 했다. 머지않아 적군의 모습이 눈에 들어왔다.

패스톨프는 탤벗에게 이번에는 잔과 일전을 벌이지 말고 물러선 후에 루아르강 근처 잉글랜드 요새들에 지원군을 분산 배치해서 요새를 뺏기는 일이 없게 하자고 말했다. 참고 기다리자는 말이었다. 파리에서 더 많은 잉글랜드 지원군이 올 때까지 말이다. 매일 아무것도 내어주지 않고 소규모 전투로 잔의 병사들을 지치게 하다가 적절한 때에 대규모로 일제히 공격해 잔을 없애버리자고 했다.

패스톨프는 경험이 많은, 노련하고 아주 지혜로운 장군이었다. 그러나 불같이 화가 나 있는 탤벗은 지체하려고 하지 않았다. 오를레앙 전투와 그 이후의 전투에서 잔에게 패배하고 수모를 당한 것에 화가 난 상태라, 설령 혼자 싸우더라도 잔과 결판을 내겠다고 이미 하느님과 성 조지*에게 맹세한 뒤였다. 패스톨프는 잉글랜드군이 수년간 힘들게 싸워 얻은 모든 걸 잃어버릴 위험에 직면해 있다고 말하며 우려를 표했지만 결국 탤벗의 계획을 따르기로 했다.

적군은 앞에다 끝이 뾰족한 말뚝으로 울타리를 치고 그 뒤에 궁수들을 배치한 후 강력한 전투대형으로 기다리고 있었다. 밤이 다가오고 있었다. 잉글랜드군에서 한 전령이 와서 무례한 태도로 전투를 시작하자고 도전장을 내밀었다. 그러나 잔은 위엄을 잃지 않고 평정을 유지하며 전령에게 대답했다.

"돌아가서 오늘 밤은 너무 늦었다고 전해라. 하지만 내일은 하느님과 성모님의 뜻이라면 접전을 벌이게 될 것이다."

밤은 칠흑같이 어두워졌고 비가 내렸다. 비가 보슬보슬 부드럽게 내려 마음을 고요하고 잔잔하게 했다. 10시쯤에 알랑송과 오를레앙의 바타르, 라 이르, 포통 드 상트라유와 다른 장군 두세 명이 사령부 막사에 와서 잔과 여러 일을 이야기하려고 앉았다. 잔이 전투를 미룬 것이 유감이라고 생각하는 이들도 있었고 그렇게 생각하지 않는 이들도 있었다. 포통이 왜 전투를 거절했는

---

* 성 게오르기우스(?~303). 영어로 성 조지(St.George)라고 부르는 가톨릭 성인으로 로마 디오클레티아누스 황제의 기독교 박해 때에 순교한 로마군 장교였다. 용과 싸워 이긴 전설로 유명하고 잉글랜드의 수호성인이었다. 하얀색 바탕에 빨간색 십자가가 그려진 성 조지의 십자가는 잉글랜드의 국기이고, 잉글랜드와 스코틀랜드와 아일랜드의 국기를 합친 영국 국기에도 들어가 있다. 백년전쟁 때 잉글랜드군은 전투 구호로 성 조지의 이름을 외치기도 했다.

지 묻자 잔의 대답은 이랬다.

"여러 이유가 있어요. 잉글랜드인들은 우리 손안에 있습니다. 도망갈 구멍이 없어요. 그러니 늘 그렇듯 서둘러 위험을 자초할 필요가 없어요. 날이 다 지나갔어요. 병력이 약해진 상태에서는 밝은 낮에 싸우는 게 유리합니다. 드 레 경이 이끄는 병사 구백 명이 묑 다리를 지키고 있고 프랑스 대무관장이 이끄는 병사 천 오백 명이 보장시 성과 다리를 지키고 있느라 우리는 병력이 약해진 상태에요."

"병력이 이렇게 분산돼서 찜찜합니다, 각하. 하지만 더 나아질 수는 없지 않습니까. 내일 되더라도 상황은 똑같을 텐데요."

뒤누아가 말하자 이때까지 막사 안을 왔다 갔다 하던 잔은 다정하고 친근하게 웃으며 나이 든 그 맹장 앞에 멈추어 서서, 뒤누아의 머리에 달린 깃털 장식 중 하나에 작은 손을 대며 물었다.

"한번 말해 보세요, 현명하신 분. 제가 손대고 있는 건 어느 깃털인가요?"

"당연히, 각하, 제가 알 수가 없죠."

"바타르, 바타르! 이런 작은 일은 말할 수 없지만 큰일은 말할 수 있지 않아요? 아직 태어나지 않은 내일의 뱃속에는 무엇이 들어있는지 말이에요. 분산시킨 병사들이 우리와 함께하지는 못할 거라고 말할 수는 있겠죠. 하지만 내 생각은 달라요. 내일 병사들은 우리와 함께할 거예요."

실내가 웅성거렸다. 잔이 왜 그렇게 생각하는지 모두 궁금했다. 오직 라 이르만이 당연하다는 듯이 말했다.

"그렇게 될 거야. 각하께서 그렇게 될 거라고 생각하시면 그걸로 충분해. 그대로 될 거야."

그러자 상트라유의 포통이 물었다.

"각하 말씀에 따르면 전투를 거절하신 데에 다른 이유들도 있으신 거 같은데요?"

"네, 한 가지는 우리의 전력이 약화된 상태라는 것, 그리고 날이 이미 저물어서 전투를 벌여도 결판이 안 날 수 있다는 거죠. 전투를 벌이면 반드시 결판을 내야 합니다. 그리고 그렇게 될 거고요."

"하느님께서 그렇게 되게 해 주실 겁니다, 아멘. 그럼 또 다른 이유는요?"

"다른 한 가지는 … 그래요."

잔은 잠시 망설이다가 말을 이었다.

"오늘은 그날이 아니에요. 내일이 그날이죠. 그렇게 적혀 있어요."

모두 질문 공세를 하려고 했지만 잔은 손을 들어 막으면서 말했다.

"이번 승리는 하느님이 프랑스에 내리신 승리 가운데 가장 고귀하고 이로운 승리가 될 거예요. 어디에서 알게 되었는지, 어떻게 내가 아는지는 묻지 말아 주시길 부탁드릴게요. 이번에 이길 거라는 것만 아시고 기뻐해 주세요."

모든 이들의 얼굴에는 기쁨이 어렸고 큰 확신과 신뢰가 일었다. 사람들은 웅성대며 떠들기 시작했다. 그러다 전방에서 소식을 가지고 온 전령이 들어오자 웅성거림이 그쳤다. 전령이 말하길, 한 시간 전부터 잉글랜드군 진영에서 부산한 움직임이 있었는데 병사들이 쉬는 이런 시각에 있을 법한 움직임이 아니어서 비 내리는 어둠을 이용해 정찰병들을 보냈다고 했다. 그런데 정찰병들이 이제 돌아와서 큰 병력이 묑 쪽으로 몰래 이동하고 있다는 걸 보고했다고 말했다. 장군들은 크게 놀란 빛이 얼굴에 드러났다.

"후퇴하는 거예요." 하고 잔이 말했다.

"그런 것 같군요."

알랑송 공작이 말을 받자 바타르와 라 이르도 말했다.

"분명히 그런 겁니다."

루이 드 부르봉도 "예상하지 못했는데 그 목적은 알 것 같군요." 하고 말하자 "네." 하고 잔이 대꾸하고는 말을 이었다.

"탤벗이 생각을 한 거예요. 성급해 들끓는 머리가 이제 차가워졌나 보군요. 묑 다리를 차지하고 강 반대쪽으로 후퇴하려는 생각이에요. 보장시 수비대가 우리 손에서 벗어날 수 있을지는 운에 맡긴 거죠. 전투를 피하려면 그 길밖에 없다는 걸 탤벗 역시 안 거예요. 하지만 다리를 차지하지는 못할 거예요. 그렇게 되는 걸 보게 될 겁니다."

"그렇습니다. 추적해서 다리를 지켜야 합니다. 그런데 보장시는 어떻게 하실 건가요?"

알랑송 공작이 물었다.

"보장시는 제게 맡겨 주세요, 온화하신 공작님. 피 흘리는 일 없이 두 시간 안에 성을 차지하겠습니다."

"맞는 말씀이십니다, 각하. 이 사실을 그쪽에 알리기만 하면 항복할 겁니다."

"네, 새벽에는 묑에서 공작님 부대에 합류하겠습니다. 리슈몽의 병사 천오백 명도 데려가지요. 보장시를 빼앗겼다는 걸 탤벗이 알게 되면 흔들릴 겁니다."

"그래! 바로 그겁니다!"

라 이르가 소리쳤다.

"탤벗은 묑 수비대를 데리고 함께 파리로 내뺄 겁니다. 그러면 다리를 지키던 우리 병사들은 우리와 합류하게 될 테고 보장시를 지키던 우리 병사들도 합류하게 될 겁니다. 그러면 총사령관님이 약속하신 대로 우리의 과업을 이룰 위대한 날을 위해 유능한 병사 이천사백 명이 집결하게 돼서 우리는 한층 강해질 겁니다. 분명히 그 잉글랜드인 탤벗이 우리를 도와주고 있군요. 우리의 피와 땀을 아주 많이 아끼도록 해 주고 있어요. 명령하십시오, 각하. 우리에게 명령해 주십시오!"

"네, 명령은 간단합니다. 병사들을 3시간 더 쉬게 하세요. 그리고 1시에 상트라유의 포통을 제2지휘관으로 데리고 장군님이 선발대를 이끌고 가세요. 두 번째 병력은 2시에 부사령관이 이끌고 뒤따를 겁니다. 전투는 벌이지 말고 적의 꼬리를 잘 따라가 주세요. 저는 호위대와 함께 보장시로 가서 빨리 일을 끝낸 후에 프랑스 대무관장 리슈몽과 함께 병력을 이끌고 새벽이 되기 전에 합류하겠습니다."

잔은 말한 대로 했다. 잔의 호위대는 잔이 전할 소식을 확인시켜 줄 잉글랜드 장교 포로를 한 명 데리고서 부슬부슬 내리는 빗속에 말을 달렸다. 곧 성에 도착한 우리는 전갈을 보냈다. 탤벗의 부사령관인 리차드 게틴은 병사 5백 명과 함께 남겨졌음을 확인하고는 저항해 봐야 소용없다는 걸 알았다. 게틴은 제안을 할 처지가 아님에도 잔은 게틴의 제안을 흔쾌히 들어 주었다. 잉글랜드 수비대가 말과 무기와 함께 한 사람당 은화 한 닢 정도 되는 재물을 들고 나갈 수 있게 해 준 것이다. 그리고 원하는 곳으로 가되 열흘 동안 프랑스를 공격하면 안 된다는 조건을 달았다.

새벽이 오기 전에 우리는 다시 본대에 합류했다. 보장시 성에는 적은 수비대만 남겨놓은 터라 우리와 함께 리슈몽과 그의 병사들 거의 전부가 합류했다. 전방에서 나는 대포 소리가 희미하게 들렸다. 탤벗이 다리를 공격하기 시작했다는 것을 알 수 있었다. 그러나 날이 밝기 전에 대포 소리는 그쳤고 더 이상 들리지 않았다. 게틴은 잔이 준 안전 통행증을 가진 전령 한 사람을 보내었고 그 전령은 우리 군을 지나 탤벗에게 가서 항복했음을 전했던 것이다. 물론 이 전령은 우리보다 앞서 도착했다. 탤벗은 이제 방향을 바꾸어 파리로 후퇴하는 것이 현명하다고 생각했다. 날이 밝자 탤벗은 사라졌고 탤벗과 함께 스케일즈 경과 묑의 잉글랜드 수비대 역시 떠난 뒤였다.

이 사흘 동안 우리는 잉글랜드 요새를 얼마나 많이 차지할 수 있었던지! 우리가 오기 전에는 자신만만하게 프랑스에 맞섰던 그 많은 요새들을 말이다.

30. 피로 물든 파테의 땅

마침내 영원히 기억될 6월 18일의 아침이 밝아왔다. 내가 말한 대로 적군의 모습은 보이지 않았다. 그러나 나는 걱정하지 않았다. 우리가 적을 찾아내야 한다는 걸 나는 알았다. 적을 찾아내서 쳐부수어야 했다. 약속한 일격을 가해야 했다. 잔이 무아지경 속에서 말했던 것처럼 그 일격으로 잉글랜드는 천년 동안 프랑스에 손을 뻗치지 못할 것이다.

적군은 보스 지역의 드넓은 들판 속으로 사라진 뒤였다. 그곳은 여기저기 수풀림이 있긴 했지만 덤불로 덮인 길 없는 황무지였다. 아주 잠시나마 우리 눈에서 벗어날 수 있는 곳이었다. 우리는 젖은 부드러운 흙바닥에서 발자국을 발견하고 뒤를 쫓았다. 질서정연한 발자국에는 서두름이나 두려움이 전혀 없어 보였다. 우리는 조심해야 했다. 이런 지형이라면 아무것도 모르고 적이 매복해 있는 곳으로 걸어 들어갈 수 있었다.

그래서 잔은 라 이르와 포통과 다른 장군들이 기마대를 이끌고 먼저 살펴보도록 앞서 보냈다. 장교들 중 일부가 불안감을 내비쳤다. 적군과 숨바꼭질을 하는 것에 부담을 느껴 승리할 거라는 믿음이 흔들렸던 것이다. 이런 마음을 잔은 간파하고 격렬히 소리쳤다.

"하느님의 이름으로 말한다. 도대체 왜 그러는 건가? 우리는 잉글랜드군을 쳐부수어야 하고 또 그렇게 될 것이다. 적군은 우리를 피하지 못할 것이다. 구름 속에 숨는다 해도 우리는 찾아내 쳐부술 것이다!"

점점 파테가 가까워지고 있었다. 4킬로미터쯤 남아 있었다. 이때 우리의 정찰대가 수풀 속에서 길을 찾다가 사슴 한 마리를 놀라게 했다. 놀란 사슴은 껑충껑충 뛰어 도망가서 순식간에 시야에서 사라졌다. 그런데 잠시 후에 파테 방향에서 함성이 희미하게 들렸다. 잉글랜드군의 소리였다. 오랫동안 요새 안에 갇혀서 곰팡이 핀 음식만 먹었던 잉글랜드군은 이 신선한 고기가 제 발로 뛰어 들어오자 기쁨을 감출 수 없었던 것이다. 불쌍한 사슴, 자기를 열렬히 사랑해 준 잉글랜드에 큰 손해를 입히게 되었다.

잉글랜드군은 프랑스군이 어디에 있는지 전혀 짐작하지 못했지만 프랑스군은 잉글랜드군이 지금 어디에 있는지 알게 되었다. 라 이르는 자리에서 멈추고 전령을 보내 이 사실을 알려 왔다. 잔은 정말 기뻐했다. 알랑송 공작이 잔에게 물었다.

"잘 됐습니다. 찾았군요. 공격하실 겁니까?"

"네, 공작님. 그런데 공작님 박차는 좋은 건가요?"

"왜 그러시죠? 우리가 도망갈 일이 있나요?"

"아니요, 하느님의 이름으로 말합니다!(Nenni, en nom de Dieu!) 잉글랜드군은 우리 포로나 다름없어요. 패배하고 도망갈 거예요. 쫓아가 사로잡으려면 박차가 좋아야죠. 자, 앞으로! 적을 따라잡도록!"

우리가 라 이르가 있는 곳에 도착했을 때 잉글랜드군은 우리의 추격을 알아차렸다. 탤벗이 이끄는 군대는 세 무리로 나누어 행군하고 있었다. 맨 앞 선발대 다음에는 포병대가 있었고 포병대에서 한참 떨어져 본대가 뒤따르고 있었다. 탤벗은 이제 수풀에서 나와 탁 트인 들판으로 접어들었다. 즉시 탤벗은 프랑스군이 지나갈 수밖에 없는 지역의 산울타리를 따라 포병대와 선발대와 정예 궁수 5백 명을 배치했다. 그리고 본대가 올 때까지 기다리려는 듯했다. 존 패스톨프 경은 본대로 하여금 전속력으로 말을 달려가게 했다.

잔은 이때다 싶어 라 이르에게 앞서가라고 지시했다. 라 이르는 늘 그런 것처럼 거친 기마병들을 이끌고 즉각 폭풍처럼 질주해 갔다. 알랑송 공작과 바타르도 함께 가고 싶었지만 잔이 막았다.

"아직 아닙니다. 기다리세요."

둘은 기다렸지만 초조감에 말안장에서 몸을 꼼지락거렸다. 그러나 잔은 전혀 흔들림 없이 앞을 똑바로 바라보며 순간순간 분초를 재며 저울질하고 있었다. 잔의 눈과 머리와 고귀한 자세에는 위대한 영혼이 서려 있어 잔은 흔들림 없이 기다리며 자신을 다스리고 있었다. 자신뿐 아니라 잔은 상황을 압도하고 있었다. 저 앞에서는 라 이르의 거친 병사들이 천둥처럼 돌격하고 있었는데 투구에 달린 깃털이 오르락내리락하면서 점점 더 멀어져가고 있었다. 라 이르는 큰 체구로 무리를 압도하고 있었고 깃대를 든 것처럼 칼을 뽑아 하늘 높이 들고 있었다.

"와, 사탄과 졸개들, 정말 멋있게 달려가네!"

누군가가 큰 경외감으로 중얼거렸다. 이제 라 이르는 따라잡고 있었다. 전속력으로 말을 달려 질주하는, 패스톨프가 이끄는 본대를 따라잡고 있었다. 드디어 라 이르가 들이치기 시작했다. 사정없이 치자 잉글랜드군의 대오가 흐트러졌다. 알랑송 공작과 바타르는 말안장에서 몸을 들어 그 광경을 보고는 흥분하면서 잔을 쳐다보며 말했다.

"이제 나가야 합니다!"

그러나 잔은 손을 들어 제지하고서 여전히 똑바로 바라보며 저울질하고 계산을 하고는 말했다.

"기다리세요. 아직 아닙니다."

빨리 내달리던 패스톨프의 병사들은 기다리던 선발대를 향해 산사태처럼 밀고 들어갔다. 그러자 선발대는 패스톨프의 병사들이 잔을 무서워해서 도망쳐 왔다는 생각을 갑자기 하게 되었다. 그러자 그 순간 선발대 역시 공포에 사로잡혀 미친 듯이 대열을 이탈해 도망치기 시작했다. 탤벗이 호통을 치고 욕을 하면서 자리를 지키라고 소리 질렀다.

드디어 절호의 기회가 왔다. 잔은 말에 박차를 가하고 검을 흔들어 진격을 알리고는 소리쳤다.

"나를 따르라!"

그리고 말의 목덜미 쪽으로 머리를 숙인 다음 바람처럼 달려 나갔다! 우리는 도망치는 적군의 혼란 속으로 들어가 3시간 동안 칼로 베고 찌르고 적군을 유린했다. 마침내 나팔이 울렸다.

"중지!"

파테 전투는 우리의 승리였다. 잔 다르크는 말에서 내려 참혹한 전장을 둘러보며 생각에 잠겼다. 그리고 이내 입을 열어 "하느님을 찬양합시다. 오늘 그분께서 엄한 손으로 잉글랜드군을 내리치셨습니다." 하고 말하고는 잠시 있다가 얼굴을 들어 먼 곳을 바라보면서 자기도 모르게 생각을 말해버린 듯 말했다.

"이제 천년 동안, 천년 동안, 잉글랜드는 오늘 이 일격으로 프랑스에서 일어나지 못할 것이다."

잔은 다시 서서 생각에 잠겨 있다가, 함께 서 있는 장군들을 바라보았다. 잔의 얼굴에는 영광이 빛났고 눈에는 고귀한 빛이 서려 있었다. 잔이 말했다.

"아, 친구들, 친구들, 여러분은 아세요? 이해하고 있나요? 프랑스는 자유로 가는 길을 걷고 있는 거예요!"

"잔 다르크가 없었다면 절대 그러지 못했을 테죠!"

라 이르가 잔 앞을 지나며 깍듯이 인사하며 말했다. 다른 이들도 라 이르를 따라 잔 앞에서 공손히 인사를 올렸다. 라 이르는 인사를 마치고 이렇게 중얼거리며 물러갔다.

"지옥에 가더라도 할 말은 해야지."

승리한 우리 군은 부대별로 행진을 하며 잔의 옆을 지나갔는데 미친 듯이 기뻐하며 잔에게 이렇게 외쳤다.

"만수무강하세요, 오를레앙의 처녀이시여. 만수무강하세요!"

잔은 미소를 지으며 검으로 인사에 답했다. 이때가 피로 붉게 물든 파테 전장에서 내가 오를레앙의 처녀를 마지막으로 본 때는 아니었다.

해가 질 무렵, 나는 죽은 사람들과 죽어가는 사람들이 즐비하게 널린 곳에서 우연히 잔을 다시 보게 되었다. 너무 가난해서 자기 몸값을 내고 풀려날 수 없는 잉글랜드 병사 한 명을 우리 병사들이 짓밟아 그 잉글랜드 병사는 숨이 넘어갈 지경이었다. 멀리서 잔은 그 잔혹한 광경을 보고는 빨리 말을 타고 달려가서 사제를 데려오라고 명령했다.

잔은 죽어가는 적군의 머리를 잔은 자기 무릎에 누인 채 마치 여동생인 것처럼 부드러운 말로 위로하면서 그 병사가 죽음의 길을 편히 가게 해 주었다. 잔의 뺨을 타고 흐르는 눈물은 그칠 줄을 몰랐다.*

31. 거인을 쓰러뜨린 소녀

잔이 한 말은 진실이었다. 프랑스는 자유로 향하는 길을 걷고 있었다. 백년전쟁이라고 하는 이 전쟁은 그날 잉글랜드에게 지독한 아픔을 주었다. 전쟁이 시작된 지 91년이 지나고 나서야 처음으로 말이다. 우리는 전투를 어떻게 평가해야 할까? 단지 얼마나 많은 사람이 죽었는지, 또 얼마나 많은 것이 파괴되었는지에 따라 평가해야 할까? 오히려 전투로 인한 여파가 무엇인지에 따라 평가해야 하지 않을까? 전투는 오로지 그 영향력을 보고 큰 전투인지 작은 전투인지 말할 수 있을 것이다. 그래, 어떤 사람이나 그렇게 인정할 것이다. 그것이 진실이기 때문이다.

그런 기준으로 따진다면 파테 전투는 인간이 무기로 다툼을 해결한 이래 가장 위대하고 대단한 전투 중에 하나라고 말할 수 있다. 하지만 다른 위대한 전투들도 파테 전투에 비길 수 없고 파테 전투만이 역사 속의 전투 가운데 가장 높은 자리를 차지할 것

---

*【올든 주】 로널드 가워 경은 《잔 다르크》 82쪽에서 이렇게 말하고 있다.
"프랑스 역사가 쥘 미슐레는 이 장면을 눈으로 직접 보았던 것 같은, 잔 다르크의 견습 기사 루이 드 콩트의 증언 녹취록에서 이 이야기를 찾아냈다."
맞는 말이다. 이 이야기는 《잔 다르크를 추억하며》를 쓴 루이 드 콩트가 1456년 잔 다르크 명예 회복 재판에서 증언했던 이야기들 중에 하나이다.

이다. 왜냐하면 파테 전투가 시작되었을 때 프랑스는 숨이 꺼져 가는 중에 마지막 숨을 내쉬고 있었고 국제 정세를 진단하는 의사들 모두 프랑스는 아무런 희망이 없다고 보았기 때문이다. 하지만 3시간 후 파테 전투가 끝났을 때 프랑스는 기운을 되찾고 있었다. 그래서 오직 시간을 갖고 돌보면 프랑스는 완전히 건강을 되찾을 수 있게 되었다. 가장 둔감한 의사도 이런 극적인 반전을 볼 수 있었고 이 사실은 아무도 부인할 수 없었다.

죽기 직전에 있던 나라들이 여러 차례 전투를 벌여서, 즉 몇 년간 전투에 전투를 벌이며 고생한 끝에 죽음에서 되살아난 일은 있다. 그러나 하루 동안 전투 한 번을 벌여 죽음 직전에서 살아난 나라는 하나밖에 없었다. 그 나라가 프랑스이고 그 전투가 바로 파테 전투이다.

너희는 파테 전투를 기억하고 자랑스러워하길 바란다. 너희는 프랑스인이고 파테 전투는 너희 나라의 길고 긴 역사에 기록된 가장 장엄한 사건이기 때문이다. 파테 전투는 우뚝 서서 구름 위로 머리를 내밀고 있다! 너희가 어른이 돼서 파테로 순례를 떠나게 된다면 그곳의 어떤 것 앞에서 모자를 벗고 묵념에 잠길 수 있을까? 구름에 닿을 듯한 기념탑 앞에서일까? 그래, 모든 나라는 어느 시대나 전장에 기념비를 세워 공을 세운 이들의 이름과 승리에 대한 기억을 파릇파릇 새롭게 하려고 한다. 프랑스는 파테 전투와 잔 다르크를 홀대하고 잊어버릴까? 오랫동안 잊지 않을 것이다. 그렇다면 세계의 다른 전쟁과 영웅과 비교해 그에 걸맞은 큰 기념탑을 세우게 될까? 아마 그럴지도 모른다. 하늘 아래 그만한 것을 세울 공간이 있다면 말이다.

잠시 뒤돌아서서 이상하고 인상적인 이 사실들을 한번 생각해 보자. 백년전쟁은 1337년에 시작되었다. 그 이후로 전쟁은 맹렬히 계속되었다. 해가 지나고 또 지나갔다. 그러다 마침내 잉글랜드가 크레시에서 무서운 강타를 날려 프랑스를 바닥에 널브러뜨렸다. 그러나 프랑스는 일어나 몇 년간 싸우며 버티었다. 그러다가 다시 푸아티에에서 프랑스는 다시 한번 큰 한 방을 얻어맞았다. 그래도 프랑스는 다시 한번 비틀거리며 일어났다.

전쟁은 계속되었다. 해가 지나도 여전히 계속되었고 수십 년이 흐르고 흘렀지만 여전히 계속되었다. 그러는 동안 아이들이 태어나서 자랐고 결혼을 하고 살다가 죽었다. 전쟁은 여전히 진행 중이었다. 그 아들딸들이 다시 자라서 결혼하고 살다가 죽었다. 그래도 전쟁은 진행 중이었다. 다시 그 아들딸들이 자라서 프랑스가 다시 맞고 쓰러지는 걸 보았다. 이번에는 아쟁쿠르에서 믿을 수 없는 재앙을 만났다. 전쟁은 계속되었다. 해가 흐르고 흘렀으며, 다시 시간이 흘러 이 아이들은 결혼을 하게 되었다.

프랑스는 난파된 배가 되었다. 폐허가 되고 황무지가 되었다. 프랑스의 절반은 잉글랜드가 차지하고 있었고 이 사실은 아무도 반론할 수도 부인할 수도 없는 것이었다. 나머지 절반은 그 누구의 것도 아니었다. 석 달이 지나면 그곳에도 잉글랜드의 깃발이 휘날릴 것이다. 프랑스 왕은 왕관을 던져 버리고 바다 너머로 도망갈 채비를 하고 있었다.

그런데 외딴 시골에서 아무것도 배운 적이 없는 시골 처녀가 나와서 백발노인같이 오래된 이 전쟁, 3세대 동안 이 땅을 휩쓸고 모든 것을 불태운 이 전쟁에 맞섰다. 그리고 가장 짧지만 가장 놀라운 전투가 역사에 기록되었다. 7주 만에 전쟁은 끝났다. 7주 만에 91살 먹은 거인 같은 거대한 전쟁을 일어나지 못하도록 때려눕혀 버렸다. 시골 처녀는 오를레앙에서 그 거인에게 놀라운 한 방을 먹이고, 파테에서는 도망가는 거인의 등에다가 마지막 한 방을 먹였다.

생각해 보라. 그래, 누구든 생각할 수 있다. 하지만 누구든 이해할 수 있을까? 아, 그건 전혀 다른 일이다. 입을 다물지 못하게 하는 이 놀라운 일을 그 누구도 이해할 수 없다.

7주 동안 이곳저곳에서 피 흘림이 있었다. 한 전투에서 가장 많은 피를 흘린 것은 아마도 파테 전투였을 것이다. 이 전투에서 건장한 병사 6천 명이던 잉글랜드군은 2천 명을 시체로 파테에 남겨둔 채 도망갔다. 백 년 가까이 이어진 전투 수천 번을 빼고도 크레시, 푸아티에, 아쟁쿠르, 이렇게 세 전투에서만 프랑스군 10만 명이 죽었다고 한다. 백 년 가까이 이어온 이 전쟁에서 죽은 사람들의 명단을 만든다면 한없이 이어지는 아주 길고 슬픈 명단이 될 것이다. 전쟁에서 죽은 병사들은 수십 만에 달한다. 전쟁의 참혹한 재난과 배고픔으로 죽은 여자들과 아이들은 수백만 명에 달한다.

이 전쟁은 사람을 잡아먹는 아주 무서운 괴물이요 거인이었다. 백 년 가까이 이 땅을 돌아다니며 사람들을 입에 넣고 으스러뜨리며 턱에서 피를 뚝뚝 흘리며 다녔다. 그런데 열일곱 살 시골 처녀가 그 작은 손으로 그 괴물 거인을 쓰러뜨렸다. 괴물은 파테 들판 저곳에 쓰러져 이 옛 세계가 끝나기까지 더 이상 일어나지 못할 것이다.

32. 소식은 날개를 달고

사람들 말에 따르면 파테 전투에 대한 이 큰 소식은 하루 만에 프랑스 전역으로 퍼져나갔다. 정말 그랬는지 나는 모르지만 이것 하나만큼은 확실했다. 이 소식을 들은 사람은 듣자마자 기뻐 날뛰며 하느님을 찬양하고 이웃에게 달려가 이 소식을 전했다는 것이다. 그러면 이웃은 다시 옆집 사람에게 뛰어가 전했다. 이런 식으로 소식은 계속 널리 퍼져나갔다. 밤에 이 소식을 들은 사람은 그때가 몇 시든 상관하지 않고 일어나 이 기쁜 소식을 전하러 나갔다.

 소식과 함께 전해지는 기쁨은 태양의 얼굴에서 점차 물러가는 일식처럼 이 땅에 비치는 빛과 같았다. 사실 프랑스는 아주 오랫동안 어둠에 싸여 있었다고 말할 수 있을 것이다. 그래, 음울하고 칠흑 같은 어둠에 묻혀 있다가 이 기쁜 소식이 하얀 광채를 발하며 지금 그 어둠을 몰아내고 있는 것이다.

 소식은 이외빌로 도망친 적군에게도 타격을 입혔다. 성안의 프랑스인들은 잉글랜드 주인들에게 반기를 들고 들어오지 못하게 성문을 열지 않았다. 소식은 몽피포와 생시몽을 비롯해 잉글랜드가 점령한 다른 성들로 퍼져나갔다. 그래서 어쩔 수 없이 수비대는 횃불을 들고 들과 숲으로 퇴각할 수밖에 없었다. 우리 군의 파견대는 묑을 점령하고 약탈했다.

 우리가 오를레앙에 입성할 때 성안은 좋게 말하면 이전에 보았던 것보다 50배는 더 기뻐서 제정신이 아니었다. 막 밤이 되었을 때라 불빛은 정말 놀라운 규모로 밝아져 있어 마치 불바다를 지나는 것 같았다. 시끄러운 것으로 말하자면 군중들은 목이 쉴 정도로 기쁨의 함성을 질렀고 축포 소리가 계속 천둥처럼 울렸으며 땡그랑땡그랑 종소리가 줄곧 이어졌다. 정말 이런 모습은 이전에 없었다. 우리가 줄을 지어 성문 안으로 들어설 때부터 사방에서는 사람들이 폭풍 소리 같은 소리를 질렀고 그 소리는 그치지 않았다.

"잔 다르크, 어서 오세요! 프랑스 구원자에게 길을 내라!"

그리고 또 다른 소리도 들렸다.

"크레시의 복수를 했다! 푸아티에의 복수를 했다! 아쟁쿠르의 복수를 했다! 파테여, 영원하라!"

미쳤다고? 아무튼 이런 모습을 이 세상에서 너희는 도저히 상상할 수 없을 것이다. 줄지어 가는 우리 군의 가운데에 포로들이 있었다. 사람들이 포로 가운데 적군의 수장 탤벗을 보자, 전쟁의 음산한 음악에 맞추어 자기들을 오랫동안 춤추게 한 그 사람을 보자, 사람들이 어떤 난동을 부렸는지 너희는 상상할 수 있을 것이다.

나는 그 광경을 도저히 묘사할 수 없다. 사람들은 탤벗을 보고 너무 기쁜 나머지 당장 끌어내 목을 매달려고 했다. 그래서 잔이 탤벗을 열 앞으로 데리고 가서 보호하며 나아갔다. 잔과 탤벗 두 사람은 정말 대조가 되었다.

33. 다섯 가지 위대한 업적

그래, 오를레앙은 행복에 겨워 기뻐 날뛰었다. 오를레앙은 왕을 초대하고 왕을 맞이할 준비를 호화롭게 했다. 하지만 왕은 오지 않았다. 왕은 이때 단지 노예일 뿐이었고 왕의 주인은 라 트레무아유였다. 주인과 노예는 쉴리 쉬르 루아르에 있는 주인의 성에 함께 가 있었다.

보장시에서 잔은 프랑스 대무관장 리슈몽과 왕을 화해시키려고 했다. 잔은 리슈몽을 쉴리 쉬르 루아르에 데려감으로써 자신의 약속을 훌륭히 이루었다. 잔의 위대한 업적은 다음과 같이 다섯 가지였다.

1. 오를레앙 구출
2. 파테 전투 승리
3. 쉴리 쉬르 루아르에서 이룬 화친
4. 왕의 대관식
5. 무혈 행군

이제 무혈 행군과 대관식에 대해 이야기하려고 한다. 무혈 행군이란 지앙에서 랭스까지, 다시 랭스에서 파리 성문에 이르기까지, 여정의 시작부터 끝까지 잔이 적의 영토를 지나면서 잉글랜드가 점령한 모든 마을을 되찾고 길을 가로막는 잉글랜드 요새를 탈환한 기나긴 행군을 말한다. 이것은 피 한 방울도 흘리지 않고 단지 잔의 이름으로 이루어낸 일이었다. 아마 이런 면에서 역사에 기록된 군사 작전 가운데 가장 비범한 일이 될 것이고 잔의 군사적 공적 가운데 가장 영광스러운 일이 될 것이다.

또한 쉴리 쉬르 루아르에서 있었던 화친도 잔의 가장 중요한 업적 가운데 하나였다. 다른 누구도 이런 일을 해낼 수 없었을 것이다. 사실 높은 자리에 있는 어느 누구도 그렇게 애쓸 마음이 전혀 없었다. 두뇌에서나 전술에서나, 또 정치가로서의 능력에서나 리슈몽 장군은 프랑스에서 가장 유능한 인물이었다. 리슈몽의 충성심은 진실했고 정직함은 의심할 여지가 없었다. 그렇기 때문에 가볍고 비양심적인 궁정의 고관들 중에서 리슈몽은 확실히 눈에 띄는 인물일 수밖에 없었다.

리슈몽이 프랑스에 돌아오게 함으로써 잔은 자신이 시작한 위대한 일을 성공적으로 완수할 수 있는 토대를 굳건히 다지게 되었다. 리슈몽이 작은 병력을 이끌고 잔에게 올 때까지 잔은 리슈몽을 본 적이 없었다. 사람을 한 번 보고 이 사람이 잔의 일을 완수하고 공고히 할 수 있는 사람이라는 것을 알아보는 잔의 안목이 놀랍지 않은가? 어린 여자가 어찌 이럴 수 있을까?

우리 기사들 중 한 명이 예전에 말했던 대로 잔에게는 '꿰뚫어 보는 눈'이 있었다. 그래, 정말로 잔은 인간에게 찾아보기 어려운 그런 탁월한 재능이 있었다. 앞으로 할 일이 초인적인 일은 아니었지만 왕의 바보들에게는 맡길 수 없는 노릇이었다. 그 일은 현명한 정치력이 필요하고, 적의 종잡을 수 없는 도발에 맞서 끈기 있게 오랫동안 해내야 하는 일이기 때문이다. 25년쯤 이따금 소규모 전투가 벌어질 것이다. 유능한 사람이라면 다른 곳의 혼란을 최소화하면서 그 일을 처리해 나갈 것이다. 조금씩 조금씩, 점점 더 확실하게 잉글랜드군은 프랑스에서 사라질 것이다.

그리고 그 일은 일어났다. 리슈몽의 영향으로 훗날 왕은 남자가 되었다. 남자가 되었을 뿐 아니라 왕다운 왕이 되었고 용감하고 유능하며 결단력 있는 군인이 되었다. 파테 전투 후 6년 동안 왕은 자신이 직접 돌격대를 이끌고 싸웠다. 성의 해자 안에 들어가 허리까지 차오르는 물속에서 싸우고 빗발치는 불화살 속에 사다리를 오르며 성을 공격했다. 왕의 이런 모습은 잔 역시 흡족해했을 것이다.

시간이 지나서 왕과 리슈몽은 잉글랜드군을 모두 내쫓았다. 프랑스인들이 3백 년 동안 잉글랜드의 지배를 받던 지역에서도 말이다. 그런 지역에서는 잉글랜드인들이 훌륭하고 친절하게 처신해 왔고 지배를 받던 프랑스인들도 늘 변화를 원한 것이 아니었기 때문에 현명하고 조심스러운 작전이 필요했다.

잔의 다섯 가지 업적 가운데 어느 것이 가장 큰 업적일까? 내 생각에는 하나하나가 모두 가장 큰 업적이다. 이 말은 전체적으로 보면 다섯 가지 모두 다른 것보다 더 큰 업적이 아니며 다른 것들과 동일한 가치를 지닌다는 말이다. 이해할 수 있겠는가? 업적 하나하나가 계단의 한 층 한 층에 해당한다. 그중에 하나를 빼 버리면 계단을 오르지 못한다. 각각의 일을 알맞지 않은 때에 알맞지 않은 곳에서 했다면 역시 같은 결과를 낳았을 것이다.

대관식을 생각해 보자. 우리 역사에서 이보다 더 뛰어난 외교술의 백미를 찾을 수 있을까? 대관식의 엄청난 중요성을 왕이 의심했을까? 아니다. 그렇다면 왕의 대신들은? 의심하지 않았다. 잉글랜드 왕을 대리하는 영악한 베드포드는? 베드포드 역시 그

중요성을 의심하지 않았다. 대관식에는 헤아릴 수 없는 가치와 중요성이 왕과 베드포드의 눈앞에 있었다. 왕이 한번 대담하게 힘을 썼다면 왕관을 얻을 수 있었고 베드포드 역시 아무 노력 없이 왕관을 얻을 수 있었다. 그러나 둘 다 대관식의 가치를 제대로 모르기 때문에 손을 뻗지 않았다.

프랑스의 높은 자리에 앉은 지혜로운 사람들 중에 오직 한 사람만이 아무도 거들떠보지 않는 이 보화의 한없는 가치를 알아보았을 뿐이다. 바로 배움이 없는 열일곱 살 잔 다르크만이 그랬던 것이다. 잔은 처음부터 그것을 알고서 자기가 이루지 않으면 안 될 사명 중 하나로 보았다. 그렇다면 잔은 이것을 어떻게 알았을까? 답은 간단하다. 잔이 시골 사람이었기 때문이다. 잔이 시골 사람이라는 게 모든 것을 설명해 준다. 잔은 평민 중에 한 사람이라 평민을 잘 알았다. 상류 사회에서 거니는 사람들은 평민에 대해 아는 것이 아무것도 없다.

우리는 저 모호하고 형체 없는 움직이지 않는 군집, 우리가 경멸하는 투로 '백성'이라고 부르는 국가 저변에 흐르는 막강한 힘을 중요하게 생각하지 않는다. 이상한 일이 아닐 수 없다. 왕위를 떠받치고 유지하는 것은 백성이요, 백성의 지지가 사라지면 세상의 다른 어떤 것도 왕위를 유지시킬 수 없다는 것을 우리는 마음속으로 알고 있는데 말이다.

그렇다면 이 사실을 생각해 보고 그 중요성을 재어 보자. 마을 사람들은 마을 신부님이 믿는 것을 믿으며, 신부님을 사랑하고 존경한다. 신부님은 마을 사람들의 변함없는 친구요, 두려움 모르는 보호자이며, 슬플 때의 위로자요, 어려울 때에 도움을 주는 사람이다. 마을 사람들은 신부님을 온전히 신뢰한다. 신부님이 하라는 것이라면 어떤 희생이 따르더라도 따지지 않고 사랑으로 순종한다. 그렇다면 이제 여기에 다른 사실들을 더해보자. 결과는 무엇인가? 나라를 다스리는 것은 마을 신부님이다. 그렇다면 마을 신부가 지지하지 않고 왕의 권위를 인정하지 않는다면 왕은 어떻게 될까? 왕은 왕이 아니며 단순히 그림자에 지나지 않는다. 그런 왕은 물러나야 한다.

이제 너희는 깨달았느냐? 함께 계속 생각해 보자. 하느님의 두려운 손이 마을 신부에게 그 임무를 주시고 이 땅에 자신의 대리자로 임명하신 것이다. 이 임명은 최종적인 것이다. 아무것도 무효화할 수 없고 박탈할 수 없다. 교황이나 다른 어떤 권력자도 마을 신부의 옷을 벗길 수는 없다. 하느님께서 그 직책을 주셨기에 영원히 변함없는 성스러운 것이다.

배우지 못한 마을 사람들은 이 사실을 모두 알고 있다. 마을 신부와 주민들 생각에는 하느님이 누군가를 임명하시면 그 사람의 권위를 문제 삼거나 없앨 수 없는 것이다. 마을 신부와 주민들에게 나라를 대표하는 왕이 대관식을 치르지 않은 것은 성직에 지명됐지만 아직 임명받지 못한 것과 다름없었다. 왕은 하느님께 아직 왕의 직위를 받지 못한 것이기에 다른 사람이 그 자리를 대신할 수 있었다.

한마디로 대관식을 치르지 않은 왕은 미심쩍은 왕이다. 하느님이 왕으로 임명하시고 하느님의 종인 주교가 성유를 발라주어야 미심쩍음은 사라진다. 그래야 마을 신부와 주민들은 이제 왕의 충성스러운 신하들이 되고 왕이 살아있는 동안 다른 누구도 왕으로 인정하지 않을 것이다.

시골 처녀 잔 다르크에게 샤를 7세는 대관식을 치르기 전까지는 아직 왕이 아니었다. 잔에게 샤를 7세는 단지 왕세자일 뿐이었다. 다시 말해 왕의 후계자일 뿐이었다. 내 이야기 중에 잔이 샤를 7세를 왕이라고 부른 대목이 하나라도 있다면 내 실수다. 잔은 샤를 7세를 언제나 왕세자라 불렀고 대관식 이전에는 다른 호칭으로 부른 적이 없었다.

이것은 거울처럼 어떤 사실을 비추어 너희에게 보여 준다. 잔은 프랑스의 낮은 백성들을 또렷이 반사하는 거울이었다. 프랑스 저변에 흐르는 광대한 힘인 '백성'이라고 부르는 사람들에게 샤를 7세는 대관식을 하기 전까지는 아직 왕이 아니고 왕세자일 뿐이며, 대관식 이후에야 이론의 여지 없이 확고부동하게 왕이 되는 것이다.

이제 정치라는 체스판에서 대관식이 어떻게 큰 진전이 되었는지 너희는 이해할 것이다. 베드포드도 이를 곧 깨닫고 다른 왕을 세워서 자신의 실수를 만회하려 했다. 하지만 무슨 소용이 있을까? 이제 샤를 7세 말고는 세상에 다른 누구도 프랑스의 왕이 아니었다.

체스 이야기가 나와서 말하는데 잔의 위대한 업적은 체스로 비유할 수 있다. 한 수 한 수가 저마다 알맞은 순서대로 진행됐다. 그 수가 모두 대단하고 큰 효력을 낸 것은 제 순서에 움직였기 때문이다. 각 수를 둘 때마다 그때는 그것이 최상의 수로 보였지만 체스가 끝나고 돌아보면 각 수가 모두 똑같이 중요하고 없어서는 안 되는 것이었다. 잔의 체스는 이렇게 진행되었다.

1. 오를레앙 전투와 파테 전투에서 승리라는 수를 둔다
   (체크)*
2. 이어서 왕세자와 리슈몽의 화해를 주선하는 수를 둔다
   (마지막에 결과를 내는 수이므로 체크라고 말하지는 않는다)
3. 다음에 대관식이라는 수를 둔다 (체크)
4. 그다음에 무혈 행군이라는 수를 둔다 (체크)
5. 마지막으로 왕과 화친했던 프랑스 대무관장 리슈몽이
   잔의 죽음 이후에 왕을 돕게 한다 (체크메이트)

34. 트루아 점령

루아르 전투의 성공으로 랭스로 가는 길이 열렸다. 이제 대관식을 거행하지 않을 이유는 없었다. 대관식을 마치면 잔이 하늘로부터 부여받은 임무는 끝난다. 그러면 잔은 전쟁과 작별하고 어머니가 있는 집으로, 돌보던 양이 있는 집으로 돌아가게 될 것이고 더 이상 벽난로와 행복과 작별하는 일은 없을 것이다. 이것이 잔의 꿈이었다. 그래서 그 꿈이 이루어지기까지 쉴 수 없었고 가만히 기다릴 수 없었다.

잔이 그 일에 너무 몰입한 나머지 머지않아 닥쳐올 잔의 이른 죽음을 잔이 두 번 예언한 것을 믿는 내 믿음은 흔들리기 시작했

---

* 체스에서 상대방의 킹을 잡을 수 있는 상황이 되면 "체크"라고 말하는데 이는 장기에서 "장군"이라고 말하는 것과 같다. 또 상대방의 킹이 꼼짝없이 잡힐 수밖에 없는 상황이라면 "체크메이트"라고 말한다.

다. 물론 그 믿음이 흔들리자 나는 기꺼이 더 많이 흔들리도록 내버려 두었다.

왕은 랭스로 출발하는 것을 두려워했다. 가는 길에 잉글랜드 요새들이 버티고 있다는 이유에서였다. 잔은 그 요새들을 대수롭지 않게 여겼고 잉글랜드군의 사기가 바닥으로 떨어진 상황인지라 두려워할 필요가 없다고 보았다. 그리고 잔의 말이 맞았다. 랭스로 가는 것은 휴일 나들이와 다를 바 없었다. 잔은 포병대도 대동하지 않았는데 필요 없을 거라고 확신했기 때문이다.

우리는 지앙에서 병사 만 이천 명을 데리고 출발했다. 그날은 6월 29일이었다. 처녀는 왕 옆에서 함께 말을 타고 갔다. 왕의 다른 편에는 알랑송 공작이 함께했다. 공작 뒤로는 왕가의 다른 공작 세 명이 있었다. 그리고 그 뒤로는 오를레앙의 바타르, 프랑스 원수 드 부삭 장군, 프랑스 해군 대장이 따랐다. 그다음으로는 라이르, 상트라유, 트레무아유 그리고 기사들과 귀족들이 긴 행렬로 따라갔다.

우리는 오세르 성 앞에서 사흘을 쉬었고 군은 그곳에서 식량을 얻었다. 도시 대표단은 왕을 기다렸고 왕을 맞이하려고 했지만 우리는 성안으로는 들어가지 않았다. 생플로랑탱 성은 스스로 왕에게 문을 열어주고 항복했다. 7월 4일에 우리는 생팔에 도착했다. 저 앞에는 트루아가 있었는데 우리가 어렸을 때 몹시 흥분하며 관심을 두던 도시였다.

7년 전에 동레미 초원에서 해바라기가 검은 깃발을 들고 달려와 수치스러운 트루아 조약 소식을 알려주었던 일을 우리는 기억했다. 트루아 조약은 프랑스를 잉글랜드에 내주고 프랑스 공주를 아쟁쿠르 도살자에게 시집보내는 것을 조인한 조약이었다. 부끄러운 일이 일어난 도시를 물론 탓할 수는 없었지만 그래도 우리는 옛 기억이 떠오르자 다시금 화가 치밀었다. 무언가 오해가 있었기를 바랐고 오해가 아니었다면 그곳을 공격하고 불태워버리고 싶은 마음이 정말 컸다.

트루아는 잉글랜드군과 부르고뉴군이 철통같이 지키면서 파리에서 오는 지원군을 기다리고 있었다. 밤이 오기 전에 우리는 트루아 성문 앞에 진을 쳤다. 그리고 혹시라도 적군이 성문을 열고 나와 우리를 공격할 것을 대비해 전투 준비를 얼추 해 두었다. 잔은 트루아에 전령을 보내 항복하라고 말했다. 트루아의 지휘관은 우리에게 포병대가 없는 것을 보고서 비웃고는 아주 모욕적인 대답을 보냈다. 닷새를 머물면서 우리는 트루아 측과 계속 이야기하고 협상을 벌였다. 그러나 아무런 소득이 없었다.

왕은 모든 걸 포기하고 돌아가려고 했다. 이렇게 강한 적군을 뒤에 두고 앞으로 계속 가는 것이 왕은 두려웠다. 그러자 라 이르가 끼어들어 왕의 몇몇 고문을 철썩 때리는 말 한마디를 날렸다.

"오를레앙의 처녀께서 이 출정을 계획하신 것입니다. 그렇다면 여기서 그분의 판단을 따라야지 다른 누구의 판단도 따라서는 안 됩니다. 혈통과 지위가 어떻더라도 말입니다."

지혜롭고 올바른 말이었다. 그래서 왕은 처녀에게 사람을 보내 앞으로 어떻게 될 것 같은지 생각을 물었다. 잔의 목소리에는 한 치의 의심도 없었다.

"사흘이 지나면 저곳은 우리의 것이 될 것입니다."

그러자 대시종관이 끼어들어 비꼬았다.

"그게 확실하다면 여기 앉아서 엿새를 기다리면 되겠습니다."

"엿새라고요? 참나. 하느님의 이름으로 말하건대, 이보세요. 우린 내일 저 성문 안으로 들어갈 겁니다."

잔은 응수한 후 말에 올라 병사들에게 달려가 소리쳤다.

"준비하세요! 친구들, 준비하세요! 새벽에 공격할 겁니다!"

그날 밤 잔은 일반 병사와 똑같이 힘들게 일을 했다. 잔은 나뭇단을 엮어 해자에 던져 다리를 만들라고 지시했다. 그 일을 잔도 거드느라 힘들게 일했고 남자 한 명의 몫을 다했다.

새벽이 되자 잔은 공격대의 선봉에 섰다. 공격을 알리는 나팔이 울렸다. 그런데 그 순간 휴전을 청하는 깃발이 성벽에 나부꼈고 뒤이어 트루아는 대포 한 발 우리에게 쏘지 않고 항복을 선언했다.

다음 날 왕은 잔과 깃발을 든 팔라댕을 데리고 군의 수장으로 당당하게 성안으로 들어갔다. 출발 이후로 우리 군은 수가 점점 불어나 이때쯤은 대단히 큰 규모였다.

그런데 이곳에서 이상한 일이 일어났다. 조약의 조건으로 잉글랜드군과 부르고뉴군은 자기들의 '물건'을 들고 갈 수 있었다. 생존하는 데 필요한 생필품을 사기 위해서는 아주 잘된 일이었다. 적군은 모두 한 성문으로 나가야 해서 떠나는 시간에 나가는 행렬을 보려고 우리 젊은 친구들은 난쟁이와 함께 그 문으로 갔다. 곧 보병들이 앞장선 행렬이 끝없이 이어졌다.

가까이 다가온 잉글랜드군을 보니 각 사람마다 힘에 부치도록 짐을 가득 짊어지고 있었다. 이 작자들은 가난한 병사치고 가진 게 많다고 우리끼리 이야기했다. 그런데 이들이 더 가까이 다가

오자 이게 무슨 일인가! 이 못된 놈들은 모두 등에 프랑스인 포로를 업고 있었다! 이들은 자기들의 '물건', 즉 조약에 따라 자기 재산을 들고나갈 수 있었던 것이다.

이 녀석들이 얼마나 영악하고 기발한 놈들인지 생각해 봐라. 물건이 자기 맘대로 말할 수 있는가? 자기 맘대로 행동할 수 있는가? 노예가 된 포로도 물건과 다를 바 없었다. 포로는 분명 이들의 재산이자 권리였다. 아무도 그걸 부인할 수 없었다. 만약 포로가 잉글랜드인이었다면 전리품이 얼마나 비싼 건지 생각해 보라! 백 년 동안 잉글랜드 포로는 드물어서 그 값이 아주 비쌌다.

하지만 프랑스 포로는 전혀 달랐으니 백 년 동안 넘치고 넘치는 게 프랑스 포로였다. 프랑스인을 포로로 둔 이들은 대개 몸값을 받으려 데리고 있지 않았고 유지 비용이 들지 않도록 곧바로 죽였는데, 이 시절 프랑스인 포로의 가치가 얼마나 하찮았는지 알 수 있는 일이었다.

우리가 트루아로 들어가 보니 송아지 한 마리는 30프랑이고 양 한 마리는 16프랑이었지만 프랑스 포로 한 명은 8프랑이었다. 송아지와 양 가격이 믿지 못할 만큼 비싸다고 생각할 것이다. 그러나 이때는 전쟁 기간이었다. 전쟁이 일어나면 고깃값은 올라가고 포로 값은 떨어진다. 여하튼 불쌍한 프랑스 노예들을 물건처럼 가지고 가고 있었다. 하지만 우리가 할 수 있는 일이 어디 있겠는가? 그래도 임시방편이긴 했지만 우리는 할 수 있는 일을 했다.

우리는 급히 사람을 잔에게 보낸 다음, 시간을 벌려고 프랑스 보초병들과 함께 행렬을 멈추게 했다. 그러자 덩치가 큰 한 부르고뉴 병사가 자제력을 잃고 아무도 자기에게 멈추라 할 수 없다면서 자기는 포로를 갖고 갈 거라며 욕을 퍼부어댔다. 우리는 그 병사를 막아섰다. 무력으로 앞으로 갈 수 없게 되자 그 부르고뉴 병사는 폭발해서 미친 듯이 욕을 하고 저주를 퍼붓고는 등에 지던 포로를 땅에 내려 세웠다. 포로는 손과 발이 묶인 채 아무 도움도 받지 못하는 처지였다. 부르고뉴 병사는 작은 칼을 빼서 이겼다는 눈빛을 띠며 빈정거리는 말투로 말했다.

"이 노예를 가지고 갈 수 없다고 했지. 하지만 이건 내 거고 아무도 토를 달 수 없어. 내 물건을 내가 가지고 가는 걸 이렇게 막으면 다른 수가 있지. 그래, 죽일 거야. 너희 중에 가장 멍청한 사람도 내 이런 권리에 이의를 제기할 수 없을 거야. 이건 생각 못 해 봤지. 이 벌레들아!"

굶어 죽어가다시피 하는 불쌍한 프랑스인 노예는 불쌍한 눈으로 살려 달라고 우리에게 애원하며 집에 아내와 어린 자식들이 있다고 말했다. 이 모습에 우리의 심금은 얼마나 슬픈 음악을 연주했는지 모른다. 그러나 우리가 무엇을 할 수 있었겠는가? 부르고뉴 병사는 자기 권리를 주장하고 있었다. 우리는 단지 포로를 놓아 달라고 부탁하고 간청할 수밖에 없어서 그렇게 할 뿐이었다. 부르고뉴 병사는 이것을 즐기며 우리의 애원을 더 들으려고 칼 든 손을 내리고 비웃었다. 미치고 환장할 노릇이었다. 바로 이때 난쟁이가 나서서 우리에게 말했다.

"젊은 기사님들, 부탁드립니다. 제가 달래 볼게요. 제가 설득에 재능이 있거든요. 저를 잘 아는 사람한테 제 재능 이야기를 들을 수 있을 겁니다. 기사님들은 웃으시는군요. 자기 자랑에 대한 벌이라 생각하겠습니다. 벌받아도 싸죠. 그러니 웃으실 수밖에요. 그래도 잠깐만 제가 끼어들겠습니다. 아주 잠깐이면 됩니다."

이렇게 말하고 부르고뉴 병사 앞으로 나가 아주 부드럽게, 온화하고 달콤하게 설득하기 시작했다. 그러는 중에 난쟁이는 처녀를 언급하며, 만일 포로를 풀어주면 이 동정심 많은 행동을 처녀께서 귀하게 보고 고마워할 거라고 말했다. 하지만 설득은 여기까지였다. 그 부드러운 연설에 부르고뉴 병사가 끼어들어 잔 다르크를 겨냥해 욕을 내뱉었기 때문이다. 무슨 일이 일어날지 직감하고 우리는 달려들었지만, 난쟁이는 화가 나 얼굴이 달아올라 우리를 한쪽으로 밀쳐내며 아주 진지하고 간절하게 말했다.

"제발 참아 주세요. 제가 그분의 명예를 지키는 사람이 아니겠습니까? 이 일은 제 일입니다."

이렇게 말하고 난쟁이는 갑자기 오른손을 팍 내밀어 덩치 큰 부르고뉴 병사의 목을 잡고 공중으로 들어 올렸다.

"처녀께 욕했겠다. 처녀께서 바로 프랑스란 말이다. 이 혀는 휴가 좀 오래 갔다와야겠다."

뼈가 으스러지는 둔탁한 소리가 났다. 그러자 부르고뉴 병사의 눈이 눈구멍에서 튀어나왔다. 초점을 잃어 흐릿한 눈동자는 허공을 향했다. 그리고 얼굴빛이 붉어지다가 칙칙한 자주색으로 변했다. 팔은 축 늘어지고 몸은 덜덜 떨었다. 그러다가 모든 근육이 확 풀리면서 일제히 기능을 멈추었다. 난쟁이가 손을 거두자 축 처진 시신은 흐물거리며 땅에 쓰러졌다.

우리는 포로를 풀어주고 이제 자유라고 말해 주었다. 그러자 설설 기던 포로의 비굴함은 갑자기 미칠듯한 기쁨으로 변했고 지독한 공포 역시 성숙하지 못한 분노로 변했다. 죽은 시신에 달려들어 발로 차고 얼굴에 침을 뱉었다. 그리고 시체를 밟고 올라가 춤을 추고 시체 입에 진흙을 채워 넣고는 웃고 야유하고 저주하고 온갖 욕설을 퍼부었다. 그 모습이 마치 술 취한 악마 같았다. 그럴 만도 했다. 군 생활이 성인을 만들기는 어렵다. 구경하던 많은 사람들이 웃었다. 무관심한 이들도 있었지만 놀란 사람은 아무도 없었다. 지랄발광을 하던 자유인은 기뻐 날뛰다가, 서서 기다리던 적군들이 있는 곳까지 갔다.

그때 한 부르고뉴 병사가 주머니칼로 자유인의 목을 순식간에 확 그어버렸다. 칼이 지나간 곳에서 시뻘건 동맥의 피가 빛줄기처럼 반짝이며 3미터가량 직선으로 솟구쳤다. 자유인은 비명을 지르며 쓰러졌다. 적군이든 프랑스인이든 이 모습을 본 사람들은 모두 폭소를 터뜨렸다. 이리하여 파란만장한 군 생활에서 내가 겪은 웃긴 사건 하나가 막을 내렸다.

잔은 허겁지겁 달려와서 상황을 보고 몹시 당혹스러워했다. 잔은 적군의 주장을 생각해 보고는 이렇게 말했다.

"여러분으로서는 당연히 주장할 수 있는 권리입니다. 그 점은 분명하죠. 협상 중에 조심하지 않고 넣은 말이 엄청난 결과를 가져왔군요. 하지만 여러분은 포로를 데리고 갈 수 없습니다. 이들은 프랑스인이니 제가 허락하지 않을 겁니다. 왕께서 이들 모두의 몸값을 내주실 겁니다. 전하께서 말씀하실 때까지 기다리세요. 포로들의 머리털 하나도 상하게 하지 마세요. 내가 말합니다. 바로 내가 말하는 겁니다. 그렇게 했다가는 비싼 대가를 치러야 할 겁니다."

이로써 문제는 일단락되었다. 어쨌든 포로들은 잠시나마 안전할 수 있었다. 잔은 말을 타고 빨리 돌아가서 왕에게 청했다. 핑계를 대거나 어름어름 넘겨버리는 말을 잔이 듣지 않으려 하자 왕은 잔이 원하는 대로 처리하라고 말했다. 잔은 곧바로 돌아와서 왕의 이름으로 포로들을 풀어주고 자유로이 가게 해 주었다.

35. 생레미 성당의 유리병

왕가의 기사단장을 다시 만난 곳은 트루아였다. 잔이 처음에 고향을 떠나 시농에 머물 때에 거주하던 성의 주인이 바로 기사단장이었다. 잔은 왕의 허락을 받아 기사단장을 트루아의 치안 담당으로 세웠다. 우리는 다시 행군을 시작했다. 샬롱도 우리에게 항복했다. 샬롱 근처에서 이야기하던 중에 누군가 잔에게 두려운 일이 있냐고 물은 적이 있다. 잔은 단 하나 배신만이 두려울 뿐이라고 대답했다. 누가 그런 일이 일어날 거라 믿을 수 있었겠는가. 누가 그런 일이 일어나리라 꿈도 꿀 수 있었겠는가. 그러나 어떤 의미에서 잔의 대답은 예언이었다. 정말로 인간은 불쌍한 동물이다.

우리는 행군에 행군을 했고 또 계속 행군을 했다. 그러다 마침내 7월 16일에 목적지가 눈에 들어왔다. 저 멀리 랭스의 거대한 대성전 탑들이 보였다! 그러자 앞에서부터 맨 끝까지 환호성이 물결치듯 이어졌다. 잔 다르크는 말 등에 앉은 채 랭스를 바라보았다. 하얀 갑옷을 온몸에 두르고 꿈꾸는 듯한 얼굴로 바라보는 잔의 모습은 아름다웠다. 잔의 얼굴에는 깊고 깊은 기쁨이 빛을 내고 있었다. 그것은 이 세상 사람의 기쁨이 아니었다. 잔은 인간이 아닌 천사였다! 잔의 숭고한 임무도 이제 끝나가고 있었다. 흠 없이 성공해가고 있고 끝내 가고 있는 것이다. 내일이면 잔은 이렇게 말할 수 있었다.

"다 끝났습니다. 저는 이제 집에 가보도록 하겠습니다."

우리는 진을 치고 대대적인 대관식 준비작업에 들어가 이리 뛰고 저리 뛰며 소란을 피웠다. 랭스에서 대주교와 대규모 사절단이 도착했다. 그 뒤를 따라 성 안팎의 사람들이 환호성을 올리며 깃발을 들고 음악을 연주하며 무리 지어 계속 밀려왔다. 기쁨이 홍수처럼 연달아 밀려와 모두 행복에 취해 있었다. 랭스 사람들은 도시를 장식하고 개선문을 세우며 오래된 성당의 안과 밖을 호화롭게 치장하느라 밤을 새우며 힘겹게 일했다.

우리는 아침 일찍 일어났다. 대관식은 9시에 시작해서 5시간 동안 진행될 예정이었다. 우리는 잉글랜드군과 부르고뉴군이 처녀에게 저항할 생각을 모두 포기했다는 걸 알았고 성문이 활짝 열리고 온 도시가 우리를 열렬히 환영해 줄 것을 알았다. 아주 좋은 아침이었다. 햇빛이 밝게 빛나면서도 날은 시원했고 신선하고 활기찼다. 군대는 마치 보금자리에서 나와 감은 몸을 풀고 길어지는 뱀같이 조금씩 조금씩 길어져 거대한 줄을 이루며 평화로운 대관식을 위해 마지막 행군을 했다. 그 모습은 장관이었다.

잔은 말 등에 올라 부사령관과 호위대를 데리고 작별 인사 겸 마지막 점검을 했다. 이날 이후로 다시 군인이 되거나 다른 군인들과 함께하는 일은 없을 거라고 잔은 생각했기 때문이다. 병사들도 모두 알고 있었다. 천하무적 어린 대장의 앳된 얼굴을 보는 건 이번이 마지막이라는 걸 말이다.

병사들은 마음속으로 잔을 군대의 대장, 귀염둥이, 우리의 자랑, 사랑스러운 사람으로 여겼다. 또 마음속으로 잔을 높이며, 사람들이 사랑하는 아이에게 순수하고 솔직하게 별명을 붙여주듯, 잔에게 '하느님의 딸', '프랑스의 구원자', '승리의 연인', '그리스도의 견습 기사' 등과 같은 별명을 붙여 주곤 했다.

그런데 지금은 잔과 병사들 사이에 새로운 모습을 보게 되었다. 그것은 잔과 병사들 사이의 감정에서 비롯된 것이었다. 예전에 병사들이 사열단 앞을 지나가며 경례를 할 때면 드럼이 울리고 군악대가 승리의 노래를 시끄럽게 연주하고, 병사들은 고개를 들고 빛나는 눈빛으로 환호했다. 그러나 이제는 그런 모습이 전혀 없었다. 인상적인 그 소리가 없었다면 눈을 감고 자기가 죽은 자들의 세계에 있다고 상상했을 것이다. 그 소리는 여름의 고요함 중에 귀에 들리는 유일한 소리였다. 그 유일한 소리는 행군하는 병사들의 조용한 발걸음 소리였다.

빽빽하게 밀착한 병사들이 사열단 앞을 지나갈 때 병사들은 손바닥을 앞으로 하여 오른손을 관자놀이에 대며 경례를 했다. 눈으로는 잔의 얼굴을 바라보며 '하느님의 축복을!', '안녕히 가세요!'라고 말 없는 인사를 했다. 병사들은 잔 앞에서 발걸음을 늦추었고 지나간 뒤에도 한참 동안 경례하는 손을 내리지 않았다.

잔이 손수건으로 눈물을 닦을 때마다 병사들의 얼굴은 북받치는 감정으로 가늘게 떨렸다. 전투를 이긴 후에 했던 사열식에서는 병사들의 마음은 미칠 듯이 기뻤지만 이번만은 마음이 아팠다.

우리는 말을 타고 왕의 숙소로 갔다. 왕은 대주교의 시골 별장에 묵었는데 우리가 도착할 때쯤 떠날 채비를 끝낸 터라 우리는 왕을 모시고 말을 달려 군의 맨 앞으로 갔다. 이때 사방에서 온 사람들이 모여 큰 인파를 이루었고 우리의 첫날 행진 이후 늘 그랬던 것처럼 사람들은 잔을 보기 위해 길 양쪽으로 운집해 있었다. 우리의 길은 초원으로 이어졌고 농사꾼들은 길 양쪽으로 담을 이루었다. 사람들이 길가 양옆을 따라 저 멀리까지 이어지고 있어 길 양편에는 밝은색 넓은 띠가 이어져 있는 듯했다. 시골 여자들과 여자아이들은 하얀 상의를 입고 진홍색 치마를 입고 있었다. 우리 앞에 펼쳐진 사람들로 만들어진 끝없이 이어진 담은 마치 양귀비꽃과 백합꽃이 흐드러지게 핀 울타리 같았다.

이 여러 날 동안 우리가 가는 길은 늘 이런 모습이었다. 길을 따라 피어난 수많은 꽃들은 줄기에 꼿꼿이 붙어 서 있지 않았다. 이 꽃들은 언제나 무릎을 꿇고 있었다. 사람 꽃들은 무릎을 꿇고 손과 얼굴을 들어 잔을 바라보았고 얼굴에는 감사의 눈물이 흘렀다. 우리 곁에 가까이 서 있던 사람들은 잔의 발을 껴안고 입을 맞추고 애정을 담아 눈물에 젖은 뺨을 잔의 발에 대었다. 길을 가던 여러 날 동안 나는 잔이 지나갈 때 그냥 가만히 서 있는 사람이나 모자를 벗어 인사를 하지 않는 사람을 남자든 여자든 본 적이 없다. 나

중에 잔 다르크의 재판에서 이 감동적인 장면은 잔을 공격하는 무기가 되었다. 불의한 재판정은 사람들이 잔을 숭배했다고

주장하며 이를 잔이 이단자라는 증거로 삼았다.

우리는 랭스 앞에 이르렀다. 길게 곡선을 이루며 이어진 성곽과 탑들은 깃발이 나부꼈고 몰려든 사람들의 머리로 새까맸다. 대기는 축포 소리로 진동했고 피어오르는 연기는 구름처럼 감돌았다. 우리는 의식을 갖추어 성문 안으로 들어가 도시를 행진했다. 도시의 길드에 속한 모든 일꾼들은 휴일 옷차림으로 길드의 깃발을 들고 우리 뒤를 따라왔다. 가는 길 내내 환호하는 사람들이 울타리처럼 우리 옆에 늘어서 있었고 창문과 지붕마다 사람들로 가득했다. 발코니에는 비싼 천이 형형색색 걸려 있었다. 길게 뻗은 길에 늘어선 사람들이 하나같이 손수건을 흔들어대는 모습은 마치 눈보라 같았다.

교회의 공식 기도에 이름이 언급되는 것은 왕실 가문에 속한 사람들만의 영예였음에도 잔의 이름은 기도에 언급되어 왔다. 그러나 그런 영예보다 더 크고 자랑스러운 것은 백성들이 주는 영예였다. 백성들은 납으로 만든 메달에 한쪽은 잔의 모습을 새기고 다른 한쪽은 잔의 방패를 새겨서 부적과 장신구처럼 메고 다녔다. 어디를 가나 그 메달을 볼 수 있었다.

왕과 잔이 머물 대주교의 대저택에 이르자 우리는 행진을 마쳤다. 왕은 먼저 생레미 수도원 성당에 사람을 보내 생탕풀, 곧 성유가 담긴 유리병을 가져오게 했다. 성당은 우리가 들어온 성문 근처에 있었다. 그 병에 담긴 성유는 이 세상의 기름이 아니었다. 하늘에서 만들어진 기름이었고 유리병도 마찬가지였다. 성유병, 곧 성유가 담긴 유리병은 하늘에서 비둘기가 가지고 내려온 것이었다. 기독교인이 된 클로비스 왕에게 레미 성인이 세례를 줄 때에 하늘에서 비둘기가 내려와 레미 성인에게 준 것이었다.*

나는 이 이야기를 사실이라고 믿는다. 예전에 이 이야기를 들었는데 동레미에서 페레 신부님이 얘기해 주셨다. 그 성유병을 보았을 때, 그러니까 정말 하늘나라에서 만들어진 물건을 내 두 눈으로 보고 있다는 걸 알았을 때 내가 얼마나 신비로움과 경외심을 느꼈는지는 말로 묘사할 수 없다. 아마 천사들도 보았을 것이고 하느님께서 보내신 것이니 틀림없이 하느님께서도 친히 보셨던 물건이었다. 그런데 그 물건을 내가 보고 있는 것이다. 나는 그 병을 만질 기회가 한번 있었다. 그러나 나는 하느님께서 그 병을 만지셨다고 생각하지 않을 수 없어서 두려워 그러질 못했다. 하느님께서 만지셨을 가능성이 컸다.

이 성유병은 클로비스의 도유식에 사용되었다. 그 이후로 프랑스의 왕은 이 병의 기름으로 도유식을 거행해 왔다. 그래, 클로비스 시대 이후로 줄곧 그래 왔던 것이다. 9백 년 동안 그랬다. 앞서 말한 대로 왕은 성유를 담은 그 유리병을 가져오라고 사람을 보냈고 보낸 사람이 돌아올 때까지 우리는 기다렸다. 그 성유병이 없는 대관식은 절대로 대관식이 아니라고 나는 믿었다.

성유병을 받으려면 아주 옛날부터 내려온 예식을 거행해야 했

---

* 클로비스 왕은 프랑크 왕국을 세운 클로비스 1세(466~511)를 가리킨다. 클로비스 왕은 기독교로 개종하고 랭스 성당에서 레미 주교에게 세례를 받았는데, 전설에 따르면 세례식 때에 하늘나라에서 비둘기가 내려와 성유가 담긴 유리병을 주었다고 한다. 그 유리병의 이름은 성스러운 유리병이라는 뜻인 프랑스어 생탕풀(Sainte Ampoule)이다. 생탕풀은 프랑스 혁명 때 혁명군이 국왕 루이 15세 동상 앞에서 망치로 부숴 버렸다고 한다.

다. 그렇게 하지 않으면 성유를 대대로 지켜오는 생레미 수도원장은 그 병을 내주지 않았다. 그래서 관례를 따라 왕은 높은 영주 다섯 명을 지명하여 화려한 의복을 입고 완전무장을 하게 한 다음, 말을 타고 엄숙하게 수도원으로 가게 했다. 이 다섯 명과 이들이 타는 말은, 성유를 달라고 청하는 왕의 전갈을 들고 갈 랭스 대주교와 참사회 회원들의 수호자가 되는 것이다.

높은 영주 다섯 명은 출발할 준비가 되자 줄을 서서 무릎을 꿇고 장갑 낀 두 손을 맞잡아 얼굴 앞에 들고 목숨을 걸고 맹세하길, 거룩한 성유병을 안전하게 가지고 올 것이고 왕의 도유식이 끝나면 안전하게 생레미 성당에 돌려주겠다고 말했다. 랭스 대주교와 참사회* 회원들은 이렇게 영예롭게 호위를 받으며 생레미 성당으로 떠났다. 대주교는 품격 있는 복장을 하고 머리에 주교 모자를 쓰고 손에 십자가를 들었다.

생레미 성당 문 앞에서 이들은 멈추어 서서 거룩한 성유병을 받을 대오를 이루었다. 곧 파이프 오르간의 깊은 소리와 성가대의 찬송 소리가 들렸다. 그러자 어두운 교회 안에서 긴 불빛이 줄을 지어 다가오는 것이 보였다. 수도원장이 성유병을 들고나왔고 사제들이 그 뒤를 따랐다. 수도원장은 엄숙한 예식을 치르며 성유병을 대주교에게 전해 주었다.

성유병을 받은 대주교 일행은 다시 돌아왔다. 대단히 인상적인 예식이었다. 대주교가 성유병을 받고 가는 길 양쪽에는 남자들과 여자들이 얼굴을 바닥에 대고 엎드린 채 하늘나라에서 온

---

* 개별 성당에 속한 성직자들로 이루어진 조직

그 거룩한 물건이 지나가는 동안 두려움과 고요함 속에서 말없이 기도를 올렸다.

이 일행은 대성당 서쪽 큰 문 앞에 이르렀다. 대주교가 문안으로 들어가자 장엄한 성가가 시작되어 거대한 성당 안을 노래로 채웠다. 대성당은 사람들로 가득 차 있었는데 수천 명이 모여 있었다. 오직 중앙의 통로만이 비어 있었다. 이 통로로 대주교와 참사회 회원들이 들어왔고, 뒤를 따라 영주 다섯 명이 영주의 깃발을 든 채 호화로운 마구를 갖춘 말을 타고 들어왔다! 아, 정말 장엄한 광경이었다. 색 유리창에서 들어오는 아름다운 긴 빗줄기 사이로 거대한 동굴 같은 성당 안을 말을 타고 들어오는 모습보다 더 장엄한 것은 없었다!

기사들은 말을 타고 성가대석으로 곧장 갔다. 입구에서 성가대석까지는 백 미터가 넘는 거리라고 했다. 대주교가 기사들에게 됐다고 하자, 기사들은 머리 깃털 장식이 말목에 닿을 만큼 머리 숙여 인사를 한 다음 말머리를 돌렸다. 그러자 의기양양한 말들이 껑충거리기도 하고 고상한 척 걷기도 하고 춤추기도 하면서 입구로 돌아갔는데 그 모습이 멋있었다. 마지막으로 말들은 문간에서 뒷다리로 서서 돌다가 앞다리를 내려 문밖으로 사라졌다.

잠시 다음 예식을 기다리는 깊은 정적이 흘렀다. 너무 조용해서 성당에 모인 수천 명 사람들이 모두 꿈 없는 잠을 자고 있는 것 같았다. 어찌나 조용한지 날벌레의 나른한 윙윙 소리 같은 아주 미세한 소리도 들릴 정도였다. 그러다 갑자기 은 나팔 4백 개에서 뿜어져 나오는 아름다운 소리가 우렁차게 울렸다.

그러자 서쪽 큰 아치형 입구에서 잔과 왕이 나타났다. 둘은 나란히 서서 엄청난 환영을 받으며 천천히 걸어왔다. 파이프 오르간의 깊고 웅장한 소리와 성가대가 부르는 승리의 찬가 소리에 섞인 환호와 함성 소리 가운데 전과 왕은 걸어왔다. 그 뒤에는 팔라댕이 깃발을 들고 서 있었는데, 몸도 거구인데다 더할 나위 없이 우쭐해하며 뽐내고 있었다. 사람들이 자신을 쳐다보고 있고 갑옷에 걸친 화려한 의상을 본다는 걸 의식하고 있었기 때문이다.

팔라댕 옆에는 프랑스 대무관장의 대리인으로서 프랑스 국가의 검*을 받쳐 든 달브레 경이 있었다. 두 사람 뒤로는 프랑스의 귀족을 대표하는 이들이 아주 훌륭한 예복을 입고 들어왔다. 왕가의 왕자 세 명과 라 트레무아유와 라발 가의 젊은 두 형제가 그들이었다. 그 뒤로는 성직자 대표인 랭스의 대주교와 라옹 주교, 샬롱 주교, 오를레앙 주교, 그리고 다른 주교 한 명이 입장했다. 그 뒤로 최고 참모부가 입장했는데 우리의 위대한 장군들이자 유명한 인사들이었다. 사람들은 모두 이들을 보고 싶어 했다. 그칠 줄 모르는 소란 중에서도 "오를레앙의 바타르 만세!", "사탄라 이르여, 영원하라!" 하는 사람들의 고함 소리가 들려서 이 두 사람이 어디에 있는지 알 수 있게 해 주었다.

시간이 지나 장엄한 행렬이 자기 자리에 도착하자 엄숙한 대관식이 시작되었다. 여러 번 기도하고 성가를 부르고 설교하고, 이런 예식에 맞는 모든 일이 아주 길고 엄숙하게 이어졌다. 잔은 손에 깃발을 든 채 몇 시간 동안 왕 옆에 있었다. 그러다 마침내

---

* 신이 왕에게 준 권력을 상징하는 국가의 검이다. 유럽의 많은 왕정 국가에서는 이런 국가의 검을 가지고 있었다.

대단원의 막이 올랐다.

왕이 선서를 하고 성유로 도유식을 거행했다. 호화로운 옷을 입은 한 사람이 자기 옷자락을 받쳐 드는 사람과 다른 수행원을 데리고서, 쿠션 위에 있는 프랑스 왕관을 가지고 와서 무릎을 꿇고 왕에게 왕관을 바쳤다. 그러자 왕은 머뭇거리는 것 같았는데 사실 머뭇거리고 있었다. 왕은 손을 내밀다가 왕관 위에서 갑자기 손을 멈추어, 손가락이 왕관을 잡으려 하는 자세로 있었다. 그러나 잠시뿐이었다. 그 순간 지켜보는 2천 명의 심장박동과 숨을 멈추게 하는 듯했지만 말이다. 그래, 아주 잠시뿐이었다.

왕은 잔의 눈을 바라보았고 잔은 위대한 영혼 안에 있는 기쁨을 모두 담아 감사하는 마음으로 왕의 눈을 바라보았다. 그러자 왕은 미소를 지었다. 그리고 프랑스 왕관을 손에 잡고 더없이 고귀하고 훌륭한 모습으로 왕관을 들어 자기 머리에 올려놓았다.

이 순간 터져 나온 소리는 정말 굉장했다! 우리 주위의 모든 사람들이 소리를 지르며 환호했고 성가대의 찬가와 파이프 오르간의 낮고 웅장한 소리도 가세했다. 밖에서는 많은 종이 울렸고 축포 소리가 들렸다.

시골 아이의 환상 속 꿈, 믿을 수 없는 꿈, 불가능한 꿈이 이루어졌다. 잉글랜드의 힘은 스러지고 프랑스 왕국의 후계자는 왕관을 쓰게 되었다. 왕의 발치에 무릎을 꿇고 눈물 속에서 왕을 올려다보는 잔의 얼굴에는 천상의 기쁨이 빛나고 있어 마치 천상의 존재로 변한 것 같았다. 잔은 입술을 떨면서 작은 목소리로 부드럽게, 감격에 떨며 말했다.

"이제, 온화하신 왕이시여, 하느님의 명을 따라 전하께서 랭스에 오셔서, 다른 누구도 아닌 오직 전하께서만 쓰실 권리가 있는 이 왕관을 받으셔서 하느님께서 기뻐하고 계십니다. 제가 받은 사명은 이제 끝났습니다. 제게 전하의 평안을 내리셔서, 제가 필요한 연로하시고 가여우신 어머니에게 돌아가게 해 주십시오."

왕은 잔을 일으키고 모든 이들에게 잔의 위대한 업적을 가장 고상한 말로 격찬하였다. 그리고 잔에게 내렸던 귀족 신분과 영예를 다시 전하면서 잔을 백작의 지위에 올려놓고 잔의 지위에 어울리도록 종들과 신하들을 임명했다. 그리고 잔에게 말했다.

"그대가 이 왕관을 지켰다. 말해 보아라. 청해 보거라. 당당히 요구하여라. 그것이 무엇이든, 그렇게 하느라 나라가 가난해지더라도 그대에게 줄 것이다."

국왕 다운 올바른 모습이었다. 잔은 다시 무릎을 꿇고 말했다.

"그러시다면, 온화하신 전하, 자비로운 마음으로 그렇게 말씀하셨다면, 청하건대 전쟁으로 가난하고 힘든 제 고향 마을에 세금을 면제해 주십시오."

"그래, 그렇게 하겠다. 또 말해 보거라."

"이것이 전부입니다."

"전부? 다른 것은 없느냐?"

"네, 이것이 전부입니다. 다른 청은 없습니다."

"하지만 그건 정말 아무것도 아니다. 청이라 할 것도 아니다. 두려워하지 말고 더 청해 보거라."

"온화하신 폐하, 정말 더 청할 것이 없습니다. 강권하지 말아 주십시오. 그것 외에는 바라는 것이 정말 아무것도 없습니다."

왕은 크게 놀라는 것 같았다. 그리고 이상할 정도인 이런 이타심을 이해하려고 애쓰는 듯 잠시 말없이 서 있다가 고개를 들고 말했다.

"잔 다르크는 프랑스 왕국을 구하고 왕에게 왕관을 쓰게 했다. 그런데 청하는 것이, 받고 싶은 것이 이런 작은 것이라니. 그것도 자신을 위해서가 아니라 남을 위해서. 좋다. 짐이 가진 것을 전부 내어줄지라도 잔 다르크의 머리와 가슴속에 있는 부유함에 가치를 더할 수는 없다. 청하는 것 역시 이런 잔 다르크의 모습답다. 잔 다르크가 원하는 대로 이루어질 것이다. 그러니 이제 선포한다. 오늘부터 동레미, 오를레앙의 처녀라 불리는, 프랑스를 구한 잔 다르크가 태어난 마을은 앞으로 영원히 세금이 면제될 것이다."

왕이 선포하자 은나팔 소리가 의기양양하게 한바탕 울려 퍼졌다. 너희도 아는 것처럼 잔이 동레미 초원에서 무아지경에 빠졌을 때 잔은 이 장면을 환상으로 보았던 것 같다. 왕에게 소원을 말할 기회가 생기면 무엇을 청할 거냐고 우리는 잔에게 물어본 적이 있다. 잔이 미리 이 장면을 보았든 보지 않았든 잔의 행동은 그동안 잔이 그 어려운 엄청난 일을 겪은 후에도 동레미에 있을 때처럼 여전히 이기적이지 않다는 것을 보여 주었다.

그래, 샤를 7세는 마을의 세금을 '영원히' 면제해 주었다. 세상의 왕들과 나라들은 감사를 잊어버려 약속을 잊거나 일부러 약속을 어기곤 한다. 그렇지만 프랑스의 자녀인 너희는 프랑스가 이 약속은 계속 지키고 있다는 사실에 자부심을 가지고 기억해야 한다. 그날 이후로 63년이 흘렀다. 그날 이후로 동레미가 있는 지방에서는 세금이 63번 걷혔고 그 지방 마을들은 동레미를 제외하고 모두 세금을 내 왔다. 세금 징수원들은 동레미를 전혀 찾아오지 않아, 마을 사람들은 슬픔을 뿌리는 그 두려운 유령 같은 존재를 잊어버렸다. 그동안 세금 장부 63권이 작성되고 다른 공문서와 함께 보관되어 누구든지 원하면 열람할 수 있게 되었다. 장부 63권 각 권 맨 앞에는 마을 이름이 죽 적혀 있고 그 이름 아래 무거운 짐 같은 세금 징수액이 적혀 있다. 마을 하나만 빼고 모든 마을의 이름 아래 숫자가 적혀 있다.

너희에게 말한 것처럼 이것은 사실이다. 63권 각 권에 '동레미'라고 적힌 페이지에는 마을 이름 아래 숫자가 없다. 숫자가 있어야 할 곳에는 세 단어가 기록되어 있고 그동안 그 단어가 반복적으로 기록되어 왔다. 그래, 숫자가 비어 있는 곳에는 언제나 기분을 좋게 하는 단어가 이렇게 적혀 있어, 과거를 기억하게 하며 마음을 어루만져 준다.*

Domrémy

Rien - La Pucelle

"없음 - 오를레앙의 처녀." 아주 간단하지만 얼마나 많은 것을 말하고 있는지! 이렇게 말하는 이는 프랑스라는 나라다. 감정이 담

---

* 리앙(rien)은 '없음'이라는 뜻이다. 라 퓌셀(La Pucelle)은 '그 처녀'라는 뜻으로 당시 잔 다르크의 별명이었다. 오늘날 동레미의 이름은 잔 다르크를 기려서 동레미라퓌셀(Domrémy-la-Pucelle)이다.

기지 않은 간단한 말이지만 프랑스 정부는 그 이름에 경의를 표하며 공무원들에게 말하고 있는 것이다.

"왜 그런지 알아내서 전해 주어라. 프랑스의 명령이다."

그래, 약속은 지켜졌다. 그리고 언제까지나 프랑스 왕의 말대로 '영원히' 그렇게 지켜질 것이다.*

오후 2시가 돼서 마침내 대관식은 끝났다. 다시 잔과 왕을 선두로 처음처럼 행진을 했다. 성단 한가운데를 통해 엄숙하게 걸어 나가는 동안 모든 악기와 사람이 기쁨에 겨워 내는 소리는 놀라울 정도로 정말 대단했다. 이렇게 잔의 세 번째 위대한 날은 끝나게 되었다. 그 위대한 날들은 서로 나란히 함께했다. 5월 8일, 6월 18일, 7월 17일!

---

* 【올든 주】 360년 넘게 이 약속은 잘 지켜졌지만 이 팔십 대 노인의 자신만만한 예언은 깨어지고 만다. 프랑스 혁명의 혼란 속에서 그 약속은 잊혀 지켜지지 않게 되었고 그 후로 계속 그렇게 되었다. 잔 다르크는 자신을 기억해 달라고 한 적이 전혀 없었지만 프랑스는 그치지 않는 사랑과 존경심으로 잔 다르크를 기억해 오고 있다. 잔 다르크는 자신의 동상을 세워 달라고 한 적이 없지만 프랑스는 잔 다르크의 동상을 여러 개 세웠다. 잔 다르크는 동레미에 성당을 지어 달라고 한 적이 없지만 프랑스는 잔 다르크를 기념하는 성당을 그곳에 짓고 있다. 잔 다르크는 성인의 반열에 올려 달라고 한 적이 없지만 머지않아 성인의 반열에 오르게 될 것이다. 잔 다르크가 요청하지 않은 모든 것들이 아주 풍성하게 주어졌다. 그러나 잔 다르크가 요청해서 얻었던 크지 않은 단 한 가지만은 다시 뺏어가고 말았다. 참으로 가슴 아픈 일이 아닐 수 없다. 프랑스는 백 년간 동레미에서 세금을 거둠으로써 동레미에 빚을 져 오고 있지만 그 빚이 늘어가는 일에 반대 표를 던지는 사람을 잔 다르크의 나라에서는 찾기 어렵게 되었다.

36. 황소와 벌떼

호화로운 옷을 입고 깃 장식을 끄덕끄덕 움직이며 말에 올라 행진하는 우리의 그 화려한 모습은 정말 장관이었다. 헤아릴 수 없이 많은 인파 사이로 우리가 나아갈 때 사람들이 무릎을 꿇는 모습은 마치 낫질하는 추수꾼 앞에서 밀이삭이 쓰러지는 것 같았다. 사람들은 성별된 왕과 프랑스를 구원한 사람을 큰 소리로 맞이하며 무릎을 꿇었다. 이렇게 도시의 주요 장소를 행진하다 길의 막바지에 다다를 때였다. 대주교의 저택이 가까워지자 오른쪽에서, 그러니까 제브라라고 불리는 여관과 가까운 곳에서 이상한 일을 보게 되었다.

두 남자가 무릎을 꿇지 않고 그냥 서 있는 것이었다! 무릎 꿇은 사람들 앞에 서서, 무릎을 꿇어야 한다는 걸 깨닫지 못한 채, 얼어붙은 듯이 서서 우리를 바라보고 있었다. 그래, 허름한 농부 옷차림을 한 두 남자였다. 미늘창을 가진 병사 두 명이 화가 나서 예절을 가르쳐 주겠다며 두 남자에게 뛰어갔다. 그런데 두 남자를 붙잡으려고 할 때 잔이 "내버려 두세요" 하고 말했다. 잔은 말에서 내려 두 사람을 향해 달려갔다. 그리고 두 남자 중 한 남자를 껴안으며 온갖 다정한 말을 쏟아 내며 흐느꼈다. 그 사람은 잔의 아버지였고 옆에 있는 사람은 잔의 큰아버지 락사르 아저씨였다.

이 소식은 사방으로 퍼져 두 사람을 반갑게 맞이하는 소리가 높아졌다. 한순간에 멸시받던 이름 없는 두 평민은 유명해지고 사람들의 관심과 질투를 받는 존재가 되었다. 모두 두 사람을 보려고 안달이었으니 잔 다르크의 아버지와 큰아버지를 보았다고 다른 사람에게 자랑하고 싶었던 것이다. 잔이 이런 기적을 행하는 건 얼마나 쉬운 일인지! 잔은 태양과 같았다. 무엇이든 희미하고 보잘것없는 대상에 잔의 광선이 떨어지면 그것은 즉각 영광에 싸인다. 왕은 한없이 인자한 음성으로 "두 사람을 데리고 오라" 하고 말했다.

왕 앞으로 잔이 아버지와 큰아버지를 모시고 갔다. 잔은 반갑고 행복해 들떠 있었지만 아버지와 큰아버지는 모자를 벗어 긴장으로 떨리는 손에 든 채 겁을 집어먹고 있었다. 왕은 온 세상 앞에서 자기 손을 내밀어 입을 맞출 수 있게 해 주었다. 사람들은 부러운 눈으로 바라보았다. 왕은 연로한 다르크 아저씨에게 말했다.

"그대는 영원불멸을 창조하는 이 아이의 아버지가 된 것을 하느님께 감사하시오. 모든 왕들의 이름은 잊히겠지만 사람들의 입에 영원히 오르내릴 이름을 가진 그대는, 덧없이 사라질 이름을 가진 사람들 앞에서 모자를 벗을 필요가 없습니다. 모자를 쓰도록 하시오!"

왕의 이런 모습은 정말 온당하고 왕다운 모습이었다. 왕은 랭스의 시장을 불러오라고 했다. 시장이 와서 모자를 벗고 예를 갖추어 무릎을 꿇자, 왕은 "이 두 사람은 프랑스의 국빈이오."라고 말한 다음, 시장에게 두 사람을 잘 대접해 주라고 명했다. 이런 일이 있었지만 다르크 아저씨와 락사르 아저씨는 묵고 있던 작은 여관 제브라에서 계속 지냈다는 것을 지금 말하는 게 좋겠다. 시장이 더 좋은 숙소를 마련해 주고 사람들에게 공식적으로 소개도 해 주고 또 멋진 환영회도 해 주겠다고 말했지만, 상류사회를 잘 모르는 비천한 농부인 두 아저씨는 그 말에 놀라고 말았다. 그래서 빌고 빌어 그런 일 없이 그냥 마음 편히 지낼 수 있었다. 두 사람은 그런 일을 즐길 수 없었다. 불쌍한 두 아저씨들은 두 손을 어디다 놓아야 할지조차 모르며 제대로 처신하려고 신경을 썼다.

이런 상황에서 시장은 자신이 할 수 있는 최선을 다했다. 여관 한 층을 두 사람만 사용하도록 해 주었고 여관 주인에게 두 사람이 필요한 것은 무엇이든 대주고 비용은 랭스 시에 청구하라고 말했다. 또 시장은 두 사람에게 말 한 필씩 주면서 필요한 마구도 갖추어 주었다. 말을 선물받은 두 아저씨는 정말 놀라고 기쁘고 자랑스러워 말을 할 수 없는 지경이 되었다. 평생 살면서 이런 사치는 꿈을 꾸어본 적이 없기에 처음에는 말이 정말 생긴 건지 믿지 못할 지경이었고, 말이 안개처럼 사라져 없어지는 건 아닐까 생각했다. 호사스러운 생활에 마음을 뗄 수가 없어, 이야기를 할 때마다 어울리지 않는데도 언제나 말 이야기를 갖다 붙이곤 했다. 그래서 여기서도 "내 말", 저기서도 "내 말", 아무 때나 "내 말, 내 말" 하면서 말이라는 단어의 맛을 음미하며 뼈에 달라붙은 부스러기 살점까지 맛보았다.

그리고 다리를 쭉 펴고 팔짱을 끼고 엄지손가락을 겨드랑이에 넣고는, 마치 하느님께서 밖을 내다보시며 우주의 아주 깊은 곳을 날아가는 별자리들을 보시고는 자기 것이라는 데에 흡족하셔서 기분 좋아하시듯, 그렇게 두 사람 역시 자기 말을 보고는 기분 좋아했다. 정말 아저씨들이야말로 세상에서 가장 행복해하고 가장 단순한 나이 든 어린애였다.

오후 중반에 랭스에서는 왕과 잔을 비롯해 대신들과 군참모들을 위해 연회를 열었다. 연회 중간에 다르크 아저씨와 락사르 아저씨를 모셔오라는 분부가 내려졌다. 두 사람은 오려고 하지 않다가 2층 한쪽 자리에 자기들끼리 앉아서 간섭받지 않고 연회를 지켜보게 해 주겠다는 약속을 받고서야 왔다. 두 아저씨는 2층에서 화려한 연회를 내려다보다가, 어린 딸이자 조카인 잔에게 쏟아지는 믿을 수 없는 영예를 보고서, 또 계속 쏟아지는 압도적인 영광 속에서도 잔이 긴장하지 않고 평온히 앉아 있는 모습을 보고는 뺨에 주르륵 눈물을 흘리고 말았다.

그런데 연회가 끝날 무렵, 잔이 평정을 잃는 일이 일어나고 말았다. 왕의 자비로운 연설에도, 알랑송 공작과 바타르의 예찬에도, 그 자리를 폭풍처럼 강타하는 라 이르의 천둥 같은 말에도 평정을 유지하던 잔이었다. 하지만 내가 말한 대로 그 영향이 너무 강력해 잔이 참을 수 없는 일이 일어난 것이다. 연회가 끝날 무렵에 왕은 손을 들어 조용히 하라는 신호를 보내고는, 모든 소리가 죽고 아주 조용해져서 피부로 조용함을 느낄 때까지 손을 든 채로 기다렸다. 그렇게 조용해지자 큰 홀의 저 먼 곳 구석에서 슬픈 목소리가 들려왔다.

마법에 걸린 침묵을 뚫고 우리의 옛 노래인 '부르레몽 요정나무'의 노랫소리가 아주 다정하고 달콤하게, 풍요로운 곡조로 공중을 천천히 날아 우리에게 다가왔다. 그러자 잔은 왈칵 눈물을 쏟고 두 손으로 얼굴을 가리고 울었다. 한순간에 연회의 모든 화려함과 장엄함은 사라져 버리고, 잔의 주위로는 평화로운 초원이 펼쳐져 잔은 다시 양을 치는 어린아이가 되었다. 전쟁과 부상과 피와 죽음과 광란, 전쟁의 그 모든 소란은 꿈처럼 지나갔다. 아, 이것은 음악의 힘을, 마법 중의 마법인 음악의 힘을 보여 주는 일이었다. 마법사가 요술지팡이를 들고 음악이라는 신비한 주문을 외우면 현실의 모든 것은 사라지고 마음속의 환영만이 몸을 입고 우리 앞에 걸어 나온다.

이 일은 왕이 생각해 낸 달콤하고 사랑스러운 깜짝 선물이었다. 사실 눈에 띄지는 않지만 왕에게는 숨겨진 장점들이 있었다. 늘 교묘한 계략을 꾸미는 트레무아유와 다른 신하들이 설치고 다니는 것을 그냥 놔둔 채 신하들과 시끄러운 언쟁을 피하며 비겁하게 몸을 사리고 있지만 말이다.

밤이 되자 우리 동레미 출신들은 잔의 아버지와 큰아버지가 묵는 여관의 응접실에 모여, 술을 마시며 동레미 마을 이야기를 시작했다. 그때 잔이 보낸 큰 꾸러미가 도착했는데 자기가 올 때까지 풀지 말고 있으라고 했다. 얼마 안 있어 잔이 도착했다. 잔은 호위병을 돌려보내고 말하길, 이 여관의 남은 방에서 자며 고향 집에서처럼 아버지와 같은 지붕 아래서 지내겠다고 했다.

잔이 오자 우리 호위대는 언제나 그런 것처럼 일어서서 잔이 앉으라고 할 때까지 서 있었다. 그때 잔은 아버지와 큰아버지 역시 일어나서 어떻게 해야 할지 몰라 어정쩡한 자세로 서 있는 것을 보았다. 그 모습을 보고 잔은 웃음이 나왔지만 기분을 상하게 할까 봐 웃음을 꾹 참고 앉으시라고 말씀드렸다. 그리고 아버지와 큰아버지 사이에 앉아서 두 분의 손을 자기 무릎에 올려놓고 자기 손은 두 분의 무릎에 올려놓고는 말했다.

"이제 행사는 더 없을 거예요. 그러니 집에 돌아가 가족이랑 친척들, 친구들과 함께 지낼 수 있을 거예요. 이제 큰 전쟁을 마쳤으니 아버지와 큰아버지는 저를 데리고 집으로 돌아가시면 됩니다. 고향에 가면 ….”

잔은 하던 말을 멈추었다. 의심이나 불길한 예감이 마음을 지나가는 것처럼 행복한 얼굴에 잠시 진지함이 스쳐 지나갔다. 그러다 다시 얼굴이 밝아지고는 간절한 열망을 담아 말했다.

"아, 떠날 날이 오면 출발할 수 있을 텐데!”

나이 든 아버지는 놀라서 물었다.

"아니, 애야, 진심이냐? 아직 얻을 영광이 많이 남아 있는데 모든 사람들이 널 칭송하는 이 놀라운 일을 그만두겠다는 거냐? 영주들과 장군들과 함께 일하는 걸 관두고 다시 힘들고 지루한 일을 하는 시골 사람으로 돌아가겠다는 거냐? 사리에 맞지 않다.”

큰아버지도 거들었다.

"맞아. 그런 말 들으니 놀랍고 이해가 안 되는구나. 네가 군인이 되겠다고 말했을 때도 이상했지만 군인을 그만두겠다는 말을 들으니 더 이상하다. 오늘 이때까지 살아오면서 듣던 말 중에 가장 이상한 말이다. 설명 좀 해 봐라.”

"설명하는 건 어렵지 않아요. 저는 상처를 입고 고통당하는 걸 좋아한 적이 없어요. 다른 사람에게 그렇게 하는 것도 제 천성에 맞지 않고요. 싸우는 것도 언제나 괴로웠어요. 전 조용하고 평화로운 걸 좋아하고 소음과 소란을 싫어해요. 그리고 생명이 있는 건 모두 사랑해요. 천성이 이런데 어떻게 전쟁과 피, 고통과 슬픔을 참을 수 있겠어요? 하지만 하느님께서 천사들을 보내 제게 명령하셨기 때문에 순종하지 않을 수 없었죠. 저는 명을 받은 대로 했을 뿐입니다. 하느님께서 제게 많은 일을 명하셨을까요? 아니에요. 오직 두 가지만 명하셨죠. 포위당한 오를레앙을 구하고 랭스에서 왕이 대관식을 치르게 하는 일, 이 두 가지만 명하셨죠. 제 임무는 끝났습니다. 이제 저는 자유예요.

아군이든 적군이든 제 눈앞에서 불쌍한 병사가 쓰러지면 제 몸이 그 병사의 고통을 느끼지 않을 것 같으세요? 집에 있는 그 병사 가족의 슬픔을 제 가슴이 느끼지 않을 것 같으세요? 아니요, 한 번도 그러지 않은 적이 없었어요. 아, 이제 이 일에서 놓여 다시는 그런 잔혹한 일을 보지 않아도 되고 마음의 고통을 겪지 않아도 된다고 생각하니 얼마나 행복한지 몰라요! 그런데 왜 제가 고향으로 돌아가서 예전처럼 살지 않겠어요? 그곳이 천국이에요! 두 분은 제가 돌아가고 싶어 하는 게 이상하시죠. 아, 두 분이 남자들이라서 그러신 거예요. 단지 남자들이라서! 어머니는 이해하실 거예요."

아버지와 큰아버지는 할 말이 없었다. 그래서 잠시 아무 말 없이 앉아 그냥 멍하게 있었다. 그때 다르크 아저씨가 말했다.

"맞아, 네 어머니는 이해할 거야. 맞는 말이다. 네 엄마 같은 여자를 본 적이 없어. 엄마는 걱정하고 걱정하고 또 걱정하지. 밤에도 일어나 생각에 잠겨 누워 있어. 너를 걱정하고 또 걱정하면서 누워 있곤 한단다. 밤에 비바람이 거세게 불면 엄마는 슬퍼하며 말한단다. '아, 하느님께서 잔을 불쌍히 여겨 주시길. 이렇게 비바람이 몰아치니 동료 병사들과 비를 맞으며 있겠네.' 또 번개가 번쩍이고 천둥이 울면 손을 잡고 떨면서 말하곤 한다. '무서운 대포가 번쩍거리며 소리 내는 것 같아. 저 멀리 어딘가에서 잔이 말을 타고 포를 뿜는 대포를 향해 달려가고 있을 거야. 내가 거기 없어 잔을 보호해 주지 못하는구나.'"

"아, 불쌍한 어머니, 가여우세요. 가여워!"

"그래, 아주 이상한 여자다. 그런 모습을 아주 많이 봤다. 승리했다는 소식이 전해져 온 동네가 기뻐하고 자부심에 차 있을 때면 네 엄마는 오직 한 가지, 네가 안전하다는 걸 알기까지는 여기저기 미친 듯이 돌아다니면서 네 소식을 묻곤 했어. 네가 무사하다는 걸 알게 되면 흙바닥에 무릎을 꿇고 기운이 남아 있는 한, 늘 하느님을 찬양했지. 엄마는 네 얘기만 할 뿐 전쟁에 관한 건 한 번도 얘기한 적이 없다. 그리고 늘 이렇게 말해. '이제 전쟁이 끝났어. 이제 프랑스를 구했어. 이제 잔이 집에 올 거야.' 하지만 아침이면 언제나 실망하고 슬퍼하곤 하지."

"그만 하세요, 아빠! 가슴이 아파요. 집에 가면 다시 엄마한테 잘해 드릴 거예요. 엄마를 위로해 드리고 엄마를 위해 일해야겠어요. 나 때문에 더 이상 마음 아프시지 않게 하겠어요."

이런 이야기가 더 오고 갈 때 락사르 아저씨가 이렇게 말했다.

"아이야, 하느님의 뜻을 이루었으니 이제 끝났다. 맞아, 사실이야. 아무도 아니라고 못할 거야. 하지만 전하께서는 어찌 되시겠니? 네가 왕의 최고 전사가 아니냐. 전하께서 네게 남으라고 하시면 어쩔 거니?"

갑작스러운 일격이었다. 잔은 조금 지나서야 그 일격에서 벗어날 수 있었다. 잔은 반론 없이 아주 단순하게 말했다.

"전하께서는 저의 주인이시고 저는 종이에요."

잔은 잠시 생각에 잠기다가 얼굴이 환해지며 밝게 말했다.
"하지만 그런 생각은 하지 않기로 해요. 지금 그런 걸 생각할 때는 아니죠. 고향 이야기나 들려주세요."
그리하여 늙은 두 수다쟁이 아저씨들은 이야기하고 또 이야기했다. 마을에서 일어난 모든 일과 모든 마을 사람들에 대해 말이다. 이야기를 듣는 것은 좋았다. 잔은 친절하게 우리도 대화에 끌어들이려고 했지만 우리는 물론 그러지 않았다. 잔은 총사령관이고 우리는 아무것도 아닌 사람들이었다. 잔의 이름은 프랑스에서 가장 강한 이름이었지만 우리는 눈에 보이지 않는 존재였다. 잔은 영주들과 영웅들의 동료였지만 우리는 이름 없는 미천한 사람들이었다. 잔은 하느님에게 임무를 받아서 이 땅의 모든 유명인과 권력자보다 더 높은 자리를 차지하고 있었다.
한마디로 우리 앞에 있는 이 사람은 잔 다르크였다. 잔 다르크라는 말을 하면 모든 걸 말한 셈이다. 우리에게 잔은 신과 같은 존재였다. 잔과 우리 사이에는 건널 수 없는 심연이 가로놓여 있었고 잔 다르크라는 이름에는 그런 심연이 담겨 있었다. 우리는 잔을 스스럼없이 대할 수 없었다. 그래, 그럴 수 없었다. 너희도 그건 가능하지 않다는 걸 알 수 있을 것이다.
그러나 잔은 또한 인간이었다. 잔은 정말 착하고 친절했으며 정이 많고 사랑이 많았다. 또 밝고 매력적이었고 예의 있지만 꾸밈이 없었다! 지금 잔을 표현하는 말로 생각나는 단어들인데 이것만으로는 충분하지 않다. 그래, 이 단어들은 잔의 모든 것을 말하기에 너무 적고 밋밋하고 빈약하다. 반도 말하지 않은 셈이다. 소박한 두 아저씨는 잔이 어떤 사람인지 깨닫지 못했고 그럴 수도 없었다. 인간의 차원을 넘어선 존재를 전혀 만나지 못해 본 지라 평범한 인간을 재는 기준으로 잔을 가늠할 뿐이었다. 아저씨들은 처음의 어색함이 사라지자 잔을 단지 여자아이로만 대할 뿐이었다. 그건 놀라웠다. 잔 앞에서 침착하고 편안하며 어려워하지 않는 모습, 또 프랑스의 여느 여자아이한테처럼 그렇게 잔에게 이야기하는 모습은 가끔 나를 떨리게 했다.

아, 무지한 늙은 락사르 아저씨는 그곳에 앉아 아주 지루하고 공허한 어떤 이야기를 말하기 시작했다. 락사르 아저씨도, 다르크 아저씨도 그 이야기가 좋은 이야기가 아니라는 걸, 그런 어리석은 이야기는 격조 있고 가치 있는 이야기가 아니라는 걸 조금도 생각하지 못하는 것 같았다. 그 이야기에는 쥐꼬리만큼도 가치가 없었다. 두 분은 그 이야기가 괴롭고 가슴 아프다고 생각했지만 사실 전혀 슬픈 이야기가 아니라 우스꽝스러운 이야기였다. 적어도 나는 그랬고 지금 생각해도 그렇다. 그런 이야기라고 확신할 수 있는 것은 잔이 웃었기 때문이다. 아저씨 딴에 이야기가 더 슬퍼질수록 잔은 더 웃었다. 팔라댕도 잔이 없었더라면 자기도 웃었을 거라고 나중에 말했고 노엘 랑그송도 같은 말을 했다.

그 이야기는 락사르 아저씨가 두세 주 전에 동레미에서 장례식에 갈 때 겪은 일이었다. 아저씨는 얼굴과 손에 반점이 잔뜩 나 있었는데 잔이 치료용 기름을 발라드렸다. 잔이 발라드리면서 아저씨를 위로하고 안 됐다고 말하자, 아저씨는 어떻게 반점이 생기게 되었는지 이야기해 주었다. 처음에 아저씨는 잔이 집을 떠날 때 놓아두고 온 검은 황소 새끼를 기억하는지 물었다. 잔은 기억한다고 말한 다음, 자기가 아주 귀여워하고 사랑하던 송아지였는데 잘 있냐고 묻고 이런저런 질문을 아저씨한테 했다. 아저씨는 송아지는 잘 자라서 이제 젊은 황소가 되었고 기운이 아주 세다고 말했다. 그리고 장례식에서 중요한 역할을 했다고 덧붙였다. 그러자 잔이 "황소 가요?" 하고 묻자, 아저씨는 "아니, 내가." 하고 대답했다. 하지만 황소 역시 제 역할을 했는데, 초대받은 건 아니니 초대받아 그런 일을 한 건 아니라고 말하고는 이야기를 시작했다. 아저씨의 이야기는 이랬다.

아저씨는 일요일 성당에 열리는 장례식에 초대를 받았다. 그래서 장례식 옷을 입고 등 뒤로 흘러내릴 만큼 긴 검은 천을 모자에 둘렀다. 아저씨는 요정나무를 지나 길을 걷다가 시간 여유가 있어 풀밭에 누웠는데 그만 잠이 들어버렸다. 잠이 깨자 해가 높이 뜬 것을 보고 늦었다는 걸 알고는, 한시도 지체할 수 없어 폴짝 일어나 큰일 났다고 생각하던 참에, 그 젊은 황소가 풀을 뜯고 있는 걸 보았다. 황소를 타고 가면 시간을 줄일 수 있겠다는 생각에 황소 몸에 줄을 감아 손잡이로 삼고 황소 등에 올라타 마을 쪽으로 몰았다.

그러자 이런 일을 처음 당해본 황소는 싫은 나머지 소리를 내면서 앞발을 들기도 하며 깡충깡충 뛰어다녔다. 락사르 아저씨는 만족해하며 출발하고 싶었다. 황소가 하도 날뛰어서 옆에 있는 다른 황소를 타거나 다른 조용한 방법으로 갈까 생각도 해 봤지만, 그렇게 하기에는 너무 덥고 피곤했다. 그런데 황소는 성질을 참지 못하고 점점 더 분을 내며, 아주 무섭게 울부짖으면서 꼬리를 허공에 띄우며 내리막길을 박살 낼 것처럼 내달렸다.

그렇게 마을 입구에 다다랐을 때 황소는 벌통 하나를 박살 냈는데 벌들이 모두 쏟아져 나와 벌들과 함께 주말여행을 하게 되었다. 하늘을 날아 검은 구름이 된 벌들은 황소와 아저씨를 휘감아 보이지 않게 하고는 둘을 사정없이 쏘아댔다. 황소는 울고 아저씨는 비명을 질렀고, 황소는 비명을 지르고 아저씨는 울었다. 둘은 허리케인처럼 마을을 지나 장례식 행렬 한가운데로 돌진했다. 그러자 행렬 중앙에 있던 사람들은 혼비백산 도망갔고 다른 사람들도 비명을 지르며 사방으로 뿔뿔이 도망갔는데, 도망치는 사람들마다 벌떼를 데리고 갔다. 결국 장례식 행렬 중에 관속의 시신만이 덩그러니 남게 되었다. 황소는 계속 달리다 급기야 강물을 향해 팔짝 뛰어 물속으로 들어갔다.

마을 사람들이 락사르 아저씨를 물에서 끌어낼 때 아저씨는 익사 직전이었는데, 아저씨 얼굴은 건포도가 박힌 푸딩처럼 부풀어 올라 있었다. 이야기를 마친 단순한 이 늙은 아저씨는, 얼굴을 방석으로 가리고 죽을 듯이 웃고 있는 잔을 멍하니 오랫동안 바라보다가 말했다.

"잔이 왜 저렇게 웃는지 아나들?"

다르크 아저씨도 똑같이 멍하니 잔을 보다가 머리를 긁적였다. 그리고 이유를 알아내려는 걸 포기하고 왜 그런지 모르겠다고 말했다.

"우리가 안 볼 때 무슨 일이 있었나 봐."

두 아저씨는 이야기가 비극이라고 생각했다. 하지만 내 생각에는 아무 가치 없는 단지 우스운 이야기일 뿐이었다. 그때 내 생각은 그랬는데 지금도 그렇게 생각한다. 아저씨의 이야기는 역사책에 담긴 이야기와는 달랐으니, 역사를 기록하는 사람은 우리에게 교훈을 주는 진지하고 중요한 사실들만을 기록하지만, 그 이상하고 쓸모없는 사건은 우리에게 아무 교훈도 주지 않았다. 장례식에 갈 때는 황소를 타지 말라는 것이 교훈이라면 교훈이 겠지만 그런 건 생각 있는 사람에게는 불필요할 테니 말이다.

37. 용서해 주겠니

너희도 알다시피, 잔의 아버지와 락사르 아저씨, 이 귀하신 늙은 아기들은 왕의 명에 따라 귀족이 되어 있었다. 그러나 아저씨들은 그 사실을 인식하지 못했다. 아니, 그 사실을 인식할 수도 없었다. 그것은 추상적인 것이었고 환영과 같은 것이었다. 아저씨들에게 귀족이라는 것은 실체가 없는 것이었고 머리로 이해할 수 없는 것이었다. 아저씨들은 자신들이 귀족이라는 것에 관심조차 없었다. 온통 말과 함께 시간을 보낼 뿐이었다. 말은 만질 수 있고 눈에 보이는 것이라 동레미에 가면 큰 반향을 일으킬 것이다. 이내 이야기는 대관식으로 옮겨갔고 다르크 아저씨는 집에 돌아가 자기들이 대관식이 거행된 도시에 있었다는 걸 말하게 되면 대단할 거라고 말했다. 그러자 잔은 근심하는 것처럼 말했다.

"아, 생각나네요. 아버지는 여기에 계시면서 제게 한 마디도 말씀하지 않으셨어요. 정말 이 마을에 계시면서 말이에요! 아, 대관식에서 다른 귀족들과 함께 앉으시고 환영받으실 수 있었는데. 대관식을 직접 보시고 집에 가서 이야기를 하실 수 있었는데. 왜 저를 이용하지 않으셨어요. 왜 제게 한마디도 하지 않으셨어요?"

나이 든 아버지는 당혹스러워했다. 그러는 것이 쉽게 눈에 보였고 무어라 말해야 할지 모르는 것 같았다. 그러나 잔은 아버지의 얼굴을 올려다보며 두 손을 아버지 어깨에 얹고 대답을 기다렸다. 아버지는 대답을 해야 했다. 그래서 아버지는 잔을 가슴에 안았다. 가슴은 감정으로 들썩거렸다. 그리고 어렵사리 입을 열었다.

"애야, 여기에 얼굴을 파묻고 있어라. 네 얼굴을 보지 않아야 늙은 아비가 부끄러움을 무릅쓰고 속내를 털어놓을 수 있겠다. 나는 …. 나는 …. 모르겠니? 눈치 못 채겠어? 이런 어마어마한 일들로 어린 네가 자만하지 않을 거란 걸 확신할 수 없었다. 그건 자연스러운 일이지. 나는 그 높은 사람들 앞에서 네가 창피하게 하고 싶지 않았다."

"아빠!"

"또 내가 화를 내서 죄를 지으며 말했던 잔인한 말이 기억나서 두려웠다. 오, 하느님께서 지명하셔서 군인이 되고 이 땅에서 가장 위대한 군인이 될 너한테! 알지도 모르고 화를 내면서, 네가 남자처럼 굴어 네 이름과 가족 이름에 먹칠을 하면 내 손으로 널 물에 빠트려 죽게 하겠다고 말했지. 아, 내가 그런 말을 하다니. 너는 참 착하고 다정하고 아무 잘못이 없었는데! 두려웠다. 내가 지은 죄가 있어서. 애야, 이제는 이해하겠지. 그리고 용서해 주겠니?"

너희는 보았느냐? 머릿속에 살덩이밖에 든 것이 없는, 앞이 보이지 않아 더듬거리며 걸어가는 늙은 참게 같은 이 사람도 자존심이 있었던 것이다. 놀랍지 않니? 더욱이 양심까지 있다. 이 장면에서 볼 수 있듯 옳고 그름을 분별할 수 있는 감각을 지닌 것이다. 또 잘못한 일에 대해 후회를 할 수도 있었다. 언젠가는 농부들도 사람이라는 것을 발견할 날이 올 거라 나는 믿는다. 그래, 아주 많은 면에서 우리와 다를 바 없는 사람이라는 것을. 또한 언젠가 농부들 스스로 이 사실을 발견하게 될 거라고 나는 믿는다. 자, 그때가 되면 농부들은 들고일어나 인류의 한 구성원으로 여겨 달라고 요구하며 위험을 무릅쓰게 될 거라고 난 생각한다.

책이나 왕의 포고문에 '국가'라는 말을 보면 우리는 오직 상류층만을 생각하게 된다. 상류층이 아닌 '국가'를 우리는 알지 못한다. 우리와 왕에게 다른 '국가'는 존재하지 않는다. 그러나 내가 마땅히 행동해야 하고 느껴야 하는 것처럼 농부인 다르크 아저씨가 그렇게 똑같이 행동하고 느끼는 것을 본 그날 이후부터 내 가슴속에는 언제나 이런 확신이 자리 잡게 되었다. 곧 농부들은 '국가'를 위해 먹을 것을 생산하고 '국가'를 편안하게 하려고 선하신 하느님께서 이곳에 놓으신 멍에 맨 짐승이 아니라는 것을, 또 짐승보다 더 훌륭하고 중요한 존재라는 것을 말이다. 너희는 그렇게 믿지 않을 것이다. 너희들도, 모든 사람들도 그렇게 교육을 받았기 때문이다. 그러나 나로 말할 것 같으면 이 사건이 내게 더 밝은 빛을 준 것에 감사하고 있다. 나는 이 일을 절대로 잊지 못할 것이다.

가만있자. 내가 어디까지 이야기했더라? 늙으면 정신이 이곳저곳을 헤매기 마련인가 보다. 잔이 아버지를 위로했다고 말했던 것 같다. 분명히 잔은 그렇게 했다. 잔이 그렇게 했다고 말할 필요도 없다. 잔은 아버지를 달래고 어루만지고 보듬으며, 아버지가 했던 예전의 그 가혹한 말을 묻어두게 했다. 덕분에 잔이 죽을 때까지 다르크 아저씨는 그 말을 묻어두게 되었지만 잔이 죽었을 때는 다시 그것을 기억했다. 그래, 그렇다! 주님, 그런 일들이 얼마나 우리를 쏘아대고 불태우며 물어뜯는지! 우리가 죄 없이 죽은 사람에게 한 그 일들이! 우리는 괴로워하며 말한다. "그들이 다시 살아온다면!" 당연히 해야 할 말이지만 아무런 소용이 없다. 내 생각에 가장 좋은 방법은 처음부터 아예 그런 일을 하지 않는 것이다.

  나만 이렇게 생각하는 것은 아니다. 두 기사 역시 같은 말을 하는 걸 들은 적이 있다. 그리고 오를레앙에서 한 남자가, 아니 보장시였던 것 같다. 오를레앙이나 보장시 중에 한 곳일 텐데 오를레앙보다 보장시에서 일어난 일인 것 같다. 아무튼 한 남자가 정확히 같은 말을 했다. 거의 같은 단어를 사용해서 말이다. 눈에 어둠이 있고 피부도 어두운 남자였는데 다리 한쪽이 다른 쪽보다 짧았다. 남자의 이름은 …. 이름은 …. 하도 남자의 이름이 어려워서 기억이 나지 않는다. 조금 전까지 기억을 하고 첫 글자가 어떤 것인지 알았는데 말이다. 그래, 첫 글자가 기억나지 않는다. 하지만 신경 쓰지 말고 계속 이야기하겠다. 금방 이름이 생각날 텐데, 그러면 이름을 말해 주겠다.

  아무튼 이내 늙은 아버지는 잔에게 전투가 한창일 때 어땠는지 이야기를 들려 달라고 했고 잔은 이야기를 했다. 자기 사방에서 빛이 번쩍이는 칼들이 사람을 베고, 적들이 자기 방패를 쾅쾅 치고 두들기는 일. 쪼개진 섬뜩한 얼굴에서 잔을 향해 피가 뿜어져 나온 일. 잔의 팔꿈치에 맞아 옆에 있던 사람의 이가 부러진 일. 적들이 마구 돌진해 아군 맨 앞 열이 무너져서 양옆으로 갈라질 때 갑자기 적군의 뒤쪽에서 기병들이 엄청난 말무리를 이끌고 밀려오던 일. 말에 탄 병사들이 비명을 지르며 안장에서 굴러떨어진 일. 죽은 이들의 손에서 떨어진 깃발들이 얼굴을 가려 잠시 아수라장을 보이지 않게 하던 일. 잔이 말 위에서 휘청거리며 안간힘을 쓰는 중에 말발굽이 물렁한 어떤 것을 밟자 고통스러운 비명이 들려오던 일. 공포! 돌격! 떼 지어 우글우글! 도망! 뒤따르는 죽음과 지옥!

늙은 아저씨는 아주 흥분해서 이리저리 거니시다가 물레방아처럼 혀를 쉬지 않고 돌리면서 대답을 기다리지 않고 연달아 질문을 해댔다. 그러다가 결국에는 방 한가운데에 잔을 세우고는 물러서서 잔의 유심히 살펴보며 말했다.

"아니, 이해가 안 가. 너는 너무 작아. 너무 작고 가늘어. 지금 갑옷을 입고 있다면 좀 이해할 수 있을지도 모르지만. 이렇게 고운 비단과 벨벳을 입은 너는 얌전한 견습 기사일 뿐, 구름과 어둠 속을 거닐며 연기와 천둥을 내뿜는, 한걸음에 4킬로미터를 내딛는 전쟁 거인이 아니야. 하느님께서 그런 네 모습을 보게 해 주셔서 네 엄마에게 이야기해 줄 수 있으면 좋겠다! 그러면 네 엄마는 잠을 편히 잘 텐데. 가엾은 사람! 여기서 싸우는 기술을 가르쳐 줘 봐라. 엄마한테 설명할 수 있게."

잔은 그렇게 했다. 잔은 아버지에게 창을 한 자루 드리고는 사용법을 가르쳐 드리고 기본 공격도 가르쳐 드렸다. 전진하는 아저씨의 걸음걸이는 믿을 수 없게 어색하고 절도가 없었는데 창

연습도 마찬가지였다. 그러나 아저씨 자신은 모르고 있었고 어이없게도 자신의 모습에 만족해했다. 그리고 쩌렁쩌렁한 구령 소리에 매료되어 아주 흥분을 했다. 병사의 조건이 행진할 때 자부심을 갖고 행복해 보이는 표정을 짓는 거라면 아저씨는 완벽한 병사라고 말하지 않을 수 없었다.

아저씨는 검술도 배우고 싶어 했는데 그 역시 잔이 가르쳐 드렸다. 하지만 검을 다루는 건 아저씨가 할 수 있는 일이 아니었다. 아저씨는 나이가 너무 많았다. 잔이 검을 다루는 광경은 아름다웠지만 늙은 아저씨는 엉망진창이었다. 아저씨는 검 자체를 무서워해서, 마치 날아온 박쥐를 보고 제정신이 아닌 여자처럼 폴짝폴짝 뛰고 밀치며 도망갔다. 도저히 눈뜨고 볼 수가 없었다.

여기에 라 이르가 왔다면 광경은 달라졌을 것이다. 잔과 라 이르는 가끔 펜싱 칼로 대련을 했는데 둘의 대련 모습을 여러 번 본 적이 있다. 잔이 더 잘했지만 라 이르 역시 대단한 검객이라 둘의 대련은 항상 흥미진진했다. 잔은 얼마나 몸이 재빠른지! 잔은 두 다리의 복사뼈를 착 붙이고 꼿꼿이 서서, 한 손에는 칼자루를 쥐고 다른 손으로는 가죽으로 감싼 칼끝을 쥐고 머리 위에서 칼을 아치 형태로 만들었다.

그러면 반대편에 있는 나이 든 장군은 왼손을 등에 얹고 오른손에 쥔 검을 앞으로 내밀고는 상체를 앞으로 기울인 채, 조금씩 상하좌우로 움직이면서 두 눈은 잔을 향해 똑바로 쏘아보았다. 잔이 휙 하고 갑자기 앞으로 나왔다가 다시 물러선 후, 다시 원래 자세대로 칼로 머리 위에 아치를 그리며 서 있는다. 순식간에 라 이르가 맞았지만 보는 사람에게는 빛의 가는 줄기 같은 것이 허공에 비쳤다 사라졌을 뿐, 아무것도 또렷하고 확실하게 볼 수 없었다.

우리는 술을 계속 날라오게 했는데 시장과 여관 주인이 좋아할 일이었다. 늙은 락사르 아저씨와 다르크 아저씨는 취기가 올라 기분이 좋아졌지만 곤드레만드레 할 정도는 아니었다. 아저씨들은 집에 가져가려고 이곳에서 산 선물들을 꺼냈다. 대단하지 않은 값싼 것들이었지만 집에 가져가면 가족들이 좋아할 선물이었다. 또 아저씨들은 프롱트 신부님과 잔의 어머니가 잔에게 주라고 부탁했던 선물을 꺼냈다. 납으로 만든 작은 성모 마리아 상과 세 뼘쯤 되는 파란 비단 리본이었다.

잔은 아이처럼 좋아했고 감동하기까지 했는데 감동한 것이 눈에 보였다. 대단치 않은 선물들이지만 비싸고 놀라운 물건인 양 잔은 몇 번이고 입을 맞추었다. 성모 마리아 상은 웃옷에 핀으로 꽂았다. 리본은 투구를 가져오게 해서 투구에다 달았는데, 이렇게 달아 보고 저렇게 달아 보며 여러 번 새로운 방식으로 달아 보았다. 그리고 그때마다 투구를 손에다가 씌우고는 이리 들고 저리 들고 하면서 고개를 갸웃거리며 리본으로 장식한 투구를 요리조리 뜯어보는 것이, 마치 새가 새로 잡은 벌레를 들고 요리조리 살펴보는 것 같았다. 잔은 다시 전쟁에 나가고 싶은 기분이 들기까지 한다고 말했다. 어머니가 손길로 축복한 물건을 달고 있으면 더 용감하게 싸울 수 있을 것 같다고 했다.

늙은 락사르 아저씨는 잔이 다시 전쟁에 나가게 되길 바라지만 모두 잔을 보고 싶어 안달하니 먼저 집에 돌아가는 게 좋겠다고 말했다. 그리고 계속 말을 이어 나갔다.

"애야, 모두 너를 자랑스러워한단다. 자기 마을 출신 인물을 자랑스러워하는 일이 예전에도 있었겠지만 그와는 비교할 수 없을 정도로 말이다. 그리고 그건 당연하고 사리에 맞는 일이지. 우리 마을에서는 너처럼 자랑스러운 사람이 나온 적이 처음이기도 하니까. 놀랍고도 아름다운 일은 마을 사람들이 사람이든 동물이든 살아있는 거라면 다 네 이름을 붙여주고 있다는 거야. 네가 우리를 떠난 지 반년밖에 되지 않았는데 마을에는 네 이름을 따라 지은 아기들이 얼마나 많은지 놀라울 따름이다. 처음에는 그냥 잔이라고 이름 짓더니, 나중에는 '잔 오를레앙'이라고도 하고, 또 '잔 오를레앙 보장시 파테'라고도 이름 짓지 뭐니. 다음번에는 네 이름에 더 많은 마을 이름을 갖다 붙일걸. 물론 또 대관식도 갖다 붙이고 말이야.

그래, 동물도 마찬가지다. 마을 사람들은 네가 동물을 얼마나 사랑했는지 안다. 그래서 너를 기리려고, 또 마을 사람들이 너를 얼마나 사랑하는지 보여 주려고 동물 이름도 네 이름을 따라 짓는단다. 누군가 밖으로 나가서 '잔 다르크야, 이리 온!' 하고 부르면 고양이들과 다른 동물들이 모두 자기를 부르는지 알고 모여들지. 먹이를 받아먹을 수도 있으니까 하나같이 몰려든단다.

네가 두고 간 새끼 고양이 있잖니. 마지막으로 집에 데려온 그 길 잃은 고양이 새끼 말이다. 그 고양이 이름도 네 이름이고 페레 신부님이 키우고 있지. 그 고양이는 마을 사람 모두의 반려동물이 되고 자랑이 됐지. 멀리서도 사람들이 그 고양이를 보려고 찾아와서 쓰다듬고 바라보면서 잔 다르크의 고양이라고 놀라워한단다. 마을 사람 누굴 만나도 알 거다. 하루는 어떤 낯선 남자가

네 고양이인 줄 모르고 고양이한테 돌을 던졌다가 마을 전체가 들고일어나서 교수형에 처하려고 한 적이 있지! 하지만 프롱트 신부님이 ….”

그때 이야기가 중단되었다. 왕이 잔에게 보내는 편지를 전령이 가지고 왔기 때문이다. 나는 잔에게 편지를 읽어 주었다. 왕이 심사숙고를 하고 다른 장군들과 상의한 결과, 잔이 사임을 철회하고 군대의 총사령관으로 남아주길 부탁하지 않을 수 없다는 내용이었다. 또한 지금 곧바로 와서 전쟁 회의에 참여해 줄 수 있겠는지 물었다. 바로 그 순간에 조금 떨어진 곳에서 군의 명령 소리와 북이 울리는 소리가 고요한 밤을 깨우고 들려왔다. 잔의 호위대가 다가오고 있다는 걸 우리는 알았다. 깊게 실망한 표정이 잔의 얼굴을 잠시 뒤덮었지만 잠시뿐이었다. 실망한 표정은 사라졌고 그 표정과 함께 향수에 잠긴 소녀도 사라졌다. 소녀는 다시 임무를 완수할 준비가 된 총사령관 잔 다르크로 돌아와 있었다.

38. 작전 회의

나는 잔의 견습 기사이자 비서였기에 잔을 따라 회의에 들어갔다. 잔은 슬픔에 잠긴 여신의 모습으로 들어갔다. 방금 전까지 리본에 빠져 있던 소녀가, 또 벌에 쏘인 황소를 타고 장례 행렬을 습격한 어리석은 농부의 고난을 듣고 웃다가 숨이 넘어갈 뻔했던 소녀가 어찌 이렇게 변한단 말인가? 짐작할 수 없는 노릇이다. 소녀의 모습은 사라지고 아무 흔적도 남지 않았다.

잔은 곧장 회의 탁자로 걸어가 그 앞에 섰다. 그리고 거기 모인 사람의 얼굴을 하나하나 쳐다보았다. 잔의 눈길이 닿자 횃불처럼 환하게 얼굴이 타오르는 사람이 있는가 하면, 낙인이 찍힌 것처럼 불에 그슬린 얼굴도 있었다. 잔은 어디를 공략해야 할지 알고 있었다. 잔은 장군들에게 고개를 끄덕이고 "여러분에게 할 말은 없습니다. 전쟁 회의를 바란 것은 여러분이 아니니까요."라고 말하고는 왕의 대신들 쪽으로 시선을 돌려 말을 이었다.

"그래요. 여러분들에게 할 말이 있습니다. 전쟁 회의라니! 놀라운 일입니다. 우리가 할 일은 하나밖에 없습니다. 오직 하나뿐입니다. 아, 그런데 여러분이 전쟁 회의를 소집하다니요! 전쟁 회의는 두 가지 길, 여러 가지 길이 있을 때만 가치 있는 일입니다. 한 가지 길밖에 없는데 전쟁 회의라고요? 가족이 물에 빠졌는데 배에 탄 사람이 친구들한테 가서 어찌하면 좋을지 묻는다고요? 전쟁 회의, 맙소사! 무얼 결정한다는 거죠?"

잔은 말을 멈추고 시선을 돌리다가 라 트레무아유에게 멈추었다. 잔은 아무 말 없이 라 트레무아유를 재어 보면서 서 있었다. 그러자 모인 사람들의 얼굴에는 흥분이 점점 고조되면서 맥박과 고동이 점점 더 빨라졌다. 잔은 신중한 어조로 입을 열었다.

"제정신을 가진 사람이라면 폐하를 향한 충성이 허세나 겉치레가 아닌 한 알 겁니다. 우리 앞에 있는 사리에 맞는 길은 단 하나, 파리로 행군하는 것밖에 없다는 걸 말이죠!"

라 이르는 옳거니 하며 주먹으로 탁자를 내리쳤다. 라 트레무아유는 분노로 얼굴이 하얘졌지만 애써 자제하고 평정을 유지하려고 했다. 왕은 나태한 피가 끓어올라 눈에 불꽃이 일었다. 대담하고 솔직한 말을 들으면 언제나 몸속 어딘가에 있는 전쟁 정신이 깨어나 흥분해 몸을 떨곤 했던 것이다. 잔은 대시종관이 반론을 펴는지 지켜보았다. 그러나 대시종관은 노련하고 슬기로웠다. 분위기가 자기에게 불리하면 힘을 낭비하는 사람이 아니었다. 대시종관은 기다렸다. 조금 있으면 왕과 은밀히 함께 있으면서 왕의 귀를 자기 마음대로 요리할 수 있었다.

경건한 체하는 여우 프랑스 재상이 대화에 끼어들었다. 부드럽게 두 손을 비비고는 미소를 지으며 설득하려는 표정으로 잔에게 말했다.

"총사령관님, 부르고뉴 공작의 대답도 기다리지 않고 여기서 그냥 출발하는 건 예의가 아니지 않습니까? 우리가 공작과 협상을 하고 있다는 걸 모르실 수 있겠지만 2주 동안 휴전이 성사될 가능성이 높습니다. 공작이 파리를 우리 손에 그냥 넘겨주겠다고 할 수도 있고요. 그렇게 되면 파리로 진군하는 노고나 희생도 없겠지요."

잔은 재상을 보며 진지하게 대답했다.

"재상님, 이곳은 고해실이 아닙니다. 여기서 그런 부끄러운 일을 드러내실 필요는 없습니다."

그러자 재상은 얼굴이 붉어지며 쏘아붙였다.

"부끄러운 일? 대체 부끄러운 게 뭐가 있다는 거요?"

잔은 아무 감정 없는 침착한 목소리로 대답했다.

"어떻게 표현해야 할지 고민하지 않아도 말할 수 있죠. 저는 이 수준 낮은 코미디를 이미 알고 있었습니다, 재상님. 제가 모르도록 하셨겠지만 말이죠. 숨기려고 애쓴 연출자들 덕분에 알게 되었지만 말입니다. 이 코미디의 각본과 동기는 두 단어로 표현할 수 있습니다."

재상은 비꼬는 듯이 말했다.

"정말입니까? 총사령관님께서 너그러우시니 직접 말씀해 주시겠어요?"

"비겁함과 반역입니다!"

장군들은 일제히 주먹으로 탁자를 내리쳤다. 왕의 눈도 다시 기쁨으로 빛났다. 재상은 벌떡 일어나 왕에게 호소했다.

"전하, 저를 이렇게 모욕하는데 가만히 계시겠습니까?"

그러나 왕은 자리에 앉으라고 손짓하고 말했다.

"진정하시오. 그 일을 하기 전에 총사령관과 의논해야 했소. 정치뿐 아니라 전쟁에 대한 일이기도 하니까. 지금이라도 얘기해 주시오. 그러는 게 마땅하오."

재상은 앉아서 분노로 몸을 떨며 잔에게 말했다.

"총사령관께서 아주 노골적인 말로 정죄한 사람이 누구인지, 이 계획을 고안한 사람이 누구인지 모르시기 때문에 그렇게 말했다고 너그럽게 생각하겠소."

"너그러움은 다른 일에 사용하십시오, 재상님."

잔은 전과 같이 침착하게 말했다.

"프랑스의 명예를 실추시키는 불이익을 주는 일이 생길 때, 그 일을 공모한 책임자 두 명이 누구인지는 시체들만 모를 뿐 살아 있는 사람이라면 다 알고 있습니다."

"전하, 전하! 이렇게 에둘러 …."

"에둘러 말하는 게 아닙니다, 재상님."

잔은 차분하게 말했다.
"고발하는 것입니다. 전하의 두 대신인 대시종관님과 재상님을 고발하는 것입니다."
대시종관과 재상은 자리에서 일어났다. 그리고 잔의 노골적인 행동을 자제시켜 달라고 왕께 요청했다. 그러나 왕은 말이 없었다. 왕이 대신들과 하던 어전회의가 썩은 물이라면 이제 왕이 마시는 것은 포도주였고 그 맛이 좋았다. 왕이 말했다.
"앉으시오. 고정들 하시오. 한쪽에 기회를 주면 다른 쪽에도 똑같이 기회를 주는 게 공평한 것 아니겠소. 생각해 보고 정정당당해지시오. 두 분이 총사령관을 좋게 얘기한 적 있소? 얼마나 심하게 고발하고 가혹하게 말했소?"
그러더니 눈빛을 감추며 덧붙였다.
"총사령관의 말이 무례한 거라면 두 분의 말도 다른 게 없지 않소. 총사령관은 두 분 면전에서 말하지만 두 분은 뒤에서 말하는 것이 다르지만 말이오."
왕은 잔의 산뜻한 이 공격 한 발로 두 대신이 위축된 것을 보고 기뻐했다. 라 이르는 박장대소를 했고 다른 장군들은 웃음소리를 억누르느라 몸을 떨며 웃었다. 잔은 다시 차분한 목소리로 말을 이었다.
"처음부터 우리는 미적거리는 이런 전략 때문에 곤란을 겪었습니다. 의논할 필요 없고 오직 싸워야 할 시간에 의논하고 의논하고 또 의논하는 이런 모습 때문에 말입니다. 우리는 5월 8일에 오를레앙을 구했습니다. 3일이면 주변 지역을 다 점령할 수 있었고 파테 주민들이 학살당하는 것도 막을 수 있었습니다. 또 랭스에는 6주 전에 갈 수 있었고, 그랬다면 지금 파리에 있겠죠. 그랬다면 반년 안에 프랑스에서 잉글랜드군을 완전히 내몰 수 있었을 것입니다. 그런데 오를레앙을 구출한 후 우리는 이어서 아무런 공격도 하지 않고 시골로 물러났습니다. 도대체 무엇을 위해 그랬던 거죠? 회의를 하기 위해 그랬죠. 그러는 바람에 베드포드가 탤벗에게 지원군을 보낼 시간을 마련해 주었고 베드포드는 실제로 그렇게 했죠. 덕분에 우리는 파테에서 전투를 해야 했습니다. 파테 전투 후에는 더 많이 회의를 해야 해서 소중한 시간을 더 많이 허비했습니다. 전하, 이제는 마음을 다잡으시길 간청합니다!"

잔은 열을 내며 계속 말했다.

"다시 한번 우리에게는 기회가 있습니다. 일어나서 쳐부순다면 모든 게 잘 될 것입니다. 제가 파리로 진군할 수 있도록 허락해 주십시오. 20일이 지나면 전하께서는 파리를 차지하실 것이고 6개월 후에는 프랑스 전체를 차지하실 것입니다! 우리는 이제 반년만 일하면 됩니다. 하지만 이번 기회를 잃어버린다면, 그렇게 하는 데에는 20년이 걸릴 것입니다. 온화하신 전하, 어명을 내려 주십시오. 오직 이 하나만 …."

이때 왕의 얼굴에 떠오르는 열정을 보고 위험을 느낀 재상이 끼어들었다.

"엎드려 비옵니다! 파리로 진군한다고요? 총사령관께서는 파리로 가는 길에 잉글랜드 요새가 수두룩하다는 걸 잊으셨나요?"

"재상님의 편인 잉글랜드 요새겠죠!" 하고 잔은 응수한 후 경멸하는 투로 손가락을 두드리고 말을 이었다.

"지난 며칠 동안 우리가 어디에서 진군을 시작했죠? 지앙에서 출발했죠. 그럼 어디로 갔습니까? 랭스로 갔죠. 그 사이에 뭐가 있었죠? 잉글랜드 요새들이 있었죠. 그런데 지금은 다 어떻게 됐습니까? 프랑스 요새가 되었죠. 공격 한번 하지 않고요!"

그 순간 장군들 사이에서 박수가 터져 나왔다. 박수 소리가 잦아들 때까지 잔은 잠시 말을 멈추어야 했다.

"그렇습니다. 잉글랜드 요새가 우리 앞에 즐비하게 있습니다. 하지만 우리 뒤로는 프랑스 요새들이 수두룩하죠. 이게 무슨 뜻인가요? 어린아이도 알 수 있습니다. 여기와 파리 사이에 있는 요새들을 지키는 잉글랜드군은 전혀 다른 새로운 병사들이 아닙니다. 다른 곳에 있던 병사들과 똑같습니다. 똑같이 우리를 두려워하고 있고, 똑같이 자신 없어 하고, 똑같이 약하고, 똑같이 하느님의 무서운 손이 자기들 위로 내려오는 것을 보게 될 사람들이죠. 우리는 반드시 진군해야 합니다! 그러면 순식간에 우리 차지가 될 것입니다. 파리도 우리 것이 되고 프랑스도 우리 것이 될 것입니다! 어명을 내려 주십시오. 전하, 전하의 이 종이 …."

"멈추시오!"

재상이 소리치고 말했다.

"높으신 부르고뉴 공작님을 이렇게 모욕하는 건 미친 짓이오. 우리가 정말 공작님과 맺길 바라는 조약으로 …"

"아, 공작과 맺길 바라는 조약! 몇 년간 부르고뉴 공작은 재상님을 경멸해 왔고 저항해 왔습니다. 재상님이 잘 설득해서 공작이 자세를 누그러뜨리고 우리 제안을 받아들이게 구슬릴 수 있겠습니까? 그렇게 하지 못할 것입니다. 오직 공격만이 그렇게 할 수 있습니다! 공작에게 주먹을 날려야 합니다! 그 끈질긴 반역자가 받아들일 수 있는 가르침은 오직 주먹밖에 없습니다. 공작이 우리의 입김을 신경 쓸까요? 공작과 맺길 바라는 조약? 아, 이런! 공작이 파리를 내준다니! 공작이 파리를 내준다면 이 나라의 어떤 거지도 그렇게 할 수 있을 겁니다. 공작이 파리를 내준다! 아, 이 말을 들으면 거인 베드포드가 웃겠네요!

아, 구차한 핑계! 15일간 휴전을 한다는 이런 얄팍한 협상의 목적이 단지 우리를 공격할 군대를 베드포드가 이끌고 올 시간을 벌어준다는 데 있다는 것은 앞을 못 보는 사람도 볼 수 있습니다. 더 큰 배신일 뿐이에요. 언제나 배신일 뿐이죠! 우리는 의논할 일이 아무것도 없지만 회의를 소집합니다. 하지만 베드포드는 회의를 열어 우리가 어떤 행동을 할지 의논하지 않아요. 우리가 할 일은 하나밖에 없으니까요. 베드포드는 잘 알고 있어요. 만일 자기가 우리라면 어떻게 할지를. 베드포드라면 반역자들의 목을 매달고 파리로 진군할 겁니다!

오, 자비하신 전하, 일어나십시오! 길이 열려 있습니다. 파리가 부르고 있습니다. 프랑스가 애원하고 있습니다. 말씀해 주십시오. 그러면 우리가 ….”

"전하, 이건 미친 짓입니다. 완전히 미친 짓입니다! 총사령관, 그럴 수 없습니다. 이미 진행 중인 일을 되돌릴 수는 없습니다. 우리가 부르고뉴 공작에게 협상을 제안했으니 반드시 협상을 해야 합니다."

"협상을 해야 한다면 협상을 할 겁니다!"

잔이 말했다.

"네? 어떻게요?"

"창끝으로!"

한 사람도 남김없이 모두 일어났다. 모두 프랑스인의 정신을 가진 이들이었다. 모두 일어나 박수를 쳤고 박수 소리는 그치지 않았다. 박수 소리 속에서 라 이르의 외침이 들려왔다.

"창끝으로! 하느님, 맙소사. 음악처럼 아름다운 말이야!"

왕도 일어나 검을 빼서 날을 잡고 걸어가 검의 손잡이를 잔에게 내밀며 말했다.

"여기, 나도 항복한다. 이 검을 파리로 가져가라."

그러자 다시 한번 박수 소리가 크게 터져 나왔다. 그 많은 전설을 탄생시킨 이 역사적인 전쟁 회의는 이렇게 해서 끝이 났다.

39. 연이은 승리

자정이 지난 때이고 흥분과 피로가 심한 날이었지만 해야 할 일이 있는 잔에게 그런 건 중요하지 않았다. 잔은 침대에 가서 누울 생각을 하지 않았다. 장군들은 잔을 따라서 작전 본부로 왔고 잔은 급히 장군들에게 명령을 내렸다. 장군들은 듣자마자 자기가 받은 명령을 수행하러 자리를 떴다. 고요한 거리마다 전령들을 태운 말들의 말발굽 소리가 시끄럽게 달그락달그락 울려 퍼졌고 곧이어 먼 곳에서 준비를 알리는 나팔소리와 북소리가 울렸다. 선발대는 새벽에 막사를 떠나야 했다.

장군들은 금세 돌아갔지만 나는 여전히 잔과 함께 있었다. 이제는 내가 일해야 할 차례였다. 잔은 방안을 왔다 갔다 하면서 부르고뉴 공작에게 보낼 편지를 불러 주었다. 무기를 버리고 항복하고 프랑스 왕과 화친을 맺으라는 내용이었다. 만일 싸워야 한다면 가서 사라센인들*과 싸우라고 말했다.

충성스러운 기독교인이라면 마땅히 그래야 하는 것처럼
진심으로 서로 모든 것을 용서하십시오.
만약 싸우고 싶다면 가서 사라센인들과 싸우십시오.
Pardonnez vous l'un à l'autre de bon coeur, entièrement,
ainsi que doivent faire loyaux chrétien,
et, s'il vous plaît de guerroyer, allez contre les Sarrasins.

문장은 길지만 박력 있는 좋은 문장이었다. 단순하고 직설적이며 유려한 것이 내 생각에는 잔이 이제껏 말한 공문서 문장 중에서 가장 훌륭한 것이었다. 편지는 전령의 손에 주었고 전령은 편지를 갖고 말을 달려 떠났다.

  잔은 이제 됐다며 숙소에 가서 쉬라고 했다. 그리고 숙소에 잔이 두고 온 선물 꾸러미를 아침에 잔의 아버지에게 갖다 달라고 부탁했다. 그 꾸러미에는 동레미에 있는 가족과 친척들, 친구들에게 주려고 잔이 산 선물이 들어 있었고, 집에 돌아가면 자기가 입으려고 산 수수한 드레스도 있었다. 잔은 아버지와 큰아버지가 이곳에 머물면서 시내 구경을 하지 않고 그냥 집으로 돌아간다

---

* 사라센인은 중세 유럽인들이 이슬람 국가의 사람을 가리키던 말이었다.

고 하면, 아침에 자기가 직접 인사를 드리겠다고 말했다.

나는 물론 아무 말도 하지 않았다. 길들여지지 않은 말 때문에 두 아저씨가 이 마을에는 반나절도 계시려 하지 않을 거라고 말할 수 있었지만 말이다. 두 아저씨가 '세금이 영원히 면제되었다!'는 대단한 소식을 동레미에 처음 전하는 영광을 버리실까? 동레미 사람들이 종을 울리면서 기뻐 날뛰며 법석대는 소리를 듣지 않으려 하실까? 그러지 않으실 것이다. 파테 전투와 오를레앙 전투와 대관식은 두 아저씨가 어렴풋이 큰일이라 여기는 일이었고 단지 거대한 안개, 거대하지만 얇은 막, 거대한 추상일 뿐이었다. 하지만 세금이 영원히 면제되었다는 것은 어마어마한 현실이었다!

내가 도착했을 때 두 아저씨가 자고 있었다고 너희는 생각하니? 완전히 그 반대였다. 두 아저씨와 다른 사람들은 정신이 아주 말짱했다. 팔라댕은 예의 그 엄청난 허풍으로 전쟁 이야기를 하고 있었고, 늙은 두 아저씨는 박수를 치고 있었는데, 박수 소리가 어찌나 시끄러운지 건물이 무너지지는 않을까 걱정이 될 정도였다. 팔라댕은 파테 전투 이야기를 하던 중이었다. 큰 몸을 앞으로 숙이고 마룻바닥에서 자신의 큰 검을 들고는 여기서 한번 휘젓고 저기서 한번 휘저으며 이런저런 자세를 선보이고 있었다. 두 농부 아저씨는 두 다리를 앞으로 쫙 펴고 몸을 앞으로 기울여 두 손을 무릎에 얹고서 흥분한 눈으로 줄곧 놀라고 경탄하며 탄성을 지르고 있었다.

"그래요. 여기서 우리는 기다리고 있었죠. 명령이 떨어지기만을 기다리고 있었습니다. 말들은 가만있지 못하고 코를 힝힝 거리며 어서 달려 나가려고 춤을 추듯 움직였고, 우리는 말굴레를 잡고 몸을 뒤로 젖힌 채 말을 타고 있었죠. 마침내 명령이 떨어졌습니다. '돌격!' 그러자 우리는 달려 나가기 시작했습니다! 단순히 달려 나갔을까요? 저는 그런 모습을 전혀 본 적이 없었습니다! 도망가는 잉글랜드 부대 옆을 우리가 휩쓸며 지나갔는데, 우리가 지나가면서 일으키는 바람만으로 잉글랜드 병사들은 줄줄이 쓰러져 땅에 쌓였습니다!

그다음에 우리가 패스톨프 부대의 우왕좌왕하는 오합지졸 속으로 뛰어 들어가서, 허리케인처럼 헤치고 나아가자, 우리 뒤로 죽은 잉글랜드 병사들이 둑을 이루게 되었습니다. 멈추지 않고 고삐 풀지 않고 달리고 달렸습니다! 계속 앞으로 나아갔죠! 그랬더니 저 앞에 우리의 먹이, 곧 탤벗과 그 부대가 눈에 들어왔는데, 바다 위에 드리운 폭풍의 먹구름처럼 시커멓게 쫙 깔려 있었습니다! 우리는 탤벗의 부대를 향해 전속력으로 내리 달렸습니다. 우리가 지나가면서 생기는 돌풍에 낙엽이 공중으로 솟아올라 짙은 먹구름을 만들며 어둠을 만들었습니다. 곧 우리는 궤도를 이탈한 별자리들이 은하수와 충돌할 때 한 세계가 다른 세계를 치고 들어가듯 탤벗의 부대와 부딪혀야 했습니다.

그런데 불행하게도, 하느님의 이해할 수 없는 섭리로 적들이 나를 알아보았습니다! 탤벗은 얼굴이 하얗게 질려 소리쳤습니다. '도망가라. 잔 다르크의 기수다!' 그러더니 두 발에 달린 박차가 말 내장이 담긴 뱃속 한가운데서 만날 정도로 정신없이 박차를 가하며 도망가기 시작했습니다. 잉글랜드 병사들이 탤벗의 뒤를 따라 도망가기 시작했는데 그 수가 헤아릴 수 없이 늘어났습니다! 난 변장하지 않은 걸 후회하며 자신을 저주했습니다. 잔 다르크 총사령관님이 원망하는 눈으로 나를 보시는데 나는 정말 부끄러웠습니다. 되돌릴 수 없는 재앙을 내가 일으킨 거죠.

다른 사람이라면 해결할 방법을 알지 못하고 한쪽에 서서 후회하고만 있었겠죠. 하지만 내가 그런 사람이 아닌 것을 하느님께 감사드립니다. 크나큰 위기는 나팔소리가 되어 잠자는 내 지성을 깨우기만 할 뿐이었죠. 나는 즉시 이게 기회임을 보았습니다. 그리고 곧바로 달렸습니다! 숲속으로 저는 사라졌습니다. 휙! 꺼지는 불처럼! 장막이 드리워 아무도 볼 수 없는 숲속에서 저는 날개 달린 사람처럼 엄청난 속도로 달렸습니다. 내가 어떻게 되었는지 아무도 몰랐고 내 계획이 무엇인지 아무도 눈치챌 수 없었습니다. 몇 분이 흘렀지만 나는 계속 달리고 달렸습니다. 그러다 마침내 깃발을 흔들면서 크게 기뻐하며 갑자기 탤벗 앞에 와락 나타났습니다!

아, 대단한 생각이었습니다! 정신없던 수많은 잉글랜드 병사들은, 마치 밀려왔다 다시 빠져나가는 썰물처럼 혼란에 휩싸여서 앞으로 나오지 못하고 뒤돌아 내 앞에서 도망치기 시작했습니다. 이날은 우리의 날이었습니다! 적군은 덫에 걸리고 말아 아무것도 할 수 없었습니다. 포위되고 만 것이죠. 뒤에는 우리 군사가 있어 그쪽으로 갈 수도 없고 앞에는 제가 있어 나올 수도 없었죠. 잉글랜드 병사들의 심장은 몸속에서 쪼그라들었고 두 손은 힘없이 축 늘어졌습니다. 저는 그냥 가만히 서 있었습니다. 우리 군은 한 사람도 남기지 않고 여유롭게 적군을 도륙해버렸습니다. 탤벗과 패스톨프만 빼고 모두 죽여버렸죠. 탤벗과 패스톨프는 제가 살려두고 양 팔에 하나씩 껴서 잡아왔습니다."

아무튼 이날 밤 아무도 부인할 수 없도록 팔라댕은 팔팔 날았다. 대단한 표현력! 우아한 몸짓, 당당한 자세, 이야기를 할 때 분출하는 그 에너지! 힘찬 날갯짓으로 계속 오르는 그 비상, 사건의 중요도에 따라 훌륭하게 조절하는 성량, 아주 정확하게 계산하여 사람들을 놀라게 하고 폭발하게 하는 그 능력, 믿지 않을 수 없게 하는 그 어조와 몸짓의 진실함, 놋쇠로 만든 듯한 폐에서 절정의 순간에 나오는 그 큰 소리, 갑옷을 입고 깃발을 뽐내며 절망한 적군 앞에 번개같이 나타나는 그 모습! 그리고 마지막 문장의 후반부를 은은하게 말하는 그 기술, 즉 정말 일어났던 이야기를 끝내는 사람처럼 무심하고 여유롭게 말하면서, 별 볼일 없고 대수롭지 않은 세부적인 이야기이지만 생각나서 한번 이야기한다고 하면서 느긋하게 덧붙이는 그 모습.

천진난만한 농부들의 모습을 보면 놀랄 것이다. 두 분 다 열심히 들으면서 지붕이 들썩이도록, 죽은 사람을 깨울 만큼 박수를 쳐댔다. 마침내 흥분이 가라앉고 조용해지자, 두 아저씨가 몸을 들썩거리며 숨을 내쉬는 소리밖에 들리지 않았다. 늙수그레한 락사르 아저씨는 경탄하며 이렇게 말했다.

"자네는 한 사람이지만 군단 역할을 하는 것 같아."

"맞습니다. 그게 바로 저 친구의 모습이죠."

노엘 랑그송이 그렇다며 말을 받았다.

"이 친구는 공포 그 자체입니다. 이 지역에서 그런 것만이 아니죠. 아주 먼 다른 나라에서도 이 친구 이름만 들어도 무서워 몸서리칩니다. 단지 이름만 들어도 말이죠. 이 친구가 인상을 쓰면 그 여파가 로마까지 미쳐서, 닭들이 한 시간 일찍 닭장 안으로 들어가는걸요. 맞아요. 그래서 어떤 사람이 말하길 ….”

"노엘 랑그송, 자폭하고 있구나. 한마디만 너한테 할게. 너한테 도움이 되는 건 ….”

또 시작되었다. 둘의 대화가 어떻게 끝날지는 아무도 예언할 수 없었다. 그래서 나는 잔의 말을 전하고 침대로 갔다.

아침이 되자 잔은 두 아저씨에게 인사를 하려고 왔다. 잔은 눈물을 많이 흘리며 두 분을 껴안았다. 그리고 가족과 친척에게 보내는 선물 보따리를 많이 챙겨 주었다. 아저씨들은 애지중지하는 말을 타고 자랑스러워하며 위대한 소식을 전하러 길을 떠났다. 두 분보다 말을 못 타는 사람을 나는 본 적이 없다고 말해야겠다. 아저씨들이 말을 타는 건 처음이었기 때문이다.

선발대는 새벽에 출발해서 행군을 했다. 군악대가 음악을 시끄럽게 연주하고 깃발이 휘날렸다. 두 번째 부대는 8시에 출발했다. 그런데 그때 부르고뉴에서 사절단이 왔다. 그 때문에 그날과 다음 날 종일 우리는 출발하지 못하고 시간을 지체해야 했다. 잔이 일을 잘 처리해서 사절단은 쓰린 가슴을 안고 돌아가야 했다. 남아 있던 우리들은 다음 날 7월 20일 새벽에 길을 떠났다. 우리가 얼마나 갔을까? 24킬로미터밖에 가지 못했다. 너희가 눈치채는 것처럼 트레무아유가 우유부단한 왕을 이용해 교활하게 방해를 했기 때문이다. 왕은 생마르쿨에 사흘 동안 머물며 기도를 했다. 소중한 시간이 허비된 것이다. 우리는 시간을 잃어버렸지만 베드포드는 소중한 시간을 얻었다. 이 시간을 어떻게 써야 할지 베드포드는 잘 알고 있었다.

왕 없이 우리는 앞으로 나아갈 수 없었다. 왕을 뒤에 남기고 간다면 음모자들 편에 왕을 남기는 것이 된다. 잔은 지체하지 말아야 한다고 이유를 들어 강력하게 말하고 설득하고 간청했다. 그래서 우리는 다시 길을 갈 수 있었다. 잔의 예측은 맞았다. 길을 가는 것은 군사 작전이 아니라 휴일 나들이와 같았다. 가는 길에 잉글랜드군의 요새들이 있었지만 적군은 공격하지 않고 그냥 항복했다. 우리는 요새마다 프랑스군을 주둔시키고 지나갔다. 이때쯤 베드포드는 새로운 군대를 데리고 우리와 싸우러 오고 있었는데 7월 25일에 서로 벼르던 양쪽 군대는 만나게 되었고 전투를 위한 준비를 했다. 그러나 베드포드는 좋은 판단력으로 후퇴하고 파리로 물러갔다. 이제 우리의 기회였다. 우리 병사들은 사기가 하늘 높은 줄 모르고 치솟아 있었다.

그런데 믿을 수 없는 일이 벌어졌다. 왕의 쓸모없는 대신들이 지앙으로 되돌아가자고 왕을 설득했고 우리의 한심한 왕이 그러자고 한 것이다. 지앙은 우리가 대관식을 치르러 랭스로 갈 때 출발한 곳이었다! 우리는 실제로 되돌아가기 시작했다. 부르고뉴 공작이 15일간 휴전을 하자는 제안을 받아들였던 것이다. 우리는 지앙으로 가 머물면서 부르고뉴 공작이 전투 없이 우리에게 파리를 내줄 때까지 기다렸다.

우리는 브레로 이동했다. 그런데 그때 왕이 또다시 마음을 바꿔 파리로 얼굴을 돌렸다. 잔은 랭스 시민들에게 보내는 편지를 내게 불러 주었다. 휴전이지만 시민들 옆에 서 있겠으니 용기를 잃지 말라는 내용이었다. 휴전 협정을 맺은 것은 왕이라고 잔이 직접 편지로 랭스 시민들에게 알려 주었다. 휴전 협정을 이야기하면서 잔은 늘 그렇듯 솔직하게 자신의 속내를 밝혔다. 자신은 협정에 찬성하지 않으며 자신이 협정을 지킬지는 모르겠다고 말했다. 지킨다면 오로지 왕을 위해서 그러는 것일 거라 했다. 프랑스인들은 모두 잔의 이 유명한 말을 알고 있다. 얼마나 꾸밈없고 순수한 말인지!

체결된 휴전 협정을 저는 좋아하지 않습니다.
제가 협정을 지킬지 모르겠습니다.
그러나 지키게 된다면 오직 왕의 명예를 위해 그런 것입니다.
De cette trêve qui a été faite, je ne suis pas contente,
et je ne sais si je la tiendrai.
Si je la tiens, ce sera seulement pour garder l'honneur du roi.

잔은 말하길 어쨌든 왕가가 욕먹는 것을 허락하지 않을 것이고 군대를 잘 정비해서 휴전이 끝날 때를 대비하겠다고 했다. 불쌍한 잔은 잉글랜드과 부르고뉴뿐 아니라 프랑스 안에 있는 적들과도 한꺼번에 싸워야 했다. 너무나 나쁜 상황이었다. 잔은 잉글랜드와 부르고뉴는 충분히 이길 수 있었지만 프랑스 안의 음모만큼은 그러지 못했다. 아, 음모에 순순히 빠져드는 연약한 사람은 해를 입지 않을 수 없다. 잔은 이 괴로운 날들 동안 방해받고 지체되어 당황하며 슬퍼했다. 가끔 눈물이 뺨에 흘러내릴 때도 있었다. 한번은 믿음직스러운 좋은 친구이자 부하인 오를레앙의 바타르와 대화를 나누다 잔이 이런 말을 한 적이 있다.

"아, 하느님께서 내가 이 철갑옷을 벗고 아버지와 어머니에게 돌아갈 수 있게 해 주신다면 정말 좋을 텐데요. 날 보고 싶어 할 오빠들과 여동생이랑 다시 양을 치게 되면 얼마나 좋을까요!"

8월 12일에 우리는 다마르탱 근처에서 진을 쳤다. 나중에 우리는 베드포드의 후방 부대와 잠시 싸우게 되었는데 그때 우리는 다음 날 큰 전쟁을 하게 되리라는 희망을 갖게 되었다. 하지만 베드포드와 잉글랜드군은 밤에 병력을 모두 이동시켜 파리로 향했다.

샤를 7세는 전령들을 보내 보베의 항복을 받아냈다. 잉글랜드의 믿음직한 친구요 종인 보베의 주교 피에르 코숑이 최선을 다해 항복을 막으려 했지만 그러지 못했다. 이 당시 주교는 잘 알려지지 않은 사람이었지만 곧 주교의 이름은 온 세계로 뻗어나가게 되고 영원히 프랑스의 저주 아래 있게 된다! 잠시 이야기를 멈추는 걸 기다려다오. 주교 무덤에 침 뱉는 상상을 하는 중이다. 콩피에뉴도 항복해서 잉글랜드 국기를 내렸다. 14일에 우리는 상리스에서 8킬로미터쯤 떨어진 곳에 진을 쳤다. 이때 베드포드는 군대를 돌려 다가와서 우리 곁에 진을 쳤다. 베드포드는 들판에서 일전을 벌이자고 했다. 우리는 적군이 참호에서 나오게 하려고 온갖 노력을 다해보았지만 실패했다. 날이 저물었다. 내일 두고 보자! 그러나 이튿날 아침이 되니 베드포드는 군대를 이끌고 다시 사라진 뒤였다.

우리는 8월 18일에 콩피에뉴에 들어가서 항복한 잉글랜드군을 내보내고 우리의 깃발을 꽂았다. 23일에 잔은 파리로 행군할 것을 명했다. 그러나 왕과 그 일당은 찬성하지 않아 불만을 품고 얼마 전에 항복한 상리스로 돌아갔다. 며칠 만에 많은 강한 성들이 항복했다. 크레이, 퐁생트막상스, 슈와지, 구르네 쉬르 아롱드, 레미, 라 느빌레엔헤즈, 모과이, 샹티이, 생틴. 잉글랜드 군대는 굴러떨어지며 계속 깨지고 있었다! 그러나 여전히 우리의 왕은 불만을 품고 우리의 행동에 찬동하지 않았고 우리가 수도로 향해 가는 걸 두려워했다.

1429년 8월 26일, 잔은 생드니에 진을 쳤다. 파리의 성벽 아래에 진을 치는 것과 다름없었다. 그러나 여전히 왕은 뒤에 남아 두려워했다. 왕이 우리와 함께하면서 우리를 지원해 주었다면! 베드포드는 용기를 잃어 저항을 단념하고 남아 있는 잉글랜드 지역 중에 가장 충성스럽고 좋은 지역인 노르망디로 가서 힘을 모았다. 아, 왕이 오도록 설득할 수 있었다면! 왕이 우리와 함께 있으면서 가장 중요한 이 순간에 우리를 지원해 주었다면!

40. 내부의 적

왕에게 전령을 보내고 또 보내었다. 왕은 오겠다고 약속했지만 오지 않았다. 알랑송 공작이 가서 다시 왕에게 오겠다는 약속을 받았지만 왕은 다시 약속을 어겼다. 그리하여 9일 동안 시간을 허비하게 되었고 그다음 9월 7일에야 왕은 생드니로 왔다. 그러는 사이 적군은 사기를 올리고 있었다. 왕의 용기 없는 행동 때문에 그렇게 될 수밖에 없었다. 이제 적군은 도시를 방어할 준비를 다 마쳤다. 잔의 기회는 줄어들었지만 잔과 장군들은 그래도 아직 좋은 기회라고 생각했다. 잔은 다음 날 아침 8시에 공격을 명령했고 그 시각에 공격은 시작되었다.

잔은 포병대를 배치시키고 생토노레 성문을 집중적으로 공격하게 했다. 성문이 충분히 허물어지자 정오에 공격 나팔이 울렸고 우리 군은 돌격하기 시작했다. 우리는 앞으로 나아가 성문을 공격하면서 성문을 뚫으려고 공격하고 또 공격했다. 잔은 옆에 깃발을 갖고 앞장섰다. 연기가 구름처럼 우리를 감싸 숨이 막혔다. 대포는 우박처럼 우리 머리 위로, 우리 사이로 날아다녔다.

우리는 마지막 공격에 들어갔다. 이제 성문을 확실히 뚫어 파리를 점령하여 프랑스를 얻게 될 터였다. 그런데 그때 석궁 화살에 잔이 맞아 쓰러졌다. 그러자 우리 병사들은 그 즉시 거의 공포라 할 수 있는 두려움에 사로잡혀 후퇴하기 시작했다. 잔이 없다면 병사들은 도대체 무엇이란 말인가? 잔은 프랑스군 그 자체였던 것이다. 잔은 부상을 당했지만 후퇴하지 말고 다시 공격을 시작하라고, 반드시 이겨야 한다고 말했다. 눈에 전의가 불타오르며 이렇게 덧붙였다.

"파리를 지금 점령해야 해. 그렇지 않으면 죽어버리겠어!"

잔을 억지로 끌어내지 않으면 안 되었고 고쿠르와 알랑송 공작이 잔을 옮겼다. 부상을 당했지만 잔의 사기는 절정에 달해 있었다. 잔은 열정이 흘러넘쳤다. 다음 날 아침에 성문 앞에 자신을 옮겨 주면 틀림없이 30분 만에 파리는 우리 것이 될 거라고 말했다. 잔은 그 말대로 그렇게 할 수 있었을 것이다. 잔이 그렇게 할 수 있었다는 데에는 의심할 여지가 없다. 그러나 한 가지 변수를 잊고 있었다. 라 트레무아유라는 실체의 그림자에 지나지 않는 왕이 그 변수였다. 왕은 다시 공격하는 것을 금지했다! 부르고뉴 공작이 보낸 새로운 사절이 조금 전에 도착해서 다른 비열한 협상이 진행 중이었던 것이다.

내가 말하지 않아도 잔의 마음이 거의 산산조각 났다는 걸 너희도 알 것이다. 몸에 입은 상처와 마음에 입은 상처 때문에 잔은 그날 밤 잠을 이루지 못했다. 잔이 머무는 생드니의 어두운 방에서 흘러나오는 작게 흐느끼는 소리를 보초병들은 여러 번 들었다. 흐느끼는 소리 외에 들리는 잔의 말은 "점령할 수 있었는데! 점령할 수 있었는데!" 하는 애달픈 말밖에 없었다.

하루가 지나서 잔은 간신히 침대에서 일어났다. 알랑송 공작이 생드니 근처의 센 강에 다리를 놓았기 때문에 새로운 희망을 갖고 일어났다. 다리를 건너 파리의 다른 쪽을 공격할 수 있지 않을까? 그런데 왕은 그 소식을 듣고 다리를 무너뜨렸다! 더욱이 왕은 전쟁이 끝났다고 선언했다! 더 심한 것은 긴 휴전 협정을 새로 맺은 것인데, 파리를 공격하지 않고 자기가 출발했던 루아르로 돌아가겠다고 약속했다! 적에게 한 번도 패한 적이 없는 잔다르크는 자기가 섬기는 왕에게 패하고 말았다. 잔은 자신이 두려워하는 것은 배신밖에 없다고 언젠가 말한 적이 있다. 배신은 지금 첫 번째로 잔을 공격했다.

잔은 하얀 갑옷을 벗어 생드니에 있는 대성전에 걸어 놓았다. 그리고 왕에게 가서 직위를 내려놓고 집에 갈 수 있게 해 달라고 청했다. 늘 그렇듯이 잔은 지혜로웠다. 대규모 연합작전, 광범위한 군사 작전은 이제 끝났다. 휴전이 끝나게 되면 전쟁은 그때그때 발발하는 소규모 전투일 게 뻔했다. 그런 전투는 하급 장교들이 맡아 할 수 있을 것이고 군사적인 천재의 지휘가 필요하지 않을 것이다. 그러나 왕은 잔을 보내지 않았다. 프랑스 전 지역에 휴전이 체결된 것은 아니었기에 지키고 보존해야 할 프랑스 요새들이 있었다. 왕은 잔이 필요했다. 실제로 트레무아유는 잔이 필요했다. 잔이 또다시 움직이지 못하도록 눈에 보이는 곳에 잔을 붙들어 둘 필요가 있었던 것이다.

이때 잔의 음성들이 다시 잔에게 말을 했다. "생드니에 남아 있어라." 그러나 설명은 없었다. 왜 그래야 하는지는 말하지 않았다. 그렇지만 왕의 명령보다 우선하는 하느님의 명령이었다. 잔은 남아 있기로 했다. 그러자 라 트레무아유는 두려움이 가득했다. 잔은 혼자 내버려 두면 상대하기에 너무 버거운 존재였다. 잔은 자신의 계획을 틀림없이 좌절시킬 것이다. 트레무아유는 왕이 무력을 쓰도록 꾀었다. 잔은 부상을 당해 힘이 없었기 때문에 트레무아유의 계략에 걸려들 수밖에 없었다.

훗날 재판에서 잔은 자신이 원하지 않았지만 생드니에서 자신을 강제로 내보냈다고 말했다. 잔이 부상을 입지 않았다면 그런 일은 일어날 수 없었을 것이다. 아, 가녀린 여자 잔에게는 기개가 있었다. 이 땅의 모든 권력에 용감히 맞서고 저항할 수 있는 정신이 있었다. 잔의 음성들이 왜 잔에게 생드니에 남아 있으라고 말했는지 우리는 결코 알 수 없을 것이다. 우리가 아는 것은 이것뿐이니, 곧 잔이 생드니에 남아 있었다면 프랑스 역사는 지금 책에 기록된 것과 달라졌을 거라는 것 말이다. 그래, 이것만은 우리가 잘 알고 있다.

9월 13일에 사기가 떨어진 우울한 프랑스군은 루아르로 얼굴을 돌려 행군했다. 군악대의 연주 없이. 그래, 그 행렬이 어떤 행렬이었는지는 보는 사람 누구든 알 수 있었다. 바로 장례식 행렬이었다. 함성도 환호도 없는 길고 우울한 장례 행렬이었다. 길을 가는 내내 적군이 웃는 모습을 친구들은 눈물 속에서 바라보았다.

이윽고 우리는 지앙에 도착했다. 지앙은 우리가 랭스를 향해 화려한 모습으로 행진을 시작했던 곳이었다. 그때 지앙에서는 깃발이 휘날렸고 음악이 연주되었으며 우리 얼굴은 파테 전투 승리로 우리 환하게 빛났다. 수많은 군중들이 함성을 지르며 우리를 응원했고 하느님의 축복을 빌어주었다. 이러던 때가 석 달이 채 되지 않았다.

흐릿하게 비가 내렸고 날은 어두웠다. 하늘은 슬퍼했다. 우리의 행렬을 지켜보는 주민은 얼마 없었다. 아무도 우리를 환영하지 않았다. 환영하는 것은 오로지 침묵과 동정심과 눈물뿐이었다. 이어서 왕은 영웅들이 이끄는 숭고한 군대를 해산시켰다. 깃발을 내렸고 무기는 무기고에 모아 쌓았다. 프랑스의 불명예는 이렇게 일단락되었다. 라 트레무아유는 승리자의 월계관을 썼다. 패배할 수 없는 잔 다르크는 이렇게 패배하게 되었다.

41. 바로잡히다

정말 내 말 그대로였다. 잔은 파리와 프랑스를 손에 쥐고 백년전쟁을 발로 밟고 있었다. 그러나 왕이 잔의 주먹을 펴고 발을 빼게 했다. 왕과 고문관들, 그리고 사치스럽고 화려한 궁정 대신들, 춤추고 시시덕거리고 즐겁게 뛰놀며 세레나데나 부르며 돈과 시간을 허비하는 궁정 대신들과 함께 우리는 여덟 달 동안 마을에서 마을로, 성에서 성으로 돌아다니며 시간을 보냈다.

잔의 호위대인 우리에게는 즐거운 시간이었지만 잔에게는 그렇지 않았다. 잔은 옆에서 바라만 볼 뿐 직접 체험하고 즐기지 않았다. 왕은 잔을 행복하게 해 주려고 진심으로 최선을 다해 한없이 친절하고 시종일관 정성을 다했다. 다른 사람들은 엄격한 궁중 예절이라는 사슬에 묶여 지내야 했지만 잔만은 마음대로 할 수 있는 특혜를 주었다. 그래서 잔은 하루에 한 번 왕에게 상냥한 말로 인사를 드리기만 하면 남은 시간은 마음대로 보낼 수 있었다.

자연스레 잔은 자기 숙소에서 은둔자처럼 머물며 지친 나날을 우울하게 지냈다. 그렇지만 자기 일행은 알뜰히 챙겨 주었고 이제는 실제로 해볼 수 없는 군사 연합작전을 재미 삼아 짜보곤 했다. 마음속으로 병력을 여기서 저기로, 또 다른 곳으로 옮기면서, 각 부대가 전투를 위해 집결해야 할 날짜와 시간에 모일 수 있도록, 부대별로 가야 할 거리와 이동 시간을 계산하고 이동할 지형을 살폈다. 이것이 잔의 유일한 놀이요, 슬픔과 아무것도 하지 않는 짐에서 벗어나 잔을 쉬게 하는 유일한 휴식이었다. 다른 이들이 체스를 하듯 잔은 그렇게 시간을 보내면서 자신을 잊고 마음에 쉼을 얻으며 다친 마음을 치유했다.

물론 잔이 불평을 한 적은 결코 없었다. 불평은 잔의 모습이 아니었다. 잔은 아무 말 없이 그냥 참는 성격이었다. 그러나 지금 잔은 새장에 갇힌 독수리와 같았다. 격렬한 폭풍을 뚫고 알프스 꼭대기를 넘어 높은 하늘을 자유롭게 비상하는 기쁨을 그리워했다.

프랑스는 떠돌이로 넘쳐났다. 해산된 군인들은 무슨 일이든 하려고 했다. 포로 생활 같은 지루한 생활이 참기 어려울 때면, 중간중간 여러 차례 잔은 기병대를 모아 적군을 공격해서 군인들이 기운을 되찾을 수 있도록 해 주었다. 이런 일은 목욕처럼 잔의 마음을 상쾌하게 씻어 주었다.

생피에르 르 무티에서 후퇴를 반복하면서도 다시 전열을 가다듬고 열정과 기쁨으로 새롭게 공격하는 잔의 모습은 예전 모습 그대로였다. 그러나 결국 포탄이 너무나 빗발치는 바람에 부상을 입은 늙은 돌롱은 퇴각 나팔을 불게 했다. 잔이 부상당하지 않도록 왕이 돌롱에게 책임을 단단히 지워 놓았기 때문에 돌롱으로서는 그럴 수밖에 없었다. 퇴각 나팔 소리에 모두 돌롱을 따라 후퇴했다.

돌롱은 모두 후퇴한다고 생각했지만 뒤를 보니 잔과 호위대는 물러서지 않고 여전히 애쓰며 공격하고 있었다. 돌롱은 말을 돌려 잔에게 와서 고작 열 명 정도로 싸우는 것은 미친 짓이라고 말하고는 돌아가자고 설득했다. 그러자 잔이 유쾌한 눈빛으로 돌롱에게 크게 말했다.

"열 명이라고요? 병사 5만 명이 여기 있어요. 이곳을 함락할 때까지는 한 발자국도 물러나지 않겠어요! 공격 나팔을 불게 하세요!"

돌롱은 공격 나팔을 불게 했다. 우리는 성벽을 넘어 들어갔고 성은 우리 것이 되었다. 돌롱은 잔이 정신이 좀 어떻게 됐다고 생각했다. 그러나 잔은 병사 5만 명의 힘이 가슴속에 밀려옴을 느꼈고 그 느낌을 그렇게 표현했던 것이다. 상상의 표현이었지만 내 생각에 그보다 더 진실한 표현은 없었다.

그다음에는 라니에서 전투를 벌였다. 라니에서 단단히 자리 잡고 있는 부르고뉴군과 들판에서 네 차례 전투를 벌였고 마지막 네 번째 전투에서 우리는 승리했다. 이 전투에서 얻은 가장 큰 성과는, 인근 지역을 약탈하고 무자비한 만행을 저질러 온 프랑케 다라스를 사로잡은 것이었다. 이런 전투가 가끔 벌어졌다.

그러다 1430년 5월 하순에 우리는 콩피에뉴 근방에 있었다. 잔은 부르고뉴군에게 포위당한 콩피에뉴를 구출하기로 했다. 나는 얼마 전 부상을 당해 혼자 말을 탈 수 없었다. 좋은 친구 난쟁이가 나를 자기 뒤에 태워 줘서 나는 난쟁이에게 의지해 안전하게 길을 갈 수 있었다. 우리는 폭우가 쏟아지는 따듯하고 음침한 한밤중에 출발했는데, 적군의 진지를 여러 차례 지나야 했기 때문에 숨소리마저 죽이며 조용하게 천천히 가야 했다. 한 번 공격을 당하긴 했지만 우리는 대응하지 않았고 숨소리를 죽인 채 오랫동안 숨어 살금살금 간 덕분에 별다른 일 없이 지나갈 수 있었다. 3시간이나 3시간 30분쯤 지나 동쪽 하늘에 새벽 여명이 흐릿하게 비칠 때에 우리는 콩피에뉴에 도착했다.

잔은 즉시 일을 시작했다. 콩피에뉴의 지휘관인 기욤 드 플라비와 함께 작전 수립에 들어갔다. 작전은 저녁이 될 무렵에 우아즈 맞은편 평원에서 세 군단으로 나누어 주둔하고 있는 적군을 향해 출격한다는 것이었다. 우리 쪽에서 보면 다리가 도시의 성문 하나로 이어져 있었다. 다리 끝은 강 건너편에서 요새 하나가 지키고 있었다. 이 요새 앞에는 둑길이 하나 있는데 둑길은 요새 앞에서 평원을 지나 마르기 마을로 통했다. 마르기 마을은 부르고뉴 군단 중 하나가 점령하고 있었다. 다른 군단은 둑길 위쪽으로 3킬로미터쯤 위에 있는 클레루아에 주둔하고 있었다. 그리고 잉글랜드군은 둑길 2.5킬로미터쯤 아래에 있는 브네트를 점령하고 있었다. 활과 화살 같은 모양으로 주둔하고 있는 것이다. 둑길이 화살이고 요새는 화살의 깃이고 마르기는 화살촉에 해당한다. 그리고 브네트는 활의 한쪽 끝에 해당하고 클레루아는 다른 끝에 해당한다.

잔의 계획은 둑길을 따라 곧장 마르기로 가서 공격해 점령한 다음, 오른쪽 위에 있는 클레루아로 빨리 이동하여 똑같은 방식으로 점령하는 것이었다. 그다음에는 클레루아 뒤에 있는 부르고뉴 공작의 지원군과 대대적인 일전을 치르는 것이었다. 플라비의 부 지휘관은 요새에 있는 프랑스군 궁수 부대와 포병대를 데리고, 잔이 퇴각하는 경우 잉글랜드군이 아래에서 올라와 둑길을 점령해 잔의 후퇴를 막는 일이 없도록 둑길을 지킬 계획이었다. 또한 요새 근처에 배들을 숨겨놓고 있다가 잔이 후퇴하게 되면 지원할 예정이었다.

5월 24일이었다. 오후 4시에 잔은 기병 6백 명을 데리고 출격했다. 이번 생에서 잔의 마지막 출격이었다! 생각하면 난 가슴이 미어진다. 나는 도움을 받아 성벽 위로 올라가서, 일어나는 일을 많은 부분 볼 수 있었다. 나머지는 우리 호위대의 두 기사와 다른 사람들이 직접 목격한 이야기를 내게 들려준 것이다.

잔은 다리를 건너 이내 요새를 뒤로하고 둑길을 스치듯 지나갔다. 잔 바로 뒤에는 기병들이 달리고 있었다. 잔은 갑옷에 은박을 입힌 반짝이는 망토를 입고 있었다. 작은 하얀 불꽃이 커졌다 작아졌다 하는 것처럼 망토가 펄럭이며 반짝이는 모습을 나는 보았다.

밝은 날이라 평원 너머 먼 곳까지 보였다. 곧 우리는 잉글랜드군이 나오는 모습을 보았는데 질서정연하면서도 아주 빠르게 달려오는 저들의 무기에 햇빛이 반사되어 반짝거렸다. 잔은 마르기에 있는 부르고뉴군을 쳤으나 적의 반격에 물러나야 했다. 그때 클레루아에서 다른 부르고뉴 군대가 내려오는 것을 우리는 보았다. 잔은 병사들을 모아서 다시 공격을 했지만 또다시 뒤로 물러날 수밖에 없었다. 두 번 공격하는 동안 시간이 상당히 흘렀다. 이때는 시간이 아주 중요했다.

이제 브네트에서 잉글랜드군이 둑길로 접근해 왔지만 요새에서 포격을 하여 저지할 수 있었다. 잔은 용기를 북돋는 말로 병사들의 사기를 높이고는 다시 한번 대대적인 공격에 나섰다. 이번에는 마르기를 점령하고 함성을 지를 수 있었다. 그러자 잔은 즉시 오른쪽으로 가서 평원에 들어가, 클레루아에서 나온 적군을 공격했다. 힘겨운 싸움이 이어졌다. 서로 번갈아 가며 후퇴하는 일이 빈번히 일어났고 승리가 이쪽에서 저쪽으로 왔다 갔다 했다.
그러다가 갑자기 우리 편이 공포에 사로잡혔다. 그 이유에 대해서는 이런 말 저런 말이 있다. 잉글랜드군의 연속 포격으로 우리 퇴로가 차단됐다고 전방에 있는 우리 병사들이 생각해 그랬다는 말도 있고, 후방의 우리 병사들이 잔이 죽었다고 생각해 그랬다는 말도 있다.

어찌 됐든 우리 병사들은 무너져 완전히 패해 둑길로 도망쳤다. 잔은 우리의 승리가 확실하다고 말하며 병사들을 다시 모아 뒤돌아서게 하려고 했지만 아무 소용이 없었다. 병사들은 썰물처럼 잔의 양옆을 지나갔다. 노장 돌롱은 안전할 때 후퇴하라고 잔에게 청했지만 잔은 그러지 않았다. 그러자 돌롱은 잔의 저항에도 불구하고 잔이 탄 말의 고삐를 잡고 함께 내달렸다. 공포에 사로잡힌 우리 병사들과 말들이 둑길을 가득 메우자 우리 포병대는 포격을 멈출 수밖에 없었다.

그러자 잉글랜드군과 부르고뉴군은 안전하게 접근할 수 있었다. 잉글랜드군은 앞에서, 부르고뉴군은 뒤에서 먹잇감을 향해 다가왔다. 요새에서 볼 때 프랑스군은 포위되어 사방이 적군의 홍수에 잠기고 있었다. 요새 옆면과 둑길의 경사가 만든 구석에서 프랑스군은 용감히 싸웠지만 이길 수 없는 싸움이라 한 사람 한 사람 쓰러져 강물에 빠지고 있었다. 성벽에서 지켜보던 플라비는 성문을 닫고 도개교를 들어 올리라고 명령했다. 그러자 잔은 완전히 갇히고 말았다.

잔을 둘러싸고 지키던 적은 호위대도 그 수가 빠르게 줄어들었다. 우리의 좋은 두 기사는 부상을 입고 쓰러졌다. 그다음으로 잔의 두 오빠도 부상을 당한 채 쓰러졌다. 이어서 노엘 랑그송도 쓰러졌다. 모두 잔을 향해 날아드는 공격에서 충성스럽게 잔을 보호하다 부상을 당한 채 쓰러진 것이다.

오직 난쟁이와 팔라댕만이 남았지만 둘은 포기하지 않고 굳건히 서서 잔을 지켰다. 피로 범벅된 철탑 두 개가 서 있는 것 같았다. 한 사람이 도끼를 내려찍고 다른 사람은 칼을 휘두르자 적군은 죽어 숨이 멎었다. 그렇게 두 사람은 마지막까지 자신의 임무에 충실하게 싸웠다. 충성스러운 좋은 두 영혼은 그렇게 영예롭게 마지막을 맞이했다. 고이 잠들기를! 내 소중한 친구들이여.

적군은 함성을 지르며 돌격했다. 전후좌우를 칼로 치면서 여전히 저항하던 잔을 적군은 망토를 잡고 말에서 끌어내렸다. 잔은 포로가 되어 부르고뉴 공작의 진영으로 끌려갔다. 잔의 뒤로는 승리한 적군이 기뻐 날뛰며 따라갔다.

이 참담한 소식은 즉시 사방으로 퍼졌다. 입에서 입으로 그 소식은 빠르게 날아갔다. 소식이 도착한 곳마다 사람들은 충격을 받아 온몸이 마비되는 듯했다. 그리고 혼잣말을 하는 것처럼, 마치 꿈속에서 말하는 것처럼 중얼거리고 또 중얼거렸다.

"오를레앙의 처녀가 잡혔다! … 잔 다르크가 포로가 되었다! … 프랑스의 구원자를 잃었다!"

어떻게 이런 일이 일어날 수 있는지, 하느님께서 어찌 이런 일을 허락하실 수 있는지 이해할 수 없는 가엾은 사람들은 이 말을 되풀이할 뿐이었다!

너희는 알고 있니? 처마부터 보도까지 어둠이 소리를 내며 매달려 있다면 도시가 어떤 모습인지를. 알고 있다면 투르가 어떠했는지, 다른 도시들이 어떤 모습이었는지 너희는 알 것이다. 그러나 프랑스 소작 농민들 가슴의 슬픔이 어떤 것이었는지를 너희에게 알려 줄 사람이 있을까?

아니, 아무도 그것을 너희에게 알려 주지 못한다. 말을 잃은 불쌍한 사람들, 저들도 너희에게 그 슬픔이 어떤 것인지 말해줄 수 없다. 그러나 그 슬픔은 그곳에 있었다. 그래, 그랬다. 온 나라가 검은 상장을 달고 있는 기분이었다!

5월 24일. 이제 우리는 이 세상이라는 무대에서 펼쳐진 가장 신비롭고 슬프고 놀라운 전쟁 드라마에 커튼을 내린다. 잔 다르크는 더 이상 출격하지 못할 것이다.

재판과 순교

3

잔 다르크가 갇혔던 루앙의 탑

1. 루앙의 지하 감옥

잔이 포로가 된 그 해의 여름과 겨울에 일어난 부끄러운 역사를 나는 괴로워 도저히 길게 이야기할 수 없다. 처음에 나는 잔의 몸값이 매겨지면 왕이, 아니, 왕이 아니라 은혜를 입은 프랑스가 나서서 몸값을 내어줄 거라 기대했기 때문에 그리 많이 심란하지 않았다. 전쟁법상 잔은 몸값을 주고 풀려날 수 있는 권리가 있었기 때문이다. 잔은 반역자가 아니었다. 왕이 프랑스군의 수장으로 적법하게 임명한 군인이었고 군사법에 있는 어떤 범죄도 저지르지 않았다. 따라서 잔의 몸값을 주면 적군은 핑계를 대면서 잔을 계속 구금할 수 없었다.

그러나 하루하루가 느릿느릿 지나갔지만 프랑스는 잔의 몸값을 주지 않았다! 믿을 수 없었지만 사실이었다. 트레무아유 그 뱀이 왕의 귀에 바쁘게 속닥거렸기 때문일까? 우리가 아는 것은 왕은 아무 말도 하지 않았고, 자신을 위해 정말 많은 것을 해 준 이 불쌍한 여자아이를 위해 몸값을 내지도, 아무런 노력도 하지 않았다는 것이다. 반면 불행하게도 다른 곳에서는 일이 빠르게 진행되고 있었다. 잔을 포로로 잡았다는 소식이 바로 다음 날 파리로 전해졌고, 기뻐하는 잉글랜드인들과 부르고뉴인들은 낮은 물론 밤을 새우면서 세상이 귀먹을 정도로 종을 울려 기쁨을 전하고 축포를 쏘아대며 소란을 피웠다. 그다음 날에는 교회의 종교재판을 담당하는 주교 총대리가 부르고뉴 공국의 공작에게 전령을 보내 잔을 우상 숭배자로 재판할 수 있도록 교회의 손에 넘겨달라고 했다.

잉글랜드인들은 기회를 포착할 줄 알았다. 사실 교회가 아니라 잉글랜드가 움직이고 있었다. 교회는 눈가림으로 이용당하고 있었고 거기에는 그럴 만한 이유가 있었다. 교회는 잔 다르크의 목숨을 빼앗을 수 있을 뿐만 아니라, 프랑스인에게 용기를 주는 잔의 이름과 그 영향력을 실추시킬 수 있었다. 반면 잉글랜드는 단지 잔의 몸을 죽일 수 있을 뿐이었다. 잔을 죽인다고 해도 잔의 영향력을 줄이거나 없애버릴 수는 없으며, 오히려 잔의 이름을 더 위대하게 하고 영원하게 할 뿐이었다. 잔 다르크는 프랑스에서 잉글랜드가 얕보지 않고 어마어마하게 여기는 유일한 힘이었다. 교회가 나서서 잔의 목숨을 빼앗아가게 한다면, 즉 잔을 하늘이 보낸 사람이 아닌, 사탄이 보낸 우상 숭배자, 이단자, 마녀라고 선언한다면 잉글랜드의 패권이 즉시 회복될 것이었다.

부르고뉴 공작은 잉글랜드의 요청을 들으면서 기다렸다. 공작은 프랑스 왕이나 사람들이 곧 와서 잉글랜드보다 더 높은 몸값을 제시할 것을 의심하지 않았다. 공작은 튼튼한 요새에 잔을 가두고 몇 주간 기다리고 기다렸다. 공작은 프랑스인 군주였기에 가슴 한편으로 잔을 잉글랜드에 팔아넘기는 것이 부끄러웠다. 그러나 그렇게 기다리고 기다렸지만 프랑스에서는 아무런 기별도 오지 않았다.

어느 날 잔은 기발한 방법으로 간수를 속여 감옥에 가두고 빠져나왔다. 그러나 도망가는 도중에 보초병에게 발각되는 바람에 잡혀서 다시 감옥에 갇히게 되었다. 이런 일이 일어나자 잔은 더 튼튼한 성인 보르부아로 보내졌다. 이때가 8월 초였는데 수감된 지 두 달이 넘은 때였다. 보르부아에서는 높이가 20미터인 탑의 꼭대기에 갇혔다. 그곳에서 또 오랫동안, 곧 석 달하고 보름 동안 잔은 속을 태우며 지냈다. 갇혀 있는 이 힘든 다섯 달 동안 잔은 알고 있었다. 교회 밑에 숨은 잉글랜드가 말이나 노예의 값을 흥정하듯 자신을 놓고 흥정하고 있다는 것을. 그리고 프랑스와 프랑스의 왕은 아무 말이 없고 잔의 모든 친구들 역시 그러하다는 것을. 정말 애처로운 일이었다.

그러다 콩피에뉴가 바싹 포위되어 함락될 위험에 처했고 적군이 성의 주민들을 일곱 살 먹은 어린애까지 모두 학살하리라 선언했다는 소식을 들은 잔은 즉시 우리를 구출하러 달려오고 싶어 애가 탔다. 그래서 잔은 침대보를 가늘게 찢어 이어 묶고서, 밤에 그 약한 줄을 타고 내려오다, 그만 줄이 끊어져 떨어지고 말았다. 심한 부상을 입은 잔은 3일 동안 의식을 잃은 채 먹지도, 물을 마시지도 못하고 누워 있었다.

그러나 이제 우리에게 구원이 왔으니, 방돔 백작이 이끄는 군대가 와서 적군을 무찌르고 콩피에뉴를 구해 주었다. 부르고뉴 공작에게는 정말 좋지 않은 일이었다. 공작은 이제 돈이 필요했다. 잔 다르크의 몸값을 다시 올려 부를 좋은 기회였다. 잉글랜드는 즉시 프랑스 주교를 파견했는데 그 주교는 영원히 불명예스러운 이름으로 기억될 보베의 피에르 코숑이었다. 잉글랜드는 주교에게 이번 일을 성공하면 공석으로 있는 루앙의 대주교 자리를 주기로 약속했다. 주교는 잔이 잡힌 지역이 자신의 교구이므로 잔에 대한 교회 재판을 주재할 권한이 자신에게 있다고 주장했다.

이 당시 군사 관례상 왕자 한 사람의 몸값은 금화로 10000 리브르, 프랑으로 환산하면 61125프랑으로 정해져 있었다. 몸값을 주면 반드시 받아야 했고 거절할 수 없었다. 코숑은 잉글랜드한테 이 돈을 받아서 가져왔다. 시골 마을 동레미에 사는 가난한 소녀의 몸값으로 왕자의 몸값을 지불하는 것이다. 잉글랜드한테 잔이 얼마나 중요한 존재였는지 아주 뚜렷이 보여 주는 일이었다. 몸값은 받아들여졌다. 그 금액에 프랑스 구원자 잔 다르크가 팔렸다. 잔의 적에게 팔리고만 것이다. 백 년 동안 프랑스를 채찍으로 치고 매로 때리고 주먹으로 갈겨 뻗어 눕게 하면서 휴일의 사냥감으로 만들어버린 적들. 수년 동안 도망가는 프랑스인의 등만 보느라 프랑스인의 얼굴을 잊어버린 적들. 잔이 채찍으로 때리고 겁을 먹게 했던 적들. 잔의 숨결로 프랑스에서 새롭게 태어난 용맹을 존경할 수 있도록 잔이 가르쳐 주었던 적들. 잉글랜드의 승리와 프랑스의 몰락을 가로막는 유일한 장애물로 잔을 죽이는 데 굶주렸던 적들.

프랑스인 군주가 프랑스 사제에게 팔았지만 프랑스 왕과 국가는 배은망덕하게 옆에 서 있을 뿐 아무 말도 하지 않았다. 잔은 무슨 말을 했을까? 아무 말도 하지 않았다. 어떤 비난도 잔의 입술에서는 나오지 않았다. 그럴 만큼 잔은 정말 위대한 사람이었다. 그녀는 잔 다르크였다. 잔 다르크라고 말하면 모든 걸 말한 셈이다. 군인으로서 잔의 이력에는 어떤 오점도 없었다. 군인으로 저지른 어떤 잘못을 두고 해명하게 하려고 잔을 부를 수는 없었다. 그래서 속임수를 만들어야 했고 우리가 아는 것처럼 적은 그렇게 속임수를 만들었다. 잔은 종교에 관한 범죄로 사제들에게 재판을 받아야 했다. 범죄를 찾을 수 없다면 고안해내야 했다. 이 일은 악랄한 코숑이 혼자 만들었다.

재판이 열리는 곳은 루앙으로 정해졌다. 루앙은 잉글랜드 세력의 심장이었다. 루앙 주민들은 많은 세대에 걸쳐 잉글랜드의 지배를 받아와서 프랑스어를 쓴다는 걸 빼면 프랑스의 모습이라곤 찾아볼 수 없었다. 잉글랜드는 루앙을 튼튼하게 방어하고 있었다. 1430년 12월 말에 잔은 그곳으로 끌려가 지하감옥에 던져졌다. 그래, 자유로운 영혼이 사슬에 감긴 채로.

프랑스는 여전히 꼼짝도 하지 않았다. 이것을 어떻게 설명해야 할까? 내 생각에는 한 가지 대답밖에 없다. 너희는 기억할 것이다. 잔이 나서지 않으면 프랑스는 밖으로 나가 모험을 감수하려 들지 않았다. 잔이 앞장설 때면, 잔의 하얀 갑옷과 깃발을 보는 한 병사들은 앞을 가로막는 모든 걸 쳐부수었다. 그러나 잔이 부상을 당하고 쓰러지거나, 콩피에뉴에서 그랬던 것처럼 죽었다는 소문이 퍼지면 병사들은 공포에 사로잡혀 양처럼 도망쳤다.

이를 볼 때 프랑스인들은 아직 진정으로 변화되지 않았다. 밑바닥은 여전히 몇 세대에 걸친 실패에서 태어난 소심함 아래 짓눌려 있었다. 그리고 서로에 대한 신뢰심이 부족했고 온갖 배신을 오랫동안 쓰라리게 경험한 덕에 지도자들에 대한 신뢰 역시 부족했다. 왕들은 대신들과 장군들을 배신하고 대신들과 장군들도 국가의 수장을 배신하면서 서로를 배신해 왔다. 병사들은 잔을 전적으로 의지했고 또 잔밖에 의지할 사람이 없었다. 잔이 사라지면 모든 것이 사라지는 것이었다. 잔은 얼어붙은 급류를 녹여서 끓어오르게 하는 태양이었다. 그 태양이 없어졌으니 다시 얼어붙은 것이다. 프랑스군과 온 프랑스는 이전의 모습, 곧 죽은 시체로 되돌아갔다. 단지 죽은 시체일 뿐이며 그 이상은 아무것도 아니었다. 생각도 희망도 포부도 움직임도 없는 시체일 뿐이었다.

2. 잉글랜드에 팔리다

나는 부상으로 10월 상순 내내 크게 아팠다. 그러나 날씨가 더 상쾌해지자 내 기력과 삶도 새로워졌다. 이 무렵 프랑스 왕이 몸값을 주고 잔을 데려올 거라는 소문이 돌았다. 이 소문이 사실이라 나는 믿었다. 나는 어렸고 자신을 늘 뽐내는 우리 인간이라는 종족이 얼마나 보잘것없고 비열한지 아직 몰랐으며, 인간이 동물보다 더 선하고 고상한 존재라고 믿었기 때문이다. 10월에 나는 잘 회복해서 두 번 전투에 나갔는데, 23일 두 번째 전투에서 다시 부상을 입었다. 나와 함께 하던 행운도 이제 떠난 것 같았다. 25일 밤에 우리를 포위하던 적군이 서둘러 떠났는데, 그 혼란을 틈타 적군에 사로잡힌 우리 측 포로 한 명이 탈출해서 무사히 콩피에뉴로 들어왔다. 그 사람은 핼쑥하고 불쌍한 모습으로 다리를 절뚝거리며 나를 찾아와 내 방으로 들어왔다.

"아니, 이게 누구야! 살아 있었어? 노엘 랑그송!"

정말 노엘 랑그송이었다. 이루 말할 수 없이 기쁜 재회였다는 걸 너희도 알 것이다. 그러나 기쁜 만큼 슬프기도 했다. 우리는 잔의 이름을 입에 올릴 수 없었다. 이름을 말하는 순간 목이 멜 것이다. 잔의 이름을 말하지 않아도 잔의 이야기가 나오면 우리는 누구 이야기를 하는지 서로 잘 알고 있었다. 우리는 "그 아이"라 말할 뿐 잔의 이름을 직접 말할 수 없었다.

우리는 호위대에 대해 이야기했다. 노장 돌롱은 부상을 입은 채 적의 포로가 되었고 부르고뉴 공작의 허락을 받아 잔과 함께하며 잔의 시중을 들고 있었다. 잔은 명예로운 전쟁에서 사로잡힌 포로로서 잔의 지위와 인격에 걸맞게 정중한 대접을 받고 있었다. 이런 예우가 계속되었음을 우리는 나중에 알게 되었는데, 잔이 사탄의 똘마니인 보베의 주교 피에르 코숑의 손아귀에 잡히기 전까지는 계속 그런 예우가 이어졌다.

노엘의 마음은 이제 이곳을 떠나 영원히 입을 다문 우리의 옛 친구, 허세 많고 덩치 큰 기잡이에 대한 예찬과 감사로 가득했다. 팔라댕이 실제로 싸운 전투와 지어낸 전투, 팔라댕이 한 일들을 노엘은 이야기했고, 팔라댕이 영예롭게 임무를 완수하고 인생을 마쳤다고 덧붙였다.

"그리고 팔라댕이 얼마나 행운아였는지 생각해 봐!"

노엘은 눈에 물이 가득 차서 큰 소리로 말했다.

"행운이 언제나 사랑한 아이였지! 전장이든 밖이든 첫걸음부터 행운이 언제나 팔라댕을 어떻게 따라다니고 옆에 머물렀는지 생각해 봐. 사람들의 눈에 언제나 빛나는 인물이었지. 어디서나 환심과 질투를 한몸에 받았어. 언제나 훌륭한 일을 할 기회가 생겼고 그 일을 이루었지. 처음에는 농담 삼아 우리가 팔라댕이라고 불렀지만, 나중에는 그 이름에 걸맞은 위대한 일을 했기 때문에 우리는 진지하게 팔라댕이라고 불렀어. 팔라댕의 가장 큰 행운은 싸우다가 죽은 거야! 말에 탄 채 죽었지. 자신의 임무를 충성스럽게 수행하다가 손에 깃발을 들고 죽었어. 아, 생각해 봐. 팔라댕을 인정하는 잔 다르크의 눈빛을!

팔라댕은 영광의 잔을 마지막 한 방울까지 다 마시고 의기양양하게 무덤으로 간 거야. 뒤이어 일어난 재앙을 당하지 않고 축복을 받으면서. 정말 행운이야, 행운! 그러면 우리는? 무슨 죄가 있어 우리는 아직 살아서 여기 있는 거지? 우리도 행복하게 죽은 사람들과 함께할 만큼 할 일을 다했는데 말이야."

노엘은 계속 말을 이었다.

"적군이 죽은 팔라댕의 손에서 성스러운 깃발을 빼앗아 찢어서 가져갔어. 포로로 사로잡힌 깃발의 주인 다음으로 귀중한 것이었을 테니 그랬겠지. 하지만 지금은 그걸 갖고 있지 않아. 한 달 전에 우리가 목숨을 걸고 훔쳤거든. 나와 함께 포로로 잡혀 있던 좋은 두 기사님과 함께 말이야. 깃발은 믿을만한 사람들 손에 넘겨서 지금은 오를레앙에 있어. 보물 창고에 안전하게 있지."*

듣던 중 반가운 소리여서 나는 기뻤다. 나는 잔의 두 오빠가 세상을 떠난 이후 어느 해 5월 8일에 오를레앙에 늙은 귀빈으로 초대받아 행진과 연회의 가장 영광스러운 자리에 있던 적이 있다. 그때 그 깃발을 보았는데 깃발 조각들은 서로 이어져 붙어 있었다. 그날 이후로도 나는 여러 번 그 깃발을 보았다. 깃발은 지금으로부터 천년이 지나도 프랑스인들의 사랑을 받는 성스러운 물건으로 계속 오를레앙에 남아 있을 것이다.

이런 이야기를 나눈 지 두세 주가 지났을 때 청천벽력 같은 소식이 들려와서 우리는 몹시 경악하고 말았다. 잔 다르크가 잉글랜드에 팔렸다는 것이다! 그런 일이 일어나리라고는 한순간도 상상해 본 적이 없었다. 우리는 어렸고 앞서 말했듯이 인간이라는 동물에 대해 알지 못했다. 우리는 조국에 대한 자부심이 컸고 잔의 고매함과 너그러움, 잔에게 입은 은혜를 확신하고 있었다. 우리는 왕에게 별로 기대를 하지 않았지만 프랑스에는 모든 걸 기대하고 있었다. 여러 마을에서 애국심이 투철한 사제들이 거리

---

* 【올든 주】깃발은 360년 동안 오를레앙에 보관되어 오다가, 프랑스 혁명 때 사람들이 처녀의 다른 유물인 칼 두 자루와 깃 달린 모자, 의복 몇 벌과 함께 불태우는 바람에 사라지게 된다. 현재 남아 있는 잔의 손때가 묻은 물건은 몇 개밖에 없다. 남아 있는 것이라고는 귀중하게 보관된 잔이 서명한 군사 문서와 정부 문서 몇 장, 서기이자 잔의 비서인 루이 드 콩트가 잔에게 쓰는 법을 알려 주던 잔의 펜이 있다. 또 잔이 출정하려고 말에 오를 때 한 번 딛고 올랐던 바위가 있다. 25년 전쯤까지는 잔의 머리카락 한 올이 있었다. 양피지로 된 국가 문서의 밀랍에 붙어 있던 머리카락이었다. 그러나 야만적인 골동품 도둑이 몰래 밀랍을 자르고 문서와 함께 통째로 가져가 버렸다. 분명 지금 어딘가에 있을 테지만 어디에 있는지는 오직 도둑만이 알고 있을 것이다.

에서 돈과 재산과 모든 걸 희생해서 하늘이 보내준 구원자를 자유롭게 해 주자고 사람들을 독려하고 있다는 것은 누구나 다 아는 사실이었다. 우리는 돈이 모아질 것에 대해서는 조금도 의심하지 않았다.

그러나 이제 모든 게 끝나고 말았다. 다 끝났다. 우리에게 쓰라린 시간이었다. 하늘은 검은색 상장이 드리운 것 같았다. 그 어떤 즐거움도 우리 마음에 남아 있지 않았다. 노엘 랑그송, 이 명랑한 친구의 삶은 길고 긴 농담이었고, 몸을 살아 있게 하는 데보다 웃는 데 더 숨을 많이 쓰는 친구였다. 그런데 여기 내 옆 침대에 누워있는 친구가 그런 노엘 랑그송이 맞을까? 아니, 그렇지 않았다. 내가 알던 노엘을 나는 더 이상 볼 수 없었다. 노엘의 가슴은 산산조각이 나 있었다. 언제나 우울하게 지냈고 꿈꾸는 것처럼 그냥 멍하니 있을 때도 많았다. 쉼 없이 흐르던 웃음이란 물결도 그 근원이 마르고 말았다. 노엘이 그런 건 다행인지도 모른다. 내 기분 역시 같아서 우리는 함께하기에 좋은 짝이 되었다. 노엘은 지루하고 기나긴 몇 주 동안 참을성 있게 나를 간호해 주었다. 드디어 1월이 되자 나는 다시 돌아다닐 수 있을 정도로 건강을 회복했다. 그러자 노엘이 말했다.

"그럼 이제 출발할까?"

"좋아."

긴 말이 필요 없었다. 우리의 마음은 이미 루앙에 가 있기에 우리 몸만 그곳으로 가면 된다. 이 삶에서 우리가 소중하게 생각하는 모든 것이 그 성에 갇혀 있었다. 우리는 잔을 구할 수 없지만, 잔과 같은 공기를 마시고 잔을 숨기는 돌벽을 매일 보면서 잔 옆에 있는 것만으로도 우리에게는 위로가 될 것이다. 혹시 우리가 적에게 잡혀 감옥에 갇히게 되는 일이 일어난다면? 결과야 어떻게 되든 우리는 최선을 다할 것이고 나머지는 행운과 운명의 손에 맡겨야만 했다.

그렇게 우리는 길을 떠났다. 프랑스에 일어난 변화를 우리는 감지하지 못했다. 우리는 우리가 선택한 길을 따라, 우리가 가고 싶은 곳은 어디든지 공격당하거나 방해받지 않고 갈 수 있다고 생각했다. 잔 다르크가 밖에 있을 때면 사방에 두려움과 공포와 같은 것이 일어났다. 그러나 이제 잔은 어느 길에도 없었기에 그런 두려움은 없었다. 우리 때문에 걱정하거나 두려워하는 사람은 아무도 없었다. 아무도 우리와 우리가 하는 일에 관심이 없었으며 모두 무관심할 뿐이었다.

우리는 가까운 센 강을 이용하면 육로 여행을 하느라 몸을 힘들게 할 필요가 없다는 걸 알았다. 그래서 우리는 배를 타고 루앙에서 4킬로미터쯤 떨어진 곳에서 내렸다. 언덕이 많은 쪽이 아닌 그 반대편, 곧 강보다 별로 높지 않은 곳에 내렸다. 성을 들어가거나 나올 때는 문지기에게 자신의 신원과 드나드는 이유를 말해야 했다. 잔을 구출하려는 시도가 있을까 봐 그렇게 감시를 강화한 것이다.

우리에게 어려운 일은 없었다. 우리는 평원에 사는 한 농사꾼 집에 한 주간 머물면서 일을 도아주며 식사와 잠잘 자리를 얻었고 농사꾼 가족과 친해질 수 있었다. 옷도 이들과 비슷한 것을 구해서 입었다. 우리가 노력해서 이들의 신뢰를 얻었을 때, 이들의 몸에는 프랑스인의 정신이 은밀히 숨겨져 있다는 걸 알게 되었다. 그래서 우리는 솔직하게 우리 이야기를 털어놓았는데 이들은 우리를 도와줄 어떤 일도 마다하지 않을 생각이었다. 우리는 곧 계획을 짰는데 아주 간단한 계획이었다. 가족과 함께 양 떼를 몰고 성안의 시장에 가는 것이었다. 어느 날 아침, 비가 우울하게 보슬보슬 내릴 때 우리는 모험을 시작했다. 우리는 인상 쓰며 사람을 감시하는 문지기들에게 아무 방해도 받지 않고 성문을 무사히 통과할 수 있었다.

대성당에서 강 쪽으로 내려오는 좁은 길들 중 어느 한 길에 고풍스러운 높은 건물이 하나 있었는데 건물에는 소박한 포도주 가게가 하나 있었다. 우리를 도와주는 가족은 가게 위층에 사는 가족과 친한 사이였고 그 가족에게 우리를 소개해 주고 그 집에 묵게 해 주었다. 이튿날 우리를 돕는 성 밖의 농부 가족은 우리가 원래 입던 옷과 소지품들을 몰래 가져다주었다. 새롭게 소개받아 우리가 머물게 된 성안의 피에롱 씨 가족은 프랑스인이라 우리와 마음이 같아, 우리는 속내를 터놓고 지냈다.

3. 코숑의 거미줄

노엘과 나는 우리가 먹을 빵값을 벌어야 했다. 피에롱 씨는 내가 글을 쓸 줄 안다는 걸 알고는 자신의 고해신부에게 내 일자리를 알아봐 달라고 부탁했고 신부는 내가 망숑이라는 좋은 신부와 함께 일할 수 있게 해 주었다. 망숑 신부는 곧 있을 잔 다르크의 재판에 기록담당관으로 일하게 될 사람이었다. 내가 기록담당관의 조수로 일하게 된 것은 기묘한 일이었다. 내가 프랑스 편이라는 사실이나 뒤늦게 이런 직책을 얻게 된 경위가 밝혀진다면 위험한 일이었다. 그러나 위험은 그리 크지 않았다. 망숑 신부는 마음속으로 잔의 편이라 나를 배신하지 않을 것이다. 그리고 내가 성을 버리고 이름만 썼기 때문에 신분이 낮은 사람으로 보일 것이다.

나는 곧바로 망숑 신부와 함께 일하면서 1월과 2월을 보냈다. 그러는 동안 자주 망숑 신부와 함께 잔이 갇혀 있는 요새에 드나들게 되었다. 물론 잔이 갇혀 있는 지하 감옥까지 내려가서 잔을 볼 기회는 없었다. 망숑 신부는 내가 오기 전에 있었던 일을 모두 이야기해 주었다. 잔을 돈으로 사들인 코숑은 처녀를 죽이려고 자기편이 될 배심원단을 꾸리느라 분주했다. 코숑은 이 나쁜 일을 하는 데에 몇 주간 시간을 보냈다. 파리 대학은 코숑이 원하는 사람들로 학식 있고 유능하며 명망 있는 성직자들을 여럿 보내 주었다. 이렇게 코숑은 자기편이 될 사람들로 여기저기서 명망 있는 성직자들을 끌어모아, 오십 명쯤 되는 유명 인사들로 어마어마한 법정을 구축했다. 모두 프랑스인들이었지만 이들은 바라는 것으로나 속내로나 모두 잉글랜드인이었다.

파리에서는 직책이 높은 이단 심문관도 파견했다. 고발당한 잔은 이단 재판으로 심문을 받아야 했기 때문이다. 그러나 심문관은 용감하고 의로운 사람이라 이 법정은 사건을 다룰 권한이 없다고 단호히 말하며 재판을 거부했다. 이렇게 솔직하게 이야기한 사람이 두세 명 더 있었다. 이단 심문관은 옳았다. 이번에 다시 제기된 소송은 이미 오래전에 푸아티에에서 재판이 열렸고 잔의 무죄로 판결이 났다. 또 푸아티에 재판의 재판장은 랭스의 대주교였고, 랭스 대주교는 코숑이 주교로 있는 보베를 관할하고 있었기에 푸아티에 재판은 이번 재판보다 더 상급 재판이었다. 그러니 이미 더 높은 권한이 있는 상급 재판에서 코숑의 상급자가 이미 무죄라고 판결한 소송을 다시 재판하고 판결하려는 것은 건방진 시도였다. 생각해 보라! 절대로 그럴 수 없다. 이 소송은 다시 재판할 수 없는 것이었다.

코숑이 이 새로운 재판을 주재할 수 없는 이유는 단지 그것뿐이 아니었다. 첫 번째로 루앙은 코숑의 교구가 아니었다. 두 번째로 잔은 거주지인 동레미에서 체포되지 않았다. 마지막 세 번째는 이 재판의 판사가 자기가 잔의 적임을 드러내 놓고 말하는 사람이라는 것이다. 그럼에도 이 모든 것들은 무시되었다. 루앙의 지역 사제단은 강압에 저항했으나 결국에는 코숑에게 관할 지역의 사건을 맡을 수 있는 신임장을 보냈다. 이단 심문관에게도 압력이 가해졌고 심문관 역시 굴복할 수밖에 없었다.

일이 이렇게 진행되자, 보잘것없는 잉글랜드 왕은 대표를 통해 공식적으로 잔을 법정의 손아귀에 들려주며 이런 조건을 붙였다. 조건은, 만약 법정이 잔에게 유죄선고를 내리지 못하면 잔은 다시 잉글랜드의 포로로 돌아와야 한다는 것이었다!

아, 이렇게 버림받고 옆에 의지할 사람 하나 없는 아이에게 도대체 무슨 기회가 생길 수 있을까? 의지할 이 하나 없다는 말은 틀린 말이 아니었다. 잔은 컴컴한 지하 감옥에 있었고 사나운 병사 여섯이 잔을 가둔 우리 옆에서 밤이고 낮이고 감시하고 있었다. 잔은 우리 안에 갇혀 있었다. 철로 된 우리 안에 목과 두 손과 두 발은 사슬로 침대에 묶여 있었다. 잔과 안면이 있는 사람은 아무도 곁에 없었고, 여자라고는 한 사람도 눈에 띄지 않았다. 그래, 의지할 사람 없는 모습은 바로 이런 모습이었다.

콩피에뉴에서 잔을 사로잡은 사람은 장 드 뤽상부르의 부하였고 잔을 부르고뉴 공작에게 판 것은 장 드 뤽상부르였다. 그런데도 바로 이 사람 드 뤽상부르는 우리 안에 갇힌 잔에게 가서 자기 얼굴을 보여줄 정도로 부끄러움을 모르는 사람이었다. 드 뤽상부르는 잉글랜드의 두 백작인 워익과 스태포드와 함께 왔다. 드 뤽상부르는 비열한 뱀이었다. 다시는 잉글랜드와 싸우지 않는다면 잔을 석방시켜 주겠다고 잔에게 말했다. 잔은 우리 안에 갇힌 지 오랜 시간이 지난 뒤였지만, 그 시간은 기개가 꺾일 만한 시간은 아니었다. 잔은 경멸하며 쏘아붙였다.

"하느님의 이름으로 말하지만 당신은 날 놀릴 수만 있을 뿐이다. 내가 잉글랜드와 싸우지 못하게 할 힘도 없고 의지도 없다는 걸 나는 알고 있다."

그래도 드 뤽상부르는 그 약속을 받아내려고 했다. 그러자 잔은 군인의 자부심과 위엄이 솟아올라 사슬에 묶인 두 손을 들어올려 서로 부딪혀 땡그랑 소리를 내며 말했다.

"이것을 봐! 내 두 손이 당신보다 많은 걸 알고 있고 더 좋은 예언을 할 수 있다. 잉글랜드가 날 죽일 거라는 걸 알고 있다. 내가 죽으면 프랑스 왕국을 차지할 수 있다고 생각하겠지. 그러나 그렇게 되지는 않을 거야. 잉글랜드군 수십만 명이 와도 절대로 그러지 못할 거다."

이 저항에 스태포드 백작은 격노했다. 스태포드 백작은 자신은 묶여있지 않고 힘이 세지만 잔은 사슬에 묶인 무력한 소녀라는 걸 생각하고, 단검을 뽑아 잔을 찌르러 달려들었다. 그러나 워익 백작이 붙잡고 만류했다. 워익은 현명했다. 이런 식으로 잔의 목숨을 빼앗는다? 잔을 오점 없이 명예롭게 하늘로 보낸다? 그렇게 되면 잔은 프랑스의 우상이 될 것이며 프랑스 온 나라가 일어나 잔의 용기에 감화되어 승리와 해방을 위해 진군해 올 것이다. 그러면 안 되니 이와 다른 운명을 위해 살려 두어야 했다.

재판이 열릴 때가 다가오고 있었다. 두 달 넘게 코숑은 갈퀴로 모든 곳을 뒤져 잔에게 불리하게 쓸 수 있는 증거와 의심과 추측이라는 잡동사니를 긁어모았고, 잔에게 유리한 증거는 모두 주의 깊게 은폐했다. 코숑은 기소를 위해 소송을 준비하고 강화하는 데 필요한 모든 방법과 수단과 권한을 제한 없이 손에 쥘 수 있었고 또 그것들을 모두 사용했다.

그러나 잔은 자신을 변호하는 데 필요한 준비를 해 줄 수 있는 사람이 옆에 아무도 없었다. 잔은 돌벽 안에 갇혀 도움을 청할 친구가 하나도 없었다. 또 자기를 변호해 줄 증인을 한 사람도 부를 수 없었다. 이들은 모두 멀리 프랑스 깃발 아래 있었고 재판은 잉글랜드의 재판이었다. 만일 이들이 루앙의 성문에 얼굴을 보였다가는 붙잡혀서 교수형에 처해질 것이다. 감옥에 있는 잔만이 유일한 증인이었다. 고발자 측을 위한 유일한 증인이면서 피고인을 위한 유일한 증인이었고, 법정의 문이 열리기 전에 이미 사형 선고를 받은 증인이었다. 잔은 잉글랜드 편에 서 있는 성직자들로 법정이 구성되었다는 걸 알고는 공정하게 동일한 수만큼 프랑스 편을 드는 성직자들도 참여할 수 있게 해 달라고 요구했다. 코숑은 잔의 요구를 비웃으며 대답조차 하려 하지 않았다.

교회법에 따라 잔은 스물한 살이 되지 않은 미성년자였다. 미성년자는 심문에 어떻게 대답해야 할지 조언해 주고, 고발인이 고안한 덫에 빠지지 않도록 지켜주며, 변론을 도와줄 변호사를 둘 수 있는 권리가 있었다. 아마도 잔은 아무도 말해 주는 사람이 없어서 이런 권리가 자기에게 있다는 것을, 변호사를 요청할 수 있는 권리가 있다는 것을 몰랐던 것 같다. 그랬지만 여하튼 잔은 변호사를 청했고 코숑은 거절했다. 잔은 자신이 어린 나이라는 것, 또 복잡한 법과 재판 절차를 모른다는 것을 이유로 항의하고 요청했다. 코숑은 다시 거절하며 혼자 할 수 있는 대로 자신을 변호해야 한다고 말했다. 아, 코숑의 가슴은 딱딱한 돌이었다.

코숑은 기소장을 준비했다. 이를 나는 간단히 고발장이라고 부르겠다. 잔의 죄목을 자세하게 열거한 이 목록을 코숑은 고발의 증거로 삼았다. 고발? 단지 의심과 소문을 모은 목록일 뿐이었다. 그리고 의심과 소문이란 말은 실제로 사용된 말이었다. 잔이 이단자이고 마녀이며 종교에 반하는 다른 범죄를 저질렀다고 고발하는 내용뿐이었다.

교회법에 따르면 이런 재판은 고발당한 사람의 내력과 성품에 대한 조사가 먼저 이루어져야 하고 그 조사 결과가 고발장에 추가되기 전까지는 시작할 수 없었다. 푸아티에에서 열렸던 재판에서 처음에 했던 일이 바로 이것임을 너희는 기억할 것이다. 이제 또다시 조사가 시작되었다. 성직자 한 명이 동레미에 파견됐다. 성직자는 동레미와 인근 지역에서 잔이 지내온 내력과 성품을 철저히 조사한 후 그 결과를 갖고 돌아왔다. 결과는 아주 분명했다. 조사관은 잔이 어떤 인물인지 샅샅이 조사했기 때문에, 조사관의 표현을 빌리면 '자기 누이가 어떤 사람인지 아는 것처럼' 그렇게 알고 있다고 보고했다. 보고 내용은 푸아티에에서 보고됐던 것과 동일했다. 아무리 세세하게 캐어도 걸릴 것 하나 없는 사람이 바로 잔이었다.

이 보고서 내용은 잔에게 유리했을 거라고 너희는 말할 것이다. 보고 내용이 공개되었다면 그랬을 것이다. 그러나 코숑은 잠자고 있는 것이 아니었기에, 재판이 시작되기 전에 그 보고 내용은 고발장에서 슬그머니 사라졌다. 사람들은 자기 몸을 사리느라 그 보고 내용은 어떻게 됐는지 감히 물으려 하지 않았다. 이쯤이면 코숑이 재판을 시작할 준비가 되었다고 생각할 것이다. 그러나 그렇지 않았다. 코숑은 잔의 사형선고를 위해 한 가지 더 계획을 짰는데 아주 치명적인 것이었다.

파리 대학에서 선발해 보낸 저명인사들 중에는 니콜라 루아즐뢰르라는 성직자가 한 명 있었다. 이 사람은 키가 크고 잘 생기고 진지한 사람이었는데, 말을 부드럽고 공손하게 해서 호감 가는 태도를 지닌 사람이었다. 이 사람에게는 배신과 위선이라고는 조금도 없어 보였다. 그러나 실은 그것들로 가득했다. 이 사람이 한밤중에 잔의 감옥에 구두수선공으로 변장을 하고 들어갔다. 그리고 잔과 같은 마을 출신인 체 했다. 자신은 원래 사제인데 구두수선공으로 변장을 하고 왔다고 잔에게 은밀히 말했다. 잔은 자신이 사랑하는 언덕과 들판을 본 사람이 왔다는 말에 정말 기뻐했다. 더욱이 사제를 만나 고해성사로 마음의 짐을 덜 수 있다는 생각에 행복했다. 잔에게 교회의 성직자는 생명을 주는 빵이었고 코의 숨결과 같았다. 잔은 오랫동안 성직자를 만나고 싶어 하던 참이었다. 그래서 잔은 이 작자에게 자신의 마음을 숨김없이 열었고 이 사람은 재판에 관해 잔에게 조언을 해 주었다. 만약 잔의 마음속 깊은 곳에 있는 타고난 지혜가 따르지 않게 하지 않았더라면 그 조언은 잔을 파멸시킬 수 있는 말이었다.

너희는 물을 것이다. 고해실의 비밀은 거룩한 것이라 사람들에게 알릴 수 없는데 이런 계략이 무슨 소용이 있냐고 말이다. 맞는 말이다. 그러나 다른 사람이 엿듣는다면 어떨까? 엿듣는 사람이 고해 내용을 비밀로 지켜야만 하는 것은 아니다. 바로 이런 일이 있었다. 코숑은 먼저 벽에다 구멍을 몰래 뚫어 놓았다. 그리고 구멍에 귀를 대고 모든 이야기를 엿들었다. 이런 일을 생각해낸다는 건 정말 한심한 일이다. 그 불쌍한 아이에게 이렇게까지 해야 했는지 놀라울 뿐이다. 잔은 이들에게 아무런 해를 입히지 않았는데도 말이다.

4. 첫 재판

2월 20일 화요일 저녁, 망숑 신부의 사무실에 앉아 있을 때 신부는 슬픈 얼굴로 들어와 이튿날 아침 8시에 재판이 열리기로 정해졌다고 알려 주었다. 나는 신부를 도울 준비를 시작했다. 물론 여러 날 동안 나는 이 소식을 기다리고 있었다. 그러나 막상 듣자 충격으로 숨이 멈출 것 같았고 바람에 이는 나뭇잎처럼 떨렸다. 의식하지 못했지만 나는 마지막 순간에 어떤 일이 일어나 재판이 열리지 않을 거라는 상상을 해 왔음을 깨달았다. 라 이르가 특공대를 이끌고 성문으로 벼락같이 들어오거나, 하느님이 불쌍히 여기사 전능한 손을 뻗으실 거라고 생각했다. 그러나 이제, 이제는 희망이 없었다.

재판은 성안의 작은 성당에서 공개적으로 열릴 예정이었다. 나는 슬픔에 잠겨 숙소로 돌아가 노엘에게 이 소식을 알리고 내일 일찍 재판에 가서 자리를 잡으라고 말했다. 노엘에게는 우리가 정말 존경하고 사랑하는 그 얼굴을 다시 볼 수 있는 기회였다. 길을 오고 가는 중에 나는 기뻐서 떠드는 잉글랜드 군인들과 잉글랜드와 한편인 프랑스인들 무리를 헤쳐 지나가야 했다. 사람들은 다가오는 이 사건 말고 다른 이야기는 하지 않았다. 무자비하게 웃으며 이렇게 말하는 소리를 나는 여러 번 들었다.

"그 뚱보 주교가 드디어 원하는 대로 준비를 마쳤어. 주교가 말했다고 하네. 사악한 마녀가 흥에 겨워 춤추게 하겠다고. 하지만 그 춤은 잠시뿐일 거라고."

그러나 여기저기서 동정하고 슬퍼하는 얼굴도 간간이 보았는데 프랑스인의 얼굴만 그랬던 것은 아니었다. 잉글랜드 병사들은 잔을 두려워했지만 잔의 뛰어난 행동과 꺾일 줄 모르는 정신을 존경하고 있었다.

아침에 망송 신부와 나는 일찍 갔지만, 큰 요새에 가까이 이르자, 이미 많은 사람들이 와 있었고 계속 모여들고 있었다. 작은 성당은 이미 사람들로 가득 차서 재판에 관계된 업무를 하지 않는 사람들은 더 이상 입장할 수 없었다. 우리는 지정된 곳에 앉았다. 높은 곳에는 재판장인 보베의 주교 코숑이 위엄 있는 법복을 입고 앉아 있었고 그 앞에도 성직자 50명이 법복을 입고 줄지어 앉아 있었다. 이 50명은 교회에서 높은 지위에 있는 저명한 사람들로 누가 봐도 지적인 얼굴을 한 학식이 깊은 사람들이었다. 이들은 계략과 교회법에 능한 노련한 이들로, 발 조심하지 않는 무지한 사람들에게 덫을 놓는 일을 해 온 사람들이었다.

나는 여기에 오직 한 가지 판결만을 위해 모여 있는, 법으로 펜싱을 하는 이 대가들로 이루어진 군대를 둘러보았다. 그리고 잔이 자신의 명예와 목숨을 위해서 이들에 대항하여 혼자 싸워야 한다는 걸 기억하고는 아무것도 모르는 열아홉 살짜리 시골 소녀가 이런 불평등한 싸움에서 어떤 기회를 얻을 수 있을지 나 자신에게 물었다. 그러자 내 가슴은 밑으로, 가장 밑으로 무너져 내려갔다. 다시 나는 그 뚱보 재판장을 바라보았다. 씩씩 거리며 숨을 쉴 때마다 큰 배가 나왔다 들어갔다 했고 턱은 세 겹이었다. 얼룩이 있는 얼굴은 울퉁불퉁하고 자줏빛이었다. 꽃양배추같이 흉측한 코, 악의에 찬 차가운 눈. 재판장의 이런 야수 같은 모습을 자세히 보자 내 가슴은 더 밑으로 무너져 내려갔다. 앞에 앉은 50명은 모두 이 사람을 두려워해서 이 사람의 눈이 자신을 쳐다보면 쪼그라들어 자리에서 꼼지락거렸다. 이런 모습을 보자 남아 있던 한 줄기 희망도 완전히 사라졌다.

이곳에 빈자리는 하나밖에 없었다. 사방 어디에서나 보이는 벽면 앞에 놓인 의자였다. 등받이가 없는 작은 나무 의자였는데 따로 떨어져 연단 같은 곳 위에 외롭게 서 있었다. 면갑 없는 투구를 쓰고 가슴받이를 하고 쇠 장갑을 낀 손에 미늘창을 든 키 큰 병사들이 의자 양옆에 한 명씩 서 있을 뿐, 아무도 의자 가까이에 있지 않았다. 누구의 자리인지 알았기 때문에 그 작은 의자를 보면 슬퍼졌다. 한편으로는 푸아티에 재판을 기억나게 했는데, 잔은 비슷한 의자에 앉아 교회와 의회의 대단한 학자들을 상대로 차분하고 슬기롭게 싸워 승리하고 일어나 모든 이들의 찬사를 받았다. 그리고 세상으로 나아가 세상을 잔의 명성과 영광으로 가득 채웠다.

새롭게 피어난 꽃 같은 열일곱 잔은 얼마나 작고 귀여웠는지! 또 얼마나 온유하고 순수하며 매력적이고 아름다웠는지! 잔의 그 시절은 화려한 시절이었다. 지금도 막 열아홉 살이 된 터라 잔의 모습은 이전과 마찬가지였다. 열일곱 이후로 잔은 얼마나 많은 것을 경험하고 놀라운 일을 이루었던가!

그러나 이제는 …. 아, 모든 것이 변하고 말았다. 빛도 신선한 공기도 없고 다정한 사람들의 웃음도 없는 지하 감옥에서 잔은 9개월 가까이 갇혀 있었다. 태양의 딸로 태어나 새들을 비롯해 자유롭고 행복한 온갖 동물들의 친구였던 잔이. 오랫동안 이렇게 갇혀 있어 이제 잔은 지치고 힘도 못 쓰는 상태가 되었다. 아마도 희망이 없다는 걸 알고 낙담에 빠져 있을 것이다. 그래, 모든 것이 변했다.

성당 안은 작게 웅성거리는 소리, 법복이 바스락거리는 소리, 마룻바닥의 신발 소리, 이런저런 소리가 섞인 둔탁한 소리들이 채우고 있었다. 그런데 갑자기 소리가 들렸다.

"피고는 들어 오시오!"

나는 숨을 멈추었다. 내 심장은 망치질하는 것처럼 쿵쾅쿵쾅 뛰었다. 잠시 침묵이 흘렀다. 아주 조용한 침묵이. 원래 아무 소리가 없었던 것처럼 성당 안은 어떤 소리도 들리지 않았다. 조그만 소리도 들리지 않았다. 무거운 것이 내리누르는 것처럼 고요함에 숨이 막히는 것 같았다. 모든 얼굴이 문 쪽을 향했다. 모인 사람들은 기대하고 있었고 분명 대부분 느끼고 있었다. 이전에 자신들이 오직 어떤 단어와 표현, 세상을 움직이는 이름으로만 들었던 그 대단한 존재가, 이제 몸과 피를 가진 모습으로 눈 앞에 나타난다는 것을.

고요함이 계속 이어졌다. 그때 돌로 바닥을 깐 복도 저 멀리 희미하고 느릿한 소리가 다가오고 있었다. 철커덕 … 짤랑 … 철커덕. 잔 다르크, 프랑스를 구한 잔 다르크가 사슬에 묶여 걸어오는 소리였다! 나는 머리가 어질어질했다. 내 주위의 모든 것이 빙빙 돌았다. 아, 나 역시 다른 사람들처럼 느끼고 있었다.

5. 혼자서

내 명예를 걸고 말하겠다. 이 슬픈 재판에 대한 사실을 왜곡하거나 변색시키지 않겠다고 말이다. 망송 신부와 내가 그곳에서 날마다 공식적으로 기록한 대로, 또 역사책에서 읽을 수 있는 것과 같이 너희에게 솔직하게 자세한 내용을 이야기해 주겠다. 그러나 가까운 너희에게 들려주는 것이니 너희가 더 잘 이해할 수 있도록 사건에 대한 내 생각과 설명을 덧붙이겠다. 이야기를 쓰는 사람으로서 그럴 권리는 있으니까 말이다. 또 사소한 것이라 공식 기록에 남기지는 않았지만 너희와 내가 관심을 가질 만한 것도 이야기하겠다.*

이야기가 끊어진 부분에서 다시 시작하겠다. 우리는 복도를 따라 걸어오는 잔의 사슬이 찰랑거리는 소리를 들었다. 다가오고 있었다. 이내 잔이 모습을 드러냈다. 흥분이 장내를 사로잡았다. 깊은숨을 들이쉬는 소리들이 들렸다. 잔 조금 뒤로 감시병 두 명이 따르고 있었다. 고개를 조금 숙인 잔은 몸이 약하고 족쇄가 무거워서 천천히 걸어왔다.

잔은 남자 옷을 입고 있었는데 모두 검은색이었다. 부드러운 모직물로 만들어진 옷으로 목부터 발끝까지 옅은 곳이라고는 점 하나도 없는, 장례식의 상복처럼 아주 시커먼 검은색 옷이었다. 그리고 옷의 넓은 칼라부터 어깨와 가슴 쪽으로 주름이 퍼져 있었다. 위에 입은 더블릿의 소매는 길어서 팔꿈치 아래로 내려왔고 팔꿈치부터 수갑을 채운 손목까지 꽉 조여 있었다. 더블릿 아래로는 착 달라붙은 검은색 스타킹이 발목의 족쇄까지 내려왔다.

잔은 자리로 반쯤 가다가 멈추어 섰다. 잔이 서 있는 바로 그곳에는 창문에서 비스듬히 떨어지는 넓은 빛줄기가 비치고 있었다. 잔은 천천히 고개를 들었다. 또 다른 흥분이 시작되는 순간이었다! 가녀린 몸에 걸친 음침한 짙은 검은색 옷과 생생히 대조되게 잔의 얼굴은 흰 눈처럼 하얀 얼굴이었다. 얼굴은 다른 색이라고는 전혀 없이 흰 눈처럼 하얗게 빛났다. 곱고 맑은 소녀 같은 얼굴, 믿을 수 없을 정도로 아름다운 얼굴, 한없이 슬프면서도 사랑

---

* 【올든 주】 글쓴이는 자신의 약속을 지켰다. 재판에 대한 글쓴이의 이야기는, 진실만을 말하겠다고 선서한 증인들의 증언을 기록한 재판 기록과 세밀한 부분까지 정확하게 일치한다.

스러운 얼굴이었다. 하지만 이럴 수가, 이럴 수가! 겁먹지 않은 도전적인 눈으로 재판장을 바라보자, 축 처져 있던 모습은 사라지고 군인답게 꼿꼿이 허리를 펴며 고결한 태도를 드러내었다. 내 가슴은 기뻐 뛰기 시작했다. 나는 속으로 말했다.

'괜찮아. 잘될 거야. 잔은 무너지지 않았어. 이들은 잔을 이기지 못한 거야. 이 아이는 잔 다르크야!'

그래, 이제 분명해졌다. 사람들이 두려워하는 재판장도 꺾을 수 없고 두려워하게 할 수 없는 한 영혼이 이곳에 있었다. 잔은 자기 자리로 걸어가 연단에 올라 의자에 앉은 다음, 무릎 위에 사슬을 모으고 그 위에 자그마한 하얀 손을 올려놓았다. 그리고 아무 말 없이 위엄 있는 모습으로 기다렸다. 잔은 이곳에서 동요하거나 흥분하지 않은 유일한 사람이었다.

구경 온 시민들 맨 앞에 차분하게 서 있던 구릿빛 피부를 한 건장한 잉글랜드 병사가 아주 박력 있게 큰 손을 들어 잔에게 경례를 하며 존경을 표했다. 그러자 잔은 다정하게 미소를 지으며 자리에서 일어나 답례를 했다. 그러자 그 광경에 흐뭇해하며 박수 소리가 조금 일어났다. 그러나 재판장이 엄한 태도로 조용히 하라고 말했다.

이제 역사에서 대재판이라고 일컬어지는 길이길이 기억될 심문이 시작되었다. 전문가 50명이 아무것도 모르는 한 소녀를 공격할 것이다. 그런데 이 소녀를 도와줄 사람은 아무도 없었다! 재판장은 소송의 배경과 소송의 근거가 되는 공식적인 고발 내용과 의혹을 간단히 설명했다. 그리고 잔으로 하여금 무릎을 꿇고 모든 질문에 오직 진실만을 말할 것을 선서하도록 명했다. 잔의 정신은 잠들어 있지 않았다. 겉보기에 공정하고 합리적인 이 요구 아래 위험이 도사릴 수 있다고 생각한 것이다. 잔은 푸아티에 재판에서 적의 가장 좋은 계략을 자주 실패하게 했을 때처럼 단순하게 대답했다.

"안됩니다. 제게 무슨 질문을 할지 모르기 때문입니다. 제가 대답할 수 없는 것을 물어볼 수도 있으니까요."

이 말에 재판을 맡은 사람들과 배심원들은 화가 나서 소리를 질러댔다. 그러나 잔은 위축되지 않았다. 소란 가운데 코숑은 목소리를 크게 하여 말하려고 했지만 코숑 역시 너무 화가 나서 힘겹게 말을 내뱉었다.

"우리 주님의 도우심으로 우리는 네가 양심에 어긋나지 않게 이 절차를 빨리 진행하기를 요청한다. 복음서에 손을 얹고 선서해라. 질문에 진실하게 대답하겠다고!"

코숑은 이렇게 말하고 통통한 주먹으로 책상을 쾅 내리쳤다. 잔이 차분하게 대답했다.

"저의 아버지와 어머니, 저의 신앙, 그리고 프랑스에서 태어나 제가 한 일들에 대한 거라면 기꺼이 대답하겠습니다. 그러나 제가 하느님께로부터 받은 계시에 대해서라면 제가 들은 음성들께서 프랑스 왕 이외의 사람들에게는 말하지 말라고 하셨습니다…"

그러자 또 화가 난 사람들이 욕을 내뱉고 위협을 하여 큰 소란이 일어났다. 그래서 잔은 하던 말을 멈추고 소란이 잦아들 때까지 기다려야 했다. 다시 조용해지자 밀랍처럼 창백한 잔의 얼굴이 조금 붉어지더니, 허리를 똑바로 펴고 재판장에게 시선을 고정하며 예전의 그 단호한 목소리로 말을 맺었다.

"내 머리가 잘려도 나는 하느님께 받은 계시를 절대로 이야기하지 않겠습니다!"

프랑스인들이 토론할 때 어떤지 너희는 알 것이다. 재판장과 성직자들과 배심원들 반이 바로 일어나 포로에게 주먹을 흔들며 고래고래 소리를 지르고 호통을 쳐서 다른 생각을 할 수가 없었다. 이렇게 몇 분이 지났다. 잔이 동요 없이 무심하게 앉아 있어 사람들은 더 화를 내고 시끄러워졌다. 그런 와중에 잔은 옛날의 그 장난기가 눈과 태도에 잠시 스쳐 지나가며 말했다.

"점잖으신 어르신들, 한 번에 하나씩만 말씀해 주세요. 그러면 여러분 모두에게 대답해 드리겠습니다."

선서에 대해 화를 내며 논쟁한 지 3시간이 지났지만 조금도 달라진 게 없었다. 주교는 여전히 모든 질문에 진실을 말하겠다 선서하라고 요구했고, 잔은 자신이 말한 대로가 아니면 선서하지 않겠다고 스무 번이나 말했다. 재판장과 법정 인사들에게 몸에 변화가 일어났다. 오랫동안 광분해서 소리를 지른 탓에 목이 쉬고 기운이 빠져 얼굴마저 초췌해졌다. 그러나 잔은 여전히 침착하고 차분했으며 지친 기색이 없었다.

소란이 잦아들었다. 그리고 무언가를 기다리는 시간이 잠시 이어졌다. 재판장은 포로에게 항복하고 말았다. 씁쓸한 목소리로 잔이 원하는 대로 선서를 하라고 했다. 잔은 즉시 무릎을 꿇었다. 그리고 복음서에 두 손을 올려놓았다. 그때 한 잉글랜드 병사가 속마음을 털어놓았다.

"장담하는데 만약 잉글랜드인이었다면 지금 이곳에 있지 않았을 거야!"

잉글랜드 병사는 같은 무사로서 잔 안에 있는 무사를 향해 자기 마음을 표현한 것이다. 얼마나 따끔한 비난인지! 그리고 프랑스와 프랑스 왕가에 대한 비난이기도 했다! 오를레앙 사람들이 있는 곳에서 이 잉글랜드 병사가 이 한마디 말만 할 수 있었다면! 그랬다면 잔에게 은혜를 입고 잔을 흠모하는 오를레앙 사람들은 남자고 여자고 할 것 없이 한 사람도 빠지지 않고 일어나 루앙으로 진격해 올 것이다. 사람을 부끄럽게 하고 겸손하게 하는 어떤 말은 불길처럼 사람의 기억 속에 파고들어 남곤 한다. 잉글랜드 병사의 말이 내게는 그랬다.

잔이 선서를 하자 코숑은 잔에게 이름과 태어난 곳을 묻고 가족에 대해 몇 가지 질문을 했다. 또 나이가 몇 살인지도 물었다. 잔은 모든 질문에 대답했다. 다음으로 재판장은 잔이 얼마나 교육을 받았는지 물었다.

"저는 어머니에게 주기도문과 성가 아베 마리아, 그리고 신앙의 교리를 배웠습니다. 제가 아는 것은 모두 어머니께서 가르쳐 주셨습니다."

이런 비본질적인 질문들이 오랫동안 이어졌다. 잔을 제외하고는 모두 녹초가 되었다. 폐정할 시간이 다가왔다. 그러자 코숑은 탈옥을 시도하면 이단죄로 유죄가 될 것이기에 시도조차 하지 말라고 경고했다. 이상한 논리였다! 잔은 간단히 대답했다.

"그 말을 내가 따라야 하는 건 아닙니다. 탈출한다고 해도 가책을 느끼지는 않을 겁니다. 그렇게 약속한 적도 없고 또 약속하지도 않을 테니까요."

이렇게 말하고 잔은 사슬에 묶여있는 게 힘드니 벗겨 달라고 했다. 지하 감옥에서는 철저하게 감시받고 있으니 사슬이 필요하지 않다고 말했다. 그러나 주교는 잔이 두 번이나 탈옥을 시도했던 것을 언급하며 거절했다. 잔 다르크는 자존심이 강해서 더 이상 요구하지 않았다. 잔은 경비병들과 함께 가려고 일어날 때 단지 이렇게 말했다.
　"탈옥하고 싶었던 건 사실입니다. 지금도 전 탈옥하고 싶습니다."
　그리고 듣는 이들의 동정심을 자극하는 말을 덧붙였다.
　"탈옥은 감옥에 갇힌 모든 이들의 권리니까요."
　이렇게 마지막 말을 남기고 잔은 아주 조용한 가운데 자리를 떠났다. 이 조용함 속에서 잔의 쇠사슬 소리가 더 날카롭고 가슴 아프게 들렸다.
　잔의 마음은 참 대단하다! 아무도 잔을 당황하게 할 수 없었다. 잔은 처음에 자리에 앉을 때 노엘과 나를 보았다. 우리는 이마까지 얼굴빛이 변할 정도로 흥분하고 감격했지만 잔의 얼굴에는 아무 변화가 없었고 어떤 감정도 드러내지 않았다. 그날 잔의 눈은 50번쯤 우리를 쳐다보았지만 우리를 아는 체하는 어떤 눈빛도 없었다. 만일 그랬다면 다른 사람들도 우리를 쳐다보기 시작했을 것이고 그렇게 됐다면 물론 우리는 난처한 일을 당했을 것이다. 우리는 함께 천천히 걸어서 숙소로 돌아왔다. 각자 슬픈 마음을 감내하느라 서로 아무 말도 하지 않은 채.

6. 당황하는 재판관들

그날 밤 망송 신부는 낮에 재판이 진행되는 내내 코숑이 창문 뒤에 서기 몇 사람을 숨겨 놓고 잔의 대답을 왜곡해서 적게 했다는 걸 말해 주었다. 정말 코숑은 이제껏 세상에 태어난 사람들 중에 가장 잔인하고 뻔뻔한 사람이었다. 그러나 코숑의 계획은 좌절되었다. 서기들은 인간다운 이들이라 그런 비도덕적인 일을 차마 할 수가 없어, 받은 명령과 달리 용감하고 솔직하게 잔의 대답을 그대로 기록했다.

그러자 코숑은 이들을 저주했고 물에 빠져 죽게 하겠다고 협박하면서 당장 꺼지라고 말했다. 물에 빠뜨려 죽이겠다는 말은 코숑이 좋아해서 자주 사용하는 말이었다. 그런데 이 사실이 널리 퍼져서 비판하는 여론이 크게 일어났다. 그런 덕분에 코숑은 이 추잡한 농간을 또다시 하지는 못할 거라고 망송 신부가 내게 말했다. 이 말을 들으니 안심이 되었다.

이튿날 아침 성채에 도착했을 때 우리는 달라진 게 있다는 걸 알았다. 소예배당이 너무 작아서 재판정은 성채의 큰 홀 끝에 있는 좋은 곳으로 옮겨졌다. 판사들의 수도 62명으로 늘어났다. 도울 사람 없는 법에 무지한 소녀는 62명을 상대해야 했다.

포로가 법정에 들어섰다. 잔의 얼굴은 어제처럼 희었고 몸 상태는 전날보다 더 나빠진 것 같지는 않았다. 이상한 일 아니니? 어제 잔은 무릎에 사슬을 올려놓고 등받이 없는 의자에 5시간이나 앉아 있었다. 야비한 인간들이 계속 미끼를 던지고 질문하고 괴롭히는 와중에 물 한 잔도 받지 못했다. 이때 너희가 잔을 보았다면 내가 굳이 말하지 않아도 잔은 야비한 사람들에게 애걸하는 사람이 아니라는 걸 알았을 것이다. 잔은 사슬에 묶인 채 겨울처럼 추운 지하 감옥에 갇혀 밤을 지내고 왔지만, 내가 말한 것처럼 그날도 지친 기색 없이 침착했고 싸울 준비가 되어 있었다. 어제 일로 인한 피곤함과 걱정근심을 보이지 않는 사람은 잔뿐이었다.

그리고 잔의 두 눈. 아, 너희가 직접 그 눈을 보고 가슴이 미어져야 한다. 너희는 깊은 곳에 숨겨져 타오르는 불꽃을 본 적이 있니? 가슴 아프도록 상처 입은 그 존엄성을, 새장에 갇힌 독수리의 눈에서 이글거리며 타오르는, 패배하지도 패배할 수도 없는 정신을 본 적이 있니? 그 정신의 말 없는 비난 아래 비천해지고 초라해지는 느낌을 가진 적이 있니?

잔의 눈은 그와 같았다. 그 눈은 무한한 힘이 서린 얼마나 놀라운 것인지! 그래, 잔의 눈은 모든 상황에서 언제나 많은 감정을 미세한 부분까지 세밀하게 표현하였다. 그 눈에는 홍수처럼 쏟아지는 화려한 햇살이 숨어 있었고, 가장 부드럽고 평온한 석양 노을이 있었으며, 파괴적인 폭풍과 번개가 있었다. 이 세상에 그 눈에 견줄 수 있는 다른 눈은 없을 것이다. 이것은 내 생각이지만 잔의 두 눈을 본 사람이라면 나와 다르게 말하지 않을 것이다.

재판이 시작되었다. 처음에 어땠으리라 너희는 생각하니? 이전과 다를 바 없었다. 어제 결정된 일을 가지고 또다시 길게 언쟁을 벌이며 지루한 일로 똑같이 시작했다. 주교의 첫 마디는 이랬다.

"이제 묻는 질문에 거짓 없이 솔직하게 대답하겠다고 선서하시오."

잔은 차분하게 대답했다.

"재판장님, 어제 선서를 했습니다. 그걸로 충분합니다."

주교는 다시 선서하라고 성질을 내면서 우기고 우겼다. 그러나 잔은 아무 말 없이 고개를 가로저을 뿐이었다. 마침내 잔이 입을 열었다.

"저는 어제 선서를 했습니다. 그것으로 충분합니다."

그리고 한숨을 쉬며 덧붙였다.

"정말 너무하는군요."

주교는 그래도 선서하라고 명령했지만 잔은 꼼짝하지 않았다. 마침내 주교는 포기하고 신학 박사 보페르에게 이날의 심문을 넘겼다. 보페르는 그럴듯한 말로 꾸미는 속임수와 덫 놓기에 능통한 사람이었다.

이 달변가이자 모사꾼이 그럴듯하게 하는 첫 말을 주목해 보거라. 중요한 말이 아닌 것처럼 던져서 조심성 없는 사람을 방심하게끔 하는 말은 이랬다.

"잔, 간단한 일이야. 어제 선서한 것처럼 내가 묻는 질문에 꾸밈없이 솔직하게 말하면 돼."

하지만 실패였다. 잔의 지성은 잠들어 있지 않았다. 잔은 책략을 간파하고 말했다.

"아니요. 제가 말할 수 없는 걸 제게 물을 수 있잖아요. 그러면 대답하지 않겠습니다."

하느님께서 꼭 비밀에 부치라고 엄숙하게 말씀하시면서 두 손으로 주신 일들을, 하느님을 섬기는 성직자들이라는 사람들이

캐내어 알려고 하는 게 얼마나 불경스럽고 직임에 맞지 않은지 잔은 생각했던 걸까. 잔은 경고하는 듯한 어조로 덧붙였다.

"저에 대해 잘 알고 계시다면 저를 심문하려 하지 않을 겁니다. 저는 하느님의 계시를 받은 일 외에는 아무것도 하지 않았습니다."

그러자 보페르는 공격 방법을 바꾸어 다른 쪽에서 접근했다. 문제없어 보이는 사소한 질문 아래 숨어서 몰래 잔에게 다가갔다.

"집에서 배운 것이 있나?"

"네, 바느질과 실 잣는 일을 배웠습니다."

이렇게 대답한 후 적수 없는 전사, 파테 전투의 승리자, 사자 탤벗을 무릎 꿇린 자, 오를레앙의 구원자, 왕관을 쓰게 한 자, 프랑스 군대의 총사령관인 잔은 자부심이 든다는 듯 허리를 펴고 고개를 조금 쳐든 후 덧붙였다.

"이 일이라면 루앙의 어떤 여자하고 겨루어도 두렵지 않습니다!"

구경하던 사람들 가운데 박수가 터져 나왔다. 잔은 그 반응이 마음에 들었다. 많은 사람들의 얼굴에 애정이 담긴 정다운 미소가 번졌다. 그러나 코숑은 사람들에게 호통을 치면서 조용히 하고 행동을 조심하라고 주의를 줬다. 보페르는 다른 질문을 했다.

"집에서 다른 일을 해본 적이 있나?"

"네, 어머니를 도와서 집안일을 했습니다. 또 양과 소를 몰고 풀밭으로 나가기도 했고요."

잔의 목소리가 조금 떨렸지만 그 떨림은 거의 알아차릴 수 없는 것이었다. 잔의 말을 듣자 동화 같던 옛 시절이 홍수처럼 내 마음에 쏟아져, 나는 잠시 내가 쓰는 글씨가 눈에 보이지 않았다.

보페르는 다른 질문들을 하면서 조금씩 금지된 곳을 향해 조심스럽게 나아가다가, 잔이 대답하기를 거부했던 질문을 다시 한번 되풀이했다. 부활절 이외의 다른 절기 때 성체성사*를 받은 적이 있는지 묻는 질문이었다. 잔은 이렇게 대답하기만 했다.

"파세 우트르"(Passez outre)

즉 "당신이 심문할 수 있는 문제로 넘어가세요."라는 뜻이었다. 나는 재판관 중 하나가 옆에 앉은 동료에게 말하는 소리를 들었다.

"보통 증인들은 아둔해서 쉽게 먹이가 되잖아. 그래, 쉽게 당황하고 쉽게 겁을 먹지. 그런데 정말 이 아이는 겁을 먹게 할 수가 없어. 쉽게 걸려들지도 않아."

이때 법정 안의 사람들은 귀를 쫑긋 세우고 집중해서 듣기 시작했다. 모든 사람들이 궁금해하고 큰 관심을 갖는 문제, 곧 잔이 들은 음성들에 대해 보페르가 질문을 시작했기 때문이다. 보페르의 목적은 잔이 한 말을 책잡아, 그 음성들이 잔에게 나쁜 일을 시켰음을 입증하는 일이었다. 그러면 음성들은 사탄의 것이라고 주장할 수 있었다. 악마와 교류를 했다고 한다면 쉽게 화형에 처할 수 있었고, 바로 이것이 이 재판이 의도하는 결말이며 목적이었다.

"그 음성들을 언제 처음 들었나?"

---

* 빵과 포도주를 먹으며 예수님의 죽으심을 기념하는 기독교 예식

"열세 살 때 처음 하느님께서 주신 음성을 들었습니다. 제가 선한 삶을 사는 데 도움이 되는 내용이었습니다. 그때 나는 놀랐습니다. 여름 한낮에 아버지 정원에 있을 때 들었습니다."

"그 시각까지 금식을 했나?"

"네."

"전 날부터?"

"아니요."

"어느 쪽에서 들려왔나?"

"오른쪽에서 들려왔습니다. 교회가 있는 쪽이었죠."

"밝은 빛과 함께 음성이 들렸나?"

"아, 정말 그랬습니다. 아주 밝았습니다. 프랑스 땅에 왔을 때는* 자주 그 음성들을 크게 듣곤 했습니다."

"그 음성들은 어떤 소리였나?"

"아주 고귀한 음성들이었습니다. 저는 하느님께서 제게 보내신 것이라 생각했습니다. 세 번째로 들었을 때는 천사의 음성이라고 생각했습니다."

"그 말소리를 알아들을 수 있었나?"

"아주 쉽게 이해할 수 있었죠. 언제나 분명하게 말씀하셨습니다."

"그대 영혼의 구원을 위해서 어떤 말씀을 하시던가?"

"올바르게 살고 성당 미사에 잘 참여하라고 하셨습니다. 그리고 제가 반드시 프랑스 땅에 가야 한다고 하셨습니다."

---

* 잔 다르크가 태어나고 자란 마을 동레미는 잉글랜드가 지배하고 있었다.

"그 음성은 어떤 형태로 나타났나?"

잔은 잠시 그 신부를 조심스럽게 쳐다보며 아주 차분하게 대답했다.

"그건 말씀드리지 않겠습니다."

"그 음성은 자네를 자주 찾아왔나?"

"네, 일주일에 두세 번 찾아와서 말씀하셨습니다. '이 마을을 떠나서 프랑스 땅으로 가거라.'"

"아버지는 그대가 떠나는 것을 아셨나?"

"아니요. 음성께서 말씀하셨습니다. '프랑스로 가거라.' 그래서 저는 집에 더 이상 머물 수 없었습니다."

"또 다른 말은 없었나?"

"오를레앙을 제가 구해야 한다고 하셨습니다."

"그게 다 인가?"

"아니요. 보쿨뢰르로 가야 한다고도 하셨습니다. 그러면 로베르 드 보드리쿠르 영주께서 저와 함께 프랑스 땅으로 갈 군인들을 내줄 것이라고 하셨죠. 저는 말을 탈 줄도 모르고 싸울 줄도 모르는 연약한 소녀라고 대답을 했습니다."

그리고 잔은 보쿨뢰르에서 방해를 받고 지체하다가 어떻게 결국 군사를 얻어 갈 수 있었는지 이야기했다.

"그대는 어떤 옷을 입고 다녔나?"

푸아티에 법원은 하느님께서 잔에게 남자의 일을 맡기셨기 때문에 잔이 남자처럼 옷을 입고 다니는 것은 온당하고 신앙에 위배되지 않는다는 판결을 내렸다. 그러나 푸아티에 법원의 판결은 상관없었다. 이 법정은 잔을 공격하는 데에 쓸 수 있는 무기라면 어느 것이나 다 동원했다. 부서지고 신뢰할 수 없는 것들까지 죄다 모았다. 옷에 대한 공격은 재판이 끝날 때까지 많이 하게 된다.

"저는 남자의 옷을 입었습니다. 칼은 로베르 드 보드리쿠르께서 제게 준 걸 찼고 다른 무기는 지니지 않았습니다."

"누가 남자의 옷을 입으라고 그대에게 말했나?"

잔은 잠시 의심이 들어 대답하지 않았다. 그러자 질문을 반복했다.

"대답하시오. 명령이다!"

"파세 우트르"(다음 질문으로 넘어가시죠)

이 말이 잔이 대답한 전부였다. 그래서 보페르는 잠시 이 질문을 포기했다.

"그대가 떠날 때 보드리쿠르는 무슨 말을 했는가?"

"나와 함께 보내는 사람들에게 나를 잘 호위하겠다는 약속을 하게 했고 제게는 이렇게 말씀하셨습니다. '가라. 그리고 운명을 따라라!'"(Advienne que pourra!)

보페르는 다른 질문을 많이 한 다음에 다시 잔의 옷에 대한 질문을 했다. 잔은 남자처럼 입는 게 필요했다고 말했다.

"그대의 음성이 남자의 옷을 입으라고 했나?"

잔은 차분하게 대답하기만 했다.

"저는 제 음성께서 제게 좋은 것을 말씀해 주셨다고 생각합니다."

잔에게 끌어낼 수 있는 대답은 이게 전부였다. 그래서 다른 것들에 대한 질문이 이어지다가 잔이 시농에서 왕을 처음 만난 일에 대해 질문했다. 잔은 자신은 왕을 알지 못했지만 음성들이 알려 줘서 진짜 왕이 누구인지 지목할 수 있었다고 말했다. 그때 있었던 모든 일을 캐묻고 나서 보페르는 이렇게 물었다.

"아직도 그 음성들을 듣고 있나?"

"매일 저를 찾아옵니다."

"어떤 것을 그대는 청하나?"

"제 영혼이 구원받는 것 외에는 아무런 보상도 저는 청한 적이 없습니다."

"그 음성은 군인으로 지내라고 늘 그대에게 말하는가?"

보페르는 다시 한번 슬금슬금 다가오고 있었다. 잔이 대답했다.

"그 음성들은 생드니에 남아 있으라고 하셨습니다. 제가 자유로웠다면 순종할 수 있었을 것입니다. 하지만 부상을 당해 아무 힘이 없어서 기사들이 저를 강제로 데리고 나갔습니다."

"부상은 언제 당했나?"

"파리 성의 해자에서 공격을 하다가 부상을 입었습니다."

다음 질문은 보페르가 무슨 의도를 갖고 있는지 드러내 주는 질문이었다.

"그때가 축일이었나?"

너희는 알아차렸니? 하느님이 보내신 음성이라면 피 흘리는 전쟁으로 거룩한 축일을 지키지 않게 할 수 없다는 생각이었다. 잔은 잠시 고민을 하다가 그때는 축일이었다고 대답했다.

"그럼 이제 대답해 봐라. 축일에 공격을 할 권리가 그대에게 있는가?"

이 질문은 지금까지 아무런 손상을 입지 않은 벽에 처음으로 구멍을 뚫을 수 있는 포격과 같은 질문이었다. 장내는 순식간에 조용해졌다. 한 사람도 빠짐없이 어떤 대답을 할지 집중하고 있다는 것이 느껴질 정도였다. 그러나 잔은 모두를 실망시켰다. 파리를 쫓을 때처럼 한 손을 조금 움직이며 무심하고 차분히 말할 뿐이었다.

"파세 우트르"(다음 질문으로 넘어가시죠)

그곳에 있는 사람들 중 가장 근엄한 사람들 가운데 몇 사람의 얼굴에 잠시 미소가 일었다. 곧바로 웃는 사람들도 몇 명 있었다. 함정을 아주 오랫동안 공들여 준비해 왔는데 실패하고 말았다. 함정은 걸려들지 않아 텅 비어 있게 되었다.

폐정이 선언되었다. 다들 몇 시간 동안 앉아 있느라 몹시 피곤했다. 시간 대부분은 시농에서 있었던 일과 포로가 된 오를레앙 공작, 잔의 첫 번째 선언 등에 대한 한가하고 쓸데없는 심문으로 채워졌지만, 이렇게 두서없이 진행된 것처럼 보이는 심문은 사실 이곳저곳에 덫을 뿌리고 숨겨 놓은 것이었다.

그러나 잔은 다행히 이 모든 덫을 피할 수 있었다. 어떤 것들은 무지와 결백에 따르는 행운 때문에 피할 수 있었고, 어떤 것들은 다행히 우연으로 피할 수 있었다. 또 어떤 것들은 잔의 가장 확실한 최고 조력자의 도움으로 피할 수 있었으니, 곧 잔이 가진 비범한 정신이 번개같이 빠른 직관으로 선명하게 덫을 보았기 때문이다.

친구 한 사람도 옆에 없는, 사슬에 묶인 이 소녀에게 날마다 미끼를 던지며 질문을 하는 일은 아주 오랫동안 계속되었다. 이것은 한 무리 마스티프와 블러드하운드가 위엄을 갖추고 새끼 고양이 한 마리를 괴롭히는 사냥과 다를 바 없었다! 내가 맹세한 대로 첫날부터 마지막 날까지 재판의 모습을 이야기하는 것이 좋을 것이다.

가엾은 잔이 25년간 무덤에 누워 있을 때, 교황은 잔에 대한 사건을 다시 검토하는 큰 재판을 열고 그 재판에서 잔의 유명한 이름을 더럽히는 온갖 오점과 얼룩을 깨끗이 지우고는 여기 루앙 재판의 판결과 행태를 영원히 비난하는 판결을 내놓는다. 루앙 재판에 참여한 망송 신부와 여러 재판관들은 명예 회복 재판에 나온 증인들 가운데 있었다.

너희에게 지금까지 말한 루앙 재판이라는 이 불행한 재판을 망송 신부는 명예 회복 재판에서 돌아보며 이렇게 증언한다. 역사에 공식적으로 기록된 망송 신부의 증언문 전부를 여기서 너희에게 들려주겠다.

"잔이 자신이 본 현현에 대해 말할 때 거의 매 단어마다 심문관이 끼어들었습니다. 심문관들은 온갖 것에 대해 오랫동안 잔을 지치게 했습니다. 거의 매일 오전에 심문이 서너 시간씩 이어졌고, 이 오전 심문에서 특히 어렵고 미묘한 점을 뽑아서, 두세 시간씩 이어지는 오후 심문의 재료로 삼았습니다. 시시각각 한 주제에서 다른 주제로 넘어갔지만, 그럼에도 잔은 언제나 놀라운 지혜와 기억력으로 대답했습니다. 잔은 종종 법관의 말을 바로잡으며 서기인 제게 물어보라고 이렇게 말했습니다. '전에 한번 제가 이미 대답했습니다. 서기에게 물어보십시오.'"

또 잔을 심문했던 한 사람의 증언도 들려주겠다. 이 증인들이 이틀이나 사흘 동안 있었던 재판에 대해 말하는 것이 아니라, 여러 날 오랫동안 지루하게 계속된 재판에 대해 말하고 있다는 걸 생각하며 읽어 보거라.

"심문관들은 잔에게 난해한 질문을 했지만 잔은 쉽게 저들의 덫을 피해 갔습니다. 때로 심문관들이 주제를 갑자기 바꾸고 다른 주제로 넘어가면서 잔이 모순되는 말을 하는지 보았습니다. 두세 시간 동안 긴 심문을 하면서 잔을 힘들게 하려고 했지만 심문관들 자신들이 지쳐버리고 말았습니다. 세상에서 가장 뛰어난 전문가라고 하는 사람들이 잔을 걸려들게 하려고 쳐 둔 덫에 자기들이 걸려들어 빠져나오느라 쩔쩔매었습니다. 잔은 대단히 분별력 있게 대답을 했습니다. 세 주간 동안 그렇게 훌륭하게 대답했기 때문에 저는 잔이 정말 하느님의 지시를 받는 사람이라고 믿게 되었습니다."

아, 잔은 내가 말한 정신을 가지고 있지 않았니? 이 사제들이 선서를 하고 말한 것이 무엇인지 너희는 보았다. 이 끔찍한 재판에 자리를 맡은 최정예 성직자들은 이들의 학식과 경험, 예리하고 노련한 지성과 포로에 대한 강한 편견 때문에 선택된 사람들이었다. 이들이 어린 시골 소녀의 상대가 되었다. 그러나 이 노련한 62명은 잔의 상대가 되지 않았다.

그렇지 않니? 이들은 파리 대학에서 왔지만 잔은 양을 치는 들판과 외양간에서 왔다! 아, 그래, 잔은 위대했다. 잔은 놀라웠다.

잔이 나오기까지 6천 년이 걸렸다. 5만 년 동안 다시는 이 땅에 잔과 같은 사람은 나오지 않을 것이다. 나는 그렇게 생각한다.

7. 쓸모없는 덫

세 번째 재판은 같은 널찍한 곳에서 다음 날 2월 24일에 열렸다. 어떻게 시작되었을까? 이전 두 차례 재판 때와 하나도 다를 바 없었다. 준비가 끝나자 62명이나 되는 법복을 입은 재판관들이 자리에 앉고 경비병과 관리들이 각자 자리에 위치했다. 코숑은 높은 재판석에 앉아 잔에게 복음서 위에 두 손을 올리고 사실만을 말하겠다고 선서하라고 했다! 잔은 눈에 불꽃이 일더니 자리에서 일어났다. 그리고 훌륭하고 고결한 모습으로 주교를 보며 말했다.

"저를 재판하시는 재판장님, 행동을 조심해 주십시오. 큰 책임이 있는 분으로서 너무하십니다."

이 말에 재판정 안은 크게 술렁였다. 코숑은 화가 나서 복종하지 않으면 당장 처형하겠다고 무섭게 협박했다. 나는 몸속의 뼈들이 오싹해지고 뺨이 창백해졌다. 코숑이 말한 처형이란 기둥에 묶어 화형 시키겠다는 것이다! 그러나 잔은 여전히 서서 전혀 놀라지 않고 당당하게 대답했다.

"파리와 루앙에 있는 사제라고 해서 저를 처형할 수는 없습니다. 그럴 권리가 없으니까요!"

또 한 번 소란이 일어났다. 참관하는 사람들 가운데서 박수가 터져 나오기도 했다. 잔은 다시 자리에 앉았다. 그래도 주교가 계속 선서를 하라고 하자 잔이 말했다.

"저는 이미 선서를 했습니다. 그걸로 충분합니다."

"선서하지 않으면 너 스스로 혐의를 인정하는 거다!"

주교는 고함을 질렀다.

"마음대로 생각하십시오. 저는 이미 선서를 했습니다. 그걸로 충분합니다."

주교가 계속 우기자 잔은 이렇게 대답했다.

"제가 알고 있는 것을 솔직히 말하겠지만, 알고 있는 모든 것을 말하지는 않겠습니다"

주교는 끈질기게 잔을 괴롭혔다. 그러자 잔은 지친 목소리로 말했다.

"저는 하느님께서 보내서 왔습니다. 제가 여기서 할 일은 아무것도 없습니다. 저를 보내신 하느님께 저를 돌려보내 주십시오."

가슴 아픈 말이었다. 잔의 말은 이런 뜻이었다.

'당신은 오직 내 목숨을 원합니다. 가져가서 저를 평화롭게 놓아주세요.'

주교는 다시 호통을 쳤다.

"다시 한번 너한테 명령한다 …."

잔은 말을 자르며 태연하게 말했다.

"파세 우트르"(다음 질문으로 넘어가시죠)

코숑은 이 싸움에서 한발 물러섰다. 그러나 이번에는 타협안을 제시하며 물러섰다. 언제나 현명한 잔은 자신을 보호할 수 있는 것이 있음을 보고 코숑의 제안을 흔쾌히 수락했다. 잔은 고발장에 기록된 문제에 대해서는 진실을 말하겠다고 선서하기로 했다. 이제 저들은 고발장에 명시된 것의 경계 밖으로 잔을 끌고 나갈 수 없었다. 이제 잔은 해도에 따라 바다를 항해할 것이다. 주교는 자신이 의도한 것 이상을, 자신이 지킬 수 있는 것 이상을 내어준 것이었다.

지시를 받고 보페르는 다시 피고인을 심문하기 시작했다. 사순절* 기간이라 신앙에 관한 의무 가운데 어떤 것들을 잔이 이행하지 않았다고 잔을 책잡으려 했다. 그런 방법으로는 실패할 거라고 나는 보페르에게 말해 주고 싶었다. 신앙은 잔의 삶이었으니까!

"언제부터 먹고 마셨나?"

잔은 어렸고 감옥에서 반쯤 굶주리고 있었지만, 아주 작은 음식물 조각이라도 잔의 입안으로 들어갔다면, 교회의 규율을 멸시했다는 위험한 혐의에서 빠져나올 수 없었다.

"어제 정오부터 아무것도 먹지 않았습니다."

그러자 사제는 다시 음성들에 대한 이야기로 화제를 바꾸었다.

"음성을 마지막으로 들은 때가 언제인가?"

"어제도 들었고 오늘도 들었습니다."

"몇 시에 들었나?"

"어제는 아침이었습니다."

"그때 그대는 무얼 하고 있었나?"

---

* 기독교에서 부활 주일 전 40일 동안 예수님의 수난을 기억하며 단식과 속죄를 행하는 기간

"저는 잠을 자고 있었고 음성께서 저를 깨웠습니다."

"팔을 잡고 흔들던가?"

"아니요, 제 몸은 만지지 않으셨습니다."

"그대는 감사를 드렸나? 무릎을 꿇었나?"

너희도 짐작하는 것처럼 보페르는 그 음성을 사탄의 음성으로 몰고 가려고 했다. 아마도 잔이 하느님과 인간의 가장 큰 적을 숭배했음을 곧 보여줄 수 있다는 희망을 품었을 것이다.

"네, 감사를 드렸습니다. 그래서 사슬로 묶여 있는 침대에서 무릎을 꿇고 두 손을 모으고 하느님께 기도했습니다. 여기서 어떤 대답을 해야 할지 빛과 가르침을 주셔서 저를 도와 달라고 말이죠."

"그러자 그 음성은 뭐라고 말하던가?"

"용감하게 대답하라고, 하느님께서 저를 도와주실 거라고 말씀하셨습니다."

이어서 잔은 코숑을 향해 말했다.

"주교님은 저를 재판하시는 분이라고 말씀하시죠. 이제 제가 다시 주교님에게 말씀드립니다. 주교님이 하시는 일을 조심하십시오. 정말로 하느님께서 저를 보내셨기 때문에 주교님은 큰 위험 속으로 걸어 들어가시는 겁니다."

보페르는 계속해서 그 음성이 이랬다저랬다 하지는 않는지 물었다.

"아니요. 이미 하신 말씀과 반대되는 말씀은 절대로 하지 않으십니다. 바로 오늘도 용감하게 대답하라고 제게 말씀하셨습니다."

"받는 질문의 일부만 대답하라고 하던가?"
"이 질문에는 아무것도 말하지 않겠습니다. 제 주군이신 왕과 관련된 계시를 저는 받았고 이에 대해서는 말하지 않겠습니다."

그리고 잔은 큰 감정이 북받쳐 올라 눈물을 흘렸다. 그리고 크게 확신하는 어조로 말했다.

"저는 모두 믿습니다. 기독교 신앙을 모두 믿고 하느님께서 지옥의 불에서 우리를 구원하셨다는 것을, 또 하느님께서 그 음성으로 제게 말씀하신다는 것을요!"

그 음성에 대해 더 질문이 이어지자 잔은 자기가 아는 걸 모두 말할 수 있는 자유가 자신에게는 없다고 말했다.

"알고 있는 걸 모두 말하는 것을 하느님께서 싫어하신다고 생각하나?"

"그 음성께서 제게 당신이 아닌 왕께 어떤 것들을 말하라고 명령하셨습니다. 아주 최근에 어떤 것을 말씀해 주셨고 어젯밤에도 말씀해 주셨습니다. 제가 왕께 알려드릴 것들입니다. 왕께서 들으시면 한결 편하게 식사를 하실 수 있을 것입니다."

"그 음성은 왜 왕에게 직접 말하지 않는가? 그대가 음성과 함께 있을 때 그대에게 직접 말해 주는 것처럼 말이다. 그대가 청하면 그렇게 해 주지 않겠나?"

"하느님이 뜻이 어떤 것인지 저는 모르겠습니다."

잔은 잠시 깊은 생각에 잠겼다. 분명히 자신의 생각을 살피고 더 멀리 앞을 생각하는 것이리라. 그러다가 잔은 어떤 말을 덧붙였는데 이때 언제나 깨어서 주의 깊게 살피는 보페르가 덫을 놓을 기회를 포착했다. 계략에 서투른 사람이 그런 것처럼 보페르는 자신의 발견에 기뻐하는 티를 내며 즉시 덫을 놓았을까? 아니다. 절대로 그렇지 않았다. 겉보기로는 보페르가 잔의 그 말에 주목하는지조차 알 수 없었다.

보페르는 무관심한 듯 즉시 화제를 바꾸어 다른 일에 대해 중요하지 않은 질문을 던지기 시작했다. 그리고 슬쩍 돌아가서 뒤에서 덮치려고 했다. 보페르는 그 음성이 감옥에서 탈출하라고 말했는지, 오늘 재판에서 잔이 할 말을 가르쳐 주었는지, 음성이 들릴 때 영광스러운 빛이 비치는지, 음성은 눈을 갖고 있는지, 이런 지루하고 사소한 질문을 했다. 앞서 말한 잔이 덧붙인 위험한 말은 이것이었다.

"하느님의 은총 없이 저는 아무것도 할 수 없었습니다."

재판관들은 이 사제의 계략을 보았고 잔혹하게 집중하면서 사제의 행동을 지켜보았다. 가엾은 잔은 꿈을 꾸는 듯이 멍해 있었다. 아마 피곤했던 것 같다. 잔의 생명은 곧 위험에 처해졌지만 잔은 그걸 알아차리지 못했다. 이제 시간이 되었다. 보페르는 몰래 조용하게 덫을 놓았다.

"그대는 지금 은총을 받는 상태에 있는가?"

아, 재판관들 중에는 양심 있고 용감한 사람이 두세 명 있었다. 장 르페브르는 그중에 한 명이었는데 일어나서 소리쳤다.

"해도 너무한 질문입니다! 피고는 대답하지 않아도 됩니다!"

물에 빠져 죽어 가는 아이에게 널빤지를 던진 것을 보고 코숑의 얼굴은 노기로 검붉어졌다. 그리고 소리쳤다.

"조용히 하시오! 자리에 앉으세요. 피고는 질문에 대답해야 합니다!"

딜레마에서 빠져나갈 아무런 길도 없었고 아무런 희망도 없었다. 잔이 그렇다고 대답하든 아니라고 대답하든 똑같이 화를 불러올 대답이었다. 성경에서는 인간이 그것을 알 수 없다고 말했기 때문이다. 잘 모르는 어린 소녀에게 이런 치명적인 덫을 놓은 저들의 완고한 마음을, 이 일을 자랑스러워하고 기뻐하는 저들의 모습을 생각해 봐라.

대답을 기다리는 순간은 내게 불행한 순간이었다. 그 순간이 1년처럼 느껴졌다. 장내는 흥분으로 술렁였고 대부분 기뻐서 흥분했다. 잔은 아무것도 모르는 눈으로 이 굶주린 얼굴들을 둘러보고는, 그 무서운 올가미를 거미줄처럼 걷어버리는 영원히 기억될 대답을 겸손하고 온화하게 말했다.

"제가 은총 상태에 없다면 하느님께서 저를 은총 안에 놓아주시길 기도합니다. 제가 은총 상태에 있다면 하느님께서 제가 계속 그런 상태에 있게 해 주시길 기도합니다."

아, 이 말에 대한 사람들의 반응과 같은 것을 너희는 절대로 보지 못할 것이다. 그래, 살아생전에는 보지 못할 것이다. 장내는 죽은 듯이 조용해졌다. 사람들은 놀란 얼굴로 서로 쳐다보았다. 경외감으로 가슴에 십자 성호를 긋는 이들도 있었다. 나는 르페브르가 이렇게 중얼거리는 것을 들었다.

"이런 대답을 생각해 낸 건 사람의 지혜가 아니야. 이 아이가 받은 놀라운 영감은 도대체 어디에서 오는 거지?"

보페르는 이내 다시 심문을 시작했지만, 패배한 굴욕감에 무겁게 눌려서 심문에 영혼을 담을 수 없어 두서없이 따분하게 진행되었다. 보페르는 잔의 어린 시절과 참나무 숲과 요정들, 그리고 어린 시절 우리가 사랑하는 부르레몽의 요정나무 아래에서 우리가 했던 놀이들에 대해 수많은 질문을 했다. 유년 시절이 떠올라 잔은 목소가 갈라지며 조금 울기도 했지만 있는 힘껏 잘 참고 질문에 모두 대답했다.

그러자 사제는 다시 잔의 옷에 대한 질문으로 재판을 마무리했다. 이 문제는 죄 없는 생명을 사냥하는 재판정이 한시도 놓지 않고 물고 늘어지는 문제였고, 가슴 아픈 결과를 초래할 수 있는, 언제나 잔을 위협하는 도구였다.

"그대는 여자 옷을 입고 싶은가?"

"네, 이 감옥에서 나가면 정말 입을 겁니다. 그러나 여기에서는 안 되죠."

8. 환상을 말하다

다음 재판은 27일 월요일에 열렸다. 믿어지니? 주교는 고발장에 기록된 문제들만 심문한다는 약속을 무시하고 다시 무슨 질문이든 진실로 대답하겠다는 선서를 하라고 잔에게 명령했다. 그러자 잔이 대답했다.

"그러시면 안 됩니다. 이미 선서를 했습니다."

잔이 물러서지 않아 코숑은 항복할 수밖에 없었다. 잔이 들은 음성들에 대해서 다시 심문이 시작되었다.

"음성들을 세 번째로 들었을 때 그대는 그 음성들이 천사들의 것이란 걸 알았다고 말했다. 어떤 천사들이었나?"

"카타리나 성녀*와 마르가리타 성녀**였습니다."

"이 두 성녀라는 걸 어떻게 알았나? 또 둘 중에 누가 카타리나이고 마르가리타인지 어떻게 알았나?"

"두 성녀였다는 걸 압니다. 그리고 두 분 중에 누가 어떤 분이었는지도 압니다."

"어떤 표시로?"

"제게 인사하신 모습으로 압니다. 7년 동안 저는 두 분의 지도를 받았습니다. 두 분이 자신들이 누구인지 제게 말했기 때문에 알게 되었습니다."

"그대가 열세 살에 처음으로 음성을 들었을 때 그 음성은 누구의 음성이었는가?"

"성 미카엘의 목소리였습니다. 제 눈앞에 나타나신 그분을 저는 보았습니다. 그분은 혼자가 아니었고 구름떼처럼 많은 천사들이 함께 있었습니다."

"미카엘 대천사와 함께 있는 천사들을 볼 때 그대는 몸을 갖고

---

* 알렉산드리아의 카타리나(287~305). 로마 황제 막센티우스의 기독교 박해 때 순교한 여인이다. 로마의 지배를 받던 이집트 알렉산드리아를 다스리는 왕의 딸이었는데 매우 아름답고 똑똑한 여성이었다고 한다. 전설에 따르면 굶어 죽게 하려고 카타리나를 감옥에 가두자 비둘기가 음식을 가져다주었다고 한다. 또 뼈를 으스러뜨려 죽게 하는 사형 도구인 바퀴에 카타리나의 몸이 닿자 바퀴가 부서졌다고 한다. 그래서 이탈리아 화가 카라바조가 그린 카타리나 그림에는 바퀴가 함께 그려져 있다.
** 안티오키아의 마르가리타(289~304). 로마 황제 디오클레티아누스의 기독교 박해 때 순교한 여인이다. 귀족 집안의 딸이었는데 기독교 신앙을 버리지 않자 이교 사제였던 아버지가 집에서 쫓아내 양을 치며 살았다고 한다. 한 고관이 마르가리타의 미모와 지성에 반해 청혼했지만 거절 당하자, 기독교인이라는 걸 꼬투리 삼아 투옥했고 결국 죽임을 당했다.

본 것인가, 아니면 몸 밖을 벗어나 영혼으로 있는 상태에서 본 것인가?"

"지금 제가 주교님을 보는 것처럼 제 두 눈으로 보았습니다. 천사들이 떠나갈 때 저를 함께 데리고 가지 않아 저는 울었습니다."

이 말에 나는 부르레몽의 요정나무 아래에서 그날 잔에게 왔던 눈부시게 하얀 그 엄청난 존재를 보았던 기억이 났다. 아주 오래전 일이었지만 나는 다시 몸이 떨렸다. 사실 아주 오래전은 아니었지만 그 사이에 아주 많은 일이 있었기에 그렇게 느껴졌다.

"성 미카엘 천사는 어떤 모습이었나?"

"이에 대해서는 말해도 된다는 허락을 받지 않았습니다."

"그때 처음에 대천사는 그대에게 무슨 말을 하였나?"

"오늘은 대답할 수 없습니다."

음성들에게 먼저 허락을 받아야 한다는 뜻이라고 나는 생각한다. 잔이 왕에게 전한 계시에 대해 몇 가지 질문을 받은 후에 잔은 이런 질문에는 대답할 필요가 없다고 항의하며 말했다.

"이 자리에서 여러 번 말했지만 다시 한번 말하겠습니다. 푸아티에에서 재판받을 때 이 질문들에 대해 모두 대답했습니다. 그 재판 기록을 여기 가져와서 읽으시길 바랍니다. 제발 사람을 보내 그 기록을 가져와 주세요."

아무 대답이 없었다. 이 이야기는 피해야 하고 하면 안 되는 것이었다. 그 기록에는 이 재판에 대단히 불리한 것들이 기록되어 있기 때문에 미리 수를 써서 참고하는 일이 없도록 했던 것이다. 지금 열리는 하급심은 잔의 사명이 악마에게서 받은 것이라고 판결하고 싶었지만 푸아티에 재판의 기록에는 하느님에게 받은 것이라는 판결이 기록되어 있다. 또 지금 여기서는 잔이 남자 옷을 입은 것을 두고 불리한 판결을 내리려고 했지만, 그 재판 기록에는 잔이 남자 옷을 입어도 된다는 판결이 기록되어 있었다.

"왜 프랑스 땅으로 오게 되었는가? 그대 뜻이었는가?"

"네, 제 뜻입니다. 하느님께서 그리하라고 명하셨습니다. 하느님의 뜻이 아니었다면 저는 오지 않았을 겁니다. 하느님의 뜻이 아니었다면 이내 말에 밟혀 제 몸이 찢어져 오지 못했을 것입니다."

보페르는 다시 한번 남자 옷에 대한 문제로 화제를 바꾸고 진지하게 그 문제에 대해 이야기하기 시작했다. 그러자 참다못한 잔이 끼어들었다.

"그건 사소한 일로 중요한 문제가 아닙니다. 저는 사람의 말을 따라 남자 옷을 입은 게 아니고 하느님의 명에 따라 입은 겁니다."

"로베르 드 보드리쿠르가 입으라고 명령하지 않았단 말인가?"

"네, 그렇습니다."

"남자 옷을 입은 게 잘한 일이라고 그대는 생각하는가?"

"하느님께서 명하신 일은 무엇이든 행하는 게 올바르다고 생각했습니다."

"여기 재판정에서도 남자 옷을 입은 게 잘한 일이라고 생각하는가?"

"하느님의 명령이 아니고서는 저는 아무 일도 하지 않았습니다."

보페르는 잔이 모순되는 말을 하도록 여러 번 시도했다. 또 잔의 말과 행동이 성경의 내용에 어긋난다는 것을 보이려고 했다. 그러나 시간 낭비일 뿐이었다. 보페르는 성공하지 못했다. 보페르는 다시 잔이 본 환상에 대한 이야기로 돌아가서 환상을 볼 때 비추인 빛, 그리고 잔과 왕의 관계 등에 대해 심문했다.

"프랑스 왕을 처음 봤을 때 왕의 머리 위에 천사가 있었는가?"

"아, 복되신 성모님! …"

잔은 흥분을 억누르고 차분하게 말을 맺었다.

"천사를 보지는 못했습니다."

"그곳에 빛이 비치었는가?"

"그곳에 병사들이 3백 명 넘게 있었고 횃불은 5백 개가 넘게 있었습니다. 천상의 빛이 없어도 이미 밝았습니다."

"그대가 프랑스 왕에게 알려준 계시를 왜 왕은 믿었나?"

"프랑스 왕은 증표들을 받았습니다. 또 성직자들의 조언도 있었습니다."

"왕에게 전한 계시는 어떤 것이었나?"

"올해는 그 대답을 저에게서 듣지 못할 겁니다."

잔은 곧 덧붙였다.

"3주 간 저는 시농과 푸아티에에서 성직자분들의 조사를 받았습니다. 왕께서는 믿기 전에 증표를 받으셨고 성직자분들은 제 행동이 나쁘지 않고 선한 것이라고 입을 모았습니다."

보페르는 이 이야기를 잠시 접어두었다. 그리고 기적으로 얻은 피에르부아의 검에 대해 이야기했는데, 이것을 잔이 마녀라는 혐의를 입증할 기회로 여겼기 때문이다.

"피에르부아 마을에 있는 생트 카트린 성당의 제단 뒤쪽 땅에 옛날 검이 묻혀 있다는 건 어떻게 알았나?"

잔은 숨김없이 말했다.

"제 음성들께서 제게 말씀해 주셔서 검이 그곳에 있다는 걸 알았습니다. 그래서 사람을 보내 전쟁에 그 검을 가져갈 수 있게 해 달라고 부탁했죠. 아주 깊지 않은 곳에 묻혀 있는 것 같았습니다. 성당의 성직자분들이 땅을 파서 검을 찾았습니다. 그분들이 칼을 닦았는데 녹이 쉽게 제거되었죠."

"콩피에뉴 전투에서 그대가 포로로 잡힐 때 그 검을 갖고 있었는가?"

"아니요, 하지만 파리를 공격한 다음 생드니를 떠나기까지는 늘 몸에 지니고 있었습니다."

신비롭게 발견하고 오랫동안 승리를 얻게 해 준 그 검이 흑마법에 걸려 있다고 의심했던 것이다.

"그 검은 축복을 받은 건가? 어떤 축복이 내려진 건가?"

"그런 적이 없습니다. 저는 생트 카트린* 성당을 아주 많이 좋아하기 때문에 그 성당에서 검을 발견해서 좋아합니다."

잔은 자신에게 천사로 나타난 성인 중 한 명을 기리는 성당에서 검이 발견되었기 때문에 그 검을 사랑했다.

"검에 행운이 깃들게 하려고 생드니 성당 제단에 검을 놓은 적은 없는가?"

---

* 카타리나는 로마식 이름이고 카타리나의 프랑스어식 이름이 카트린이다. 생트는 성인을 뜻하는 프랑스어이다. 생트 카트린 성당은 카타리나 성인을 기념하여 성당 이름을 지었다.

"그런 적은 없습니다."

"검이 행운을 가져오게 해 달라고 기도한 적은 없는가?"

"자기 무기가 행운을 가져다주길 바라는 것은 분명 아무런 잘못이 아니었습니다."

"콩피에뉴 전투에서 그대가 찬 검은 그 검이 아니었나? 그럼 그때 어떤 검을 가지고 싸웠는가?"

"라니 전투에서 제가 포로로 잡은 부르고뉴군 프랑케 다라스의 검이었습니다. 세게 내리치고 휘두르기 좋은 전쟁용 검이라 제가 갖고 있었죠."

잔은 아주 간단히 대답했다. 잔의 입술에서 쉽게 나오는 무서운 전쟁용 검은 잔의 여린 조그만 몸과 너무 대조되어 많은 방청객들이 미소를 지었다.

"그 검은 어떻게 되었나? 지금 어디에 있나?"

"기소장에 적혀 있는 건가요?"

보페르는 대답하지 않았다.

"그대의 깃발과 검 중에 그대는 어느 것을 가장 좋아하는가?"

깃발에 대해 이야기하자 잔의 눈이 밝게 빛나며 크게 말했다.

"가장 좋은 건 제 깃발이죠. 아, 검보다 40배 이상 좋아합니다! 적을 공격할 때 아무도 죽이지 않으려고 가끔 깃발을 제가 직접 들기도 했습니다."

그리고 솔직하게 덧붙였는데, 다시 잔의 이야기는 작은 소녀의 모습과 이상한 대조를 이루었다.

"저는 아무도 죽인 적이 없습니다."

잔의 말에 아주 많은 사람들이 미소 지었다. 잔의 작은 몸이 얼마나 여리고 순수하게 보였는지를 생각하면 이상한 일이 아니었다. 사람이 전장에서 죽는 것을 본 적이 있다는 말도 믿기 어려울 정도로 잔은 그런 일에 조금도 어울리지 않았다.

"오를레앙 전투에서 마지막 공세 때 그대는 프랑스 병사들에게 말했나? 적이 쏜 화살과 투석기에서 날아온 돌과 대포는 그대 말고는 아무한테도 날아오지 않을 거라고?"

"아니요, 그렇게 말한 적 없습니다. 제 병사들이 백 명 이상 부상을 당한 것이 그 증거이지요. 저는 조금도 두려워하지 말고 우리의 승리를 의심하지 말라고 말했습니다. 포위망을 우리가 격파할 거라고 말했습니다. 다리를 지키는 방어 탑을 공격할 때 저는 화살에 목이 맞아 부상을 당했습니다. 그러나 카타리나 성녀는 저를 위로해 주셔서, 보름이면 회복되어 제가 일을 그만두고 말 안장에서 내려오는 일은 없을 거라고 하셨죠."

"그대가 부상당할 걸 미리 알고 있었단 말인가?"

"네, 알고 있었습니다. 전에 프랑스 왕께도 말씀드렸고요. 제 음성들이 제게 미리 말씀해 주셨습니다."

"그대가 자르조를 점령했을 때, 몸값을 받고 자르조 사령관을 풀어주지 않은 이유는 무엇인가?"

"저는 자르조 사령관에게 부하들을 데리고 떠나면 아무런 공격도 하지 않겠다고 했습니다. 하지만 그렇게 하지 않으면 공격하겠다고 했지요."

"공격을 했던 것으로 아는데?"

"네, 했습니다."

"그대의 음성들이 공격하라고 했나?"

"그건 기억나지 않습니다."

이렇게 피곤한 긴 재판은 아무 결과 없이 끝이 났다. 잘못된 생각과 행동, 교회에 대한 불충, 어린 시절 고향에서 지은 죄, 또 나중에 저지른 죄를 들추어내려고 온갖 함정을 고안해 내었지만 아무것도 성공하지 못했다. 잔은 그 시련을 아무런 상처 없이 통과했다.

재판정은 낙담했을까? 그렇지 않았다. 일이 단순하고 쉬운 대신 당혹스러울 정도로 어렵다는 걸 알고는 당연히 아주 많이 놀랐다. 하지만 굶주림과 추위, 피곤과 박해, 속임수와 배신이라는 막강한 지원군이 있었다. 이런 지원군에 대항해 아무것도 모르는 소녀는 자신을 방어할 것이 없었다. 육체적으로나 정신적으로나 힘든 소녀는 무릎 꿇을 수밖에 없었고, 자신을 잡으려고 놓은 함정 천 개 중 적어도 하나에는 걸려들 수밖에 없었다. 재판정은 아무런 결과 없는 재판으로 어떤 진전도 이루지 못한 것일까? 그렇지 않다. 재판정은 이곳저곳을 헤매면서 나아갈 길 한두 군데를 희미하게나마 발견했고, 그 길은 조금씩 새로운 길이 되어 무엇인가를 얻게 해 줄 것이었다.

예를 들면 남자 옷과 환상과 음성들에 대한 것이 그런 것이었다. 물론 잔이 초자연적인 존재들을 보고 이야기를 듣고 지시를 받았다는 걸 의심하는 사람은 없었다. 그리고 한 번도 본 적이 없는 왕을 많은 사람들 가운데서 지명한 일이나, 성당 제단 아래 묻힌 검을 발견한 일과 같이, 잔이 초자연적인 존재의 도움으로 기적을 행했다는 것을 의심하는 사람도 없었다. 공중에는 악령들과 천사들로 가득하며, 이들은 흑마술을 하는 이들에게도, 흠 없이 거룩한 이들에게도 분명히 나타나는 존재들이라는 것을 우리는 알기 때문에, 잔의 그런 일들을 의심하는 것은 바보 같은 짓일 것이다. 그러나 많은 사람들이, 아마도 사람들 대부분이 의심했던 것은 잔의 환상과 음성과 기적이 하느님에게서 온 것인지에 대한 문제였다. 그러므로 너희도 보게 되듯이, 법정이 끈질기게 그것들을 묻고 또 묻고 하면서 유령처럼 그 주위를 배회하며, 그 안을 엿보려고 하는 것은 시간을 때우기 위한 것이 아니었다. 엄연히 목적을 가지고 행한 일이었던 것이다.

9. 예언

다음 재판은 3월 첫 화요일에 열렸다. 재판관은 58명이 참여했는데 나머지는 쉬느라 나오지 않았다. 늘 그랬듯이 잔은 모든 질문에 진실을 대답하겠다는 선서를 하라는 요구를 받았다. 이번에 잔은 강하게 반발하지 않았다. 고발장과 관계된 질문에만 답하겠다고 한 합의, 곧 코숑이 부인하고 빠져나가려고 한 합의 때문에 잔은 자기 입장이 정당하다고 생각했다. 그래서 잔은 분명하고 단호하게 거절하면서 올바르고 솔직하게 덧붙였다.

"고발장에 기록된 문제에 대해서만 저는 모든 진실을 자유롭게 이야기하겠습니다. 네, 교황님 앞에 서 있는 것처럼 자유롭고 자세하게 말하겠습니다."

기회가 찾아왔다! 이때 교황은 두세 명이었다. 진정한 교황은 당연히 이들 중 오직 한 명일 수밖에 없었다. 누가 진짜 교황인지 묻는 질문은 모든 이들이 현명하게 회피하는 질문이었고 아무도 교황의 이름을 말하지 않았다. 어느 한 명의 이름을 교황의 이름으로 말했다가는 분명 위험해질 수 있었다. 옆에서 누구도 도와주지 않는 소녀가 자멸하게 할 수 있는 기회였다. 불의한 재판장은 이것을 이용할 기회를 놓치지 않았다. 재판장은 속내를 숨기고 대수롭지 않은 질문인 것처럼 물었다.

"그대는 누가 진짜 교황이라고 생각하는가?"

장내의 모든 사람들이 집중하면서 먹이가 덫에 들어가는 것을 보려고 대답을 기다렸다. 그러나 대답이 나오자 재판장은 어리벙벙하기만 할 뿐이었다. 많은 사람들이 몰래 빙그레 웃었다. 잔은 정말 아무것도 모른다는 듯이 되물었는데 그 목소리와 태도에 나까지 속을 뻔했다.

"교황님이 두 분이신가요?"

가장 유능하고 독설가인 재판관들 중 한 사람이 장내 사람들 절반은 들을 수 있는 소리로 이렇게 말했다.

"맙소사. 대단한 반격이야!"

당황하다가 정신을 차린 재판장은 잔의 질문에는 대꾸하지 않고 신중하게 다시 똑같은 공세를 폈다.

"아르마냐크 백작이 세 교황 중 누구를 따라야 할지 묻는 편지를 그대에게 보낸 것이 사실인가?"

"네, 맞습니다. 편지에 답장을 보냈죠."

법정에서는 두 사람의 편지 필사본을 가져와 낭독했다. 잔은 자기가 쓴 편지 내용과 똑같지 않다고 말했다. 자기가 말에 오를 때에 백작의 편지를 받았다고 하면서 이렇게 말했다.

"쉴 수 있는 파리나 다른 곳에서 답장하겠다고 한두 마디 불러 주었을 뿐입니다."

잔은 다시 어느 교황이 진짜인지 질문을 받았다.

"아르마냐크 백작이 누구를 따라야 할지 저는 가르쳐 드릴 수 없었습니다."

그리고 두려움 없이 솔직하게 다음과 같이 덧붙였는데, 그 말은 왜곡하고 속이는 이들의 소굴에서 들려오는 신선하고 훌륭한 말이었다.

"제 생각을 말한다면 로마에 있는 교황님에게 복종해야 한다고 생각합니다."

이 문제는 여기서 끝났다. 법정은 그다음으로 잔이 처음으로 구술한 문서, 곧 오를레앙을 포위한 잉글랜드인들은 프랑스에서 물러가라고 말한 선전 포고문의 사본을 가지고 와서 낭독했다. 경험 없는 열일곱 소녀가 썼다고 하기에는 정말 대단하고 훌륭한 글이었다.

"방금 읽은 것이 그대가 불러 준 것임을 인정하는가?"

"네, 인정합니다. 잘못 표현된 단어들이 있다는 것만 빼고는 말입니다. 제가 아주 중요하게 생각하는 단어들이 잘못 표현되어 있습니다."

나는 잔이 무슨 말을 하는지 알아서 심란하고 부끄러웠다.

"예를 들면 저는 '처녀에게 돌려달라'(rendez à la Pucelle)고 말한 적이 없고 '왕께 돌려달라'(rendez au Roi)고 말했습니다. 또 저는 저 자신을 총사령관(chef de guerre)이라고 부르지 않았습니다. 그 표현은 모두 제 비서가 바꾼 것입니다. 아마도 제 말을 잘못 들었거나 제가 말한 것을 깜박 잊었던 것 같습니다."

이렇게 말할 때 잔은 나를 쳐다보지 않았다. 내가 부끄러워할까 봐 그랬던 것이다. 나는 잔의 말을 잘못 듣거나 잊은 것이 아니었다. 나는 일부러 잔의 말을 바꾸었다. 잔은 총사령관이었고 자신을 그렇게 말할 권리가 있었다. 그리고 또 그런 자격이 있음을 보여 주었다. 그 당시 막대기처럼 보잘것없는 왕에게 누가 항복하겠는가? 항복을 한다면 아직 전쟁을 한 적이 없지만 이미 명성을 떨치고 있는 보쿨뢰르의 고귀하고 대단한 처녀에게 해야 했다.

만약 무자비한 재판정이 나를 발견했다면 어떻게 됐을까? 잔이 구술한 그 문서를 쓴 사람, 잔 다르크의 비서가 법정 안에 있다는 것을, 아니, 단순히 있지 않고 재판 기록하는 일을 돕고 있다는 것을, 그리고 거기에 그치지 않고 코숑이 몰래 재판에 끌어들인 거짓말과 왜곡을 먼 훗날 증언하여 이들의 악명이 영원히 남게 했다는 것을!

"이 선전 포고문을 불러 주었다는 건 인정하는가?"

"네, 인정합니다."

"그동안 이 일을 후회한 적은 없는가? 지금 철회할 생각은 없는가?"

아, 잔은 분노했다.

"절대 없습니다! 이 쇠사슬도 …"

잔은 쇠사슬을 흔들며 말했다.

"이 쇠사슬도 그때 내가 선전 포고문을 불러 주며 품었던 뜨거운 열망을 식게 할 수는 없습니다. 그뿐 아니라!"

잔은 자리에서 일어나서 얼굴에 신이 보낸 듯한 이상한 광채를 내며 잠시 서 있었는데 그때 잔의 입에서 홍수처럼 말이 쏟아졌다.

"7년이 지나기 전에 큰 재앙이 잉글랜드를 내려칠 것입니다. 아, 오를레앙이 겪었던 것보다 몇 배나 더 참혹한 재앙이! 그리고…"

"조용히 하시오! 앉으시오!"

"… 그리고 그 일 후에, 얼마 지나지 않아 잉글랜드는 프랑스의 땅을 모두 잃어버릴 것입니다!"

이 일을 생각해 보자. 프랑스 군대는 더 이상 존재하지 않았다. 프랑스의 꿈을 향해 나아가는 발걸음은 멈추어 있었고 우리 왕도 가만히 있을 뿐이었다. 또 머지않아 리슈몽 대무관장이 앞으로 나가 잔 다르크가 시작한 이 위대한 임무를 이어받아 끝낼 조짐이라고는 조금도 없었다. 이 모든 상황에도 잔은 그런 예언을 했다. 완전히 확신하며 예언을 했고 예언은 실제로 그대로 이루어졌다.

5년 안에, 그러니까 1436년에 파리는 함락되어 우리 왕이 승리의 깃발을 휘날리며 입성했다. 이렇게 첫 번째 예언은 이루어졌다. 사실 예언이 전부 이루어진 거나 마찬가지였다. 파리가 우리 손에 있으니 나머지 땅은 우리 것이나 마찬가지였기 때문이다. 20년 후에는 칼레만 빼고 프랑스의 모든 영토를 되찾았다.

이 일은 잔이 더 이전에 했던 예언을 생각나게 한다. 그때 잔은 파리를 점령하고 싶었고 왕이 동의만 했다면 쉽게 점령할 수 있었을 것이다. 잔은 그때가 가장 좋은 기회라고 말했다. 파리가 우리 것이 되면 나머지 땅은 6개 월만에 우리 것이 될 수 있었다. 하지만 프랑스를 되찾을 이 황금 같은 기회를 왕은 버렸고 그때 잔은 이렇게 말했다.

"왕께서 이 일을 해내는 데 20년이 걸릴 것입니다."

잔이 맞았다. 1436년 파리가 점령된 후 나머지 땅은 도시 하나씩 성 하나씩 점령해야 했고 그 일을 끝내는 데에 20년이 걸렸다. 그래, 1431년 3월 첫날이었다. 법정에서 잔은 모든 사람이 보는 앞에서 자리에서 일어나 이상하고 믿기 어려운 예언을 했다. 이 세상에서 가끔 누군가의 예언이 그대로 이루어지기도 하지만 자세히 들여다보면 먼저 일이 일어난 다음에 예언이 나왔다고 의심할 여지가 충분히 있다. 그러나 이 법정에서 잔이 했던 예언은 달랐다. 예언한 일이 일어나기 전에 법정에서 잔이 예언을 말한 시각이 공문서에 기록되었다. 오늘날에도 너희는 그 문서를 읽을 수 있다. 잔이 죽고 20년이 지나 그 기록은 잔의 명예 회복 재판에서 다루어졌고 망송 신부와 나는 선서를 하고 그 기록이 그때 기록되었음을 증언했다. 재판정에 참여했던 생존하는 법관들도 이 기록이 정확히 그때 그대로 기록되었음을 증언했다.

지금은 유명해진 3월 첫날 잔의 그 놀라운 발언으로 법정 안은 큰 소동이 일어났고 다시 조용해지기까지는 시간이 걸렸다. 예언은 무섭고 소름 끼쳤기 때문에, 예언이 지옥에서 올라온 것이라 생각하든 하늘에서 내려온 것이라 생각하든 당연히 모든 사람들이 심란해 할 수밖에 없었다. 사람들이 확신하는 것은 예언을 준 어떤 힘 있는 초자연적인 존재가 있다는 것이었다. 사람들은 예언의 근원을 알고 싶어 덤벼들었다. 마침내 심문이 다시 시작되었다.

"그런 일들이 일어날 거라는 걸 그대는 어떻게 아는가?"

"계시를 받았기 때문에 압니다. 지금 내 앞에 재판장님이 앉아 계신 것을 아는 것처럼 그렇게 확실하게 압니다."

이런 대답은 사람들 사이에 퍼져나간 불안을 잠재우지 못할 것이다. 그래서 재판장은 조금 더 머뭇거리다가 마음 편히 노닥거릴 수 있는 화제로 바꾸었다.

"그대의 음성들은 어떤 언어로 말하는가?"

"프랑스어로 말합니다."

"성 마르가리타도?"

"네, 확실합니다. 그분이 잉글랜드 편이 아니라 우리 편인데 왜 그러시지 않겠습니까?"

성인들과 천사들이 창피해서 영어를 하지 않는다니! 큰 모욕이었다. 그러나 성인들과 천사들을 법정에 끌고 와서 모욕죄로 처벌할 수는 없는 노릇이기에 재판정은 잔의 말을 물고 늘어지지 않았지만, 그 말을 기억해 잔에게 불리하게 사용할 수 있었고 또 실제로 그렇게 했다. 머지않아 이 꼬투리는 유용하게 쓸 수 있었다.

"그대의 성인들과 천사들이 보석을 달고 있었나? 면류관, 반지, 귀고리 같은?"

잔에게 이런 질문들은 신성모독적이고 하잘것없는 것이라 진지하게 대답할 가치가 없었다. 잔은 무관심하게 대답했다. 그러나 이 질문에 잔은 다른 일을 기억하고 코숑을 바라보며 말했다.

"저는 반지가 두 개 있었습니다. 제가 포로로 잡혔을 때 뺏어갔지요. 재판장님이 반지 하나를 갖고 계십니다. 제 오빠가 준 것입니다. 제게 돌려주세요. 제게 돌려주시지 않을 거면 교회에 헌납할 것을 부탁드립니다."

재판관들은 이 반지들이 흑마술을 하는 데 쓰는 반지일 수도 있겠다는 생각이 퍼뜩 들었다. 아마도 잔을 궁지에 몰아넣는 데 쓸 수 있을지 몰랐다.

"다른 반지는 어디에 있나?"

"부르고뉴 사람들이 갖고 있습니다."

"그 반지는 어디에서 난 것인데?"

"아버지와 어머니가 주셨습니다."

"어떻게 생긴 반지인지 설명해 봐라."

"단순하게 생긴 평범한 반지입니다. 반지에 '예수와 마리아'라고 새겨져 있습니다."

악마의 일을 하기에는 좋은 도구가 아니란 걸 모두 알 수 있었다. 그래서 더 이상 추궁하지 않았다. 그러나 확실히 하기 위해 법관 중 한 명이 그 반지를 아픈 사람들에게 대서 치료한 적이 있는지 물었다. 잔은 없다고 대답했다.

"동레미 부근에 산다고 하는 요정들에 대해서는 보았다는 말도 많고 전설도 많다. 그대의 대모*가 여름날 밤에 부르레몽 요정나무 아래에서 요정들이 춤추는 걸 보고 놀랐다고 한다. 네게 나타난 성인들과 천사들이 이 요정들일 수 있지 않은가?"

"고발장에 있는 내용인가요?" 하고 물을 뿐 잔은 질문에 대답

---

* 성당에서 세례 예식을 할 때에 세례 받는 사람의 후견인으로 세우는 여자

하지 않았다.

"그 나무 아래에서 마르가리타 성녀, 카타리나 성녀와 대화한 것이 아닌가?"

"모릅니다."

"아니면 나무 근처 샘물가에서는?"

"네, 가끔 그랬습니다."

"두 성인은 네게 어떤 약속을 했나?"

"하느님이 하신 약속 말고는 아무런 약속도 하지 않으셨습니다."

"그러면 두 성인이 한 약속은 무엇인가?"

"재판장님의 고발장에 없는 내용입니다. 하지만 이것은 말하겠습니다. 두 성인은 왕께서 적들의 반대에도 불구하고 프랑스 왕국의 주인이 될 거라고 말씀해 주셨습니다."

"그리고 또?"

잠시 침묵이 흘렀다. 잔은 겸손하게 말했다.

"두 분이 저를 낙원으로 인도하시겠다고 약속해 주셨습니다."

마음속에 지나가는 것이 정말 사람의 얼굴에 드러난다면 이때 장내의 많은 사람들은 두려워했다. 이 자리에서 결국은 하느님이 선택하신 종이자 전령인 사람을 죽이려 하고 있는지 모른다. 사람들의 관심은 더 깊어졌다. 움직임과 속삭임도 멈추었다. 고통스러울 정도로 정적이 흘렀다.

처음부터 잔에게 묻는 질문 대부분을 볼 때 너희는 질문하는 사람이 이미 관련 사실을 알고 있는 경우가 아주 많다는 걸 알아차렸니? 질문하는 사람이 잔의 비밀들을 어디에서 어떻게 찾아야 하는지 알고 있다는 것도 말이다. 또 이들은 정말 잔의 사적인 것들을 상당히 많이 알고 있었고 잔은 이 사실을 모르고 있었다 것, 그리고 이들은 오로지 그 비밀들을 이들 앞에서 잔이 드러내도록 하는 일 외에는 아무 일도 하지 않았다는 것을 말이다. 너희는 교활한 사제이자 코숑의 앞잡이인 위선자 루아즐뢰르를 기억하니? 비밀이 유지되는 성스러운 고해에서 잔의 음성들이 말하지 말라고 한 것을 빼고 잔이 루아즐뢰르를 신뢰해서 자유롭게 자신의 모든 이야기를 털어놓았을 때, 나쁜 재판장 코숑이 내내 숨어서 몰래 엿듣고 있었던 것을 말이다.

이제 루아즐뢰르가 한 일과 질문의 출처가 어디인지를 기억하면 너희는 알 수 있을 것이다. 심문자들이 어찌 그렇게 자세하고 교활한 질문들을, 정교하고 핵심을 찌르는 날카로운 질문들을 할 수 있었는지 말이다. 아, 보베의 주교, 지금쯤 그대는 이 잔인한 죄를 지은 것을 지옥에서 오랫동안 후회하고 있을 것이다! 누군가 너를 도와주러 오지 않았다면 분명 그러고 있을 것이다. 그러나 구원받은 이들 가운데 그 일을 할만한 사람은 오직 한 사람 잔 다르크뿐이요, 잔 다르크라면 이미 그렇게 했으리라. 다시 법정으로 돌아가 심문 이야기를 계속하겠다.

"두 성인이 한 다른 약속이 있는가?"

"있습니다. 그러나 재판장님의 고발장에 없는 내용입니다. 여기서 지금 말하지 않겠습니다. 하지만 석 달이 지나기 전에 재판장님에게 말씀드리겠습니다."

재판장은 자신이 묻는 질문에 대한 내용을 이미 알고 있는 것 같았다. 다음 질문을 보면 이런 생각이 들 것이다.

"그대의 음성들이 석 달이 되기 전에 그대가 자유롭게 될 거라고 말했나?"

법관들의 좋은 추측에 잔은 자주 놀라는 기색을 언뜻 비칠 때가 있었는데 이 말에도 그런 빛을 보였다. 나는 내 마음을 다스리지 못해 잔의 음성들을 비판하는 마음으로 이렇게 말하는 나 자신을 자주 발견하면서 두려움에 사로잡히곤 했다.

"그 음성들은 잔에게 담대히 말하라고 하지. 하지만 그건 음성들이나 다른 누가 말하지 않아도 잔 스스로 잘할 수 있는 일이야. 하지만 이 교활한 자들이 잔의 일을 어찌 이렇게 잘 추측하는지, 이런 도움이 되는 말을 해줘야 할 때면 늘 다른 일을 하느라 나타나지 않아."

천성적으로 나는 신을 두려워하기에 이런 생각이 내 마음을 스치고 지나가면 두려움에 몸이 오싹해졌다. 이때 역시 그랬는데 만약 이때 폭풍이 일고 번개가 쳤다면 나는 너무 무서워 내 자리에서 도망가 일을 하지 못했을 것이다. 잔의 대답이 이어졌다.

"그건 재판장님의 고발장에 없는 내용입니다. 제가 석방될지 저는 알지 못합니다. 그러나 저를 이 세상 밖으로 쫓아내려는 사람들 몇 명은 저보다 먼저 이 세상을 하직할 겁니다."

이 말에 어떤 법관들은 무서워 떨었다.

"그대의 음성들이 그대가 감옥에서 벗어날 거라고 말했나?"

의심할 바 없이 음성들이 그렇게 말했고 재판장은 질문을 하기 전에 알고 있었다.

"석 달이 지나서 다시 제게 물어봐 주십시오. 그러면 그때 대답하겠습니다."

아주 행복한 표정으로 잔은 이렇게 말했다. 감옥에 갇혀 힘들어 지친 포로가 말이다! 그리고 나는 어떠했겠니? 그리고 저만치 시무룩한 표정으로 있는 노엘 랑그송은 또 어떠했겠니? 기쁨이 홍수처럼 우리 머리 꼭대기부터 발바닥까지 흘러내렸다! 우리는 감정이 드러나 위험한 일이 생기지 않도록 꾹 참을 수밖에 없었다. 석 달 후면 잔은 풀려날 것이다. 잔의 말은 그것이었다. 우리는 잔의 말을 그렇게 이해했다. 음성들이 잔에게 그렇게 말했고 또 말해 준 것은 그대로 이루어질 것이다. 5월 30일, 바로 그날에 일어날 것이다. 하지만 지금 우리는 알고 있다. 잔이 어떻게 풀려나는지를 음성들은 잔을 위한 마음으로 잔에게 숨겨 모르게 했다는 것을.

다시 집에 간다! 그러나 이때는 노엘과 나, 우리는 잔의 말을 그렇게 이해했다. 그것은 우리의 꿈이었다. 이제 우리는 남은 날짜와 시간과 분초를 세었다. 시간은 가볍게 날아갈 것이다. 곧 셈은 끝날 것이다. 그래, 우리는 우리의 우상을 집으로 데리고 갈 것이다. 그리고 그곳에서, 이 세상의 화려함과 소란으로부터 멀리 떨어진 그곳에서 우리는 다시 우리의 행복한 삶을 시작할 것이다.

예전처럼 자유로운 하늘과 햇살 아래 다정한 양들과 사랑하는 사람들을 벗 삼아 살 것이다. 목초지와 숲과 강물의 아름다움과 매력이 우리 눈앞에 있을 것이며 그 깊은 평화는 우리 가슴에 담길 것이다. 그래, 그게 우리의 꿈이었고 그 꿈은 정확하게 그 무서운 일이 실현되기까지 우리로 하여금 용감하게 그 석 달을 지낼 수 있게 해 주었다. 만약 우리가 그 무서운 일을 미리 알았더라면, 우리 마음에 그 일을 짐으로 지우며 그 힘든 시절의 반을 지내야 했다면 우리는 아마 죽었을 것이다.

우리는 예언을 다음과 같이 이해했다. 왕의 영혼은 후회하고 괴로워서 잔의 옛 부하들인 알랑송과 바타르와 라 이르와 함께 잔을 구출하는 계획을 은밀히 세울 것이고, 이 구출 작전은 석 달 후에 일어날 것이라고. 그래서 우리는 그 일이 일어나면 돕기로 마음을 먹었다.

이때와 나중 재판에서 재판정은 잔이 풀려나는 날이 정확히 언제인지 말하라고 다그쳤다. 그러나 잔은 그렇게 할 수 없었다. 잔의 음성들이 말하도록 허락하지 않았다. 더욱이 음성들도 정확한 날짜를 이야기하지 않았다.

예언이 이루어진 후로 나는 잔이 죽음으로 자신이 풀려날 것을 알았다고 생각해 왔다. 그러나 그런 죽음일 거라고는 몰랐을 것이다! 전쟁에서는 굽힐 줄 모르게 용감했고 신과 같은 존재였지만 잔은 또한 인간이기도 했다. 잔은 성인이고 천사였지만 진흙으로 빚어진 인간이고 소녀이기도 했다. 잔에게는 세상의 다른 소녀들과 같은 감수성과 여린 마음과 연약함이 있었다. 그랬는데 그런 죽음이라니!

잔이 그런 죽음을 맞게 될 것을 미리 알았더라면 잔은 석 달 동안 살 수 없었을 거라고 나는 생각한다. 잔이 처음으로 부상당했을 때, 잔은 부상당할 정확한 날을 18일 전에 미리 알고 있었지만 다른 열일곱 살 소녀처럼 무서워 울었던 일을 너희는 기억할 것이다. 잔은 평범한 죽음을 두려워하지 않았다. 풀려날 거라는 예언을 잔은 평범하게 죽을 것이라는 말로 믿었다고 나는 생각한다. 잔이 그 말을 했을 때 잔의 얼굴에는 공포가 아닌 행복이 보였기 때문이다.

왜 내가 그렇게 생각했는지 이야기하겠다. 잔이 콩피에뉴 전투에서 사로잡히기 5주 전에 잔의 음성들은 잔에게 다가올 일을 말해 주었다. 날짜나 장소는 말해 주지 않았지만 세례자 요한 축일* 전에 잔이 포로가 될 거라고 말해 주었다. 자유로운 영혼인 잔은 감옥에 갇히는 것이 싫어 짧은 기간만 포로로 잡혀 있게 해 달라고, 또 빨리 죽음을 맞이하게 해 달라고 청했다. 하지만 음성들은 아무 약속도 하지 않고 다만 다가오는 일이 무엇이든 견디어 내라고 말했다. 빨리 죽게 해 달라는 자신의 청을 음성들이 거절하지 않았기 때문에, 잔과 같은 젊은이들은 자연스레 음성들이 거절하지 않았으니 자신의 청대로 될 거라고 생각하게 된다. 또 그런 생각이 자라나 마음에 확고히 자리 잡게 된다. 그리고 석 달이 지나 이제 '풀려날 것'이라는 말을 들었기 때문에 잔은 자신이 감옥의 침대에서 죽게 될 거라 믿었다. 나는 이렇게 생각한다. 그래서 잔의 얼굴에는 행복과 만족감이 보였던 것이다. 낙원의 문이 잔 앞에 열려 있고, 죽는 순간은 아주 짧을 것이며, 고난은 곧 끝나고 받을 상이 손 가까이에 있다고 잔은 믿었던 것이다.

그래, 그래서 잔은 행복한 얼굴이었고 용기를 가지고 인내할 수 있었고 군인답게 싸울 수 있었다. 물론 자신을 살릴 수 있는 길이 있다면 잔은 최선을 다했을 것이다. 그러나 죽을 운명이라

---

* 세례자 요한 축일. 예수님의 등장을 알린 세례자 요한의 출생을 기념하는 날로 6월 24일이다. 잔 다르크가 콩피에뉴 전투에서 사로잡힌 날은 5월 24일이다.

면 잔은 얼굴을 들고 당당히 죽음을 맞이할 것이다. 나중에 잔은 코숑이 독이 든 생선으로 자신을 죽이려 했다고 말하게 된다. 내가 믿는 것처럼 잔이 자신은 죽음을 통해 감옥에서 풀려날 거라고 생각하고 있었다면 그 일로 잔의 그런 믿음은 더욱더 강해졌을 것이다.

재판 이야기에서 너무 벗어난 것 같다. 잔은 감옥에서 풀려나는 날이 정확히 언제인지 말하라는 요구를 받았다.

"모든 것을 이야기하도록 허락받지 않았다는 걸 계속 말씀드려 왔습니다. 저는 풀려날 것입니다. 그날이 언제인지는 음성들께 물어보시길 바랍니다. 저도 정확히 모르기 때문에 이렇게 말하는 것입니다."

"그대의 음성들이 진실을 말하지 말라고 했단 말인가?"

"재판장님이 알고 싶은 것은 프랑스 왕에 대한 일 아닌가요? 다시 말씀드리겠습니다. 프랑스 왕께서는 왕국을 되찾으실 것입니다. 이것은 재판장님이 이 법정에서 제 앞에 앉아 계신 것을 제가 아는 것처럼 그렇게 제가 아는 것입니다."

잔은 한숨을 쉬며 잠시 말을 멈추었다. 그리고 이렇게 덧붙였다.

"제게 늘 위안을 주었던 이 계시가 없었다면 저는 진작에 죽었을 것입니다."

잔은 성 미카엘 천사의 옷과 외모에 대한 몇 가지 사소한 질문을 받았다. 잔은 정중하게 대답했지만 그 질문에 고통스러워한다는 것을 누구든 볼 수 있었다. 잠시 후 잔은 말했다.

"저는 그분을 보면 크게 기쁩니다. 그분을 뵐 때마다 제가 대죄를 지은 상태가 아니란 걸 느끼기 때문이지요."

그리고 잔은 이렇게 덧붙였다.

"가끔 마르가리타, 카트리나 성녀께서는 제가 저의 잘못을 그분들에게 고백하도록 허락해 주시곤 했습니다."

잔은 예상하지 못했지만 이 말을 이용해 성공할 수 있는 올가미를 놓을 기회가 생겼다.

"그대가 두 성인에게 죄를 고백할 때는 그대가 대죄 상태에 있었다고 생각했단 말이지?"

그러나 잔의 대답은 아무런 꼬투리도 잡을 수 없었다. 그래서 심문은 다시 왕에게 내려진 계시로 옮겨갔다. 그것은 법정이 몇 번이고 강제로 알아내려고 했던 비밀이었지만 결국에는 성공하지 못한 일이었다.

"왕에게 주어진 증표에 대해서는 …"

"그 일에 대해서는 아무것도 말하지 않겠다고 재판장님께 이미 말씀드렸습니다."

"그 증표가 무엇인지 아는가?"

"그거라면 저한테서 아무것도 알아낼 수 없을 겁니다."

이 일은 잔이 왕과 은밀하게 이야기한 것을 말한다. 다른 사람들이 두세 사람 있었지만 잔과 왕은 사람들과 따로 떨어져 말했다. 물론 루아즐뢰르를 통해서 그 증표가 왕관이고 그 증표는 잔의 임무가 정말 하느님에게서 왔음을 보여주는 증거였다는 것이 알려졌다. 그러나 그 왕관이 도대체 어떤 것인지는 오늘날까지 미스터리로 남아 있고, 아마 세상 끝날까지 그럴 거라 생각한다. 진짜 왕관이 왕의 머리에 내려왔는지, 아니면 환상이었는지 우리는 절대로 알 수 없다.

"왕이 계시를 받을 때 왕의 머리에 왕관이 내려오는 것을 보았는가?"

"제가 그걸 말한다면 제 선서를 깨뜨리는 것입니다."

"왕은 랭스에서 그 왕관을 머리에 썼는가?"

"왕께서는 랭스에서 찾은 왕관을 머리에 쓰셨다고 저는 생각합니다. 그러나 나중에 훨씬 더 화려한 왕관을 갖게 되셨습니다."

"더 화려한 그 왕관을 그대는 보았는가?"

"제 선서를 깨지 않고서는 재판장님에게 말씀드릴 수 없습니다. 그 왕관을 제가 보았든 보지 못했든, 그 왕관이 훨씬 화려하고 대단한 것이라는 말을 들었다는 것만 말씀드리겠습니다."

법관들은 그 신비로운 왕관에 대해 잔이 지칠 만큼 계속 물어댔다. 그러나 잔에게서 아무런 대답도 듣지 못했다. 이날 재판은 이렇게 끝났다. 우리 모두에게 아주 길고 힘든 날이었다.

10. 치열한 법정 싸움

재판은 하루를 쉬고 다음 날 3월 3일 토요일에 다시 열렸다. 가장 격렬한 재판 중에 하나였다. 법관들 모두 참을성을 잃었는데 그럴 만한 이유가 있기도 했다. 저명한 성직자, 저명한 모사, 노련한 법률 검투사들 60여 명은 자신들의 감독이 필요한 중요한 자리를 비우고, 가장 단순하고 쉬운 일을 이루려고 여러 지역에서 이곳으로 왔다. 그 일이란 읽고 쓸 줄 모르고 소송의 기술과 책략은 아무것도 모르는 열아홉 살 시골 처녀, 또 자신에게 유리한 증인을 한 명도 부를 수 없고 변호사나 고문을 옆에 둘 수 없어 적대적인 재판장과 수많은 배심원을 상대로 홀로 자신을 변호해야 하는 열아홉 살 시골 처녀에게 사형을 선고하는 일이었다. 두 시간이면 잔은 꼼짝없이 올가미에 사로잡혀 패배하고 유죄를 선고받을 것이다. 이보다 더 확실한 것은 없었다. 이렇게 저들은 생각했다.

그러나 그건 착각이었다. 두 시간은 여러 날이 되었다. 소규모 전투로 예상한 싸움은 포위 작전으로 변했다. 아주 쉽게 보였던 그 일이 아주 어렵다는 것이 밝혀졌다. 깃털처럼 후 불어 날려버려야 했던 가벼운 희생자는 바위처럼 꼼짝 않고 있었다. 이 모든 걸 두고 크게 웃을 사람이 있다면 법관들이 아니라 시골 처녀였다. 비웃는 것은 잔의 모습이 아니기에 잔은 그렇게 웃지 않았다. 그러나 다른 사람들이 그렇게 웃었다. 온 도시가 뒤에서 웃었다. 법관들은 그 사실을 알고 자존심에 깊은 상처가 났다. 법관들은 짜증을 감출 수 없었다.

내가 말했던 것처럼 아주 격렬한 재판이었다. 소송을 빨리 끝내서 즉각 결말을 지으려는 목적으로, 법관들이 억지로라도 필요한 말을 오늘 잔에게서 얻어내려고 마음을 다잡고 나왔음을 쉽게 알 수 있었다. 하지만 겪을 만큼 겪고도 이들은 아직 잔을 모르고 있음을 보여줄 뿐이었다. 이들은 힘을 다해 싸움에 뛰어들었다. 법관들은 심문을 특정한 사람에게 맡기지 않았다. 모두가 뛰어들었다. 법정의 모든 법관들이 잔에게 질문 공세를 퍼부었고, 가끔은 많은 법관들이 동시에 말을 하느라, 소대가 일제히 덤벼들지 말고 한 번에 한 번씩 대포를 쏘도록 잔이 요구해야 할 정도였다. 시작은 늘 그랬듯이 이랬다.

"한 번 더 말하거니와 그대는 아무 조건 없이 묻는 질문에 모두 진실로 답하겠다고 선서하라."

"고발장에 있는 것에만 대답하겠습니다. 그 이상은 제가 판단해서 대답하겠습니다."

이전에 싸웠던 땅을 조금씩 다시 뺏으려고 많은 위협을 가하며 매섭게 몰아붙였다. 그러나 잔은 물러서지 않아 다른 문제로 넘어가야 했다. 꼬투리를 잡을 만한 것이 있을까 해서 30분 동안 잔의 복장에 대해서, 곧 입었던 옷들, 머리 스타일, 전체적인 모습 등에 대해 심문했다. 그러나 아무런 결과도 얻지 못했다. 그러자 당연히 남자 복장 문제로 넘어갔다. 앞서 수없이 반복했던 많은 질문을 다시 물은 후에 한두 가지 새로운 질문을 던졌다.

"왕이나 왕비가 가끔 남자 옷을 입지 말라고 하지 않았는가?"

"고발장에 없는 것입니다."

"여자 옷을 입었다면 죄를 짓는 거였다고 생각하나?"

"저는 최선을 다해 저의 주군을 섬기고 복종했을 따름입니다."

잠시 후 잔의 깃발 문제를 다시 꺼냈는데 마녀의 흑마술과 연관 지으려는 꿍꿍이었다.

"그대의 병사들이 그대의 깃발 문양을 똑같이 자기들 창 깃발에 그리지 않았나?"

"저를 호위하는 창병들은 그렇게 했습니다. 다른 창병들과 구분을 해야 했으니까요. 그건 창병들의 생각이었습니다."

"그 병사들은 자주 창 깃발을 교체했나?"

"네, 창이 부러지면 새 창으로 바꾸어야 했으니까요."

이 질문들을 한 목적은 다음 질문에서 드러났다.

"병사들에게 그대 깃발과 똑같은 문양을 한 깃발을 창에 달아야 행운이 올 거라고 이야기하지 않았나?"

잔 안의 무사 정신이 이 유치한 발언에 화가 났다. 잔은 일어서서 불같은 열정으로 위엄있게 말했다.

"병사들에게 한 말은 이거였습니다. '잉글랜드 병사들을 말발굽으로 짓밟아라!' 그리고 제가 행동으로 보여 주었습니다."

이렇게 잔이 경멸하는 말을 내뱉을 때마다 잉글랜드 쪽에 붙은 비열한 프랑스인들은 격노하곤 했는데 이번에도 그랬다. 열 사람, 스무 사람, 때로는 서른 사람이 자리에서 한 번에 일어나 포로에게 몇 분 동안 고함을 질렀다. 그러나 잔은 동요하지 않았다.

조금 후에 소란이 가라앉으면서 심문이 다시 시작되었다. 백 년 동안 채찍을 맞으며 노예 생활을 한 프랑스를 먼지와 수치에서 잔이 구해냈을 때, 잔에게 쏟아진 애정 어린 수천 가지 영예를 두고 이제 잔을 공격하려 했다.

"그대를 그린 그림들이나 조각상들은 그대가 만들게 하지 않았나?"

"그렇지 않습니다. 아라스에서 제가 갑옷을 입고 왕 앞에 무릎을 꿇은 채 왕께 편지를 드리는 모습을 그린 그림을 본 적이 있습니다. 하지만 제가 그 그림을 그리게 한 것은 아닙니다."

"그대를 칭송하는 미사나 기도가 있지 않았나?"

"그런 일이 있었다면 그건 제가 명한 것이 아닙니다. 하지만 누군가 저를 위해서 기도했다면 그건 해가 될 것이 전혀 없다고 봅니다."

"프랑스 국민들은 하느님께서 그대를 보내셨다고 믿는가?"

"그것에 대해서는 저는 모릅니다. 하지만 프랑스 국민들이 믿든 안 믿든 저는 하느님께서 보내셨습니다."

"프랑스 국민들이 그대를 하느님께서 보내셨다고 생각했다면 올바른 생각이었다고 보는가?"

"그렇게 믿었다면 그 믿음은 헛되지 않았습니다."

"사람들이 어째서 그대 손과 발과 제복에 입을 맞추었다고 생각하는가?"

"저를 보고 기뻐서 그랬습니다. 그리고 제가 감정을 가진 사람이라면 그렇게 하는 것을 막을 수 없었을 테고요. 저는 사람들에게 아무런 해를 입힌 일이 없고, 저의 힘을 다하여 사람들을 위해 최선을 다했기 때문에 사람들은 제게 애정을 품고 다가왔습니다."

잔이 프랑스에서 행진할 때 잔을 존경하는 군중들이 모여 양옆으로 벽을 이루곤 했던 그 감동적인 장관을 묘사할 때 잔이 얼마나 겸손한 표현을 사용하는지 보라. "사람들은 저를 보고 기뻐했습니다." 기뻐했다고? 사람들은 잔을 보고 기뻐하다가 황홀경에 빠지고 말았다. 잔의 손이나 발에 입을 맞출 수 없으면 진흙 바닥에 무릎을 꿇고 잔이 탄 말의 말발굽 자국에 입을 맞추었다. 사람들은 잔을 숭배했다. 그리고 바로 이것을 법정의 사제들은 증명하려고 했다. 다른 사람들이 한 행동 때문에 잔이 비난을 받아서는 안 되지만 그것은 사제들에게 중요하지 않았다. 잔이 숭배받았다면 그것으로 충분했다. 잔은 대죄를 지은 것이다. 이상한 논리라고 할 수밖에 없다.

"랭스에서 세례받은 아이들의 대모가 되어 준 적이 있지 않나?"

"트루아에서 그랬습니다. 그리고 생드니에서도 그랬죠. 남자아이들은 왕을 기리는 뜻으로 샤를이라는 세례명을 붙여 주었고 여자아이들은 잔이라고 이름 붙여 주었습니다."

"여자들이 자기들이 낀 반지를 그대가 낀 반지에 갖다 댄 적이 있지 않나?"

"네, 많이들 그랬습니다. 하지만 왜 그랬는지는 모르겠습니다."

"랭스에서 그대의 깃발을 성당 안에 갖고 들어갔나? 대관식 때 깃발을 손에 들고 제단 앞에 서 있었나?"

"네, 그랬습니다."

"여기저기 돌아다닐 때 고해성사를 했나? 성체성사도 받았나?"

"네."

"남자 옷을 입고?"

"네, 하지만 갑옷을 입은 채로 그랬는지는 기억나지 않습니다."

끌려가고 있었다! 푸아티에에서 교회가 잔에게 남자 옷을 입어도 된다고 허락한 것을 반쯤 포기한 것이다. 교활한 법정은 다른 문제로 넘어갔다. 그 문제를 이때 계속 추궁하면 잔이 자신의 작은 실수를 알아차리고 타고난 영리함으로 잃어버린 영토를 만회할 수 있기 때문이다. 폭풍이 몰아치는 재판에 잔은 지쳐 영민함이 둔해진 것 같았다.

"라니에 있는 성당에서 죽은 아이를 그대가 다시 살렸다고 하는데 그대의 기도로 그런 일이 일어났나?"

"그 일에 대해서라면 저는 아는 것이 없습니다. 다른 어린 소녀들이 그 아이를 위해 기도했고 저는 함께 기도했습니다. 그 이상 제가 한 일은 없습니다."

"계속 이야기해 보거라."

"우리가 기도하자 아이는 되살아나 울었습니다. 죽은 지 사흘이 지나서 제 더블릿처럼 피부가 새까맸는데 말이죠. 아이는 즉시 세례를 받았는데 세례 받은 후에 다시 죽어 성당 묘지에 묻혔습니다."

"보르부아에서는 왜 탑에서 밤에 뛰어내려 탈출하려고 했나?"

"콩피에뉴를 도우러 가려 했습니다."

잉글랜드의 손에 떨어지는 것을 피하려고 잔이 자살이라는 무거운 죄를 지으려 했다고 넌지시 말하는 것이었다.

"잉글랜드의 손에 들어가기보다는 차라리 죽겠다고 말하지 않았던가?"

잔은 덫이라는 걸 모르고 솔직하게 대답했다.

"네, 잉글랜드의 손에 떨어질 바에야 제 영혼이 하느님께로 돌아가는 편이 낫겠다고 말했죠."

재판정은 잔이 탑에서 뛰어내린 후에 화를 내고 하느님의 이름을 모독했다고 말했다. 또 수아송의 사령관이 변절했다는 소식을 들었을 때도 그랬다고 말했다. 잔은 이 말에 기분이 상하고 화가 나 대꾸했다.

"그건 사실이 아닙니다. 저는 절대로 저주를 한 적이 없습니다. 저는 욕하지 않습니다."

11. 비공개 재판

휴정이 선언되었다. 코숑이 꾀를 내는 시간이었다. 코숑은 싸움에서 영토를 잃어버리고 있었고 잔은 영토를 넓히고 있었다. 잔의 용기, 지혜, 강인함, 지조, 경건함, 꾸밈없는 솔직함, 밝히 보이는 순수함, 고결한 성품, 탁월한 지성, 그리고 잔이 용감하게 선한 싸움을 잘하고 있는 모습과 홀로 공평하지 못한 것에 맞서는 모습을 두고 법정 이곳저곳에서 잔에 대한 법관들의 감정이 누그러진 징후가 보였다. 이런 심경의 변화가 더 퍼져나가면 코숑의 계획은 이내 위험에 빠질 수 있어 충분히 두려워할 만했다.

어떤 조치를 취해야 했고 코숑은 실제로 조치를 취했다. 동정심을 찾아볼 수 없는 코숑에게 동정심이 있다는 것을 코숑은 보여 주었다. 법관 몇 명이면 충분히 잘 해나갈 수 있는 이 재판에 그 많은 법관들이 매달리느라 피로에 지쳐 쓰러질 듯한 모습을 코숑은 안타깝게 여겼다. 오, 온화한 재판장이시여! 그러나 코숑은 어린 포로 역시 힘들다는 것은 기억하지 않고 그에 대해서는 아무런 조치도 내리지 않았다. 코숑은 법관 몇 명만 남기고 모두 돌려보내고 남겨둘 법관은 자신이 직접 선택할 작정이었다. 그리고 실제로 그렇게 했는데 코숑은 호랑이들을 선택했다. 한두 마리 양이 남게 되었다면 일부러 그런 것이 아닌 실수였고, 만약 양이 발견되면 어떻게 해야 할지 잘 알고 있었다.

코숑은 이제 작은 위원회를 소집했다. 그리고 5일 동안 지금까지 잔에게서 모은 많은 대답들을 체로 걸렀다. 키질을 하여 곡식의 겉껍질과 쓸모없는 모든 것들, 즉 잔에게 유리한 것은 모두 버렸다. 그리고 왜곡하면 해를 입힐 수 있는 것들은 모두 모아서 이것으로 새로운 재판의 토대를 건설했다. 새롭게 시작될 재판은 이전 재판과 겉모습은 같아야 했다. 다른 것 역시 변했다. 지금까지 공개 재판을 해온 탓에 불리해졌음은 분명했다. 재판 내용에 대해 도시 전체가 이야기를 하게 되었고 많은 사람들이 공평하지 못한 대우를 받는 포로에게 동정심을 갖게 되었다. 이런 현상이 더 이상 일어나서는 안 되었다. 이후부터 재판은 비공개로 진행되어 방청객은 들어올 수 없었다. 그래서 노엘 역시 더 이상 들어올 수 없었다. 나는 직접 말하는 것이 마음 내키지 않아 다른 사람에게 이 소식을 노엘에게 전해 달라고 부탁했다. 미리 알려준다면 저녁에 노엘을 직접 볼 때에 노엘을 덜 아프게 할 수 있을 것이다.

비공개 재판이 시작된 것은 3월 10일이었다. 일주일 동안 나는 잔을 보지 못했다. 그러다 다시 보게 된 잔의 모습은 충격적이었다. 잔은 지치고 약해 보였다. 잔은 무기력하게 먼 곳을 멍하니 바라보는 듯한 모습이었다. 잔의 대답을 듣노라면 지금까지 재판에서 오고 간 말과 일을 온전히 기억하지 못하는 멍한 상태라는 걸 알 수 있었다. 여느 재판이라면 재판 결과에 잔의 생명이 달려 있는 만큼 잔의 연약해진 상태를 이용하지 않고 휴정을 선언해 기운을 되찾게 해 주었을 것이다. 이 재판은 그런 재판이었을까? 아니다. 몇 시간 동안 잔을 괴롭혔다. 처음 맞은 이런 큰 기회를 놓치지 않고 뽑아낼 수 있는 것은 모두 뽑아내려고 기뻐하며 열의를 다해 흉악하게 덤벼들었다. 잔은 너무 시달린 나머지 왕이 받은 '증표'에 대해 혼동을 했다. 다음 날 여러 시간 동안 이 문제에 대한 심문은 계속되었다. 그 결과 잔은 음성들이 금한 몇 가지 사항을 일부 드러내게 되었다. 그리고 사실과 뒤섞인 환상과 알레고리에 불과한 것들을 사실처럼 진술하는 것 같았다.

그러나 셋째 날에는 한결 밝고 덜 지친 모습이었다. 잔은 이전 모습을 거의 되찾아서 자기방어를 잘했다. 잔이 잘못된 말을 하게 하려고 많이들 잔을 꾀었지만 잔은 목적을 간파하고 재치 있고 지혜롭게 대답했다.

"카타리나 성녀와 마르가리타 성녀가 잉글랜드인을 미워한다고 생각하나?"

"우리 주님께서 사랑하시는 사람들은 두 분께서 사랑하시지만 주님께서 미워하시는 사람들은 미워하십니다."

"하느님께서 잉글랜드인을 미워하신단 말인가?"

"하느님께서 잉글랜드인을 사랑하시는지 미워하시는지 저는 모릅니다."

이렇게 대답하고 잔은 이전에 전쟁에서 그랬던 목소리로 담대하게 덧붙였다.

"그러나 저는 압니다. 하느님은 프랑스에 승리를 주실 것입니다. 잉글랜드인들은 죽은 사람을 제외하고 모두 프랑스에서 쫓겨날 것입니다!"

"잉글랜드가 프랑스에서 승승장구할 때는 하느님이 잉글랜드 편이셨던 게 아닌가?"

"하느님이 프랑스인들을 싫어하시는지 저는 모릅니다. 하지만 프랑스의 죄 때문에 매 맞게 놔두셨다고 생각합니다."

96년 동안 길게 이어온 고난을 설명하기에는 너무 단순한 말일 수도 있지만, 그렇다고 이 말이 틀렸다고 말할 수 있는 사람은 없었다. 죄인을 96년 동안 벌해야 하고 또 벌할 수 있다면 그렇게 하지 않을 사람은 그곳에 아무도 없었고, 또 주님께서 인간보다 덜 엄격하시다고 생각할 사람도 없었다.

"마르가리타, 카타리나 성녀와 포옹해 본 적이 있는가?"

"네, 두 분 다 포옹해 본 적이 있습니다."

잔이 이렇게 말할 때 코숑의 악한 얼굴에는 만족한 빛이 보였다.

"부르레몽의 요정나무에 그대가 화환을 걸었을 때는 환상으로 그대에게 나타난 이들을 위해 걸어둔 것이었나?"

"아니요."

다시 만족하는 얼굴빛이었다. 잔이 요정들을 위해 화환을 걸어둔 것은 죄악된 사랑이라고 코숑은 주장하려고 하는 것이 분명했다.

"성인들이 너에게 나타났을 때 너는 절을 했는가? 경의를 표했는가? 무릎을 꿇었는가?"

"네, 제가 할 수 있는 가장 큰 경의를 표했습니다."

잔이 경의를 표한 성인들이 실은 악령들이 변장한 것이라고 입증할 수 있다면 코숑에게 좋은 대답이었다.

이제 잔이 초자연적인 존재들을 만나는 걸 부모님에게 비밀로 한 문제를 놓고 심문을 했다. 이에 대해 많은 심문을 할 수 있을 것이다. 사실, 고발장 여백에 기록된 누군가의 글은 다음과 같이 그 문제를 특별히 강조하고 있다. "잔 다르크는 부모와 다른 사람들에게 환상을 숨겼다." 아마도 부모님께 솔직하지 않았던 것이 잔이 사탄으로부터 임무를 받았다는 표지가 될 수 있을지도 모른다.

"부모님의 허락도 없이 전쟁을 하러 멀리 떠나는 것이 옳다고 생각하는가? 아버지와 어머니를 공경해야 한다고 성경에 기록되어 있다."

"그 일만 빼고 저는 모든 일에 부모님께 복종했습니다. 그 일을 두고 저는 편지로 부모님께 용서를 구했고 부모님은 용서해 주셨습니다."

"아, 그러니까 부모님께 용서를 구했다? 부모님 허락 없이 떠나는 것이 죄라는 걸 그대 스스로 알고 있었다는 얘기 군!"

잔은 발끈했다. 두 눈에는 불빛이 번쩍였다. 잔은 소리쳤다.

"저는 하느님의 명령을 받았습니다. 집을 떠나는 것이 옳은 일이었습니다! 제게 아버지와 어머니가 백 명 있다고 해도, 또 제가 왕의 딸이라고 해도 저는 떠났을 겁니다."

"부모님에게 말해도 될지 음성들에게 전혀 물어보지 않았나?"

"부모님께 말씀드리는 걸 기꺼이 허락하셨지만 저는 부모님께 그런 큰 고통을 결코 드리고 싶지 않았습니다."

심문자들은 마음속으로 잔의 고집스러운 행동을 교만 죄에 얽

어맬 수 있다고 생각했다. 그런 교만은 자신이 숭배받으려는 신성모독으로 이어지기 마련이었다.

"음성들은 그대를 하느님의 딸이라고 부르지 않았나?"

잔은 아무 의심도 없이 솔직하게 대답했다.

"네, 오를레앙을 구하기 전에도, 그 후에도 음성들은 여러 번 저를 하느님의 딸이라 불렀습니다."

저들은 교만과 허영을 보여 줄 수 있는 다른 증거를 더 찾으려고 했다.

"포로로 붙잡혔을 때 어떤 말을 타고 있었나? 누가 그 말을 그대에게 주었나?"

"왕께서 주셨습니다."

"재물을 비롯해서 왕이 하사한 다른 것들이 있었겠지?"

"제가 가진 건 말 몇 필과 갑옷과 무기, 제 호위대에 월급으로 줄 돈밖에 없었습니다."

"군자금도 가지고 있지 않았나?"

"가지고 있었죠. 10000에서 12000 크라운 정도."

그리고 잔은 천진난만하게 말했다.

"전쟁을 수행하는 데 큰돈은 아니었습니다."

"아직 그 돈을 갖고 있나?"

"아니요, 그건 프랑스 국왕의 돈입니다. 왕을 위해 그 돈을 관리한 건 제 오빠들이고요."

"생드니 성당에서 헌물로 드린 무기가 있었나?"

"은 갑옷 한 벌과 검 한 자루였습니다."

"사람들이 숭배하게 하려고 거기에 두었나?"

"아니요, 단지 헌물로 바친 것입니다. 부상당한 군인이 그곳에서 그런 헌물을 드리는 게 관례였습니다. 저는 파리를 앞에 두고 부상을 당했습니다."

가슴이 돌같이 굳어 있고 상상력이 없는 이들은 이 아름다운 그림, 곧 과거 프랑스를 수호해 온 이들의 음침하고 먼지 쌓인 갑옷 사이에 부상당한 소녀 병사가 장난감같이 작은 갑옷과 무기를 걸어두는 모습에 아무런 감흥을 받지 못했다. 아니, 그들에게는 그 모습이 아무것도 아니었다. 그 모습 속에서 무죄한 소녀에게 해를 입힐 만한 것을 어떻게 해서든 얻어낼 수 없다면 아무것도 아니었다.

"전투에서 가장 도움이 된 건 무엇이었나? 깃발이었나 그대 자신이었는가?"

"깃발이나 저는 아무것도 아닙니다. 승리는 하느님께서 주셨습니다."

"그대 자신이나 그대 깃발 때문에 승리하리라 생각하지 않았나?"

"그렇지 않습니다. 하느님만 의지했습니다. 다른 어떤 것도 의지하지 않았습니다."

"대관식 때 왕의 머리 위에 그대의 깃발이 펄럭이지 않았나?"

"그렇지 않았습니다."

"랭스 대성당에서 열린 왕의 대관식 때 다른 장군들의 깃발이 아닌 자네의 깃발이 있었던 건 무슨 이유였나?"

그때 언어가 존재하는 한 언제나 남아 있을 말, 모든 언어로 번역될 것이며 세상 마지막 날까지 그 말이 가는 곳마다 모든 온유

한 이들의 가슴을 감동시킬 말이 부드럽고 낮은 목소리로 들려왔다.

"그 깃발은 고통을 견디어 냈기에 그런 영예를 얻을 자격이 있었습니다."

아주 단순하지만 얼마나 아름다운 말인지. 수사학 대가들이 치밀하게 설계한 웅변을 걸레 조각으로 만들어 버리는 말이다. 명언을 만들어 내는 능력은 잔이 타고난 재능이었다. 아무런 준비도, 아무런 노력도 없이 잔의 입술에서 명언은 흘러나왔다. 잔의 말은 잔의 행동만큼 숭고했고 잔의 성품처럼 고상했다. 잔의 말은 위대한 가슴에서 태어나 위대한 머리 안에서 창조되었다.*

12. 정말 아쉬운 기회

거룩함을 가장한 암살자들로 이루어진 그 작은 비밀 법정이 다음으로 취한 조치는 너무나 야비해서, 많은 세월이 흘러 지금 나는 노년에 이르렀지만 침착하게 이야기를 할 수 없을 지경이다.

---

*【올든 주】잔이 한 말은 여러 번 번역되었지만 결코 제대로 번역되지 못했다. 원어에는 뇌리에서 사라지지 않는 연민을 자아내는 힘이 서려 있지만 다른 언어로 번역할 때 그 힘은 사라져 버리곤 한다. 그 힘은 향기처럼 미묘해 전달할 수 없다. 잔이 한 프랑스 말은 이것이다.
"Il avait été à la peine, c'etait bien raison qu'il fut à l'honneur."
엑스 대교구 명예 총대리 리카르 몬시뇰은 잔의 이 말을 두고 이렇게 말한 바 있다. "애국심과 신앙 안에서 상처 입고 죽어 간 프랑스인이자 기독교인이었던 한 영혼이 부르짖은, 명언 역사에 길이 남을 숭고한 대답이다."
《Jeanne d'Arc la Vénérable》197쪽

동레미에서 잔이 음성들과 교제를 시작했을 때, 어린 잔은 자신의 삶을 하느님께 바쳐 순결한 몸과 영혼을 하느님을 섬기는 데 쓰겠노라 엄숙하게 맹세했다. 잔의 부모님이 전쟁에 나가는 걸 막으려고 잔을 억지로 툴에 있는 법원으로 데리고 가서, 잔이 한 번도 약속한 적이 없는 결혼을 하게 하려고 했던 일을 너희는 기억할 것이다. 결혼 상대는 우리의 불쌍한 좋은 친구, 큰 덩치에 말 많고 전쟁에서 열심히 싸웠던 친구, 우리가 가장 사랑하고 그 죽음을 가장 슬퍼하는 동료인 기잡이였다. 기잡이는 영예로운 전투에서 쓰러져 이 60년간 하느님 안에서 잠들어 있다. 기잡이에게 평화가 있기를!

너희는 기억할 것이다. 잔이 존엄한 법정에 서서 혼자 자신을 변호하며, 가엾은 팔라댕의 소송을 찢어서 넝마 조각으로 만든 후 숨을 불어 날려버렸다는 것을 말이다. 그때 재판석에 앉은 나이 든 재판장은 아주 놀라 잔을 '이 놀라운 아이'라고 말한 바 있다. 그 일을 너희는 모두 기억할 것이다. 그렇다면 내 느낌이 어떠했을지 생각해 보거라. 그 일이 있은 지 3년이 지나 잔이 네 번째 재판에서 홀로 서서 싸울 때에 거짓 사제들은 그 일을 의도적으로 왜곡 시켰다. 팔라댕과 약혼한 적이 없지만 그런 적이 있었던 것처럼 꾸며낸 사람은 잔이라고 사제들은 왜곡한 것이다. 이들은 도와줄 사람 하나 없는 소녀의 생명을 사냥하는 비열한 짓을 하면서도 정말 부끄러워할 줄을 몰랐다.

이들이 보여주고 싶은 것은 이것이었다. 진실만을 말하겠다고 선서한 잔이 사실과 달리 말함으로써 위증죄를 지었다고 주장하려고 했던 것이다. 잔은 그 소송사건의 전말을 자세히 이야기했다. 그러다가 그만 참지 못하고 코숑이 잊지 못할 말로 이야기를 마무리했다. 잔은 코숑에게 말하길, 그가 속한 세계에서 승진하려고 이렇게 하냐고, 또 자기 버릇을 남에게 덮어씌우는 건 아니냐고 물었다.

이날 남은 시간과 다음 재판의 일부 시간에는 그동안 지겹도록 질문했던 남자 옷에 대해 다시 힘을 들이며 심문을 했다. 이 진지한 사람들이 따지고 들기에는 너무 하찮은 문제였다. 이들 역시 잔이 남자 옷을 계속 착용한 이유를 알았다. 잔이 잠을 자든 깨어 있든 호위대 병사들이 언제나 함께 있었기 때문에 불미스러운 일이 일어나지 않게 하기 위해서는 남자 옷을 입는 것이 다른 어떤 것보다 좋은 방법이었다.

법정은 잔의 목표였던 것 중 하나가 포로로 끌려간 오를레앙의 공작을 구출하는 것이었음을 알았기 때문에 잔이 어떻게 그 일을 해냈는지 몹시 알고 싶어 했다. 잔의 계획은 사업의 방법과 같은 것이었고 잔의 진술은 단순하고 직설적이었다.

"저는 공작과 맞바꿀 만큼 잉글랜드 병사들을 많이 포로로 사로잡을 계획이었습니다. 그 계획이 실패하면 잉글랜드로 쳐들어가 무력으로 빼올 생각이었습니다."

이것이 바로 잔의 방법이었다. 어떤 일을 해야 한다면 먼저 그 일에 대한 사랑을 가졌고 그다음에 격렬히 싸우는 일을 했다. 그 사이에 머뭇거림은 없었다. 잔은 한숨을 작게 쉬며 말했다.

"제가 3년 동안 자유로웠다면 공작님을 구출했을 거예요."

"할 수 있을 때는 언제나 감옥을 탈출해도 된다고 음성들에게 허락을 받았나?"

"몇 번 허락을 구했지만 허락해 주지 않으셨습니다."

내가 전에 말했던 것처럼, 잔은 탈옥을 청한 것이 아니라, 석 달이 되기 전에 감옥 안에서 죽어 감옥을 나가게 해 줄 것을 청했다고 나는 생각한다.

"감옥 문이 열려 있으면 그대는 탈출할 건가?"

잔은 솔직하게 말했다.

"네, 문이 열려 있는 것은 주님이 허락하신 것으로 봐야 하니까요. 속담처럼 하느님께서는 스스로 돕는 자를 도와주십니다. 하지만 허락하신다는 생각이 들지 않으면 저는 나가지 않았을 겁니다."

바로 이때 어떤 생각이 내게 떠올랐다. 그때만큼은 아주 강하게 확신했는데 이후에도 생각을 할 때마다 나는 그렇게 믿곤 했다. 적어도 그때만큼은 잔이 왕에게 희망을 걸었고, 노엘과 내 생각처럼 잔의 옛 동료들이 자신을 구출할 것을 기대하고 있었다고 말이다. 이런 구출이 잔의 마음에 떠올랐지만, 그저 스쳐 지나가는 것으로 이내 사라졌다고 나는 생각한다.

잔은 보베 주교의 말을 몇 마디 듣고서 주교에게 말했다. 주교가 공정하지 못한 재판장이고 그곳에 앉아 재판을 주재할 권한이 없으며 주교 스스로 주교 자신을 큰 위험에 빠뜨리고 있다고 말이다. 그러자 주교가 물었다.

"어떤 위험 말인가?"

"저는 모릅니다. 그리고 카타리나 성녀님은 저를 도와주시겠다고 약속하셨지만 어떻게 도와주실지도 저는 모릅니다. 이 감옥에서 나가게 될지, 재판장님이 저를 처형장에 보내 제가 처형을 당해 자유롭게 될지 저는 모릅니다. 이 일에 대해 많이 생각해 보지 않았지만 둘 중에 하나가 될 거라 생각합니다."

잠시 말을 멈추었다가 잔은 영원히 기억될 다음과 같은 말을 덧붙였다. 잔이 자신의 말뜻을 잘못 이해하고 있었는지는 결코 알 수 없다. 또 올바로 이해하고 있었는지도 우리는 알 길이 없다. 그 신비로운 말의 뜻은 수십 년 전에 이루어져서 온 세상에 그 진정한 뜻이 드러나게 되었다.

"하지만 음성들께서 하신 말씀 중 가장 분명한 것은 제가 큰 승리를 거두고 풀려날 것이란 말씀입니다."

잔은 말을 멈추었다. 내 심장은 빨리 뛰었다. 마지막 순간에 잔의 옛 동료들이 함성을 지르며 돌격해 올 것이다. 그리고 검을 맞부딪치며 싸움을 한 후 승리를 거두고 잔 다르크를 구출해 갈 것이다. 나는 이렇게 생각하며 이것이 승리일 거라 생각했다. 아, 그러나 그런 생각이 그렇게 짧게 사라져 버리게 되다니! 이제 잔은 고개를 들고 마지막 말로 대답을 마무리했다. 이 마지막 말은 사람들이 아직도 인용하며 생각하는 말이요, 나를 공포에 휩싸이게 한 말이었다. 그 말은 예언처럼 들렸다.

"그리고 언제나 음성들께서는 제게 말씀하시곤 합니다. '무슨 일이 닥치더라도 받아들여라. 순교 당하는 것을 슬퍼하지 말아라. 그걸 통해 너는 낙원에 올라갈 것이다.'"

잔이 불과 장작을 생각하고 있던 것일까? 그때에 나는 화형을 생각했다. 그러나 잔은 잔혹하게 사슬에 묶여 모욕을 당하면서 천천히 죽는 것을 생각했다고 나는 믿는다. 분명 그런 경우도 순교라는 말을 쓸 수 있을 것이다. 이에 대해 질문을 한 건 장 드 라

퐁탱이었다. 이 법관은 잔이 한 말을 최대한 이용해 먹으려고 했다.

"음성들이 그대가 낙원에 갈 거라고 말했다면 그대는 그 일이 일어날 것이라고, 즉 지옥에서 고통을 당하는 일은 없을 거라고 확신하고 있다. 그렇지?"

"음성들이 제게 말한 것을 믿습니다. 저는 제가 구원받을 것을 압니다."

"중요한 대답이군."

"제가 구원받을 거라는 건 제게 큰 보물입니다."

"그런 계시를 받은 후에 그대가 대죄를 지을 수 있다고 생각하는가?"

"그런지 아닌지 저는 모릅니다. 제 몸과 영혼을 순결하게 지키겠다는 제 맹세를 굳게 지킴으로 저는 구원에 대한 희망을 갖습니다."

"그대가 구원받을 것을 안 이후로 그대는 고해성사를 하는 것이 필요 없다고 생각했겠군?"

아주 교활한 덫이었다. 그러나 잔은 단순하고도 겸손하게 대답해 덫에 걸린 것은 아무것도 없었다.

"양심에 거리끼는 게 아무것도 없을 정도로 사람은 깨끗할 수 없습니다."

이제 새로 재편된 재판의 마지막 날에 이르렀다. 잔은 이 시련을 잘 헤쳐 나왔다. 법정의 모든 사람들에게도 길고 힘든 싸움이었다. 피고를 유죄로 판결하려고 모든 방법을 동원했지만 지금껏 성공한 것은 하나도 없었다. 심문관들은 짜증과 불만이 많아졌다. 그러나 이들은 한 번 더 시도를 해보려고 하루를 더 연장했다. 그렇게 연장한 날이 3월 17일이었다. 재판 초반부터 빠져나가기 어려운 덫을 잔에게 던졌다.

"그대의 말과 행동은 선하든 나쁘든 교회의 결정에 맡길 것인가?"

아주 잘 짜인 계획이었다. 잔은 이제 곧 위험에 빠질 것이다. 조심하지 않고 그러겠노라 하면 잔의 사명 자체를 심판대에 올릴 것이고 그 근원과 성격을 곧바로 어떻게 판결할지는 누구나 다 알 수 있었다. 그러나 만약 그러지 않겠다고 대답하면 이단죄를 범한 자가 될 것이다. 잔은 상황을 잘 파악하고 훌륭하게 대응했다. 잔은 교회의 일원인 자신에게 교회가 갖는 권한에 관한 문제와 자신의 사명에 관한 문제 사이에 구분 선을 그었다. 잔은 자신이 교회를 사랑하며 교회의 신앙을 수호하는 일에는 있는 힘을 다할 것이라 말했다. 그러나 자신이 사명을 받고 행한 일은 그 일을 지시하신 하느님만이 판단하셔야 한다고 말했다. 그러나 재판장은 잔이 사명을 가지고 한 일들 역시 교회의 결정에 따라야 한다고 계속 주장했다. 그러자 잔이 말했다.

"제가 사명을 받아 한 일들은 저를 보내신 우리 주님께만 그 판결을 맡길 것입니다. 주님과 주님의 교회는 하나이기 때문에 이것이 어려운 문제가 된다고 보지는 않습니다."

그리고 잔은 재판장을 바라보고 말했다.

"어렵게 할 일이 전혀 아닌데 왜 어렵게 일을 만드시나요?"

그러자 장 드 라 퐁텐은 교회가 하나뿐이라는 잔의 말을 바로잡았다. 교회는 둘로 나누어지는데, 하나는 하느님과 성인들과 천사들, 그리고 구원받은 성도들로 이루어진 하늘에 있는 '승리한 교회'이고, 다른 하나는 하느님의 대리자인 교황 성하, 주교와 추기경, 일반 성직자들, 그리고 가톨릭 교인을 비롯한 모든 선한 기독교인들로 이루어진 이 땅의 '전투하는 교회'라고 말했다. 그리고 이 땅의 교회는 성령님의 다스림을 받기에 오류에 빠질 수 없다고 말했다.

"그 일들을 전투하는 교회에 맡기지 않을 텐가?"

"저는 하늘에 있는 승리한 교회로부터 명령을 받고 프랑스 왕에게 왔습니다. 제가 한 모든 일은 승리한 교회의 결정에 맡깁니다. 전투하는 교회에 대해서는 다른 할 말이 없습니다."

법정은 이렇게 직설적인 거절을 주목하고 이 대답을 이용해 잔을 궁지에 몰아넣고자 했다. 하지만 이 문제는 잠시 보류한 후 요정과 환상, 남자 옷과 그와 같은 것들을 다시 꺼내어 이미 뒤질 만큼 뒤진 사냥터에서 다시 긴 추격을 벌였다.

오후에 사악한 주교는 재판을 다시 열고 직접 마지막 심문을 진행했다. 끝날 때가 되자 한 법관이 잔에게 이렇게 물었다.

"그대는 교황 성하 앞에서 대답하는 것처럼 주교님 앞에서 대답하겠다고 말했다. 그렇지만 질문 몇 가지는 계속 대답하길 거절하고 있다. 보베 주교님 앞에서 대답한 질문보다 더 많은 질문을 교황님 앞에서도 대답하지 않겠다는 말인가? 하느님의 대리자이신 교황님에게 더 자세히 대답해야 한다는 의무감을 느끼지 못하는가?"

그때 마른하늘에 날벼락이 떨어졌다.

"저를 교황님께 데려가 주십시오. 제가 대답해야 하는 모든 것을 대답하겠습니다."

이 말에 주교는 놀라서 자줏빛 얼굴이 하얘졌다. 아, 잔이 알기만 했더라면! 알기만 했더라면! 잔은 이 시커먼 음모 아래 폭탄을 박은 것이었고 그 폭탄은 주교의 계획을 터뜨려 사방으로 날아가게 할 수 있었다. 하지만 잔은 몰랐다. 단지 본능적으로 그렇게 대답했을 뿐 그 말에 어떤 엄청난 힘이 숨어 있는지 모르고 있었다. 잔이 지금 한 일이 무엇인지 잔에게 이야기해 줄 수 있는 사람이 아무도 없었다.

나는 알고 있었고 망숑 신부도 알았다. 만약 잔이 글을 읽을 줄 알았다면 우리가 알고 있는 것을 어떻게든 잔에게 전달할 수 있으리라는 희망을 가졌을 것이다. 그러나 오직 말로만 전할 수 있었고 잔에게 말을 해 줄 만큼 아무도 가까이 다가갈 수 없었다. 그래서 다시 한번 승리자 잔 다르크는 그곳에 앉아 있었지만 그 사실을 까마득하게 모르고 있었다. 잔은 오랫동안 싸우고 병이 나서 너무 지치고 힘들었다. 그렇지만 않았더라면 잔이 방금 한 말이 어떤 반향을 일으켰는지 느끼고 그 이유를 알아냈을 것이다.

잔은 대단한 한방을 여러 번 날렸지만 이번에 한 말이 가장 대단한 것이었다. 그것은 로마에 항소하는 것이었다. 분명 잔에게는 그렇게 할 수 있는 권리가 있었다. 잔이 계속 항소를 요구했다면 코숑의 계획은 카드로 만든 집이 무너지듯 그렇게 무너졌을 것이고 코숑은 이 세기의 가장 비참한 패배자로 자리를 내려갔을 것이다. 코숑은 대범했지만 잔의 항소 요구를 계속 거절할 정도는 아니었다. 그러나 불쌍한 잔은 몰랐고 자신이 날린 한방이 자신을 생명과 자유로 이끌어줄 수 있음을 알지 못했다.

프랑스는 교회가 아닌 세속 국가였기에 로마는 하느님이 보내신 이 전령의 파멸에는 관심이 없었다. 로마는 잔이 공정한 재판을 받게 해 주었을 것이고 그것만이 잔에게 필요한 모든 것이었다. 그런 재판을 받았더라면 잔은 자유와 영예와 축복을 얻었을 것이다. 그러나 운명은 그렇게 이끌어가지 않았다. 코숑은 즉시 잔이 그런 생각을 계속하지 못하도록 다른 문제로 넘어갔고 서둘러 재판을 끝냈다. 잔은 허약한 모습으로 사슬을 끌면서 걸어 나갔다. 나는 망연자실한 채 멍하니 혼잣말로 중얼거렸다.

"그렇게 조금 전에 자신을 살리고 자유롭게 할 수 있는 말을 했건만 이제 죽음을 향해 걸어가는구나. 그래, 죽음을 향해 걸어가고 있는 거야. 난 알고 있어. 느껴져. 이제 감시병을 두 배로 늘릴 거야. 오늘부터 처형 날까지 잔이 다시 항소 이야기를 듣지 못하도록 아무도 가까이 다가가지 못하게 할 거야. 이 슬픈 재판 기간 내내 오늘이 내게 가장 가슴 아픈 날이구나."

13. 실패한 제3차 재판

감옥 안에서 열린 제2차 재판도 끝났다. 이렇게 모든 재판이 끝났지만 아무 결과도 나오지 않았다. 제2차 재판이 어떤 재판이었는지는 너희에게 이야기한 그대로이다. 이전 재판보다 더 야비한 점이 하나 있었으니, 곧 이번에는 혐의 사실을 잔에게 말해 주지 않아 잔이 어둠 속에서 싸워야 했던 것이다. 미리 생각할 기회도 없었다. 어떤 덫을 놓을지 예상할 수 없었고 또 그러기에 피해 갈 방법을 준비할 수도 없었다. 이런 식으로 소녀를 대하는 것은 정말 추악한 짓이었다.

제2차 재판 중 어느 날 노르망디의 유능한 변호사인 로이에가 루앙에 들르게 되었다. 로이에가 이 재판을 어떻게 보았는지 이야기하겠다. 그러면 편파적인 내가 재판을 불공정하고 합법적이지 않은 모습으로 전달해 너희를 속인 것이 아니라는 걸 알게 될 것이다. 코숑은 로이에에게 고발장을 보여 주며 이 재판에 대해 어떻게 생각하는지 물었다. 로이에는 코숑에게 자신의 생각을 말했다. 로이에는 다음과 같은 이유로 재판의 모든 게 무효라고 했다.

1. 재판이 비밀리에 진행되었고 관련자들이 발언과 행동에 온전히 자유롭지 않았다.
2. 재판은 프랑스 국왕의 명예 문제를 다루면서도 국왕을 변호할 수 있도록 국왕이나 그 대리인을 소환하지 않았다.
3. 피고에 대한 고발 내용을 피고에게 전달하지 않았다.
4. 어리고 아무것도 모르는 피고의 생명이 걸린 문제인데도 옆에서 도와줄 변호사 없이 피고가 자신을 변호하도록 강제했다.

이 말을 듣고 코숑은 좋아했을까? 그렇지 않다. 코숑은 아주 심한 저주를 퍼부으며 자신이 로이에를 익사시킬 수도 있다고 협박했다. 로이에는 루앙에서 도망쳐 가능한 한 빨리 프랑스를 빠져나가 목숨을 건질 수 있었다.

　자, 이제 내가 말했던 것처럼, 제2차 재판도 아무런 결과 없이 끝났다. 그러나 코숑은 포기하지 않았다. 코숑은 다른 혐의를 날조해 만들어낼 수 있었다. 그리고 필요하면 또 다른 혐의들을 만들어낼 수 있었다. 자신에게 아무런 잘못도 하지 않은 이 어린 소녀의 몸을 불에 태우고 영혼을 지옥에 보내는 데에 성공만 한다면 루앙 대주교 자리를 큰 보상으로 받을 것이라는 약속을 코숑은 반쯤 받아 놓고 있었다. 그런 보상이라면 보베 주교 같은 인간은 소녀 한 명을 물론 죄 없는 소녀 50명을 화형 시키고 파문할 수 있었다. 그래서 코숑은 잔인하게 즐거운 마음으로 이번에는 성공하리라 크게 확신하며 다음 날 다시 곧바로 일에 착수했다. 코숑은 하이에나 같은 무리를 이끌고 9일 동안 매달려 잔의 증언을 파헤치고 새로운 혐의를 만들었다. 그렇게 해서 만든 혐의가 무려 66개나 되었다! 어마어마한 죄목들이었다.

　이 두꺼운 문서는 다음 날 3월 27일 성으로 옮겨졌다. 그곳에서 신중하게 선택한 판사 10명가량 앞에서 새로운 재판이 시작되었다. 재판부는 여론을 의식해서 이번에는 잔이 알 수 있도록 죄목을 읽어 주었다. 아마 로이에의 말 때문에 그런 것이 아닌가 한다. 그렇지 않으면 죄목을 듣다가 잔이 지쳐 쓰러지게 하려고 그랬는지도 모른다. 죄목을 읽는 데 여러 날이 걸렸기 때문이다. 재판부는 모든 죄목에 대해 잔이 대답해야 하고 만일 대답을 거부하면 유죄 판결을 받아야 한다고 결의했다. 코숑은 언제나 잔의 기회를 더욱더 좁혀만 갔다. 코숑은 올가미를 더욱더 가까이 드리우고 있었다.

잔이 불려 나왔고 보베 주교는 그 자신도 부끄러워할 만큼 위선과 거짓이 잔뜩 담긴 말을 잔에게 늘어놓았다. 코숑은 재판관들이 잔에게 자비와 동정심을 가득 지닌 거룩하고 경건한 성직자들이며, 자신들은 잔을 해칠 생각이 없고 오직 잔을 깨우쳐 진리와 구원으로 인도하길 원한다고 말했다. 아, 이 사람은 정말 인간으로 태어난 악마다. 자신과 자신의 이 완고한 노예들을 그런 말로 표현하는 모습을 생각해 보라. 하지만 더 나쁜 게 다가왔다. 로이에의 어떤 지적을 염두에 두고 이제 뻔뻔한 제안을 했는데 너희도 들으면 놀랄 것이다.

코숑은 잔이 배우지 못한 처지인 것과 곧 논의할 복잡하고 어려운 문제들을 다룰 만한 능력이 없다는 것을 참작해서, 동정심과 자비로운 마음으로 한 명이든 몇 명이든 잔이 원하는 대로 잔을 도와줄 변호사를 옆에 두게 해 주겠다고 말했다. 하지만 변호사는 그곳에 모인 사람들 중에서 선택해야 한다고 말했다! 루아즐뢰르와 똑같은 뱀들로 이루어진 재판관들을 생각해 보라. 늑대에게 도움을 요청할 수 있도록 양에게 허락을 한다는 말과 같았다. 정말 진지하게 묻는 것인지 잔은 코숑을 쳐다보고는 그냥 그런 척하는 것임을 알고 당연히 거절했다. 주교는 다른 대답을 기대하지 않았다. 단지 공정하게 대우한 척하려고 했을 뿐이고 재판 기록에 기록되길 원한 것뿐이었다. 따라서 코숑은 잔의 거절에도 만족했다.

코숑은 모든 혐의에 대해 바로 대답하라고 명했고, 만약 그렇게 하지 않거나 허락된 시간 이내에 대답하지 않으면 교회에서 파문할 거라고 협박했다. 그렇게 한걸음 한걸음씩 코숑은 잔의 기회를 좁히고 있었다. 토마 드 쿠셀은 끝없어 보이는 문서를 조목조목 낭독하기 시작했다. 잔은 조목마다 차례로 대답했다. 혐의를 부인하기도 하고 자신의 대답은 이전 재판 기록에 있다고 말하기도 했다.

참으로 이상한 문서였고, 또 신의 형상을 따라 창조되었다고 자부하는 인간의 마음이 도대체 어떤 것인지 폭로하는 문서이기도 했다. 잔 다르크를 아는 것은 다음과 같은 성품들, 곧 고귀함과 순결함, 진실함과 용기, 동정심과 자비, 경건함과 이타심, 그리고 단정함을 온전히 지닌 사람을 아는 것이었다. 잔은 들판에 피어난 꽃들처럼 흠 없이 훌륭하고 아름다운 성품을 지녔다. 잔은 가장 훌륭한 성품을 지닌 사람이었다. 그러나 그 문서 속의 잔은 이 모든 것과 정확히 반대되는 것을 가진 사람이었다. 잔의 진정한 모습은 하나도 문서 안에 없었고 문서 안에 있는 것은 모두 잔에게 없는 것이었다.

잔의 죄목들 몇 가지를 생각해 보고 그렇게 말하는 자가 누구인지 생각해 보라. 기소장에는 잔을 다음과 같이 부르고 있다. 마녀, 거짓 예언자, 악령을 불러 교제하는 자, 흑마술 사용자, 가톨릭 신앙을 모르는 자, 분열주의자. 신성모독자, 우상 숭배자, 배교자, 하느님과 성도들을 모욕하는 자, 물의를 일으키는 자, 선동가, 평화를 깨뜨리는 자, 전쟁을 일으켜 인간의 피를 쏟게 하는 자, 자신의 성별을 버리고 불경하게 남자 옷을 입고 군인의 일을 하는 자, 영주와 사람들을 속이는 자, 신의 영예를 찬탈하고 자신의 손과 옷에 입 맞추게 함으로써 자신을 존경하고 숭배하게 한 자.

기소장에 적힌 것은 잔의 실상을 뒤틀고 왜곡하는, 반대되는 것뿐이었다. 어린 시절 잔은 요정들을 사랑해서 요정들이 쫓겨날 때 요정들을 위해 동정 어린 말을 해 주었고, 요정나무 아래에서, 샘가에서 놀았다. 이 때문에 기소장에서 잔은 악령의 친구가 되어 있었다. 잔은 프랑스를 진흙 창에서 구해 자유를 위해 싸우게 했고 프랑스에 승리를 연달아 안겨 주었다. 그런 탓에 잔은 기소장에서 전쟁을 도발하고 평화를 파괴한 사람이 되어 있었다. 그러나 프랑스는 여러 세기에 걸쳐 자랑스러워하고 고마워할 것이다.

또 잔은 숭배받았다고 기소장에 기록되어 있다. 마치 잔이 사람들로 하여금 자신을 숭배하게 하고 이에 대해 어떤 책임을 져야 하는 것처럼 말이다. 또 주눅이 든 노병들과 벌벌 떠는 신참 병사들은 잔의 눈에서 전쟁의 정신을 마시고 잔의 칼에 자신을 칼을 갖다 댐으로써 패배하지 않는 용사가 되어 앞으로 나아갔기 때문에 기소장에서 잔은 마녀가 되어 있었다. 이렇게 기소장은 생명수를 독극물로 바꾸었고, 황금은 불순물로, 고결하고 아름다운 삶의 증거들은 더럽고 혐오스러운 증거로 바꾸어 가며 자세하게 이어졌다.

물론 66개 죄목들은 이전 재판에서 제기한 것들을 되풀이한 것에 지나지 않았다. 그래서 나는 이 새로운 재판을 자세히 얘기하지 않겠다. 또한 잔 역시 이 재판에서 자세하게 자신을 변호하지 않았고 대개 "그건 사실이 아닙니다. 다음으로 넘어가시죠."(passez outre)라고 말하거나 "전에 이미 대답했습니다. 서기가 기록을 보고 읽게 하시죠."라고 말하며 아주 짧게 대답했다.

잔은 이 땅에 있는 교회가 자신이 받은 사명을 조사하고 심문하는 것을 거부했다. 그래서 이 거부는 좋은 트집거리가 되었다. 잔은 우상숭배를 부인하며 자신은 사람들의 숭배를 원치 않았다고 말했다. 잔은 말의 이랬다.

"누가 제 손과 옷에 입 맞추었다면 제가 원해서 그런 게 아닙니다. 저는 그렇게 하지 못하도록 막을 만큼 막았습니다."

잔은 자신의 생명을 앗아갈 수 있는 이 재판정에서 자신은 요정들이 악령이라고 생각하지 않는다고 용감하게 말했다. 이렇게 말하는 게 위험한 것임을 잔은 알았지만 잔은 자신의 생각을 솔직하게 표현할 줄밖에 몰랐다. 이런 일로 위험을 겪는 것은 잔에게 중요하지 않았다. 재판정은 잔의 이 말을 중요한 말로 기록하게 했다.

성체성사 받는 걸 허락하면 남자 옷을 벗을지 묻자 잔은 언제나 그랬던 것처럼 거절했다. 그리고 이렇게 덧붙였다.

"성체성사를 받을 때 옷이 어떤지는 중요하지 않습니다. 우리 주님 눈에는 중요하지 않은 일입니다."

그러자 재판정은, 미사를 드릴 때 남자 옷을 벗지 않은 것은 남자 옷에 대해 너무 집착하기 때문이라고 몰아세웠다. 잔은 기백 있게 말했다.

"하느님께 맹세한 것을 깨뜨리기보다는 차라리 죽겠습니다."

전쟁에 나가 남자의 일을 하고 여자가 해야 할 일을 버린 것을 두고 비난하자 잔은 군인답게 조금 경멸하는 투로 말했다.

"여자가 할 일을 할 사람들은 많이 있습니다."

잔에게서 군인다운 정신이 불쑥 나타나는 것을 보는 일은 내게 위안이 되었다. 그 정신이 잔에게 있는 한 이 아이는 여전히 잔 다르크요, 고난과 운명을 정면으로 맞이할 수 있는 사람이었다.

"그대가 하느님에게서 받았다고 하는 사명은 전쟁을 일으키고 인간의 피를 쏟아버리는 일로 보인다."

잔의 대답은 아주 간단했다. 자신은 처음부터 전투를 하려 했던 것이 아니고 전투는 두 번째 수단이었다고 말했다.

"처음에 저는 평화를 청했습니다. 상대가 거절하면 그때 싸웠습니다."

재판장은 부르고뉴 공국과 잉글랜드를 구분하지 않고 둘 다 잔이 싸운 적이라고 말했다. 그러나 부르고뉴인은 프랑스인이므로 잉글랜드보다 우호적으로 대우받을 자격이 있기에 잔은 말과 행동으로 이 둘을 구분했다.

"부르고뉴 공작에게 저는 편지와 사절을 보내 프랑스 국왕과 평화 협정을 맺을 것을 요청했습니다. 그러나 잉글랜드인과 우리가 맺을 수 있는 평화란 잉글랜드인이 우리나라를 떠나 본국으로 가는 것밖에 없습니다."

잔은 잉글랜드인을 공격하기 전에 먼저 경고를 해서 떠날 수 있게 했기 때문에 평화롭게 해결할 수 있는 길을 보여 주었다고 말했다.

"잉글랜드인들이 제 말을 들었다면 현명하게 대처한 것이었을 겁니다."

이때 잔은 다시 예언을 되풀이하며 강조했다.

"7년이 되기 전에 잉글랜드인들 스스로 보게 될 겁니다."

재판부는 남자 옷에 대해 다시 잔을 괴롭히기 시작했고 자발적으로 남자 옷을 입지 않겠다는 약속을 받아내려고 노력했다. 나는 저들의 속내를 결코 이해하지 못했다. 그래서 중요하지 않은 일로 왜 그렇게 끈질기게 구는지 이상했는데 내가 이유를 알지 못했던 것은 이상한 일이 아니었다. 그러나 그것이 저들의 계략 가운데 하나였다는 것을 이제 우리는 모두 알고 있다. 잔이 공식적으로 남자 옷을 입지 않겠다고 말하게 하는 데에 성공했다면 잔을 빨리 파멸시킬 수 있었다. 그래서 그렇게 악한 일을 단념하지 않았던 것이다. 마침내 잔이 크게 말했다.

"그만들 해요! 하느님이 허락하지 않으시면 내 목에 칼이 들어와도 벗지 않을 거예요!"

잔은 기소장의 한 대목을 바로잡았다.

"기소장에는 제가 한 모든 일들은 우리 주님의 지시에 따라 한 것이라고 되어 있어요. 하지만 전 그렇게 말한 적이 없어요. '제가 잘한 모든 일들'이라고 말했을 뿐입니다."

재판정은 사명을 받은 자가 배움이 없고 평범하다는 이유로 잔이 정말 하느님에게 사명을 받았는지 의심을 했다. 잔은 미소를 지었다. 그리고 사람을 차별하지 않으시는 우리 주님은 높은 목표를 이루는 일에 주교와 추기경보다 낮은 사람을 더 자주 선택해 오셨다는 것을 일깨울 수 있었지만 그렇게 꾸짖는 대신 단순한 말로 대신했다.

"원하시는 곳에서 도구를 선택하시는 것은 우리 주님의 특권입니다."

잔은 하늘로부터 인도를 받고자 할 때 어떻게 기도하곤 했는지 질문을 받았다. 기도는 짧고 단순했다고 잔은 말한 후, 창백한 얼굴을 하늘을 향해 들고 사슬이 묶인 두 손을 맞잡고 자신이 하던 기도를 되풀이했다.

"가장 사랑하는 하느님, 주님의 거룩한 수난을 기리며 간구합니다. 저를 사랑하신다면 제가 이 성직자들에게 어떻게 대답해야 할지 제게 알려 주세요. 제 옷은 하느님께서 어떻게 명하셔서 제가 입게 되었는지 알지만, 언제 입지 말아야 하는지는 알지 못합니다. 제가 할 일을 말씀해 주시길 기도합니다."

재판정은 잔이 하느님과 성인들의 가르침에 감히 반대하여 남자들 위에 군림해서 총사령관이 되었다고 비난했다. 이 비난은 잔 안에 있는 무사 정신을 건드렸다. 잔은 사제들을 깊이 존중했지만 잔 안에 있는 무사는 전쟁에 대한 사제들의 견해를 중요하게 여기지 않았다. 그래서 이 비난에 잔은 어떤 설명이나 변명도 하지 않고 관심 없다는 듯 군대식으로 짧게 말했다.

"제가 총사령관이 되었던 건 잉글랜드군을 매로 치기 위해서였죠!"

법정에서 죽음이 잔의 얼굴을 정면으로 내내 응시하고 있었지만 그건 문제가 되지 않았다. 잔은 잉글랜드인의 마음을 가진 이 프랑스인들이 당황하게 하는 걸 아주 좋아해서 틈이 보일 때마다 말로 찌르곤 했다. 이 작은 일을 통해 잔은 마음의 힘을 많이 회복했다. 재판 하루하루가 사막이라면 이런 일은 오아시스와 같았다.

잔이 전쟁에서 남자들과 함께 지낸 일은 음란한 일이었다고 비난하자 잔이 대답했다.

"여자들과 지낼 수 있는 마을과 숙소에서는 여자들과 지냈습니다. 그리고 전장에서는 언제나 갑옷을 입고 잠을 잤습니다."

프랑스 왕이 잔과 가족을 귀족에 봉한 것을 들어 재판정은 잔의 동기가 비도덕적인 이기심이라고 비난했다. 잔은 자신이 왕에게 청한 것이 아니었고 단지 왕이 그렇게 해 주었던 것뿐이라고 대답했다.

마침내 제3차 재판도 끝났다. 다시 한번 아무런 결과도 없었다. 어쩌면 제4차 재판은 이렇게 굴복시킬 수 없는 소녀를 패배시키는 데 성공할지도 모른다. 그래서 악마 같은 주교는 계획을 세우는 일에 착수했다. 주교는 위원회를 만들어 새로운 재판의 토대로 삼을 수 있도록 66개 죄목을 12가지 간략한 거짓말로 줄이게 했다. 위원회는 그 일을 하는 데 여러 날이 걸렸다.

그동안 코숑은 어느 날 망숑 신부와 이장바르 드 라 피에르와 마르탱 라드브뉘라는 법관 두 명과 함께 잔의 감옥에 갔다. 어떻게 해서든 잔을 구슬려 잔이 한 일을 교회의 조사와 결정에 맡기도록 하려고 간 것이다. 자신과 자신의 똘마니들이 대표하는 교회에 말이다. 그러나 잔은 다시 한번 거절했다. 이장바르 드 라 피에르는 그래도 양심이 있는 사람이었다. 이 박해받는 불쌍한 소녀에게 동정심을 느껴 아주 대담한 일을 하려고 했다. 곧 바젤 종교회의에 재판을 넘길 뜻이 있는지 잔에게 물으면서 그렇게 되면 잉글랜드 편인 사제들 수만큼 잔을 편드는 사제들이 있을 거라고 말했다. 잔은 그렇게 공정한 재판이라면 정말 가고 싶다고 크게 말했다. 하지만 이장바르가 다른 말을 하기 전에 코숑은 이장바르에게 버럭 소리를 질렀다.

"닥치지 못해! 이 망할 것!"

망송 신부 역시 자신의 생명이 날아가지 않을까 크게 두려워하면서도 용감한 일을 했으니, 곧 바젤 종교회의에 잔이 간다고 재판 기록에 적어야 하지 않겠냐고 물은 것이다.

"안 돼! 그럴 필요 없어."

그러자 가엾은 잔이 비난조로 말했다.

"아! 제게 불리한 것만 기록하고 제게 유리한 건 기록하지 않는군요."

가슴 아픈 일이었다. 짐승이라도 마음이 움직였을 것이다. 그러나 코숑은 짐승보다 못한 자였다.

14. 열두 가지 거짓말

4월 첫날이었다. 잔은 몸이 아팠다. 제3차 재판이 끝난 다음 3월 29일에 병이 난 것이다. 그리고 방금 이야기한 그런 일이 잔의 감옥에서 일어났을 때에는 더욱더 몸이 안 좋아지고 있었다. 코숑은 잔의 약한 상태를 이용하려고 갔던 것이다.

새로운 기소장의 12가지 거짓말 중에 몇 가지를 살펴보자. 제1항에는 잔이 자신은 구원을 받았다고 주장했다고 기록되어 있다. 잔은 그런 말을 전혀 한 적이 없다. 또 제1항에는 잔이 교회에 복종하길 거절한다고도 말한다. 이것은 사실이 아니다. 잔은 하느님의 명령으로 자신이 받은 사명을 이루기 위해 한 일만 빼고 자신의 모든 행동을 루앙 재판에 맡기겠다고 했다. 잔은 사명을 받고 한 일은 하느님의 심판에 맡겼다. 잔은 코숑과 그 하수인들 무리를 교회로 인정하지 않았고 교황 앞이나 바젤 종교회의에 가길 원했다. 다른 내용을 보면 잔이 자신에게 복종하지 않는 사람들은 죽이겠다 위협했다고 말한다. 명백한 거짓말이다. 또 다른 내용은 잔이 자신이 한 모든 것이 하느님의 명령을 따른 것이라 선언했다고 말한다. 하지만 잔은 자신이 잘한 모든 것이 하느님의 명령을 따른 것이라 말했을 뿐이다. 이것은 너희가 본 것처럼 잔이 바로잡기도 했다.

다른 조항은, 잔이 자신은 결코 죄를 지은 적이 없다고 말했다고 기록되어 있다. 그러나 잔은 그런 주장을 전혀 한 적이 없다. 또 다른 조항은 남자 옷을 입은 것이 죄라고 말한다. 그러나 그게 정말 죄라 하더라도 잔은 더 높은 교회 재판부의 허락, 곧 랭스 대주교와 푸아티에 재판정의 허락을 받은 터라 남자 옷을 입을 수 있었다. 제10항은, 성 카타리나와 성 마르가리타가 영어가 아닌 프랑스어로 말하고 두 성인이 프랑스 편을 드는 것처럼 잔이 꾸며냈다고 말한다.

12개 죄목은 승인을 받기 위해 파리 대학의 학식 있는 신학 교수들에게 먼저 보냈다. 이 12개 죄목은 사본을 만들어 4월 4일 밤까지 준비되었다. 그때 망숑 신부는 다른 대담한 일을 했다. 12개 죄목의 많은 내용이 잔의 입에서 나온 것과 정반대 진술들이라고 사본 여백에 적어놓은 것이다. 그러나 파리 대학은 그 사실을 중요하게 여기지 않을 테고 판단하는 데에도 아무런 영향을 주지 않을 것이며, 그들의 인간성을 깨우지도 않을 것이다. 지금도 그런 것처럼 정치에 얽힌 일이라면 늘 그랬다. 달라진 것은 없

없지만 선한 망송 신부는 용기를 낸 것이다.

다음 날 4월 5일에 12개 죄목을 파리로 보냈다. 그날 오후 루앙에서는 큰 소동이 있었다. 잔 다르크가 병들어 죽어간다는 소문이 널리 퍼져서 흥분한 사람들이 주요 거리마다 모여 어떻게 됐는지 궁금해서 떠들어댔다. 사실 오랜 재판으로 잔은 지쳐 정말 병이 들었다. 잉글랜드 웃대가리들은 낙담했다. 교회로부터 잔이 단죄 받지 못하고 아무 오점 없이 무덤에 들어간다면, 잔에 대한 사람들의 동정심과 사랑으로 인해 잔의 잘못과 고난과 죽음은 거룩한 순교가 될 것이고, 잔은 살아 있을 때보다 더 큰 영향력을 프랑스에서 떨칠 것이기 때문이다.

워익 백작과 잉글랜드 윈체스터의 추기경은 급히 성으로 달려와서 의사 여럿을 불러오게 했다. 워익은 동정심이 전혀 없는 무례하고 야비한 냉혈한이었다. 사람이라면 쇠창살에 갇혀 사슬에 묶인 채 병들어 누워 있는 소녀에게 잔인한 말을 할 수 없을 것이다. 그러나 워익은 잔이 듣는 데서 의사들에게 이렇게 말했다.

"이 아이를 살리는 데에 최선을 다하시오. 잉글랜드 왕께서는 이 아이가 병들어 죽기를 원하지 않으십니다. 이 아이를 샀기 때문에 왕께 소중한 물건이오. 왕께서는 화형대가 아닌 곳에서 이 아이가 죽기를 바라지 않으십니다. 아이가 나아야 한다는 걸 명심하시오."

의사들은 왜 병이 났는지 잔에게 물었다. 잔은 보베 주교가 생선 요리를 보냈는데 그걸 먹고 이렇게 아픈 것 같다고 말했다. 그러자 장 데스티베가 버럭 소리를 지르고 잔을 욕하기 시작했다. 데스티베는 잔이 주교가 자신을 독살하려 했다고 말한다고 생각했기 때문이다. 그런 혐의는 데스티베에게 좋은 일이 아니었다. 데스티베는 코숑이 가장 사랑하는 양심 없는 종들 가운데 한 사람이었다. 잉글랜드의 높은 사람들 앞에서 잔이 자기 주인에게 해로운 발언을 했기 때문에 격노한 것이다. 이 높은 사람들에게는 코숑을 파멸시킬 수 있는 힘이 있었다. 코숑이 잔을 독살해서 잔이 화형대에 서지 못하게 하려 했다면, 그래서 부르고뉴 공작에게 몸값을 주고 잔을 산 잉글랜드가 잔에게서 얻으려 한 것을 얻지 못하게 코숑이 잉글랜드를 속인다면, 이 높은 사람들은 코숑을 파멸시킬 것이다. 잔의 열이 높아서 의사들은 피를 뽑아낼 것을 제안했다. 그러자 워윅이 말했다.

"조심들 하시오. 이 아이는 영리해서 스스로 목숨을 끊을 수도 있으니까."

백작의 말은 잔이 화형대를 피하기 위해 붕대를 풀어 피를 많이 흘려 스스로 목숨을 끊을지도 모른다는 것이었다. 여하튼 의사들은 잔의 피를 뽑았고 잠시뿐이었지만 잔의 병세는 호전되었다. 장 데스티베는 잔이 넌지시 독살을 이야기한 것에 너무 화가 나고 걱정이 돼서 가만히 있을 수 없었다. 그래서 저녁에 다시 잔에게 와서 고래고래 소리를 지르는 바람에 잔은 이전처럼 다시 열이 나기 시작했다. 워윅 백작이 이것을 들었는데 아마 화가 많이 났을 것이다. 이 바보가 끼어들어 자기 먹잇감을 놓칠 위험이 있었기 때문이다. 워윅은 감탄할 정도로 데스티베를 위협했다. 그 위세가 감탄할 정도였다는 뜻인데, 높은 사람이 그런 말을 하기에는 적절하지 않을 정도로 정말 심하게 욕을 해서 훼방꾼 데스티베는 잠잠해졌다.

잔은 병이 난 채로 2주 이상을 보내고 나서야 회복되었다. 그래도 몸이 아주 쇠약해져서 조금만 학대를 당해도 목숨이 위험할 정도였다. 코숑에게는 일을 끝낼 좋은 기회였다. 그래서 신학자들 몇 사람을 데리고 잔이 갇힌 지하 감옥으로 내려갔다. 망숑 신부와 나도 기록하기 위해 함께 갔다. 그러니까 코숑이 우리를 데려간 것은 유리한 진술이 있게 되면 그것만 기록하게 하려고 그런 것이다. 다른 것은 기록하지 못하게 했다.

잔의 모습을 보고 나는 충격을 받았다. 아, 잔은 꼭 검은 그림자 같았다! 슬픈 표정으로 축 처져 있는 이 부서질 것 같은 작은 생명이 내가 아는 잔 다르크란 말인가. 선두에 서서 불같은 열정으로 죽음과 빗발치는 포화의 불빛과 소리를 뚫고 달려가던 그 잔 다르크란 말인가. 잔의 이런 모습을 보자 내 가슴은 찢어지는 것 같았다. 그러나 코숑은 아무렇지도 않았다. 위선과 속임수를 줄줄 흘리며 또 다른 양심 없는 말을 할 뿐이었다. 코숑은 잔의 대답 중에 교회에 위험한 것처럼 보이는 것이 몇 가지 있다고 말했다. 잔은 배움이 없고 성서 지식이 없으니, 원한다면 가르침을 받을 수 있는 지혜로운 좋은 사람 몇 명을 데리고 왔다고 말했다. 코숑의 말은 이랬다.

"우리는 성직자들이다. 우리 자신과 가까운 사람들을 위해 그러는 것처럼 네 영혼과 몸이 구원받기 위해 필요한 모든 것을 해 주려고 한단다. 성직자로서 그렇게 해야 할 뿐 아니라 네게 선의를 갖고 있기 때문에 그렇게 해 주고 싶단다. 우리가 이렇게 하는 건, 자신의 품으로 돌아오려는 이들을 거절하지 않고 언제나 맞이하는 거룩한 교회의 본을 따르는 것이란다."

잔은 이 말에 감사하다고 한 후에 말했다.

"이 병으로 저는 죽을 수도 있습니다. 하느님 뜻으로 제가 여기서 죽게 된다면, 죽기 전에 고해성사를 하고 나의 구원자를 맞이하게 해 주세요. 그리고 죽으면 거룩한 곳에 묻어 주시길 부탁드려요."

코숑은 드디어 기회가 왔다고 생각했다. 이 병약한 몸이 축복 받지 못하여 죽은 후 지옥의 고통을 당하지 않을까 두려워한다고 생각했다. 이 고집 센 영혼이 드디어 지금 항복하려 한다. 그래서 코숑은 말했다.

"성사를 받으려면 선한 가톨릭 신자들이 모두 그런 것처럼 너도 그래야 해. 교회의 결정을 받아 들여야 해."

코숑은 잔의 대답을 간절히 기다렸다. 그러나 막상 나온 대답을 들으니 굴복은커녕 여전히 물러서지 않고 있었다. 잔은 얼굴을 돌리며 약한 목소리로 말했다.

"더 이상 할 말은 없습니다."

코숑은 성질이 나서 목소리를 높여 잔에게 죽음이 가까울수록 삶을 바로잡아야 한다고 위협적으로 말했다. 그리고 잔이 교회에 굴복하지 않는다면 잔이 요구한 것들을 거절하겠다고 다시 말했다. 그러자 잔이 대답했다.

"이 감옥에서 제가 죽으면 거룩한 땅에다 저를 묻어 주시길 부탁드려요. 그렇게 해 주시지 않는다면 저는 제 구원자에게 제 자신을 맡길 것입니다."

이런 대화가 조금 더 오고 갔다. 코숑은 잔이 굴복해서 모든 행동을 교회의 처리에 맡겨야 한다고 다시 고압적으로 요구했다.

하지만 코숑이 위협하고 호통을 쳐도 소용이 없었다. 몸은 약했지만 그 안에 있는 영혼은 잔 다르크의 영혼이었다. 그 영혼으로부터 이 사람들이 이미 알고 있고 너무나 싫어한 한결같은 대답이 나왔다.

"무슨 일이 닥쳐와도 저는 재판정에서 이미 말한 것과 다른 것이라면, 그 어떤 것도 말하지 않을 것이고 그 어떤 행동도 하지 않을 것입니다."

그러자 착하다는 신학자들이 바턴을 이어받아 성경 내용과 온갖 이유를 대며 잔을 들볶았다. 잔의 굶주린 영혼 앞에 성사를 미끼로 걸어놓고 잔의 사역을 교회의 판결에 맡기라고 꼬드겼다. 자기들이 교회인 것처럼 자기들의 판결에 맡기라는 말이었다! 하지만 아무 소용이 없었다. 저들이 내게 어떻게 될지 물었다면 미리 얘기해 주었을 것이다. 그러나 저들은 내게 아무런 질문도 하지 않았다. 나는 하찮은 사람이라 저들 안중에는 없었다. 저들은 협박으로 면담을 끝맺었다. 무서운 협박이었다. 가톨릭 신자라면 발밑에서 땅이 꺼지는 것처럼 느낄 만한 협박이었다.

"교회는 그대에게 승복을 명한다. 복종하지 않으면 교회는 이교도처럼 그대를 파문할 것이다!"

교회로부터 버림받는 것을 생각해 보라! 교회의 손에 있는 대단한 힘에 인간의 운명이 달려 있다. 교회의 홀은 하늘에 반짝이는 가장 멀리 있는 별자리 너머까지 뻗어 있다. 교회는 살아 있는 수백만 명을 손에 쥐고 있고 연옥에서 떨고 있는 수십억 명을 손에 쥐고 있다. 연옥에 있는 사람들은 죄의 대가를 치르고 풀려나든지 지옥에 가게 되든지 할 것이다. 교회가 그대에게 미소 지으면 그대에게 천국의 문이 열리고 교회가 찡그린다면 그대는 영원한 지옥 불에 던져질 것이다.

한 도시의 화려함과 영광이 한 제국의 화려함과 영광 앞에서 빛을 잃고 보잘것없는 것이 돼버리듯, 제국은 교회 앞에서 빛을 잃고 보잘것없는 것이 돼버린다. 왕에게 버림받는 것은 기껏해야 죽음일 뿐이다. 그러나 로마에게 버림받는 것은! 교회에게 버림받는 것은! 아, 그 결과에 비하면 죽음은 아무것도 아니니 그 결과는 끝없는 불행이기 때문이다. 끝없는 불행!

빨간 파도가 일렁이는 끝없이 펼쳐진 불 못에서 저주받은 수많은 인간들의 검은 머리가 솟구쳐 올랐다가 몸부림치며 가라앉는다. 그리고 다시 솟구쳐 오른다. 나는 이 장면을 눈앞에 그려보았다. 잔이 잠시 생각에 잠겼을 때, 내가 그리는 이 모습을 잔도 떠올린다는 걸 알았다. 나는 잔이 이제 항복해야 한다고 생각했다. 그리고 정말로 나는 잔이 그렇게 하길 원했다. 이 사람들은 협박을 실행하여 잔을 영원한 고통에 넘겨버릴 수 있기 때문이다. 나는 이 사람들은 본성상 능히 그렇게 할 것이라고 생각했다.

그러나 그리 생각하고 바랐던 내가 바보였다. 잔 다르크는 다른 인간들과 다른 존재였다. 원칙에 대한 충성, 진리에 대한 충성, 자신이 한 말에 대한 충성, 이 모든 것들이 잔의 뼈와 살 속에 있는 잔의 일부였다. 잔은 변할 수 없었다. 잔은 자기 몸속에 있는 것을 내쫓을 수 없었다. 잔은 충성 그 자체였고 인간이 된 절개였다. 잔이 어느 곳에 서서 발을 딛고 있으면 그곳에서 잔은 움직이지 않았다. 지옥도 그곳에서 잔을 움직이게 할 수 없었다. 잔의 음성들은 잔이 저들이 요구하는 항복을 하도록 허락하지 않았다. 그러므로 잔은 굳건히 서 있었다. 잔은 온전히 복종하며 무슨 일이 닥쳐와도 기다릴 것이다.

지하 감옥을 나서는 내 몸에서 내 심장은 납과 같이 무거웠다. 그러나 잔은, 잔은 평온했다. 아무런 걱정도 하지 않았다. 잔은 자신의 의무라고 생각하는 것을 했다. 그것으로 충분했다. 결과는 잔의 소관이 아니었다. 그때 잔이 마지막으로 한 말은 이런 평온함과 만족함으로 가득 차 있었다.

"저는 선한 기독교인으로 태어나 세례를 받았습니다. 그리고 선한 기독교인으로 죽을 것입니다."

15. 최고의 대답

2주가 지나 5월 둘째 날이 되었다. 공기 중의 냉기는 사라졌다. 들과 골짜기에 들꽃이 피어나고 숲에서 새들은 지저귀었다. 모든 자연은 햇살을 받아 밝게 빛났다. 모든 영혼들은 새로워지고 상쾌해졌다. 모든 가슴은 즐거웠다. 세상은 희망과 즐거움으로 살아 있었고 센 강 너머 평원에는 풀밭이 부드럽고 풍요롭게 펼쳐져 있었다. 센 강은 맑고 아름다웠다. 녹음이 짙은 작은 섬들도 보기에 아름다웠고 반짝이는 강 수면 위로 한결 더 아름다운 모습을 비추었다. 다리 위로 우뚝 솟은 높은 절벽에서 바라보는 루앙의 모습은 눈에 기쁨을 주었다. 둥근 하늘 아래 누운 도시의 모습은 어디를 보나 정말 아름다웠다.

모든 사람의 가슴이 즐겁고 희망으로 벅차올랐다고 말한 것은 전체적인 모습이 그렇다는 것이다. 예외도 있었으니 잔 다르크와 친구들인 우리는 예외였다. 불쌍한 소녀는 험상궂게 펼쳐진 성벽과 탑 안에서 어둠과 우울 속에 갇혀 있었다. 햇살이 폭우처럼 쏟아지는 곳이 아주 가까이 있었지만 그 어둠 속을 떠나는 것은 불가능했다. 조금이라도 햇살을 보길 간절히 원했지만 검은 가운을 입고서 잔의 죽음을 모의하고 잔의 이름을 더럽힐 궁리를 하는 그 늑대들은 그 작은 소망마저 무자비하게 짓밟았다.

코숑은 잔혹한 일을 계속할 준비가 되어 있었다. 새롭게 시도할 계획도 있었으니, 곧 노련한 전문가의 입에서 나오는 논증과 언변을 고집 센 포로에게 쏟아부어 설득할 수 있을지 보려고 했다. 이것이 코숑의 계획이었다. 그러나 12개 죄목을 잔에게 읽어주는 것은 계획의 일부가 아니었다. 코숑도 잔 앞에서 그런 괴물 같은 짓을 하는 걸 부끄러워했기 때문이다. 코숑에게도 그 마음 깊은 곳에, 수만 리 되는 깊은 곳에 부끄러움이 한 조각 남아 있었고 그 남은 조각이 이제 모습을 드러낸 것이다.

5월 2일, 그 아름다운 날에 시커먼 무리는 성의 큰 홀 끝에 있는 넓은 방에 모였다. 보베 주교가 왕좌에 앉았고 그 앞에는 법관 62명이 모였다. 경비병들과 서기들도 제 자리에 앉아 있었고 연설가 한 명이 자기 책상 앞에 앉아 있었다. 철커덕철커덕 소리가 멀리서 들려왔다. 이내 잔이 감시병들과 함께 들어와 홀로 떨어져 있는 의자에 앉았다. 잔은 장황한 심문을 견디다 2주 간 쉰 뒤라 건강이 괜찮아 보였고 아주 예쁘고 아름다웠다.

잔은 주위를 흘낏 보다가 연설가를 보았다. 분명히 상황을 눈치챘을 것이다. 연설가는 할 말을 미리 기록해서 손에 들고 있었는데 보이지 않게 등 뒤에 숨기고 있었다. 기록된 종이들은 너무 두꺼워서 책 같았다. 연설가는 유창하게 말하기 시작했다. 그러나 중간에 복잡한 부분에서 내용을 기억하지 못해, 듣는 것이 방해가 될 정도로 종이를 힐끔 봐야 했다. 다시 또 흐름이 끊기고 종이를 쳐다보았고 또 있다가 세 번째로 그랬다. 연설가는 당황해서 얼굴이 빨개졌다. 재판정 내 모든 이들이 안쓰럽게 여겼지만 사람들의 이런 반응 때문에 상황이 더 악화되었다. 그러자 잔의 입에서 흘러나온 말이 연설가를 구해 주었다.

"책을 읽으세요. 다 읽으시면 제가 답변하겠습니다!"

케케묵은 노익장들은 인정 없이 폭소를 터뜨렸다. 연설가는 너무 당황해서 어쩔 줄 몰라 했다. 장내 사람들 대부분은 불쌍히 여겼고 나마저도 그런 마음이 들지 않을 수 없었다. 그래, 잔은 잘 쉬고 나서 기분이 아주 좋아져 타고난 장난기를 드러낸 것이다. 잔이 장난기를 드러내며 말하지는 않았지만 말 뒤편에 장난기가 숨어 있었다고 나는 생각했다. 연설가는 평정을 되찾고 현명하게 잔의 말을 따랐다. 더 이상 즉흥적으로 연설하는 척하지 않고 '책'에 있는 것을 그냥 읽어내려갔다. 12개 죄목을 6개로 압축해 책에 기록해 놓고 있었다. 가끔 연설가가 읽는 것을 멈추고 질문을 하면 잔이 대답했다. 연설가는 '전투하는 교회'에 대해 설명했고 다시 한번 이 교회의 치리에 굴복하라고 했다. 잔은 늘 하던 대로 대답했다. 그러자 잔에게 이렇게 질문했다.

"교회가 오류를 범할 수 있다고 믿는가?"

"교회는 오류를 범할 수 없다고 믿습니다. 단, 하느님이 명하셔서 제가 한 말과 한 일은 교회의 판결에 예외가 될 것이고, 이것은 오직 하느님께만 제가 말씀드리고 책임을 져야 할 일입니다."

"그대를 재판할 사람은 이 땅 어디에도 없다는 말인가? 교황 성하께서 그대의 재판관이 되시지 않는가?"

"그 질문에 대해서는 아무 말도 하지 않겠습니다. 제게는 좋은 주인이 계시는데 그분은 우리 주님이십니다. 그분께 저는 모든 것을 아뢸 것입니다."

그러자 무서운 말이 나왔다.

"교회에 복종하지 않으면 여기 있는 재판관들이 그대를 이단으로 판결해 그대는 화형대에서 불에 타 죽을 것이다!"

아, 너희나 내가 이런 말을 들었다면 무서워 얼어붙었겠지만 잔 다르크에게는 사자 같은 용기를 깨웠을 뿐이다. 잔의 대답에는 소집 나팔처럼 병사들을 사기를 드높이곤 했던 전장의 어조가 배어 있었다.

"이미 말한 것 외에는 다른 어떤 말도 하지 않겠습니다. 제 앞에 불이 타오르는 걸 보더라도 저는 다시 그렇게 말하겠습니다!"

전장에서 들었던 잔의 음성과 전장에서 보았던 잔의 두 눈에 타오르는 그 불꽃을 다시 보니 내 마음이 벅차올랐다. 그곳에 있던 많은 사람들도 감명을 받았다. 친구든 적이든 남자라면 모두 감명을 받았다. 선한 영혼 망송 신부는 용감하게 다시 목숨을 걸고 여백에다 이렇게 또렷하게 써 놓았다.

"Superba responsio!"(수페르바 레스폰시오)*

---

* 라틴어로 최고의 대답이라는 뜻

망숑 신부의 이 기록은 60년 동안 그대로 남아 있어 지금도 너희는 그 기록을 찾아 읽을 수 있다. 수페르바 레스폰시오! 그래, 바로 그런 대답이었다. 이 '최고의 대답'은 죽음과 지옥이 자기 얼굴을 응시하고 있을 때 열아홉 살 소녀의 입술에서 나온 말이었다.

또다시 남자 옷 문제가 거론되었고 늘 그랬듯 지루할 정도로 길게 이야기했다. 늘 그랬던 것처럼 남자 옷을 자발적으로 입지 않으면 미사에 참여하게 해 주겠다고 미끼를 던졌다. 그러나 잔은 이전에 자주 하던 말로 다시 대답했다.

"성당에 갈 수 있게 해 준다면 긴 드레스를 입고 갈 것입니다. 하지만 다시 감옥으로 돌아가서는 남자 옷을 입을 것입니다."

저들은 여러 가지 제안을 하는 형식으로 잔에게 덫을 놓았다. 그러니까 자기들이 이런저런 일을 허락해 주겠다고 미끼를 던진 후 그중에 하나를 무는지 살폈다. 그러나 잔은 언제나 속임수를 간파하고 덫을 피해 갔다. 덫의 형식은 이랬다.

"우리가 허락한다면 그대는 이런 일을 하겠는가?"

그러면 잔은 늘 이런 식으로 대답했다.

"제가 어떻게 할지는 제게 허락을 해 주시면 여러분들이 아시게 되겠죠."

그래, 5월 둘째 날에 잔의 상태는 최상이었다. 더할 나위 없이 슬기로워 저들은 어느 면에서도 잔을 덫에 걸리게 할 수 없었다. 길고 기나긴 재판이었다. 재판정은 이전에 싸웠던 땅에서 다시 조금씩 조금씩 앞으로 나오며 공격을 했고, 연설의 달인 역시 자신의 모든 능력을 짜내어 설득했지만 결과는 익숙한 것, 즉 무승

부였다. 법관 62명은 지쳐서 자신들의 기지로 돌아갔고, 저들의 홀로 있는 적은 사수하던 전선을 유지하며 조금도 땅을 빼앗기지 않았다.

16. 고문대

너희에게 말한 것처럼 날씨는 정말 화사했다. 천국의 날씨, 사람을 마법으로 홀리는 날씨여서 모든 이들이 기분 좋아 노래를 불렀다. 그래, 루앙은 명랑하고 즐거워서 아주 사소한 일에도 갑자기 웃음을 터트렸다. 그러니 탑 안에 갇힌 어린 소녀에게 코숑 주교가 다시 패배했다는 소식이 퍼지자 사람들은 한바탕 웃었다. 잉글랜드 편이든 프랑스 편이든 모두 코숑을 싫어했기에 박장대소했다. 주민들 대부분이 잉글랜드 편이라 잔이 화형을 당하길 바란 것은 사실이지만 그렇다고 자기들이 싫어하는 사람을 비웃지 않는 건 아니었다. 잉글랜드의 지도자들이나 코숑 밑에서 일하는 판사들 대부분을 놓고 웃는 것은 위험한 일이지만, 코숑이나 데스티베와 루아즐뢰르를 두고 웃는 것은 안전한 일이었다. 웃었다고 밀고하는 사람이 아무도 없었으니 말이다.

코숑(Cauchon)과 돼지를 뜻하는 코숑(cochon)은 말할 때 서로 구분이 되지 않아 말장난에 많이 이용할 수 있었다. 사람들은 이를 놓치지 않았다. 어떤 농담들은 두세 달 되는 재판 기간 동안 하도 많이 되풀이돼서 진부해졌다. 예를 들면 코숑이 새 재판을 시작할 때마다 사람들은 "그 돼지가 다시 새끼를 낳았네."(Le

Cochon cochonne 르 코숑 코숀)라고 말하곤 했다. 그러다 재판이 아무 결과 없이 끝날 때면 같은 말을 되풀이했는데 그 말뜻은 이전과 달리 "돼지가 망쳐버렸네"란 뜻이었다.*

5월 3일에 노엘과 나는 마을을 산책하다가 막돼먹은 수다쟁이 하나가 그런 농담을 하며 웃는 모습을 보았다. 그 사람은 사람들에게 가서 자신의 재치를 자랑스러워하면서 똑같은 농담을 되풀이하며 웃었다.

"염병할, 그 돼지가 다섯 번이나 새끼를 낳았는데 다섯 번 다 망쳐놓았지 뭔가!"

이런 식으로 사람들은 대담하게 말하곤 했지만 다음과 같이 점잖게 말하는 이들도 가끔 있었다.

"63명이나 되는 남자들과 잉글랜드가 힘내서 소녀 한 명을 공격했는데 다섯 번 다 소녀는 끄떡도 하지 않네!"

코숑은 대주교의 대저택에 머물고 있었다. 그 저택은 잉글랜드 병사들이 지키고 있었고, 밤에도 병사들이 지키느라 불빛이 있어 완전히 어둠에 싸일 때는 없었다. 그러나 이튿날 아침이면 버릇없는 풍자 만화가가 물감과 붓을 들고 다녀갔다는 것을 볼 수 있었다. 그래, 만화가는 그곳에 와서 거룩한 담벼락을 돼지 그림들로 더럽혀 놓았다. 아첨하는 모습만 없을 뿐 돼지들은 온갖 모습을 하고 있었고, 주교 복장을 하고 주교 모자를 불경스럽게

---

* 【옮든 주】 프랑스어 코쇼네(cochonner)는 '새끼를 낳다'라는 뜻 외에도 '망쳐 버리다'라는 뜻이 있다. 따라서 "르 코숑 코쇼느"(Le Cochon cochonne)라는 말은 "돼지가 새끼를 낳는다"라는 뜻 말고도 "돼지가 망쳐 버린다"라는 뜻을 나타낼 수 있다.

비뚜름히 쓰고 있었다.

코숑은 7일 동안 연이어 패배한 것과 자신의 무능에 화가 나서 치를 떨다가 새로운 계획을 생각해 냈다. 그 계획이 무엇인지 너희는 보게 될 것이다. 잔인하지 않은 너희는 그것이 무엇인지 절대로 짐작할 수 없을 그런 것이었다.

5월 9일에 소집이 있어 망송 신부와 나는 도구를 챙겨서 함께 갔다. 그러나 이번에 우리가 간 곳은 잔이 갇힌 탑이 아닌 다른 탑들 중 한 곳이었다. 아주 두껍고 단단한 큰 돌로 단조롭게 지은, 음산하고 커다란 둥근 탑이었다. 스산한 기운이 서려 있고 험악해 보이는 건물이었다. 우리는 1층에 있는 원형 모양 방에 들어갔다. 그곳에서 나는 어떤 것을 보고 심장이 내려앉는 것 같았다.

고문 도구들이었다. 옆에는 집행할 사람들이 서서 준비를 하고 있었다! 이곳에 너희가 있었다면 더 이상 짙어질 수 없는 코숑의 시커먼 마음에 동정심이라고는 전혀 없다는 것을 볼 수 있었을 것이다. 어머니나 자매를 가족으로 두어 본 적이 없는 인간 같아 놀라울 뿐이었다.

코숑은 그곳에 있었다. 부 재판관과 생코르네유 수도원장과 다른 사람 여섯 명이 있었는데 사기꾼 루아즐뢰르도 끼어 있었다. 경비병들도 자리를 지키고 있었다. 저만치 고문대가 놓여 있었고, 고문대 옆에는 피 흘리는 일에 알맞은 진홍색 바지와 진홍색 더블릿을 입은 고문관과 조수들이 서 있었다. 내 앞에서 고문을 받는 잔의 모습이 그려졌다. 한쪽 끝에 두 발이 묶이고 다른 한쪽 끝에는 두 손목이 묶여 고문대 위에 뻗어 있다. 저 빨간 거인들이 기계를 돌려 잔의 사지를 뜯어낸다. 뼈가 두두둑 끊어지고 살이 찢어지는 소리가 들리는 듯했다. 자비로우신 예수님의 종들이라는 사람들이, 성유를 바르고 성직에 임명된 사람들이 어떻게 이런 곳에 무심한 표정으로 잠잠히 앉아 있을 수 있는지 나는 이해할 수 없었다.

잠시 후 잔이 도착했고 잔을 안으로 데리고 왔다. 잔은 고문대를 보았고 고문관과 조수들을 보았다. 내 마음속에 떠올랐던 영상이 잔의 마음에도 떠올랐음이 분명하다. 너희는 잔이 겁을 먹었을 거라고 생각하니? 무서워 몸을 떨었을 거라고 생각하니? 아니, 그런 기색이 조금도 없었다. 잔은 몸을 꼿꼿이 폈고 입술은 경멸로 씰룩였다. 잔은 조금도 두려운 기색이 없었다.

이 심문은 가장 짧았지만 결코 잊을 수 없는 것이었다. 잔이 자리에 앉자 잔의 '범죄'를 요약해서 읽어 주었다. 그런 후 코숑은 엄숙하게 말하길, 여러 차례 재판을 하는 동안 잔이 대답을 거부한 질문들도 있고 거짓으로 대답한 질문들도 있으니, 이제 잔에게서 모든 진실을 알아낼 거라고 말했다. 이번에는 코숑의 태도에 아주 자신감이 넘쳐 있었다. 드디어 이 고집 센 어린 영혼을 꺾어서 울며불며 구걸하게 할 방법을 찾아냈다고 코숑은 확신했다.

코숑은 이번에는 승리할 것이고 자신을 놀리는 루앙 사람들의 입을 닫아버릴 수 있다고 생각했다. 코숑도 결국 인간이라 다른 사람들처럼 조롱을 견딜 수 없는 존재였다. 코숑은 힘차게 말했다. 얼룩진 얼굴은 악한 기쁨으로, 승리에 대한 확신으로 밝게 빛나면서 자주색, 노란색, 빨간색, 녹색으로 색이 변하곤 했다. 이 모든 색깔이 얼굴에 나타났는데 가장 이상한 빛깔은 때때로 칙칙한 파란빛을 보일 때였다. 이런 때면 익사한 사람의 얼굴 같았고 또 얼굴에 곰보 같은 게 있어 꼭 파란 스펀지처럼 보이기도 했다. 코송은 세찬 감정으로 크게 소리쳤다.

"여기 고문대가 있다. 고문을 집행할 사람들도 있다! 이제 모든 걸 밝혀라. 그렇지 않으면 고문을 하겠다. 말해라."

그러자 잔이 대답했다. 대단한 말이었고 영원히 기억될 말이었다. 흥분과 허세가 조금도 없는 그 고결하고 훌륭한 대답은 이런 것이었다.

"제가 말한 것 말고는 아무것도 말하지 않겠습니다. 제 사지를 찢어도 그러지 않겠습니다. 설령 제가 고통스러워 다른 말을 한다면, 제가 한 말이 아니라 고문이 한 말임을 나중에 저는 계속 주장할 것입니다."

잔의 영혼은 무릎 꿇지 않았다. 너희는 코송의 모습을 보아야 했다. 코송은 또다시 패배했다. 이렇게 되리라고는 꿈도 꾸지 못했다. 잔이 서명할 허위 자백서를 코송이 주머니에 넣고 있었다고 나는 다음 날 마을 사람들이 이야기하는 것을 들었다. 정말 그랬는지 아닌지는 모르겠지만 아마도 그랬을 것이다. 서명 같은 잔의 표시가 있는 자백서는 공적인 효력을 갖는 증거가 될 것이고, 너희도 알다시피 이것은 코송과 그 일당은 특별히 원한 것이었다.

그러나 잔의 영혼은 부서지지 않았고 또렷한 정신 역시 흐려지지 않았다. 배움이 없는 소녀에게서 나온 대답의 깊이와 지혜를 생각해 보라. 잔혹한 고문으로 억지로 하게 한 말이 반드시 진실일 거라 생각하는 사람은 세상에 여섯 명도 안 될 테지만, 글을 모르는 이 시골 소녀는 본능으로 그런 실수를 미연에 방지했다. 고문은 진실을 실토하게 한다고 나는 생각해 왔고 모든 사람들도 똑같이 생각한다고 믿어 왔다. 그러나 잔이 그 단순한 말을 쏟아냈을 때, 그 말로 고문실은 빛이 넘쳐흐르는 것 같았다. 그 말은 한밤중에 번쩍이는 번갯불과 같았다. 그 빛은 어둠에 휩싸여 아무것도 보이지 않는 마을들의 모습을, 은빛 시내가 흐르는 아름다운 산골짜기와 마을들과 농가의 빛나는 모습을 갑자기 보여주었다.

망숑 신부는 곁눈으로 나를 몰래 쳐다보았는데 신부의 얼굴은 놀라움으로 가득 차 있었다. 그곳에 있는 다른 사람들의 얼굴에도 비슷한 감정이 어려 있었다. 생각해 봐라. 저들은 나이가 많고 많은 것을 배운 이들이었다. 그러나 여기 시골 처녀가 저들이 이전에는 몰랐던 그 무언가를 저들에게 가르쳐 주고 있었다. 저들 중에 한 사람이 이렇게 중얼거렸다.

"정말 놀라운 아이다. 세상의 나이만큼 오래된 이 상식에 이 아이가 손을 대자 부서져 가루가 되고 쓰레기가 돼 버렸다. 이 놀라운 통찰력은 어디에서 얻은 걸까?"

재판관들은 함께 머리를 맞대고 작은 소리로 대책을 논의하기 시작했다. 언뜻언뜻 들리는 말로 미루어 코숑과 루아즐뢰르는 고문을 고집했지만 다른 사람들 대부분은 단호하게 반대했다. 마침내 코숑은 잔을 지하 감옥으로 다시 데려가라고 아주 까칠하게 명령했다. 예상 밖에 일어난 행복한 일이었다. 그러나 나는 코숑 주교가 물러서리라 생각하지 않았다.

망송 신부는 그날 밤 집에 와서 왜 고문을 하지 않았는지 그 이유를 알아냈다고 내게 말했다. 두 가지 이유가 있었다. 하나는 고문을 하다가 잔이 죽을지도 모른다는 우려 때문이었다. 그건 잉글랜드가 원하는 것이 아니었다. 다른 하나는 고문을 해도 잔이 자백서에 서명을 하지 않을 것 같다는 이유였다. 잔이 자백서에 서명을 하지 않고, 고문을 당하면서 한 말을 나중에 모두 철회한다면, 얻는 것이 아무것도 없을 거라고 생각했던 것이다.

그리하여 다시 루앙 사람들은 웃게 되었다. 사흘 동안 계속 이 이야기를 하며 웃었는데 이런 말을 했다.

"돼지가 여섯 번째로 새끼를 낳았는데 여섯 번 모두 망쳐놓았군."

대주교 궁전 담벼락에는 벽화가 새롭게 그려졌다. 주교 모자를 쓴 돼지가 버려진 고문대를 어깨에 지고 집으로 돌아가고 있고 루아즐뢰르가 그 뒤를 울면서 따라가는 그림이었다. 벽에다 그림을 그리는 사람들에게 현상금이 걸렸지만 아무도 잡으려고 하지 않았다. 심지어 잉글랜드 경비병들도 화가들을 못 본 척하며 내버려 두었다.

주교는 분노가 극에 달했다. 주교는 고문을 포기할 수 없었다. 지금까지 자기가 생각한 방법 중에 가장 마음에 드는 방법이라 던져버리고 싶지 않았다. 그래서 주교는 12일에 자기 주위를 빙빙 도는 위성 몇 사람을 불러서 다시 고문을 시행하자고 주장했다. 하지만 실패였다. 잔의 말을 기억해서 하지 말자는 사람들도 있었고, 잔이 고문받다 죽는 걸 두려워하는 사람들도 있었다. 아무리 고문을 해도 잔이 허위 자백서에 서명을 하지 않을 거라고 생각한 사람들도 있었다. 그곳에는 주교를 포함해서 모두 열네 사람이 모여 있었다. 이들 중 열한 명이 고문에 반대했는데 코숑이 욕을 해도 물러서지 않았다. 두 사람은 주교와 함께 고문을 하자고 주장했다. 이 두 사람은 루아즐뢰르와 잔이 그냥 책을 읽으라고 말해 준 유명한 변호사이자 연설가 토마스 드 쿠셀이었다.

나이가 들 만큼 든 지라 나도 이제는 말을 곱게 하는 편이다. 하지만 코숑, 쿠셀, 루아즐뢰르, 이 세 사람의 이름을 생각할 때면 그러지는 못하겠다.

17. 햇살과 어둠

열흘이 지나갔다. 귀중한 모든 지식과 지혜를 가진 파리 대학의 위대한 신학자들은 여전히 열두 가지 거짓말을 놓고 저울질하면서 생각하고 논의하고 있었다. 열흘 동안 나는 할 일이 별로 없어 주로 노엘과 함께 마을을 산책했다. 그러나 우리 영혼은 근심으로 무겁게 짓눌려 있어 산책을 해도 전혀 즐겁지 않았다. 잔의 미래가 계속 어두워지고 있었다.

그때 우리는 자연스레 우리의 상황과 잔의 상황을 비교하게 되었다. 우리가 누리는 이 자유와 햇살, 그리고 잔의 어둠과 쇠사슬. 우리는 친구와 어울릴 수 있지만 잔은 홀로 있었다. 우리는 부족한 것이 이런저런 게 있지만 잔은 모든 것을 송두리째 잃어버렸다. 자유롭던 잔은 지금 아무런 자유도 없다. 잔은 천성상 밖에 나가 활동하는 것을 좋아했고 또 그러는 것이 습관이었지만,

이제는 낮이고 밤이고 동물처럼 쇠창살 우리 안에 갇혀 있었다. 잔은 햇볕 쬐는 것을 좋아했지만 이제 언제나 어두컴컴한 곳에 있게 되었고 주위의 모든 것이 유령같이 어두운 것들이었다.

  잔은 바쁜 나날의 음악 같은 즐거운 소리들, 수천 가지 다양한 소리들에 둘러싸여 살아왔지만, 이제는 자기를 감시하는 감시병들의 단조로운 걸음 소리만 들을 뿐이었다. 잔은 친구들과 이야기하는 걸 좋아했지만 이제 이야기 나눌 사람이 곁에 아무도 없었다. 잔은 쉽게 깔깔대며 웃곤 했지만 이제는 벙어리가 되었다. 잔은 친구와 어울리는 걸 좋아하고 명랑했으며, 바쁘게 이런저런 일을 하고 온갖 재밌는 일을 하며 살았다. 그러나 여기서는 오로지 쓸쓸함과 납처럼 무거운 시간들, 우울한 정적 속에 아무것도 하지 않고 지루하게 가만있을 따름이었고, 낮이든 밤이든 같은 원을 빙빙 돌면서 머리를 피곤하게 하고 가슴을 부서뜨리는 생각이 들 뿐이었다. 살아 있지만 죽은 것이나 마찬가지였다. 그래, 살아 있지만 죽은 것. 바로 그것이 분명 잔이 여기서 누리는 것이었다.

  그 모든 것 외에 또 다른 힘든 점이 있었다. 어려운 일을 당한 젊은 소녀는 같은 여자들의 위로와 응원과 공감이 필요하고, 같은 여자들만이 줄 수 있는 그런 섬세한 일들과 부드러운 돌봄이 필요했다. 그러나 지하 감옥에 갇혀 지내온 몇 달 내내 잔은 소녀나 여자의 얼굴을 전혀 보지 못했다. 그런 얼굴을 보았다면 잔이 얼마나 기뻐 뛰었을지 생각해 봐라.

  잔 다르크가 얼마나 위대한지는 이것을 생각해 보면 알 수 있다. 바로 그런 환경과 장소에서 잔은 몇 달 몇 주를 보내면서도 혼자 프랑스의 최고 지성들을 상대했다. 저들의 교활한 계략을 막아 당황하게 만들고, 최고의 전략을 좌절시키고, 저들의 은밀한 덫과 함정을 피했다. 저들의 전선을 돌파하고 저들의 공격을 격퇴하고 그 모든 전투에서도 물러서지 않았다. 언제나 한결같이 자신의 신념과 이상에 충실했다. 고문과 화형으로 위협해도 아랑곳 없이 저항했고, 영원한 죽음과 지옥의 고통으로 위협해도 간단히 이렇게 대답할 뿐이었다.

"무슨 일이 닥쳐도 저는 여기서 한 발짝도 물러서지 않을 겁니다."

그래, 잔 다르크의 영혼이 얼마나 위대했는지, 또 지혜는 얼마나 깊고 지성은 얼마나 밝게 빛났는지 알려면 바로 그곳, 곧 잔이 오랫동안 홀로 싸웠던 그곳의 잔을 살펴보아야 한다. 그곳에서 잔은 프랑스에서 가장 학식 있고 명민한 두뇌들을 상대로 싸웠을 뿐만 아니라, 이교 국가든 기독교 국가든 가리지 않고 비교했을 때 세상에서 가장 비열한 속임수와 악랄한 음모, 가장 딱딱한 마음을 지닌 사람들과 싸웠던 것이다.

잔이 전장에서 얼마나 위대했는지는 우리 모두 알고 있다. 잔은 뛰어난 선견지명과 높은 충성심과 애국심을 지녔고, 불만스러워하는 지도자들을 설득하고, 상충하는 이익과 감정을 서로 화해시키는 일에 뛰어났다. 그리고 사람들의 숨겨져 있는 장점과 재주를 발견하는 데에 탁월했다. 생생하고 뛰어난 언변을 지녔고, 희망을 잃어버린 가슴에 불을 질러 고귀한 열정을 갖게 하는 일에는 그 누구도 잔보다 탁월할 수 없었다. 토끼를 영웅으로 변하게 하고, 노예처럼 도망치는 사람들을 군인이 되게 하여 입술에 노래를 담아 죽음에 이르기까지 행진하게 했다. 잔의 모든 행동은 사람들을 고양시켰다. 사람들은 손과 가슴과 머리로 자기들의 일에 매진해서 성취의 기쁨을 누렸고, 감화를 받아 치솟는 사기로 움직였으며, 성공을 이루어 잔에게 찬사를 보냈다. 잔의 영혼은 생명과 활기로 넘쳐흘렀다. 잔의 모든 능력은 가장 높은 열을 내며 하얗게 불타올랐다. 피곤, 낙담, 무기력 같은 것들은 존재하지 않았다.

그래, 잔 다르크는 언제나 어디에서나 위대했지만 루앙 재판에서 가장 위대했다. 그곳에서 잔은 인간의 한계와 연약함을 뛰어넘어, 불안감을 주는 희망 없는 상황이 어두운 그림자를 드리울 때 찬란한 지성과 도덕성으로 자신이 이룰 수 있는 모든 것을 이루어냈다. 마치 희망과 기쁨과 빛, 친구들의 얼굴과 공정하고 동등한 싸움이 옆에 있었던 것처럼. 온 세상이 바라보며 놀라워했다.

18. 파리 대학의 모욕

열흘이 지나갈 무렵에 파리 대학이 열두 가지 죄목에 대해 결정을 내렸다. 이 판정에 따르면 잔은 모든 죄목에서 유죄였다. 잔은 자신의 잘못을 버리고 속죄를 하거나 세속 권력에 넘겨져 처벌을 받아야 했다. 대학의 사람들은 죄목이 오기 전에 이미 판정을 내렸던 것 같다. 그러나 판정을 내리는 데에 5일부터 18일까지 질질 끌었다.

이렇게 지연이 된 데에는 다음과 같은 두 가지 문제가 있었기 때문이라고 나는 생각한다.

1. 잔이 들은 음성들은 어떤 악령들의 음성이었나?
2. 잔에게 나타난 성인들이 프랑스어로만 말했다는 점

대학은 음성들이 악령들의 것임을 강조하며 판정을 내렸다는 것을 너희는 알고 있다. 그래서 대학은 그것을 증명해야 했고, 또 그렇게 했다. 악령들이 누구였는지 발견하고 판결문에 그 이름을 명시했다. 벨리알, 사탄, 그리고 베헤못.*

이 주장은 언제나 내게 미심쩍어 보이고 크게 신뢰할 만한 것이 못 돼 보였다. 그런 데에는 두 가지 이유가 있었다. 악령들이 그 셋임을 대학이 정말 알았더라면 단지 그렇다고 주장하는 데 그치지 않고 어떻게 이 세 악령인 줄 알았는지 말해야 했다. 음성들이 악령이 아닌 이유를 잔이 설명했던 것처럼 말이다. 그것이 합리적이지 않은가?

내 생각에 대학의 주장은 근거가 빈약한데 그 이유를 말해보겠다. 대학은 잔이 본 천사들은 악령들이 변장한 것이라고 주장했다. 우리 모두 악령이 천사로 변장한다는 걸 알고 있기에 그 점에 대해서 대학의 주장은 문제가 되지 않는다. 그러나 한 발짝 더

---

* 사탄은 타락한 천사들의 우두머리이고 벨리알은 타락한 천사들 중 하나이다. 베헤못은 구약성서 욥기 40장에 등장하는 정체가 불분명한 짐승으로, 베헤못이라는 말은 거대한 짐승이라는 뜻인 히브리어이다. 중세 유럽에서는 베헤못을 사탄이 타고 다니는 짐승이나 타락한 천사 중 하나로 보았다.

나아가면 대학의 주장은 자가당착에 빠지고 만다. 왜냐하면 자신들은 그 천사들의 진짜 정체를 구별할 수 있지만, 대학의 최고 지성들만큼 두 어깨에 좋은 머리를 달고 있는 잔은 그 천사들의 진짜 정체를 알 수 없다고 주장하기 때문이다. 대학의 박사들이 정체를 알려면 그 존재들을 보아야 했다. 그리고 만약 잔이 속은 거라면 그들 역시 속을 수 있다. 그들의 분별력과 판단력은 분명히 잔보다 더 뛰어나지 않았다.

내 생각에 대학이 난관에 빠져 지체할 수밖에 없었던 두 번째 이유도 잠시 언급하고 넘어가겠다. 대학은, 잔에게 나타난 성인들이 영어가 아닌 프랑스어로 말하고 전쟁에서 잉글랜드가 아닌 프랑스 편을 들었다고 잔이 말한 것을 신성모독이라 판정했다. 신학 박사들을 난감하게 한 문제는 이것이라고 생각한다. 박사들은 잔이 들은 세 명의 음성이 사탄과 두 악령이라고 판결했다. 그런데 그들은 또 그 음성들이 프랑스 편이 아니라고 판결했다. 그런 판결이 함의하는 것은 악령들은 잉글랜드 편이라는 것이었다. 그런데 그 음성들이 잉글랜드 편이라면 그 음성들은 악령이 아닌 천사들이어야 했다. 그렇지 않으면 상황이 난감해진다. 세계에서 가장 현명하고 박식하며 깊은 생각을 가진 단체가 대학이기 때문에 그 명예를 위해서는 논리적이어야 했다.

그러므로 대학 측은 여러 날 동안 생각하고 또 생각해서 잔의 음성들이 죄목 제1항에서는 악령이 되고 죄목 제10항에서는 천사가 되는 모순을 해결하려고 애썼다. 하지만 애쓰다가 포기해야 했다. 그렇게 할 수 있는 방법이 없었기 때문이다. 그리고 오늘날까지 대학의 판결은 그냥 그렇게 전해지고 있다. 죄목 제1항에서 음성들은 악령들이지만 죄목 제10항에서는 천사들이라고 말이다. 이 모순에 대한 어떤 설명도 없다.

이 판결과 코숑에 대한 열렬한 찬사가 담긴 편지를 들고 사절들이 루앙에 왔다. 대학은 '서방의 신자들을 감염시키는 독'을 가진 이 여자를 사냥하려는 열정에 대해 코숑을 칭찬하면서 '영원한 영광이 있는 천국의 면류관을 보상'으로 받을 거라고 말했다. 보상은 단지 그것뿐이었다! 천국의 면류관. 보증인 없는 약속 어음. 언제나 저 멀리 있는 것. 루앙의 대주교 자리에 대해서는 한마디 말도 없었다. 그 자리를 위해 코숑은 자신의 영혼을 파멸시키고 있었는데 말이다. 천국의 면류관, 그 모든 힘든 일을 다한 코숑에게 그 말은 빈정대는 말처럼 들렸을 것이다. 코숑이 천국에 갈 일이 있을까? 코숑은 천국에 있는 누구도 만나지 못할 것이다.

5월 19일에 재판관 50명이 잔의 운명을 논의하기 위해 대주교 저택에 모였다. 몇 사람은 세속 권력에 넘겨 처벌을 받게 하길 원했지만 나머지는 다시 한번 '자비로운 권면'을 잔이 먼저 들어야 한다고 말했다. 그래서 재판정은 23일에 저택에 다시 모였고 잔이 끌려왔다. 루앙의 참사회 일원인 피에르 모리스는 일장 연설을 하면서 잔에게 잘못을 버리고 교회에 승복하여 생명과 영혼을 구하라고 말했다. 모리스는 엄중한 협박으로 말을 맺었다. 잔이 고집을 버리지 않으면 잔의 영혼이 지옥에 가는 건 확실한 일이며, 잔의 육체 역시 사형을 당할 수 있다고 말했다. 그러나 잔은 꿈쩍도 하지 않고 이렇게 말할 뿐이었다.

"제가 처벌을 선고받아 화형이 제 앞에 있다 해도, 또 화형 집행인이 불을 붙이려는 순간이라 해도, 심지어 불속에 제가 있다 해도, 저는 재판에서 말한 것 외에는 아무것도 말하지 않겠습니다. 죽을 때까지 그럴 것입니다."

깊은 정적이 흘러와 한동안 계속되었다. 정적은 무거운 짐처럼 나를 짓눌렀다. 불길한 징조란 것을 알았다. 그러자 코숑은 심각하고 엄숙하게 피에르 모리스를 보며 물었다.

"더 하실 말씀 있나요?"

사제는 정중히 인사를 하며 말했다.

"더 할 말은 없습니다, 재판장님."

"죄수는 더 할 말이 있는가?"

"없습니다."

"이것으로 변론은 끝난 것이다. 내일 판결이 있을 것이다. 죄수를 데려가라."

잔은 꼿꼿하고 당당한 모습으로 자리를 떠나는 것 같았다. 확실히 알 수 없었던 것은 눈물이 내 눈을 가렸기 때문이다.

내일 5월 24일! 내일로부터 정확히 1년 전이었다. 부대 선두에서 말을 타고 평원을 날쌔게 가로질러 달리던 잔의 모습, 반짝이는 은 갑옷, 바람에 날리는 은색 망토와 투구의 깃 장식, 높이 쳐든 잔의 칼. 1년 전 그날, 잔은 부르고뉴군을 세 번 공격해서 승리한 후에 말머리를 오른 편으로 돌려 공작의 남은 군대를 향해 박차를 가하며 달려갔다. 자신의 그 마지막 공격에서 적군을 향해 돌진해 들어가던 잔의 모습을 나는 보았다. 그런데 지금 목숨이 걸린 위험한 날이 다시 왔다. 어떤 일이 일어나게 되는지 보아라!

19. 유죄 판결

잔은 이단과 흑마술, 그리고 12개 죄목에 나오는 다른 큰 범죄들을 저질렀다고 유죄 판결이 내려졌다. 이제 마침내 잔의 목숨은 코숑의 손안에 있게 되었다. 코숑은 잔을 즉시 화형대로 보낼 수 있었다. 너희는 코숑이 손에서 일을 놓았다고 생각하니? 코숑은 만족했을까? 전혀 그렇지 않았다. 잉글랜드의 채찍 아래 노예로 살며 사리사욕에 매인 이 사제 무리들이 잔 다르크를 그릇 되게 판결하여 화형 시켰다고 사람들이 생각한다면 코숑이 얻은 대주교 자리는 소용이 있을까? 그렇게 되면 잔은 거룩한 순교자가 되는 것이다. 잿더미가 된 잔의 몸에서 잔의 영혼은 일어나 전보다 천 배는 더 강해져 잉글랜드의 지배권을 바다로 몰아넣어 사라지게 할 것이고 코숑도 함께 사라질 것이다.

아직 승리는 이루어지지 않았다. 잔이 유죄라는 것을 사람들이 납득할 증거가 필요했다. 그 증거는 어디에서 찾을 수 있을까? 증거를 줄 수 있는 사람은 세상에 한 사람, 곧 잔 다르크뿐이었다. 잔이 스스로 자신을 단죄해야 하고 적어도 잔이 공개적으로 그렇게 해야 한다고 코숑은 생각했다. 그런데 어떻게 그런 일이 일어나게 할 수 있을까? 잔이 승복하게 하려고 몇 주를 애썼지만 시간 낭비일 뿐이었는데 지금 잔을 어떻게 설득해야 할까? 고문한다고 위협해 보았고 화형 시킨다고도 위협해 보았다. 이제 남은 것은 무엇일까?

병들고 지쳐서 죽을 것 같은 상태가 되게 하여 타오르는 불을 잔이 직접 보게 하는 것. 그래, 불 앞에 서게 해야 한다! 이제 남은 것은 이것이었다. 아주 재빠른 생각이었다. 잔은 결국 소녀일 뿐이다. 병에 걸리고 지쳐 있을 때는 소녀의 연약함에 잔도 무릎 꿇을 수밖에 없을 것이다. 그래, 아주 영악한 생각이었다. 잔 스스로 말하지 않았던가. 고문대에서 극심한 고통을 당해 허위 자백을 뜯어낼 수 있다고 말이다. 잔의 말은 기억해 둘 만한 것이었고 코숑은 그 말을 기억하고 있었다.

잔은 그때 또 다른 힌트를 주었다. 고문이 끝나면 허위 자백을 철회할 것이라고 말한 것이 그것이다. 이 힌트 역시 코숑은 기억했다. 잔이 그들을 가르친 셈이다. 먼저 저들은 잔의 힘을 빼버리고 불로 겁을 주어야 했다. 다음으로 잔이 두려워하고 있을 때 허위 자백서에 잔이 서명하게 해야 했다. 그러나 잔은 자백서를 낭독해 달라고 요구할 것이다. 군중이 듣고 있어 그 요구를 거절할 수 없을 것이다.

자백서를 낭독할 때 잔의 용기가 다시 돌아온다면? 그러면 잔은 서명을 거절할 것이다. 하지만 괜찮다. 그런 문제는 쉽게 해결할 수 있다. 다른 짧은 자백서를 낭독한 후에 길고 치명적인 허위 자백서로 몰래 바꿔치기해서 서명하게 하는 방법이 있었다.

그런데 이렇게 되더라도 또 다른 난관이 있었다. 잔이 그렇게 한다면 잔은 사형시킬 수 없게 된다. 교회 감옥에 가둘 수는 있지만 죽일 수 없는 것이다. 그런 일이 일어나면 안 된다. 잔이 죽어야만 잉글랜드가 만족할 것이다. 살아 있는 잔은 감옥에 있든 감옥 밖에 있든 무서운 존재였다. 잔은 이미 두 번 탈옥을 시도했다. 그러나 이 난제 역시 해결할 수 있었다. 코숑이 잔에게 몇 가지 약속을 하고 그 대가로 잔이 남자 옷을 벗겠다는 약속을 받으면 된다. 코숑이 자기 약속들을 지키지 않으면 잔 역시 약속을 지키지 않을 것이다. 그러면 약속을 지키지 않은 잔의 행동을 빌미로 삼아 잔을 화형대에 넘길 수 있었다.

화형대는 이미 준비되어 있다. 이 계획에 성공하려면 몇 차례 단계를 밟아야 한다. 그러나 순서대로 하나씩 밟아나가는 것 외에 할 일은 없다. 게임은 이긴 것이다. 프랑스에서 가장 무죄하고 고결한 사람, 배신당한 소녀가 처량하게 죽을 날을 말하기만 하면 된다. 시간도 잔인할 정도로 저들을 도왔다. 잔의 영혼은 퇴락하지 않았고 이전처럼 언제나 고결하고 당당했다. 하지만 잔의 육체는 지난 열흘 동안 꾸준히 힘을 잃고 있었다. 강한 정신을 위해서는 강한 육체가 있어야 했다.

너희에게 간략히 말한 코숑의 계획을 이제 세상은 다 알고 있다. 하지만 그때는 그 계획을 세상이 알지 못하던 때였다. 윈체스터 추기경을 제외하고는 워익 백작과 다른 고위급 지도자들도 그 비밀 계획을 몰랐다고 볼 수 있는 근거들이 충분히 있다. 또한 프랑스 쪽에서는 루아즐뢰르와 보페르, 이 둘만이 계획을 알고 있었다. 처음에 이 둘도 계획을 몰랐다는 생각이 가끔 들기도 한다. 어쨌든 둘이 알았더라면 프랑스 쪽에서 그 계획을 아는 사람은 둘밖에 없었다.

사형 선고를 받은 사람은 마지막 날 밤을 편안하게 보낼 수 있게 해 주는 것이 관례였지만, 그때 떠돌던 소문이 맞다면 가엾은 잔에게는 그런 마지막 자비도 허락되지 않았다. 루아즐뢰르는 사제와 친구로, 또 잉글랜드를 미워하고 몰래 프랑스 편을 드는 사람으로 가장하여 잔에게 은밀히 다가왔다. 루아즐뢰르는 몇 시간 동안 잔에게 '올바르고 의로운 오직 한 가지 일'을 청했으니, 곧 좋은 기독교인이 응당 그래야 하는 것처럼 교회에 승복하라고 말했던 것이다. 그렇게 하면 잔은 곧바로 무서운 잉글랜드의 손아귀에서 벗어나 교회 감옥으로 가게 될 것이고, 그곳에서 여자 간수들의 돌봄을 받으며 예우를 받을 거라고 꼬드겼다. 루아즐뢰르는 잔의 어느 부분을 건드려야 할지 잘 알고 있었다. 잔 옆의 거칠고 입이 더러운 잉글랜드 경비병들이 잔에게 얼마나 혐오스러운지 잘 알았던 것이다.

  루아즐뢰르는 또 알고 있었다. 잔의 음성들이 모호한 약속을 잔에게 한 것을. 그리고 잔이 그 약속을 탈옥이나 구출, 어떤 방식이든 자신이 자유로워진다는 것으로 믿고 있고, 다시 한번 자신이 프랑스에 나타나 하늘로부터 부여받은 위대한 사명을 승리로 완수할 기회가 있으리라 생각한다는 것을. 루아즐뢰르는 이렇게 잔을 꾀는 일 외에 다른 일도 한 가지 하고 있었다. 몸이 허약한 잔이 잘 쉬고 잠을 잘 시간을 지금처럼 빼앗으면 내일 잔의 마음은 지치고 멍해질 것이다. 그래서 내일 화형대 앞에서 위협과 회유를 당할 때 저항하기 어려울 것이고 정상적인 상태에서는 빨리 알아차리는 덫과 함정을 잘 보지 못할 것이다.

  그날 밤 내가 마음 편히 가만히 앉아 있을 수 없었다는 것을 말하지 않아도 너희는 알 것이다. 노엘도 마찬가지였다. 우리는 밤이 되기 전에 도시의 큰 성문으로 갔다. 마지막 순간에 우리 용사들이 나타나 잔을 구출할 거라 생각하게 했던, 잔의 음성들이 말했다던 그 모호한 예언 때문에 우리 마음에는 희망이 있었다. 엄청난 소식은 아주 멀리까지 재빠르게 퍼졌다. 내일 잔 다르크가 단죄 받아 사형 선고를 받고 산 채로 화형장에서 불에 타 죽을 것이라는 소식이. 그래서 다른 곳에서 온 사람들이 성문을 통해 계속 들어오고 있었다. 병사들이 들어오지 못하게 막는 사람들도 보였다. 통행증이 의심스럽거나 전혀 없는 사람들이었다. 우리는 간절한 마음으로 성으로 들어오는 사람들을 잘 살펴보았다. 하지만 우리의 옛 전우들이 변장하고 있는 듯한 사람들은 전혀 없었다. 우리가 아는 얼굴은 분명 한 사람도 없었다. 마침내 성문은 닫혔다. 우리는 낙심한 채 발걸음을 돌렸다. 얼마나 낙심했는지 그 마음은 상상할 수 없을 정도로, 표현할 수 없을 정도로 처절했다.

거리마다 흥분한 사람들이 밀려오고 있어 우리는 사람들을 헤치고 나아가기가 힘들었다. 자정 가까운 무렵 목적 없이 이리저리 배회하던 우리는 아름다운 생투앙 성당 부근에 이르렀는데, 그곳에서는 사람들이 부산하게 일을 하고 있었다. 광장은 횃불로 환했고 사람들로 우글거렸다. 경비병들이 군중을 양옆으로 막고 있는 그 사이 통로를 통해 일꾼들이 나무와 목재를 지고서 성당 앞뜰로 이어지는 문으로 들어가고 있었다. 우리는 무슨 일을 하는지 물어보았다. 대답은 이랬다.

"처형장과 화형대를 만들고 있소. 프랑스 마녀가 내일 화형 당한다는 걸 모르고 있소?"

우리는 그곳에 있고 싶지 않아 자리를 떠났다. 새벽이 되자 우리는 다시 도시 성문으로 갔다. 몸이 지치고 마음은 흥분해서 우리는 큰 기대를 갖고 희망을 품고 있었다. 쥐미에쥬 수도원장과 수도사들이 화형을 보러 오고 있다는 소문을 들은 적이 있었다.

우리의 상상력이 우리의 욕망을 사주해서 수도사 9백 명을 잔의 옛 전우들로 변하게 하고, 수도원장을 라 이르나 바타르, 또는 알랑송으로 둔갑시켰다. 우리는 수도사들이 성문으로 들어오는 걸 지켜보았다. 경비병들의 제재를 받지 않았고 군중들은 예를 갖추어 길을 내주어서, 수도사들은 지나갈 때 모자를 벗었다. 우리는 울컥했고, 기쁨으로, 자랑스러움과 환희로 눈물이 한없이 쏟아졌다. 우리는 두건 아래 있는 얼굴들을 보려고 애를 썼다. 우리가 아는 얼굴이 나타나면 신호를 주려고 했다. 우리는 잔의 병사들이고 대의를 위해서 적을 죽이고 목숨을 바칠 준비가 되어 있으며 또 그러길 간절히 열망하고 있다는 신호를. 우리는 얼마나 어리석었는지 모른다. 너희도 아는 것처럼 그때 우리는 어렸다. 젊은이들은 모든 걸 꿈꾸고 모든 걸 믿는다.

20. 바꿔치기

아침이 되어 나는 내 업무 자리에 있었다. 생투앙 성당 처마 아래로 마당에 사람 키만큼 높이 설치한 연단 위에 있는 자리였다. 연단에는 많은 사제들과 중요한 인사들, 그리고 법조인 몇 명이 자리하고 있었다. 연단 옆으로 작은 공간을 두고 다른 큰 연단이 나란히 있었는데 햇볕과 비를 막아줄 차양이 멋있게 위로 드리워져 있었고 고급스러운 카펫이 깔려 있었다. 또 안락한 의자들이 놓여 있었고 그중 아주 고급스러운 의자가 다른 것들보다 더 높은 곳에 놓여 있었다. 이 의자 중 하나에는 잉글랜드 왕가 출신인 윈체스터 추기경이 앉아 있었고 다른 하나에는 보베 주교인 코숑이 앉아 있었다. 나머지 의자들에는 주교 3명, 부 심문관, 수도원장 8명, 그리고 잔의 마지막 재판에 재판관으로 참여했던 수도사 62명과 변호사들이 앉아 있었다.

그 연단에서 스무 보쯤 앞에 다른 단이 마련되어 있었다. 위가 평평한 피라미드 모양인 돌로 만든 단이었는데 계단처럼 위로 올라갈 수 있게 되어 있었다. 위에는 화형대가 섬뜩하게 세워져 있었다. 화형대 주위에는 장작이 쌓여 있었다. 피라미드 맨 아래쪽에는 진홍색 옷을 입은 사형 집행인과 조수들이 서 있었다. 이들의 발치에는 불에 태워 놓은 아주 많은 장작이 있었고 장작은 연기 없는 빨간 석탄이 되어 있었다. 한두 걸음 옆에는 어깨높이만큼 장작들을 예비로 쌓아 놓았는데 말 여섯 마리에 실을 만큼 많았다.

생각해 보거라. 우리 몸은 아주 섬세하게 만들어져 있어 쉽게 파괴되고 쉽게 재로 만들 수 있을 것처럼 보인다. 하지만 인간의 몸을 재로 만드는 것보다 화강암 조각을 재로 만드는 것이 더 쉽다.

화형대를 보자 내 몸의 온 신경이 고통으로 욱신거렸다. 눈을 돌리고 돌렸지만 내 눈은 다시 돌아가 화형대를 바라보길 거듭했다. 소름 끼치도록 무서운 것이었지만 우리의 시선을 끌어당기는 힘이 있었다. 두 연단과 화형대가 세워진 공간은 잉글랜드 병사들이 벽처럼 빙 둘러막고 있었다. 건장한 병사들은 윤이 나는 멋진 철갑옷을 입고 팔꿈치를 서로 맞대고 꼿꼿이 서 있었다.

병사들 뒤로는 사방으로 사람들의 머리가 평원처럼 펼쳐져 있었다. 그러나 아무런 소리도 들리지 않았고 아무런 소란도 없었다. 세상은 죽은 것 같았다. 짙은 먹구름이 관을 덮는 천처럼 하늘에 낮게 드리워져 있어, 납빛 같은 어스름이 이 고요함과 엄숙함을 더욱더 깊게 했다. 먼 지평선 너머로 번개가 희미하게 깜박거렸고 먼 곳에서 천둥이 불평하며 중얼거리는 소리가 희미하게 들리는 듯했다.

마침내 정적이 깨어졌다. 광장 너머에서 희미하지만 귀에 익은 짧고 딱딱한 명령 소리가 들려왔다. 평지처럼 펼쳐진 사람들의 머리가 갈라졌다. 그 사이로 병사들이 일정하게 몸을 흔들며 오는 모습이 눈에 보였다. 잠시 내 심장이 뛰었다. 라 이르와 부하들인가? 하지만 아니었다. 저건 그들의 걸음걸이가 아니었다. 그래, 죄수와 죄수를 호송하는 경비병들이 오는 것이었다. 경비병들에 둘러싸여 잔 다르크가 오고 있었다.

이전처럼 내 마음은 밑으로 깊이 푹 꺼져버렸다. 잔은 너무 허약해 경비병들에게 끌려오고 있었다. 그동안 가능한 방법을 다 동원해 저들은 잔을 약하게 만들었던 것이다. 거리는 멀지 않았다. 몇 백 미터밖에 되지 않는 짧은 거리였다. 그러나 몇 달 동안 한 장소에 사슬로 묶여 누워있던 사람에게는, 아무것도 할 수 없어 두 다리에 힘을 잃어버린 사람에게는 걷기 힘든 거리였다. 그래, 일 년 동안 잔은 지하 감옥의 차갑고 축축한 곳에서 갇혀 지냈다. 이제 후텁지근한 한여름의 더위, 공기가 없는 듯 숨 막히게 하는 이 더위를 뚫고 잔은 몸을 질질 끌며 오고 있었다.

지쳐서 축 늘어진 잔이 문으로 들어설 때, 루아즐뢰르라는 인간이 옆에서 자기 머리를 잔의 귀쪽으로 숙이고 있었다. 나중에 이 인간이 이날 아침에 감옥에서 잔을 거짓 약속으로 꾀고 있었다는 것을 알게 되었다. 문에서도 루아즐뢰르는 여전히 같은 일을 하고 있었던 것이다. 요구하는 모든 것을 받아들이라고 잔에게 간청하면서, 그렇게 하면 모든 일이 잘 될 거라고 말하고 있었다. 잔은 무서운 잉글랜드에서 빼 내어져 교회의 강력한 보호처로 옮겨져 안전하게 보호받을 것이라고 설득하고 있었다. 불쌍한 인간, 돌로 된 심장을 가진 인간!

잔은 연단에 올라와 앉은 후, 두 눈을 감고 고개를 떨구었다. 두 손은 무릎에 모으고 모든 것에 무관심한 채 앉아 쉬는 것 외에는 아무것에도 신경 쓰지 않았다. 잔은 다시 아주 하얗게 되어 있었다. 석고처럼 하얗게.

가득 메운 사람마다 깊은 관심으로 얼굴이 얼마나 환해졌는지! 그리고 이 여린 소녀를 바라보는 눈빛은 또 얼마나 강렬했는지! 그것은 자연스러운 일이었다. 사람들은 자기들이 그렇게 보고 싶었던 사람을 마침내 보게 되었다. 그 이름과 소문이 온 유럽을 가득 채우고, 다른 모든 유명인의 이름을 보잘것없는 것이 되게 했던 사람. 이 시대의 경이로움, 그리고 모든 시대의 경이로움으로 남게 될 잔 다르크! 사람들의 놀라는 표정에서 나는 저들의 마음을 글자처럼 읽을 수 있었다.

"정말 사실이야? 믿어도 돼? 선하고 고운 얼굴, 아름답고 다정하고 어여쁜 얼굴을 가진 이 작은 아이, 이 소녀가 승리한 군대의 선두에서 지휘하여 요새들을 공격해 점령하고, 가는 길마다 입김 한 번으로 잉글랜드의 군대를 날려버렸다는 것 말이야. 프랑스의 똘똘 뭉친 두뇌들을 상대로 홀로 오랫동안 싸운 소녀인 거야? 공정한 싸움이었다면 이겼을 거라는!"

코숑은 망송 신부의 마음이 잔에게 많이 기울었음을 알고 두려워한 나머지 다른 서기를 앉혀 놓았다. 그래서 내 상사와 나는 한가롭게 앉아 지켜보는 것 외에는 할 일이 없었다. 잔의 몸과 마음을 지치게 하려는 일은 이제 모두 끝났다고 나는 생각했지만 착각이었다. 한 가지 계략이 더 있었다. 무더운 여름날의 열기 속에 앉아 있는 잔에게 아주 긴 설교를 하는 것, 그것이 하나 더 남아 있었다.

설교를 시작하자 잔은 힘들고 낙담한 표정으로 설교자를 한번 쳐다본 후 고개를 다시 내렸다. 설교자는 달변으로 유명한 기욤 에라르였다. 설교자는 열두 가지 거짓말에서 설교 내용을 가지고 왔다. 그 속에 담긴 온갖 독을 이용해 잔에게 온갖 비방을 자세히 쏟아 놓았고, 열두 가지 거짓말에 담긴 온갖 잔인한 명칭으로 잔을 부르며 설교하면서 점점 분노의 폭풍이 되어 갔다.

그러나 설교자의 노력은 헛된 일이었다. 잔은 꿈을 꾸는 것 같이 아무 반응이 없었고 듣는 것 같지도 않았다. 마침내 설교자는 이렇게 프랑스를 불렀다.

"오, 프랑스여, 그대는 얼마나 오랫동안 이용당해 왔는가! 그대는 언제나 기독교의 보금자리였다. 그러나 이제 자신이 프랑스의 왕이요 통치자라 하는 샤를, 이단자요 교회 분리론자인 샤를이 이 무가치하고 악명 높은 여자의 언행을 지지하고 있다!"

잔은 고개를 들었다. 잔의 두 눈은 불타오르며 빛났다. 설교자는 잔을 돌아보며 말했다.

"바로 너, 잔에게 내가 말한다. 너의 왕은 분리주의자요 이단

자라고!"

아, 설교자는 마음대로 잔을 욕할 수 있을지 모른다. 잔은 그것을 참을 것이다. 그러나 잔은 죽는 이 순간에도 우리 왕을 욕하는 말을 참을 수 없었다. 배은망덕한 배신자요, 개 같은 왕이지만 말이다. 왕은 지금 이 순간 여기에 와서 손에 칼을 들고 이 뱀들을 처단하고 자신의 가장 고결한 신하를 구해야 했다. 배은망덕한 배신자요, 개 같은 사람이라고 내가 방금 했던 말이 어울리지 않은 사람이었다면 왕은 그렇게 했을 것이다. 잔의 충성스러운 영혼은 노하여 설교자를 바라보며 몇 마디 쏘아붙였다. 그 정신은 군중이 알던 잔 다르크의 정신이었다.

"설교자님! 내 신앙을 걸고 죽을 위협을 무릅쓰고 맹세하며 말하는데, 왕께서는 모든 기독교인 중에서 가장 고결한 분이시고 신앙과 교회를 가장 사랑하는 분입니다!"

군중들 사이에는 환호가 터져 나왔다. 설교자는 자기가 듣고 싶어 하던 이와 같은 환호가 엉뚱한 사람에게 가자 화가 났다. 수고는 자신이 했는데 다른 사람이 열매를 가져간 것이다. 설교자는 발로 바닥을 쿵쿵 구르며 경비병에게 소리쳤다.

"입 다물게 해!"

이 말에 군중은 웃었다. 병든 소녀로부터 자신을 지키려고 경비병을 부르는 다 큰 어른을 존경할 사람은 군중 가운데 아무도 없었다. 설교자는 수백 마디 말로 잔을 무너뜨리려 했지만 실패했다. 그러나 잔은 단 한마디 말로 설교자를 무너뜨렸다. 설교자는 너무 당황한 나머지 다시 연설을 제대로 시작하기가 어려웠다. 하지만 사람들이 자신의 편이 되도록 노력할 필요는 없었다.

사람들은 이미 설교자의 편이었다.

　모인 사람들은 잉글랜드 편에 서 있는 사람들이 대부분이었다. 군중은 단지 잠시 인간이 저항할 수 없는 법칙, 곧 내 편이든 상대편이든 용감하게 즉각 응수하는 모습에 즐거워하고 환호하는 인간의 심리를 따른 것뿐이었다. 군중은 설교자의 편이었다. 잠시 잔에게 홀렸을 뿐이었다. 군중은 이제 다시 잉글랜드 편으로 돌아왔다. 이 소녀가 불에 타 죽는 것을 보려고 여기에 온 것이다. 그렇기 때문에 화형이 아주 늦어지지 않는다면, 또 그것을 본다면 만족할 것이다.

　이내 설교자는 공식적으로 잔에게 교회에 승복하라고 요구했다. 설교자는 승복할 거라고 믿었다. 루아즐뢰르와 보페르한테 듣기로, 잔은 뼛속까지 지쳐 더 이상 저항할 힘이 없다. 잔을 직접 보니 두 사람의 말이 맞을 수밖에 없다고 설교자는 생각했다. 그렇지만 잔은 다시 한번 한 발자국도 물러서지 않으며 힘겹게 말했다.

　"그 일이라면 전에 재판관들에게 대답했습니다. 제가 말한 것과 행한 것을 모두 우리 교황 성하님에게 전달해 달라고 말했습니다. 하느님께 먼저, 그다음으로 교황 성하님에게 호소합니다."

　타고난 지혜로 다시 잔은 엄청난 의미를 가진 말을 했지만 자신이 한 말의 가치를 모르고 있었다. 그러나 화형대와 적 수천 명이 둘러싸고 있는 지금은 이 발언이 아무것도 해 줄 수 없었다. 그러나 그곳에 있는 성직자들은 흠칫 놀랐다. 설교자는 서둘러 화제를 바꾸었다. 범죄자들은 흠칫 놀랄 만했다. 잔이 교황에게 상소하면 코숑은 즉시 재판 관할권을 잃게 되고, 코숑과 그의 재판관들이 한 일은 무효가 되고 앞으로 어떤 일도 할 수 없게 되기 때문이다.

잔은 몇 마디 말을 더 한 후에 이내 자신의 발언과 행동은 하느님의 명령으로 한 것이라고 말했다. 그러자 설교자는 왕과 왕의 친구들, 그리고 잔의 친구들을 연루시키려 했다. 그러자 잔은 말을 가로막고 말했다.

"제 행동과 발언은 저의 왕이든 다른 누구든 다른 사람에게는 책임이 없습니다. 잘못이 있다면 제게 책임이 있을 뿐입니다. 다른 사람에게는 책임이 없습니다."

이어서 재판관들이 악하다고 판결한 잔의 발언과 행동을 철회할 생각은 없는지 잔은 질문을 받았다. 잔의 대답은 다시 동요를 일으켰다.

"제 발언과 행동은 하느님과 교황님에게 재판받아야 합니다."

다시 한번 교황에게 상소를 했다! 아주 당혹스러운 발언이었다. 자신의 일을 교회에 맡기라는 요구를 받은 여기 한 사람은 솔직하게 동의하며 교회의 수장에게 맡기고 있는 것이다. 무엇을 더 요구할 수 있는가? 자신들의 입을 막아버리는 잔의 엄청난 대답에 어떻게 대답해야 할까?

근심에 빠진 재판관들은 머리를 맞대고 속삭이며 계획을 논의했다. 그리고 이들은 어설픈 대답을 내놓았다. 어설프지만 폐쇄된 장소에서 이들이 할 수 있는 최선의 방법이었다. 이들은 교황께서는 너무 멀리 있다고 말했다. 여기 있는 재판관들이 이 사안을 다룰 수 있는 충분한 능력과 권한이 있기에 결과적으로 '교회'나 다름없어, 여하튼 교황에게 가는 것은 불필요하다고 말했다. 다른 때라면 이 거짓말에 웃을 수 있었지만 지금은 아니었다. 지금은 그럴 만큼 마음이 편하지 않았다.

군중은 점점 참을성을 잃어가고 있었고 험상궂은 얼굴을 하기 시작했다. 서 있느라 힘들고 뜨거운 열에 그을리는 것도 힘들었다. 천둥이 점점이 다가왔고 번개가 더 밝게 빛나고 있었다. 일을 서둘러 마쳐야 했다. 에라르는 잔에게 미리 잘 준비한 문서를 보여 주며 철회하라고 요구했다.

"철회요? 철회가 뭐죠?"

잔은 말뜻을 이해하지 못했다. 마시웨가 잔에게 설명해 주었다. 잔은 이해하려고 했지만 힘이 빠져 정신이 몽롱한 상태라 그 뜻을 이해할 수 없었다. 잔에게는 이해할 수 없는 이상한 단어들의 나열에 지나지 않았다. 잔은 낙심해서 이렇게 애원했다.

"철회해야 하는지 그렇지 않은지 이 문제는 전체 교회에 상소합니다!"

에라르는 소리쳤다.

"지금 당장 철회해야 한다. 그렇지 않으면 지금 화형에 처해질 것이다!"

그 무서운 말에 잔은 고개를 들었다. 그리고 처음으로 화형대를 보고 빨간 석탄 무더기를 보았다. 석탄은 계속 짙어지는 먹구름 아래 이전보다 더욱더 빨갛게 노기를 띠었다.

잔은 숨을 헐떡거리며 자리에서 비틀거리며 일어나 알아들을 수 없는 말을 중얼거렸다. 그리고 자신이 어디에 있는지 모르는 것처럼, 꿈을 꾸고 있는 것처럼 멍하니 사람들과 주위를 바라보았다.

사제들은 잔 주위에 몰려들어 문서에 서명을 하라고 졸랐다. 한 번에 많은 사람들이 독려하고 간청했다. 군중들 사이에서도, 도처에서도 큰 소란과 고함과 흥분이 일었다.

"서명해! 서명!"

사제들이 소리쳤다.

"서명해, 서명! 그래서 목숨을 살리라고!"

루아즐뢰르는 잔의 귀에 대고 말했다.

"내가 말했던 대로 해. 자신을 죽이지 마!"

잔은 하소연하듯 사람들에게 말했다.

"아, 나를 이렇게 유혹하는 건 옳지 않아요."

재판관들은 쇠로 된 가슴이 녹은 것처럼 이렇게 말하며 가세했다.

"오, 잔, 우리는 네가 정말 불쌍하단다! 네 발언들을 철회해라. 그렇지 않으면 네게 처벌을 내릴 수밖에 없단다."

이때 다른 목소리가 들려왔다. 다른 연단에서 소음을 뚫고 엄숙하게 들려왔다. 코숑의 목소리였다. 코숑은 사형 판결문을 읽기 시작했다! 잔의 기력은 모두 빠져나갔다. 잔은 일어선 채 잠시 주위를 이상하다는 듯이 둘러보고는 천천히 무릎을 꿇고 머리를 수그리며 말했다.

"승복합니다."

그러자 사람들은 잔이 다시 생각할 겨를을 주지 않았다. 그 말의 위험성을 알았던 것이다. 그 말이 잔의 입 밖으로 나오자마자, 마시웨는 잔에게 철회 선언문을 읽어 주었고, 잔은 마시웨를 따라 아무 생각 없이 기계적으로 말을 따라 했다. 그리고 잔은 미소를 지었다. 어딘가 배회하는 잔의 마음은 어딘가 멀리 있는 행복한 세상에 있는 듯했다.

그러자 여섯 행인 이 짧은 문서를 슬쩍 빼고 쪽수가 많은 긴 문서를 그 자리에 몰래 끼워 놓았다. 잔은 아무것도 모른 채 애처로운 변명으로 자기는 글을 쓸 줄 모른다고 말하고는 서명 대신 표시를 했다. 그러자 잉글랜드 왕의 비서관이 잔의 손을 잡고 이름을 쓰게 도와주었다. Jehanne.*

이 큰 범죄는 이렇게 이루어졌다. 잔은 서명을 했다. 무엇에? 잔은 몰랐지만 다른 사람들은 알았다. 마녀, 악마들과 거래하는 자, 거짓말쟁이, 하느님과 천사들을 모독하는 자, 피를 사랑하는 자, 폭동을 일으키는 자, 잔혹한 자, 사악한 자, 사탄의 하수인. 이렇게 고백하는 문서에 잔은 서명을 한 것이다. 잔은 서명을 한 탓에 여자 옷을 다시 입어야 했다. 다른 약속들도 있었지만 다른 것 없이 그 약속 하나만으로 충분했다. 그 약속 하나만으로도 잔을 충분히 파멸시킬 수 있었다. 루아즐뢰르는 앞으로 나와 '오늘 이런 선한 일을 한 것'을 두고 잔을 칭찬했다. 그러나 잔은 아직도 꿈을 꾸는 듯했다. 잔은 거의 아무 말도 들리지 않았다.

코숑은 잔을 파문했던 것을 철회한다고 선언한 후 이제 잔이 사랑하는 교회의 일원이 되어 예배에 관한 소중한 모든 특권을

---

* 잔 다르크란 이름에서 '잔'의 현대 프랑스어 표기는 Jeanne이지만 중세 프랑스어로는 Jehanne이다. 잔 다르크의 자필 서명이 있는 편지가 3개 전해져 오는데, 그중 1430년 3월 16일에 랭스 시민들에게 쓴 편지에 적힌 잔의 서명은 이런 모습이다.

다시 누리게 되었다고 선언했다. 아, 잔은 이 말을 들었다! 잔의 얼굴에 깊이 감사하는 마음이 피어올라 기쁨으로 변한 것을 보면 잔이 그 말을 들었음을 알 수 있다. 그러나 그 행복은 한순간이었다! 코숑은 동정심이 조금도 없는 목소리로 잔혹한 말을 덧붙였다.

"범죄를 뉘우치고 더 이상 되풀이하지 않도록 무기징역에 처한다. 고통을 빵처럼 먹고 괴로움을 물처럼 마실 것이다!"

무기징역! 잔은 꿈에도 생각하지 못한 일이었다. 루아즐뢰르나 다른 누구도 그런 것을 암시한 적이 전혀 없었다. 루아즐뢰르는 "모든 게 잘될 거야"라고 분명히 약속했다. 에라르가 연단에서 잔에게 철회하라고 독려할 때 했던 마지막 말은 조건 없는 약속이었다. 잔이 철회하면 감옥에서 풀려날 것이라고 말했던 것이다.

잔은 잠시 망연자실한 채 아무 말 없이 서 있었다. 그리고 코숑이 직접 약속한, 위안이 되는 말, 곧 교회 감옥에 이송해서 잔인한 외국 병사들 대신 여자들이 곁에서 돌보게 해 주겠다는 말을 떠올렸다. 그래서 잔은 사제들을 향해 슬프게 체념하며 말했다.

"이제, 교회의 성직자 여러분, 저를 교회 감옥으로 데려가 주세요. 더는 잉글랜드의 손아귀에 남겨두지 마세요."

잔은 사슬을 모아 떠날 채비를 했다. 그러나 아! 코숑은 비웃으며 부끄러운 말을 내뱉었다.

"있던 감옥으로 데려가!"

이용당한 불쌍한 소녀! 잔은 충격을 받고 말없이 얼어붙었다. 보기에 가슴 아픈 모습이었다. 잔은 꼬임에 빠졌고 거짓말에 속

앉고 배신을 당했다. 잔은 그제야 모든 것을 알게 되었다.

북소리가 정적을 깨뜨렸다. 바로 그 순간 잔은 음성들이 약속했던 영광스러운 구원을 생각했다. 잔의 얼굴을 밝게 빛나게 하는 황홀해하는 그 모습에서 나는 잔의 생각을 읽을 수 있었다. 그러나 이내 잔은 북소리가 무엇인지 깨달았다. 자신을 감옥으로 호송하는 호위대의 북소리였다. 잔의 얼굴에 빛나던 빛은 사라지고 다시는 되돌아오지 않았다. 사람이 말로 표현할 수 없는 아픔을 겪거나 가슴이 산산이 부서질 때 그러는 것처럼, 이제 잔은 애처로운 모습으로 천천히 고개를 좌우로 흔들었다. 그리고 얼굴을 두 손에 묻고 비통하게 흐느끼며 우리 곁을 쓸쓸히 떠나갔다.

21. 유 예

윈체스터 추기경 외에 코숑이 벌이는 어려운 게임의 비밀을 아는 사람이 루앙에 없었다는 것은 확실하다. 그곳에 모인 군중들과 두 연단에 모인 성직자들은, 잔이 아무 탈 없이 살아서 떠나는 모습을 보고서, 이렇게 지루하게 애태우고 기대를 했건만 잔이 자기들의 손아귀에서 빠져나가는 모습을 보고서, 얼마나 놀라고 얼이 빠졌는지 모른다. 너희는 그 모습을 상상할 수 있을 것이다.

화형대가 덩그러니 그냥 남겨지고 먹이가 가버린 사실이 너무 믿을 수 없어, 모든 사람들이 놀라서 잠시 동안 아무도 움직이거나 말을 하지 못했다. 그러다 갑자기 모든 사람들이 격노했다. 욕설과 저주, 반역이라는 비난이 거침없이 날아오기 시작했다. 그래, 심지어 돌까지 날아왔다. 윈체스터 추기경은 돌에 맞아 죽을 뻔했다. 날아온 돌이 머리를 살짝 빗나갔다. 돌을 던진 사람을 비난해서는 안 된다. 돌 던진 사람은 흥분해 있었고 흥분할 때는 정확하게 맞힐 수 없으니까. 정말 큰 소동이 잠시 일어났다. 그런 와중에 추기경을 모시는 사제 한 명이 예의를 잊어버리고 코숑의 면전에서 주먹을 휘두르며 무례하게 소리쳤다. "이런, 당신은 반역자야!" 그러자 코숑은 "진실이 아닌 말은 하지 마!" 하고 대꾸했다. 코숑이 반역자라니! 아, 진실과 너무나 먼 소리였다. 잉글랜드인에게 그런 비난을 받을 가능성이 가장 낮은 프랑스인이 바로 코숑이었다.

워익 백작도 화가 나 있었다. 백작은 용맹한 군인이라 머리를 써야 하는 이해하기 어려운 문제, 즉 복잡한 속임수와 계략과 사기는 다른 사람들처럼 이해할 수 없었다. 그래서 폭발해 전사의 모습으로 변하여, 잉글랜드 왕이 이용당하는 반역이 일어났다고, 잔 다르크를 화형대에서 벗어나게 했다고 말하며 저주와 욕설을 퍼부었다. 그러자 사람들이 백작의 귀에 속삭이며 안심시켰다.

"백작님, 노하지 마십시오. 걱정하실 일 없습니다. 잔 다르크는 곧 다시 화형대에 세울 겁니다."

좋은 소식도 나쁜 소식만큼 빨리 퍼지기 때문에 이 귓속말 역시 사방으로 퍼졌던 모양이다. 여하튼 사람들의 분노는 가라앉았고 거대한 군중들도 뿔뿔이 흩어졌다. 이렇게 해서 그 무서운 목요일의 정오가 되었다.

우리 두 젊은이는 행복했다. 말로 표현할 수 없을 정도로 행복했다. 다른 사람들처럼 우리 역시 그 비밀을 알지 못했기 때문이다. 잔이 목숨을 건졌다. 우리가 아는 것은 그것뿐이었지만 그것으로 충분했다. 프랑스는 이날의 치욕스러운 사건을 전해 들을 것이다. 그렇게 되면! 프랑스의 용감한 아들 수천수만 명이 잔의 깃발 아래에 모일 것이고, 이들의 분노는 폭풍이 몰아치는 바다의 분노와 같을 것이다. 그리고 이 멸망할 도시로 미친 듯이 달려와 성난 바다의 파도처럼 이 도시를 휩쓸어버릴 것이다. 그러면 잔 다르크는 다시 행군할 것이다! 엿새나 이레, 많아봤자 한 주가 지나면 고결한 프랑스, 은혜를 아는 프랑스, 분노한 프랑스는 성문을 박차고 들어올 것이다. 몇 시간이 지나면 올지 세어 보자. 몇 분이 지나면 올지 세어 보자. 몇 초가 지나면 올지 세어 보자! 오, 행복한 날! 황홀한 날! 가슴속에서 우리 마음은 얼마나 기뻐하며 노래를 불렀는지! 이때 우리는 어렸기 때문에 그럴 수밖에 없었다. 그래, 우리는 아주 어렸다.

기진맥진한 포로가 조금 남은 힘을 다해 무거운 몸을 이끌고 지하 감옥으로 돌아왔을 때 저들은 포로를 쉬게 하고 잠을 잘 수 있게 해 주었을까? 아니, 그렇지 않았다. 잔에게 쉼은 허락되지 않았다. 사냥개들이 잔을 따라갔다. 코숑과 똘마니 몇 사람이 곧장 잔이 갇힌 굴로 따라갔다. 이들은 잔이 마음과 몸이 탈진해 제정신이 아닌 것을 보았다. 이들은 잔이 자신의 발언들을 철회했다고 잔에게 말해 주었다. 그리고 잔이 몇 가지 약속을 했는데, 그중에는 여자 옷을 다시 입겠다는 약속도 있었다고 말했다. 그리고 잔이 자신의 약속을 부인하고 이행하지 않으면 교회는 영원히 잔을 파문할 것이라고 말했다.

잔은 이런저런 말을 들었지만 그 뜻은 이해하지 못했다. 잔은 수면제를 먹고 잠에 들려는 사람과 같았다. 이 시달림에서 벗어나 쉬고 싶었고 혼자 있고 싶을 따름이라, 박해자가 요구하는 것을 기계적으로 그렇게 하겠다고 대답했다. 무슨 말을 하는지 단지 흐릿하게 알고 희미하게 기억할 뿐이었다. 이렇게 잔은 코숑과 하수인들이 가져온 드레스를 입었다. 그리고 조금씩 정신을 차리기 시작했다. 언제 어떤 일이 있었는지 희미하게 생각이 날 뿐이었다.

코숑은 행복한 기분으로 만족해하며 나갔다. 잔은 아무 저항 없이 드레스를 입었다. 또한 자신이 인정한 것을 부인하거나 약속을 어기지 않도록 공식적으로 경고를 받았다. 코숑에게는 이 사실을 옆에서 본 증인들이 있었다. 더 바랄 것이 있겠는가? 그러나 잔이 인정한 것을 부인하지 않게 된다면? 그러면 강제로 부인하게 할 것이다.

코숑이 잉글랜드 경비병들에게 전보다 더 잔인하고 고통스럽게 포로를 다루어도 아무런 문제가 없을 거라고 살짝 말했던 것일까? 아마 그랬던 것 같다. 즉시 경비병들은 잔인하고 고통스럽게 잔을 다루기 시작했고 코숑은 이에 대해 공식적으로 관여하지 않았다. 그래, 바로 그때부터 지하 감옥에서 잔의 생활은 견딜 수 없는 시간이 되었다. 너희는 그 일에 대해 자세히 이야기해 달라고 하지 말아라. 나는 그렇게 하지 않을 것이다.

22. 치명적인 대답

금요일과 토요일은 노엘과 내게 행복한 날이었다. 우리 마음은 깨어난 프랑스에 대한 찬란한 꿈으로 가득 찼다. 갈기를 휘날리는 프랑스, 행군하는 프랑스, 성문 앞에 온 프랑스, 잿더미가 된 루앙, 그리고 자유를 되찾은 잔! 우리의 상상력은 불이 붙어 있었다. 우리는 자부심과 기쁨으로 들떠 있었다.

내가 말한 대로 우리는 너무 어렸다. 어제 오후 지하 감옥에서 일어난 일을 우리는 전혀 알지 못했다. 잔이 자신의 주장을 철회하고 용서하는 교회의 품으로 돌아갔기에 이제 잔은 정중하게 대우를 받고 상황이 허락하는 한에서 포로 생활이 좋아지고 편해졌을 거라고 우리는 생각했다. 그래서 우리는 아주 만족하여 위대한 구출에서 우리가 할 일에 대해 계획을 세우며, 행복한 그 이틀 동안 우리가 싸우는 모습을 거듭거듭 상상하며 지냈다. 여느 행복한 날들과 다를 바 없었다.

일요일 아침이 왔다. 나는 잠에서 깨어 온화한 날씨를 즐기며 생각을 했다. 구출 작전에 대해 생각을 했던 것이다. 그것 말고 다른 걸 생각했겠는가? 이제 다른 것은 생각하지 않았다. 구출 작전에만 집중하고 그 행복감에 취해 있었다. 그런데 그때 누군가 멀리서 거리를 내려오며 외치는 소리를 들었다. 그 소리는 점점 가까워졌고 나는 그 말을 들을 수 있었다.

"잔 다르크가 약속을 어겼다! 마녀가 죽을 날이 왔다!"

내 심장은 멈추고 내 피는 얼어버렸다. 이때가 60년도 더 된 때였다. 그러나 아주 오래전에 사라져버린 그 여름날 아침에 내

귓가에 울렸던 것처럼, 승리에 찬 그 소리가 오늘 내 기억 속에 여전히 또렷이 울리고 있다. 인간은 참 이상하게 창조되었다. 우리를 행복하게 했던 기억들은 사라져버린다. 사라지지 않는 것은 우리의 가슴을 깨뜨려 버리는 기억이다.

곧 그 목소리 대신 다른 목소리들이 소리쳤다. 수십, 수백 개 목소리들이. 온 세상이 잔인하게 그 일에 대한 기쁨으로 가득했다. 다른 소리들도 들려왔다. 거리를 내닫는 발소리, 즐겁게 축하하는 소리, 야비하게 터져 나오는 웃음소리, 북 치는 소리, 멀리서 승리와 감사에 찬 음악으로 거룩한 날을 더럽히는 밴드들의 쿵쿵 거리는 음악 소리.

오후 중반쯤 망송 신부와 나는 잔의 지하 감옥으로 호출 명령을 받았다. 코숑이 호출했다. 그런데 이때쯤은 이미 잉글랜드인들과 군인들 사이에 불신이 퍼져서 온 루앙은 분노에 사로잡혀 격해져 있었다. 우리가 머물던 집 창문 밖으로 그 증거를 많이 볼 수 있었다. 주먹을 휘두르는 사람들, 성난 표정들, 거리를 휩쓸고 다니는 분노한 인파들의 소동.

성이 있는 위쪽에서는 상황이 아주 심각해지고 있다는 것을 우리는 알게 되었다. 잔이 약속을 어겼다는 소식은 거짓말이고 사제들이 속인 것이라고 생각한 많은 군중들이 그곳에 모여 있었다. 그리고 군중들 사이에는 술에 조금 취한 잉글랜드 병사들도 많이 있었다. 더욱이 군중들은 시위를 하는 데에 그치지 않았다. 성에 들어가려던 성직자들을 많이 붙잡고 있었다. 군중들의 손에서 성직자들을 구해 목숨을 살리는 것은 어려운 일이었다.

그런 탓에 망송 신부는 가기를 거절했다. 망송 신부는 워익이 호위대를 보내지 않으면 가지 않겠다고 전했다. 그래서 다음 날 아침 워익은 호위대를 보냈고 그제야 우리는 성으로 갔다. 그 사이 상황은 누그러짐 없이 더 나빠져 있었다. 호위대의 보호 덕분에 우리는 폭행을 당하거나 붙잡히지는 않았지만 많은 군중 사이를 지나갈 때 온갖 저주와 욕설을 들었다. 그러나 나는 잘 참아냈고 속으로 만족해하며 이렇게 말했다.

'이놈들아, 사나흘 조금만 있으면 지금 지껄이는 것과 전혀 다른 소리가 튀어나오게 될 거다. 너희들이 그런 소리를 낼 때 난 곁에서 똑똑히 들을 거다.'

내 마음에 이 사람들은 죽은 사람이나 다름없었다. 구출 작전이 벌어진 후에 이들 가운데 얼마나 살아남게 될까? 분명 기껏해야 망나니가 반 시간 정도 즐길 만큼밖에는 남지 않을 것이다.

소문은 사실로 드러났다. 잔은 약속을 어겼다. 다시 남자 옷을 입고 사슬에 묶인 채 감옥에 앉아 있었다. 잔은 아무도 비난하지 않았다. 비난하는 일은 잔의 성품에 맞지 않았다. 주인이 시켜서 한 일로 하인을 비난하는 것은 잔의 성품이 아니었다. 잔은 이제 정신이 또렷해서, 전날 아침에 경비병들이 한 일은 경비병들이 자의로 한 것이 아니라 주인 코숑이 시킨 것임을 잘 알고 있었다.

일어난 일은 이랬다. 일요일 이른 아침에 잔이 자고 있을 때, 한 경비병이 잔의 여자 옷을 몰래 가지고 가면서 그 자리에 남자 옷을 놓았다. 일어난 잔은 원래 입던 드레스를 달라고 했지만 경비병들은 돌려주지 않았다. 잔은 남자 옷을 입지 않겠다고 서약했다고 말하며 항의했다. 그러나 경비병들은 돌려주지 않았다. 그래서 어쩔 수 없이 옷을 입어야 했던 잔은 남자 옷을 입을 수밖에 없었다. 게다가 이 음모에 맞서 싸운다면 목숨을 부지할 수 없으리란 걸 알았다. 그래서 어떤 일이 일어날지 알면서도 금지된 옷을 입을 수밖에 없었다. 가엾은 잔은 싸우는 데에 지쳐 있었다.

우리는 코숑과 부 심문관의 뒤를 따라갔다. 여섯 아니면 여덟 명 정도 다른 사람들이 더 있었다. 내가 잔을 보았을 때 잔은 낙담한 표정으로 여전히 사슬에 묶여 쓸쓸히 앉아 있었다. 잔의 상황이 달라졌을 거라 기대했던 나는 이 모습이 어떻게 된 건지 이해할 수 없었다. 내가 받은 충격은 매우 컸다. 아마 나는 잔을 보기 전까지 잔이 약속을 어겼다는 걸 믿지 않았던 것 같다. 믿었다 하더라도 그것을 인식하지 못했던 것이다.

코숑의 완전한 승리였다. 이곳에 도착하기 전까지 코숑은 괴로워하며 화를 냈고, 혐오감을 느끼게 하는 표정을 오랫동안 짓고 있었다. 그러나 이제 그 표정은 모두 사라지고 만족감과 안정감이 그 자리를 대신했다. 코숑의 자줏빛 얼굴은 침착함으로, 악의에 찬 행복감으로 가득했다.

코숑은 로브를 끌며 잔 앞으로 걸어가, 두 다리를 벌리고 당당한 모습으로 섰다. 그렇게 1분 이상 서서 고소해하며 이 패배한 불쌍한 사람의 모습을 즐기고 있었다. 잔 때문에 코숑은 세상의 구원자요 우주의 주인이신 온유하고 자비로우신 예수님을 섬기는 아주 높은 자리를 얻게 될 것이다. 잔에게 약속을 지키지 않은 코숑에게 잉글랜드가 약속을 지킨다면 말이다.

곧 재판관들은 잔을 심문하기 시작했다. 재판관 중에 마르그리라는 사람은 신중함보다는 상황을 꿰뚫어보는 안목이 더 좋은 사람이라 잔이 다시 남자 옷을 입은 것을 보고 이렇게 말했다.

"수상한 점이 있소. 다른 이들의 묵인이 없이 어찌 이런 일이 일어날 수 있겠소? 아마 묵인보다 더 좋지 않은 내막이 있는 게 아닐까요?"

그러자 코숑은 격노하여 소리쳤다.

"이런 악마 새끼! 입 닥치지 못해?"

경비병들은 "아르마냐크인! 반역자!"라고 소리치며 마르그리에게 달려와 창을 겨누었다. 마르그리는 간신히 죽지 않고 목숨을 건질 수 있었다. 이 불쌍한 사람은 더 이상 심문에 관여하지 않았다. 다른 재판관들이 질문을 하며 심문을 진행했다.

"왜 이 남자 옷을 다시 입었는가?"

나는 잔의 대답을 들을 수 없었다. 잔이 대답할 때 한 병사가 손에서 놓친 미늘창이 돌바닥에 떨어지는 소리가 쨍그랑 울렸기 때문이다. 하지만 나는 잔이 자기 뜻으로 남자 옷을 다시 입었다고 말했을 거라 생각했다.

"그러나 다시 그러지 않겠다고 약속하고 맹세하지 않았는가?"

이 질문에 잔이 어떻게 대답하는지 몹시 궁금했다. 잔의 대답은 예상했던 대로였다. 잔은 아주 침착하게 말했다.

"남자 옷을 입지 않겠다고 맹세하려는 마음은 제게 결코 없었습니다. 또 제대로 된 정신 상태에서 그렇게 맹세한 것이 결코 아닙니다."

잔이 목요일에 연단에서 자신이 어떤 말을 하고 어떤 행동을 했는지 모르고 있었다고 나는 줄곧 확신해 왔다. 잔의 이런 대답은 내 생각이 틀리지 않았다는 증거였다. 잔은 이런 말을 덧붙였다.

"그렇다 하더라도 저는 남자 옷을 다시 입을 권리가 있습니다. 제게 했던 약속을 지키지 않았으니까요. 미사와 성찬례*에 참여하게 해 주겠다고 제게 약속했죠. 그리고 이 사슬에서 풀어 주겠다고 했어요. 하지만 보시는 것처럼 여전히 저는 사슬에 매어 있습니다."

"하지만 너는 재판에서 네가 했던 주장을 철회했고 특별히 더 이상 남장을 하지 않겠다고 약속했어."

그러자 잔은 슬픈 표정으로 사슬에 매인 두 손을 감정이라고는 전혀 없는 사람들에게 내밀며 말했다.

"이렇게 있느니 차라리 죽고 싶습니다. 이 사슬을 풀어 주고 미사에 참여하게 해 주세요. 그리고 교회 감옥으로 옮겨 주고 제 곁에 여자들이 있게 해 준다면, 저는 만족할 거고 당신들이 하라는 대로 하겠습니다."

이 말에 코숑은 비웃었다. 코숑과 부하들이 잔에게 한 약속을 지키라고? 조건들을 이루라고? 그럴 필요가 있나? 조건들은 잠시 이익을 위해 필요한 것이었을 뿐. 그러나 그 목적을 달성했다면 더 새롭고 중요한 일을 생각해야 했다. 남자 옷을 입은 것으로 목적을 이루는 데에 충분하지만 아마 이 치명적인 죄에 잔이 무언가를 더할지도 몰랐다. 그래서 코숑은 잔의 음성들이 목요일 이후로 잔에게 말한 것이 있는지 물었다. 그리고 잔이 자신의 주장을 철회했다는 점을 주지시켰다.

---

* 빵과 포도주를 먹으며 예수님의 죽으심을 기념하는 에식으로, 성체성사나 영성체라고도 한다.

"있었습니다."

음성들은 화형대 앞에서 잔이 한 행동에 대해 잔과 이야기를 나누었다. 내 생각에는 잔에게 있었던 일을 음성들이 알려 주었을 것이다. 잔은 자신의 사명이 하늘에서 왔음을 지금 다시 말했다. 그런데 그 주장을 화형대 앞에서 부인했다는 것을 모르는 모습이었다. 그래서 나는 다시 한번 잔은 목요일 아침에 그 연단에서 자신이 한 일을 모르고 있다고 확신하게 되었다. 마지막으로 잔은 이렇게 말했다.

"음성들께서는 제가 죄를 인정하는 아주 잘못된 행동을 했다고 말씀해 주셨습니다."

그리고 잔은 한숨을 쉬고는 솔직하게 말했다.

"화형이 무서워서 그랬습니다."

잔은 화형에 대한 두려움 때문에 그때 알지 못하는 내용이 담긴 문서에 서명을 했지만, 이제 음성들이 말해 줘서, 그리고 박해자들의 증언으로 잘 이해하게 되었던 것이다. 잔은 이제 정신이 또렷했고 기운도 회복했다. 잔의 용기는 다시 돌아왔고 진실에 대한 타고난 충성심도 돌아왔다. 잔은 다시 용감하고 침착하게 말했다. 그렇게 무서웠던 바로 그 불에 자신의 몸이 던져지게 할 말임을 알고서도. 잔의 대답은 아주 길었고 숨김이나 변명 없이 아주 솔직했다.

나는 몸이 떨렸다. 잔이 자신에게 사형을 선고하고 있다는 걸 알았기 때문이다. 망송 신부 역시 잘 알고 있었다. 그래서 신부는 종이 여백에 이렇게 적어놓았다.

"Responsio Mortifera" (레스폰시오 모르티페라)*
치명적인 대답! 그렇다. 그곳에 있는 사람들은 모두 치명적인 대답임을 알았다. 침묵이 흘렀다. 병실에서 죽어가는 사람을 바라보며 깊은 한숨을 내쉬고 서로에게 조용히 "이제 모두 끝났어." 하고 사람들이 말할 때의 침묵과 같았다. 그렇게 여기서도 모든 것이 끝났다.

잠시 후 코숑은 이 일을 최종적으로 매듭지으려고 질문을 던졌다.

"그대가 들은 음성들이 마르가리타 성인과 카타리나 성인의 목소리라고 생각하는가?"

"네, 그렇습니다. 두 분은 하느님께서 보내셨으니까요."

"하지만 처형대 앞에서 거짓말이라고 하지 않았나?"

잔은 부인할 의도는 전혀 없었다고 분명하게 말했다. 그리고 '만약'이라는 말로 시작하는 말을 덧붙였다. 나는 이 '만약'이라는 말에 주목했다.

"만약에 제가 처형대 앞에서 내 주장이 거짓말이었다고 말했다면 화형이 무서워서 그랬던 것이고 진실이 아니었습니다."

이 말에서도 다시 알 수 있다. 잔은 나중에 이 사람들이 말하기 전까지, 음성들이 알려주기 전까지는 자신이 처형장에서 어떻게 했는지 전혀 모르고 있었던 것이 분명하다. 이제 잔은 가장 고통스러운 이 장면을 이런 말로 끝맺었다. 잔의 목소리에 묻어 있는, 이제 지쳤다는 어조에 나는 가슴이 아팠다.

---

* 치명적인 대답이라는 뜻인 라틴어

"즉시 제 잘못을 속죄하고 싶습니다. 죽게 해 주세요. 더 이상 감옥에 갇혀 지내는 걸 참을 수 없습니다."

햇살과 자유를 위해 태어난 영혼은 이제 풀려나길 열망하고 있었다. 풀려남이 어떤 형태이든. 심지어 죽음일지라도.

재판관 중에 몇 사람은 근심하고 슬퍼하며 자리를 떠났지만 나머지는 전혀 다른 기분으로 자리를 떠났다. 성에 있는 재판정에서 우리는 워익 백작과 잉글랜드인 50명이 소식을 초조하게 기다리고 있는 걸 보았다. 코숑이 그들을 보자 웃으면서 소리쳤다. 홀로 있는 불쌍한 소녀를 파멸시키는 일에 웃을 수 있다는 것을 생각해 보라.

"안심하십시오. 소녀는 이제 끝장이오!"

23. 마지막 환영

젊은이는 절망이라는 심연 속으로 가라앉을 수 있다. 노엘과 나는 그렇게 가라앉았다. 그러나 젊은이의 희망은 다시 빠르게 솟아오를 수 있다. 우리 역시 그랬다. 우리는 음성들의 모호한 약속을 기억하고 '마지막 순간'에 영광스러운 해방이 일어날 거라고 서로 이야기했다.

"다른 시간은 그 마지막 순간이 아니야. 하지만 이게 그 마지막 순간이야. 이제 그 일이 일어날 거야. 왕이 올 거고, 라 이르가 올 거야. 우리 장군들과 함께 모든 프랑스 병사들을 데리고!"

그래서 우리는 다시 희망으로 가득 찼고 상상 속에서 이미 가슴 뛰게 하는 음악을 들었다. 칼이 맞부딪히는 소리, 돌격의 함성, 전쟁의 소란. 또 상상 속에서 감옥에 갇힌 우리의 잔이 자유로워진 모습을 보았다. 손발을 얽매던 사슬은 사라지고 손에 칼을 든 잔의 모습을.

그러나 이 꿈은 사라졌고 아무 일도 일어나지 않았다. 밤늦게 망숑 신부가 와서 말했다.

"지하 감옥에서 오는 중이야. 그 가엾은 소녀가 너에게 전해 달래."

내게 전하는 말! 망숑 신부가 줄곧 나를 지켜보았다면 나에 대해 알아차렸을 것이다. 감옥에 갇힌 소녀에 대한 내 무관심이 거짓이었음을. 왜냐하면 잔이 나를 신뢰하고 의지한다는 사실에 정말 기분이 좋아 감동한 나머지, 가장을 벗어버리고 내 얼굴과 몸짓에 내 감정을 드러냈기 때문이다.

"신부님, 저에게 전할 말이요?"

"그래, 소녀가 부탁하는 일이 있어. 소녀는 나를 돕는 젊은이를 봤대. 얼굴이 선해 보이는데 자신을 위해 친절한 일을 해 줄 것 같냐고 물어보더군. 자네가 그렇게 해 줄 거라고 나는 말하고서 무슨 일인지 물었지. 소녀는 편지를 말하더군. 자네가 소녀의 어머니에게 편지를 써 줄 수 있겠냐고. 자네는 그럴 거라고 난 말했지만 내가 직접 기쁜 마음으로 써 주겠다고 말했어. 하지만 소녀는 내 일이 많으니까 괜찮다고 했어. 그리고 자신은 글을 쓸 줄 모르니까, 혼자 편지 쓸 수 없는 소녀를 도와주는 걸 자네는 부담스러워하지 않을 거라고 하더군. 그래서 내가 자네를 불러오겠다고 말하니까, 소녀 얼굴에서 슬픔이 사라졌어. 홀로 불쌍하게 갇혀 있는 소녀가 친구를 보게 될 때 갖는 표정과 꼭 같았지.

하지만 그렇게 할 수 있게 허락을 받지 못했어. 난 최선을 다했지만 명령이 엄격해서 재판관 외에는 출입을 허용하지 않더라고. 이전처럼 재판관 외에는 아무도 소녀에게 말을 할 수 없었어. 그래서 나는 소녀에게 다시 돌아가서 이야기했지. 그랬더니 소녀는 한숨을 쉬고 다시 슬픈 표정을 짓더군. 소녀는 자네에게 부탁했어. 자기 어머니에게 이렇게 써 달라고. 조금 이상하기도 한 말이었어. 내가 보기에 아무 뜻이 없는 말인 것 같았거든. 하지만 어머니는 이해하실 거라고 소녀는 말하더군.

자네가 이렇게 전해 달래. 가족과 마을 친구들에게 자기의 깊은 사랑을 전해 주고, 구출되는 일은 없을 거라고 말해 달래. 왜냐면 오늘 밤 환상으로 나무를 봤대. 열두 달 동안 세 번째로 본 마지막 환상이래."

"정말 이상한 말이네요!"

"그래, 이상하지. 하지만 소녀는 그렇게 말했어. 소녀의 부모님은 이해할 거라고. 그리고 잠시 소녀는 꿈을 꾸는 듯 생각에 잠기더니 입술을 움직이더군. 소녀가 이 말을 중얼거리는 걸 들었어. 두세 번 계속 되풀이하더라고. 이 말에 마음이 편해지고 만족해하는 것 같았어. 이 말을 적어 놓았어. 편지와 관련이 있을지도, 쓸모가 있을지도 모르겠다는 생각에 말이야. 하지만 그런 것 같지 않아. 단지 지친 마음속에 한가로이 떠돌던 기억인 것 같아. 아무 의미가 없어 보이는데 그렇지 않더라도 편지와 관련은 없어 보여."

나는 종이를 받았다. 예상했던 것이 적혀 있었다.

고향을 떠나 방랑길에 있는 우리
네 모습 그리워 마음 앓네.
요정나무야, 우리 눈앞에 나타나렴!

더 이상 희망은 없었다. 나는 이제 알게 되었다. 잔의 편지는 가족뿐 아니라 노엘과 내게 보내는 것이기도 했다. 편지를 쓴 목적은 우리 마음에서 헛된 희망이 사라지게 하려는 것이었다. 또 우리에게 닥칠 충격을 잔의 입으로 직접 우리에게 미리 말해서, 그 일이 닥칠 때 부하 병사인 우리가 그 일을 잔의 명령과 하느님의 뜻으로 받아들이게 하려는 것이었다. 언제나 자신을 생각하지 않고 남을 생각하는 잔다운 행동이었다. 그래, 잔은 우리 때문에 가슴이 아픈 것이다. 잔의 부하 중 가장 보잘것없는 우리를 잔은 생각해서, 우리 아픔을 덜어주고 우리 근심의 짐을 가볍게 해주려고 한 것이다. 우리보다 더 쓰디쓴 물을 마시고 있는 잔이. 죽음이 그림자를 드리우는 골짜기*를 걷고 있는 잔이.

나는 편지를 썼다. 너희에게 말하지 않아도 그 편지를 쓰면서 내 마음이 얼마나 괴로웠는지 너희는 알 것이다. 편지는 나무 펜으로 썼는데, 그 펜은 2년 전 잔이 열일곱 살 아가씨일 때, 그러니까 잉글랜드군에게 프랑스를 떠나라고 잔 다르크가 처음 내게 편지를 불러 줄 때 양피지에 썼던 펜이었다. 이제 그 펜은 잔의 마지막 편지를 기록하게 되었다. 편지를 쓰고 나서 나는 펜을 부러뜨렸다. 잔 다르크를 위해 썼던 펜을 이후로 이 땅에서 다른 누

---

* 구약성서의 유명한 시편 23편에 나오는 표현

군가를 위해 쓰는 것은 부끄러운 일이기 때문이다.

다음 날 5월 29일, 코숑은 자신의 노예들을 불렀고 42명이 부름에 응했다. 다른 20명은 부끄러워 오지 않았다고 생각해도 괜찮을 것이다. 42명은 잔을 약속 어긴 이단자로 판결하고 국가 권력에 넘기기로 했다. 코숑은 이들에게 고마워했다. 그리고 코숑은 다음 날 아침 옛 시장이라고 알려진 곳으로 잔을 끌고 오라고 명했다. 거기서 잔은 국가 재판에 넘겨질 것이고 국가 재판관은 사형 집행인에게 넘겨줄 것이다. 잔은 화형을 당할 거라는 뜻이었다.

29일 화요일 오후와 저녁에 그 소식은 빠르게 퍼져, 인근 지역의 사람들도 이 비극을 보려고 루앙으로 몰려들었다. 적어도 자신이 잉글랜드 편임을 드러낼 수 있는 사람들은 모두 성으로 들어왔다. 시간이 흐르면서 거리는 더욱더 혼잡해졌고 흥분의 열기도 높아만 갔다. 전에도 여러 차례 볼 수 있었던 일이 이제 다시 보였다. 곧 이 사람들 중 많은 이들이 잔을 동정한다는 사실 말이다. 잔이 큰 위험에 처할 때마다 드러난 사람들의 동정심이 이번에도 다시 드러났다. 많은 사람들의 얼굴에 가슴 아픈 슬픔이 조용히 서려 있었다.

다음 날 수요일 아침에 마르탱 라드브뉘와 다른 수도사 한 명이 죽음을 준비하게 하려고 잔에게 갔다. 망송 신부와 나는 그 두 사람과 함께 갔다. 내게 너무 힘든 시간이었다. 이리저리 구부러진 어두운 복도를 걸어 돌탑의 깊은 곳으로 점점 더 내려갔다. 드디어 잔 앞에 우리는 섰다. 그러나 잔은 우리가 왔음을 알아차리지 못했다. 잔은 두 손을 무릎에 올려놓고 앉아 있었다. 고개를 숙이고 생각에 잠겨 있었는데 얼굴이 아주 슬퍼 보였다.

무슨 생각을 하는지 알 수 없었다. 더 이상 볼 수 없는 가족과 평화로운 목장과 친구들을 생각했을까. 자신의 잘못과 버림받은 모습, 자신이 당한 잔혹한 일들을 생각했을까. 아니면 죽음을 생각했을까. 잔이 바랐고 이제 가까이 다가온 죽음을. 잔이 겪어야 하는 죽음의 방식을 생각했을까. 그러지 않길 나는 바랐다. 잔은 오직 한 가지 죽음만을 두려워했고, 그 죽음은 잔에게 말할 수 없는 공포를 안겨 주었다. 나는 잔이 그런 죽음을 아주 두려워하여, 강한 의지로 그 생각을 마음에서 완전히 내몰아내고, 하느님이 자신을 가엾게 여기셔서 더 나은 죽음을 허락하실 것을 소망하며 믿었다고 생각했다. 그래서 우리가 마침내 가져온 소식은 잔이 놀라게 될 무서운 소식이 될 것 같았다.

우리는 잠시 말없이 서 있었다. 그러나 잔은 슬픈 생각에 깊이 잠겨 마음이 먼 곳에 있는 나머지 우리를 의식하지 못했다. 그러자 마르탱 라드브뉘가 조용히 말했다.

"잔."

그제야 잔은 조금 놀라 고개를 들고 우리를 보았다. 그리고 기운 없이 미소를 지으며 말했다.

"말해 주세요. 제게 전할 말이 있나요?"

"그래요, 가엾은 아가씨. 참을 수 있도록 애써 보세요. 견딜 수 있나요?"

"네."

잔은 아주 부드럽게 대답하고 고개를 다시 떨구었다.

"저는 아가씨의 죽음을 준비하러 왔어요."

쇠약해진 잔의 몸이 약하게 떨렸다. 잠시 침묵이 흘렀다. 그 고요함 속에서 우리는 우리의 숨소리를 들을 수 있었다. 이윽고 잔이 여전히 작은 목소리로 말했다.

"언제인가요?"

멀리서 희미한 종소리가 우리 귀에 들려왔다.

"지금이에요. 가까운 때랍니다."

다시 잔의 몸에 작은 떨림이 있었다.

"너무 빠르군요. 아, 너무 빨라요!"

오랫동안 침묵이 흘렀다. 멀리 있는 종소리가 침묵을 파고들었다. 우리는 가만히 서서 듣고 있었다. 이윽고 침묵이 깨어졌다.

"어떤 죽음이죠?"

"불!"

"오, 알고 있었어요! 알고 있었어요!"

잔은 거칠게 벌떡 일어나더니 두 손으로 머리를 감싸고 온몸을 비틀며 흐느꼈다. 슬픔과 애도와 탄식이 뒤섞인 정말 애처로운 흐느낌이었다. 그리고 도움과 친절을 찾을 수 있을까 희망하는 것처럼, 우리 한 사람 한 사람의 얼굴을 애원하는 눈빛으로 바라보았다. 불쌍한 잔, 도움과 친절을 잔은 어떤 존재에게도 거절한 일이 없었다. 심지어 전장의 부상당한 적에게도.

"아, 잔인해요. 잔인해. 내게 너무 잔인해요! 더럽힌 적 없는 내 몸이 오늘 불에 타 재로 변한다고요? 아, 그런 무서운 죽음을 당하느니 차라리 내 머리가 일곱 번 잘려나가는 일을 택하겠어요. 내가 승복하면 교회 감옥으로 옮겨 주겠다는 약속을 받았어요. 교회 감옥으로만 옮겨졌어도, 여기서 내 적들의 손아귀에 있지만 않았더라도, 이 불행한 운명이 내게 닥치지는 않았을 거예요. 아, 가장 높으신 재판관이신 하느님께서 내가 당한 이 불의를 심판해 주시길 바랍니다."

이 모습을 지켜볼 수 있는 사람은 아무도 없었다. 사람들은 눈물을 줄줄 흘리며 뒤돌아섰다. 나는 곧바로 잔 앞에 무릎을 꿇었다. 그러자 그 순간 잔은 내 위험을 생각하고 허리를 숙여 내 귀에 속삭였다.

"일어나! 위험한 짓 말아. 착한 사람, 하느님께서 언제나 축복하시길!"

잔이 내 손을 꼭 잡는 것이 느껴졌다. 잔이 마지막으로 잡은 사람의 손은 바로 내 손이었다. 아무도 보지 못했다. 역사책도 알지 못해 이야기하지 않지만 내가 말한 대로 이것은 사실이다. 다음에 잔은 코숑이 오는 걸 보았다. 잔은 가서 코숑 앞에 서서 꾸짖었다.

"주교, 나를 죽이는 건 바로 당신이에요!"

코숑은 부끄러움도, 동정심도 느끼지도 않고 태연하게 말했다.

"아, 진정해, 잔. 너는 네가 한 약속을 지키지 않고 이전의 죄로 돌아갔기 때문에 죽는 거야."

"아, 당신이 약속한 대로 나를 교회 감옥에 보내 주고, 내 권리를 되찾아 주고, 올바른 간수들을 주었다면, 이 일은 일어나지 않았을 거예요. 하느님 앞에서 책임을 져요!"

그러자 코숑은 움찔 놀라더니 이전처럼 평정을 유지하지 못하고는 발걸음을 돌려 나갔다. 잔은 서서 생각에 잠겼다. 조금씩 안정을 되찾았지만 이따금 눈물을 닦았고 흐느낌에 몸이 흔들렸다.

흥분이 가라앉자 몸을 떠는 횟수가 크게 줄어들었다. 마침내 잔은 주교와 함께 왔던 피에르 모리스 신부를 올려다보며 말했다.

"피에르 신부님, 오늘 밤에 저는 어디에 있을까요?"

"하느님께서 좋은 곳에 있게 해 줄 거라 희망하지 않나요?"

"네, 그렇죠. 하느님의 은총으로 저는 낙원에 있을 거예요."

드디어 잔은 마르탱 라드브뉘에게 고해성사를 했다. 고해성사가 끝나고 잔은 성체성사를 청했다. 하지만 교회에서 공개적으로 파문당해 세례받지 못한 이교도와 다를 바 없는 사람에게 어찌 성체성사를 베풀 수 있겠는가? 그 수도사는 그렇게 할 수 없었지만 코숑에게 사람을 보내 어떻게 해야 할지 물어보았다. 코숑 그 인간은 인간의 법이든 신의 법이든 그 어떤 법도 존중하지 않았다. 그러나 코숑은 잔이 원하는 대로 해 주라고 말했다. 아마 잔에게서 들은 마지막 말이 두려웠던 것 같다. 하지만 코숑은 가슴이 없는 사람이었기 때문에 잔의 말이 코숑의 가슴에 이르지는 못했다.

외로운 지난 수개월 동안 말할 수 없는 간절함으로 이 가엾은 영혼이 갈망했던 성체성사가 이제 눈앞에 당도했다. 엄숙한 순간이었다. 우리가 감옥 깊은 곳에 있는 동안, 무슨 일인지는 잘 모르지만 잔의 감옥에서 어떤 일이 진행되고 있다는 걸 전해 들은 동정심을 가진 신분 낮은 남녀들이 광장에 가득 모여들었다. 밖을 볼 수 없어 우리는 이 사실을 전혀 몰랐다. 성으로 들어오는 문밖에도 신분 낮은 많은 사람들이 큰 무리를 이루며 모여 있었다. 감옥에 있는 잔에게 오는, 성체를 모신 행렬이 촛불과 다른 도구를 들고 지나갈 때 사람들은 무릎을 꿇고 잔을 위해 기도하기 시작했다. 많은 사람들이 울었다. 잔의 감옥에서 성체성사가 엄숙히 진행될 때, 멀리서 애도하는 사람들의 감동적인 소리가 우리 귀에 들려왔다. 이 세상을 떠나는 한 영혼을 위해 우리 눈에 보이지 않는 많은 사람들이 기도를 하고 있었던 것이다.

화형에 대한 두려움은 이제 잔 다르크에게서 사라졌고 다시는 돌아오지 않을 것이다. 아마 짧은 한순간은 다시 찾아올 수 있겠지만, 그 순간도 지나갈 것이고 평온과 용기가 그 자리를 대신해 마지막까지 남아 있을 것이다.

24. 화형

9시에 오를레앙의 처녀, 프랑스 구원자는 의로움과 젊음을 간직한 채 길을 나섰다. 헌신적으로 사랑했던 조국과 자신을 버린 왕을 위해 자신의 생명을 바치기 위해서였다. 잔은 흉악범만을 태우는 우마차에 앉았다. 한 가지 면에서 잔은 흉악범보다 더 나쁜 사람으로 여겨졌다. 국가 권력으로부터 사형 선고를 받으러 가는 길이었지만 잔이 쓴 모자, 주교 모자와 닮은 그 모자에는 미리 판결이 적혀 있었다.

"이단자, 재범자, 배교자, 우상 숭배자"

우마차에는 잔과 함께 마르탱 라드브뉘 수도사와 메트르 장 마시웨가 탔다. 소녀답게 청순하고 아름다운 잔은 길고 하얀 로브를 입은 모습이 성스러워 보였다. 침울한 감옥에서 나올 때 햇살이 잔에게 쏟아졌다. 그리고 칙칙한 아치문 아래 잠시 있을 때,

그곳에 모인 불쌍한 군중들은 "환상이다! 환상이야!" 하고 중얼거리며 무릎을 꿇고 기도했다. 여자들 중에는 우는 사람들이 많았다. 죽을 이를 위한 감동적인 기도가 다시 일어나 장엄한 기도 소리가 파도가 되어 죽을 이를 따라가며, 잔을 위로하고 축복하면서 처형장으로 가는 슬픈 길 내내 울려 퍼졌다.

"그리스도여, 불쌍히 여겨 주세요! 성 마르가리타여, 불쌍히 여겨 주세요! 잔 다르크를 위해 기도해 주세요. 모든 성인들, 천사장들과 축복받은 순교자들, 모두 잔 다르크를 위해 기도해 주세요! 성인들과 천사들이시여, 기도해 주세요! 선하신 주님, 주님의 진노에서 잔 다르크를 구해 주세요! 오, 주 하느님, 구해 주세요! 자비를 베풀어 주세요. 선하신 주님, 주님께 간절히 기도합니다!"

한 역사가가 다음과 같이 한 말은 정당하고 올바르다.

"가난하고 힘없는 사람들은 잔 다르크를 위해 해 줄 수 있는 일이 기도밖에 없었다. 이 기도가 소용없는 일은 아니었다고 우리는 믿을 수 있을 것이다. 이렇게 울며 기도하는 아무 힘 없는 군중들이 손에 촛불을 들고 오래된 성의 감옥 외벽 밑 보도에 무릎을 꿇고 앉아 있는 이 모습만큼 애처로운 사건은 역사에서 찾아보기 힘들다."

처형장까지 가는 길 내내 그러했다. 수천수만 명이 무릎을 꿇고 희미한 노란 촛불을 들고 멀리 늘어져 있는 모습은 황금빛 꽃이 별처럼 빛나는 들판 같았다. 그러나 무릎을 꿇지 않은 사람들도 있었다. 잉글랜드 병사들이었다. 이들은 잔이 가는 길 양옆으로 어깨를 맞대며 처형장까지 벽을 만들었다. 이런 인간 벽 뒤에는 군중들이 무릎을 꿇고 있었다.

얼마 지나지 않아 사제 의복을 입은 한 사람이 울면서 미친 듯이 군중을 헤치고 병사들의 벽을 뚫고 나아와, 잔이 탄 마차 옆에 무릎을 꿇고는 손을 들고 소리치며 애원했다.

"아, 용서해 주세요. 용서!"

루아즐뢰르였다! 잔은 그 사람을 용서해 주었다. 무슨 죄를 저질렀든 자비롭게 용서할 줄밖에 모르고, 고통받는 모든 이들을 향해 동정심을 갖는 것이 잔의 마음이었다. 자신을 죽음에 넘겨주려고 밤낮으로 찾아와 속임수와 배신과 위선의 탈을 썼던 이 사람에게 잔은 어떤 비난도 하지 않았다. 병사들은 루아즐뢰르를 죽이려고 했지만 워익 백작이 살려 주었다. 루아즐뢰르는 그 후 어떻게 되었는지 알려지지 않았다. 세상의 눈을 피해 어딘가에 숨어서 후회하며 사는지도 모른다.

옛 시장 광장에는 생투앙 성당의 마당에 세워져 있던 연단 두 개와 화형대가 설치되어 있었다. 이전처럼 연단 하나에는 잔과 재판관들이 앉았고 다른 연단에는 코숑과 윈체스터 추기경을 중심으로 저명한 인사들이 앉았다. 광장은 사람들로 꽉 차 있었고 광장 주변 건물의 창문과 지붕에도 사람들로 빽빽이 채워져 있었다. 준비가 모두 끝나자 소음과 움직임이 점점 그치고, 다음 순간을 기다리는 정적이 이어졌다. 분위기는 대단히 엄숙했다.

이제 코숑의 명령으로 니콜라 미디라는 성직자가 설교하기 시작했다. 설교자는 포도나무인 교회의 가지가 타락해 병들면 반드시 잘라내야 한다고 말했다. 그렇게 하지 않으면 포도나무 전체를 썩게 해 죽게 한다고 말했다. 잔이 사악함으로 교회의 순결과 거룩함을 파괴하는 위협적인 존재이므로 반드시 사형을 당해야 한다는 뜻이었다. 설교 마지막에 이르러 설교자는 잔을 바라보며 잠시 말을 멈추었다가 덧붙였다.

"잔, 교회는 더 이상 너를 보호해 줄 수 없다. 평안히 가거라!"

잔은 교회로부터 버림받았다는 것을 드러내기 위해 멀리 떨어져 앉게 했다. 잔은 마지막을 받아들이고 꿋꿋이 인내하며 외롭게 앉아 있었다. 코숑이 잔에게 연설을 했다. 잔이 서명한 문서를 잔에게 읽어 주는 게 어떻겠냐는 말을 듣고 코숑은 문서를 들고 나왔다. 그러나 알지 못하고 서명한 것이라고 잔이 진실을 말해, 영원히 오명을 갖게 될까 두려워 마음을 바꾸었다. 코숑은 잔에게 자신의 악함을 생각하고 회개할 것을, 구원을 생각할 것을 권면하는 데에만 만족했다. 그리고 엄숙하게 잔이 파문을 당해 교회에서 쫓겨났음을 선언했다. 마지막으로 코숑은 판결과 처형을 위해 잔을 국가 법정에 넘기는 말을 했다.

잔은 울면서 무릎을 꿇고 기도하기 시작했다. 누구를 위해서? 자신을 위해서? 아니, 프랑스 왕을 위해 기도했다. 잔의 목소리는 아름답고 또렷하게 들려, 모든 사람의 가슴을 파고들며 연민을 자아냈다. 잔은 왕의 배신, 즉 왕이 자신을 버린 것을 생각하지 않았고, 왕의 배은망덕 때문에 여기서 자신이 비참한 죽음을 겪어야 한다는 것을 기억하지 않았다. 잔은 왕이 자신의 왕이라는 것을, 자신은 왕에게 충성하고 왕을 사랑하는 신하라는 것을, 적들이 거짓 소문과 비난으로 왕을 비난하지만 왕은 스스로 변호할 기회가 없다는 것만을 기억했다. 바로 죽음 앞에서도 잔은 자신의 고난은 잊은 채 듣는 모든 이들에게 왕을 올바르게 대하라고, 왕은 선하고 고결하며 진실하다고, 자신이 한 일을 조언하지도 독려하지 않았기에 자신의 행동으로 인해 어떤 비난도 받지 말아야 하고 그 모든 책임에서 전적으로 자유롭다고 탄원했다.

그리고 마지막으로 잔은 그곳에 있는 모든 이들에게 겸손하게 감동적인 말로 청했다. 자신을 위해 기도해 주고 자신을 용서해 달라고. 또 자신의 적을 비롯한 모든 이들이 자신을 우호적으로 보고 가슴에 동정심을 가져 달라고.

감동을 받지 않은 사람은 한 사람도 없었다. 잉글랜드인들도, 심지어 재판관들도 감동을 받았다. 많은 사람들이 입술을 떨었고 많은 사람들이 눈물을 글썽였다. 그래, 심지어 잉글랜드 추기경도 그랬다. 정치적인 면에서는 가슴이 돌이었지만 인간의 심장을 가지고 있었던 것이다. 잉글랜드 재판관은 판결을 내리고 사형을 선고해야 했지만 너무 심란한 나머지 할 일을 잊어버렸다. 그래서 잔은 사형 선고를 받지 않은 채 화형대로 걸어갔다. 불법으로 시작해서 마지막까지 불법으로 마무리된 것이다. 재판관은 경비병들에게 이렇게 말할 뿐이었다.

"여자를 데려가시오."

그리고 사형 집행인에게는 이렇게 말할 뿐이었다.

"할 일을 하시오."

잔은 십자가를 달라고 했다. 그러나 아무도 십자가가 없었다. 그러자 잉글랜드 병사 한 명이 나무를 두 동강 내서 십자가 형태로 묶어 잔에게 주었다. 병사의 마음속에 있던 선한 마음으로 그렇게 한 것이다. 잔은 십자가에 입을 맞추고 가슴에 품었다. 이장바르 드 라 피에르가 옆에 있는 성당으로 가서 성당의 십자가를 하나 가져다주었다. 이 십자가에도 잔은 입을 맞추고 가슴에 안은 다음, 황홀해하며 입을 맞추고 또 맞추었다. 그리고 눈물로 십자가를 적시며 하느님과 성인들에게 감사를 드렸다.

잔은 울면서 십자가를 입술에 대고 화형대의 잔혹한 계단을 오르기 시작했다. 이장바르 수도사가 잔의 옆에서 함께 올라갔다. 잔은 도움을 받아 화형대 기둥 삼분의 일 높이까지 쌓여 있는 장작더미 위로 올라갔다. 그리고 올라서서 화형대에 등을 댔다. 온 세상이 숨을 멈추고 잔을 바라보았다. 사형 집행인은 잔의 옆에 올라가 잔의 가는 몸에 사슬을 감아 화형대 기둥에 단단히 붙들어 매었다. 그리고 무서운 일을 끝내려고 내려왔다. 자유로운 시절 친구들이 많았고 많이 사랑받고 소중하게 여김 받던 잔은 이제 화형대에 혼자 남게 되었다.

눈물이 앞을 가리어 흐릿했지만 여기까지 이 모든 것을 나는 내 눈으로 보았다. 그러나 나는 더 이상 지켜볼 수 없었다. 자리를 떠나지는 않았지만 차마 내 눈으로 보지 못했기에 지금부터 이야기하는 것은 직접 본 사람들에게 들은 내용이다. 비극적인 소리가 내 귀를 꿰뚫고 들어와 내 심장을 찔렀지만 그 모습을 나는 보지 않았다. 그래서 그 끔찍한 시간에 내 눈으로 본 잔의 마지막 모습은 아직 손상되지 않은 어여쁘고 젊디젊은 잔 다르크의 모습이었다. 그 모습은 세월이 흘러도 언제나 그 모습 그대로 내 마음에 남아 있다.

이야기를 계속하겠다. 모든 범죄자들이 회개하고 자백하는 그 엄숙한 시간에 잔 역시 자신의 주장을 철회하고 자신의 위대한 행동이 악한 행동이고 사탄과 그 졸개들이 배후라고 말했다고 누군가 생각한다면 잘못 생각한 것이다. 잔의 티 없는 마음에 그런 생각은 없었다. 잔은 자신과 자신의 고난을 생각하지 않았고 다른 사람들과 그들에게 떨어질지도 모를 나쁜 일을 생각했다. 그래서 주위를 둘러보며 아름다운 도시의 탑들과 첨탑들을 슬픈 눈으로 바라보며 말했다.

"오, 루앙, 루앙, 내가 여기서 죽어 네가 나의 무덤이 되어야 하니? 아, 루앙, 루앙, 내 죽음 때문에 네가 고통을 당하게 될까 봐 몹시 두렵구나."

연기가 얼굴 옆으로 솟아오르자 잠시 공포에 사로잡힌 잔은 소리쳤다.

"물! 성수를 주세요!"

그러나 다음 순간 잔의 두려움은 사라졌다. 더 이상 두려움은 잔을 괴롭히지 못했다. 잔은 발밑에서 불이 장작을 탁탁 태우는 소리를 듣자, 위험할 수 있는 동료 인간에 대한 걱정에 사로잡혔다. 이장바르 수도사를 걱정한 것이다. 잔은 수도사에게 십자가를 주고 자신의 얼굴 쪽으로 십자가를 들어 달라고 부탁했다. 그래서 하느님의 평안 속으로 들어갈 때까지 십자가를 쳐다보며 희망과 위로를 얻게 해 달라고 부탁했다. 그리고 위험한 불에서 나가라고 말했다. 잔은 안도하며 말했다.

"끝날 때까지 제가 볼 수 있게 들어 주세요."

부끄러움을 모르는 코숑은 잔이 평화롭게 죽게 할 수 없었다. 잔에게 다가가 늘 그랬듯이 범죄와 죄로 물든 코숑은 소리쳤다.

"잔, 마지막으로 자네가 회개하고 하느님의 용서를 구하도록 하려고 왔다."

"나는 당신 때문에 죽는 겁니다."

잔의 이 땅에서 사람에게 한 마지막 말이었다.

까만 연기가 빨간 불꽃 속에서 짙게 올라와 잔을 시야에서 가렸다. 이 어둠의 가슴속에서 잔이 기도하는 목소리는 낭랑하게 울려 퍼졌다. 얼마 후 바람이 불어 연기를 조금 흩어버리자 하늘을 올려다보며 입술을 움직이는 잔의 얼굴이 어렴풋이 보였다. 마침내 자비로운 불꽃이 빠르게 위로 솟아올랐다. 그 후로는 더 이상 그 얼굴을 보지 못했고 어떤 모습도 보이지 않았지만 목소리는 여전히 들려왔다.

그래, 잔은 우리 곁을 떠나갔다. 잔 다르크! 몇 글자 되지 않는 이름이지만 풍요롭다는 세상을 텅 비고 가난하게 보이도록 하는 그 이름!

25. 그 후의 이야기

잔의 오빠 자크는, 루앙에서 잔의 재판이 진행되는 동안 동레미에서 죽었다. 예전에 잔이 동레미의 초원에서 오빠 자크를 뺀 나머지 우리들은 큰 전쟁에 나갈 것이라고 예언했을 때, 그때 예언했던 것과 일치했다. 잔의 불쌍한 아버지께서는 잔의 순교 소식을 듣고 충격을 받고 돌아가셨다. 그러나 잔의 어머니께서는 오를레앙에서 주는 연금을 받으시면서 오랫동안 사셨다. 유명한 딸이 순교한 지 24년이 지난 그해 겨울에 어머니께서는 파리로 가셔서, 잔의 명예 회복 첫걸음이었던, 노트르담 성당에서 열린 회의에 참여하셨다. 이때 존경받는 이 부인을 보려고 프랑스 전역에서 많은 사람들이 파리로 몰려들었다. 큰 영예를 받으러 성당으로 가는 길을 잔의 어머니가 걸어가실 때에, 눈에 물이 고인 군중들 사이를 지나가시는 모습은 감동적인 장관이었다.

장과 피에르도 어머니와 동행했다. 장과 피에르는 더 이상 보쿨뢰르에서 우리와 함께 행군했던 명랑한 청년이 아니었다. 이때 장과 피에르는 머리에 서리가 내리기 시작한 전쟁에 닳고 닳은 노병이었다.

잔의 순교 후에 노엘과 나는 동레미로 돌아갔다. 그 후 얼마 지나지 않아 리슈몽 대무장관은 라 트레무아유 대신에 왕의 최고 고문이 되어, 잔이 시작한 위대한 일, 바로 그 일을 완수하는 일을 시작했다. 우리는 갑옷을 입고 전장으로 돌아가, 프랑스가 잉글랜드에서 완전히 해방될 때까지 왕을 위해 크고 작은 전투에서 싸웠다. 잔은 우리가 이렇게 하기를 바랐을 것이다. 잔이 죽었든 살아 있든 잔이 바라는 것이 우리에게는 법이었다. 잔의 호위대 중 생존자들은 잔을 기억하며 왕을 위해 끝까지 싸웠다. 대부분 흩어져 싸웠지만 파리를 함락시킬 때 다시 함께 모이게 되었다. 위대하고 기쁜 날이었다. 그러나 그와 동시에 슬픈 날이기도 했다. 함락시킨 수도로 우리와 함께 잔이 들어갈 수 없었기 때문이다.

노엘과 나는 언제나 함께 지냈고 전장에서 죽음이 노엘을 데려갈 때에도 나는 노엘 옆에 있었다. 그것은 마지막 위대한 전쟁이었다. 잔의 옛 강적 탤벗이 전사한 곳도 이 전쟁이었다. 탤벗은 여든다섯 살이었고 평생을 전장에서 지낸 사람이었다. 늙었지만 멋있는 이 사자는 하얀 갈기를 휘날렸고 길들여지지 않은 영혼을 지니고 있었다. 그래, 탤벗의 지칠 줄 모르는 힘은 여전히 그대로였다. 탤벗은 자신이 전사하는 날에 가장 훌륭한 전사로 기사답게 혼신의 힘을 다해 싸웠다.

라 이르는 잔이 순교한 뒤로 13년을 더 살았다. 물론 죽을 때까지 언제나 전장을 누볐다. 전쟁은 라 이르가 즐기던 모든 것이었으니 그럴 만도 했다. 우리는 떨어져 살았기 때문에 라 이르를 늘 볼 수는 없었지만 소문은 늘 들을 수 있었다.

오를레앙의 바타르와 알랑송과 돌롱은 프랑스가 해방되는 것을 볼 때까지 살았고, 잔의 명예 회복 재판에서 장 다르크와 피에르 다르크, 파스케렐과 나와 함께 증인으로 섰다. 그러나 많은 시간이 흐른 지금은 모두 죽어서 안식에 들어갔다. 잔 다르크와 함께 그 위대한 전쟁에서 싸웠던 사람들 중에 남아 있는 사람은 오직 나뿐이다. 잔은 그 전쟁이 잊힐 때까지 내가 오래 살 것이라고 예언했지만 그 예언은 이루어지지 않을 것이다. 내가 수천 년을 산다고 해도 그 전쟁은 잊히지 않을 것이다. 그러기에 잔의 그 예언은 이루어지지 않을 것이다. 잔 다르크의 손이 닿았던 것은 모두 불멸하여 영원할 것이다.

잔의 가족들은 결혼을 해서 후손을 남겼다. 후손들은 귀족이지만 이들의 가문과 혈통은, 다른 귀족이 갖거나 바랄 수 없는 영예를 이들에게 안겨 주었다. 그 아이들이 어제 내게 인사하러 오는 길에 사람들이 모두 모자를 벗어 예를 표했던 것을 너희는 보았다. 이들이 귀족이라 그런 것이 아니라, 잔 다르크의 오빠와 동생의 손자 손녀들이기 때문에 그런 것이다.

이제 잔의 명예 회복 재판에 대해 이야기하겠다. 잔은 랭스에서 왕에게 대관식을 치르게 해 주었다. 그 보답으로 왕은 잔이 포로로 잡혀 죽을 때까지 잔을 살리기 위해 손가락 하나 까딱하지 않았다. 그 후 23년 동안 왕은 잔의 명예에 아무런 관심이 없었다. 잔이 왕과 왕홀을 지키기 위해 행한 일로 사제들에게 유죄를 선고받고 이름이 더럽혀진 사실에 왕은 아무런 관심이 없었다. 프랑스가 부끄러워 구원자의 명예를 회복하려고 했지만 그래도 왕은 무관심했다. 그 세월 동안 언제나 무관심으로 일관했다. 그러나 왕은 갑자기 마음이 변해서 비련한 잔의 명예를 회복하기 위해 나서게 된다. 왜 그랬을까? 마침내 그 은혜에 감사하게 된 걸까? 돌같이 굳은 마음에 가책이 든 걸까? 아니다. 더 좋은 이유가 있었다. 그런 사람에게 어울리는 더 좋은 이유.

더 좋은 이유란 이것이다. 프랑스가 잉글랜드를 완전히 몰아내자, 사탄과 공모한 일로 사제들에게 마녀라는 판결을 받고 화형을 당한 사람의 손에서 프랑스 왕이 왕관을 받았다는 사실을 잉글랜드는 거론하기 시작했다. 그런 일로 얻은 왕권이 무슨 가치와 권위가 있겠는가? 아무런 가치가 없을 것이다. 어떤 나라에서도 그런 왕이 왕좌에 앉아 있게 해서는 안 된다. 상황이 이렇게 되자 왕이 일어날 시간이었고, 드디어 왕은 일어났다. 샤를 7세가 자신이 은혜를 입은 여자를 기억하고 명예를 회복시키려고 했던 이유는 이것이었다.

왕은 교황에게 항소했고 교황은 성직자들로 위원회를 구성해서 잔의 삶을 조사해 적절한 명예 회복을 지시했다. 위원회는 파리, 동레미, 루앙, 오를레앙, 그리고 다른 여러 곳에 머물며 몇 달에 걸쳐 조사를 했다. 잔의 재판 기록을 검토했고, 오를레앙의 바타르와 알랑송 공작, 돌롱과 파스케렐, 쿠셀, 이장바르 드 라 피에르, 망송 신부와 나, 또 내가 너희에게 말한 다른 많은 사람들의 증언을 들었다. 또 위원회는 너희가 알지 못하는 백 명 이상 되는 사람들의 증언을 들었다. 곧 동레미와 보쿨뢰르, 오를레앙과 다른 곳에 사는 잔의 친구들과 지인들, 그리고 루앙 재판과 잔이 철회를 선언하고 순교한 현장에 있던 재판관들과 다른 사람들의 많은 증언을 들었다. 이렇게 철저히 조사한 끝에 잔의 성품과 내력은 흠 없는 것으로 드러났고, 그 판결은 기록되어 앞으로 영원히 남게 되었다.

나는 위원회의 이 조사에 대부분 참여했고, 그러는 동안 25년 동안 보지 못했던 많은 얼굴을 다시 보게 되었다. 이들 중에는 내가 좋아하고 보고 싶었던 사람들, 곧 장군들과 카트린 부셰가 있었다. 아! 카트린 부셰는 결혼을 한 후였다.

또 내 마음을 쓰라리게 했던 얼굴들도 보았다. 보페르와 쿠셀과 이들의 동료인 많은 악마들이 그들이었다. 오메트와 꼬마 망제트도 만났는데 오십을 바라보는 나이에 자녀를 많이 둔 어머니가 되어 있었다. 나는 노엘의 아버님도 보았고 팔라댕과 해바라기의 부모님도 보았다.

알랑송 공작이, 장군으로서 잔의 찬란한 능력을 예찬하는 이야기를 할 때, 그 이야기를 듣는 것은 아름다운 일이었다. 그리고 바타르가 유려한 언변으로 알랑송 공작의 이야기를 다시 확인해 준 다음, 잔이 얼마나 상냥하고 선했는지, 또 용기와 불 같은 열정, 장난기와 명랑함, 부드러움과 동정심, 그리고 순수하고 훌륭하며 고귀하고 사랑스러운 그 모든 것으로 잔이 가득했는지 이야기할 때, 그 이야기를 듣는 것은 아름다운 일이었다. 바타르의 이야기는 내 앞에 잔이 다시 살아나게 해서 내 가슴을 비통하게 했다.

이제 그 놀라운 아이, 고결한 인품을 가진 잔 다르크의 이야기를 여기서 마쳐야겠다. 잔 다르크는 이기심과 개인적 야심이 전혀 없는 순결한 사람이었다. 이 점에서 잔 다르크와 견줄 만한 사람은 없으며 앞으로도 없을 것이다. 너희가 아무리 찾으려 해도 잔 다르크에게서는 이기심의 흔적을 조금도 찾아내지 못할 것이다. 또 역사에 기록된 그 어떤 사람도 이와 같지는 않을 것이다.

잔 다르크에게 애국심이란 감정 이상의 것이었다. 그것은 열정이었다. 잔의 애국심은 하늘에서 내린 것이었다. 잔은 눈으로 보고 만져볼 수 있도록 애국심이 몸으로 변한 존재였다. 사랑과 자비, 동정심과 용기, 전쟁과 평화, 시와 음악, 이런 것은 누구나 자신이 원하는 사람의 모습으로, 곧 남자로나 여자로나, 또 어떤 나이로나 인간의 모습으로 표현할 수 있을 것이다. 그러나 애국심이라는 것은 이제 막 피어난 젊고 가녀린 이 소녀의 모습으로만, 곧 순교자의 화관을 머리에 쓰고 조국을 얽어매던 굴레를 끊어버린 칼을 손에 든 이 소녀의 모습으로만 세상 끝날까지 남게 되지 않을까?

마크 트웨인 에세이
성녀 잔 다르크

잔 다르크의 재판과 명예 회복 재판에서 증인들이 증언한 것은 잔 다르크의 기이하고 아름다운 이야기를 자세하고 분명하게 보여주고 있다. 이 세상의 서가에 꽂힌 많은 전기 중에서 오직 잔 다르크의 이야기만이 진실만을 말하겠다고 선서한 사람들의 증언에 토대를 두고 있고, 또 그 증언들은 아주 비범한 한 사람의 성격과 업적을 생생하게 전하고 있기에, 우리는 지어낸 이야기가 아닌 확실한 사실로서 잔 다르크의 이야기를 받아들일 수 있다. 잔 다르크가 역사의 무대에 나선 시기는 2년밖에 되지 않는 아주 짧은 시간이었다. 그러나 그 무대에서 어떤 일을 이루었던가! 놀라운 업적을 이룬 그 소녀를 사람들은 사랑하고 놀라워하고 또 존경심을 갖고 연구했지만, 가장 자세한 연구일지라도 잔 다르크가 어떻게 그런 놀라운 일을 이룰 수 있었는지 온전히 이해하고 설명할 수 없다.*

열여섯 잔 다르크에게는 소설 같은 삶을 살게 될 것 같은 조짐은 조금도 없었다. 잔은 문명의 변방에 있는 잘 알려지지 않은 작은 마을에 살았고, 마을 밖으로 나가 무언가 새로운 것을 본 적도 없었다. 잔이 아는 사람들은 가축을 돌보는 마을 사람들이 전부였고 유명한 사람을 본 적이 없었다. 그리고 군인이 어떤 사람인지도 거의 알지 못했다. 말을 타본 적도 없고 손에 무기를 쥐어본 적도 없었다. 글을 읽거나 쓸 줄도 몰랐다. 단지 할 수 있는 일이라고는 실을 잣는 일과 바느질이 전부였다. 아는 것이라고는 교리 문답 내용과 기도문, 그리고 유명한 기독교 성인들의 이야기가 전부였다. 잔은 열여섯 살이었다. 법과 재판에 대해, 변호하는 일과 재판 절차에 대해 알았겠는가? 잔은 아무것도 몰랐다. 아무것도 몰랐지만 잔은 약혼을 깨뜨렸다는 거짓 고소에 맞서기 위해 툴에 있는 법정에 갔다. 잔은 다른 사람의 도움이나 조언을 받지 못했고 편들어 주는 사람이 아무도 없었지만, 스스로 자신을

---

* 【마크 트웨인 주】 잔 다르크의 재판과 명예 회복 재판에 대한 공식 기록은 세상에 언어로 남겨진 역사 기록물 가운데 가장 눈에 띄는 것이다. 그러나 그 기록을 읽은 사람은 세상에 많지 않다. 영국과 미국에서는 그런 기록이 있는지조차도 거의 들어본 적이 없다. 3백 년 전에 셰익스피어는 잔 다르크에 대한 그 기록을 알지 못했다. 그 시절은 프랑스에서조차도 그 기록이 제대로 알려지지 않았다. 프랑스에서 잔 다르크의 이야기는 4백 년 동안 정확한 역사로서가 아닌 그냥 모험담으로 대강 알려져 왔다. 1456년 명예 회복 재판이 있은 후 그 기록은 프랑스 국립 문서 보관소에 묻혀서 세상에 알려지지 않다가, 쥘 키슈라(Jules Quicherat)가 두 세대 전에야 그 기록을 찾아내 선명하게 이해할 수 있도록 현대 프랑스어로 세상에 공개했다. 그 기록은 대단히 매혹적인 이야기이며, 재판과 명예 회복 재판 기록에서만 그 이야기 전부를 볼 수 있다.

변호하여 재판에서 이겼다. 자신을 위해 증언해 줄 사람을 한 명도 부르지 않았지만, 고소한 쪽 주장의 모순을 들추어 내어 상대방을 완전히 패배시켰다. 놀란 재판관은 무죄를 선언하며 잔을 두고 '이 놀라운 아이'라고 말했다.

잔은 보클뢰르의 노련한 군 사령관에게 가서, 하느님이 자신에게 프랑스 왕을 도와 잃어버린 나라를 되찾고 왕의 머리에 왕관을 씌우는 임무를 주셨다고 말하며 호위대를 요청했다. 사령관은 이렇게 대답했다.

"뭐라고? 네가? 넌 아직 아이야."

그리고 살던 동네로 다시 돌아가라고 말하며 뺨을 때려 주었다. 그러나 잔은 하느님의 명령에 자신은 복종해야 한다고 말하며 다시 찾아왔다. 그리고 거듭 찾아온 끝에 마침내 원하는 대로 병사들을 얻을 수 있었다. 잔이 진심으로 말했기 때문에 몇 달간 거절하던 사령관은 결국 잔에게 병사들을 주었던 것이다. 사령관은 자신의 검을 뽑아 주며 말했다. "가거라. 무슨 일이든 하도록 해라." 잔은 오랫동안 위험한 적군의 땅을 지난 끝에 왕을 만날 수 있었고 왕의 마음을 얻게 되었다. 그 후 푸아티에 대학은 잔이 받은 임무가 사탄이 아닌 하느님이 주신 것인지 가려내기 위해 잔을 불렀다. 3주간 잔은 학식 있는 사람들 앞에 앉아 심문을 받았지만 전혀 두려워하지 않았다. 잔은 학식은 없었지만 명민한 두뇌와 정직한 마음으로 심오한 질문들에 대답했다. 그리하여 잔은 다시 승리했고 잔을 심문하던 그 대단하다는 사람들은 모두 놀라 감탄해 마지않았다.

잔은 열일곱 나이에 프랑스 군대의 총사령관이 되어, 왕가의 공작 한 명과 베테랑 장군들을 수하에 거느린다. 잔은 태어나 처음으로 본 군대의 수장이 되어 오를레앙으로 진군한다. 그리고 적군의 고압적인 요새들을 필사적으로 세 번 공격하여, 7개월간 프랑스의 힘을 묶고 있던 포위를 10일 만에 해제시킨다.

그러나 왕의 변덕과 대신들의 술수로 터무니없이 지체된 후에야 잔은 다시 전장으로 나가도 좋다는 허락을 얻는다. 잔은 자르조와 묑을 점령했고 보장시는 항복하게 했다. 그리고 파테 들판에서 잉글랜드 사자라고 하던 탤벗의 군대와 싸워 승리함으로써 백년전쟁의 위험한 고비를 넘기게 된다. 파테 전투는 7주 동안 벌어진 전투였다. 그러나 만약 기간이 늘어나 50년이 되었더라도 얻는 것은 그보다 보잘것없었을 것이다. 이제는 잊혀서 사람들이 칭송하지 않는 그 전투가 일어난 지역 파테는 프랑스에 있는 잉글랜드 힘의 중심점이었다. 파테 전투 때 입은 일격으로 잉글랜드는 결코 회복되지 못했다. 300년 동안 프랑스를 간간이 괴롭혀 온 외세의 지배가 끝나기 시작한 것이다.

그다음으로 루아르를 강을 따라 위대한 승리가 잇따른다. 트루아를 공격해 점령하고 랭스로 가는 길에 있는 도시들과 요새들의 항복을 받아낸다. 랭스의 대성당에서 잔은 백성들이 기뻐하는 가운데 왕에게 왕관을 쓰게 한다. 그곳에 있던 잔의 늙은 농사꾼 아버지는 이 모든 것을 보고 자기 눈을 의심했다. 잔은 왕위와 잃어버린 주권을 회복시켰다. 왕은 그 너덜너덜한 초라한 인생에서 이번 한 번만큼은 고마움을 느껴 잔에게 어떤 상을 받고 싶은지 묻는다. 그러나 잔은 자신을 위해서는 아무것도 청하지 않았고 고향 마을에 세금을 영원히 면제해 줄 것을 청했다. 왕은 그 간청을 들어주었다. 왕의 약속은 360년 동안 지켜졌지만 그 이후로는 지금껏 지켜지지 않고 있다. 그 시절 가난했던 프랑스는 이제 부자가 되었건만 백 년이 넘도록 잔의 마을에서 세금을 징수해오고 있다.

   잔은 다른 것도 청했다. 자신의 임무를 완수했으니 집에 돌아가 어머니와 함께 소박하게 일하며 살게 해 달라고, 어린 시절부터 친구로 지내온 이들과 함께 살게 해 달라고 청했다. 잔은 전쟁의 잔혹함을 좋아하지 않았고 인간의 피와 고통을 보는 것이 마음에 괴로웠다. 전투에서 잔은 칼을 뽑지 않을 때도 있었다. 미친 살육이 시작될 때 자기도 모르게 칼로 적을 죽이는 일이 없도록 그랬던 것이다. 루앙 재판에서 잔은 한 번도 사람을 죽인 적이 없다고 증언했다. 그 말은 잔의 진귀한 말 중에 하나였고 여린 소녀의 감수성에서 나온 말이었다. 갑옷을 벗고 자신이 살던 평화로운 동네로 가게 해 달라는 잔의 청을 왕은 승낙하지 않았다.

   그러자 잔은 즉시 진군해 파리를 점령하여 프랑스에서 잉글랜드를 완전히 몰아내길 원했다. 그러나 배반을 당하고 왕의 우유부단으로 인한 온갖 방해를 받았다. 하지만 잔은 결국 힘겹게 파리로 진군했고 파리의 한 성문에서 성공적인 공격을 하다가 심하게 부상을 입었다. 그러자 병사들은 즉시 용기를 잃었다. 병사들이 용기를 가진 이유는 오로지 잔 때문이었다. 병사들은 후퇴했다. 잔은 승리가 확실하니 물러서지 말라고 간절히 요청하며 이렇게 말했다. "나는 지금 파리를 점령해야 합니다. 그렇지 못하면 죽을 것입니다!" 그러나 왕이 후퇴를 명했기 때문에 잔은 억지로 전장에서 끌려나갔다. 왕은 군대를 해산시켰다. 잔은 아름답고 오래된 전쟁 관습에 따라 자기 은 갑옷을 샌드니 대성당에 헌물로 바쳤고 갑옷은 대성당에 걸려 보관되었다. 잔의 위대한 날들도 끝난 것이다.

왕의 명으로 당분간 잔은 왕과 경박한 대신들을 따라다니며 잔의 자유로운 영혼이 견딜 수 있을 만큼 호화롭지만 감옥같이 답답한 생활을 한다. 아무것도 하지 않는 것이 견딜 수 없을 때마다 잔은 병사들을 모아 말을 타고 달려나가 적군의 요새를 공격하고 점령했다. 그러다 잔이 열여덟 살인 해 5월 24일에 적군을 공격하기 위해 콩피에뉴에서 출정하여 용맹한 전투를 벌이다 사로잡히게 된다. 이것이 잔의 마지막 전투였다. 잔은 더 이상 진격을 알리는 북소리를 듣지 못하게 된다.

이리하여 역사상 가장 짧은 시간에 새로운 시대를 연 군사 업적을 이룬 일을 잔은 마치게 된다. 1년 1개월밖에 안 되는 기간이었지만 잉글랜드의 속주였던 프랑스는 더 이상 속주로 남지 않고 오늘날의 프랑스가 되게 했다. 13개월! 정말 짧은 시간이었다. 그러나 이후의 세기 동안 프랑스인들 5억 명이 잔의 업적이 낳은 축복을 누리며 살다가 세상을 떠났다. 프랑스가 존재하는 한 잔에게 진 빚은 계속 늘어날 것이다. 프랑스는 잔 다르크에게 감사하고 있고, 감사를 표하는 말을 자주 하곤 한다. 하지만 절약 정신이 투철하기도 해서, 동레미에서 세금을 계속 거두어들이고 있다.

잔은 남은 생을 자물쇠가 달린 감옥에서 지내게 되었다. 잔은 범법자가 아닌 전쟁 포로였기에 명예로운 수감자였다. 전쟁법상 몸값을 내면 풀려나야 했고 적당한 몸값을 내면 거절할 수 없었다. 룩셈부르크의 존*은 잔의 몸값으로 대공의 몸값을 내걸어 잔에게 어울리는 영예를 주었다. 그 시절 대공의 몸값은 61,125 프랑이었다. 은혜 입은 프랑스나 왕이 돈을 들고 얼른 날아가 아름답고 젊은 은인을 자유롭게 해 주리라 생각할 만하다. 그러나 그런 일은 일어나지 않았다. 5개월 반이 지나도 왕도 프랑스도 땡전 한 푼 내지 않았고 다른 수를 쓰지도 않았다. 잔은 탈출을 두 번 시도했다. 한번은 꾀를 내서 간수를 옥에 가두어놓고 달아났는데 결국 발각되어 붙잡히게 된다. 또 20미터 가까운 탑에서 밧줄을 내려 탈출하기도 했지만 줄이 너무 짧아 바닥에 떨어져 부상을 입어 도망가지 못하게 된다.

결국 보베 주교 코숑이 몸값을 내고 잔을 사서 남자 옷을 입은 일과 다른 불경건한 일을 명목으로 교회에서 재판을 받게 했다. 그러나 사실은 앵글랜드를 위해 한 일이었다. 적군의 손아귀에 잡히는 것을 가여운 잔은 두려워했다. 잔은 루앙 성에 있는 지하 감옥에서 손발과 목이 사슬로 기둥에 묶인 채 쇠창살 우리에 갇히게 된다. 이때부터 마지막 순간까지 수개월간 감옥에 갇혀 있는 동안 거친 앵글랜드 군인 몇 명이 감옥 안에서 낮이고 밤이고 잔의 옆을 떠나지 않고 감시를 했다. 음울하고 끔찍한 감옥생활이었지만 잔은 꺾이지 않았다. 무릎 꿇지 않는 잔의 영혼을 꺾을 수 있는 것은 없었다. 한 해 동안 꼬박 잔은 감옥에 갇힌 죄수의 신분으로 지냈다.

---

* 룩셈부르크의 존 2세(1392~1441). 잉글랜드와 부르고뉴 공국의 편을 든 프랑스의 귀족이자 군인으로 그의 군대가 콩피에뉴 전투에서 잔 다르크를 사로잡았다.

마지막 3개월 동안은 교회 성직자들로 이루어진 재판관들 앞에서 재판을 받았다. 목숨이 걸린 재판이었다. 잔은 지략과 꺾이지 않는 용기로 어마어마한 재판관 군단에 맞서 싸웠으니, 양측은 서로 한발 한발 한 뼘 한 뼘 차지하기 위해 열띤 전투를 벌였다. 잔은 곁에 도와주는 변호사나 조언을 해 주는 사람이 없었다. 또 자신을 고발하는 고발장과 날마다 기록되는 복잡하고 두꺼운 재판 기록을 볼 수 없어, 놀라운 기억력을 가진 잔이라도 불리한 상황이었다.

곁에 도와줄 친구 하나 없는 쓸쓸하고 외로운 소녀가 거대한 역경에 맞서 두려움 없이 침착하게 기나긴 전쟁을 혼자 싸우는 것은 정말 숭고하고 비감한 모습이었다. 사실을 기록한 역사든 소설이든 이와 견줄 만한 일은 어디서도 찾을 수 없다.

잔이 재판에서 날마다 한 말은 얼마나 뛰어나고 멋있는 것인지, 얼마나 새롭고 명쾌한 것인지 모른다. 굶주리고 지쳐 몸의 기력이 많이 쇠하여 괴로운 처지였지만 말이다! 잔의 감정과 표현은 군인다운 불같은 열정으로 솔직하게 말한 경멸과 저항에서부터 상처받은 마음을 드러내는 비애에 이르기까지 다채로웠다. 소심한 프랑스 병사들이 전의를 불태우게 했던, 잔이 사용한 악마의 흑마법이 무엇인지 밝혀내려고 고발자들이 집요하게 괴롭혀 인내심이 한계에 다다르자 잔은 크게 말했다.

"저는 이렇게 말했을 뿐입니다. '이 잉글랜드 병사들을 짓밟아라.' 그리고 저도 그렇게 했습니다."

랭스 대성당의 대관식에서 왜 다른 장군의 깃발이 아닌 잔의 깃발이 놓였는지 질문하자 잔은 감동적인 대답을 한다.

"그 깃발은 고통을 견디어 냈기에 그런 영예를 얻을 자격이 있었습니다."

미리 생각하지 않고 그 자리에서 잔의 입술에서 흘러나온 말이었지만 단순하면서도 감동적이고 아름다운 말이었다. 이에 견줄만한 명언은 없다.

잔의 목숨이 걸린 재판이었지만 재판의 증인은 잔 혼자뿐이었다. 잔이 죄가 있든 없든 관계없이 오로지 유죄 판결을 내리려고 모인 배심원단 앞에서 잔을 위해 증언해 줄 수 있는 사람은 잔 자신뿐이었던 것이다. 유죄 판결을 내리는 데에는 오로지 잔의 입에서 나오는 말을 이용해야 했고 다른 방법은 없었다. 잔은 무지했지만 재판관들은 학식이 있었고, 잔은 어려서 경험이 부족했지만 재판관들은 경험이 많은 원숙한 나이였다. 이 모든 이점들을 재판관들은 이용했다. 또한 진실함이 아닌 속임수, 증오심에서 고안한 온갖 올가미와 함정, 잔의 부주의를 노리고 명민한 두뇌로 교활하게 쳐 놓은 덫, 이 모든 것을 부끄러움 없이 잔을 향해 쏟아부었다. 그러나 잔은 깨어있는 지성과 놀라운 직관으로 이런 흉계들을 하나하나 꿰뚫어 보고 무산시켰다.

그러자 코숑 주교는 차마 말할 수 없을 정도로 비열한 마지막 수를 고안한다. 한 신부로 하여금 잔을 도와주려는 사람인 척하며 잔이 있는 감옥으로 몰래 들어가게 한 것이다. 신부는 잔의 고향이 있는 지역에서 왔다고 거짓말하며 잔을 동정하는 척한다. 그리고 성직을 이용해 잔의 신뢰를 도둑질한다. 잔은 음성들이 자신에게만 알려준 이야기들을 신부에게 털어놓았다. 잔을 고발하는 자들이 온갖 짓을 다해 드러내려 했지만 실패했던 그 이야기들을 말이다. 잔이 비밀을 털어놓을 때 코숑의 사주를 받고 은밀히 숨어 있던 사람이 잔과 신부 둘만의 대화를 몰래 엿듣고 기록하여 코숑에게 가져다주었다. 코숑은 잔의 비밀스러운 이야기들을 그렇게 알게 되어 잔을 죽이는 데에 이용한다.

판결을 미리 유죄로 정하고 진행하는 재판 기간 동안, 코숑은 잔을 위한 유일한 증언인 잔의 증언은 왜곡할 수 있다면 왜곡하여 불리한 증거로 삼았고, 왜곡할 수 없는 것이라면 재판 기록에 적지 않았다. 이런 일을 할 때 한 번은 잔이 코숑을 이렇게 비난했다.

"아, 나에게 불리한 거라면 아무거나 기록하지만, 내게 유리한 건 하나도 기록하지 않는군요."

잔 다르크는 군사 훈련을 받아본 적 없는 어린 사람이었지만, 전쟁술에 대해 놀라울 정도로 천재성을 지녔고, 지휘력 또한 전쟁 경험이 많은 노련한 장군과 같았다. 이에 대해서는 잔 다르크의 수하에 있던 두 장군이 재판정에서 진실만을 말하겠다는 선서를 하고 증언을 한 바 있다. 한 사람은 알랑송 공작이고 다른 사람은 당시 프랑스의 가장 뛰어난 명장으로 꼽히던 오를레앙의 뒤누아였다.

잔 다르크는 법정이라는 전쟁터에서도 천재성을 드러냈다. 어쩌면 실제 전장보다 법정에서 더 뛰어난 모습을 보여 주었다고 말할 수 있을지 모르겠다. 잔이 지성을 사용하여 프랑스의 뛰어난 학자들을 상대로 오랫동안 훌륭하게 자신을 방어한 모습을 보여주는 루앙 재판의 기록이 우리에게는 그 증인으로 있다. 잔의 인격 역시 지성만큼 뛰어났다. 우리는 다시 루앙 재판을 그 증인으로 삼을 수 있다. 사슬과 감금, 외로움, 질병, 어둠, 굶주림과 목마름, 추위, 모욕과 수치, 학대, 부족한 잠, 배신, 배은망덕, 잔을 힘들게 한 반대 심문이라는 포위 공격, 집행인과 고문대 앞에서 위협 당한 일, 이 모든 일을 잔은 12주 동안 꿋꿋하고 용기 있게 견디어 냈다. 결코 무릎 꿇지 않았고 자비를 구걸하지 않았다. 첫날에 무릎 꿇지 않았던 영혼은 마지막 날에도 몸은 만신창이가 되었지만 무릎 꿇지 않았다.

잔 다르크는 여러 면에서 위대했다. 그러나 앞서 언급한 고결한 미덕들 가운데 가장 위대했던 것은 아마도 인내와 절개, 화강암 같은 용기일 것이다. 이 점에서 잔 다르크에 필적할 만한 사람을 찾기는 쉽지 않다. 우리 눈을 들어 가장 높은 곳을 바라보면 낯설고 이상한 대비만을 발견할 뿐이다. 유배당한 한 독수리가 세인트헬레나 섬의 바위로 추락하여 그 부러진 날개를 부딪혔던 장면 말이다.*

재판은 잔 다르크에게 유죄판결을 선고하며 끝났다. 그러나 잔은 어떤 것도 인정하지 않고 자백하지 않았기 때문에 재판을 이긴 것은 잔 다르크요, 재판에 패한 것은 코숑이었다. 코숑의 악한 자원은 고갈되지 않았다. 코숑은 종이 한 장에 서명을 하도록 잔을 설득했다. 잔이 그렇게 하겠다고 하자 코숑은 몰래 종이를 바꿔치기했다. 바꿔치기한 종이에는 잔 다르크가 3개월 동안 재판에서 부인한 내용, 즉 기소된 내용을 모두 인정한다는 내용이 적혀 있었다. 잔은 이를 모른 채 거짓 자백서에 서명을 했다. 코

---

* 나폴레옹이 세인트헬레나 섬에서 유배 생활을 하다가 죽은 말년을 언급하고 있다. 나폴레옹의 문양에는 독수리가 있다.

송의 승리는 이런 것이었다. 코숑은 곧바로 다음 단계에 착수하여 동정심이라고는 조금도 없이 잔이 빠져나올 수 없는 함정을 만들었다. 이 모든 것을 알아차린 잔은 오랜 싸움을 포기하며 자신을 속인 것을 두고 코숑을 비난했다. 그리고 서명한 종이에 적힌 자백을 부인하고 재판 기간 동안 자신이 했던 말이 진실임을 다시 주장했다.

그러다 결국 잔 다르크는 마음에 하느님의 평화를 안고 순교를 하게 된다. 잔이 왕관을 쓰게 했던 똥개와 잔 이 구출했던 조국의 배은망덕에도 불구하고, 잔의 입술에는 왕과 조국을 향한 애정이 담긴 말과 기도가 있었다.

화형장의 불길이 치솟자, 잔 다르크는 죽어가면서 자신의 입을 맞출 십자가를 청했다. 그 가슴 아픈 부탁은 친구가 아닌 적이, 프랑스인이 아닌 외국인이, 프랑스 전우가 아닌 적군의 병사가 들어주었다. 그 병사는 나무 막대기를 무릎으로 부러뜨려 잔이 사랑하는 십자가 모양으로 묶어 건네주었다. 그 병사의 다정한 행동은 잊히지 않았다. 그리고 앞으로도 잊히지 않고 계속 기억될 것이다.

그로부터 25년 후에 명예 회복 재판이 열렸다. 프랑스 국왕의 왕권은 교회가 악령들과 교제한 마녀라고 판결한 사람의 도움으로 얻은 것이기에 정당하지 않다는 비판이 있었기 때문이다. 잔의 옛 전우들이었던 장군들, 잔의 비서, 동레미 마을 사람들과 몇몇 친지들, 푸아티에 재판과 루앙 재판에 참여했던 재판관들과 서기들, 이런 증인들이 구름같이 재판정에 와서 진실만을 말하겠다고 선서를 한 후 증언을 했다. 이들 중에는 잔의 적들과 고발자들도 있었다. 재판의 증언들은 기록되었고, 그 기록에는 어린 시절부터 순교할 때까지 잔의 아름답고 감동적인 이야기가 거짓 없이 그대로 드러나 있다. 명예 회복 재판의 판결로부터 잔 다르크는 마음과 가슴에서, 언행과 영혼에서 얼룩 하나 없는 순결한 모습으로 다시 일어났다. 이런 잔의 모습은 세상이 끝날 때까지 계속될 것이다.

잔 다르크는 모든 시대를 통틀어 우리 앞에 놀라운 존재로 우뚝 서 있다. 잔의 출신과 환경과 여자라는 점, 그리고 아직 어린 소녀였을 때 명성을 떨치게 한 그 모든 행적을 생각해 볼 때 인류가 계속 존재하는 한 잔 다르크는 이 세상의 수수께끼로 남을 것이다. 나폴레옹, 셰익스피어, 라파엘, 바그너, 에디슨 또 이와 같은 다른 비범한 인물들을 볼 때, 이들이 그런 업적을 이룰 수 있었던 것은 단지 재능 때문만이 아니라는 것을, 심지어 재능이 큰 요인이 아니었다는 것을 우리는 보게 된다. 그런 업적을 이룰 수 있었던 것은 재능을 감싸고 있는 환경 때문이었다. 즉 이들이 성장하면서 받았던 훈련, 독서와 연구, 다른 사람의 본보기, 그리고 자기 자신과 다른 사람들이 보낸 응원이 있었기 때문에 그런 업적을 이룰 수 있었다. 이런 외부적인 요인을 모두 알게 될 때에만 우리는 그 사람이 때가 되었을 때 어떻게 그런 업적을 이룰 준비가 되어 있었는지 이해하게 된다.

에디슨이 자신의 내면에서 발명가를 발견하고 세상이 발명가 에디슨을 발견하게 된 데에는 에디슨의 환경이 큰 몫을 담당했다. 에디슨이 동료와 공감, 야망을 갖게 하는 인정과 찬사가 없는 환경에서 살았다면, 예를 들면 아프리카의 다호메이에서 살았다면 에디슨은 발명가로 성장하지 못한 채 살다가 죽었을 것이다. 다호메이는 에디슨을 발견할 수 없었을 것이고, 에디슨 자신도 다호메이에서는 자신 안의 발명가를 발견하지 못했을 것이다. 일반적으로 말해서 천재는 눈을 뜬 채 태어나지 않고 눈을 감은 채 태어난다. 그리고 천재 스스로 눈을 뜨는 것이 아니라 천재 주위에 있는 많은 좋은 환경과 자극이 미묘한 영향을 주어 천재의 눈을 뜨게 한다.

이것은 짐작이 아니요, 평범한 사실이라는 것을 우리는 안다. 로렌은 잔 다르크의 다호메이였다. 여기서 우리는 수수께끼를 마주하게 된다. 잔이 사자 같은 용기와 비할 수 없는 강인함과 아울러 군사적인 천재성을 타고났다고 우리는 생각할 수 있다. 그리고 잔의 다른 비범한 재능들, 곧 겉보기에 아무렇지 않은 말속에 교활한 속임수로 적들이 숨겨둔 함정을 간파하는 변호사의 재능, 유창한 언변을 가진 연설가의 재능, 주장의 정당함을 간단하고 선명하게 제시하는 논객의 재능, 증거를 가려내고 그 무게를 다는 법관의 재능, 마지막으로 정치적 상황을 정확하게 인식하고 상황을 최대한 이용할 줄 아는 정치가 그 이상의 재능을 잔 다르크가 타고났다고 우리는 이해할 수 있다.

그러나 이런 재능이 자라는 데 필요한 좋은 환경 그리고 가르침과 연구와 수년간의 연습을 통한 훈련 없이, 천 번의 실수를 통하여 완성에 이르는 그런 훈련 없이 어떻게 잔이 그런 재능을 즉각적으로 꽃피울 수 있었는지 우리는 이해할 수가 없다. 보잘것없는 복숭아 씨앗 속에 완전한 복숭아가 어떻게 잠재되어 있는지 우리는 이해할 수 있지만, 오랜 시간 자라고 가꾸는 일 없이 씨앗이 어떻게 금세 복숭아가 될 수 있는지는 이해할 수 없다. 찾는 이 없는 먼 들판에 숨겨진 가축 치는 시골 마을에서, 무지함에 둘러싸인 그런 마을에서 어떻게 그런 놀라운 일을 해낸 잔 다르크가 나올 수 있었는지 우리는 이해할 수 없는 것이다. 아무리 노력을 하더라도 그 수수께끼를 풀 희망이 우리에게는 없다.

그것은 우리의 능력 밖에 있는 일이다. 모든 규칙은 이 소녀의 경우에는 예외가 된다. 세계 역사에서 이 소녀만이 유일한, 매우 독보적인 존재이다. 공개적인 첫 등장에서 군사 지휘력과 용맹함, 법적 능력과 외교술과 강인함에 탁월한 면모를 보인 인물들은 있다. 그러나 이들은 언제나 등장하기 전에 많든 적든 준비를 하던 시간이 있었고 이것은 예외가 없다.

그러나 잔은 법률 책을 읽은 적도 없고 법원에 가본 적도 없지만 열여섯 살에 재판에서 탁월한 능력을 드러냈다. 군사 훈련을 받은 적이 전혀 없었지만 첫 전투에서 탁월한 지휘관의 능력을 보였다. 첫 전투에서 보인 용기도 교육의 결과가 아니었다. 남자아이라면 남자는 겁을 내서는 안 된다는 말을 끊임없이 듣기에 용감해질 수 있지만 잔은 남자아이가 아닌 여자아이였다. 젊음이 꽃을 피우던 시절, 사슬에 묶여 감옥에 갇힌 잔은 몇 주 동안 자신을 죽이려고 애쓰는 많은 재판관들, 곧 프랑스의 가장 명민한 지성들 앞에 앉아 있었다. 잔은 자기 편이 아무도 없었고 재판에 관련된 일을 모른 채 혼자 싸웠지만 재판관들의 학식을 무학의 지혜로 압도했다. 그리고 저들의 속임수와 계략을 타고난 지혜로 무찔러 저들을 놀라게 했고, 이 모든 불리한 상황에도 날마다 승리를 거두어 한 발도 후퇴하지 않았다.

인간의 역사에서 이렇게 경험 없고 교육받지 않은 지성이 한 번도 사용해 본 적 없는 타고난 능력을 사용해 이런 일을 한 적이 없다. 잔 다르크만이 유일하다. 그리고 가르침과 연습과 경험 같은 환경 없이 그런 업적을 이루었다는 독보적인 사실 때문에 앞으로도 계속 유일한 사례로 남을 것이다. 잔 다르크와 비교할 만한 사람도, 또 잔 다르크를 평가할 잣대가 될 사람도 존재하지 않는다. 왜냐하면 다른 유명한 사람들은 계획이든 우연이든 이들의 재능을 발견해 주고 키워주는 환경 속에서 점점 성장해 높은 곳으로 나아갔기 때문이다. 젊은 장군들이 있어 왔지만 이들은 소녀가 아니었고 장군이 되기 전에 군인으로 살았다. 그러나 잔 다르크는 장군으로 군 생활을 시작했다. 자신이 처음으로 본 군대를 지휘했던 것이다. 잔은 군대를 승리에서 승리로 이끌었고 전투에서 패한 적이 없었다. 젊은 군 사령관들은 있어 왔지만 잔처럼 어린 사람은 없었다. 역사에서 잔 다르크는 열일곱 살에 한 국가의 군대 총사령관이 된 유일한 사람이다.

잔 다르크에게는 다른 사람과 견줄 수 없는 또 다른 면이 있다. 이루어지지 않은 예언을 한 사람들은 역사적으로 있어 왔다. 그러나 잔은 정확히 어떤 일이 언제 어디서 일어날 것인지, 또 관계된 사람들의 이름까지 자세히 예언했고 그 예언은 언제나 그대로 이루어졌다. 보쿨뢰르에서 잔은 말하길, 자신은 왕에게 가서 사령관이 되어 잉글랜드의 결박을 끊어버리고 '랭스'에서 왕이 대관식을 치르게 할 것이고, 또 다음 해에 그런 일들이 일어날 거라고 말했다. 그런데 다음 해에 그 모든 일이 일어났다. 또한 자신이 언제 어느 부위에 첫 부상을 당할지 한 달 전에 예언을 했고, 그 예언은 그 일이 일어나기 3주 전에 공식적으로 기록되었다. 자신이 부상당하는 날이라 예언했던 그날 아침에 잔은 다시 한번 말했는데 그날 밤이 되기 전에 잔의 말은 정확히 이루어졌다. 또 잔은 투르에서 군인의 일을 자신이 언제 끝내게 될지 예언을 했으니, 말하는 때로부터 1년이 지나면 끝날 것이라고 말했고 그 말도 그대로 이루어졌다.

또 잔은 자신이 순교할 것을 예언했는데 죽기 석 달 전에 '순교'라는 말을 써서 자신의 죽음을 예언하였고 그 말 역시 그대로 이루어졌다. 한번은 프랑스가 잉글랜드의 손아귀에 잡혀 아무 희망이 없는 상황일 때 감옥에 갇혀 있던 잔은, 재판관들 앞에서 7년 안에 잉글랜드는 오를레앙 전투의 패배보다 더 큰 패배를 당할 것이라고 예언했다. 그 예언은 5년 만에 이루어져 잉글랜드가 점령하던 파리는 프랑스군에게 함락되었다. 잔 다르크가 언제 어떻게 일어날 것이라고 한 다른 예언들도 모두 그대로 일어났다.

잔 다르크는 신앙심이 매우 깊었고 자신이 매일 천사와 대화를 한다고 말했다. 천사들과 얼굴을 맞대고 매일 이야기하고, 천사들은 자신에게 조언과 위로를 주고, 용기를 북돋아 주고, 하느님의 명령을 전해 준다고 말했다. 잔은 자신이 보는 환상과 듣는 음성들이 하늘에서 온 것임을 어린아이처럼 믿었고, 죽음의 어떤 위협도 잔의 가슴에서 충성을 사라지게 할 수는 없었다. 잔은 아름답고 순수하고 사랑스러운 성품을 지녔다. 재판 기록을 보면 이런 잔의 성품이 선명하고 밝게 빛난다. 잔은 온화하고 정이 많고 사람의 마음을 끄는 사람이었다. 잔은 가족과 친구들을 사랑했고 마을에서 보내던 삶을 사랑했다.

잔은 인간의 고통 앞에서는 행복하지 않았다. 잔은 동정심이 많았다. 가장 영광스러운 승리를 거둔 전투에서 잔은 승리를 잊은 채 죽어가는 한 적군의 머리를 자신의 무릎에 누인 채 동정어린 말로 위로해 주었다. 전쟁 포로들을 학살하던 잔인한 그 시절에 잔은 아군을 가로막아 적군의 포로들을 모두 살려 주었다. 잔은 너그러웠고 잘못을 쉽게 용서해 주었으며 이타적이고 너그럽게 베푸는 사람이었다. 야비한 것이라고는 한 점도 없이 잔은 순결했다. 그리고 언제나 잔 다르크는 소녀였다. 소녀답게 귀엽고 고매했다. 처음 부상을 당했을 때 잔은 겁을 먹고 가슴에서 붉은 피가 쏟아지는 것을 보고 울음을 터뜨렸다. 그러나 그녀는 잔 다르크였다! 이내 수하의 장군들이 퇴각 나팔을 불게 하는 것을 보고는 비틀거리며 일어나 다시 공격을 이끌어 적의 요새를 점령했다. 잔의 성품은 모난 데가 없이 아름다웠다.

그런데 얼마나 이상한지 모른다! 거의 변함없이 화가들은 잔 다르크에게서 한 가지 사소하고 의미 없는 점만을 기억할 뿐이다. 곧 잔이 시골 소녀였다는 점만 기억하고 나머지는 모두 잊어버렸다. 그래서 화가들은 잔 다르크를 건장하고 억센 아줌마의 모습으로, 또 그런 여자에게 어울리는 옷을 입고 어색한 표정을 지은 여자로 그리고 있다. 화가들은 잔 다르크가 시골 소녀라는 한 가지 생각에 노예가 되어, 가장 위대한 영혼은 큰 덩치에 결코 머물지 않는다는 사실을 잊어버렸다. 위대한 영혼을 지닌 사람들은 체력과 근육으로 인내하며 일을 하는 것이 아니다. 이들은 육체가 아닌 정신으로 기적을 이룬다. 정신은 체력과 근육보다 오십 배나 더 강하다. 나폴레옹은 체구가 크지 않고 왜소했다. 그러나 덩치 큰 병사들이 기백 없이 지쳐 쓰러질 때 나폴레옹은 하루에 4시간만 자고 20시간을 일했다.

우리는 누군가에게 물어보지 않아도 잔 다르크가 한 일을 통해서 그 외모가 어떤지 안다. 화가들은 잔 다르크의 영혼을 그려야 한다. 그러면 잔 다르크의 육체를 잘못 그릴 수는 없을 것이다. 그때에야 화가들이 그린 잔의 모습은 거부감 없이 우리 마음을 끌 것이다. 곧 자연이 주는 젊음의 우아함이 넘치고 윤기 흐르는 지성의 빛과 결코 꺼지지 않는 정신의 불꽃을 지닌, 아름다운 얼굴을 한 가녀리고 사랑스러운 여성으로 우리 앞에 나타날 것이다.

앞에서 내가 얘기했던 잔 다르크의 그 모든 환경을 볼 때, 즉 출신과 어린 나이, 여자라는 것과 글을 읽거나 쓸 줄 모르는 점, 어린 시절의 환경, 그리고 장애가 되는 온갖 조건에서도 자신의 탁월한 재능을 갈고닦아 전장과 자신의 목숨을 노리는 재판에서 승리한 모습을 볼 때, 우리는 인간이 낳은 가장 비범한 사람이 잔 다르크임을 알 수 있다.

1904년 12월 《하퍼즈 매거진》

옮긴이의 말
잔 다르크라는 신비로운 소녀

Ad haec ex urbe canuti nemoris eliminabitur puella
ut medelae curam adhibeat
하얀 숲에서 한 처녀가 나와 치유할 것이다
…
Ascendet Virgo dorsum Sagittarii
et flores virgineos obfuscabit
처녀가 궁수의 등에 올라 처녀의 꽃들을 가릴 것이다

- 《브리튼 왕들의 역사》에 실린 멀린의 예언 -

마크 트웨인이 미국 코네티컷주의 마을 레딩에서 말년을 보낼 때의 일입니다. 어느 날 마크 트웨인이 돌다리에 혼자 서 있을 때 마을에 사는 한 꼬마가 마크 트웨인을 보고 다가와 반갑게 인사를 했습니다. 그리고 기쁜 마음으로 자기가 《톰 소여의 모험》과 《허클베리 핀의 모험》을 얼마나 좋아하는지 말했습니다. 그런데 마크 트웨인의 대답은 꼬마에게 충격이 아닐 수 없었습니다. 콜리 테일러라는 꼬마는 훗날 어른이 되어 이 만남을 회상하며 마크 트웨인이 자신에게 한 말을 전합니다. 마크 트웨인은 엄한 얼굴로 검지를 흔들며 이렇게 말했다고 합니다.

"버릇없는 아이들이 나오는 그런 책은 읽으면 안 된다. 이 늙은 아저씨가 하는 말을 잘 들어라. 아저씨 책 중에 최고는 《잔 다르크를 추억하며》란다. 그 책을 이해하고 좋아하기에는 넌 아직 어리지만 좀 더 자라면 읽어보도록 하렴. 지금 내가 하는 말을 기억해라. 《잔 다르크를 추억하며》가 아저씨가 쓴 책 중에 최고란다."

우리에게 미국 작가 마크 트웨인의 이름은 낯설지 않습니다. 톰 소여와 허클베리 핀이라는 개구쟁이 아이들의 이야기를 쓴 작가로 잘 알려져 있으니까요. 또한 백년전쟁에서 프랑스를 구한 잔 다르크의 이름도 낯설지 않습니다. 그러나 마크 트웨인이 잔 다르크에 대한 이야기를 썼을 뿐 아니라, 이 책을 자신이 쓴 책들 가운데 가장 좋아하고 최고의 작품으로 여겼다는 사실은 낯설 것입니다. 이 책에 대한 마크 트웨인의 애정은 그가 한 다음 말에서도 엿볼 수 있습니다.

"내 책 중에 내가 가장 좋아하는 것은 《잔 다르크를 추억하며》이다. 그리고 이 책이 내 책 중에 최고의 작품이다. 이 책이 내게 주는 기쁨은 내가 쓴 다른 책이 주는 기쁨보다 일곱 배는 더 크다. 다른 책은 쓰기 전에 준비가 필요 없었지만 이 책은 준비하는 데에 12년이 걸렸고 쓰는 데 2년이 걸렸다."

"이 책만큼 많이 생각하고 고민하고 힘을 쏟은 책은 없었다."

마크 트웨인이 처음 잔 다르크를 알게 된 것은 영화 같고 운명 같은 작은 사건 때문이었습니다. 미주리주의 해니벌이라는 미시시피강이 흐르는 마을에서 어린 시절을 보낸 마크 트웨인은 열두 살에 아버지를 여의고, 십대 시절에 학교를 그만두고 인쇄소에서 일을 하게 됩니다. 그렇게 일하며 생활하던 어느 날 마크 트웨인은 회사에서 집으로 돌아오는 길에 바람에 날리는 종이 한 장을 보게 됩니다. 책에서 떨어진 낱장이었는데, 인쇄소에서 일하던 터라 인쇄물에 관심이 많던 마크 트웨인은 종이를 주워서 살펴보았습니다. 그런데 그 종이는 잔 다르크 이야기가 담긴 책에서 떨어진 것이었습니다. 종이에는 루앙 성에 갇힌 잔 다르크가 자신의 옷을 훔쳐 간 악랄한 잉글랜드 병사들에게 항의하는 이야기가 실려 있었습니다. 이것을 읽고 마크 트웨인은 잔 다르크를 처음으로 알게 되었고 잔 다르크라는 인물에 매료됩니다. 그러나 잔 다르크에 대한 마크 트웨인의 애정이 열매를 맺게 된 것은 그로부터 한참 시간이 흐른 뒤였습니다.

《하퍼즈 매거진》의 포스터

마크 트웨인은 50대 후반에 유럽에 체류할 때 잔 다르크 이야기를 집필합니다. 57살 때인 1892년 8월 이탈리아 피렌체에 있을 때에 이야기를 쓰기 시작해서, 잔 다르크가 오를레앙을 구하는 부분까지 쓰고 잠시 중단합니다. 그리고 1894년 7월과 8월에 미국에 갔을 때 문예지 《하퍼즈 매거진 Harper's Magazine》에 잔 다르크 이야기를 연재하기로 계약합니다. 원래 잔 다르크의 전투 이야기까지만 쓰고 재판과 죽음은 짧게 요약해서 마치려고 했지만, 편집자 헨리 밀즈 올든이 재판과 죽음에 대해서도 이야기를 쓰도록 권유합니다. 권유를 받아들인 마크 트웨인은 유럽으로 돌아가 집필을 계속해서, 1894년 10월에는 3부의 배경이 되는 프랑스 루앙에 머물면서 집필을 하고, 마침내 1895년 2월 프랑스 파리에서 이야기를 완성합니다. 그리고 같은 해 1895년 4월부터 《하퍼즈 매거진》에 연재를 시작합니다.

출간된 책에 실린 삽화

웃긴 글을 쓰는 작가로 유명했던 마크 트웨인은 독자들이 웃음만을 찾을까 염려하여 자신이 저자라는 것을 숨기고 진 프랑수아 올든(Jean François Alden)이라는 가명으로 연재를 시작했습니다. 올든이라는 이름은 하퍼즈 매거진 편집자 올든의 이름을 빌린 것으로 보입니다. 마크 트웨인은, 잔 다르크의 비서였던 루이 드 콩트라는 실존 인물이 잔 다르크에 대해 회고록을 남긴 것처럼, 또 그 프랑스어 회고록을 진 프랑수아 올든이라는 사람이 영어로 번역한 것처럼 이야기를 시작합니다. 그러나 마크 트웨인이 저자라는 사실은 곧 알려지게 되고, 다음 해 1896년 5월에 책으로 펴낼 때에는 마크 트웨인의 이름으로 출간합니다.

마크 트웨인은 잔 다르크에 대해 전해 내려오는 사실을 줄기삼아 상상을 더해 이 이야기를 썼습니다. 잔 다르크에 대한 주요 사건과 재판 기록을 그대로 따르고 있고 등장인물 대부분도 실존했던 사람들이라, 우리는 이 책을 통해 잔 다르크에 대해 몰랐던 새로운 사실들을 알게 됩니다. 아서 왕 이야기에 나오는 마법사 멀린의 예언이 당시 잔 다르크에 대한 예언으로 널리 퍼져 있었다는 사실이나 프랑스 국왕의 대관식에 쓰이던 생레미 성당의 유리병에 대한 전설 같은 흥미로운 사실도 새롭게 알게 될 것입니다. 이 책은 역사 속의 잔 다르크에 대한 좋은 입문서 역할도 톡톡히 할 수 있으리라 봅니다.

또한 읽기 시작하면 금세 이야기에 젖어 들게 되고 영화를 보는 것처럼 재밌게 이야기를 따라갈 수 있습니다. 그래서 남은 페이지의 두툼한 두께가 부담스럽게 느껴지지 않고, 앞으로 어떤 이야기가 펼쳐질지 기대하면서 책장을 넘기게 됩니다. 잔 다르크가 적군에게 사로잡혀 재판받고 화형을 당하는 3부 이야기는 어둡고 슬픈 비극이지만, 그전까지는 희극처럼 밝고 재밌어서 미소를 띠거나 웃을 때도 많을 것입니다. 중간중간 끼어 있는 작은 에피소드들, 예를 들면 요정과 유령 이야기, 팔라댕이 각색한 잔 다르크와 샤를 7세의 만남, 오를레앙의 장미, 락사르 아저씨가 들려준 장례식 이야기 같은 에피소드들은 소설에 매력을 더해 줍니다. 또한 우리는 결말이 어떤지 이미 알고 있지만, 이야기의 끝에 이르러서는 눈시울이 뜨거워질지도 모르겠습니다.

이 책이 마크 트웨인의 최고 작품인지에 대해서는 생각이 다른 사람들도 있겠지요. 또 유명한 아일랜드 작가 조지 버나드 쇼가 말한 것처럼, 마크 트웨인이 잔 다르크에게 홀린 나머지 잔 다르크를 너무 이상화했다고 생각할지도 모르겠습니다. 그러나 이 책이, 우리가 실제로 그러하길 바라는 잔 다르크의 모습을 우리 앞에 생생하게 그려내어 지식과 재미와 감동을 주고, 또 우리로 하여금 이전보다 더욱더 잔 다르크에게 관심을 갖게 하는 빼어난 역사소설이라는 데에는 많은 사람들이 동의하지 않을까 생각해 봅니다.

독자 여러분 중에 이 책을 좋아하게 되는 사람들이 있다면, 그래서 소설이 놓인 곳이든 역사책이 놓인 곳이든, 책장 한 곳에 이 책을 꽂아 간직하는 사람들이 있다면, 옮긴이의 노력은 헛되지 않을 것입니다.

2024년 봄
서울의 한 마을에서

옮긴이 | 마음속 샛별

비 오는 날에 음악을 들으며 책 읽는 것을 좋아합니다. 좋은 책 몇 권이 대학보다 많은 것을 줄 수 있다고 믿는 책 예찬론자이기도 합니다. 대학에서 철학을 공부했고 옛날 책을 좋아해서 서양의 고대 그리스어책과 중세 라틴어책에 관심을 두고 공부하고 있습니다.

황금비둘기

하늘나라에서 아름다운 노래를 부르며 살다가

일 년에 한 번씩 이 땅을 찾아온다고 하는

전설의 새입니다

잔 다르크를 추억하며

1판 1쇄 펴냄 2024년 5월 20일

지은이 마크 트웨인
옮긴이 마음속 샛별
발행인 손정민
펴낸곳 황금비둘기

출판등록 제023-000066호
서울특별시 강동구 아리수로 97길 19 406동 1303호
대표전화 02-427-1982   **팩시밀리** 0505-070-6813
전자우편 dove6813@naver.com
ISBN 979-11-987500-0-6

이미지 출처
1부 잔 다르크 생가와 3부 루앙 성 사진의 출처는 각각 위키피디아 〈Domrémy-la-Pucelle〉과 〈Rouen Castle〉 항목입니다. 본문의 나머지 이미지들은 퍼블릭 도메인에 속합니다.

＊잘못 만들어진 책은 구입하신 곳에서 교환해 드립니다